एक दुर्जेय मेधा

विष्णु खरे

एक दुर्जेय मेधा

विष्णु खरे

कुछ अंतरंग क्षण और मुलाकातें

प्रकाश मनु

वाणी प्रकाशन

प्रकाशन के उत्कृष्टतम 62 वर्ष

सजिल्द प्रथम संस्करण : 2004
सजिल्द द्वितीय संस्करण : 2025

vaniprakashan.com

वाणी प्रकाशन

4695, 21-ए, दरियागंज, नयी दिल्ली-110 002

फ़ोन : + 91 11 23273167, 23275710

शाखाएँ

अशोक राजपथ, पटना-800 004, बिहार

कॉफ़ी हाउस कैम्पस, महात्मा गांधी मार्ग, प्रयागराज-211 001, उत्तर प्रदेश

महात्मा गांधी अन्तरराष्ट्रीय हिन्दी विश्वविद्यालय, वर्धा-442 001, महाराष्ट्र

sales@vaniprakashan.in
vaniprakashan@gmail.com

Ek Durjey Medha Vishnu Khare
by Prakash Manu

ISBN : 978-81-8143-136-3
Memoirs/ Interview

मूल्य : ₹ 750

जी.एस. ऑफ़सेट, दिल्ली-110 095 में मुद्रित

वाणी प्रकाशन का लोगो मक़बूल फ़िदा हुसैन की कूची से

चंद्रकांत देववाले
और
मंगलेश डबराल के लिए
जिनकी चर्चा विष्णु जी
अक्सर बड़े अपनत्व से करते हैं!

भूमिका

कहानी इस किताब की

आज से कोई आठ बरस पहले—सन् 1995 में—जब विष्णु खरे से पहला इंटरव्यू करने गया था, तब तक इस किताब की दूर-पास तक कोई कल्पना नहीं थी। और तो और, भीतरी इतने गहरे भावनात्मक और संवेदनात्मक धक्कों के साथ विष्णु जी को जानने...उनसे दूर-दूर तक जितना भी सहेज सकूँ, सहेजते हुए भेंटने, मिलने गया था—इंटरव्यू उसके लिए छोटा शब्द है, यह तब भी लगता था, अब भी—तब तो ठीक-ठीक यह भी नहीं जानता था कि यह लंबा, बीहड़ इंटरव्यू छपेगा भी कि नहीं? बस, विष्णु खरे जिन्हें उनकी कविताओं से जानता था और पिछले कुछ अरसे से कुछ अलग रूपों में भी जान गया था--उनसे जी भरकर मिलने, बतियाने का सुख लेने के लिए यह मुलाकात थी।...वह इंटरव्यू कितने अजब ढंग से संपन्न हुआ और कितने अजब ढंग से लिखा गया, इस बारे में यहाँ कुछ कहने नहीं जा रहा, क्योंकि आगे किताब में इसकी चर्चा कहीं न कहीं आई ही है।

पर यह तब भी जानता था कि यह महज एक इंटरव्यू नहीं है, एक 'ऐतिहासिक दस्तावेज' हैं जो आगे आने वाले पचास-सौ सालों में भी बार-बार पलटा जाएगा। बाद में 'पहल' में जब वह छपा तो उस पर पाठकों की चिट्ठियों की जो लगभग अजस्र बारिश हुई, उससे मेरा यह विश्वास और भी पुख्ता हुआ कि मेरा यह सोचना कुछ गलत नहीं था।

इसके बाद तो विष्णु खरे से थोड़े-थोड़े अरसे बाद अलग-अलग मुद्दों को लेकर कुछ और भी मुलाकातें हुईं।...और कबीर को लेकर तो कबीर की तब की और आज की लड़ाइयों को समेटते हुए, उनसे इतनी लंबी बातचीत हुई कि वह खुद में एक छोटी-मोटी पुस्तक तो हो ही सकती है। विष्णु खरे से लिए गए पहले इंटरव्यू की जैसी देर तक चर्चा हुई, कबीर वाले इंटरव्यू का भी उसी तरह से उत्तेजक ढंग से स्वागत हुआ और मराठी की एक पत्रिका ने तो पूरे इंटरव्यू को अनूदित करके छापा।

विष्णु खरे से 1996 के लोक सभा के चुनावों और राजनीतिक हालात को लेकर

भी लंबी बातचीत हुई थी जिसमें साहित्य और राजनीति के अंतः संबंधों को लेकर उत्तेजक चर्चा थी तो राजनीतिक कविता की जरूरत और खतरों को लेकर भी एक किस्म का अंतर्मंथन था बाद में बदली हुई राजनीतिक स्थितियों के कारण—और इस कारण भी कि साहित्यिक पत्रिकाएँ लेखकों से अमूमन साहित्य के शाश्वत प्रश्नों को लेकर ही बातचीत पसंद करती हैं, राजनीति के हालात को लेकर नहीं—यह इंटरव्यू अभी तक अप्रकाशित ही रहा और इस पुस्तक में पहली बार पाठकों के आगे आ रहा है। इसके कुछ अंतराल बाद, विष्णु जी से लिया गया एक और इंटरव्यू, जिसमें 'नेहरू-गांधी परिवार के साथ मेरे रिश्ते' और नरसिंह राव पर लिखी गई उनकी कविताओं पर लंबी चर्चा है, 'वैचारिकी संकलन' में संक्षिप्त रूप में छपा था, अब इस पुस्तक में वह अविकल रूप में दिया गया है। इस इंटरव्यू में साहित्य और राजनीति के उलझे हुए रिश्तों के संदर्भ में श्रीकांत वर्मा की तो बार-बार चर्चा आई ही है, पर इसके साथ ही खुद विष्णु खरे की कविता का नेपथ्य और आत्मकथा के पन्ने भी कई जगह खुलते नजर आ सकते हैं। अपने मित्रों में खासकर शानी को विष्णु जी ने इतने मार्मिक और भावुक अंदाज में याद किया है कि केवल इसी के लिए इंटरव्यू के इन भीगे हुए पन्नों को बार-बार उलटकर देख लेना मुझे आज भी अच्छा लगता है।

ये इंटरव्यू, जाहिर है, जितने लंबे बीहड़, चटियल थे—उतने ही असुविधाजनक भी, और इनके छपने में जिस तरह के कष्टों और मानसिक तकलीफों से गुजरना पड़ा, उन्हें याद करके आज भी तिलमिला उठता हूँ। उनकी चर्चा यहाँ करने नहीं जा रहा हूँ, लेकिन वे भयानक कष्ट भरे अनुभव थे। गो कि राहत की बात यह थी कि बाद में हजारों पाठकों ने मानो खुली बाँहों से इनका स्वागत किया। इनमें सब कुछ तो विष्णु जी का ही था, पर ये इंटरव्यू संभव हो सके और मैं उनके लिए एक छोटा-मोटा माध्यम बना, इसलिए सुख और तृप्ति का एक छोटा-सा अंश मुझ तक भी आया।

एक अजीब अनुभव यह भी है कि विष्णु खरे से लिया गया पहला लंबा इंटरव्यू जब 'पहल' में छपा और चतुर्दिक इसकी चर्चा हुई तो मेरे पास पत्र-पत्रिकाओं से ऐसी ढेरों फरमाइशी चिट्ठियाँ भी आनी शुरू हुई कि मनु जी, जरा आप हमारे लिए झटपट फलाँ जी का इंटरव्यू कर दीजिए... या आप जरा ढिकाँ जी से इन-इन मुद्दों पर, इतने शब्दों का एक इंटरव्यू करके भेज दीजिए! कुछ दिग्गजों ने इच्छा जताई कि विष्णु जी की तरह उनका भी एक ऐसा ही इंटरव्यू हो। एक दूरस्थ सम्मानित लेखक ने तो चिट्ठी लिखकर इच्छा प्रकट की कि बस, मैं उन्हें अपने सवाल लिखकर भेज दूँ, जवाब वे खुद-ब-खुद लिखकर डाक से भेजते रहेंगे!...बड़ी कठिनाई से, बल्कि कहना चाहिए, थोड़े अनपेक्षित रूखेपन से उन्हें बताना पड़ा कि मैं कोई 'अखबारी' या 'पेशेवर' इंटरव्यूअर नहीं हूँ कि जा-जाकर जिस-तिस से इंटरव्यू लूँ या

कि इंटरव्यू लिख-लिखकर छपाने के धंधे में लग जाऊँ। जिस लेखक को और उसकी आग को जानता हूँ...और जिससे मिलने की भीतर तक तड़प महसूस करता हूँ, बस, उसी से मेरी बात हो सकती है। बहुतों को मेरी यह 'धृष्टता' अक्षम्य लगी और उनमें से कुछ ने स्थायी शत्रुताएँ भी ठानीं।... खैर, यह एक अलग कथा है, इसकी चर्चा यहाँ क्यों?

लेकिन विष्णु खरे में ऐसा क्या है कि मैं बहुत बार असुविधाजनक हालत में भी उन तक दौड़-दौड़कर जाता था?... मैं चूँकि इंटरव्यू में बहुत ज्यादा नोट्स नहीं लेता, इसलिए एक लंबा इंटरव्यू करने के बाद उसे लिखना मेरे लिए एक बेतरह तनाव भरे तूफान से गुजरना है। तो भी शायद ही विष्णु जी से बात करने का कोई मौका मैंने खोया हो।... इसकी वजह क्या थी, आज भी मैं ठीक-ठीक इसका जवाब नहीं दे सकता। उनमें कौन-सा ऐसा दुर्वह आकर्षण है कि मैं उसकी गिरफ्त में आए बगैर नहीं रह पाता और खुद-ब-खुद उनकी ओर दौड़ पड़ता हूँ। मैं ठीक-ठीक बता नहीं सकता पर यह एक दुर्निवार आकर्षण है, इतना तय है। जब पहली बार 'पहचान' सीरीज में उनकी कविताएँ पढ़ी थीं—कोई तीस बरस पहले—तब से उनकी बेचैनी मुझ पर तारी है। और बाद में मिलने पर लगा, वे अपनी कविताओं में जितने बेचैन लगते हैं, उससे ज्यादा बेचैनी उनके भीतर है। उनका दुस्साहसी होना और खरे ढंग से सवालों का जवाब देना मुझे अच्छा लगता है। जो जैसे महसूस होता है, ठीक-ठीक वैसे ही कहना--आज के उलझे हुए, संशयालु वक्त में कोई छोटा साहस नहीं है! और फिर इनके हर जवाब या सोच के केंद्र में देश के मौजूदा हालात में हर कहीं पिट रहा छोटा, बेबस आदमी है जिसकी लड़ाइयाँ खुद-ब-खुद विष्णु खरे की लड़ाइयाँ हो जाती हैं और उनकी कविता एक अलग तरह की 'प्रतिबद्ध' कविता हो जाती है, जिसमें प्रतिबद्धता के फार्मूले और नारेबाजी गायब है।...उनके विचार आम आदमी के पक्ष की राजनीति में, गुस्से और उत्तेजना से लबालब विचार हैं और निरंतर लड़ते और पिटते हुए आम आदमी के लिए जैसी तड़प वहाँ हैं, वैसी तो मुझे मार्क्सवाद के बहुतेरे 'होल टाइमरों' में भी दिखाई नहीं पड़ती।

यह दीगर बात है कि विष्णु खरे के भीतर यह लड़ाका विष्णु खरे बहुत समय तक कहीं ओट में रहा... या कहिए कि वह बहुत अधिक खुलता नहीं है और उसे 'डिस्कवर' करना पड़ता है। शायद यही वजह है कि उनसे लिए गए पहले इंटरव्यू को पढ़कर बहुतों ने अचरज प्रकट किया था कि अरे, हम तो विष्णु खरे को 'एलीट' किस्म का लेखक मानते थे। यह तो बिल्कुल भिन्न किस्म में विष्णु खरे निकले! और मुझे यह जरूर कहना है कि विष्णु खरे में यह जो एक भिन्न किस्म की 'आम जन' वादी धुन है, बाद के दौर में यह निरंतर बढ़ती गई है। कविता के लिहाज से देखें तो उनके ताजे संग्रह 'काल और अवधि के दरमियान' में यह शायद सर्वाधिक है।

विष्णु खरे के व्यक्ति, कवि और विचारक की सबसे बड़ी खासियत मेरे ख्याल से यह है कि वे निर्भीक और दुस्साहसी हैं। वे छिपाते कुछ नहीं हैं और बिना 'किंतु-परंतु' के, साहस से अपनी बात कहते हैं।...भीतर-बाहर का फर्क वहाँ नहीं है। वे व्यक्ति के तौर पर या अपनी कुछेक रचनाओं में...निस्संदेह कभी-कभी बातचीत में भी, गुस्सैल जरूर लगते हैं, पर उनके गुस्से के पीछे अक्सर व्यक्तिगत नहीं, सामाजिक त्रासदियों की विडंबनाएँ और उनके प्रतिकार की बेचैनी है। फिर एक और बड़ी बात यह है कि साहित्य के अलावा भी उनकी रुचियों और सोच-विचार का दायरा बहुत बड़ा है और उनके पास इन सबके बारे में कहने के लिए बहुत-कुछ है। विष्णु जी की एक और खासियत जो मुझे शुरू से मोहती रही है, वह अपने निज को समय के समाजशास्त्र के साथ जोड़कर देखने की अद्भुत कला है!...बल्कि कहना चाहिए कि अपने इन छोटे-बड़े, तीखे-तल्ख अनुभवों से ही वे अपने समय का नया समाजशास्त्र गढ़ रहे जान पड़ते हैं। इसलिए हर बार उनसे मिलना एक अलग सुख है। हर बार उनसे मिलने के बाद हम भरे-भरे लौटते हैं और हमारे भीतर आशा और उम्मीदों का खजाना कहीं बढ़ जाता है। इस लिहाज से उनसे हर भेंट थोड़ी अप्रत्याशित भी लगती है।...मसलन सच कहूँ तो कबीर पर जब उनसे बात करने गया था, तब मुझे बिल्कुल नहीं लगता था कि वे कबीर पर इतने आधिकारिक ढंग से बात करेंगे और वह बात इतनी दूर तक जाएगी कि कबीर की लड़ाइयों से होती हुई, वह हमारी आज तक की समूची लड़ाइयों को समेट लेगी।...पर विष्णु खरे सचमुच उस दिन ठेठ कबीरी तेवर में थे और कबीर पर जो कुछ उन्होंने कहा, वह कबीर पर एक अद्भुत थीसिस से कम नहीं है!

अकसर विष्णु खरे के पास जाकर जीने और लिखने का इतना हौसला मिलता है और वहाँ से लौटते हुए मैं खुद को इतना भरा-भरा पाता हूँ कि अब भी, जब मेरे भीतर उतनी शक्तियाँ नहीं रहीं— उनसे बातचीत की दुर्निवार इच्छा मुझमें कम नहीं हुई। मेरा मन होता है, अब भी कभी हिंदी और अन्य भाषाओं की फिल्मों को लेकर उनसे बातचीत करूँ और यह मैं जानता हूँ, विलक्षण बातचीत होगी। मैं चाहता हूँ कि भारतीय समाज में धर्म और जाति की विडंबनाओं को लेकर उनसे खुली और अनौपचारिक बातचीत करूँ जिसमें उनके विचारों के साथ-साथ उनके निजी अनुभव भी पूरी तरह से शामिल हों। मैं जानता हूँ कि यह भी एक अविस्मरणीय बातचीत होगी।...पर मैं सचमुच नहीं जानता कि मेरे लिए अब ये इंटरव्यू कर पाना ठीक वैसे ही, जैसे मैं चाहता हूँ—संभव हो पाएगा या नहीं? पर उनकी दुर्निवार इच्छा अब भी मेरे भीतर है।

मेरी यह इच्छा अगर किसी को 'पागलपन' लगे तो कोई अचरज नहीं। और सच ही एक युवा लेखक मित्र को जब पता चला कि मैं विष्णु खरे से 'पहल' वाले जगप्रसिद्ध इंटरव्यू के बाद, फिर से बातचीत कर रहा हूँ और ये भी लंबे इंटरव्यू ही

हैं, तो उसने तपाक से कहा था– "प्रकाश मनु, तुम पागल तो नहीं हो गए?" मुझे इसके जवाब में कहने दीजिए कि विष्णु खरे इतने बड़े कवि और व्यक्ति हैं कि उनके लिए क़भी-कभी किसी प्रकाश मनु को पागल हो जाना चाहिए। यह एक भाषा– हमारी हिंदी भाषा और साहित्य के जीवित होने निशानी ही समझी जाएगी।

यों विष्णु जी से कई मुद्दों पर मेरी वैचारिक असहमतियाँ इस किताब के पाठकों के आगे छिपी न रहेंगी। मसलन वे आज की कविता के जितने बड़े प्रशंसक हैं, वैसा मैं नहीं हूँ। मुझे इधर की कविता का एक बड़ा हिस्सा 'एकांतवादी' लगता है पर वे उसकी भिन्न व्याख्या करते हैं। वे अशोक वाजपेयी से तमाम असहमतियों के बावजूद उन्हें बड़ा आलोचक मानते हैं जबकि मैं अशोक वाजपेयी की इधर की आलोचना को एक सँकरे कलावाद की गिरफ्त में फँसा हुआ देखता हूँ। हाँ, 'फिलहाल' के आलोचक अशोक वाजपेयी मुझे ठीक-ठाक लगते हैं, पर बड़े आलोचक वे मुझे कभी नहीं लगे। इसी तरह विष्णु जी विनोदकुमार शुक्ल को बहुत बड़ा उपन्यासकार मानते हैं और उन्हें 'विश्व साहित्य·में पांक्तेय' ठहराते हैं, जबकि मेरा कहना है कि हिंदी में विनोदकुमार शुक्ल से बेहतर उपन्यास लिखने वाले बहुत हैं जिनके आगे विनोदकुमार शुक्ल कहीं नहीं ठहरते।

लेकिन इतने भिन्न होकर भी और इतनी असहमतियों के बावजूद विष्णु खरे अगर मुझे फेसिनेट करते हैं और निरंतर दुर्निवार आकर्षण से खींचते हैं तो यह उनकी शक्ति ही कही जाएगी।

मैं विनम्रता से कहना चाहूँगा कि विष्णु खरे से समय-समय पर लिए गए ये इंटरव्यू विष्णु खरे की कविताओं को समझने के लिए जरूरी नेपथ्य का काम तो करते ही हैं, साथ ही हमारे समाज में भयानक आर्थिक शोषण, सांप्रदायिक असहिष्णुता और फासीवाद के खिलाफ निरंतर काम कर रही बेचैन शक्तियों का 'एक अनौपचारिक घोषणा-पत्र' भी यहाँ देखा जा सकता।

विष्णु खरे मार्क्सवाद का बिल्ला लगाए हुए वैसे कर्मकांडी मार्क्सवादी निश्चय ही नहीं है जो हर चीज के लिए जब तक मार्क्स का उद्धरण न खोज लें, उन्हें चैन नहीं पड़ता। इसके बजाए मार्क्सवाद विष्णु खरे के लिए जीवन और जीवनास्था का पर्याय है जो उनमें गहरे भिदा हुआ है। वे साफ कहते हैं कि बचपन से उन्हें जिस तरह के हालात झेलने पड़े, उनमें वे मार्क्सवादी न होते, यह संभव ही नहीं था। हालाँकि बहुत तकनीकी अर्थ वाले मार्क्सवादियों से वे चिढ़ते भी हैं जो मार्क्स के एक-एक शब्द और स्थापनाओं से आक्रांत हैं। विष्णु खरे के लिए मार्क्सवाद कुछ अधिक खुला हुआ है और उसका मतलब है इस महादेश की गरीब जनता की भयानक गरीबी और शोषण के खिलाफ लड़ी जाने वाली एक अनवरत लड़ाई। यहाँ

उचित ही, मार्क्सवाद से कारगर हथियार विष्णु खरे कुछ और नहीं मानते!

पुस्तक में विष्णु खरे से अलग-अलग समय में लिए गए इन चार इंटरव्यूज के साथ-साथ गुंटर ग्रास के 'जीभ दिखाना' और एलिआस लोन्रोट द्वारा संगृहीत फिनलैंड के महाकाव्य 'कालेवाला' (जिनका विलक्षण अनुवाद विष्णु खरे ने किया है और कहना न होगा कि इन्हें विष्णु खरे के कारण ही जानता हूँ!) पर अलग-अलग टीपें हैं। 'कथादेश' में छपे विष्णु खरे के लंबे और अविस्मरणीय आत्मकथ्य 'मैं और मेरा समय' पर एक पत्रनुमा प्रतिक्रिया है जो 'कथादेश' में छपने के लिए भेजी गई थी, पर वहाँ छप नहीं सकी। इसके अलावा विष्णु खरे की कविताओं पर मेरे कुछ नोट्स भी।

अलबत्ता विष्णु खरे से लिए गए ये लंबे इंटरव्यू और लेख कभी पुस्तकाकार न आ पाते, अगर उनके पाठकों और प्रशंसकों का निरंतर आग्रह न होता कि वे एक ही जगह, एक पुस्तक की शक्ल में सामने आएँ। यों भी ये विष्णु खरे के साथ-साथ, हमारे समूचे समाज, साहित्य और संस्कृति को देखने की जो एक गहरी, बेलौस दृष्टि लिए हुए हैं, वह उन्हें हमारे लिए निरंतर प्रासंगिक और जरूरी बनाती है।

कोई अचरज नहीं कि मौजूदा अवस्था और विश्वास के संकट के समय, विष्णु खरे उन थोड़े से साहित्यिकों में से हैं जो कोरे साहित्यिक नहीं हैं और जिनके निकट जाना, कुहासे को भेदकर, हमें नई शक्ति, ताजगी और उत्साह से भर देता है।... कहना न होगा कि मुक्तिबोध के बाद हमारे यहाँ क्रिएटिक लेखकों में, विष्णु खरे जैसा ऊर्जा से लबालब और आविष्ट चिंतक कोई दूसरा नहीं हुआ—जो अपने आप में इतना मौलिक और विचारों की एक आश्चर्यजनक अन्विति या 'संपूर्णता' लिए हो! यही कारण है कि हमारे समय में, जिसमें निस्संदेह कवियों की बहुलता है, उसमें विष्णु खरे सिर्फ एक हैं—अतुलनीय और दुर्लभ!...मानो हमारे बीच विष्णु खरे जैसे एक बीहड़, मगर शक्तिशाली कवि-चिंतक का होना बहुत 'कला...कला' चिल्लाने वाले कला-मूढ़ों को खुद में एक सही और अकाट्य जवाब हो!

मैं वाणी प्रकाश के श्री अरुण महेश्वरी का आभारी हूँ, जिनके कारण पुस्तक इतनी तत्परता से पाठकों के आगे आ सकी।

पाठकों के पत्रों और 'संवाद' के लिए उत्सुक बेबाक प्रतिक्रियाओं की प्रतीक्षा रहेगी।

— प्रकाश मनु

26 जनवरी, 2004
545 सेक्टर-29
फरीदाबाद (हरियाणा)

अनुक्रम

संस्मरण

लेखकों में सबसे अलग और दुस्साहसी हैं वे

1

9 फरवरी 2000 को विष्णु खरे साठ के हो गए। इस बीच मेरी उनकी जान-पहचान की कहानी भी तो कोई पच्चीस बरस 'पुरानी' हो गई। आज वही कहानी सुनाने का मन है।

सन् 1975 में कुरुक्षेत्र में उनसे परिचय हुआ था—पचहत्तर की सर्दियों में समझ लीजिए। हालाँकि यह सीधा परिचय नही था। परिचय ब्रजेश भाई ने कराया था जो कुरुक्षेत्र विश्वविद्यालय के टैगोर हॉस्टल में ही थे, जहाँ मैं रिसर्च स्कॉलर के रूप में रहने के लिए अभी कुछ महीने पहले ही पहुँचा था। मुझ जैसे 'उजबक' और कुछ-कुछ ऊटपटाँग किस्म के आदमी को, जो बस नाक की सीध में ही आता-जाता था, किसी से ज्यादा बात नहीं करता था और अपने आप में ही मगन रहता था, उन्होंने दूर-दूर से देखा होगा और फिर वे खुद ही परिचय के लिए आगे आ गए।

ब्रजेश भाई से मिलकर अच्छा लगा, कहना काफी नहीं है। बल्कि कहना चाहिए कि उनसे मिलकर मेरे जीवन को अर्थ मिल गया। या शायद यह भी नहीं...कहना चाहिए कि कुछ बंद जंगलगे किवाड़-खिड़कियाँ खुलीं और साहित्य की एक बिल्कुल नई दुनिया मेरे आगे आती चली गई।...मैं सच पूछिए तो एक चुप्पा-सा आदमी था और पंत, प्रसाद, निराला वगैरह या फिर नई कविता के कुछ कवियों को पढ़कर मगन रहता था और सोचता था कि मैंने काफी पढ़ लिया, अब आगे किसी और की क्या दरकार?...लेकिन अब मुझे समझ में आया कि मैं कितना कम जानता हूँ और अभी कितनी बड़ी दुनिया है जिसकी 'खोज' या 'खुदाई' करनी है।

इस दुनिया की खोज या खुदाई तो खुद ही करनी पड़ती है, पर ब्रजेश भाई ने

सहारे के लिए कुछ पत्रिकाएँ और कविता संकलन मुझे थमा दिए थे। इन्हीं में 'पहचान' सीरीज की कविता की किताबें भी थीं। सोलह-सोलह पेज की किताबें जिनमें विष्णु खरे, जितेंद्रकुमार, ज्ञानेंद्रपति वगैरह की कविताएँ थीं। और सचमुच उन्हें पाकर मेरी यह हालत हुई, जैसे भूखे के आगे भोजन का थाल आ गया हो। यह तृप्ति और अतृप्ति की अजब-सी ईचकदानी थी। एक झिलमिलाता आकर्षण, जो हाथ पकड़कर मुझे अपने अंदर खींचे लिए जाता था। उसी समय ब्रजेश भाई ने मुझे मुक्तिबोध का 'चाँद का मुँह टेढ़ा है', धूमिल का 'संसद से सड़क तक' तथा कैलाश वाजपेयी का कविता-संकलन 'तीसरा अँधेरा' पढ़ने को दिया था।...कुछ और भी किताबें—सभी कविता-संकलन।

मैंने उनमें से अपनी पसंद के जिन तीन कवियों को छाँटा, वे मुक्तिबोध, धूमिल और विष्णु खरे थे। इन तीनों का क्या समानता थी जो मुझे खींच रही थी और जिनके कारण वे औरों से अलग नजर आते थे, आज शायद मैं सोचकर इसका जवाब दे सकता हूँ। निश्चित रूप से इन तीनों का आविष्ट और एक तरह का विद्रोही भावाकुल रूप मुझे अच्छा लगता था जिसमें एक तरह का बौद्धिक गांभीर्य और इस दुनिया की बड़ी चिंताएँ भी थीं—एक बड़ी दुनिया के सरोकार थे।...मगर वे इन कवियों की अपनी-अपनी विलक्षण शैली और काव्य-मुहावरों में प्रकट होते थे। आज सोचता हूँ तो लगता है, शायद यही मुझे सबसे अच्छा लगता था। यों पसंद तो मुझे जितेंद्रकुमार की पहचान सीरीज की कविताएँ भी थीं जिनमें बहुतेरी आज भी याद हैं। कैलाश वाजपेयी भी 'तीसरा अँधेरा' में कुछ बुरे नहीं लगे थे, सिवाए इसके कि वे कहीं-कहीं 'फ्लैट' हो जाते हैं और वहाँ कहीं-कहीं शब्द-छल है, जो पकड़ में आ जाता है...यानी गुस्सा जितना ऊपर झलकाया जाता है, उतना असल में नहीं है। न सच्चा गुस्सा, न सच्ची नफरत।

पर मुक्तिबोध, धूमिल और विष्णु खरे—लगता है, इनके व्यक्तित्व और कविता की बनावट ही कुछ खास तरह की है और इन जैसे कवि सिर्फ यही हो सकते हैं। यानी मुक्तिबोध जैसे कवि सिर्फ मुक्तिबोध ही हो सकते हैं...धूमिल जैसे कवि सिर्फ धूमिल ही हो सकते हैं और विष्णु खरे जैसे कवि सिर्फ विष्णु खरे!

तो इस तरह विष्णु खरे को मैंने सबसे पहले बजरिए ब्रजेश भाई जाना। और यह भी उतना ही सही है कि विष्णु खरे को बजरिए अशोक वाजपेयी जाना। क्योंकि अशोक वाजपेयी को वे 'पहचान' सीरीज की कविता-पुस्तिकाएँ सचमुच कमाल की थीं। वे इतनी बढ़िया और सुरुचिपूर्ण थीं कि एक सोलह पन्ने की किताब से मैंने विष्णु खरे को मानो संपूर्ण रूप से 'पा' लिया था।...कुछ इस तरह से कि वे अब भी मेरे जेहन से नहीं उतरे। और यही नहीं, ब्रजेश भाई ने विष्णु खरे के उस लघु संकलन से अपनी एक पसंदीदा कविता 'दोस्त' पढ़कर सुनाई थी जो एक पुलिस इंस्पेक्टर को लेकर लिखी गई थी। हिंदी में अपने ढंग की एक बिल्कुल अलग कविता

और ब्रजेश भाई कविता के इतने बढ़िया वाचक हैं कि वह कविता जैसे मेरे भीतर नक्श होती चली गई थी और अभी तक वैसे ही नक्श है।

यह विष्णु खरे से—बजरिए ब्रजेश भाई, 'पहली मुलाकात' थी और इसकी स्मृति कोई पच्चीस बरस पुरानी है। तब कभी सोचा भी न था कि मैं विष्णु खरे के इतने नजदीक आ जाऊँगा कि मेरे जैसे मामूली आदमी और मामूली लेखक को भी वे इतना प्यार देने लगेंगे।

2

विष्णु खरे से मेरी असली और सचमुच की मुलाकात 'नवभारत टाइम्स' के दफ्तर में हुई थी। और अगर मैं भूलता नहीं हूँ, तो यह सन् 1990 के आसपास की बात होनी चाहिए यानी 1990 के मई महीने का कोई दिन।

उन दिनों विष्णु जी 'नवभारत टाइम्स' में राजेंद्र माथुर के वरिष्ठ सहयोगी के रूप में काम कर रहे थे। और मैं भी साहित्य और पत्रकारिता की दुनिया में तमाम धक्के खाने के बाद हिन्दुस्तान टाइम्स की बाल पत्रिका 'नंदन' के संपादकीय विभाग में आ गया था। 'दैनिक हिन्दुस्तान' और कुछ अन्य पत्र-पत्रिकाओं में भी मेरे आलोचनात्मक निबंध वगैरह छापने लगे थे। यह वह समय था जब लोक यायावर और एक अजब ढंग के घुमंतू लेखक देवेंद्र सत्यार्थी से मेरा परिचय प्रगाढ़ता में बदल चुका था। और मैं बड़े अजब ढंग से उनके प्रभाव की लपेट में आ चुका था। मैं इस बात से थोड़ा दुखी और आहत था कि उन जैसा बड़ा आदमी जिसने लोक साहित्य में ऐतिहासिक महत्त्व का काम किया तथा इतने महत्त्वपूर्ण उपन्यास, कविता, कहानियाँ लिखीं, एक स्वाभिमानपूर्ण फकीरी जीवन जिया—लोग उनके व्यक्तित्व और कामों के बारे में भूल गए। लिहाज सत्यार्थी जी के जन्मदिन (28 मई) पर एक लेख मैंने 'नवभारत टाइम्स' के लिए लिखा। उसे देने के लिए मैं 'नवभारत टाइम्स' के दफ्तर गया तो विष्णु खरे से मुलाकात हुई।

यह मुलाकात जैसी कि होनी ही थी, बड़ी अनौपचारिक और दिलचस्प थी। इसलिए कि यह एक संपादक और लेखक की मुलाकात नहीं थी। दो अलग-अलग तरह की जमीनों से आए लेखकों की मुलाकात थी। जब मैंने विष्णु जी को बताया कि कैसे कुरुक्षेत्र विश्वविद्यालय में ब्रजेश भाई के जरिए मैंने उन्हें जाना और उनकी 'दोस्त' कविता की तमाम पंक्तियाँ मुझे अब भी याद हैं, तो उन्हें ताज्जुब हुआ था। फिर तो और भी बहुत सी बातें चल निकलीं। इधर 'नवभारत टाइम्स' में उनके संपादकीय लेख बहुत निकलते थे। उनको लेकर बातें हुईं। 'नवभारत' का आठवाँ कॉलम उन दिनों खासा चर्चित था। उसमें भी वे अक्सर लिखते थे। उसी में उन्होंने माखनलाल चतुर्वेदी को लेकर एक टिप्पणी लिखी थी जिसमें एकाध बात ऐसी भी चली गई थी जो 'अशिष्ट' या आपत्तिजनक समझी जा सकती थी। उसको लेकर भी

बात हुई। मैंने इस आपत्ति वाली बात की ओर ध्यान दिलाया तो वे हँसे। बोले—"मेरे पास इस चीज को लेकर तमाम प्रतिक्रियाएँ आ रही हैं। मेरे गुरु श्रीकांत जोशी ने भी एक पत्र लिखा है।..."

मैंने सत्यार्थी जी का जिक्र किया कि मैंने उन पर एक संस्मरण लिखा है, तो वे जैसे चौंके—"क्या वे क्या गुजर गए?"

मैंने कहा—"नहीं, वे तो अभी हैं और अपनी भरपूर मस्ती के साथ हैं। भले ही हिंदी साहित्य के ठेकेदारों ने उन्हें हाशिए पर डाल रखा हो!...हाँ, मैंने उनके संबंध में अपनी कुछ यादें ताजा की हैं।"

उन्हें शायद अपनी भूल मालूम हुई। वे मेरे ख्याल से संस्मरण को 'शोक श्रद्धांजलि' से 'कन्फयूज' कर रहे थे। बोले—"अच्छा दिखाइए।" मैंने वह संस्मरणात्मक लेख उन्हें दिया जो टाइप के आठ-दस पन्नों में था। उसे इधर-उधर से उलट-पलटकर बोले—"यह तो बहुत बड़ा है, कैसे छपेगा?"

इस पर मैंने कहा—"जितना हिस्सा आपको छापने लायक लगे, छाप दीजिए। बाकी छोड़ दीजिएगा।" उन्होंने कहा—"आप थोड़ा संक्षिप्त कर दें तो आसानी रहेगी।"

मैंने कहा—"वैसा मैं कर तो सकता हूँ, पर मेरी इच्छा है, आप इसे देख लें। फिर जो भी हिस्सा अच्छा लगे, वह दे दें। मेरे लिए यह खुशी की बात होगी कि इसमें आपका भी हाथ लगेगा।"

इस पर उन्होंने मुसकराकर लेख रख लिया। मैंने पूछा—"क्या सत्यार्थी जी की फोटो की आपको जरूरत पड़ेगी?" उन्होंने कहा—"इसके लिए आप चिंता न करें। हमारी लाइब्रेरी में उनकी कोई न कोई किताब जरूर होगी। उसी से ले लेंगे।"

अगले इतवार को सत्यार्थी जी का जन्मदिन था। उस दिन वह लेख नहीं छपा, तो मैंने समझा, वह लेख विष्णु जी को शायद काम का न लगा होगा। अलबत्ता उनकी राय जानने के लिए मैं उनके पास गया। उन्होंने कहा लेख तो कंपोज हो चुका था, पर जो सज्जन 'रविवार्ता' देखते हैं, उन्होंने यह शिकायत की कि प्रकाश मनु ने दैनिक हिन्दुस्तान में भी सत्यार्थी जी पर लेख लिखा है और यहाँ भी।

मैंने कहा—"निःसंदेह यह बात सही है। मैंने दैनिक हिन्दुस्तान में भी उन पर लेख लिखा है। पर वह एकदम भिन्न मिजाज का लेख है। उसमें उनके लोक साधक रूप का मूल्यांकन है जबकि इस लेख में उनसे हुई अंतरंग मुलाकातों की स्मृतियाँ हैं। और यह मैंने काफी 'पर्सनल टच' के साथ लिखा है।"

उन्होंने कहा—"आप चिंता न करें। मैंने उनसे कह दिया है। आपका लेख इस हफ्ते छप जाएगा।"

संस्मरण छपा और सचमुच बहुत खूबसूरत ढंग से छपा। सबसे अच्छी बात यह थी कि उसका संपादन ऐसा था जिसमें जरा भी अनावश्यक कतर-ब्योंत न थी।

विष्णु जी ने उसे थोड़ा-बहुत टच करने के सिवा कहीं कुछ काँट-छाँट नहीं की थी। बस, उन्होंने यह किया कि उस लेख में से शुरू के कोई चार-साढ़े चार पन्ने ले लिए, और एक ऐसी जगह उस लेख का अंत कर दिया कि वह लेख का टुकड़ा न होकर, अपने आप में एक संपूर्ण लेख लगने लगा था। यहाँ संपादन था, पर ऐसा संपादन जिसमें लेखक की अपनी पहचान तथा उसकी शख्सियत सुरक्षित थी।

इसके बाद 'नवभारत टाइम्स' के दफ्तर में विष्णु खरे से दो-तीन और मुलाकातें हुईं। वे सभी जिंदादिली से भरपूर मुलाकातें थीं और खासी दिलचस्प थीं। शायद इसलिए कि 'नवभारत टाइम्स के दफ्तर का माहौल उन दिनों आज जैसी मनहूसियत का शिकार न था। वहाँ खुली सोच के इंटेलेक्चुअल लेखक और पत्रकार उन दिनों थे और उनका यह खुलापन लुभाता था। 'नवभारत टाइम्स' उन दिनों पत्रकारिता का शीर्ष था और मालिकों का तानाशाही शिकंजा भी उन दिनों इतना कसा हुआ नहीं था।

उन्हीं दिनों विष्णु खरे से एक ऐसी मुलाकात हुई थी जिसमें बाद में सुरेन्द्र प्रताप सिंह भी आकर शामिल हो गए थे। वे भी उन दिनों नवभारत में कार्यकारी संपादक या किसी बड़े पद पर थे। ऐसे ही विष्णु जी ने एस.पी. सिंह से मेरा परिचय कराया था। फिर जाने कैसे माखनलाल चतुर्वेदी पर लिखे गए विष्णु जी के लेख की चर्चा चल निकली। विष्णु जी ने शरारती आँखों से एस.पी. सिंह की ओर देखकर कहा—"जरा इनसे सुन लीजिए, ये क्या कह रहे हैं?" दोनों में बिल्कुल दो हमजोली यार-दोस्तों जैसा ठेठ मजाक और धौल-धप्पा हुआ और मैंने दोनों की छेड़छाड़ का खासा आनंद लिया।

ऐसे ही एक दफे, याद पड़ता है, मधुसूदन आनंद से उन्होंने मेरी मुलाकात कराई थी। इस मुलाकात की भी धुँधली-सी स्मृति है। पर एस.पी. सिंह से हुई मुलाकात तो जैसे गीली मिट्टी पर उँगलियों के निशान की तरह अब भी मेरे मन में एकदम ताजा है। यहाँ यह दर्ज कर दूँ कि एस.पी. सिंह से वह मेरी पहली और आखिरी भेंट थी। मैंने उन्हें इतना खुला, इतना युवा और जिंदादिल पाया और विष्णु खरे से उनकी दोस्ती इतनी बेलौस और जानदार थी कि बाद में जब दोनों की आपसी ईर्ष्या और मनमुटाव की बातें आने लगीं, तो मेरे लिए यह समझ पाना लगभग असंभव था कि यह हो क्या रहा है! यानी जो कुछ कहा जा रहा है, उसमें कितना सच, कितना झूठ है।

लेकिन ये सब बातें राजेंद्र माथुर की मृत्यु के बाद की हैं।

जब तक राजेंद्र माथुर थे, ऐसे विरोध या तो नहीं थे या फिर वे कभी सतह पर नहीं आए। बल्कि मैं इस बात पर लगातार चकित होता रहा, आज भी होता हूँ—

कि उस काल में जब 'नवभारत टाइम्स' में ऐसी दुर्धर्ष प्रतिभाएँ थीं, वे सबको एक साथ साधे कैसे रहे और कैसे सबका 'बैस्ट' लेते रहे। राजेंद्र माथुर के और तमाम गुणों के अलावा यह भी एक ऐसा गुण है जो उनके प्रति मेरे आदर को काफी बढ़ा देता है।

बहरहाल, राजेंद्र माथुर के निधन के बाद विष्णु खरे 'नवभारत टाइम्स' के संपादक हो गए।

यह तो मैं कुछ-कुछ जानता था कि राजेंद्र माथुर और विष्णु खरे में खासी प्रगाढ़ता है और राजेंद्र माथुर ही विष्णु खरे को पत्रकारिता में लाए हैं। दोनों का तालमेल और आपसी संबंध भी गजब का था जिसने 'नवभारत टाइम्स' को हर तरह से निखारा और चमकाया। शायद इसी कारण 'नवभारत टाइम्स' का वह युग सिर्फ 'नवभारत टाइम्स' का ही नहीं, हिंदी पत्रकारिता का भी 'स्वर्ण युग' है। उन दिनों अगर कोई पूछता कि हिंदी का सबसे तेजस्वी अखबार कौन-सा है, तो बरबस होंठों पर 'नवभारत टाइम्स' का ही नाम आता था।

लिहाजा राजेंद्र माथुर की मृत्यु के बाद विष्णु खरे को संपादक बनाया गया, तो मुझे जरा भी ताज्जुब नहीं हुआ। हालाँकि उन दिनों बड़ी अजब-अजब बातें सुनने में आती रहीं कि एस.पी. खासे नाराज हैं...कि एस.पी. ने ऐसा कहा, वैसा कहा! यह भी सुनने में आया कि 'नवभारत टाइम्स' की आपसी राजनीति तेज हो गई है। पुराने दोस्त अब प्रतिस्पर्धियों के रूप में आ गए हैं...कि पार्लियामेंट में सवाल उठाया गया है कि नवभारत टाइम्स को अब 'टाइम्स ऑफ इंडिया' के अनुवाद का पत्र बनाया जा रहा है...वगैरह-वगैरह।

ये सब चीजें चिंता और एक तरह का मानसिक क्लेश पैदा करती थीं। मेरी एक-दो बार इच्छा हुई कि मैं विष्णु जी से जाकर मिलूँ और अगर खुली बातचीत संभव हो तो उनसे इन सारी बेतार की खबरों के बारे में बात करूँ कि देखें, वे क्या कहते हैं, या कि भीतरी सच क्या है!...पर मुझे लगा कि कहीं संपादक होने के बाद उनका मिजाज और रंग-ढंग बदल न गया हो। और यह कि पता नहीं, वह मुझे पहले की तरह पहचानेंगे भी कि नहीं? सच कहूँ तो मन में एक भय यह भी था कि कहीं ऐसा न हो कि अब तक मन में जो विष्णु खरे का गहरा-गहरा सा असर है, वह कहीं मंद हो जाए।

फिर एक बात और थी—जिसे सोचता हूँ, यहाँ टीप ही दूँ। असल में विष्णु जी के बारे में, खासकर उनकी संपादकीय अकड़ के बारे में मैंने कुछ ऐसी बातें सुनी थीं जिन पर विश्वास तो मुझे नहीं था, पर फिर भी न जाने क्यों उन्होंने मेरे मन में एक दूरी, एक भय-सा पैदा कर दिया था। कहने वाले बढ़ा-चढ़ाकर कहते थे कि

वे घमंडी हो गए हैं। सनक की हद तक घमंडी।...और कि वे प्रबंधकों से मिले हुए हैं। वहाँ के कर्मचारियों और अपने अधीनस्थ पत्रकारों का अपमान करते हैं, रिपोर्टरों को तंग करते हैं। इसी कारण अब कोई उन्हें सहयोग नहीं देता।...आदि-आदि।

उन्हीं दिनों 'नवभारत टाइम्स में विष्णु खरे का साहित्य और पत्रकारिता को लेकर एक लेख छपा। असल में किसी विचार गोष्ठी में उन्होंने इस विषय पर एक परचा पढ़ा था, जिसका संक्षिप्त रूप 'नवभारत टाइम्स' में छपा था। हिंदी में साहित्य और पत्रकारिता के रिश्ते पर यह एक गजब ताजगी से भरा, अद्भुत लेख था। बेहद सर्जनात्मक और उतना ही दुस्साहसी भी। इस कारण बहुत-से लोग तो इससे चिढ़े भी और कुछ तो खामखा दनदनाने लगे। ये ऐसे लोग थे जो कुछ शब्दों को पकड़कर लटक जाते हैं और बात की 'भंगिमा' को नहीं देखने। उस लेख में एक छोटा-सा वाक्यांश यह भी था कि 'यह जो उपसंपादक नाम की अभागी कौम है...!' इसे पढ़कर तमाम उपसंपादक नाराज हो गए और उन्होंने शायद अपना 'विरोध' दर्ज कराया था।

इस तरह की खबरें छन-छनकर बाहर आ रही थी और मैं उनसे आहत होता था। लगता था, यह क्या चक्कर है! यह जो विष्णु खरे नामक शख्स है, इससे इतने लोग नाराज क्यों रहते हैं? इतने लोग चिढ़ते क्यों हैं।

जाहिर है, यह बात मन में रहती होगी कि विष्णु जी इतने बड़े कवि हैं। एक बड़े कवि के रूप में उनका बड़ा सम्मान होना चाहिए। वह नहीं होता तो मैं अंदर-अंदर दुखी और परेशान होता था। यह बात तब ठीक-ठीक नहीं समझ पाता था कि एक बड़े कवि को एक बड़ा 'लड़ाका' भी होना चाहिए। और जो बड़ा लायक होगा, उसके बड़े-बड़े शत्रु भला क्यों न होंगे।

उन्हीं दिनों साहित्य अकादेमी ने 'समकालीन हिंदी कविता' नाम से हिंदी कविता का एक प्रतिनिधि संकलन निकाला जिसके संपादक थे—परमानंद श्रीवास्तव। वह संकलन इस कदर गैर-जिम्मेदारी के साथ निकाला गया था और उसमें हिंदी के इतने बड़े-बड़े कवियों को मानो किसी ओछी साजिश के तहत उस किताब से बाहर रखा गया था कि देखकर मैं स्तब्ध रह गया। उस संकलन में गिरिजाकुमार माथुर न थे, रामविलास शर्मा, रामदरश मिश्र, अजितकुमार, जगदीश चतुर्वेदी, राजकमल चौधरी, बलदेव वंशी, नरेंद्र मोहन, दिविक रमेश न थे। और भी तमाम अपने-अपने समय के प्रतिनिधि कवि गैर-हाजिर थे। पर खुद परमानंद श्रीवास्तव ने लंबी परमानंदी तान के साथ खुद अपनी तीन या चार कविताएँ शामिल कर ली थीं। मुझे यह निहायत घटिया और ओछा काम लगा, मानो साहित्य अकादेमी ने यह संकलन निकालकर जानबूझकर कवियों का अपमान किया हो!

मैंने इस पर एक तीखा लेख लिखा जिसे मेरे मित्र विजयकिशोर मानव ने

'दैनिक हिंदुस्तान' में छापा। वह लगभग पूरे पन्ने का लेख था, जिसे मानव ने खासी धूम-धाम के साथ छापा था और उस पर प्रतिक्रियाओं का एक लंबा सिलसिला चल पड़ा था। मानव ने एक के बाद एक आने वाली इन प्रतिक्रियाओं को भी सिलसिलेवार छापा था।

चूँकि इस लेख में अन्य बहुत से कवियों के साथ विष्णु खरे के महत्त्व की मैंने जोर-शोर से चर्चा की थी, जिन्हें मानो किसी साजिश के तहत छोड़ा गया, इसलिए मेरी यह जानने की उत्सुकता थी कि विष्णु जी ने इस लेख को पढ़ा या नहीं? और समग्र में उन्हें यह लेख कैसा लगा?

मेरी यह तीव्र इच्छा थी कि कभी उन्हें फोन करके या पत्र लिखकर पूछूँ कि वह लेख उन्होंने पढ़ा या नहीं? पर जाने क्या था कि मैं रह गया? क्या विष्णु खरे के संपादक का आतंक? ठीक-ठीक कह नहीं सकता। हालाँकि उस तीव्रतम इच्छा को भीतर दबाना बल्कि घोट देना, अब तक याद है! विष्णु जी से जुड़ी 'मेरी कहानी' के सबसे अतृप्त क्षणों में से एक क्षण यह भी है।

फिर सुना कि 'नवभारत टाइम्स' में प्रधान संपादक के रूप में विद्यानिवास मिश्र आने वाले हैं।

वे आए, जैसा कि सुना था और उनके आने के बाद सुना कि विष्णु खरे को जयपुर वाले 'नवभारत' के संस्करण में स्थानीय संपादक बनाकर भेज दिया गया।

फिर सुना कि जयपुर वाले नवभारत टाइम्स के तेवर ही अलग हैं। विष्णु खरे ने अपनी मेहनत से उसे चमका दिया है...कि जयपुर वाला नवभारत टाइम्स दिनोंदिन बहुत लोकप्रिय होता जा रहा है। उसका सरकुलेशन बहुत बढ़ गया है और वह राजस्थान का प्रतिनिधि पत्र माना जाने लगा है।...एक सुखद आनंद की-सी अनुभूति!

फिर सुना कि विद्यानिवास मिश्र और विष्णु खरे में बनती नहीं है, बल्कि ठन गई है! ...कि विद्यानिवास मिश्र 'नवभारत टाइम्स' को कुछ-कुछ जनसंघी किस्म का दकियानूस और पोंगा अखबार बनाना चाहते हैं जबकि विष्णु खरे उसे एक प्रगतिशील, धर्म-निरपेक्ष छवि देना चाहते हैं। विद्यानिवास मिश्र जयपुर वाले 'नवभारत टाइम्स' में भी हस्तक्षेप कर रहे हैं कि कोई लेख उनकी पूर्व-स्वीकृति के बगैर न जाए, लिहाजा...

फिर सुना कि...और बहुत तकलीफ के साथ सुना—किसी दुर्भाग्यपूर्ण खबर की तरह कि विष्णु खरे 'नवभारत टाइम्स' से इस्तीफा देकर लौट आए हैं।

'हा, हंत!'

मेरे भीतर से दुख और निराशा-भरा उच्छ्वास निकला—हा, हंत!

एक अजब-सी दुखभरी बड़बड़ाहट के साथ इस समाचार को कई दिनों तक परे ठेलता रहा और वह पास आ-आकर मुझे डराता रहा।

असल में राजेंद्र माथुर के मरने पर भी राजेंद्र माथुर मरे नहीं थे, क्योंकि हमारे बीच विष्णु खरे थे। लेकिन जिस दिन विष्णु खरे 'नवभारत टाइम्स' से वापस आ गए, सच में उसी दिन राजेंद्र माथुर का मरना महसूस हुआ।

और सच तो यह है कि उसी दिन 'नवभारत टाइम्स' की भी मौत हो गई!

मर गया प्राणी कभी लौटता नहीं, यह कितना सच है। क्योंकि मरा हुआ 'नवभारत टाइम्स' अभी तक वैसा ही मरा हुआ है।

बाद में विद्यानिवास मिश्र जैसे 'पंडिताऊ' किस्म के आदमी के संपादन में 'नवभारत टाइम्स' नाम से छपने वाला जो 'पंडिताऊ' किस्म का अखबार था, वह 'नवभारत टाइम्स' तो हरगिज न था। वह तो ठीक-ठीक इसका कंकाल भी न था।

और 'नवभारत टाइम्स' की तो अकाल मौत हो चुकी थी—उसी दिन जब राजेंद्र माथुर के बाद पहले एस.पी. सिह और फिर विष्णु खरे भी उससे बाहर आ गए! और फिर अब जो चीज थी, वह 'नवभारत टाइम्स' नहीं, 'नवभारत टाइम्स' की लाश थी जो केवल साँस लेती नजर आती थी।

फिर विद्यानिवास मिश्र हों या सूर्यकांत बाली, या फिर कोई और, उन्हें 'नवभारत टाइम्स' के संपादक नहीं, आने वाला इतिहास 'नवभारत टाइम्स' के हत्यारों के रूप में गिनेगा।

खैर, लेकिन मैं तो विष्णु खरे की बात कर रहा था।

3

सन् 1993 में मेरा उपन्यास 'यह जो दिल्ली है' छपा। पत्रकारिता की भीतरी सच्चाइयों को लेकर लिखा गया उपन्यास, जिसे मैंने बहुत तकलीफ झेलकर लिखा था। और इसी के आसपास की वह घटना है, जब विष्णु खरे को मैंने फिर से पाया।

'यह जो दिल्ली है, के नायक सत्यकाम की त्रासदी और विष्णु खरे के पत्रकार की विडंबना में मुझे काफी साम्य नजर आ रहा था। 'यह जो दिल्ली है' का नायक सत्यकाम सैद्धांतिक वजहों से अपनी नौकरी छोड़कर सड़क पर आ जाता है और फिर घर की जरूरतें और पारिवारिक तकलीफें उसे आत्महत्या की सरहद तक ले जाती हैं।

विष्णु खरे की संपादक के पद से इस्तीफा देकर केवल अपने सिद्धांतों के कारण सड़क पर आ जाने की त्रासदी—एक हद तक तो सत्यकाम की तिलमिला देने वाली त्रासदी से मिलती ही है।

तो विष्णु खरे से मिलना एक तरह से थोड़े अलग अंदाज वाले अपने कथानायक से ही मिलना था। और मैं उनसे मिलने के लिए लगभग बेचैन हो उठा!

फिर मेरी यह भी इच्छा थी कि विष्णु खरे संभव हो तो इस उपन्यास को पढ़ें और यह बताएँ कि पत्रकारिता की जमीन पर लिखा गया यह उपन्यास जिसमें मेरे

भीतर का एक ज्वालामुखी फूटा पड़ा था, उन्हें कैसा लगा? कि मेरे और उनके पत्रकारिता के 'सच' में कितना कुछ आपस में मिलता है और कितना अलग-अलग है?

फोन पर विष्णु खरे से बात हुई। मैंने उपन्यास 'यह जो दिल्ली है' का जिक्र किया तो उन्होंने बताया कि उन्होंने इसका जिक्र कहीं पढ़ा है और वे इसे पढ़ना चाहेंगे कि देखें, पत्रकारिता पर इसमें क्या कुछ लिखा गया है।

अगले दिन मैं उनके घर गया और 'यह जो दिल्ली है' की एक प्रति उन्हें भेंट करके आया। वहीं उनसे और भी तमाम बातें हुईं।

पहली बार मैंने उनसे उस सारी विडंबना के बारे में सुना जिसे वे ताजा-ताजा झेलकर निकले थे और जिसके निशान उनके सारे वजूद और आत्मा पर नजर आते थे।

'टाइम्स ऑफ इंडिया' के प्रबंधन के बारे में जो बातें उन्होंने बताईं, वे थरथरा देने वाली थीं।...और तभी पता चला कि जब विष्णु खरे 'नवभारत टाइम्स' के संपादक थे तो वह कौन-सा एक बड़ी शक्तिशाली वर्ग था जो वहाँ उन्हें नहीं देखना चाहता था! और उन्हें वहाँ से हटाने के लिए क्या-क्या हथकंडे अपनाए गए और कैसे-कैसे खेल हुए।

मैं सुनता जा रहा था और मन ही मन निश्चय सा करता जाता था कि क्या ही अच्छा हो, अगर इस सारे मामले को समेटता हुआ विष्णु जी का एक लंबा इंटरव्यू किया जाए...ताकि पत्रकारिता की दुनिया की ये सच्चाइयाँ लोगों के सामने आ सकें जिन्हें लोग कहने से डरते हैं। इतना कुछ झेलकर भी कहने से डरते हैं। पर विष्णु खरे जैसा कोई एकाध लेखक-पत्रकार ही पूरी दबंगी से उन्हें कह सकता है।

मुझे लगा, जैसे भी हो, ये बातें आनी चाहिए, आनी ही चाहिए!!

विष्णु खरे अगर तैयार हों, तो उनका एक लंबा इंटरव्यू मुझे करना ही है!!

विष्णु जी से बात हुई तो वे राजी हो गए। बोले—"ठीक है, अगर आप चाहें तो कर सकते हैं इंटरव्यू। मुझे तो ये बातें कहने में कोई संकोच नहीं है। बल्कि मैं चाहूँगा, यह सच्चाई लोगों के सामने आए कि हमारी पत्रकारिता का चेहरा अब कैसा हो गया है और आगे कैसे खतरे नजर आ रहे हैं।"

"पर मैं चाहूँगा कि पहले आपकी कविताएँ दोबारा पढ़ लूँ, ताकि आपके कवि-पत्रकार की एक साझी तस्वीर सामने आए, इसलिए कि वे जुदा-जुदा नहीं, मूलतः एक ही हैं।"

उनसे मिलकर आया तो कुछ और उत्साहित था। इंटरव्यू लेने का इरादा कुछ और पक्का हो गया। मैं मन ही मन उसका कुछ 'नक्शा' सा बनाता जा रहा था...और भीतर-भीतर रोमांचित था कि यह अगर वैसा ही हुआ जैसा कि इसे होना ही चाहिए, तो कम से कम मेरे जीवन की यह एक 'यादगार घटना' होगी।

धीरे-धीरे कुछ और समय बीता। इस बीच मैंने विष्णु जी की कविताएँ पढ़ीं, उनके अनुवाद और कुछ और चीजें...

इंटरव्यू की बात मन में थी और एक क्षण के लिए भी मंद नहीं हुई थी, पर लगा, वह क्षण अभी आया नहीं है।

इसी बीच मैं अपने दूसरे उपन्यास 'कथा सर्कस' को पूरा करने में जुट गया और उसमें इतना मगन हुआ कि बाकी की बहुत-सी चीजें स्थगित हो गईं। समस्या इसकी भी 'यह जो दिल्ली है' से अलग नहीं थी। साहित्य और पत्रकारिता की दुनिया। भीतर एक धक्का मारता जोश।

सन् 1995 में मुझे अपने कविता-संग्रह 'छूटता हुआ घर' पर प्रथम गिरिजाकुमार माथुर स्मृति पुरस्कार मिला। विष्णु जी उस कार्यक्रम में आ नहीं सके थे। हाँ, फोन पर उनकी बधाई मुझे प्राप्त हुई। इतना ही मेरे लिए काफी था।

मैंने उन्हें बताया कि मैंने उनकी कविताएँ अच्छी तरह पढ़ ली हैं। इंटरव्यू के लिए मेरी पूरी तैयारी है। पीछे अपने नए उपन्यास में लगा था जो अब छपने चला गया है। इसलिए अब मैं उससे मुक्त हूँ। लिहाजा अगर वे चाहें तो अब लंबी बातचीत के लिए मैं आ सकता हूँ।

उन्होंने पूछा—"आपको कब सुविधा होगी?"

मैंने कहा—"इतवार को मेरी छुट्टी होती है। वही दिन सुविधाजनक रहेगा। आप कहें तो इस इतवार को आ जाऊँ? सुबह-सुबह आपको कोई दिक्कत तो न होगी?"

उन्होंने कहा— "ठीक है...आ जाइए।"

4

संभवतः अगस्त (या सितंबर?) 1995 की ही किसी तारीख को विष्णु खरे से मेरी लंबी बातचीत हुई थी जिसका रोमांच मैं आज तक नहीं भूल पाया।

हालाँकि उससे पहले और बड़े लेखकों से मैं मिल चुका था और उनसे जमकर बातें हुई थीं। इनमें कमलेश्वर थे, निर्मल वर्मा थे, रघुवीर सहाय थे...पर ऐसा रोमांच सच कहूँ तो मैंने पहले कभी न जाना था।...हाँ, सत्यार्थी जी से हुई कुछ खुशनुमा मुलाकातों की तो बात ही अलग है।

सत्यार्थी जी से मिला था तो लगा था, मैं उन्हें रोम-रोम, रेशे-रेशे से जान रहा हूँ, मैं रोम-रोम से उनसे भेंट रहा हूँ। इसी तरह विष्णु खरे से बातचीत हुई तो लगा, उन्होंने अपने अंतःकरण का पुरजा-पुरजा खोलकर मेरे आगे रख दिया है। और मैं उनके अंतःकरण में छिपे हर रहस्य और भेद को जान सका हूँ। और उनकी हर शक्ल और मूड और छोटी से छोटी प्रतिक्रिया से भी परिचित हो रहा हूँ।

सचमुच विष्णु जी को सुनना एक बिल्कुल अलग तरह का अनुभव है। ऐसा अनुभव जो आपके जीवन को, आपके मन, प्राण और आत्मा तक को समृद्ध करता

है। और आप जीवन के तमाम-तमाम दिनों में से उस एक दिन और उन कुछ बेहद समृद्ध लम्हों को अलग से पहचान सकते हैं।

उस दिन सुबह नौ बजे से लेकर शाम को सात-साढ़े सात बजे तक वे जिस तरह लगातार और गहरे आविष्ट स्वर में बोलते रहे, उस सामर्थ्य के साथ वही और सिर्फ वही बोल सकते थे। बोलते हुए इतने गहन भावात्मक और बौद्धिक स्वरों को वे बार-बार छू रहे थे और जीवन की इतनी सघन प्रतीति करा रहे थे कि मुझे लगता था—वे बोलते रहें, बोलते रहें...बस, और मैं सुनता रहूँ!...

उस समय मैं लगभग निष्कवच था।

न कोई टेप, न नोट्स...और न पहले से तैयार किए गए सवाल! हाँ, कुछ मोटी-मोटी जिज्ञासाएँ विष्णु जी के कवि और पत्रकार को लेकर मन में थीं और लगता था कि इन्हीं में से कुछ को उठा लूँ और इनके सहारे आगे बढ़ता जाऊँगा। फिर बात जिधर जाती है, जाए।...सवाल जो भी होंगे, उसी में से निकलेंगे।

लेकिन यह कम हैरत की बात नहीं कि बिना टेप किया हुआ वह इंटरव्यू आज भी मेरे भीतर ज्यों का त्यों टेप किया हुआ है और मैं जब चाहूँ, जहाँ से चाहूँ...आगे जाकर या फिर पीछे रिवाइंड करके उसे सुन सकता हूँ—ज्यों-का-त्यों... शब्द-दर-शब्द।...

मैं बहुत मामूली शक्तियों वाला एक छोटा-सा आदमी हूँ। पर कुछ चमत्कार मेरे जीवन में घटित हुए हैं। विष्णु खरे से हुआ वह इंटरव्यू ऐसा ही एक चमत्कार है।

मैं एक छोटा-सा आदमी हूँ—पर पूरी विनम्रता से कह सकता हूँ कि मेरे माध्यम से हुआ वह काम 'ऐतिहासिक' महत्व का काम था। ऐसे काम जो किसी युग में कभी-कभार और खुद-ब-खुद घटित होते हैं।...हालाँकि उसका श्रेय मुझे नहीं, पूरी तरह विष्णु खरे को ही जाता है। मैं तो बस, एक माध्यम था।...

सुबह जब यह इंटरव्यू शुरू हुआ था तो कतई इंटरव्यू की तरह शुरू नहीं हुआ था। बस, यह यूँ था कि कहीं से भी कोई भी बात अचानक उठा ली और फिर उनके जवाबों के बीच से सवाल खुद-ब-खुद निकलते थे और रास्ता बनता जाता था।

सुबह जब वह बातचीत के लिए तैयार होकर बैठ थे तो इत्मीनान से तख्त पर से पैर नीचे लटकाकर बैठे थे। बातचीत आगे बढ़ती गई और वे रौ में आकर लगभग बेखुदी में बोल रहे थे, बोलते जा रहे थे। इस बीच शरीर का जैसे उन्हें कोई होश ही न हो! दोपहर तक वे सीधे लेट गए। मैं पूछता जा रहा था और वे बोलते जा रहे थे...उसी रौ में, उसी गहरे आवेश में भिदे हुए-से। आवाज धीमी, बहुत धीमी हो गई थी।...लेकिन अब भी उतनी ही नाटकीय और गहन भावनाओं से लबालब। साथ ही एक बौद्धिक जागरूकता से संपन्न भी!...

इस समय तक विष्णु जी की हालत यह थी कि जैसे कोई नीम बेहोशी में

बोलता है...और यह नीम बेहोशी ऐसी थी, वे चेतना के शायद सर्वोच्च शिखर पर स्थित थे। वे सब कुछ से कटकर जैसे अपनी आवाज में समा गए थे। मेरी आवाज उन तक पहुँचती थी जिसकी तत्काल एक प्रतिक्रिया बड़े रहस्यमय, जादुई ढंग से भीतर बनती जाती थी। फिर जब वे बोलते थे, तो उनके जीवन के सभी अनुभव और उपलब्ध सत्य मानो खुद-ब-खुद उस आवाज में ढलते जाते थे। और वह आवाज इतनी ज्यादा अमलिन और पारदर्शी थी और इतनी चेतनासंपन्न कि मुझे लगता था, मानो हमारे युग के बड़े से बड़े सच इस आवाज के जरिए ही अपने आपको को प्रकट कर पा रहे हों।...

पर वह आवाज कुछ इस कदर मंद पड़ती जा रही थी और विष्णु जी कुछ इस कदर थके हुए, शांत, निस्पंद लेटे थे कि मुझे लगा कि मैं उन पर अत्याचार कर रहा हूँ...कि बहुत हुआ यह जादू!...अब मुझे यहीं इंटरव्यू खत्म कर देना चाहिए।...

उस समय शाम के कोई पाँच-साढ़े पाँच बजे थे। मैंने विष्णु जी से कहा—"विष्णु जी, मुझे लग रहा है, मैं आप पर अत्याचार कर रहा हूँ।...आप कहें तो इसे यहीं खत्म कर दिया जाए।"

एक क्षण तक विष्णु जी का स्वर नहीं सुनाई दिया। फिर उन्होंने फीकी आवाज में पूछा—"क्या तुम्हारे सवाल खत्म हो गए?"

"नहीं, अभी तो हैं..." मैंने कहा।

"तो फिर पूछो...!" वही मंद, लेकिन भीतरी ताप से तपी हुई दृढ़ आवाज।...

एक क्षण तक मैं उन्हें सिर्फ देखता ही रहा...और मुझसे कुछ पूछा नहीं गया?...

कौन लेटा है मेरे सामने? किसकी चेतना का सारा बल उसकी आवाज में आकर समा गया है?...

और आवाज भी कोई खनकदार नहीं, एकदम बैठी हुई-सी आवाज। लेकिन वे लगभग अस्त्र की तरह उसका उपयोग कर रहे हैं। और बोलते-बोलते बाज दफा उसमें ऐसी कशिश उभर आती थी, ऐसी तुर्शी, ऐसी करुणा या कभी-कभी एक मारक व्यंग्य कि लगता था, आज का युग-सत्य ऐसे ही, बस ऐसे ही खुद को प्रकट कर सकता है।

और शाम को साढ़े सात बजे जब मैं इस इंटरव्यू का आखिरी सवाल पूछ रहा था, तो न सिर्फ मेरी बल्कि विष्णु जी की हालत भी कुछ अजीब हो गई थी। हम दो लिबरेटड आत्माओं की तरह थे जो शरीर के बंधन से बहुत कुछ मुक्त हो चुके थे और विचारों की दुनिया में भटक रहे थे। हालाँकि ये विचार कोई अमूर्त या आध्यात्मिक विचार नहीं थे। ये वे विचार थे जिनमें हमारे समय का यथार्थ खुद को

सबसे ज्यादा तीखे, विद्रोही और कठोरतम रूप में प्रकट करता है।

अपने सवालों साथ-साथ कागज-पत्तर समेटकर जब मैं चलने लगा तो मैंने कुछ झिझकते हुए से कहा, "आज आपको बहुत परेशान किया है।"

"ऐसा नहीं...बल्कि में ही शायद बहुत-कुछ उलटा-सीधा बोल गया। सबका सब लिख मत डालना।"

अलबत्ता विष्णु जी का इंटरव्यू लेकर जब मैं बाहर निकला तो मेरी अजीब हालत हो रही थी। इसे आप एक तरह के सम्मोहन की हालत भी कर सकते हैं। लगता था, मैं अकेला नहीं हूँ और हजारों-हजार छवियों के साथ विष्णु खरे ने मुझे घेर रखा है। लगता था, मैं जहाँ भी जाऊँगा, विष्णु खरे मेरे साथ जाएँगे।...और फिर एक अजब अहसास और भी। हालत यह भी कि एक ओर लगता था, विष्णु खरे से इस लंबी बातचीत के बाद में एक सर्वांगपूर्ण सुंदर आदमी में बदल गया हूँ। और दूसरी ओर, लगता था, मैं कई हिस्सों में बँट गया हूँ। मस्तिष्क अलग जा पड़ा है, धड़ अलग, पैर अलग...और उनका मुझसे पहले जैसा रिश्ता नहीं रह गया है।

उस दिन मैं घर कैसे पहुँचा, मैं सचमुच नहीं जानता। अलबत्ता घर पहुँचा तो मेरे मुँह से सिर्फ इतना निकला, "मुझे थोड़ी सी चाय दे दो सुनीता। चाय पीकर मैं सोऊँगा।"

हालाँकि सोना इतना आसान कहाँ था। देर तक चीजें आपस में गड़बड़ाती रहीं। सब कुछ डगमग-डगमग हो रहा था। पूरी स्क्रीन पर बस विष्णु खरे का चेहरा...बड़ा लगातार बड़ा होता हुआ और फिर सिर्फ होंठ...वे कुछ कह रहे हैं—हाँ-हाँ, यह कहा था...यह कहा था...यह भी कहा था...यह-यह कहा था...वह-वह कहा था...!

5

और यह इंटरव्यू जितने अद्भुत ढंग से हुआ, लिखा भी उतने ही अद्भुत ढंग से गया।

अगले दिन सुबह उठकर मैंने चाय पी और कागजों का एक गट्ठर लिया, फिर एक पेन...और फिर वह पेन चलने लगा।...चलने क्या, दौड़ने लगा। लिख तो शायद मैं ही रहा था, पर वह पेन कहाँ से शुरू होकर किधर जा रहा था, मैं नहीं जानता।

और उस दिन मैंने क्या लिखा, कैसे लिखा, मुझे कुछ याद नहीं।

बस, इतना याद आता है कि शायद यह लिखा था, यह लिखा था...यह-यह लिखा था...और जो-जो याद आता था, उसे आगे-पीछे का ख्याल किए बगैर, मैं बेतरतीब ढंग से लिखता जाता था। फिर जो याद आता था, उसके आसपास और आगे-पीछे का भी बहुत-कुछ याद आता था। और बगैर क्रम-बद्धता का ख्याल किए मैं उसे लिखता, बस लिखता जाता था और रात होते-होते मैंने कोई सौ-डेढ़ सौ पन्ने

लिख लिए।

और फिर अगले पंद्रह-बीस दिनों तक, जब तक वह पूरा इंटरव्यू सिलसिलेवार नहीं लिख लिया गया—मैं शपथ खाकर कह सकता हूँ, मैं रात-दिन, चौबीसों घंटे विष्णु खरे के साथ रहा।

विष्णु खरे के साथ हुए उस अद्‌भुत इंटरव्यू के बारे में कुछ मिलाकर यही कह सकता हूँ कि मैं अभी तक के अपने जो सर्वाधिक संपूर्ण इंटरव्यू मानता हूँ—या जिन्हें अपनी छोटी-मोटी उपलब्धि मानता हूँ और कह सकता हूँ कि हिंदी में ऐसे इंटरव्यू पहले न थे—उनमें विष्णु खरे से लिया गया यह इंटरव्यू यकीनन पहले नंबर पर है।

यहाँ एक चीज दर्ज कर दूँ कि किसी अच्छे इंटरव्यू के बारे में मेरा मानना यह है कि उसमें केवल किसी रचनाकार के विचार ही न हों, बल्कि वह रचनाकार अपनी पूरी शख्सियत के साथ वहाँ उपस्थित भी हो।...यानी वह इंटरव्यू तो हो, लेकिन साथ ही साथ एक लंबी कहानी या उपन्यास या 'जिंदगीनामा' भी हो।...और उससे भी बढ़कर एक फिल्म हो, जिसमें आप उस रचनाकार को उठते-बैठते, चलते-फिरते बोलते और अपने गुस्से और प्यार की सारी मुद्राओं में देख सकें। कोई जरूरी नहीं कि मेरे अपने सारे इंटरव्यूज इस कसौटी पर खरे उतर पाएँ, पर विष्णु खरे का इंटरव्यू यकीनन इस कसौटी पर सौ प्रतिशत खरा उतरने वाला है। विलक्षण और अद्वितीय इंटरव्यू है। ऐसा कहे बगैर मैं नहीं रह सकता।...इसलिए कि इसमें संपूर्ण विष्णु खरे उपस्थित हैं, अपने तीखे और असुविधाजनक विचारों, कठिन जिदों, खरी बहसों के साथ-साथ भोलेपन, भावुकता और एक विचित्र त्रासदियों और अभाव भरे बचपन की मर्मांतक कथाओं के बीच...यह एक ऐसे लेखक की सच्ची तस्वीर थी, जिसे कभी-कभी एलीट और 'खुर्राट' भी बोल देते हैं, मगर वैसा वह है नहीं।...बल्कि सच मानी में सारी भावुकता और कोमलता अंदर छिपाए, वह एक बेहद सतर्क और चौकन्ना लेखक है जिसकी आँख से किसी की चालाकियाँ और दुष्टताओं का छिप जाना असंभव है।

उस इंटरव्यू के निस्संदेह सबसे कारुणिक पन्ने वे हैं जिसमें विष्णु खरे अपने बचपन की विचित्र यंत्रणा और अभाव भरी दुनिया में उतरते हैं। और खुद को बेचारा बनाए बगैर, उस सबको हिम्मत से बेपर्दा करते हैं जो कभी उनके जीवन का हिस्सा था और आज भी वह कहीं गया नहीं। कई लेखक 'बड़े' होने के बाद अपने अतीत को जान-बूझकर भुला देते हैं। और अपने बचपन और किशोरावस्था की दुनिया पर पर्दा डालकर "हम तो जी राजाओं जैसे खानदान के हैं" कहने में ग़ौरव महसूस करते हैं। या फिर कुछ हैं, जो अपने गर्दिश के दिनों को इस तरह ग्लोरीफाई करते हैं कि यह खुद एक धंधा लगने लगता है। लेकिन नहीं, विष्णु खरे ये दोनों ही काम नहीं

करते और वे अपने बचपन और किशोरावस्था के अभावग्रस्त दिनों के बहाने हमें कोई सन् 50-55 के उस हिंदुस्तान से मिलाने ले चलते हैं जिसमें हर आम आदमी लगभग इसी हालत में था।...और इन हालात के बीच एक चुप्पा-सा लड़का है जो अपनी उम्र की तुलना में कहीं ज्यादा बड़ा हो गया है। जिसकी परिस्थितियाँ उसे बचपन के बाद युवावस्था नहीं, बल्कि बुढ़ापे की ओर खींच रही हैं। और वह जैसे आगे आने वाली चुनौतियों के लिए खुद को तैयार कर रहा है।...फिर चाह वह पढ़ाई में अव्वल आना हो या फिर डिबेट और कविता प्रतियोगिता वर्गरह में शील्ड जीतकर लाना हो।...

यह माँ के गुजर जाने के बाद मिला जीवन, जिसमें लड़के अपने गैर-दुनियादार या अव्यावहारिक पिता को बताए बगैर खुद ही जैसे-तैसे अपनी गृहस्थी का संचालन कर रहे हैं...माँ बहुत बचपन में गुजर चुकी थी और माँ की सिर्फ इतनी याद विष्णु खरे को है कि जब बचपन में किसी बीमारी के कारण उनका गला बंद हो गया था और आवाज बिल्कुल नही आती थी—लगभग सभी ने यह मान लिया था कि यह लड़का जीवन भर गूँगा रहेगा, तब माँ ने लगातार गले की मालिश कर-करके बेटे को उसकी आवाज लौटा दी थी।...“क्योंकि वह शायद बर्दाश्त ही नहीं कर सकती थी कि उसका बेटा जीवर भर गूँगा रहे।” विष्णु जी भावुक होकर बताते हैं।...

आवाज तो लौट आई, लेकिन आवाज हमेशा के लिए बैठ गई और यह ‘बैठी हुई आवाज’ कुछ उन अलंघ्य विशेषताओं में से एक है, जिनसे विष्णु खरे की शख्सियत बनती है।...माँ की तरह विष्णु खरे ने बहुत भावुक होकर पिता का भी स्मरण किया है जो अध्यापक थे तथा संगीत में जिनकी विशेष रुचि थी। चौबीसों घंटे वे अपने भीतर की दुनिया में खोए रहते थे और अक्सर अपने आपसे बातें करते या बुदबुदाते पाए जाते थे। ऐसे पिता को किसी घरेलू या व्यावहारिक दुनिया की चिंता से और ज्यादा परेशान करने के बजाए, लड़कों यानी विष्णु खरे और उनके भाइयों ने खुद गृहस्थी का भार अपने कंधों पर उठा लिया।...पिता ने कभी नहीं कहा कि उन्हें पढ़ाई में अपनी-अपनी कक्षा में अव्वल आना है। लेकिन लड़कों को लगता था कि इस परिस्थिति से निकलने का एक ही तरीका है कि वे अव्वल आएँ। वे खुद खाना बनाते, खुद घर का सारा काम करते और बचे हुए समय में पढ़ते थे और अव्वल आते थे। पिता ने कभी नहीं कहा कि उन्हें क्या पढ़ना है, क्या नहीं पढ़ना लेकिन वे घर में ‘सरस्वती’ जैसी पत्रिकाएँ लाते थे और रख देते थे।...और उनके बगैर कहे लड़के यह जानने लगे थे कि साहित्य क्या है और साहित्य क्यों पढ़ना चाहिए! घर की आर्थिक हालत यह थी कि एक-एक पैसा दाँत से पकड़ना होता था, तब घर चलता था। और घर में खाना वगैरह इस तरह बनता कि मानो जीवित रहने के लिए उदरपूर्ति भी एक कर्त्तव्य है, सो उसे करते रहना चाहिए।

कुछ-कुछ यह माहौल था जिसमें विष्णु खरे का बचपन पल रहा था। और ऐसे

में उनमें लेखक होने की जिद भी शामिल हो गई थी। बहुत छोटी उम्र में उन्होंने अनुवाद शुरू कर दिया था और अनुवाद की एक छोटी-सी किताब उनकी छप भी गई थी। हालाँकि तब भी यह एक विचित्र बात है कि उनके ज्यादातर मित्र लेखक या साहित्यिक नहीं, बल्कि ऐसे लोग थे जिनका साहित्य से दूर-दूर तक कोई वास्ता न था। इसमें उनसे दोगुनी उम्र के दोस्त भी थे जो जिंदगी के अलग-अलग क्षेत्रों और गलियों से वास्ता रखते थे। इनमें अगर अपराध की गलियों से जुड़े हुए लोग थे—जिनमें एकाध तो हत्या के मामले में जेल भी काट आया था—तो पुलिस वाले भी। यहाँ तक कि खुद विष्णु खरे के हैडमास्टर साहब भी उन्हें एक 'नन्हे दोस्त' की तरह ही मानते थे और उनसे साहित्य को लेकर खूब लंबी वार्ताएँ और बहसें किशोर विष्णु खरे की होती थीं।

विष्णु खरे के बचपन की न भूली जा सकने वाली करुण त्रासदियों में उनकी उन दो बुआओं की भी कथा है जिन्होंने माँ के मरने पर, यह घर सँभाला। वे धर्म और नेम-कर्म करने वाली बुआएँ जिनका पूरा जीवन कर्तव्य और सद्विचारों को समर्पित था, बिन ब्याही ही मरीं। यह ऐसी करुण त्रासदी है जिसका दंश विष्णु खरे के भीतर से नहीं निकलता और बार-बार उनके आगे एक सवाल बनकर खड़ा हो जाता है कि इसके लिए जिम्मेदार कौन था? वे खुद इससे एक समय इतने विचलित हो गए थे कि इस पर उन्होंने एक कहानी लिखी थी जो 'कहानी' पत्रिका में छपी थी। इसमें कथानायक ईश्वर की प्रतिमा को बाहर कूड़ाघर के पास रख आता है क्योंकि उसकी आस्थाएँ बुरी तरह दरक गई हैं और उसे लगने लगा है कि यह चीज पूरी तरह झूठ है कि ईश्वर अच्छे लोगों की मदद करता है तथा बुरों को सजाएँ देता है। उसके मन में आता है कि अगर ऐसा है तो इस संसार में अच्छे लोग ही क्यों कष्ट पाते हैं।

इंटरव्यू की शक्ल में उनके साथ हुई इस लंबी अनौपचारिक बातचीत में विष्णु खरे ने निस्संकोच अपनी दो कुंठाओं का भी जिक्र किया है जिनमें एक तो संगीतकार न हो पाने की कुंठा है। इसका मुख्य कारण उनका गला है जो बचपन में ही बिगड़ गया था। और उनकी दूसरी कुंठा है प्राध्यापक न हो पाने की कुंठा...हालाँकि मुझे लगता है कि यह अच्छा ही हुआ कि वे प्राध्यापक नहीं हुए, वरना वे भी दूसरे प्राध्यापकों की तरह जीवन भर एक ही 'तवा' घुमाते-घुमाते बेदम और बूदम हो जाते। और तब वह बहुत-कुछ जो विष्णु खरे ने लेखक-पत्रकार होने के नाते किया है, शायद छूट जाता।...और फिर सबसे बड़ा सवाल तो यह है कि विष्णु खरे अगर संगीतकार, प्राध्यापक या और कुछ भी हो जाते तो वे विष्णु खरे जो आज हैं, वैसा कौन होता? मैं दूर-दूर तक नजरें घुमाता हूँ मगर मुझे कोई दूसरा विष्णु खरे नजर नहीं आता। और तो और, उन जैसे तीखे आग्रहों वाला कोई दूसरा आलोचक भी हमारे बीच नहीं है। यह विष्णु खरे ही हैं जो कि प्रयाग शुक्ल की कविताओं पर एक पंक्ति

में एक मुकम्मल टिप्पणी कर जाते हैं कि मुझे समझ में नहीं आता कि प्रयाग जी लिखते क्या हैं और क्यों हैं? इसी तरह केदारनाथ सिंह के बारे में उनका कहना था कि 'पक गई है धूप' के बाद केदारनाथ सिंह को अपनी कविता का रास्ता सूझा ही नहीं और वे आज तक कविता लिखने की तैयारी ही कर रहे हैं, कविता लिख नहीं पा रहे हैं। अज्ञेय को लेकर उनका मानना है कि अज्ञेय महत्त्वपूर्ण कवि तो बिल्कुल नहीं हैं। हाँ, वे उपन्यासकार अच्छे हैं और उनका 'शेखर एक जीवनी' अच्छा उपन्यास है। इसी तरह अशोक वाजपेयी और नामवर सिंह पर जैसी तीखी चोटें उन्होंने की हैं, वैसा काम करने वाला हिंदी साहित्य के समूचे परिदृश्य में कोई और नाम मुझे नजर नहीं आता। दूसरे लोग अगर कहना पड़े तो कहते तो हैं, मगर अपने हाथ-पाँवों को बचाकर चोट करते हैं। पर विष्णु खरे आत्महंता दुस्साहस के साथ यह काम करते हैं और अपने आपको समूचा दाँव पर लगाकर चोट करते हैं। यह बहुत बड़ा फर्क है जिस पर ध्यान देना चाहिए।

विष्णु खरे की यह जो बहुप्रचारित 'थीसिस' है कि इधर हिंदी में कविताएँ बहुत अच्छी लिखी जा रही हैं और उनका एक बड़ा हिस्सा ऐसा है जिसे विश्व स्तर की कविता की कोटि में रखा जा सकता है—तब सन् 1995 में बन चुकी थी या शायद बनने की प्रक्रिया में थी। इस चीज को लेकर मेरी उनसे हल्की-सी बहस भी हुई थी। मेरा मत था और आज भी है कि हमारा आज का समाज जिस तरह की लड़ाइयों और मुश्किलों में पड़ा हुआ है, हमारी कविता उसका ठीक-ठीक प्रतिनिधित्व नहीं करती। वह बहुत कुछ जिंदगी की मौजूदा जद्दोजहद, शोर-शराबे और लड़ाइयों से भागती, 'एकांतिक' कविता है जिसके साथ आम आदमी कोई खास जुड़ाव नहीं महसूस करता। जबकि आज आम आदमी की मुश्किलें जिस तरह से बढ़ी हैं, उसे देखते हुए हमारी कविता को अन्याय के विरुद्ध चौकस या संघर्षशील कविता होना चाहिए। पर गरीब और भूखे आदमी का सबने साथ छोड़ दिया तो कविता ने भी!

इस पर विष्णु खरे का कहना था कि आज भी कविता के सरोकार बड़े हैं। बस, भाषा का फर्क है। हर कवि का अलग अंदाजेबयाँ है और भंगिमा है, लेकिन चोट वहीं है, जहाँ आप चाहते हैं। मैंने जोर देकर कहा कि हमारे समय के लेखक की इमेज मेरे जेहन में इस तरह आती है कि जब सभी कमजोर आदमी का साथ छोड़ जाएँ, तो एक लेखक की धीमी ही सही, आवाज जरूर उसके पक्ष में उठे कि यह गलत है, अन्याय है—इसे मैं लेखक का धर्म मानता हूँ। इस पर विष्णु जी ने लेखक के विद्रोह का एक सुंदर उदाहरण दिया। कहा—चार्ल्स डिकेंस के उपन्यास 'डेविड कॉपरफील्ड' में अनाथालय का एक दृश्य है। अनाथालय का अधिकारी लड़कों को थोड़ा-थोड़ा सूप बाँट रहा है जिससे उनकी भूख नहीं मिटती। लेकिन उनमें यह कहने का साहस भी नहीं है।...उन डरे हुए भयभीत लड़कों में से एक लड़का आगे निकलता है और उस अधिकारी से कहता है—"मोर सूप!" बस, यही एक लेखक

की आवाज है, यही एक लेखक का विद्रोह है। वह विद्रोह का झंडा भले ही न उठाए, पर समाज में प्रतिरोध की क्षमता तो पैदा कर ही सकता है। यह भी एक विद्रोह की शुरुआत है।

अपने जीवन के कुछ वर्ष जो मैंने लेखकों के इंटरव्यू करने में लगाए हैं, उनमें मैंने देखा कि लेखक लोग अक्सर भागते हैं। वे सोचते हैं, कोई कंट्रोवर्सी, कोई विवाद न खड़ा हो जाए। इसलिए गोलमोल भाषा की शरण लेते हैं। यहाँ तक कि अगर उनसे उनके प्रिय कवियों का नाम पूछ लिया जाए तो भी उनके चेहरे का रंग उड़ जाता है, क्योंकि कुछ का नाम लेंगे, कुछ का न लेंगे, तो आफत खड़ी होगी। इसलिए 'आदि-आदि' वाली भाषा इस्तेमाल करो, ताकि कोई मुसीबत न खड़ी हो। फिर किसी के बारे में 'सच' कहना हो, तो वे दस बार सोचेंगे ही और जब इंटरव्यू पूरा लिख लिया जाए, तो अनुरोध करेंगे कि 'ऐसी' पंक्तियाँ उसमें से निकाल दी जाएँ। वे चुप्पा और गोलमोल होने के फायदे जानते हैं। मुझे कहने दीजिए कि विष्णु खरे से बढ़कर साहस के साथ सवालों का सामना करने वाला मुझे आज तक कोई दूसरा लेखक नहीं मिला। हालाँकि वे केवल जिद्दी ही नहीं, बहुत अधिक भावुक भी हैं और रघुवीर सहाय था शानी को याद करते-करते उनकी आँखें कैसे गीली हो जाती हैं, इसका एक गवाह मैं भी हूँ। इसी तरह का एक करुण प्रसंग वह है, जब उन्होंने राजेंद्र माथुर के अंतिम दिनों और मृत्यु का जिक्र किया था।...और इसके साथ भूतपूर्व प्रधानमंत्री चंद्रशेखर द्वारा की गई एक कटु और अपमानजनक टिप्पणी को जोड़ा था।

6

खैर...वह इंटरव्यू पूरा लिखने के बाद मैंने लगभग किसी जुनूनी उत्साह में विष्णु जी को फोन किया। कहा—"मैंने इंटरव्यू लिख लिया है।...पर बीच-बीच में कुछ स्थानों और लोगों के नाम छूट गए हैं।...आप मेरी कुछ मदद कीजिए।"

इन भूले हुए नामों में ज्यादातर उनके किशोरावस्था के संदर्भ से जुड़े नाम थे। कुछ विदेशी लेखकों और उनकी किताबों के नाम थे। संदर्भ और विचार तो याद आ रहे थे, पर लेखकों के नाम वगैरह छूट गए थे। फोन पर उनसे पूछ-पूछकर मैं लिखता गया। फिर कहा—"इन्हें मैं यथास्थान जोड़ लूँगा और जल्दी ही टाइप कराके इंटरव्यू आपके पास ले जाऊँगा।"

उन्होंने पूछा—"कुल कितने पन्नों में गया वह इंटरव्यू?"

मैंने कहा—"मेरे हाथ के लिखे कोई डेढ़ सौ पन्ने।...टाइप होकर शायद पचास-साठ पन्ने बनेंगे।"

विष्णु जी हैरान होकर बोले—"अरे, आपने काफी टाइम बर्बाद किया! इतना बड़ा इंटरव्यू कौन छापेगा?"

मैंने हँसकर एक 'दीवानगी' के साथ कहा—"कौन छापेगा, कौन नहीं, यह सब

सोचकर तो किया नहीं था। कोई नही छापेगा तो एक दस्तावेज की तरह मेरे पास रहेगा! मेरी किताब में तो आएगा ही।"

"ठीक है, अच्छा...!" विष्णु जी ने अपने खास अंदाज में कहा जिससे पता चला कि मेरी यह 'अदा' उन्हें इतनी नागवार तो नहीं लगी है!

कुछ समय बाद विष्णु जी का फोन आया। उन्होंने कहा—"प्रकाश जी, क्या वह इंटरव्यू टाइप हो गया है? या उसमें अभी कुछ समय और लगेगा?"

मैंने कहा—"मेरा अनुमान है, मैं इस सप्ताह लेकर आपके पास आऊँगा।"

उन्होंने कहा—"असल में ध्रुव शुक्ल 'साक्षात्कार' में उसे छापना चाह रहे हैं।"

मैंने कहा—"इतना लंबा इंटरव्यू क्या वह छाप पाएँगे?"

विष्णु जी बोले—"इसमें तो उन्हें कोई परेशानी नहीं है। बल्कि उनका कहना है कि अगर पूरे अंक में केवल वह इंटरव्यू ही आ पाए तो भी उन्हें कोई परेशानी नहीं है।"

यह बात मेरे लिए खासी उत्साहजनक थी। वह लंबा इंटरव्यू कहीं पूरा छप सकेगा, यह सोचना ही मेरे लिए मुश्किल थाा, हालाँकि इच्छा थी कि वह पूरा ही छपे।

मैंने कहा—"मैं टाइप्ड प्रति आपके पास ले आऊँगा, आप देख लीजिएगा। अगर कहीं आपको लगे कि मैं आपके विचार ठीक से नहीं लिख सका तो आप 'टच' कर दीजिएगा।...और संभव हो तो ध्रुव शुक्ल को वह आप ही भेज दें।"

उसी हफ्ते मैं उन्हें इंटरव्यू की टाइप्ड प्रति दे आया।

कुछ रोज बाद मैंने विष्णु जी को फोन करके पूछा—"विष्णु जी, मैं पास हुआ या फेल? कुछ ठीक-ठीक लिखा भी पाया या नहीं?"

उन्होंने कहा—"आश्चर्य है, आपने बगैर नोट्स के इतना लंबा इंटरव्यू कैसे लिख लिया? इसमें तो मेरे विचार ही नहीं, कई जगह तो भाषा भी ज्यों की त्यों आ गई है।..."

फिर उन्होंने कहा—"अगर आप अनुमति दें तो एक-दो जगह कुछ मामूली परिवर्तन मैं करना चाहूँगा।"

एक तो अपने गुरु श्रीकांत जोशी के प्रति अपनी कठोर आलोचनात्मक टीप को उन्होंने जरा-सा नरम कर देना चाहा, फिर ऐसे ही एक-दो और जगहों पर छोटे-छोटे बदलाव थे। इंटरव्यू के मिजाज पर इससे कोई फर्क नहीं पड़ता था।

मैंने कहा—"आप अपने विचार जैसे भी रखना चाहें, यह स्वतंत्रता तो आपकी है। इसमें मुझे भला क्या आपत्ति होगी!"

लेकिन छपने के लिए भेजने से पहले उन्होंने वह इंटरव्यू मुझे दिखाया। कहा—"पहले आप देख लें। जो भी एक-दो जगह मैंने परिवर्तन किए हैं, उन्हें आप ठीक समझते हैं कि नहीं?...आप संतुष्ट हों, तभी वह इंटरव्यू भेजा जाएगा।"

शब्द के प्रति इतना आदर!...और अपने से बाद वाली पीढ़ी के लेखक के प्रति

इतना विश्वास और आदर का भाव— मैं सच कहूँ तो जीवन में पहली बार देख रहा था। मेरे लिए यह सब लगभग अकल्पनीय था।

बहरहाल, वह इंटरव्यू छपने चला गया. पर मेरे लिए मुश्किलें अभी खत्म कहाँ हुई थीं।

विष्णु जी ने ही मुझे कुछ रोज बाद फोन पर सूचना दी कि ध्रुव शुक्ल यों तो इंटरव्यू की काफी तारीफ कर रहे थे, पर दो-एक जगह वे इसे संपादित करना चाहते हैं।

"अरे...!" मैंने अफसोस के साथ-साथ कहा—"यह तो बड़ी खराब बात होगी। आपने क्या कहा?"

विष्णु जी ने कहा—"हाँ, मुझे भी बहुत खराब लगा उनकी बात सुनकर। वे एक तो विद्यानिवास मिश्र के बार में कही गई बातें हटाना चाहते हैं।...और भी कुछ लाइनें।...पर इन लोगों का कोई ठिकाना नहीं, एक बार आप इन्हें छूट दे दें, तो पता नहीं, वे कितना काट-पीटकर बर्बाद कर दें। मैंने तो उन्हें साफ मना कर दिया कि मैं इस बारे में कुछ नहीं कह सकता। इसकी अनुमति तो आपको प्रकाश मनु से लेनी होगी। इस पर उन्हीं का कॉपी राइट है...!"

मुझे विष्णु जी का यह स्टैंड अच्छा लगा और बल देने वाला भी।

तय हुआ कि फरवरी 1996 के पुस्तक मेले में विष्णु जी ध्रुव शुक्ल से मेरी मुलाकात करा देंगे। वहीं ध्रुव शुक्ल से विस्तार से यह चर्चा हो जाएगी कि उन्हें किन चीजों पर आपत्ति है और उसके पीछे वजह वे क्या बताते हैं? फिर यह देखेंगे कि रास्ता क्या निकाला जा सकता है?...

7

फरवरी 1996 के पुस्तक मेले में ध्रुव शुक्ल से मेरी मुलाकात हुई। संभवतः मध्य प्रदेश ग्रंथ अकादमी के स्टाल पर। विष्णु जी ने उनसे मेरा परिचय करा दिया था।

पर वह एक अजीब दिन था।...अजीब मुलाकात! ध्रुव शुक्ल ने यहाँ से शुरुआत की, "मनु जी, विष्णु खरे वाला आपका वह इंटरव्यू तो अद्भुत है, पर..."

मैंने कहा—"जी हाँ, बताइए...। मैं इसी 'पर' के बारे में आपसे सुनना चाहता हूँ।"

ध्रुव शुक्ल थोड़े हतप्रभ हुए। बोले—"असल में हमारी संस्था की कुछ सैद्धांतिक परेशानियाँ हैं। लिहाजा विद्यानिवास मिश्र और अशोक जैन के बारे में जो कुछ कहा गया है, उसे अगर आप हटाने की अनुमति दे दें तो..."

मैंने कहा—"ध्रुव शुक्ल जी, मैं जानना चाहूँगा कि क्या हिंदी साहित्य में इमरजेंसी लगी हुई है और ये जो दो नाम आपने लिए, क्या ये हिंदी साहित्य की इंदिरा

गांधियाँ हैं कि इनके बारे में कुछ नहीं कहा जा सकता!...यानी विष्णु खरे औरों के बारे में कुछ तीखा बोलते हैं तो कोई बात नहीं। पर विद्यानिवास मिश्र और अशोक जैन के बारे में बोलें तो..."

"देखिए, मैंने आपसे पहले ही कहा, यह हमारी पत्रिका थी पालिसी है..." ध्रुव शुक्ल ने समाधान की कोशिश की।

"यह कैसी पालिसी है!" मैंने कहा—"मैं बिल्कुल समझ नहीं पाता। यह कैसी पॉलिसी है जो कुछ आदमियों के बचाव के लिए ढाल मुहैया कराती है..."

"देखिए, आप मेरी बात समझने की कोशिश कीजिए मनु जी।" ध्रुव शुक्ल ने कहा—"वह इंटरव्यू तो बहुत अच्छा है, उसके बारे में कोई संदेह नहीं। पर एक संपादक के नाते मैं अपना विनम्र सुझाव तो दे ही सकता हूँ कि अगर आप उसमें से यह निकाल दें..."

मैंने कहा—"नहीं, यह सुझाव तो कतई नहीं है!...सुझाव कहाँ है। यह तो आप शर्त रख रहे हैं मेरे आगे...कि आप ऐसा करेंगे तो हम छापेंगे, वरना नहीं! सुझाव हो तो चलिए, मैं इसे नामंजूर करता हूँ...अब आप छापिए इसे!"

ध्रुव शुक्ल ने कहा—"देखिए, आप खामखा उत्तेजित हो रहे हैं।..."

मैंने कहा—"हाँ, उत्तेजित तो मैं हो रहा हूँ, इसलिए कि जब मैं विष्णु खरे से यह इंटरव्यू ले रहा था, तब कमरे में सिर्फ विष्णु खरे थे और मैं था।...जो कुछ भी मन में आया, मैं पूछ रहा था, विष्णु जी बता रहे थे। इस बातचीत में ध्रुव शुक्ल नामक व्यक्ति दूर-दूर तक नहीं था और न मैंने आपके लिए वह इंटरव्यू लिया था।...और न मुझे इस बात की रत्ती भर परवाह है कि वह आपको ठीक लगा या नहीं? यों भी मेरी और आपकी जमीन में इतना फर्क है...कि जो कुछ आपको प्रिय है, वह जाहिर है, मुझे अप्रिय ही लगेगा। और जो आपको अप्रिय है, इसकी काफी संभावना है कि वह मुझे प्रिय लगेगा।...तो अगर आप इस इंटरव्यू को पूरी तरह पसंद कर लेते, तो मुझे लगता कि इसमें कोई भारी गड़बड़ है। लिहाजा मैं अपने इंटरव्यू से तो आश्वस्त हूँ। हाँ, आपको यह इंटरव्यू अप्रिय लगे, फिर भी आप इसे छापना चाहें तो छापिए, यह सोचकर आपके पास भेजा था।...आप नहीं छाप सकते तो आप वापस कर दीजिए। लेकिन कृपया आप फिर यह बात मत दोहराइएगा।..."

भौचक्के-से हुए ध्रुव शुक्ल ने कहा—"मैंने एक छोटी-सी बात आपसे कही थी। इस पर आप जो कह रहे हैं, वह एक अति-प्रतिक्रिया है..."

"इसलिए कि मेरे और आपके साहित्य-संस्कारों में फर्क है। और मैं वाकई आपके साहित्य-संस्कार से जिसमें एक तरह का एलीटिज्म शामिल है—नफरत करता हूँ..." मैंने कहा।

इतने में निर्मल वर्मा वहाँ आए तो ध्रुव शुक्ल मुझे छोड़कर उनकी ओर लपक

लिए। और फिर निर्मल वर्मा से बात करते हुए उनके चेहरे पर कुछ ऐसा भाव आया कि जब निर्मल वर्मा जैसे लोगों से मैं बात कर सकता हूँ तो फिर प्रकाश मनु क्या चीज हैं!...

बहरहाल, वह इंटरव्यू जैसा कि होना ही था, 'साक्षात्कार' से वापस आ गया।

लेकिन मुझे इसकी रत्ती भर भी परवाह इसलिए नहीं थी क्योंकि उसी पुस्तक मेले में ज्ञानरंजन ने वह इंटरव्यू मेरे हाथ से लगभग छीन लिया था। और कहा था—"अगर यह इंटरव्यू 'साक्षात्कार' में छपता तो इसका अपमान होता। इसे तो 'पहल' में ही छपना चाहिए।"

उन्होंने आश्वासन दिया कि वह इंटरव्यू जस का तस छपेगा। उसमें से एक शब्द भी नहीं कटेगा!

बहरहाल वह इंटरव्यू 'पहल' में छपा और छपते ही उसकी कितनी चर्चा हुई, उस पर प्रशंसा में कितनी चिट्ठियाँ आईं मेरे पास, विष्णु जी के पास, ज्ञानरंजन के पास—उसे याद करना अब भी रोमांच से भर देता है!...चिट्ठियों की लगभग बरसात थी। इसलिए कि हर कोई मानो प्रतिक्रिया जताकर उन मुद्दों से और उस उत्तेजना से जुड़ने की कोशिश कर रहा था।

जे.एन.यू. में तो मुझे बताया गया—छात्रों ने उस पूरे इंटरव्यू को जेरोक्स कराकर बँटवाया था। मराठी की किसी प्रतिष्ठित साहित्यिक पत्रिका में उस इंटरव्यू का मराठी अनुवाद छपा। इस इंटरव्यू को लेकर मेरे दूर-पास के मित्र ही नहीं, परिचित-अपरिचित साहित्यिक जन भी इतने उत्साहित थे कि मैं खुद अचरज में पड़ गया।

मुझे लगा, श्रम व्यर्थ नहीं गया।

स्वयं विष्णु जी भी कम उत्साहित नहीं थे। एक बार तो उन्होंने मुझसे मजाक में कहा—"इतनी चिट्ठियाँ तो मेरी रचनाओं पर भी आतीं।...मैं सोचता हूँ, लिखना छोड़कर अब मैं इंटरव्यू ही देने लगूँ।"

ऐसे 'निर्मल' और अकुंठ मजाक विष्णु खरे ही कर सकते हैं।

8

विष्णु खरे का एक और रूप मैंने 'कथा सर्कस' पर प्रेस क्लब में हुई गोष्ठी में देखा था।...यह सन 1995 के दिसम्बर की कोई तारीख थी।

'कथा सर्कस' पर हुई इस गोष्ठी में हालाँकि श्यामाचरण दुबे, रामदरश मिश्र, डॉ. माहेश्वर, डॉ. शेरजंग गर्ग, संजीव ठाकुर तथा और भी कई लोग बोले थे—पर यह आकस्मिक नहीं कि विशिष्ट वक्ता की हैसियत से विष्णु खरे ने जो बातें उस गोष्ठी में कहीं, वे बहुत दिनों तक हवा में लहराती रहीं।

'कथा सर्कस' को 'चाबी वाला उपन्यास' उन्होंने ही कहा था। उनका कहना

था कि यह उपन्यास पाठकों के लिए थोड़ी दिक्कत पैदा कर सकता है, इसलिए कि यह आसान उपन्यास नहीं है, मुश्किल उपन्यास है। लेकिन एक बार इस उपन्यास की चाबी आपके हाथ में आ जाती है, फिर यह मुश्किल नहीं रह जाता और पूरा उपन्यास आपके आगे खुलता जाता है। प्रकाश मनु को समझे बगैर आप इस उपन्यास को समझ ही नहीं सकते!...और यही बात उन्होंने 'यह जो दिल्ली है' के बारे में भी कही।

विष्णु खरे ने कहा कि अपना अगला उपन्यास प्रकाश मनु विश्वविद्यालय के जीवन पर लिख रहे हैं...यानी शब्द की अभिव्यक्ति के तीनों रूप उन्होंने लिए हैं—पत्रकारिता, साहित्य और शिक्षा संस्थानों में पढ़ाया जाने वाला शब्द।...इससे पता चलता है कि शब्द को लेकर ये कितने कांशस हैं! और ये इतने भावुक हैं कि कई बार मुझे लगता है कि कहीं ये बन तो नहीं रहे...कि इस उम्र में इतना भावुक होना क्या संभव है?

यही नहीं, 'मुझे चाँद चाहिए' से 'कथा सर्कस' की तुलना करते हुए विष्णु खरे ने कहा कि 'मुझे चाँद चाहिए' की तुलना में 'कथा सर्कस' कहीं ज्यादा बड़ा उपन्यास है। इसलिए कि 'मुझे चाँद चाहिए' एक तरह का 'पाठक-रिझाऊ' या पाठक को लोभ देने वाला उपन्यास हैं जबकि 'कथा सर्कस' अपने पाठक को बिल्कुल भी रिझाता या ललचाता नहीं है।...यह बहुत सख्त उपन्यास है जो अपने पाठक से माँग करता है कि वह अपनी सतह से ऊपर उठे...खुद कोशिश करके इस उपन्यास से जुड़े और इसका पाठ अपने भीतर भी पूरा करे!...

विष्णु खरे ने अपने खास आविष्ट लहजे में कहा—"प्रकाश मनु का 'कथा सर्कस' एक मुश्किल उपन्यास है, जिसके भीतर आसानी से प्रवेश करना मुश्किल है और बहुत संभव है कि आप इसके बाहर-बाहर ही घूमते रह जाएँ। पर एक बार आप इसके भीतर प्रवेश कर जाते हैं, तो यह आपका पीछा नहीं छोड़ता...इसलिए कि यह पाठक की त्वचा, मज्जा और हड्डियों के भीतर धँस जाने वाला उपन्यास है...।"

कहना न होगा कि 'कथा सर्कस' मेरे पहले उपन्यास 'यह जो दिल्ली है' से काफी भिन्न तरह का प्रयोगशील उपन्यास था जिसे लिखते समय मैंने बहुत अजब तरह की मुश्किलें और मुसीबतें झेली थीं। यह पूरा का पूरा उपन्यास जैसे अर्धचेतना या एक तरह की लंबी बेहोशी में लिखा गया था।...एक लेखक की भीतरी बड़बड़ाहट की तरह, जिसमें जाने-अनजाने उसकी भीतरी और बाहरी त्रासदियाँ निकल-निकलकर आती हैं।

उपन्यास पूरा होने पर भी उन थरथरा देने वाली तकलीफों से मैं उबरा नहीं था जिन्हें उपन्यास लिखते समय मुझे झेलना पड़ा था। मैं सचमुच गहरे तनाव में था और एक तरह की असहज मनःस्थिति या डिप्रेशन में...

इस हालत में प्रेस क्लब वाली गोष्ठी में विष्णु खरे की इन पंक्तियों ने मेरे लिए सचमुच रास्ता बनाया और सैकड़ों पाठक भी दिए जिन्होंने यहाँ-वहाँ से लेकर यह उपन्यास पढ़ा और उन हालात को समझने में रुचि दिखाई, जिनमें यह लिखा गया था।...'कथा सर्कस' को लेकर यों तो मुझे अनेक तरह की प्रतिक्रियाएँ मिली थीं, अच्छी-बुरी सभी तरह की...पर उन्होंने मुझे उत्साहित ही किया। इसके लिए वैसा सन्नाटा मुझे लेखकीय जगत का नहीं झेलना पड़ा जैसा शुरू में 'यह जो दिल्ली है' को लेकर था। इसके लिए सच ही मैं विष्णु खरे का आभारी हूँ। मैंने देखा है, वे जिस ढंग से बात कह लेते हैं, जिस शक्ति के साथ; वैसे कह पाना सबके लिए संभव नहीं हैं। यहाँ वे सचमुच हजारों से अलग दिखते हैं।

9

विष्णु खरे के उस चर्चित इंटरव्यू के बाद, उनसे दर्जनों मुलाकातें हुईं। उनसे तीन इंटरव्यू मैंने और किए।

इनमें से एक इंटरव्यू मणिका मोहिनी ने अपनी पत्रिका 'वैचारिकी संकलन' में 'कटघरे में' स्तंभ में छापा था। यह इंटरव्यू हालाँकि संक्षिप्त होकर छपा, पर इसमें बहुत-सी बातें थी जो पहले वाले इंटरव्यू से अलग थीं या एक तरह से उसका विस्तार थीं। इसमें विष्णु जी के व्यक्तिगत जीवन के बारे में शायद कुछ बातें पहली बार आईं। मित्रों और अन्य पहलुओं को लेकर उनकी टिप्पणियाँ भी। अशोक वाजपेयी के बारे में बहुत सख्त शब्दों में उनकी टीप इसी इंटरव्यू में थी कि "अशोक तो प्रकाश जी, आप देखिएगा, बहुत जल्दी अकेला हो जाने वाला है 'महाभारत' के दुर्योधन की तरह, जो भागकर तालाब में छिप गया था...!"

विष्णु जी से एक और इंटरव्यू मैंने किया था जो कहीं छप नहीं पाया। इसका कारण कुछ तात्कालिक राजनीतिक संदर्भ थे जो बाद में चलकर बदल गए। ...हालाँकि यह इंटरव्यू हमारे देश के राजननीतिक हालात की चर्चा से शुरू होकर बहुत से सामाजिक-सांस्कृतिक पहलुओं तक आता है। यहाँ तक कि भारत की जातिप्रथा की जटिलताओं को लेकर भी इसमें विष्णु खरे से लंबी और खुली बातचीत है।

विष्णु खरे से चौथा और बहुत लंबा इंटरव्यू अभी कुछ अरसा पहले हुआ था, जिसका एक उपशीर्षक हम लोगों ने सोच लिया था—'कबीर : अब तक'। यानी कबीर कैसे कवि और व्यक्ति थे, किस तरह की लड़ाइयाँ उन्हें लड़नी पड़ीं और वे लड़ाइयाँ किस रूप में आज भी जारी हैं? और यह भी कि कैसे कबीर हमारी आज की सामाजिक-राजनीतिक लड़ाइयों से सीधे-सीधे जुड़ते हैं!...विष्णु जी का कहना था कि वे कबीर को हिंदी का सबसे बड़ा कवि मानते हैं और उसकी वजहें भी उन्होंने गिनाईं।

यह इंटरव्यू महावीर अग्रवाल की 'सापेक्ष' पत्रिका के लिए किया गया था। महावीर अग्रवाल 'सापेक्ष' का कबीर अंक निकाल रहे थे। उसी के लिए उनका आग्रह था कि मैं विष्णु खरे से कबीर को लेकर एक लंबा इंटरव्यू करूँ।

कोई छह महीनों से वे इसके लिए मेरे पीछे पड़े हुए थे। उनकी चिट्ठियाँ और एक के बाद एक तार मुझे हड़का रहे थे कि मैं अब देर न करूँ, क्योंकि यह अंक अब प्रेस में जाने वाला है और इसमें वह इंटरव्यू जाना लाजिमी है। पर अनेक कारणों से वह इंटरव्यू टल रहा था...हालाँकि विष्णु जी इसके लिए राजी थे और मैं भी अब उसे पूरा कर ही लेना चाहता था। इस लिहाज से काफी कुछ अलग से पढ़ा भी था। द्विवेदी जी की पुस्तक 'कबीर' को भी एक बार फिर मैंने ध्यान से पढ़ा। पर इंटरव्यू का मूहूर्त था कि आ ही नहीं रहा था। एक बार तो तारीख तय हुई और मैं पूरे दिन इसी इंटरव्यू के लिए छुट्टी लेकर घर बैठा रहा, लेकिन दुर्भाग्यवश श्रीमती खरे की तबीयत उस दिन ठीक नहीं थी। लिहाजा वह इंटरव्यू कुछ और आगे खिसक गया।

फिर आखिर इंटरव्यू हुआ...एक नायाब अनुभव। यह सचमुच कबीर पर एक महाकाव्यात्मक किस्म का इंटरव्यू था, जिसमें खुद-ब-खुद इतना कुछ सिमटता चला गया था कि मैं चकित था!

मैं समझता हूँ, कबीर पर हिंदी के दो लेखकों की इतनी लंबी बातचीत शायद ही कभी हुई हो। दफ्तर से छुट्टी लेकर कोई हफ्ते भर में यह इंटरव्यू लिखा—कोई सवा सौ पन्ने। पहले रफ, फिर जहाँ-तहाँ से सुधारकर साफ लिखाई में लिखा। इसके लिए मेरे साथ-साथ सुनीता को भी सुबह से शाम तक कई दिनों तक मेरे साथ बैठना पड़ा। लेकिन यह आह्लादकारी, सचमुच आह्लादकारी अनुभव था। इसलिए कि यहाँ कबीर के साथ-साथ और अपने समय के आर-पार बहुत-सी लड़ाइयाँ लड़ ली गई थीं। बहुत-कुछ था जो कबीर के बहाने बहस के लिए सामने आ गया था...और मेरे युग का एक निहत्था कबीर भी इसमें शामिल था जो छः सौ साल पहले भी अपनी लड़ाइयों में निपट अकेला था और आज भी वह उतना ही अकेला और बेचैन नजर आता है।

इंटरव्यू विष्णु जी ने देखा और इसमें जहाँ-तहाँ छिटपुट सुधार किए। इतनी सावधानी से और इतने 'कंसर्ड' होकर उन्होंने ये सुधार किए कि मैं हैरान था।... एक पूरा इतवार विष्णु जी का इस काम में लगा। उन्हें बंबई जाना था, पर इससे पहले वे इसे अंतिम रूप दे देना चाहते थे। उस दिन सुबह से शाम तक वे इस काम में जुटे रहे और इनके साथ-साथ एक डोर में बँधा हुआ, उत्साहित मैं। तसल्ली इस बात की थी कि जो विष्णु जी चाहते थे, वह इससे आ गया है...ज्यों का त्यों आ गया है और पूरे रचनात्मक आवेग के साथ आ गया है।

अब तक महावीर अग्रवाल के दर्जनों तार और चिट्ठियाँ आ चुकी थीं इस इंटरव्यू के लिए। इसलिए जल्दी से जल्दी पूरा इंटरव्यू जैरोक्स कराकर कूरियर से उनके पास भिजवाया। लगा, यह गहन 'मुक्ति' का क्षण है।

महावीर अग्रवाल के पास यह इंटरव्यू पहुँचा तो उन्होंने फोन पर सूचना दी—"इंटरव्यू बहुत अच्छा है मनु जी। और जैसा आपने चाहा है, हम इसे बगैर एक भी शब्द काटे, छाप रहे हैं।"

जाहिर है, मेरे लिए यह बेहद खुशी और तृप्ति का क्षण था। देर भले ही लगी हो, पर श्रम व्यर्थ नहीं गया।

पर नहीं, अभी तो मोहब्बत के बहुत-से इम्तहान बाकी थे। दो-तीन दिन बार फिर महावीर अग्रवाल का फोन आया और उन्होंने गुजारिश की कि मनु जी, अगर आप इजाजत दें तो इसमें से बाद के दस पन्ने हम निकालना चाहते हैं जिसमें हिंदी को लेकर बात की गई है—खासकर विश्व हिंदी सम्मेलन को लेकर जिसमें नामवर जी आदि के बारे में सख्त कमेंट हैं।...

सुनकर मैं तिलमिला गया। जैसे पूरे शरीर में आग लग गई हो। मैंने कहा—"महावीर जी, यह संभव नहीं है। बल्कि ऐसा कहकर आप मेरा अपमान कर रहे हैं। इस इंटरव्यू में जान-बूझकर किसी के लिए कुछ भी नहीं कहा गया।...एक आवेग में खुद खुद चीजें आती गईं।...और यह एक सच्चे कबीरधर्मी लेखक का आवेग है। इसलिए जो कहा गया है, उसमें से अब एक शब्द भी नहीं बदलेगा।..."

महावीर अग्रवाल ने कहा—"मनु जी, उस हिस्से को निकाले बगैर तो इस इंटरव्यू का छपना संभव नहीं हो पाएगा। क्योंकि हमारी सलाहकार समिति के लोगों का कहना है कि इंटरव्यू का यह हिस्सा नहीं छपना चाहिए।"

"तो फिर...आप उसे लौटा दीजिए। मैं उस इंटरव्यू में से कुछ भी हटाने की इजाजत आपको नहीं दे सकता। क्योंकि यह बेईमानी होगी।" मैंने निश्चयात्मक स्वर में कहा।

"आप फिर सोच लीजिए मनु जी! मैं कल फिर आपको फोन करूँगा।" महावीर अग्रवाल ने कहा।

"नहीं, मैंने सोच लिया है और यह मेरा अंतिम निर्णय है। आप कृपया इंटरव्यू लौटा दीजिए।" मैंने कहा और गुस्से में आकर मैंने फोन रख दिया।

अगले दिन सुबह-सुबह फिर महावीर अग्रवाल का फोन आया। उन्होंने कहा—"मनु जी, यह इंटरव्यू बहुत अच्छा है और हम इसे निश्चय ही छापना चाहते हैं। लेकिन यह तभी हो पाएगा, अगर आप उस हिस्से को निकालने की इजाजत दे दें तो..."

मैं इस बुरी तरह तिलमिला रहा था कि मेरा गुस्सा मानो फट पड़ा। और मेरे

शब्दों में जैसे पिघली हुई आग बह रही थी। मैंने कहा—"महावीर जी, वह इंटरव्यू मैंने कोई अपनी इच्छा से करके तो आपके पास भेजा नहीं था। आप ही पिछले छह महीने से मेरे पीछे पड़े थे, यह जानते हुए भी कि एक इंटरव्यू करने का मतलब मेरे लिए फाँसी पर चढ़ना होता है। इतनी मुश्किल मुझे झेलनी पड़ती है! जब वह इंटरव्यू मैंने किया, तब तो आपके सलाहकार दूर-दूर तक कहीं थे नहीं। न आपने ही यह कहा कि यह इंटरव्यू मुझे आपके सलाहकारों से भी 'पास' कराना पड़ेगा, वरना मैं यह कभी न करता। मैं आपकी इज्जत करता हूँ, इसलिए इतनी विपदाएँ झेलकर मैंने यह इंटरव्यू किया और विष्णु जी को भी इतना कष्ट दिया। अगर आपके सलाहकार छह महीने तक भी मेरे आगे उठक-बैठक करते रहते, तो भी शायद मैं यह इंटरव्यू न करता।...और अब आप मेरे साथ ऐसा सलूक कर रहे हैं। कल से मेरी जो हालत है, मैं बता नहीं सकता। पहले छह महीने आपने मुझे फाँसी पर चढ़ाए रखा, जिद कर-करके और अब उसमें से एक हिस्सा निकालने की बात कहकर आप दोबारा मुझे फाँसी पर चढ़ा रहे हैं। आप दस पन्नों की बात करते हैं, मैं एक शब्द भी उसमे से निकालने के लिए राजी नहीं हूँ। कल पूरी रात मुझे ऐसा लगता रहा कि आप मेरी छाती पर तलवार चला रहे हैं और आपने मेरी छाती पर दस घाव कर दिए हैं। दस जगह से मांस नोच लिया है।...इतनी भयानक यातना आपने मुझे दी है।..."

और यही नहीं, गुस्से के अनियंत्रित आवेश में मैंने यहाँ तक कहा—"आप अयोग्य संपादक हैं और आप को कबीर पर अंक निकालने का कोई हक नहीं। आप मत निकालिए यह अंक। सच तो यह है कि एक बार फिर कबीर की हत्या हुई है और यह हत्या किसी और ने नहीं, बल्कि आपने की है। लिहाजा आपको कबीर पर अंक निकालने का कोई हक नहीं है, आप इसे खारिज कर दीजिए।"

कहकर मैंने उसी तरह उबलते हुए फोन रखा और छटपटाते हुए कमरे में टहलने लगा।

इस क्षण मुझे लगा—आह, ध्रुव शुक्ल वाली 'कहानी' फिर दोहराई जा रही है! ध्रुव शुक्ल मुझे नहीं समझ पाए तो कोई बात नहीं। वे तो कुछ और ही तरह के जीव हैं।...महावीर अग्रवाल तो अपने हैं, मित्र हैं, वे भी नहीं समझते कि मैं किस मिट्टी का बना हूँ। क्या वे बिल्कुल नहीं समझते कि उन्होंने मुझे किस भयानक यातना के 'नरक कुंड' में डाल दिया है?

10

जिस दिन महावीर अग्रवाल का पहली दफा "मनु जी, इजाजत दे दीजिए...!" वाला फोन आया था, मैं पूरे दिन छटपटाता रहा था।

दूसरी बार यह तिलमिलाहट और बढ़ गई। और कई रोज तक मैं इसी तरह

छटपटाता रहा। सोच रहा था, विष्णु खरे के साथ ही यह परेशानी बार-बार क्यों आती है? भीतर किसी आत्मस्थ 'मनु' ने जवाब दिया—"शायद इसलिए कि वे एक खतरनाक कवि हैं, खतरनाक लेखक और चिंतक हैं।..."

"लेकिन इसीलिए तो वे मुझे इतने प्रिय भी है।" मैंने खुद को ठकठकाया।

विष्णु खरे की एक प्रसिद्ध कविता है जिसमें सत्य को लेकर कुछ नायाब पंक्तियाँ हैं। वे शब्द तो ठीक-ठीक याद नहीं, पर उनका आशय याद है। उसमें कहा गया है कि सत्य यह जानना चाहता है कि मेरे पीछे आने वाले कितनी दूर तक मेरा पीछा कर सकते हैं और कितने कष्ट उठा सकते हैं। इसलिए वह लगातार दुर्बोध और जटिल रूप में अपने को अभिव्यक्त करता है और यों बार-बार हमारी परीक्षा लेता है।

कोई आश्चर्य नहीं कि विष्णु खरे और खुद उनकी कविताएँ भी इसी तरह हमारी परीक्षा लेती हों और उस परीक्षा में कम ही लोग सफल हो पाते हों। खुद मैं भी सफल हो पाया सा नहीं, इस बात को लेकर मन में लगातार संशय बना रहता है। फिर एक हल्की तसल्ली यही सोचकर मिलती है कि चलिए, मैं कोशिश तो कर रहा हूँ। उनके पीछे डगमग-डगमग दो-चार कदम तो चल ही पा रहा हूँ। यह भी मेरे जैसे एक छोटे कवि के लिए कम नहीं।

हालाँकि बहुत कम लोग यह जानते हैं कि विष्णु खरे जो इतने उद्धत और अहंकारी से लगते हैं, वे उनके आगे जिनका वे मन से सम्मान करते हैं, बहुत-बहुत झुकते हैं और इस कदर विनम्र हो जाते हैं जितने विनम्र विष्णु खरे ही हो सकते हैं। मसलन उनकी एक कविता है जिसमें विष्णु खरे अपने आपको निराला, मुक्तिबोध जैसे कवियों की रखवाली के लिए बैठा हुआ एक 'कूकर'...यानी कुत्ता कहते हैं!

जी हाँ, जब वे विनम्र हों तो इतने विनम्र हो जाते हैं कि खुद को बड़े कवियों की चौकसी के लिए, उनके पैरों के पास बैठा एक कुत्ता कहने में भी उन्हें कोई हेठी, कोई शर्म नहीं, बल्कि एक तरह का बड़प्पन ही महसूस होता है।

हिंदी का कौन-सा कवि भला यहाँ उनका मुकाबला करेगा? इसी तरह आप उनके आगे राजेंद्र माथुर का जिक्र कीजिए। आपको लगेगा, आप विष्णु जी के अंदर बैठे 'एक और विष्णु खरे' से मिल रहे हैं!

विष्णु खरे के इंटरव्यू का मुझ एक प्रसंग याद आता है। वे बता रहे थे कि रघुवीर सहाय के कविता संग्रह पर उन्होंने एक लंबा समीक्षात्मक लेख लिखा था, जिसमें इन कविताओं की अंतर्हित शक्ति को उजागर करते हुए उनकी जमकर तारीफ की गई थी। उनके हिसाब से इन कविताओं को समकालीन कविता के मानक की तरह पेश किया जा सकता है। यानी अगर इन्हें नम्बर देने हों, तो वे सौ में से पचानवे नंबर देना पसंद करेंगे।...विष्णु खरे बता रहे थे कि यह लेख लिखने के बाद

उन्हें साहित्य अकादेमी में रघुवीर सहाय मिले तो उन्होंने विष्णु जी के पास आकर कहा—"आपने मेरे पाँच प्रतिशत नंबर क्यों काट लिए?"...रघुवीर सहाय का यह कहना था कि अचानक विष्णु खरे की आँखें भीग गईं।...और जब यह प्रसंग उस इंटरव्यू में मुझे सुना रहे थे, तब भी यकीन मानिए, उनकी आँखें बेतरह गीली थीं... रोने-रोने को तैयार। मैं हैरानी से उन्हें सुन और देख रहा था कि विष्णु खरे इस हद तक भावुक भी हो सकते हैं।

इसी तरह विष्णु खरे की लेखकों और आप पाठकों के बीच यह जो छवि है कि वे 'एलीट' हैं, बुद्धिजीवी होने का दिखावा करते हैं और आम आदमी या आम लोगों की जिंदगी से दूर हैं, इस इंटरव्यू के दौरान कई जगह टूटी। सबसे पहली बात तो यही थी कि विष्णु जी के सरोकार जो भी थे, वे विशुद्ध साहित्य के सरोकार हरगिज नहीं थे। वे बार-बार आम आदमी की गलाजत भरी जिंदगी और दुखों की तह तक जाते थे। और साहित्य को वहाँ खड़ा करके देखते और आँकते थे। इसी इंटरव्यू में चने वाले से एक रुपए के चने खरीदने का प्रसंग है कि चने हाथ में आते ही धक्का लगता है कि अरे, चने इतने महँगे हो गए।...यानी अब एक गरीब, मेहनतकश आदमी को इस लायक भी नहीं छोड़ा गया कि वह रुपए-दो रुपए के चने खरीदकर खा सके और पेट भर सके।

...इसी तरह वहाँ झुग्गी-झोंपड़ी वालों का प्रसंग आता है। वे कह रहे थे कि यह कौन-सी विवशता है कि बच्चे, आदमी, औरतें खुद को उघाड़कर सार्वजनिक स्थलों पर शौच करने बैठ जाते हैं और उन्हें इसमें लज्जा नहीं आती। हमने उन्हें किस स्थिति में डाल दिया है: और इससे भी बड़ी तकलीफ की बात है कि हम जो यह लज्जास्पद दृश्य रोज-रोज देखते हैं, उसमें हमें एक लेखक या बुद्धिजीवी होने के नाते जरा भी शर्म नहीं आती कि हमने अपने समय के आदमी को क्या बता दिया। जरा भी दर्द या विद्रोह हमारे भीतर नहीं पैदा होता।...तो फिर हमारा लेखन कैसा लेखन है, क्या वह महज ढोंग नहीं है!

इसी तरह की व्याकुल स्थिति विष्णु खरे की तब होती है, जब वे बचपन की घोर गरीबी के प्रसंगों में जाते हैं, जब कंगाली में आटा गीला था। मगर हैरत यह है कि इन प्रसंगों को सुनाते हुए जरा भी झिझक या संकोच विष्णु खरे के चेहरे पर नहीं है। बल्कि एक खुरदरे स्वाभिमान की तड़प उनके चेहरे पर और बढ़ जाती है कि वे ऐसे हालात से निकलकर आए हैं तो जाहिर है, उनकी लड़ाइयाँ थमेंगी नहीं। और उन्हें आसानी से भटकाया और भरमाया भी नहीं जा सकेगा।

जो अपने अतीत से खुद को काट लेते हैं, वे बस दो-चार कदम चलते हैं और एक चिकनी-चुपड़ी मुर्दादिल जिंदगी ओढ़कर बैठ जाते हैं। पर विष्णु खरे का अतीत एक ऊर्जा-भट्ठी की तरह उनके साथ है। देखा जाए तो वही उनके लेखन की ताकत है। उनकी तमाम लड़ाइयाँ भी यहीं से निकलकर आगे बढ़ती हैं। और यों जो औरों

के लिए संकोच की चीज है, विष्णु खरे ने उसे स्वाभिमान का वायस बना दिया है। वे इस सबसे जुड़े हुए हैं, इस नाते एक बढ़िया इन्सान तो हैं ही, जिनके पास बैठकर बेहिचक घंटों बातें की जा सकती हैं।

11

तो विष्णु खरे के साथ एक बौद्धिक आतंक भले ही जुड़ा हो, पर मेरा ख्याल है कि वे खासे भावुक हैं और उसे छिपा नहीं पाते। हाँ, वे कभी-कभी कोशिश भले ही वैसी करते हों। क्योंकि उनके यहाँ भावुकता का दिखावा नहीं है। वह सच में है और आदमी होने की बुनियादी शर्त की तरह है। यह जरूर मुझे कभी-कभी लगा कि ज्यादा भावुक क्षणों में वे खुद को पकड़ा जाना पसंद नहीं करते। तब जान-बूझकर एक सख्त-सी झिल्ली वे चेहरे पर चिपका लेते हैं ताकि उसके भीतर सिर्फ वही आएँ,जो आने के हकदार हैं या जिन्हें वे ऐसा समझते हैं।

मुझे याद पड़ता है, 'नवभारत टाइम्स' के एक संपादकीय में उन्होंने राजस्थान में घटी कुछ ऐसी घटनाओं पर टिप्पणी की थी, जिनमें कुछ स्त्रियाँ जिन्हें चुड़ैलें कहा गया, घर-घर से प्याज माँगती हैं और जिस घर से वे प्याज ले जाती हैं, उनमें कोई न कोई दुर्घटना घट जाती है। विष्णु खरे ने लिखा था ये घर-घर माँगने आई स्त्रियाँ कोई और नहीं, बल्कि भारत की गरीबी है जो गाँव-गाँव, गली-गली घूम रही है और जिस घर में वह दस्तक देती है, वहाँ सब कुछ खत्म हो जाता है!...यानी ये घटनाएँ कुछ और नहीं, बल्कि भारत के एक सदियों पुराने रोग का रूपक है। भारत के दलिद्दर की एक दारुण अभिव्यक्ति।...इस पर एक पाठक ने विष्णु खुरे को पत्र लिखा था कि मैं कल्पना नहीं कर सकता, इससे भी अच्छा कोई और संपादकीय हो सकता है! विष्णु खुरे अपने तमाम-तमाम संपादकीय में से इस संपादकीय को अलग से याद करते हैं तो भावुक हो उठते हैं और उनकी आवाज थरथराने लगती है।

फिर विष्णु जी की तमाम कविताएँ ऐसी हैं जिन तक कोई बुद्धिजीवी नहीं, बल्कि मेरा यकीन है कि कोई बेतरह भावुक आदमी ही जा सकता है जिसके भीतर निजी दुखों और हादसों का होना किसी लालटेन की पीली, मद्धिम, उदास रोशनी की तरह हमेशा एक गुमनाम उजाला फेंकता रहता है। और उससे उन्हें अपने जीवन में, विचारों में और कविताओं में भी आगे टटोलने की ताकत मिलती है। 'महानगर में अपना फ्लैट ले लेने के बाद एक आदमी सोचता है', 'अपनी पत्नी के लिए कविता', 'अकेला आदमी', 'चौथे भाई के बारे में'—ये सारी कविताएँ साबित करती हैं कि विष्णु खरे ऊपर से कितने ही रूखे और सख्त नजर आएँ, वे अंदर से एक भावुक आदमी हैं। हाँ, उनकी भावुकता कोई बोदी भावुकता नहीं है और उसके साथ एक तरह का दुस्साहस और तेजस्विता भी जुड़ी है। वे अपनी तमाम कविताओं में किसी कुशल शिकारी की तरह अपने निजी जीवन का इस कदर सतर्कता से पीछा

करते हैं कि वहाँ छोटे से छोटा अनुभव बेहद महत्त्वपूर्ण हो उठता है और जिसे कहना है, उसे हर कीमत पर अभिव्यक्ति देने की जिद या उनकी बोल्डनेस उन्हें समकालीन कविता के एक बेहद दुस्साहसी कवि के रूप में हमारे सामने लाती है। इनमें स्त्रियों को लेकर लिखी गई कविताओं पर खास तौर से गौर किया जाना चाहिए। ये सच में 'खतरनाक' कविताएँ हैं। स्त्री-स्वतंत्रता और स्त्री-अस्मिता के जैसे इकहरे मायने और 'नारे' हमारे समय में चल निकले हैं, उन्हें देखते हुए यहाँ गलत समझे जाने की पूरी आशंका है। इन कविताओं का 'कुपाठ' विष्णु जी को स्त्री-विरोधी भी ठहरा सकता है। लेकिन गलत समझे जाने का खतरा उठाकर भी उन्हें जो कहना है, उसे वे कहते हैं। पूरी शिद्दत और बेचैनी के साथ कहते हैं। क्योंकि एक कवि की असली लड़ाई तो यहीं से शुरू होती है कि कवि को जो कहना है, उसे वह कह पाता है या नहीं और कह पाता है तो कैसे कहता है!

आलोचना में विष्णु खरे का दुस्साहसी होना एक अलग ही रूप में प्रकट होता है। और जो बातें वे कर सकते हैं, उनसे आप सहमत हों या नहीं—यह मानना पड़ता है कि ये बातें वही कह सकते हैं। फिर सोचने के लिए उनसे ऊर्जा और दिशाएँ तो मिलती ही हैं।...हाँ, मैं यह बेहिचक स्वीकार करूँगा कि इनमें से कुछ बातों से निश्चय ही मुझे बहुत खीज होती है। मसलन एक आलोचक के रूप में वे डॉ. रामविलास शर्मा को कुछ ज्यादा पसंद नहीं करते। पर जब वे डॉ. रामविलास शर्मा को 'मतिमंद आलोचक' कहते हैं तो बहुत तकलीफ होती है। शायद रामविलास जी की कड़ी से कड़ी आलोचना से मुझे इतनी तकलीफ न होती जितनी उन्हें मतिमंद आलोचक कहने से।...क्या विष्णु खरे बिल्कुल नहीं जानते कि रामविलास शर्मा ने हिंदी साहित्य की परंपरा की खोज और व्याख्या में अकेले दस आलोचकों से बढ़कर काम किया है। निराला ही नहीं, महावीरप्रसाद द्विवेदी, रामचंद्र शुक्ल, प्रेमचंद और भारतेंदु पर उनका जैसा काम है, वैसी मिसाल कम से हिंदी में दूसरी नहीं है। हो सकता है, समकालीन कविता के मिजाज को वे ठीक से न समझ पाए हों। इस बारे में इनकी राय से तीव्र असहमतियाँ भी हो सकती हैं। स्वयं मैंने समय-समय पर रामविलास जी की तीखी आलोचना की है। पर रामविलास जी के संदर्भ में विष्णु खरे के अशोभन शब्द याद आते हैं तो वे मन में बरछी की तरह चुभते हैं। इसलिए नहीं कि रामविलास जी से मेरा लगाव है, बल्कि इसलिए कि वे शब्द हिंदी के सबसे ज्यादा मेधासंपन्न, घोर अध्ययनशील और सम्मानित आलोचक के बारे में कहे गए हैं।...इसी तरह की तकलीफ तब होती है, जब विष्णु खरे रामदरश मिश्र जैसे सीधे-सादे आदमी और प्रेमचंदीय सादगी वाले एक बड़े कवि-लेखक की सहज संवेदित कविता को 'चुसे हुए शब्दों का मलबा' कहते हैं।

पर यही विष्णु खरे जब साहित्य की दुष्ट और अहंकारी शक्तियों पर चोट करते हैं तो लगता है, सभी साहित्यिकों की पीड़ा या बल उनके शब्दों में शामिल है। तब

विष्णु खरे का बेलौस अंदाज सबसे शक्तिशाली रूप में उभरकर आता है। इसी तरह जब वे मिथकीय दुनिया में जाकर किसी व्यक्ति या व्यक्तित्व को व्याख्यायित करते हैं तो कई बार वे चमत्कृत कर देने वाला बिंब भी निर्मित करने नजर आते हैं। मसलन, मुझे याद है, अशोक वाजपेयी की अहम्मन्यता को एक बार उन्होंने तालाब में शरण लिए हुए दुर्योधन के बिंब से समझाया था...महाभारत के युद्ध से भागकर सब ओर की निराशा से अवसन्न, डरा हुआ, कमजोर दुर्योधन। विष्णु जी का कहना था कि अशोक तो बहुत जल्दी अकेला छूट जाने वाला है मनु जी, महाभारत के दुर्योधन की तरह!...वे एक अबूझ, रहस्यमय मुसकराहट के साथ यह कह रहे थे तो मैं चकित-सा उनका मुँह देख रहा था। विष्णु खरे अशोक वाजपेयी के सबसे निकटस्थ मित्रों में गिने जाते हैं और वही अशोक वाजपेयी के बारे में ये शब्द कह रहे थे। यह दीगर बात है कि अभी तो अशोक वाजपेयी की यह हालत हुई नहीं है और वे अपने चाटुकारों और 'खरीदे गए गुलामों' के बीच बादशाहत का पूरा-पूरा सुख भोग रहे हैं—पूरे दंभ और विलासी अदाओं के साथ भोग रहे हैं।

प्रसंगवश याद आया कि अपने पहले इंटरव्यू में विष्णु खरे ने प्रयाग शुक्ल, केदारनाथ सिंह और अशोक वाजपेयी की कविताओं पर भी ऐसी ही तीखी टिप्पणियाँ की थीं और अशोक वाजपेयी की कविताओं को तो उन्होंने एक ऐसे कवि की कविताएँ कहा, जो अभी तक विचारों और कविता के 'रीतिकाल' में जी रहा है। जो जीवन की सुंदरता पर नहीं, महज स्त्री-वक्ष और जंघाओं पर रीझने वाला कवि है। इसी तरह केदारनाथ सिंह की इधर की कविताओं को विष्णु खरे महत्वपूर्ण नहीं मानते तो इसे अपनी खास धज में बगैर 'किंतु-परंतु' के कहते भी हैं। प्रयाग शुक्ल की कविताएँ उन्हें कविताएँ नहीं लगतीं और भोपाल स्कूल के ध्रुव शुक्लों आदि-आदि को तो वे इस लायक भी नहीं मानते कि उनका जिक्र किया जाए और उन पर अपने दो-चार शब्द बर्बाद किए जाएँ।...मेरे लिए यह सचमुच हैरत की बात है और मैं कई बार चकित होकर सोचता हूँ कि विष्णु खरे में शक्ति और साहस का यह अक्षय कोष आया कहाँ से? उनके कहने-बोलने और लिख पाने के साहस से कई बार स्पृहा होती है। दूसरे लोग जहाँ दस दफा आगे-पीछे देखकर और हर तरह का हिसाब-किताब लगाकर अपनी जबान खोलते हैं, वहाँ विष्णु खरे कुछ इस तरह से अपनी बात कहते हैं, मानो हमारे समय का सत्य खुद-ब-खुद उन्हें अपना 'प्रवक्ता' बनाकर यह सब कह और करवा रहा है।...

ऐसा आदमी खुद को 'घाघ' या 'खुर्राट' कहे तो उस पर शक करना चाहिए। बल्कि यह भी उसकी भावुकता की एक निशानी है। वरना अगर विष्णु खरे कोई हिसाबी-किताबी लेखक होते, तो ऐसी सीढ़ियाँ उनके सामने भी थीं जिन पर चढ़कर वे 'अशोक वाजपेयी' हो जाते। लेकिन फिर हमारे बीच विष्णु खरे कौन होता? और अगर वैसा हो जाता, तो यह सचमुच एक दुर्घटना की मानिंद होता। विष्णु खरे अपने

पूरे अक्खड़ भारतीय कैरेक्टर के साथ विष्णु खरे हैं और उन तमाम लड़ाइयों के बीच खड़े हैं, जो हमारे समय की सबसे निर्णायक लड़ाइयाँ हैं—यह बात कम से कम मुझे बेहद सुकून और बल देने वाली चीज लगती है।

12

हाँ, एक बात और!...पीछे मुड़कर देखता हूँ तो विष्णु खरे को लेकर मेरी सोच या संबंधों में तो नहीं, हाँ उनके प्रति उत्साह में थोड़ा उतार-चढ़ाव जरूर आता रहा। असल में उनके प्रति एक तीव्र भावावेश के बावजूद इनकी कुछ चीजों को मैं कभी पसंद नहीं कर पाया। जैसे अशोक वाजपेयी से उनका कुछ खास तरह का आत्मीय और 'रहस्यपूर्ण' संबंध। रहस्यपूर्ण इस अर्थ में कह रहा हूँ कि वे अशोक वाजपेयी की कटुतम आलोचना करते हैं, फिर भी उनसे दूर नहीं जा पाते। बल्कि कहें कि अशोक वाजपेयी की सारी सीमाओं को जानते हुए भी विष्णु खरे अशोक वाजपेयी के भयंकर प्रशंसक हैं तो कुछ अतिशयोक्ति न होगी। वे बार-बार उनसे छूटते हैं और और फिर-फिर उनकी गिरफ्त में आ जाते हैं।...शायद इसलिए कि पुरानी दोस्ती का असर जाते-जाते ही जाता है।

इसी तरह एक और मुश्किल इनका बचा-खुचा 'एलीटिज्म' है जो जाते-जाते भी कभी अपना असर दिखा जाता है। शायद यही वजह है कि कभी-कभी उनसे बात करने में मुश्किल आती है। बहुत बार बड़ी विवशता के साथ लगता है कि मैं उनसे खुल नहीं पा रहा...या वे मुझसे खुल नहीं पा रहे हैं। क्यों? मैं परेशान होकर सोचता हूँ और अक्सर मुझे ठीक जवाब नहीं मिल पाता।

संभवतः मुझे लेकर भी उनके मन में यही सब ऊहापोह चलता हो! हाँ, वह कब-कब और कितना बढ़ जाता है, इसका अंदाजा लगा पाना मेरे लिए मुश्किल हो जाता है।...पर कभी-कभी पता लग भी जाता है। मसलन 'साहित्य अमृत' में मेरी कहानी 'अपराजिता की सच्ची कहानी' छपी तो उन्हें यह कतई अच्छा नहीं लगा और अपनी नापसंदगी को उन्होंने छिपाया भी नहीं। मैंने उन्हें बताया कि विद्यानिवास मिश्र के विचारों और तमाम बातों को उनकी तरह मैं भी पसंद नहीं करता हूँ। कहानी सहायक संपादिका कुमुद शर्मा ने मुझसे माँगी और मैंने भेज दी। इस पर भी उनका यह जिद्दी तर्क अपनी जगह था कि जब प्रकाश मनु जैसे विद्रोही लोग भी इस पत्रिका में छपने लगते हैं तो एक तरह से ऐसे सांप्रदायिक लोगों को 'लेजिटिमेसी' मिल जाती है।

इस पर मैंने उनसे पूछा कि 'साहित्य अमृत' का संपादक कौन है, कौन नहीं, इससे मुझे कोई फर्क नहीं पड़ता। मेरे लिए वह एक पत्रिका है जिसके जरिए पाठकों तक मैं जा सकता हूँ। ऐसे समय में जब मेरे चारों तरफ दुश्मनियों का जाल है और एक सुनियोजित षड्यंत्र-सा है कि प्रकाश मनु को नहीं छापना है, उसे नीचा दिखाना

है—तब अगर कोई पत्रिका आग्रह करके रचना माँगती है और सम्मान से छापती है, तो भला मैं उसे कैसे इंकार कर सकता हूँ? वह भी ऐसे हालात में जब मैं अभिव्यक्ति के लिए छटपटा रहा हूँ...और सामने आने के रास्ते नहीं हैं!

इस पर विष्णु खरे ने एक चुप-सी लगा ली। पर जाहिर है, वे संतुष्ट नहीं हुए।

लेकिन मेरी परेशानी अपनी जगह थी कि अगर उम्र के इस पड़ाव पर भी मेरी चीजें सामने नहीं आएगी, तो मेरे लेखक के लिए जीने का क्या रास्ता बचा रहेगा?...मैं कम मेहनत से नहीं लिखता। अक्सर महीनों-महीनों एक रचना में लगते हैं, फिर भी अगर वह रचना जगह-जगह ठोकरें खाती रहे तो...?

विष्णु जी संभवतः इस स्थिति की कल्पना इसलिए नहीं कर सकते क्योंकि उन्हें छापने के लिए तो लोगों में होड़ है। वे चाहें भी तो शायद उतना लिख नहीं सकते। लेकिन मेरे जैसे लेखक क्या करें जिन्हें अपनी जमीन, यहाँ तक कि अपनी पहचान भी अभी बनानी है? और जो अपने पैरों पर चलकर ही यह काम करना चाहते हैं, किसी को 'गॉड फॉदर' बनाना उन्हें पसंद नहीं है!

खैर, यह प्रसंग यहीं छोड़ें। इसलिए कि इस तरह की असहमतियों में कोई बुराई मैं नहीं देखता। बल्कि मुझे लगता है कि ये असहमतियाँ रहनी चाहिए ताकि हम 'विचारों के लोकतंत्र' में जीने की आदत डालें। और विष्णु जीं से ज्यादा इस बात का पक्षधर कौन होगा? इसी कारण जब कभी खुलकर कहने का मौका मिलता है, वे अपने मित्र अशोक वाजपेयी पर तानाशाही का आरोप लगाने से भी नहीं चूकते। हालाँकि साथ ही वे उनका यह कहकर बचाव नहीं कर देते हैं कि देखिए, थोड़ी-बहुत 'तानाशाही' या 'एकाधिकारवाद' के बगैर ऐसे बड़े काम और आयोजन होते भी नहीं हैं!

मैंने कहा न कि विष्णु खरे के अशोक वाजपेयी से कुछ 'रहस्यात्मक' संबंध हैं—तो यह उक्ति भी मुझे उसी रहस्यात्मक संबंध की रक्षा की एक कोशिश-सी लगती है। और तब मुझे उस पर गुस्सा नहीं आता, थोड़ी हँसी आती है!

13

विष्णु खरे हमारे दौर के सबसे ज्यादा मेहनतकश कवियों में से हैं। वे अपनी कविताओं पर जितनी मेहनत करते हैं और महीनों-महीनों तथा कभी-कभी तो सालों तक जिस तरह उन्हें 'सेते' रहते हैं...और फिर अचानक उन्हें पूरी शक्ति के साथ फूटने देते हैं, उसकी मिसाल आसानी से नहीं मिल सकती। मेरा ख्याल है, इस संबंध में मुक्तिबोध ही एक कवि हैं जिनसे उनकी तुलना हो सकती हैं। 'गुंग महल' और 'चौथे भाई के बारे में' जैसी उनकी कविताएँ तो कई-कई सालों की लगातार प्रतीक्षा के बाद लिखी गईं। हालाँकि उनके भीतर अवचेतन में ये लगातार सक्रिय रहीं और अपने बाहर आने का रास्ता तलाशतीं रहीं।

यही हालत विष्णु खरे के लेखक की है। ऊपर मैंने साहित्य और पत्रकारिता के संबंधों पर लिखे गए उनके लेख का जिक्र किया है। इस एक लेख का फलक इतना बड़ा है और चिंतन और अनुभव की इतनी घटनाएँ और कोण इसमें समाहित हैं कि मुझे लगता है, यह अकेला लेख लिखना उनके लिए इसी विषय पर किसी बड़ी पुस्तक के लिखने से कहीं अधिक श्रमसाध्य काम रहा होगा। फिर वे अपने हर लेख को बार-बार काटते-छाँटते और सुधारते हैं। यही चीज जैनेंद्र के कथा-साहित्य पर लिखे गए उनके एक लंबे निबंध में देखी जा सकती है जिसे शानी ने 'समकालीन भारतीय साहित्य' में छापा था।...शायद विष्णु जी अपने लेखों में इतनी मेहनत करते हैं इसीलिए वे हिंदी के उन अपरिहार्य लेखकों में से हैं जिन्हें छोड़ा नहीं जा सकता। वे कहीं भी हों, आपको उन्हें ढूँढ़कर पढ़कर ही होगा।

बल्कि मुझे तो याद है, जिन दिनों अंतर्राष्ट्रीय फिल्म समारोह होता है, फिल्मों के बारे में उनकी रोज-रोज की रिपोर्टिंग और रिव्यू पढ़ने के लिए हमारे घर होड़ लग जाती है। न सुनीता उसे छोड़ सकती है और न ही मैं—और अब तो बच्चे भी चूँकि बड़े हो रहे हैं, इसलिए वे भी उनमें रुचि दिखाने लगे हैं। मैं अपनी ओर से और सुनीता की ओर से कई बार उनसे आग्रह कर चुका हूँ कि वे फिल्मों पर लिखी गई अपनी उन विलक्षण टिप्पणियों को एकत्र करें और उन्हें एक किताब की शक्ल दें तो वह एक बेमिसाल किताब होगी। विष्णु खरे बार-बार हामी भरते हैं, पर मैं जानता हूँ कि उनकी यह किताब भी उनकी दूसरी किताबों की तरह आते-आते ही आएगी।

कई बार कुछ 'इलीट' साहित्यिक बड़े नकचढ़े अंदाज में विष्णु खरे के फिल्मों पर लिखे गए लेखन को नकारते हैं या ऐसा दर्शाते हैं, मानो फिल्मों पर लिखकर वे कोई दोयम दर्जे के लेखक हो गए। पर विष्णु खरे के ये लेख साहित्यिक आलोचना की तरह ही कितनी मेहनत से लिखे गए हैं तथा कितने गंभीर चिंतनपरक लेख हैं—इनके पीछे कितनी कड़ी मेहनत है, इसे वे नहीं समझ पाएँगे जिन्होंने ये लेख पढ़े नहीं हैं। इससे भी बड़ी बात यह है कि विष्णु जी के लिए फिल्मों पर लिखना एक वृहत्तर अर्थ में, समाज-समीक्षा है और इनमें कला से अधिक वे भारतीय जीवन का समाजशास्त्र, मनोविज्ञान ओर इतिहास पढ़ रहे होते है।...इसीलिए उनके फिल्मी लेख भी एक गहरी छटपटाहट में निकल जान पड़ पड़ते हैं और मन में एक गहरी बेचैनी पैदा करते हैं। उनका यह प्रभाव ऐसे ही नहीं है। खुद विष्णु जी उसके लिए बहुत तकलीफें झेलते हैं। एक बार वे बता रहे थे कि हिंदी फिल्मों के खलनायक के. एन. सिंह की मृत्यु पर उन्हें 'हिन्दुस्तान टाइम्स' के लिए एक लेख लिखना था तो उनके संबंध में आधिकारिक जानकारी जुटाने के लिए उन्होंने हिंदी में अपने एक फिल्म प्रेमी पाठक और मुंबई में खुद के. एन. सिंह के घर पर न जाने कितने फोन किए, और तब यह छोटा-सा लेख पूरा हो पाया।

इसके बाद भी विष्णु खरे जैसे लेखक को अजब-अजब-सी मुश्किलों का

सामना करना पड़ता है, तो यह अकारण नहीं है। और इससे हमारी हिंदी पत्रकारिता का एक डरा हुआ, बुजदिल और दकियानूस चेहरा सामने आता है। मुझे याद है, विष्णु जी ने अपनी नरसिंह राव वाली कविता का एक संक्षिप्त संस्करण मुझे दिखाया था। उनकी मूल कविता की तुलना में वह मुझे काफी 'हल्का' लगा। पर विष्णु खरे का कहना था कि 'जनसत्ता' वाले उस लंबी कविता को छापने में परेशानी महसूस कर रहे थे, इसलिए कुछ भाग निकालकर और स्वयं संपादित करके, उन्होंने इस कविता का यह संक्षिप्त संस्करण तैयार किया है। और फिर हुआ यह कि वह संक्षिप्त संस्करण भी जिसमें से 'आपत्तिजनक' बातें काफी निकाल दी गई थीं 'जनसत्ता' वालों को कुछ भारी और आपत्तिजनक लगा और वह कविता अंततः 'जनसत्ता' में नहीं छप पाई।...मंगलेश जी बार-बार इस कविता को लेकर संपादक जी के पास दौड़ते रहे; संपादक जी हर बार सिर हिलाते रहे। यों विष्णु खरे की कविता 'जनसत्ता' में छपने के नाकाबिल मान ली गई। वह भी तब जब विष्णु खरे ने उस कविता के दो-तीन प्रारूप बनाए थे और हर बार उसे थोड़ा 'माइल्ड' करते गए थे। पर उनका माइल्ड भी 'जनसत्ता' जैसे गरम तेवरों वाले अखबार के गरमा-गरम पर भारी था। विष्णु खरे क्या चीज हैं और कैसे लेखक हैं, समझने वाले चाहें तो इससे थोड़ा-बहुत समझ सकते हैं।

इसलिए कई बार मैं अपने भीतर दर्ज कर चुका हूँ कि कोई कवि कैसे हर हाल, हर सूरत में 'प्रतिपक्ष का कवि' होता है, यह देखना हो तो विष्णु खरे को देखो।

14

विष्णु खरे से जुड़ा एक प्रसंग शायद मैं जिंदगी भर नहीं भूल पाऊँगा। यह प्रसंग कांस्टीट्यूशन क्लब का है, तब उन्हें नरेंद्र जैन के साथ रघुवीर सहाय पुरस्कार मिल रहा था। उस दिन विष्णु खरे का कविता-पाठ बहुतों को याद होगा। मेरे लिए तो वह विस्मयकारी था ही। इससे पहले उन्हें साहित्य अकादमी में रघुवीर सहाय और गिरिजाकुमार माथुर के साथ कविता पाठ करते हुए सुन चुका था। पर जिस दिन का मैं जिक्र कर रहा हूँ, वे कुछ ऐसे जुनून में थे कि यह फंक्शन एक 'आश्चर्य-वृत्तांत' में बदल गया!

उस दिन विष्णु खरे ने अपने लगभग 'फ्री स्टाइल' भाषण के बाद 'फ्री स्टाइल' कविताएँ पढ़ी थीं। उनमें 'सबकी आवाज के पर्दे में' संग्रह में शामिल कविताओं के अलावा दो लंबी कविताएँ थीं जिन्हें विष्णु खरे राजनीतिक कविताएँ कह रहे थे। और उन्हीं के शब्दों में ये ऐसी कविताएँ थीं, जिनमें एक शब्द भी झूठ नहीं है। इनमें से एक कविता गाँधी-नेहरू परिवार से उनके संबंध को लेकर थी और दूसरी नरसिंह राव पर। और दोनों कविताएँ कुछ ऐसी थीं कि लोग सुन रहे थे और बेचैनी से पहलू बदल रहे थे। लोग सुन रहे थे और अकुला रहे थे। लोग सुन रहे थे और सिर

धुन रहे थे या ऐसा ही कुछ और कह या कर रहे थे...और उनके चेहरे पर ऐसा भाव था, मानो वे अनजाने में और लाचारी में किसी खौफनाक षड्यंत्र का हिस्सा बना दिए गए हों!

सच कहूँ तो मैंने जिंदगी में पहली बार ऐसी 'खतरनाक' कविताएँ सुनी थीं जिन्हें पढ़ने वाला तो पढ़ रहा था और पूरी तरह खुद में खोकर और बेफिक्री के साथ पढ़ रहा था, लेकिन सुनने वाले पसीने-पसीने हो रहे थे। और वे तथाकथित सभ्य, संभ्रांत ओर नफीस लोग इस कदर पसीना-पसीना थे कि अपनी बदमाशी की एक बात कहूँ—कि मेरा जोरों से ठहाका लगाने का मन हो रहा था और मैं बमुश्किल उस पर काबू पा सका था।

सभागार से बाहर आया तो हाल में पसीना-पसीना हुए इन संभ्रांत लोगों को छोटी-छोटी टोलियों में दुष्ट चर्चाएँ करते देखा। भाव उनका कुछ ऐसा था, मानो विष्णु खरे पागल हो गए हों और उन्होंने इसका पक्का सबूत पा लिया हो। एक दाढ़ीदार छुटमैए जीनियस को मैंने तीन कोनों का मुँह बनाकर बोलते सुना—"बकवास! शुद्ध बकवास!! उस बकवास को सुनने से तो अच्छा था यहाँ खुले में आकर खड़े हो जाते!!..."

मुझे तुरंत निराला की याद आई।

एक क्षण में समझ में आ गया, निराला को पागल किन लोगों ने बनाया और कैसे बनाया?

उसी दिन विष्णु खरे ने अपने साहित्यिक पागलपन का एक और अकाट्य सबूत पेश किया। वे क्रिकेट वाली कविता पढ़ रहे थे। अचानक बीच में उठे...और हाल में जाकर हाथ में क्रिकेट का बल्ला लेकर बताने लगे कि क्रिकेट का बल्ला लेकर खेलते खिलाड़ी की क्या-क्या तकनीकी पोजीशनें होती हैं जिनका उनकी क्रिकेट वाली कविताओं में जिक्र हुआ है।

उसका वह 'अक्षम्य उद्धत (!) व्यवहार' भी बार-बार चर्चा का विषय बनता रहा कि साहित्य के मैदान में वे क्रिकेट का बल्ला लेकर घुस आए...बल्कि घुसे चले आए...लाइक ए बुल इन ए चाइना शॉप!

हाय-हाय, साहित्य की दुनिया का अब क्या होगा? उसके बाद कई दिनों तक दिल्ली की साहित्य की मंडी में विष्णु खरे के बारे में जो कुछ सुना, उसे लिखने से जान-बूझकर बच रहा हूँ। अभी तक जिसे अतिशय सम्मान से झुककर 'बड़ा कवि' माना जा रहा था, देखते-ही-देखते वह 'सिरफिरा' हो गया। घटिया टिप्पणियों का विषय!! मुझे लगा, यह औसत साहित्यिकों की अपने औसत होने की लाचारी है कि जो कुछ भी 'फ्रेम' से बाहर और असुविधाजनक हो, उसे शैदाई मान लो! कल को निराला थे, आज विष्णु खरे!!

लेकिन मेरे लिए यह एक आश्चर्य था कि इस दफा औसत जन फिर

धीरे-धीरे अपने औसत होने की हीनता में डूबते चले गए। विष्णु खरे फिर बड़े हुए, होते गए...होते चले गए।

उन दिनों विष्णु खरे पर एक लंबी कविता लिखी थी। आज भी मेरे कागज-पत्तरों में कहीं सुरक्षित होगी पर उसे निकालने का 'सही समय' शायद नहीं आया।

बहरहाल, तमाम दुखों के बावजूद मेरे जीवन के जो बड़े से बड़े सुख हैं—इनमें एक यह है कि मैंने विष्णु खरे को देखा है। बहुत भीतर तक देखा है। मैं विष्णु खरे से मिला हूँ और बार-बार मिला।...और हर बार, हर रंग में उन्हें देखा है!

बल्कि मैं तो कहूँगा कि जीवन भर कुछ और न करना और सिर्फ एक कवि की गवाही में रहना—उसके जीवन के संघर्षों और उसमें होने वाले 'रासायनिक परिवर्तनों' का गवाह होना भी खुद में एक महत्त्वपूर्ण भूमिका निभाता है। और यह कोई छोटी सच्चाई नहीं है कि अलग-अलग समयों में लिए गए विष्णु खरे के इंटरव्यूज में विष्णु खरे की जो धीरे-धीरे बदलती और क्रमशः विकास पाती हुई शक्लें हैं, उन्हें इन इंटरव्यूज में बहुत निकट से, बल्कि छू-छूकर देखा और जाना जा सकता है।

शायद इसलिए कि अपने इन इंटरव्यूज में विष्णु खरे जितना खुले हैं, उतना कोई सोच भी नहीं सकता। ऐसा लगता है, जैसे वे खुद को खोद-खोदकर और पुरजा-पुरजा खोलकर हमारे सामने रख रहे हों।...अपने इन इंटरव्यूज में विष्णु खरे जितने महत्त्वपूर्ण ढंग से और जितनी गहरी नाटकीयता के साथ बोल रहे हैं—वह कोई बनाई हुई चीज नहीं थी! लगता था, एक पूरा युग अपनी आत्मा के साथ... अपनी आत्मा की समूची ताकत और तकलीफ के साथ बोल रहा हो! और एकाध दफा तो सच मानिए, मेरा मन हुआ कि मैं उन्हें सुनना छोड़कर देखूँ और सिर्फ देखता ही रहूँ।

और उन्हें सुनना एक बड़ी तकलीफ में साझीदार होना तो था ही। इसलिए कि वहाँ विष्णु खरे की अपनी तकलीफ जमाने भर की तकलीफ के साथ घुल-मिलकर सामने आती थी।...अपने इन इंटरव्यूज में विष्णु खरे ने अपने पिता, भाइयों और मित्रों और अध्यापकों के बारे में जो-कुछ कहा है, अविवाहित रह गई बुआओं के कष्ट के बारे में जो कुछ कहा है—अपने बचपन में ही अचानक 'बूढ़े' हो जाने की जो कहानी कही है, वह खुद में एक थरथरा देने वाला अनुभव है। और इन्हीं इंटरव्यूज से यह भी पता चलता है कि विष्णु खरे शुरू में कहानियाँ लिखते थे और वे कहानियाँ अच्छे पत्र-पत्रिकाओं में स्थान पाती थीं। इसी इंटरव्यू में उन्होंने यह भी बताया कि उनकी महत्त्वाकांक्षा पत्रकारिता के जीवन पर एक बड़ा उपन्यास लिखने की है। वे

लिखें तो उनके साथ-साथ हमारे लिए भी यह बेहद खुशी की बात होगी।

और इन इंटरव्यूज में बहुत-सी बातें ऐसी भी हुईं जिन्हें विष्णु जी ने 'आफ दि रिकार्ड' कहा और उनकी इच्छा का सम्मान करते हुए, मैंने उनके किसी इंटरव्यू में उन्हें शामिल नहीं किया। उन चीजों को अब यहाँ लिखने की भी कोई तुक नहीं है...पर इतना जरूर लिख दूँ कि उनमें विष्णु जी की अपनी त्रासदी से जुड़ी हुई कुछ बातें तो ऐसी थीं कि मैं महीनों छटपटाता रहा।

काश, मैं उन्हें लिख पाता और पाठकों के आगे ला पाता। पर नहीं, मैं उनके विश्वास की रक्षा करूँगा और वे मुझ तक ही रहेंगी।

क्या मैं बताऊँ कि मेरे जीवन की कुछ बड़ी महत्वाकाक्षाओं में से एक महत्त्वाकांक्षा यह रही है कि मैं विष्णु खरे पर लिखूँ या नहीं भी लिख पाऊँ, तो कम-से-कम विष्णु खरे पर लिखने लायक बन जाऊँ। उनकी कविताओं पर हाथ आजमाने की बहुत दफा कोशिश की और हर बार असफल हुआ। एक बार 'पिछला बाकी' पर एक रिव्यू लिखने का मौका मिला बहुत संक्षेप में। पर वह कट-पिटकर ही छप पाया और इसके छपने पर मुझे सुख से ज्यादा आंतरिक कष्ट ही महसूस हुआ।

अलबत्ता उनके दो अनुवादों पर मुझे जमके लिखने का मौका मिला। इनमें एक तो 'कालेवाला' महाकाव्य का हिंदी अनुवाद है और दूसरा गुंटर ग्रास की कलकत्ते पर लिखी गई डायरी का उनके द्वारा किया गया अनुवाद 'जीभ दिखाना'। मेरे लिए यह खुशी की बात है कि मेरे ये लेख बुरे नहीं समझे गए और इन्हें लिखकर कम से कम मुझे शर्मिंदा नहीं होना पड़ा।...'कालेवाला' पर लिखे गए लेख को तो विष्णु खरे ने स्वयं अपनी किताब 'महाकाव्य विमर्श' में स्थान दिया है। इसी तरह 'जीभ दिखाना' पर लिखा गया मेरा लेख रायपुर से निकलने वाली पत्रिका 'अक्षर पर्व' में छपा। तो भी खेद है कि मेरी यह महत्वाकांक्षा तो अभी अधूरी है कि विष्णु जी की कविताओं पर लिखूँ। मैं यही सोचकर खुद को दिलासा लेता हूँ कि मैं इस लायक नहीं हो सका। लेकिन अगर मेरी तैयारी सही दिशा में है, तो हो सकता है मैं कभी यह कर ही लूँ। जानता हूँ, इससे विष्णु खरे को तो क्या मिलेगा...हाँ, शायद मुझे एक तरह की रचनात्मक संतुष्टि मिल जाए!

...इधर विष्णु खरे की कविताओं पर कुछ नोट्स जरूर लिखे गए। हो सकता है, वही उन पर लिखे जाने वाले लेख की 'नींव' बनें।

15

खैर, जब कबीर वाला इंटरव्यू पूरा हुआ और मैं विष्णु जी को उनके घर यह दिखाने

गया, तो उन्हें फिर से कबीरी मूड में देखा। उन्होंने मुझे बताया कि वे दिल्ली से बुरी तरह ऊब गए हैं और अब वापस छिंदवाड़ा जाना चाहते हैं।

मुझे जैसे अपने कानों पर यकीन ही नहीं हुआ—"क्यों क्यों...किसलिए?" जैसे मैं चीखकर पूछता हूँ।

तो वे बताते हैं कि एक लेखक के रूप में वे यहाँ काफी निरर्थकता महसूस कर रहे हैं। वे यहाँ एक लेखक का जीवन नहीं जी पा रहे हैं और महसूस करते हैं कि उनका समय बहुत से निरर्थक कामों में जाया जा रहा है।

"अब मैं महसूस करता हूँ कि मेरे पास बहुत कम समय बचा है। और जो काम मैंने सोच रखे हैं, उन्हें अब करना चाहिए...जबकि यहाँ दिल्ली में रहकर यह असंभव है। इसीलिए मैं मुंबई जा रहा हूँ कि वहाँ रहकर कुछ समय सीरियसली काम करूँगा। वहाँ इतने ज्यादा परिचित और मित्र नहीं है, इसलिए ज्यादा समय मिलेगा काम करने के लिए..." विष्णु खरे बताते हैं।

"पर वहाँ छिंदवाड़ा में...आप क्या समझते हैं, आप कर सकेंगे? हो सकता है कि जो छिंदवाड़ा आपके मन में है, वह आपको वहाँ जाकर न मिले। और आप वहाँ अपने को घोर 'अजनबी' पाएँ। आपको लगे कि यहाँ तो काई आपको पहचानता तक नहीं। आप एक बड़े कवि-लेखक विष्णु खरे नहीं, बल्कि एक निहायत मामूली से व्यक्ति हैं जिसकी किसी को जरूरत नहीं है।..."

विष्णु जी हँस पड़े। एक अजीब-सी बेफिक्र हँसी। बोले—"मुझे पहचान की...या अपने पहचाने जाने की बिल्कुल चिंता नहीं है। न आज तक मैंने कभी इस बात की चिंता की है। लोग रोते रहते हैं कि साब, मेरी किताब का 'रिव्यू' नहीं आया, यह नहीं हुआ...वह नहीं हुआ! मैं कहता हूँ, मेरी ओर देखो, मेरी किसी किताब की आपने कहीं चर्चा पढ़ी है? पर मैं तो कभी इसकी परवाह नहीं करता और आप छिंदवाड़ा की बात करते हैं, मैं तो सोचता हूँ कि मैं उससे भी दूर किसी गाँव में चला जाऊँ। वहाँ मुझे कोई जानेगा या नहीं, मुझे इस बात की बिल्कुल परवाह नहीं है!"

"और आपने ऐसे समय जाने का निश्चय किया है जब दिल्ली में पुस्तक मेला शुरू होने वाला है। आपको क्या यह पहले से याद नहीं था? लोग तो दूर-दूर से इस मेले के लिए दिल्ली पहुँचते हैं और आप दिल्ली छोड़कर जा रहे हैं..?" मैंने जानना चाहा।

इस पर विष्णु जी का जवाब और भी बेढब था। बोले— "सच कहूँ तो मुझे तो पहले ही चले जाना था...पर मैं एक दिन रुक गया। इसलिए कि विदेश से एक सज्जन आए हैं। वे मुझसे मिलने को बहुत उत्सुक हैं और मेरी एक मित्र ने उन्हें भेजा है। इसलिए एक-दो दिन रुक गया। अब शायद दो-एक घंटे के लिए पुस्तक मेले में भी चला जाऊँ...पर मेरी बिल्कुल इच्छा नहीं है पुस्तक मेले जाने की। मुझे तो...मैं आपको बताऊँ कि इतनी घृणा हो गई है कि इस सबसे...जो

पुस्तक मेले के नाम से होता है और किताब की और लेखक की जो दुर्दशा वहाँ होती है, इस सबको देखकर...कि कुछ कह नहीं सकता। प्रकाशक इतनी हड़बड़ी में किताबें छापे जा रहे हैं जिनमें प्रूफ की भयंकर गलतियाँ ही नहीं, कुछ का कुछ छप रहा है। न कोई संपादन है, न कोई देखने वाला है, न किसी का पुस्तक से लगाव है। फिर विमोचन...! जितने सस्ते ढंग से यह सब होता है कि 'पकड़ो...नामवर सिंह को पकड़ो, राजेंद्र यादव को पकड़ो, अशोक वाजपेयी को पकड़ो...!' मुझे तो ये सारे के सारे लेखक ऐसे लगते हैं, जैसे कुतिया के पीछे पिल्ले भागते है—मैं आपसे सच कहता हूँ।..."

और फिर वे बताने लगते हैं कि एक लेखक के रूप में अब वे बहुत ज्यादा बंधन महसूस करते हैं। एक लेखक के रूप में काम करने और उनके लिखने-पढ़ने के लिए अवकाश उनको भला कब मिलेगा?...बच्चे अपने-अपने ढंग से सैटिल्ड हो गए हैं। बड़ी वाली बेटी और बेटा, बहुत संभावना है कि अब मुंबई में ही रहें। छोटी बेटी दिल्ली नहीं छोड़ना चाहती। यह भी मुंबई में अपना तबादला करवा ले तो वे यह शहर छोड़कर छिंदवाड़ा चले जाएँगे। वे इस चीज पर बहुत गंभीरता से विचार कर रहे हैं।

मैंने कहा—"लेकिन यहीं दिल्ली में इतने प्रकाशक हैं, लेखक हैं जिनसे आपकी मित्रता है, इतने संस्थान हैं जिनसे आप जुड़े हुए हैं। छिंदवाड़ा जाकर आपको इनका अभाव महसूस नहीं होगा...?"

"मैं इन्हीं से तो इतना तंग आ गया हूँ कि अब यह शहर छोड़कर जाना चाहता हूँ।" उन्होंने मुसकराकर कहा।

"तो आप यह संपर्क थोड़ा कम कर दीजिए।...इसमें तो आपको ज्यादा दिक्कत नहीं होगी। ज्यादा कहीं जाइए-वाइए नहीं। बस, ज्यादातर समय घर पर रहकर काम करें!"

"आप नहीं जानते प्रकाश जी, यहाँ इतने लोग हैं...और वे इतना ज्यादा मुझसे प्यार करते हैं, इतने आग्रह से मुझे बुलाते हैं कि मैं चाहकर भी उनका अनुरोध ठुकरा नहीं सकता!"

...और यह बात हो रही थी कि मंगलेश डबराल का फोन आता है। वे विष्णु खरे के साठ साल पूरे होने को किसी छोटे-से पारिवारिक फंक्शन के रूप में मनाना चाहते हैं जिसमें बस गिनती के लोग शामिल हों।

विष्णु खरे अचानक तुनक जाते हैं। "यार, तुम्हारी हालत भी बनिए की उस घरवाली की तरह है, जिसके पेट में कोई बात पचती ही नहीं है।" और फिर बताते हैं कि उन्हें जन्मदिन मनाने का आडंबर बहुत खराब लगता है। "वैसे भी," वे बताते हैं कि "जन्मदिन मनाना हमारी परंपरा नहीं हैं!...क्योंकि आखिर जन्मदिन से हो क्या जाता है! क्या ऐसा है, जो मेरे जन्म दिन (9 फरवरी) से एक दिन पहले नहीं

था—और उस दिन नजर आने लगेगा!...ये सब बेवकूफियाँ हैं। मैं इनमें यकीन नहीं करता!"

फिर वे मंगलेश के ताजा कविता संग्रह 'आवाज भी एक जगह है' की पांडुलिपि की चर्चा करने लगे जिसका ब्लर्ब उन्हें लिखना था और उसके प्रूफ उन्होंने पढ़ डाले थे!...

"ठीक है...डेढ़-दो कविताएँ तुम्हारी काम की निकल आएँगी। उसमें ऐसा है ही क्या! बड़ा कमजोर संकलन है।" वे मजाक-मजाक में लगाम खींच रहे हैं और मजा लेते जा रहे हैं, "...कुछ बहुत ज्यादा कमजोर कविताएँ थी, वे तो मैंने निकाल दीं। अब बहुत पतला-सा संग्रह तुम्हारा रह गया है—चालीस पेज का...!"

वह पूरा दिन मेरा विष्णु खरे के नाम या और विष्णु खरे के तमाम मूड्स और मुद्राएँ जो मैंने पहले नहीं देखी थीं, आज देखने को मिल रही थीं—पूरी उदारता के साथ।

अचानक मुझे याद आता है—विष्णु जी साठ के हो रहे हैं। इस मौके पर उनके साथ हुए इंटरव्यूज की किताब 'विष्णु खरे के साथ कुछ दिन' आ जाए। इससे तो उनको कोई परहेज नहीं है न! पर उन्हें दिक्कत है...'साठ' वाले संदर्भ की दिक्कत है।...फिजूल!

"और इसे हटा दें तो...!"

"हाँ, फिर तो ठीक है...!" वे राजी हो जाते हैं।

इस किताब के लिए मैं उनसे एक लंबा इंटरव्यू और करूँगा—कथा-साहित्य तथा फिल्मों वगैरह को लेकर और एक लंबी संस्मरणात्मक भूमिका लिखूँगा। अपना यह विचार मैं उन्हें बताता हूँ।

कुछ देर बाद संतोष चौबे और अजेयकुमार आते हैं। प्रसंग है, भोपाल में होने वाले 'वनमाली स्मृति पुरस्कार' कार्यक्रम का। यह पुरस्कार इस बार असगर वजाहत को उनके उपन्यास 'सात आसमान' पर दिया गया है।

इसी समारोह के लिए संतोष चौबे विष्णु जी को आमंत्रित करने आए हैं। साथ में 'उद्भावना' के संपादक अजेयकुमार हैं। देर तक उनसे समारोह की तैयारियों वगैरह की चर्चा होती है, वनमाली जी को स्मरण किया जाता है जो स्कूल के दिनों में विष्णु जी के गुरु रहे हैं।...संतोष चौबे उन्हीं के पुत्र हैं।

इसी बीच अजेयकुमार 'वाटर' फिल्म की चर्चा छोड़ देते हैं। और विष्णु खरे कहते हैं कि वाकई दीपा मेहता को अपने ढंग से फिल्म बनाने का हक है। उनकी अभिव्यक्ति की स्वतंत्रता से किसी को इंकार नहीं हो सकता। पर साथ ही वे दीपा मेहता की फिल्मों के प्रति अपनी अरुचि भी नहीं छिपाते और कहते हैं कि वह बहुत सस्ती और सेंसेशनल प्रसंगों वाली फिल्में बनाती हैं। 'फायर' को भी वे ऐसी ही फिल्म बताते हैं, खासकर उस प्रसंग के कारण जिसमें पूजा कर रही एक अशक्त

वृद्धा के सामने बैठा नौकर हस्त-मैथुन कर रहा है!...

चलते हुए संतोष चौबे चर्चा करते हैं कि इस समारोह में आने जाने का किराया वे देना चाहेंगे। हँसकर विष्णु जी कहते हैं, "तो इसमें क्या दिक्कत है, दीजिए। मैं तो ब्रेख्त के नाटक 'खड़िया का घेरा' के जज की तरह दोनों हाथों से लेता हूँ।"

एक लाजवाब भंगिमा।...हम सभी जोरों से हँस देते हैं।

16

उन लोगों के जाने पर अचानक उनके मुँह से निकला—"कैसा लगा?"

"लोग तो अच्छे ही लगे। अब कह नहीं सकता, कार्यक्रम कैसा करते होंगे...?"

तब वे वनमाली जी की शख्सियत और साहित्य के बारे में बताना शुरू कर देते हैं और कहते हैं कि वनमाली जी का उन पर बड़ा ऋण है...! उनकी बातों से साफ था कि वे किसी तरह थोड़ा-बहुत वह ऋण उतार सकें तो यह उनके लिए सच्ची खुशी का क्षण होगा।

क्या ऐसा संभव नहीं है कि विष्णु जी अगर दिल्ली से ऊब गए हों तो थोड़े-थोड़े समय के लिए दिल्ली से बाहर जाते रहें? फिर-फिर बाहर से लौटने पर दिल्ली शायद उन्हें उतनी उबाने वाली न लगे।...उनका क्या ख्याल है इस बारे में?

क्या उनके भीतर अब भी वैसा ही कड़वा धुआँ और वैसी ही लपटभरी आग है, जैसा सुबह की उनकी बातों से लग रहा था या कि वह एक फेज था यह दूसरा फेज।...हारे को हरिनाम वाला मामला।

"क्या एक विष्णु खरे के भीतर कई विष्णु खरे हैं—एक-दूसरे से अपरिचित? और कभी-कभी आपस में बुरी तरह झगड़ते हुए...!" जाऊँगा तो कभी विष्णु खरे से पूछूँगा।

क्या यह जो दिल्ली छोड़कर चला जाना चाहता है विष्णु खरे का 'प्रतिरूप' या 'विलोम', यही उनका सही प्रतिनिधि है या सिर्फ क्षेपक?

हालाँकि वे गए तो दिल्ली पता नहीं उन्हें याद आएगी कि नहीं? पर दिल्ली को सच ही वे बहुत याद आएँगे। उन्हें प्यार करने वाले इतने लोग हैं यहाँ...और ऐसे लोग भी जो उनसे लड़ाई भले ही ठाने बैठे हों, पर उन पर गहरा विश्वास है उनको। यानी विष्णु खरे जो हैं सो विष्णु खरे ही हो सकते हैं—ऐसा पक्का विश्वास।

बने रहें विष्णु खरे। और इतने ही खतरनाक ढंग से जीते रहें, यह मेरे और बहुतों के लिए साहित्य और जीवन की गहरी आस्था की तरह है। साहित्य अगर जीवन के आगे चलने वाली मशाल है तो मेरे समय में उस मशाल का अर्थ है, विष्णु खरे!

फिर मुझे याद आता है विष्णु खरे का पहले वाला इंटरव्यू। एक लेखक का विद्रोह क्या होता है! ठीक वैसे ही वैसे अनाथालय में एक भूखा बच्चा अपना खाली कप दो बार आगे बढ़ा देता है—'मोर सूप' और वह भी शायद अपने लिए ही नहीं—और अनाथालय के प्रबंधक की भौंहें तन जाती हैं। मगर यही...यही एक लेखक की भूमिका है समाज में। और उनका चेहरा बुरी तरह तमतमा रहा था। कभी-कभी गुस्से और आवेग के क्षणों में भी भ्रम हो सकता है कि उनकी आँखें हँस रही हैं। लेकिन भीतर जमा हुआ गुस्सा आवाज के गहरे आवेश और बलाघात से पहचान में आता है।

अनाथालय का वह बच्चा हर हाल में हर अत्याचार के विरोध में कहता है—मोर सूप!...बस, ये दो शब्द। औ बहुत सी कँटीली निगाहें उस पर झुक आती हैं और वह विद्रोह चौतरफा फैल जाता है। फैलता जाता है...

विष्णु खरे खुद इसी का उदाहरण हैं। उनका व्यक्तित्व, उनका लेखन और उनका जीवन अलग-अलग नहीं हैं। वह विद्रोह का बिगुल नहीं बजाते, युद्ध नहीं छेड़ते। बस दो शब्द कहते हैं—'मोर सूप' सबके लिए...यानी जो कुछ है उससे बेहतर चाहिए।...यही वह जगह है जहाँ मुक्तिबोध एकाएक विष्णु खरे में पैठ गए लगते हैं।

फिर याद आता है, 'नवभारत टाइम्स' की संपादकी से विष्णु खरे का सैद्धांतिक आधार पर इस्तीफा। कितने लेखक हैं जो आज यह साहस कर सकते हैं! वे चाहते तो जैसे-तैसे चलाते ही रहते और बहुतों से वे बेहतर ही चलाते, पर...

17

और अंत में...

पीछे मैंने विष्णु जी की कुछ बातों का जिक्र किया जिन्हें जाने-अनजाने मैं पसंद नहीं कर पाया। इनमें मैं चाहता हूँ एक चीज और जोड़ लें— विष्णु खरे की राजनीति।

मैं पता नहीं क्यों उसके साथ जुड़ नहीं पाया, बल्कि थोड़े शक के साथ उसे देखता रहा। वे कांग्रेस—पहले वाली इंदिरा कांग्रेस के प्रति अपना लगाव छिपाते नहीं हैं और जब नरसिंह राव के समय कांग्रेस का विभाजन हुआ तो वे अर्जुन सिंह-नारायणदत्त तिवारी वाली कांग्रेस के साथ थे जिसे छिपे तौर पर सोनिया कांग्रेस कहा जाता था। अब भी वे सोनिया गांधी के नेतृत्व के प्रति इस हद तक आश्वस्त लगते हैं कि मुझे कभी-कभी ताज्जुब होता है।

कभी-कभी वे इस बात पर जोर देते भी नजर आते हैं कि साहित्य में काफी धीमे परिवर्तन हो रहे हैं। अगर उनका बस चले तो वे राजनीति में सीधे-सीधे सक्रिय हों ताकि जनता की बेहतरी के लिए सीधी लड़ाई लड़ी जा सके। यह उनके हिसाब से सामाजिक परिवर्तन की प्रक्रिया में सीधे शामिल होना है। लेखक चाहते हुए भी

इसमें इतनी तीव्रता से दखल नहीं दे सकता।

लेकिन क्या वे नहीं जानते कि इस तरह की कोशिशें कभी श्रीकांत वर्मा ने की थीं? उनकी भी लगभग यह सोच थी और वे आखिरकार इस 'ट्रैप' में आ फँसे। साहित्य की राजनीति ने उन्हें इस तरह के दंद-फंद, अहंकार और समझौतों की राजनीति में फँसाया कि वे कुछ के कुछ होते चले गए। 'मायादर्पण' के श्रीकांत वर्मा तो जैसे कहीं बिला ही गए। मगध की कविताएँ इस लिहाज से श्रीकांत वर्मा की कमजोर कविताएँ हैं।...और यहाँ मेरी और विष्णु जी की राय में कोई फर्क नहीं है। उन्हें भी मगध की कविताएँ अपेक्षाकृत हल्की कविताएँ लगती हैं।

अलबत्ता लेखक राजनीति में जाए न जाए और वहाँ कितना सक्रिय हो, कितना नहीं, इसे लेकर मेरे और विष्णु जी की शायद अलग-अलग राय है। मेरा कहना है कि वैचारिक पक्षधरता तो अच्छी चीज है पर पार्टीबाजी या किसी पार्टी से जुड़ना किसी लेखक को अजब-सी भूल-भुलैया में डाल सकता है पर शायद विष्णु जी ऐसा नहीं मानते। उन्होंने मुझे स्वयं बताया था कि पिछले चुनावों में वे कई जगहों पर कांग्रेस का प्रचार करने गए थे, मुझे सुनकर अचंभा हुआ था। आज भी सोचकर अजीब लगता है, फिर वही लेखक के 'कुछ और' हो जाने का खतरा!...फिर एक बात और! कोई लेखक किसी कम्युनिस्ट पार्टी के उम्मीदवार के समर्थन में बोलने के लिए जाए या सोशलिस्ट पार्टी के उम्मीदवार के पक्ष में बोलने के लिए जाए, यह तो किसी हद तक समझ में आता है पर कांग्रेस...? मेरी सोच में यह किसी भी तरह नहीं उतरता।

हो सकता है, हमारे व्यक्तित्वों का अलग-अलग सोच या जीवन के अलग-अलग अनुभव हमें अलग-अलग दिशाओं में खींचे ले जा रहे हों। पर इससे विष्णु जी के प्रति मेरा प्यार जरा भी कम नहीं हुआ।

मैंने बहुत बार शिद्दत से सोचा है, विष्णु खरे में ऐसा क्या है जो उनमें और सिर्फ उनमें ही है? मैं कभी तय नहीं कर पाया। लेकिन मुझे इसमें कोई शक नहीं कि पूरी दुनिया में विष्णु खरे सिर्फ एक होता है और वह केवल विष्णु खरे होता है।

शायद इसीलिए मैं विष्णु खरे को एक लेखक के रूप में—एक दुर्दांत और जिद्दी लेखक के रूप में इतना प्यार करता हूँ कि प्यार किए बिना रह नहीं पाता।

□□□

मुलाकात

यह सचमुच उदास और निराश कर देने वाला अभूतपूर्व संकट का दौर है!

साहित्य और पत्रकारिता के कई मुद्दों और सैद्धांतिक लड़ाइयों को लेकर पहली लंबी बातचीत

विष्णु खरे हमारे समय के सबसे महत्त्वपूर्ण कवियों में से एक हैं। और अगर कविता में 'अभिव्यक्ति के सभी खतरे उठाने' या भाषा को पूरे दुस्साहस के साथ बरतने वाले कवियों की बात करें तो रघुवीर सहाय के बाद वे अकेले और अन्यतम कवि हैं जो अलोकप्रिय होने की हदों तक जाकर भी हर हाल में कहते वही हैं जो उन्हें कहना है। वे इतने दुस्साहसी हैं कि अक्सर उनका दुस्साहस घमंड या झगड़ालूपन भी समझ लिया जाता है और उन्हें खामखा न जाने किस-किस किए या अनकिए का खमियाजा भुगतना पड़ जाता है। लेकिन वे विवादास्पद इसलिए नहीं हैं कि जान-बूझकर विवादों से घिरे रहना उनका शगल है, बल्कि इसलिए कि जब लड़ाई सामने हो तो बगैर लड़े कतराकर निकल जाना या विवादास्पद होने के डर से गर्दन छाती में घुसेड़कर बैठे रहना उन्हें नागवार लगता है—एक गहरे पाप-बोध या अक्षम्य अपराध की तरह! वे सब-कुछ बर्दाश्त कर सकते हैं, मगर सरलीकरणों में छिपी एक तटस्थ और कायर चुप्पी नहीं। इसीलिए उनकी कविताओं में जो प्रश्नाकुल छटपटाहट और बेचैनी है, वह उनके समकालीनों में बहुत कम नजर आती है। कोई ताज्जुब नहीं कि उन्होंने अपने नए संग्रह का नाम रखा है—'सबकी आवाज के पर्दे में', और उनकी कविताओं में आवाजों की शक्लें, बिंब और पहचानें बहुत हैं। विष्णु खरे की कविताएँ गद्य के आसपास रहने का खतरा उठाकर भी कुछ इस ताव और जटिलता के साथ अपनी बात कहती हैं कि वे सहज ही इस दौर के सबसे विशिष्ट कवि, बल्कि 'कवियों के कवि' माने जाने लगे हैं।

चर्चित कवि होने के अलावा, विष्णु खरे एक 'अलोकप्रिय' समीक्षक भी हैं और खाँटी पत्रकार तो वे हैं ही। वे 'नवभारत टाइम्स' में रह चुके हैं और पहले राजेंद्र माथुर के सहायक संपादक के रूप में और फिर लखनऊ, दिल्ली तथा जयपुर संस्करणों के रूप में, उन्होंने पत्र को जो रूप और वैचारिक ऊर्जा दी, उससे लोग उस दौर को 'नवभारत टाइम्स' के माथुरोत्तर शिखर काल के रूप में आज भी याद करते हैं। वहाँ भी आखिर उन्हें सिद्धांतों की लड़ाई लड़ते हुए, इस्तीफा देकर बाहर आ जाना पड़ा। हालाँकि उनके मन में गुस्सा भले हो, अपने इस निर्णय को लेकर पछतावा बिल्कुल नहीं है। संप्रति (सन 1995 में, जब यह इंटरव्यू लिया गया था—प्र.म.) वह नेहरू स्मारक संग्रहालय तथा पुस्तकालय के तहत शोध-कार्य में लगे हैं।

इंटरव्यू के लिए समय पहले से तय कर लिया गया था, लेकिन वह इतना लंबा खिंच जाएगा कि सुबह नौ बजे से शाम साढ़े छह बजे तक (करीब साढ़े नौ घंटे तक लगातार) सवाल-जवाब का यह बीहड़ सिलसिला जारी रहेगा, इसकी उम्मीद न शायद उन्हें थी, न मुझे। अलबत्ता बीच-बीच में तीन-चार बार फोन की घंटी घनघनाई और विष्णु जी को उठकर जाना पड़ा। मैंने नोट किया, फोन पर भी वे अपने मित्रों से बात करते हैं तो उनका अंदाज कुछ-कुछ ऐसा होता है, मानो आमने-सामने बात हो रही हो। एक दफा (फोन पर) उन्हें किन्हीं सज्जन से मराठी में बड़े मजे से गपियाते सुना। लौटकर वे आए तो मैंने अचरज से पूछा "आप मराठी जानते हैं क्या?" "हाँ," विष्णु जी हँसे, "टूटी-फूटी गुजराती भी बोल लेता हूँ, थोड़ी-बहुत बंगला भी।" विदेशी भाषाओं में अंग्रेजी के अलावा चेक और जर्मन उन्हें आती ही है।

घंटों लगातार बोलते-बोलते शाम होने तक विष्णु जी के चेहरे पर इतनी थकावट नजर आने लगी कि मैं गहरे अफसोस और अपराध-बोध से भर गया। लेकिन वे तब भी अपना कुछ-कुछ थरथराती हुई अनथक आवाज में, आवेश और शिद्दत के साथ सवालों के जवाब देते रहे। विष्णु जी से छिटपुट मुलाकातें पहले भी हुई थीं, लेकिन इस मुलाकात में पहली दफा मैंने जाना कि विष्णु खरे जब लीन होकर बोल रहे हों, उन्हें सुनना एक दुर्लभ विस्मयकारी अनुभव है। बोलते समय केवल उनके होंठ ही नहीं, पूरा जिस्म बोलता है—और बहुत बार आवेश में उनका चेहरा कुछ इस कदर लाल सुर्ख हो जाता है, जैसे जिस्म का सारा खून चेहरे पर आकर थम गया हो। और आँखों में ऐसी दुर्वह चमक, जैसे शब्दों में जो सिमट नहीं पाया, उस पीड़ा और गुस्से को आँखें चुपचाप बता देना चाहती हों। बातचीत के दौरान वे आसानी से भूत-भविष्य-वर्तमान तीनों में टहल रहे थे और उनके हाथ उस अभिनेता की तरह हवा में हिलते थे जो अपनी देखी हुई दुनिया के चप्पे-चप्पे से आपको परचा देना चाहता हो। बात करते समय खासकर उनका आत्मविश्वास, उनका आवेश, उनकी तड़प कुछ कदर आपको जकड़ लेती है कि लौटकर आप ठीक-ठीक वह रह नहीं जाते, जो आप तब थे जब उनसे बात करने के लिए झिझकते हुए जा रहे थे।

बीच-बीच में न छापने की शर्त पर उन्होंने जो एकदम निजी बातें कहीं, उन्हें मैं लिख नहीं रहा, मगर क्या मैं उन्हें मन में उथल-पुथल मचाने से भी रोक सकता हूँ?

जो भी हो, लौटा तो यह दिन मेरे जीवन के कुछ थोड़े से यादगार दिनों में से एक हो चुका था। यह गर्व कि मैं विष्णु खरे से मिला हूँ--अपने दौर के एक बड़े लेखक से—बार-बार मेरी छाती में आवेग भरता था। 'हाँ, मैं उस तरह विष्णु खरे से मिला हूँ, जिस तरह मिले जा सकने योग्य बहुत कम लोग हमारे जमाने में बच रहे हैं।' मैंने जैसे फुसफुसाकर अपने आपसे कहा।

सबसे बढ़िया बात तो यह है कि विष्णु जी बहुत अच्छे मूड में थे और खूब खुलकर बोल रहे थे। कभी तख्त पर टाँगें नीचे लटकाकर बैठे हुए, कभी अधलेटे और एकाध दफा तो जैसे निढाल होकर लेटे-लेटे उन्होंने अपनी बात कही। दोपहर के भोजन में डोसा और इडली मँगा लिया गया, (और बड़े सादे और मजेदार ढंग से दो कुर्सियाँ जोड़कर मेज का इंतजाम हुआ!) मगर खाना खाते हुए भी बातचीत का सिलसिला बदस्तूर जारी रहा।

बीच में एकाध दफा अपनी बात को प्रमाणित करने के लिए उन्होंने पास ही मेज पर पड़ा अपना ताजा संग्रह (सबका आवाज के पर्दे में) उठाकर उसमें से कविता की उन पंक्तियों का पाठ किया जिनका संबंध छिंदवाड़ा और उसके प्राकृतिक स्थलों से था। लगभग पूरे समय वे इतने सहज, इतने आत्मीय, इतने गहरे आविष्ट थे कि 'हमारे समय के सत्य-प्रवक्ता' लग रहे थे और इसीलिए साढ़े नौ घंटे की लगातार बातचीत के बाद जब मैं उठा तो उठने की इच्छा बिल्कुल नहीं हो रही थी।

विष्णु जी ने अपने जीवन, लेखकीय कर्म और आगे की योजनाओं के बारे में जो तमाम जानकारियाँ दीं, उनमें सबसे उत्तेजक यह थी कि वे पत्रकारिता पर एक बड़ा और यथातथ्य उपन्यास लिखना चाहते हैं और "साहित्यिक पत्रकारिता पर लिखने के बजाए यह शायद कहीं मुश्किल काम है! इसलिए कि दैनिक पत्रों की दुनिया कहीं अधिक भयावह है। 'मैनेजीरियल बोर्ड', राजनीति और पत्रकारों के रिश्ते इतने विकृत और स्वार्थपूर्ण हो चुके हैं कि उनकी ओर उँगली उठाना एक बहुत बड़ी सच्चाई को लोगों की आँखों के सामने लाना है।" सच में विष्णु जी के पाठकों को बेहद खुशी होगी अगर वे ऐसा झकझोरने वाला उपन्यास लिखें। यों भी उनके अनुभव परिधि के नहीं, एकदम केंद्र के--यानी अखबारी दुनिया में भीतर तक घुसकर सच्चाइयों का सामना करने वाले आदमी के अनुभव हैं। यही नहीं, वे दो उपन्यास और लिखना चाहते हैं जिनका ढाँचा उनके जेहन में बना हुआ है और आलोचना की किताब भी। इसी बातचीत से यह भी पता चला कि विष्णु जी अपने लेखन के शुरूआती दौर में कहानियाँ लिखते रहे हैं और वे तत्कालीन अच्छी पत्रिकाओं में छपकर चर्चित भी हुई हैं।

बहरहाल पेश है यह लंबी अनौपचारिक बातचीत, अपने अविरल रूप में—

विष्णु जी, आपने खतरनाक कविताएँ लिखते हुए खतरनाक जीवन जिया है। इतने बरसों बाद पीछे मुड़कर देखें तो आपको पछतावा होता है या संतोष कि ऐसा लिखते, ऐसे ढब से जीते हुए भी इतना तो जी गए!

—मैंने कितनी खतरनाक कविताएँ लिखी हैं और कैसा खतरनाक जीवन जिया है, यह कहना कठिन है, लेकिन हाँ, पछतावा मुझे बिल्कुल नहीं है। जो जीवन मैंने जिया, वह बहुत सोच-विचारकर बड़ी जिद—बल्कि जो करना चाहता था, ठीक वही करने के भरपूर पागलपन-के साथ मैंने किया। उसका यही परिणाम हो सकता है, यह मैं बहुत पहले से जानता रहा हूँ—करीब-करीब बचपन से! इसलिए उसके लिए किसी और को दोष देकर मैं खुद को बचाना या किसी और को छोटा नहीं करना चाहता। मैं जिस सिद्धांत—या चलिए सिद्धांत बड़ा शब्द है तो कहिए जिन जिदों के लिए जिया हूँ, उन पर चलकर मैंने किसी पर अहसान नहीं किया। और ऐसे जिद्दीपन के जो खतरे हों, उन्हें मैं लगभग शुरू से जानता था। और जानते हुए भी जो बार-बार कथित खतरों में सिरे देने की आदत है, वह शायद इसलिए कि जो लड़ाइयाँ मेरे सामने थीं, उनसे बचने का कोई चारा नहीं था। अपने व्यक्ति और लेखक की इसके बगैर कल्पना मेरे लिए कठिन है।

जहाँ तक कविता की बात है, यह जरूर कहना चाहूँगा कि मैं बहुत आत्मसजग कवि हूँ। मैं उन कवियों में से नहीं हूँ जो यह कहते फिरते हैं कि जी, मुझे तो नहीं पता कि जी मैं क्या लिख गया या कि जी, यह रचना तो मुझसे किसी और ने लिखवा ली!...न...नहीं! (व्यंग्यात्मक हँसी) ऐसा बिल्कुल नहीं होता मेरे साथ, बल्कि मैं ऐसा कहने को बेवकूफी मानता हूँ या फिर दूसरों को धोखा देने की कोशिश! मैं जोर देकर कहना चाहता हूँ कि मैं जब लिखता हूँ तो पूरे होशहवास में लिखता हूँ और एक-एक शब्द अपनी इच्छा से चुनता हूँ, उसके पूरे अर्थ, खतरे और निहितार्थों के बारे में यथाशक्ति जानते हुए। इसलिए जो मैं लिखता हूँ, उसका जिम्मा भी मैं पूरी तरह लेता हूँ—हर शब्द का, फिर चाहे वह कितना ही अजीब, बेतुका या ऊटपटाँग लगे। हो सकता है, उसे देखने के पीछे जो मेरा कोई स्पष्ट और गहरा उद्देश्य हो, जिसे मैं ठीक-ठाक समझा न पाया हूँ।

इसी तरह जो जीवन मैंने जिया या जी रहा हूँ, वह पूरी तरह मेरे द्वारा चुना गया जीवन है—और यह तो मैंने बहुत पहले, लगभग किशोरावस्था में ही तय कर लिया था कि मुझे किन रास्तों पर जाना है और किन पर नहीं जाना। यह कोई एक-दो दिन का फैसला नहीं था। इसलिए आज अगर इसे गलत कहूँ तो यह अपने आपको धोखा देना होगा। आपसे सच कहूँ, मैं किसी अबोध किस्म का व्यक्ति नहीं हूँ। इसके बरक्स आप चाहें तो मुझे एक खुर्राट आदमी कह सकते हैं जो हर स्थिति और हर आदमी के भीतर घुसकर असलियत देख लेना चाहता है—और सच तो यह है कि अबोध तो मैं तब भी नहीं था जब बहुत छोटा बच्चा था! आप कह सकते

हैं, पंद्रह साल की उम्र में मैं बूढ़ा हो चुका था। तब से मैंने कुछ नया सीखा ही नहीं। आप कह सकते हैं कि किशोरावस्था के बाद मैं सीधा बुढ़ापे में गया, जवानी मुझ पर कभी आई ही नहीं, जिन चीजो कों, जिस समझदारी को कहते हैं कि लोग बड़े होकर सीखते हैं, मैं बच्चा था, शायद तभी से उसका बहुत-कुछ जानता हूँ।

बेईमानियाँ करके खूब मजे से भूल जाते हैं और मजे से जीते हैं, ऐसी दुनिया में लेखक की यह जो अपने ढंग से जीने की जिद और इसके द्वारा लाई गई मुसीबतें हैं, उन्हें देखकर क्या कभी-कभी मन में यह तकलीफ नहीं होती कि आखिर ऐसा अंधेर क्यों है?...कि आप इस ओर आए ही क्यों?

—मैंने बताया आपको कि लिखे बगैर मैं कुछ हूँ ही नहीं, लिखना, पढ़ना, सोचना मेरे लिए कुछ इस कदर लाजिमी है कि मैं रह ही नहीं सकता इनके बगैर। मैं शायद मानसिक रूप से बीमार हो जाऊँ अगर मुझसे यह सब छीन लिया जाए! तो यह सब मेरे लिए कोई बाहर की या ओढ़ी हुई चीज नहीं, और शायद इसी कारण 'लेखक' होने का मैं कभी दावा नहीं करता और यह सब मुझे नापसंद है। मैं चाहता हूँ कि अपने सामान्य जीवन में आप मुझे एकदम एक आम आदमी पाएँ—हाँ यकीनन कुछ ज्यादा चौकन्ना, कुछ ज्यादा सतर्क।

इसलिए मैं लेखक बनूँ या न बनूँ, यह सवाल मेरे सामने कभी आया ही नहीं। वह हश्र तो मेरा होना ही था, तो साथ में जो स्थितियाँ उपजीं, उनका सामना भी मुझे ही करना था। इसलिए जिंदगी भर नौकरियाँ पकड़ने-छोड़ने का एक सिलसिला चला। साहित्य अकादेमी की नौकरी के सिलसिले में सुप्रीम कोर्ट तक मैं गया और आखिर तंग आकर इस्तीफा दे दिया। नवभारत टाइम्स की संपादकी भी इसलिए छोड़ी कि स्थितियाँ असहनीय हो गई थीं और मैं बेहद निरुपाय महसूस कर रहा था। माथुर साहब की मृत्यु के बाद एक विरोधी लॉबी थी जो न जाने क्या-क्या प्रचार कर रही थी। संसद तक में यह मामला उठाया गया कि साहब, 'नवभारत टाइम्स' को अनुवाद का अखबार बनाया जा रहा है, जबकि असलियत यह नहीं थी। यह कोरा झूठ, कोरी शरारत थी और एक साजिश के तहत यह सब किया जा रहा था। उसके बाद भी एक अलग लंबी लड़ाई मैंने लड़ी...लेकिन यह कोई अजूबा नहीं कि मुझे 'नवभारत टाइम्स' छोड़कर बाहर आ जाना पड़ा। विदेशों में भी लेखक अपने सोच की रक्षा के लिए नौकरियाँ छोड़ते रहे हैं—लेखक विद्रोह नहीं करेगा तो करेगा कौन? मगर वहाँ हालात कुछ अलग ढंग के हैं। मेरे जैसा लेखक वहाँ नौकरी छोड़ने के बाद बहुत ऐशोआराम का जीवन न सही, लेकिन जरूरी सुविधाओं के साथ तो जी ही सकता है।

हमारे मुल्क में अगर ये हालात नहीं है तो इसकी वजह यह है कि हमारा देश गरीब—बहुत गरीब है। जहाँ लोगों के जीने की प्राथमिक जरूरतें तक पूरी न हो पाती हों, वहाँ बाकी चीजें तो दीगर हैं। यहाँ दिल्ली में भी आप कतार में पीने के पानी

के लिए लड़ती या बाहर खुले में बेपर्दा होकर शौच करती हमारे घर सरीखी स्त्रियों को देख सकते हैं। इसे देखकर भी हम अपने आप को 'भारतीय' तथा मनुष्य कहते हैं। हमने क्या हालत कर दी है अपने इन लोगों की? इन्हें देखें तो बदकिस्मती से अभी भी हम जैसे लोग बहुतों से अच्छी स्थिति में है। अपना घर है, चार पैसे कमा भी लाते हैं—इतना तो अधिकांश भारतीयों को नसीब नहीं। फिर अपने हालत पर क्यों रोया जाए? अभी भी मैं मेहनत कर लेता हूँ और अपने परिवार के गुजारे लायक कमा ही लेता हूँ। मेहनत करके कमाना मुझे आता है—किसी से भीख तो नहीं माँगता, हालाँकि जो भीख माँगने को मजबूर हैं उन्हें हेय नहीं मानता—मुझे किसी से कोई शिकायत नहीं है। लेकिन ऐसे लोग भी है जो मेरे इस्तीफा देने के तीन बरस बाद मेरे पास आते हैं और तरस खाते हुए कहते हैं, "आपने 'नवभारत टाइम्स' छोड़ने में जल्दबाजी कर दी। आपको वहाँ बने रहना चाहिए था।" अब ऐसे कमीनों से क्या कहा जाए? तब मैं उनके लिए 'भाई साहब' था। आज वे मुझे पर तरस खाते हैं और सलाह देते हैं कि मुझे लड़ना चाहिए था। तब मैं उनसे यही कहता हूँ कि "भाई, जितना मुझसे हुआ, मैं लड़ा ही! अब आप लड़कर दिखाइए!" लेकिन देखिए आप, 'नवभारत टाइम्स' का जो संपादकीय विभाग है, इसकी क्या भूमिका है आज? जो लोग वहाँ जिम्मेवार पदों पर हैं, वे ही क्या कर रहे हैं? 'नवभारत टाइम्स' को देखते-ही-देखते क्या से क्या बना दिया गया? कहानी, कविता, समीक्षा, विचार, सबकी हत्या कर दी गई—हर चीज बाजारू बना दी गई, पर क्या किसी एक भी आदमी ने विरोध किया? बल्कि लोगों ने कॉलम लिखने और फोटो छपाने और शुरू कर दिए! ऐसे में मुझे अपना बाहर आना बुरा नहीं लगता।

और फिर भाई, आप अकेले तो नहीं हैं जितने यह फैसला लिया हो। हमारा त्याग तो उन लोगों के सामने बिल्कुल टुच्चा है जिन्होंने किन्हीं मूल्यों के लिए अपने प्राण दे दिए। सुकरात क्या विद्रोही नहीं था? वह आखिर सत्य के लिए लड़ रहा था, फिर उसे क्यों जहर पीना पड़ा? जिस समय ईसा को क्रूस उठाकर ले जाने के लिए कहा गया, उस समय लोगों ने कोई कसर नहीं छोड़ी थी उसका मजाक उड़ाने में कि देखिए साहब, ये यहूदियों के उद्धारकर्ता जा रहे हैं! मुझे कोई सुकरात, ईसा या मसीहा अथवा शहीद ग्रंथि नहीं, लेकिन कुछ चीजों से बल तो मिलता ही है। फिर 'सैंस ऑफ ह्यूमर' भी चाहिए। मैं जब कई बार स्कूटर पर अपने रास्ते पर जा रहा होता हूँ और पीछे कोई आवाज आकर रास्ता काटती है—'ये देखिए, ये 'नवभारत टाइम्स' के पूर्व संपादक जा रहे हैं!' तो हँसी आती है—हमें ऐसी चीजों के लिए तैयार रहना चाहिए।

विष्णु जी, लेखक जो कभी समाज का अगुआ होता था, आज वह निरर्थक और फालतू चीज होकर रह गया है। समाज के बदलाव में हो या उसे दिशा देने में, उसका कोई दखल नहीं रहा बल्कि देखते ही देखते चीजें बदल गई हैं। आपके

ख्याल से इसकी वजहें क्या हैं?

यह ठीक है कि लेखक की समाज में पहली वाली जगह नहीं रही। लोकप्रिय कलाओं को छोड़कर सभी कलाएँ बचाव की मुद्रा में हैं। बाजार या महाजनी सभ्यता हावी है। हालात बदले हैं लेकिन वे लाइलाज तो नहीं हैं—लेखकों को अब भी समाज में प्रभावकारी भूमिका निभानी है। मेरे विचार से लेखकों को बड़ी तेजी से मीडिया से सजग और सही ढंग से जुड़ना चाहिए, इसलिए कि मीडिया आज के वक्त में बहुत कारगर और प्रभावशाली हो गया है। उसके जरिए आप बहुत जल्दी दूर-दूर तक अपनी बात पहुँचा सकते हैं और उसके नतीजे भी जल्दी आएँगे। सच तो यह है कि आज मीडिया के बगैर कोई भी बड़ी लड़ाई नहीं लड़ी जा सकती। साहित्यकार को अपना सवर्णत्व त्यागना होगा। लेकिन चुनाव सोच-समझकर किया जाए।

इसके अलावा लेखकों को ज्यादा से ज्यादा एक-दूसरे से जुड़ना चाहिए और ऐसा कोई मौका नहीं खोना चाहिए जिसमें वे साथ आ सकें, इसलिए कि यह दौर हम सभी को अलग-थलग करके, अकेला करके खत्म कर देने वाला दौर है। मुझे विश्वास है कि जिस तरह के हालात में मैं जी रहा हूँ, उसी तरह कहीं कोई दूसरा भी सह रहा है, तीसरा भी—चौथा भी। अगर हम एक-दूसरे से जुड़ते हैं तो मुझे पक्का यकीन है, हम मुश्किल से टूटेंगे—

लेकिन—आपको नहीं लगता विष्णु जी, कि मीडिया की अपनी शर्तें हैं। हमने देखा, हमारे बीच से जो लोग मीडिया में गए खासकर इलेक्ट्रॉनिक मीडिया में, हमारे देखते-देखते उनकी शक्लें बदल गईं, बोली बदल गई और जिससे लड़ने की वे प्रतिज्ञाएँ किया करते थे, कुल मिलाकर वे खुद वही हो गए?

—तो ठीक है, उन्हें दुश्मन समझना चाहिए और उनसे वही व्यवहार कीजिए जो किसी दुश्मन से किया जाता है। यों मैं समझता हूँ, किसी माध्यम में बहुत-कुछ बुरा हो सकता है या बहुत संभव है, बुराई माध्यम में न हो, उसमें काम करने वाले लोगों में हों, लोगों के चरित्र में हो! तो अगर ये बुराइयाँ हैं तो भी हम उस माध्यम के खतरों को समझते हुए, उसकी चुनौतियों का सामना करें, इसमें हर्ज क्या है? वैसे मुझे लगता है, लोगों में जैसे-जैसे जानने और अपनी बात कहने की भूख बढ़ रही है, उस हिसाब से मीडिया का प्रसार तो होगा ही। उसे अपने आपको फैलाना ही होगा। संभव है, बहुत जल्दी रेडियो प्राइवेट हाथों में जाने वाला हो। हो सकता है, अलग-अलग वर्गों-समुदायों के अपने रेडियो स्टेशन हों! जैन, बौद्ध, हिंदू, मुसलमान, ईसाई सभी समुदायों के आप देखेंगे, जैसा कि विदेशों में है, बहुत जल्दी अपने-अपने रेडियो स्टेशन होंगे। इसी तरह बौद्धिक या सर्जनात्मक किस्म के कार्यक्रमों के भी अलग रेडियो स्टेशन हो सकते हैं। तब बहुत-से लोगों की इनमें जरूरत पड़ेगी और वे इनमें खपेंगे और अपनी-अपनी महत्त्वपूर्ण भूमिकाएँ भी निभा सकेंगे। अगर बहुत जगहों से एक साथ कोई आवाज उठे तो मुझे लगता है, बहुत कुछ हो सकता है।

विष्णु जी, आप लेखक होंगे बल्कि आप लेखक होने के लिए ही बने हैं, यह आपको पहले-पहल कब, किस क्षण महसूस हुआ था?

—बचपन में मैं बहुत छोटा था, तभी से। पंद्रह वर्ष की अवस्था में मैंने कामचलाऊ कविता लिखना शुरू कर दिया था। बीस साल की उम्र में मेरी पहली किताब छप गई थी—टी.एस. एलियट की कविताओं का अनुवाद। बचपन में ही हम (तीन भाई) कुछ अलग तरह के माहौल में पले जिसका श्रेय मेरे पिता को जाता है, जो बड़े आत्मलीन किस्म के व्यक्ति थे और दूसरों से बहुत अलग नजर आते थे। उनकी संगीत और अध्ययन में गहरी रुचि थे ओर वे लोगों से मिलते बहुत कम थे। सिर्फ उनके मित्रों की एक छोटी-सी मंडली थी जिनके बीच उन्हें बात करते देखा जा सकता था। हालाँकि उनमें भी वे सबसे अलग और अद्भुत रूप से खुद में लीन नजर आते थे। वे घर में कभी-कभी 1948-50 के उस जमाने की 'माया' और 'मनोहर कहानियाँ' पत्रिकाएँ लाकर रख दिया करते थे। उन्होंने कभी हमसे कहा नहीं कि इन्हें पढ़ो। मतलब यह था कि पढ़ना हो तो पढ़ो, नहीं तो मत पढ़ो। मैंने उन दिनों 'माया' में अश्क, यशपाल, भैरवप्रसाद गुप्त आदि को पढ़ा। यशपाल की कहानी 'खुदा की मदद' तथा अश्क की कहानी 'झेलम के सात पुल' चित्रों समेत मुझे आज भी याद है। भैरवप्रसाद गुप्त का एक रोमानी उपन्यास 'शोले' धारावाहिक रूप में छप रहा था, वह पढ़ा। फिर तो और भी चीजें शुरू हुईं। पंद्रह बरस की उम्र में 'सुखदा', 'शेखर' मैंने पढ़ा। पूरा 'महाभारत' पहले ही कई-कई बार पढ़ लिया था—कुप्रिन का 'गाड़ी वालों का कटरा' पढ़ा था।

और तब हालात ऐसे थे कि कुछ न पूछिए। असल में बचपन हमारा अभावों में गुजरा। माँ गुजर गई थीं, तब मैं छह साल का था। छोटा भाई चार साल का था। बड़े भाई आठ या नौ साल के रहे होंगे। हम घर के सारे काम करते थे और पढ़ते थे। पढ़ने की एक अजीब-सी धुन थी। हमें कभी कोई डाँटता नहीं था, पर यह बात हमारे भीतर न जाने कहाँ से आ गई थी कि कक्षा में हमें हर हाल में अव्वल आना है, सैकंड आना शर्म की बात है—लेकिन पिता हमसे कभी कुछ कहने न थे। पूरे जीवन में याद, पड़ता है, उन्होंने अधिकतम मुझसे बीस वाक्य कहे होंगे—हो सकता है पंद्रह हों, हो सकता है बीस हों, लेकिन वे किसी बात में हमें टोकते न थे। कोई बात हम पर कभी थोपते न थे। वे खुद जैसा कि मैंने पहले बताया, अपनी दुनिया में लीन रहने वाले व्यक्ति थे और इसका हम पर अजीब-सा प्रभाव पड़ता था। शायद इसी ने हमें इतनी जल्दी आत्मनिर्भर बनाया। हाँ, तो छिंदवाड़ा में उन दिनों 'हिंदी प्रचारिणी सभा' की एक लाइब्रेरी थी जो अब भी वहाँ है—वह हमारे लिए सोने की खदान साबित हुई। मैंने जितनी भी पुस्तकें वहाँ थीं, करीब-करीब सब चट कर डालीं। देवकीनंदन खत्री की 'चंद्रकांता संतति' वहीं पढ़ी, प्रेमचंद का 'गोदान', रवींद्रनाथ ठाकुर का संपूर्ण साहित्य वहाँ था, पदुमलाल पन्नालाल बख्शी को वहाँ पढ़ा,

विदेशी लेखकों में विक्टर ह्यूगो, ठोमास मान—कुछ 'कंप्लीट वर्क्स' वहाँ थे, और मैं बहुत कुछ पढ़ गया था। कविता लिखने की प्रेरणा मुझे मिली मेरे बड़े भाई साहब श्याम खरे से जो अपने स्कूली दिनों में छंदबद्ध काव्य लिखते थे।

आपको आश्चर्य होगा, मैंने अपने जीवन में किसी को साहित्यिक गुरु नहीं बनाया। मैं किसी का झोला उठाकर नहीं चला। सिर्फ दो-एक लोगों को छोड़कर मैंने आज तक किसी के पैर नहीं छुए और जिनके भी छुए, उनके भी सिर्फ एक बार—जीवन में एक बार, यह प्रकट करने के लिए कि मैं उनका बेइंतिहा सम्मान करता हूँ। लेकिन पैर छूने का एक दूसरा अर्थ चल निकला है कि मैं आपका आदमी हूँ, लिहाजा मैं आपके लिए अवध्य हूँ—आप मुझ पर प्रहार या मेरी आलोचना नहीं करेंगे—यह मुझे बिल्कुल पसंद नहीं, और न इसलिए पैर छूने या छुआने वाले! हालाँकि सम्माननीय महिलाओं के पैर छूने में मुझे जरा भी हिचक नहीं होती, बल्कि आनंद आता है!...हाँ तो मैं जिक्र कर रहा था, जिन्हें मैं गुरु होने के आसपास कह सकता हूँ वे थे नीलकंठेश्वर महाविद्यालय, खंडवा के अंग्रेजी के मेरे दो अध्यापक प्रो. रक्षाकुमार वाजपेयी औ प्रो. विजय दुबे। वाजपेयी जी इलाहाबाद के एम.ए. थे और दुबे जी सागर से आए थे तथा अपने विषय अंग्रेजी साहित्य के उत्साही व्याख्याकार थे। उन्हें पता चला, मुझे लिखने-पढ़ने में रुचि है तो उन्होंने आधुनिक अंग्रेजी कविता से मेरा परिचय कराया और मुझमें ज्यादा से ज्यादा पढ़ने का उत्साह पैदा किया। इसके अलावा उनसे पहले गवर्नमेंट मल्टीपरपज हायर सैकंडरी स्कूल, खंडवा के प्रिंसिपल जगन्नाथप्रसाद चौबे, जो एक बहुत ही जिंदादिल और जीवंत व्यक्ति थे और 'वनमाली' नाम से कहानियाँ लिखा करते थे, वे मुझ जैसे एक छोकरे से भी बहुत आत्मीयता, स्नेह बल्कि लगभग बराबरी से बात करते थे। शेष गुरु श्रीकांत जोशी थे जो माखनलाल चतुर्वेदी के बहुत निकट थे और नई कविता शैली की कविताएँ लिखा करते थे, लेकिन मुझे धर्मवीर भारती ही कवि के रूप में अच्छे नहीं लगते थे तो श्रीकांत जी को मैं कैसे पसंद करता? तो उस समय श्रीकांत जी के प्रति मेरी आज जैसी सहज श्रद्धा नहीं थी। लेकिन मैं क्लास में अव्वल आता था और हिंदी में मेरे सबसे ज्यादा अंक आते थे, लिहाजा मैं उन्हें और वे मुझे बर्दाश्त करते ही थे। यों उनका काफी दबदबा तो था ही क्योंकि वे माखनलाल चतुर्वेदी के निकटस्थ थे। लेकिन विचित्र यह है कि उस समय उन्होंने मुझसे 'कल्पना' में पत्रिकाओं की समीक्षा का एक कॉलम लिखने को कहा था। लेकिन बाद में मैंने श्रीकांत जी को पहचाना और उनका स्नेह पाया। खंडवा में रहते हुए अगर कोई साहित्य या कविता लिखता हो और वह माखनलाल चतुर्वेदी के संपर्क में नहीं आया तो समझा यह जाता था कि वह बदतमीज और संदिग्ध है—लेकिन मैं एक-दो मामूली मुलाकातों के अलावा उनसे मिलने या प्रणाम करने नहीं गया। और न सिर्फ उनसे बल्कि पूरी की पूरी रोमांटिक धारा की कविता से यानी प्रसाद, पंत, महादेवी की

कविता यहाँ तक कि चालू रोमानी उर्दू साहित्य से भी बगैर उलझे मुक्त हो गया।

कहा जाता है कि लेखक जो कुछ कहना चाहता है—कविता, कहानी, उपन्यास, निबंध—खासकर 'क्रिएटिव' साहित्य, तो वह एक तरह से उसकी आत्मकथा ही है, ब्योरे चाहे भिन्न हों, लेकिन उसमें आत्मकथा की रूपरेखा जरूर होती है या आत्मकथा निकाली जरूर जा सकती है—क्या आपकी कविताओं पर भी लागू होती है यह बात?

—हाँ, कुछ हद तक सही है आपकी यह बात—बल्कि मैं तो कहूँगा कि सिर्फ कविता, कहानी ही क्यों, पत्रकारिता भी क्यों नहीं? इसलिए कि समाचारों का जो विश्लेषण आप कर रहे हैं, उसके पीछे भी काम करने वाला कहीं-न-कहीं एक आदमी ही है जिसके अपने कुछ विचार, अवधारणाएँ हो सकती हैं, अपने कुछ खास तरह के जीवनानुभव हो सकते हैं—तो पत्रकारिता में भी आप पूरी तरह से ऑब्जेक्टिव कभी हो नहीं सकते! और जहाँ तक क्रिएटिव लेखक की बात है, उसे तो पूरी तरह से अपने जीवनानुभवों पर ही निर्भर रहना होता है—क्योंकि जो कच्चा माल है, उसे वह अपने 'फर्स्ट हैंड' अनुभवों से ही लेता है। फिर समस्या यह आती है कि उसे कैसे सिलसिला दिया जाए? उसे रचना या 'क्रिएटिविटी' में कैसे ढाला जाए? हालाँकि (कुछ सोचते हुए) जो आप 'भोगते' हैं वही नहीं, जो आप देखते-सुनते-समझते हैं, वह भी आपकी रचना का हिस्सा बनता है, जैसे रघुवीर सहाय की कविता में—जब वह राजनीति का चरित्र खोलते हैं, वहाँ शायद उनका देखा हुआ ही ज्यादा है!

लेकिन...'प्रिय पाठक इस कविता में मैं हूँ मैं और ये मेरे बच्चे हैं, कोई प्रतीक नहीं—' ऐसी पंक्तियों में?

—हाँ, यहाँ आत्मकथा है, लेकिन जहाँ राजनीति का वर्णन है, वहाँ तो देखा हुआ ही ज्यादा है न! हालाँकि उस देखे को भी आप किसी न किसी रूप में भोगा हुआ कह सकते हैं।

नहीं, मैं एक दूसरी बात कह रहा था—आपकी कविताओं में तमाम ऐसे प्रसंग आते हैं जहाँ कोई और होता तो यह समझकर कि उसे गलत समझे जाने का खतरा है, उसे सेंसर करता, लेकिन आप पूरे दुस्साहस से उसे कहते हैं—मसलन स्त्रियों को लेकर लिखी गई कविताएँ। हिंदी का कोई भी और कवि ऐसी कविताएँ लिखते हुए डरेगा—पर आपको डर नहीं लगता?

—नहीं, बिल्कुल नहीं। मेरे अनुभव कितने ही अजीब और ऊटपटाँग भले ही क्यों न हों, मैं उन्हें कहता हूँ और इस बात की मुझे बहुत परवाह नहीं है कि उन्हें पढ़कर लोग मेरे बारे में क्या सोचेंगे, क्या राय बनाएँगे। मेरे सामने यही बात अहम है कि जो मैं कह रहा हूँ, उसे मैं कितनी अविकलता और निजीपन से कह पाया हूँ और जीवन का कोई भी अनुभव मुझे ऐसा नहीं लगता जिसे नहीं कहा जा सकता या कहा नहीं जाना चाहिए। मसलन वह कविता जिसमें चूड़ियों वाला एक हाथ

आता है, मैला बटोरता है—फिर ऊपर राख—फिर मैला—जब इसे उठाकर ले जाया जा रहा होता है तो बहुत बार तो वह बहकर शरीर पर भी गिरता है—मैंने खुद यह देखा है, तो क्या इसे कहा नहीं जाना चाहिए? क्यों नहीं कहा जाना चाहिए? अगर इसे हम नहीं कहेंगे तो कहेगा कौन?

फिर उन कविताओं को भी मैं समझ रहा हूँ जिनकी ओर आपका इशारा है। अगर स्त्री-पुरुष संबंधों का एक खास परिप्रेक्ष्य वहाँ है, तो उन्हें कहा क्यों न जाए? डर किस बात का है? अगर कोई यहाँ 'मैं' या 'वह' का मतलब मैं यानी सीधे-सीधे विष्णु खरे समझे तो भी मुझे कोई एतराज नहीं है। आप यह देखिए कि कुछ बात बन गई है या नहीं।

तो क्या आप बिल्कुल सेंसर नहीं करते ऐसी चीजों को? यानी ठीक उसी तरह से कहते हैं जैसे वे घटित होती हैं आपके जीवन में?

—'मेरे जीवन में' की जगह 'जीवन में' कहें तो बेहतर होगा। हाँ, आम तौर से! उसे यथाशक्ति अपने ढंग का 'क्रिएटिव' रूप दूँगा, अपनी तरह की भाषा में कहूँगा, यह अलग बात है। मैंने यह पाया है कि अनुभवों के जितने प्रदेश को भारतीय व हिंदू समाज ने वर्जित कर रखा है, उसमें रचनात्मकता की उतनी ही विविध संभावना है। कभी-कभी लगता है कि भारतीय साहित्य ने जीवन के एक सीमित हिस्से की ही खोज की है। वैसे अगर मेरा कुछ कहना सामान्य तौर से मानव या सामाजिक मूल्यों के खिलाफ हो या उन्हें नुकसान पहुँचाने वाला हो, तो शायद मैं उसे नहीं कहूँगा—वैसे 'बुरे से बुरे' पात्र या घटना को मैं पूरे मानवीय परिप्रेक्ष्य में उकेरना चाहूँगा।

बताइए, क्या सोनी वाली कविता में उसकी कोई विडंबना नहीं उभरती? और भी जो ऐसी कविताएँ हैं, उनमें जानने और समझने की कोशिश लगातार है, लिहाजा उन्हें अगंभीर आप नहीं कह सकते। यों अगर कोई इन्हें इस रूप में न समझे तो उसे भी पूरी आजादी है।

आप क्या 'मैं शैली में ही कहना ज्यादा पंसद करते हैं?

—हाँ, मुझे अक्सर यही अच्छा लगता है—इसमें मैं शायद ज्यादा निजीपन से, तल्लीनता से अपनी बात कह पाता हूँ। कुछ लोग 'वह' शैली में ज्यादा लिखते हैं—मुझे उसमें आत्मरक्षा, दिखावा या भंगिमा ज्यादा लगते हैं।

कविता लिखते समय क्या आप थोड़े असामान्य हो जाते हैं—यानी आम तौर से जैसे विष्णु खरे दिखते हैं, उससे भिन्न कोई विष्णु खरे? क्या ऐसे क्षणों में, जब आप कविता के प्रभाव में ज्यादा होते हैं, आपका सामान्य व्यवहार कुछ-कुछ गड़बड़ा जाता है?

—नहीं, ऐसा नहीं! कविताएँ मेरी इतनी नखरीली नहीं हैं, न वे मेरे बाकी जीवन से इतनी दूर हैं—लेकिन हाँ, कविता लिखने के लिए मुझे एकांत जरूर चाहिए—आसपास

यथासंभव कोई न हो। किसी की उपस्थिति में मैं कविता लिख ही नहीं सकता। कविताएँ अक्सर मैं रात को ही लिख पाता हूँ—जब बिल्कुल सन्नाटा हो, कोई दूसरा आसपास न हो और किसी को यह पता ही न हो कि मैं लिख रहा हूँ—या कभी-कभी दिन में, जब कोई झुटपुटे वाला दिन हो। तेज प्रकाश वाले दिन में मैं कविता लिख नहीं सकता। वैसे यह सब कि कविता लिखने के लिए तो साहब, एक खास माहौल मुझे चाहिए, रेडियो चल रहा हो, या संगीत हो खास तरह का, शराब हो—यह सब मेरे साथ नहीं है।...कविताएँ अक्सर एक या दो सिटिंग में ही मैं लिखता हूँ—हाँ, वे भीतर-भीतर काफी बन चुकी होती हैं। आप कह सकते हैं, मैं पहले करीब-करीब पूरी ही कविता भीतर बना लेता हूँ—लिखता हूँ तो लगभग पचासी प्रतिशत कविता तो ज्यों की त्यों कागज पर आ जाती है, बाकी पंद्रह प्रतिशत में थोड़ा सोचना होता है—थोड़ा सिलसिला देना होता है शब्दों को—या आगा-पीछा करना होता है।

कविताएँ मैं बहुत ज्यादा नहीं लिख पाता, लिखना चाहता भी नहीं हूँ। मेरी कुल कविताएँ बहुत ज्यादा नहीं हैं—मैं उन कवियों में से नहीं हूँ जो प्रेम पर सौ कविताएँ लिखते हैं, फिर प्रकृति पर पचास कविताएँ लिखते हैं, फिर स्त्री की देह पर पचास-सौ कविताएँ लिखते हैं—फिर आज के हालात पर लिखते हैं। यह सब मुझे मेरे लिए बेवकूफी और वाहियात लगता है। इस तरह का लिखना मुझे किसी कवि का नहीं, टाइपराइटर या कंप्यूटर का लिखना लगता है—जबकि लेखक टाइपराइटर नहीं है, इसीलिए उसके जो अनुभव, समय और हालात हैं, वे संश्लिष्ट रूप में आएँगे ही! इसीलिए शायद मैं अभी तक तथाकथित प्रेम कविताएँ नहीं लिख पाया। यह विषय (हँसकर) फिलहाल हमारे मित्र अशोक वाजपेयी ने सँभाल लिया है और वे कुचों, नितंबों और 'जांघों के बीच की हरी घास' आदि पर ढेरो कविताएँ लिखे जा रहे हैं—अच्छा है, 'डिवीजन ऑफ लेबर' तो होना ही चाहिए! कोई एक ही कवि सब कुछ करे या लिखे, यह जरूरी तो नहीं! (फिर हँसते हैं।)

मेरे साथ गड़बड़ यह है कि मैं टुकड़ों-टुकड़ों में कविता के बारे में सोच ही नहीं सकता। कविता मेरे लिए बड़ी कठिन चीज है। वह मुझ पर बड़ी मुश्किल से उतरती है और कभी-कभी तो उसे लिखने में सालों लग जाते हैं। उदाहरण के लिए 'चौथा भाई' कविता—उसे मैं न जाने कब से लिखना चाहता रहा हूँ। कभी सोचता था, यह बनाऊँ, वह बनाऊँ—सोचता था, कैसे पकडूँ—लेकिन पकड़ में यह कभी आई ही नहीं। अब जाकर अठारह-बीस सालों बाद वह लिखी गई। फिलहाल मेरी डायरी में करीब पैंतीस कविताएँ हैं जो लिखे जाने के इंतजार में हैं। पहले मैं नोट नहीं करता था तो कई बार हाथ से निकल जाती थी। अब मैं उस छोटी डायरी में कुछ विषय, बिंब या पंक्तियाँ जो उनकी उभरकर आती हैं, लिख लेता हूँ—लेकिन कभी-कभी यह भी होता है कि कोई अप्रत्याशित कविता कहीं से आती है और अचानक जिद करके अपने आपको लिखा लें जाती है। अभी कुछ दिन पहले करीब दो सौ पंक्तियों की

एक कविता लिखी है—और वह अधिकांश कविता लगभग एक ही सिटिंग में लिखी गई। दूसरी सिटिंग में तो सिर्फ कुछ पंक्तियाँ ही लिखी गईं।

अगर बाकी कविताएँ नहीं लिखी गईं और केवल डायरी में उनके विचार-बिंदु दर्ज हुए और वह एक कविता आई और खुद को लिखा गई तो दोनों तरह के अनुभवों का फर्क आप कैसे समझाएँगे? क्या उनकी इंटेसिटी में फर्क था? और जिन कविताओं के विचार आपने डायरी में लिखे तो आप कैसे जानते थे कि आगे चलकर इनमें से कविताएँ बनेंगी?

—इसीलिए कि जिन कविताओं के 'विषयों' को डायरी में लिखा, उनकी सिर्फ कुछ पंक्तियाँ ही बनी थीं—कुछ शुरुआती पंक्तियाँ और उन्हीं से एक धुँधला-सा चित्र भी बनता था कि आगे चलकर वह कविता हो सकती है। लेकिन फिलहाल मैंने उन्हें नहीं लिखा तो इसलिए कि आगे वे पंक्तियाँ बढ़ीं ही नहीं—अगर मैं उन्हें जबरन लिखता तो यह तय था कि कुछ आगे चलकर ही मैं रुक जाता। इसके बजाए मुझे प्रतीक्षा करना बेहतर लगा। हो सकता है कि वह कविता दुबारा कभी आए और कुछ ज्यादा ताक़त के साथ आए—या फिर तिबारा-चौबारा—और तब वह कविता पूरे जोम के साथ लिखी जाए और एक मुकम्मल रूप ले। इसलिए कि कविता, मैं आपको बताऊँ, मैं खाली दिमाग से नहीं लिखता या कि कविता खाली हाथ नहीं लिखता। कविता मैं सिर्फ बुद्धि से ही नहीं, अपने मेटाबॉलिज्म से लिखना चाहता हूँ, कविता मैं पैरों से लिखना चाहता हूँ, कानों से, मुँह से लिखना चाहता हूँ, आँखों से लिखना चाहता हूँ, कविता मैं अपनी पूरी त्वचा से लिखना चाहता हूँ। कविता लिखते समय एक खास नशा मुझे रहता है। नशा मैं कोई बुरे या रूमानी अर्थ में नहीं कह रहा, बल्कि इस अर्थ में कि उस समय मैं उस विषय के अलावा कुछ और सोच ही नहीं पाता।

एक चीज और आपको बताऊँ! कविता लिखते समय मेरा एंटेना पूरी तरह खुला, 'ऑन' होता है। आसपास के जितने प्रभाव हैं, मैं वे सबके सब ग्रहण करना चाहता हूँ। मैं भाई, पढ़ने-लिखने वाला आदमी भी हूँ। लिहाजा उसमें जो मैं पढ़ता हूँ, उसका प्रभाव भी अगर किसी तरह आकर शामिल हो जाए तो कोई ताज्जुब की बात नहीं। हो सकता है, उसमें कहीं शमशेर या रघुवीर सहाय का एकाध विचार चला जाए, किसी नए से नए कवि की कोई पंक्ति हो सकती है। उसमें दुनिया की हर मानविकी, विज्ञान, तकनीक से चीजें आ सकती हैं, आनी चाहिए। अगर मुझे काम की लगी तो मैं उठा लूँगा। हो सकता है, मैं किसी बंद दुनिया में नहीं रहता भाई! मेरी कविता कोई तालाबंद संदूक नहीं, खुली दुनिया की तरह है। लिहाजा मधुमक्खी की तरह मुझे जहाँ से जो मिलता है, उठाकर इस्तेमाल करूँगा और जिसे मैं अपनी क्रिएटिविटी समझता हूँ, उसमें ढालूँगा—

आपकी अधिकांश कविताएँ विष्णु जी, कहानी के सहारे आगे बढ़ती हैं—

उनमें न सिर्फ कथासूत्र होता है, बल्कि कहानी के तमाम अंगोपांग और उसकी संभावनाएँ भी होती हैं—और चरित्र तो उसमें खैर हैं ही—जैसे कोमल है, सोनी है, 'दोस्त' कविता का पुलिस वाला है—और भी तमाम हैं! इस तरह का रूप-विधान अपनाने के पीछे क्या कुछ खास वजहें या दबाव थे? क्या आपका मन सीधे-सीधे कहानियाँ लिखने का नहीं होता?

—(मुसकराते हुए) आपको शायद पता नहीं प्रकाश जी, और अच्छा ही है कि पता नहीं है, कहानियाँ मैंने लिखी हैं और आज से कोई सैंतीस बरस पहले। और वे तत्कालीन अच्छी पत्रिकाओं में छपी हैं—उनमें दो तो 'कहानी' पत्रिका में ही छपी हैं जिसमें शायद आज के सभी प्रतिष्ठित कहानीकार छपे हैं।

लेकिन कविता में जिन कहानियों की बात आप कह रहे हैं, वे इसलिए उसमें आईं कि अक्सर मैं लंबी और जटिल कविताएँ लिखता हूँ जिनमें कई अनुभव और प्रभाव एक साथ आते हैं। इकहरे अनुभव या हल्के प्रभाव वाली कविताएँ मैंने नहीं लिखीं, ऐसा नहीं है लेकिन अक्सर वैसी मैं लिखना नहीं चाहता और लंबी कविताएँ लिखते हुए मैं उस खतरे से भी बचना चाहता हूँ जो धूमिल की 'पटकथा' जैसी कविताओं में है जिनमें हर आठ-दस पंक्तियों के बाद आप कुछ सूक्तियाँ देते हैं, कुछ 'स्वीपिंग रिमार्क्स' देते हैं, कोई नारा या उपदेश देते हैं। मैं कविता को यथासंभव किसी प्रकार के नारे या उपदेश या कवि-कथन से बचाना चाहता हूँ! तो कथा-संघटन से मुझे अपना यह खास तरह का फॉर्मेट गढ़ने में मदद मिली। और जो चरित्रों की बात अपने कही तो आपने देखा होगा कि ज्यादातर ऐसे चरित्रों में समय के साथ-साथ कोई बदलाव का जिक्र जरूर आया है—और मेरा ज्यादातर ध्यान उस बदलाव पर केंद्रित रहा है। मैं आपको बताऊँ, चेंज या बदलाव मुझे सबसे ज्यादा फैसिनेट करता है। उससे ज्यादा रोमांचित मुझे कोई और नहीं करता—और एक आदमी मुझे किसी एक रूप में मिले और अगली मुलाकात में वह पहले से कुछ भिन्न रूप में मिले, तो मुझे यह बड़ा मजेदार लगता है—बहुत थ्रिलिंग।

(बीच में टोककर) और वह चेंज कितना अच्छा या बुरा है, यह आप नहीं देखते?

—नहीं, वह चेंज मेरे निरीक्षण के लिए कितना चुनौतीभरा है, कितना संभावनापूर्ण है, बस मैं यह देखता हूँ और यह सोचना मेरे भीतर एक वैज्ञानिक या 'डिटेक्टिव' जैसी उत्तेजना भर जाता है—तो जो चरित्रों की बात आपने कही, उसके पीछे तो यह चीज भी है। अब आपका दूसरा सवाल लें, क्या ये कहानियाँ भी हो सकती हैं? आपकी यह बात काफी हद तक सही हो सकती है कि इन कविताओं में कहानी का ढाँचा है और लगता है कि उनमें कुछ ब्योरे आदि डालकर कहानी बनाई जा सकती है—लेकिन मैं समझता हूँ, कहानी बनकर शायद वे कोई खास प्रभाव न छोड़ें। ठीक इसी तरह जैसे अधिकांश फिल्मों से कहानियाँ या उपन्यास लिख पाना

व्यर्थ होगा। कारण यह है कि इन कथाओं के अक्सर तो वे छोटे-छोटे प्रसंग या घटनाएँ ही हैं—जो सबसे महत्त्वपूर्ण हिस्से हैं, उन्हें तो मैं ले लेता हूँ। उदाहरण के लिए इन चरित्रों की जो पहचान की रेखाएँ हैं, उन्हें—और फिर उन्हें अपने तईं उभारता हूँ—कविता की जरूरत के हिसाब से। कहानी के तमाम ब्योरों में, जो जाहिर है, कहानी की जरूरत है—दबकर वे फालतू हो जाएँगे। अच्छा, आप ही बताइए, क्या कोमल जैसे एक भाले-भाले लेकिन युवा विकल मस्तिष्क पर कोई कहानी लिखी जा सकती है? मेरा ख्याल है, नहीं।

विष्णु जी, आपकी कविताओं में प्रकृति के कोमल रूप बहुत कम हैं, बहुत से बहुत एकाध उल्लू, चील, गिद्ध, घुग्घू वहाँ आ जाता है। इसी तरह स्त्रियों और बच्चों की सहज उपस्थिति वहाँ नहीं है। लगता है, एक आदमी है जो बारी-बारी उँगली से इशारा करके उनसे हमें मिलवा रहा है, यानी उनकी सहज आवाजाही नहीं है?

—ऐसा है प्रकाश जी, अगर आप कह रहे हैं कि मेरी कविता में प्रकृति या स्त्री, बच्चों की सहज आवाजही नहीं है और वे कुछ-कुछ आर्केस्ट्रेटेड रूप में आते हैं तो मैं जानना चाहूँगा कि जिसे आप सहज आवाजाही कहते हैं, वह कैसी होती है? मेरी एक कविता है 'दिल्ली में अपना फ्लैट बनवा लेने के बाद एक आदमी सोचता है'। उस कविता में पिता, माँ, बड़ी बुआ, छोटी बुआ, और उनके होते जो संसार था, उस सबकी उपस्थिति शायद आपको महसूस होगी। इसी तरह मेरी कविता 'अकेला आदमी' के अकेलेपन की चर्चा बहुत होती है और उसे इसी रूप में 'कोट' भी बहुत जगह किया गया है, लेकिन इस बात पर लोगों का ध्यान नहीं जाता कि कविता वहाँ खत्म होती है जहाँ वह अपने परिवार को, पत्नी को, बच्चों को सपने में ट्रेन से घर ला रहा है—यानी उसके अकेलेपन में भी उसके अपने हैं, वे पूरी तरह धँसे हुए हैं। उनका न होना ही उसके त्रास और अकेलेपन का कारण है।

फिर अगर समकालीन कविता को देखें तो प्रकृति के अंतिम कवि अज्ञेय ठहरते हैं। छायावाद के बाद अकेले अज्ञेय हैं जिनकी कविता में प्रकृति बहुतायत में है। इसके बाद प्रकृति हमसे विदा लेती है। न तो किसी और कवि ने प्रकृति पर लिखा और न लिखना संभव ही रह गया। आगे चलकर मंगलेश आदि की कविताओं में पहाड़ दिखाई पड़ते हैं, पर आप देखेंगे कि ये वे सहज, उन्मुक्त पहाड़ नहीं है जैसे छायावाद में रहे होंगे—यानी 'लोडेड' प्रकृति है—प्रकृति का सहज, स्वभाविक रूप नहीं। प्रकृति के जरिए कोई विचार देने या बात कहने की कोशिश है—आप कह सकते हैं, यह हमारा बनाया-बसाया हुआ पहाड़ है जिसकें जरिए हम पहाड़ का दर्द, वहाँ का जीवन, हताशा और भीतरी हलचल दिखाते हैं।

मेरी कविताओं में, लिहाजा प्रकृति ज्यादा नहीं है। हाँ, एक कविता प्रकृति विनाश पर जरूर है—'शाप'। जो यह निरंतर क्लेश हम पर थोप दिया गया है कि

हरदम परेशान होना और जीना है, जिसके बगैर कोई चारा नहीं है, ज्यादा ध्यान उसी पर है! फिर एक बात और है! प्रकृति के बारे में मैं लिखूँ कैसे? ऐसा नहीं है कि मैं कोई प्रकृति से कटा हुआ आदमी हूँ या प्रकृति से प्रेम नहीं कर सकता। इसके बरक्स मेरा जीवन तो ऐसी जगहों पर कटा है कि जिन्हें प्राकृतिक सुंदरता के लिहाज़ से आप भुला ही नहीं सकते। छिंदवाड़ा, जहाँ का मैं हूँ—से कुछ आगे चलकर ही एक जंगली पहाड़ी शुरू हो जाती थी—जंगल की हालत यह थी कि जब हमें साँप देखने का शौक लगता था तो हम जंगल जाते थे और जिस भी चट्टान को हटाओ तो नीचे से फुफकारता हुआ साँप या दुम उठाए हुए बिच्छू निकल आता था! और हमें हद से हद चार बजे तक उस जंगल से लौट आने की हिदायत दी जाती थी, क्योंकि उसके बाद वहाँ घुप अँधेरा छा जाता था। पीछे लौटकर जब मैं बरसों बाद वहाँ गया तो मैंने देखा, पूरा जंगल साफ। एकदम प्लेन, जैसे कहीं कुछ था ही नहीं। मैं आपसे सच कह रहा हूँ कि मुझे बिल्कुल यकीन नहीं हुआ। मेरे लिए सोच पाना मुश्किल था कि यह हो क्या रहा है और ये कौन लोग हैं जो ऐसा कर रहे हैं? कौन इसकी इजाजत दे रहा है? ये लोग मानवता और सभ्यता और देश के दुश्मन हैं जो ऐसा कर रहे हैं—लेकिन आप देखेंगे, यही नहीं, पूरी दुनिया में यह हो रहा है। तामिया के जंगल क्या, अमेजन! आप अमेजन की हालत तो देखिए! मैं टी.वी. पर कभी-कभी पर्यावरण या वन्य जीवन के प्रोग्राम देखता हूँ तो इतना गुस्सा आता है कि चिल्ला पड़ूँ! क्या हालत कर दी है हमने अमेजन की? यह आदमी के खिलाफ षड्यंत्र है। पूरी की पूरी मानव-जाति के भविष्य और सभ्यता को नष्ट करने की साजिश है। ऐसे में मैं कौन-सी प्रकृति का चित्रण करूँ? आप बताइए? आशावादी तक हो पाना असंभव है।

कुछेक कविताओं में छिंदवाड़ा और उसके प्राकृतिक स्थल (धरमटेकड़ी वगैरह) इतने रूप से आए हैं कि आपको बताऊँ, एक दफा मैं कहीं कविता पढ़ रहा था तो बाद में किसी श्रोता ने कहा, "साहब, कहीं आप छिंदवाड़ा के तो नहीं हैं? आपने जिन स्थलों का वर्णन किया है, वे मैंने खूब देखे हैं, बल्कि मैं भी अक्सर ही वहाँ घूमने गया हूँ।" हाँ, उल्लू, चील, गिद्ध, घुग्घुओं की बात आपने की, तो जीवन और प्रकृति तो भाई, इनमें भी है! हाँ इन्हें 'एप्रिशिएट' करने के लिए शायद ज्यादा व्यापक और उदार दृष्टि और कहें कि बदला हुआ सौंदर्य-बोध, नहीं बल्कि शायद अर्थबोध चाहिए।

आपके पाठकों को शिकायत है कि आपकी कविताओं में गद्य जरूरत से ज्यादा है और वह बहुत बार आपकी आँच या तेजी को ढक लेता है और वे सपाट लगने लगती हैं। मुसीबत यह है कि वह गद्य कम होने के बजाए लगातार बढ़ता ही जाता है।

इसका कारण शायद यह है कि जैसा मैं कह चुका हूँ, जब मैं लिखता हूँ तो

किसी विषय का एक पहलू नहीं, बहुत सारी चीजें मेरे दिमाग में एक साथ आती हैं और मैं उनके उलझावों और जटिलताओं से भागना नहीं चाहता, उन्हें लिखना चाहता हूँ। इसलिए मेरी कविताएँ ज्यादातर लंबी हैं और जैसा कि लोग कहते हैं, उनमें गद्य बढ़ता जाता है। वे कम समझ में आती हैं और शायद अलोकप्रिय भी हों—उलझी हुई तो वे हैं ही—पर मुझे इसकी बहुत फिक्र नहीं है। शब्द अपने आपमें गद्य या पद्य नहीं होते। अभिव्यक्त करने के लिए आप उनका कैसा इस्तेमाल कर पा रहे हैं, यही कविता और गद्य को निर्धारित करता है। फिर आप सारी जिम्मेदारी सिर्फ कवि पर ही न डालें, पाठक से भी कहें कि वह अपनी आस्वादन-क्षमता तीव्र और विविध करे। क्योंकि लोकप्रिय कविता लिखना मेरा उद्देश्य नहीं है—ऐसी कविता जो आसानी से 'कोट' की जा सके, जिसे सुनते ही बहुत-से लोग एक साथ तालियाँ बजाएँ और जिस पर तुरत-फुरत ढेरों समीक्षाएँ लिखी जाने लगें—ऐसी कविता मैं कतई नहीं लिखना चाहता। यह कविता लिखने का मेरा प्रयोजन ही नहीं है। मैं एक बात कहता हूँ और आप उसे ठीक-ठीक समझते हैं तो बहुत अच्छा, नहीं समझते या वह उस योग्य नहीं तो मेरी बदकिस्मती। लिखते समय अगर आप पूछें कि मेरी प्रतिबद्धता किसके साथ होती है तो मैं कहना चाहूँगा कि मेरी प्रतिबद्धता किसी व्यक्ति के साथ नहीं, किसी विचार या पार्टी के साथ नहीं, खुद अपने साथ नहीं, बल्कि उस विषय के साथ है कि उसे ठीक-ठाक वैसा ही कैसे कहूँ, जो वह मेरे जरिए अपने को कहलाना चाहता लगता है।

ऐसा नहीं कि मैं छोटी कविताएँ लिख नहीं सकता। छोटी कविताएँ मैंने लिखी भी हैं, लेकिन अब मैं जान-बूझकर ज्यादातर लंबी और संश्लिष्ट कविताएँ ही लिखना चाहता हूँ बल्कि मेरा बस चले तो मैं और लंबी कविताएँ लिखूँ। चार-पाँच सौ पंक्तियों की कविता हो, या कविता में उपन्यास हो, जो मेरी एक महत्त्वाकांक्षा है, तो भी मुझे कोई परवाह नहीं है।

कहीं ऐसा तो नहीं कि छोटी कविता लिखना अब आपके बस का ही न रह गया हो और अपनी उस असमर्थता को इस तरह ढकते हैं आप? एक बात और मेरे मन में आती है। कहा यह जाता है कि कविता लिखते समय हमारे अहं का विसर्जन हो जाता है और हम बहुत-कुछ सहकर एक छोटी-सी, मामूली-सी बात कहते हैं जिसमें बड़ा अर्थ व्यंजित होता है! कहीं ऐसा तो नहीं कि आपके अहं का विसर्जन न होता हो और इसीलिए आप...?

—नहीं, बल्कि जैसा मैंने पहले कहा, मैंने काफी छोटी कविताएँ लिखी हैं। तथ्य तो यह है कि मेरे दोनों मुकम्मिल संग्रहों में कुल 83 कविताएँ हैं जिनमें से 23 तो एक पृष्ठ में आ गई है और 30 दो पृष्ठों या उससे कुछ कम में। यदि चर्चा सिर्फ लंबी कविताओं की हो रही है तो मैं लाचार हूँ। लेकिन एक जिद ही है जिसकी वजह से मेरी कविताएँ लंबी होती जाती हैं। वह यह कि जब मैं किसी विषय पर कविता

लिख लूँ तो उस विषय का कोई पहलू कम से कम मेरे लिए छूट नहीं जाए, यों तो पहलू और भी तमाम हो सकते हैं, जो मुझे नजर न आ रहे हों। उनकी तो सीमा ही नहीं है। एक बार मैंने यह सोचा था कि दिमाग जो सोचता है, उस सबको ज्यों का त्यों लिखकर देखा जाए कि बनता क्या है, लेकिन मुझसे सधा नहीं। शायद दिमाग का पीछा करना बहुत कठिन है। तो खैर, ऐसा कोई भी पहलू जो मुझे नजर आ रहा हो, मैं छोड़ना नहीं चाहता था। फिर चाहे वह कविता से कितना ही बाहर नजर आता हो, मेरे लिए एक चुनौती, एक जिद थी कि देखें यह कविता में कैसे नहीं ढल पाता? और इसके लिए रास्ते मैंने ईजाद किए। इससे कविताएँ जटिल भी हुईं, कथित गद्य ज्यादा आया और शायद यही वजह हो कि मैंने कविताएँ कई अर्थों में कम लिखीं। हालाँकि इसका मुझे बिल्कुल मलाल नहीं है—इसलिए कि शायद अपनी इसी जिद की वजह से कविताएँ मैं ज्यादा लिख ही नहीं सकता। कविता लिखने में सचमुच मेरी बहुत ताकत लगती है और जैसा कि मैंने पहले कहा, कविता बहुत मुश्किल से उतरती है मुझ पर। उलटे मुझे सूक्तियों, तात्पर्यों, हाइकुओं आदि में अहं की ज्यादा समस्या दिखाई देती है।

क्या इस चक्कर में बहुत कुछ निरर्थक नहीं आ जाता आपकी कविता में? आपको उसे छाँटने की जरूरत नहीं महसूस होती?

—(प्रसन्न मुद्रा में) जरा कल्पना कि एक जड़ी-बूटी के बदले हनुमान जब पूरा पहाड़ उठाकर ले आए तो कितना मजा आया होगा सुषेण को? (हँसी) कितना अद्भुत लगा होगा उन्हें? ऐसा काम कोई हनुमान ही कर सकता है और कह सकता है कि ढूँढ़ लीजिए साहब, आपको अपने काम की जो चीज मिलती है। और क्या पता, सुषेण ने उसमें से क्या-क्या जड़ी-बूटियाँ न खोजी होंगी और किस-किस दवा का आविष्कार किया होगा? उसका उल्लेख न तो वाल्मीकि ने किया और न तुलसीदास ने। उन्हें तो अनुसंधान के लिए एक पूरी की पूरी प्रयोगशाला ही मिल गई होगी। तो मेरी कविता भी—आप समझ लीजिए, कुछ-कुछ इसी तरह की चीज है। आपको जो उसमें से काम का मिलता हो, ले लीजिए, बाकी छोड़ दीजिए—बल्कि मैं तो इस विषय पर कभी एक पूरी कविता भी लिखना चाहता हूँ।

आपके बहुत-से पाठकों की शिकायत है कि आपकी कविताएँ किसी निबंध की तरह होती हैं—यानी जैसे निबंध में पहले भूमिका, फिर सिलसिलेवार पाइंट्स, फिर उपसंहार होता है, आपकी कविताएँ भी करीब-करीब वैसे ही बढ़ती हैं—वे 'स्पॉन्टेनियस' उतनी नहीं है, जिनता एक तैयारशुदा माल—इसलिए वे सब एक ही ढंग से आगे बढ़ती हैं—तो यह एकरसता आपको उबाती नहीं?

—हो सकता है कि मेरी कुछ कविताओं के बारे में आपकी बात किसी हद तक सही हो क्योंकि, जैसा मैंने कहा, मैं किसी भी विषय को समूचा पकड़ना चाहता हूँ उसकी पूरी जटिलता के साथ!...मैं उसके सभी पहलुओं से होकर गुजरना चाहता हूँ

और उसकी कोई हल्की-फुल्की झलक देने से मेरी बात नहीं बनती। उस तरह की छोटी कविताएँ लिखना मेरे ख्याल से यह दिखावा करना है कि हम कोई पहुँचे हुए कवि हैं। ऐसी ज्यादातर कविताएँ मुझे अपने लिए नाकाफी और दंभपूर्ण ही लगती हैं। इनकी तुलना में मेरी कविताएँ अगर किसी को निबंधनुमा लगें तो मुझे कोई आपत्ति नहीं है। हाँ, यह कहना कि वे स्वतःस्फूर्त या 'स्पॉन्टेनियस' नहीं है, मुझे सही नहीं लगता, इसलिए कि मेरी सारी कोशिश ही यह है कि कविता उस तरह शुरू हो कि पूरा का पूरा आर्केस्ट्रा तैयार खड़ा है। इतने में संगीत-निर्देशक आता है और उसकी उँगली का एक हल्का-सा इशारा होते ही सबकी उँगलियों में हरकत शुरू हो जाती है। सब वाद्य एक साथ सुर मिलाते हुए बजते हैं—मैं चाहता हूँ, मेरी कविता कुछ इस तरह का प्रभाव दे। मगर किसी को अगर वह ऐसी नहीं लगती और गणित के सवाल, पुराण-कथा या निबंध आदि-आदि शक्लों में नजर आती है, तो भी भला मुझे क्या आपत्ति हो सकती है? 'महाभारत' और अन्य पुराणों और कथाओं-विज्ञानों की काव्य-परंपरा के देश में मुझे कविता को महज कथित काव्यात्मकता तक सीमित करना समझ में नहीं आता। वैसे अपनी हर कविता लिखने, छापने और सुनाने के दौरान और बाद मेरे कानों में एलियट की पंक्ति गूँजती रहती है : 'यह सब मूर्खता थी।' बल्कि अपना सब-कुछ कहने और करने के बाद भी।...जैसे ठीक इस वक्त।

विष्णु जी, आपकी कविताओं का जो ढंग बिल्कुल शुरू में नजर आता था, आज इतने बरसों बाद भी लगता है, आप वैसी कविताएँ बना रहे हैं—यानी ढंग आपका बदला नहीं। जबकि कहा तो जाता है कि हर रचना के लिए आपको एक नए ढंग का शिल्प ढूँढना पड़ता है अन्यथा तो यह रचना नहीं, एक ही सीढ़ी पर लगातार चढ़ना-उतरना है। अभी एक कवि ने भी, पिछले दिनों यह बात कही कि जब कोई ढंग मुझसे सध जाता है तो मैं उसे छोड़ देता हूँ क्योंकि कविताएँ तब यांत्रिक होने लगती हैं। आपको ऐसी जरूरत नहीं महसूस होती?

—मूल बदलाव या विकास या फैलाव विषय-वस्तु में होना चाहिए, आपके देखने और अनुभव करने में, कह पाने के आपके साहस में। यदि वैसा न हो, न दिख पाए तो मैं अपनी कविता को लेकर चिंताग्रस्त हो जाऊँगा। शिल्प में बदलाव हो, यह मैं मानता हूँ, लेकिन शिल्प और कथ्य दोनों में यह बदलाव 'अनायास' होना चाहिए, सायास नहीं। खुद आपकी रचना के भीतर से यह रास्ता या परिवर्तन निकलकर आना चाहिए। परिवर्तन के लिए जान-बूझकर बदलाव लाने को तो मैं अच्छा नहीं मानता—तो इसलिए अगर मुझे अपनी कविता के ढंग में जबर्दस्ती बदलाव लाने की जरूरत नहीं महसूस होती तो मैं क्या करूँ? हो सकता है कि मैं शास्त्रीय राग की तरह एक ही सुर की और-और बारीकियों में जाना चाहता होऊँ! (कुछ देर की चुप्पी के बाद) वैसे रचना-प्रक्रिया इतनी जटिल चीज है कि एक हद के बाद कोई क्या कह सकता है? परिवर्तन दिख न रहा हो, या जिस परिवर्तन को

आप सायास मान रहे हैं, हो सकता है वह अनायास हो और जिसे अनायास मान रहे हैं, हो सकता है कि वह...(हँसी)।

एक बात और! आपके कविता-संसार में हमारी दुनिया की मुश्किलें, गुस्सा और उत्ताप तो बहुत है, मगर वह ज्यादातर अकेले आदमी का है, लड़ाई भी अकेले आदमी की ही ज्यादा है...यानी अकेले आदमी का पसारा बहुत है आपकी कविता में! मिलकर लड़ने का भाव उतना नहीं है। ऐसा क्यों?

—इसलिए कि आज के वक्त में भी ज्यादा नहीं तो कम से कम दो-ढाई सौ कवि 'मिलकर लड़ो, मिलकर बढ़ो, मिलकर नया सूरज उगाओ—' टाइप कविताएँ लिख रहे हैं—जबकि असलियत यह है कि कहीं ऐसा कुछ नहीं होता। मैं समझता हूँ, हमें इस असलियत को स्वीकार कर लेना चाहिए—पत्रकार होने के नाते हम-आप जैसों को तो और ज्यादा खुली आँखों से असलियत को देखना चाहिए। अच्छा, क्या आप मुझे बताएँगे, कौन-सी संगठित शक्ति है जो आज अन्याय के खिलाफ पूरे दम-खम से लड़ रही है और जिस पर आप भरोसा कर सकते हैं? कौन-सा एक व्यक्ति या संगठन है जिसके कहने पर आप एक क्षण में हँसते-हँसते अपनी जान देने को तैयार हो जाएँगे? बताइए, है कोई! अखबारों में ही देखें तो आपको क्या कहीं कोई लड़ाई नजर आती है? कहीं कोई लेख, रचना या आलोचना जो इस ढंग से लिखी गई हो कि सच में सारे खतरे उठकर, जो हो रहा है, उसके खिलाफ अपनी आवाज दर्ज करती हो या सच में बहस करती हो? अच्छा, समीक्षा को ही लीजिए—कहीं आपको लगता है कि कोई शक्तिशाली आवाज है यहाँ, जिस पर आप यकीन करें? ज्यादातर अखबारों, पत्रों में आप देखिए, समीक्षा को क्या बना दिया गया है! ले-देकर एक 'जनसत्ता' है जिसके किताबों वाले पन्ने को आप कुछ अलग ढंग का मान सकते हैं, पर वहाँ भी एक बड़ा हिस्सा खुद संपादक ने छेंक लिया है। यह शायद अकेला उदाहरण है कि किसी संपादक ने यह सोचकर कि पाठक अभिशप्त होकर पढ़े, किसी लोकप्रिय पन्ने में खुद को जबर्दस्ती घुसाया हो! तो एक अजीब समय है यह! हम किस सामूहिक लड़ाई की बात करें? और तो और, खुद पत्रकारों के साथ जो कुछ हो रहा है, उसका विरोध करने और लड़ाई में साथ देने कौन आता है, जबकि पत्रकार तो कोई नासमझ कौम नहीं है, लिखने-पढ़ने वाले, चेतनासंपन्न लोग हैं। फिर वे अपने पर हो रहे अन्याय के खिलाफ मिलकर लड़ते क्यों नहीं? जब पढ़े-लिखे वर्ग की यह हालत है तो जो बेचारे गरीब आर्थिक चक्की में लगातार पिस रहे हैं, जो रोज कमाते, खाते हैं और एक दिन ऐसे ही पिसते-पिसते मर जाते हैं, क्या उनसे कोई उम्मीद की जाए?...

आपको मैं सामाजिक जागरूकता के बारे में बताऊँ, कुछ ट्रक हैं जो मरे जानवरों को यहाँ से कुछ दूर सड़क के किनारे फेंक जाते हैं और हजारों गिद्ध वहाँ हमेशा बैठे उनका मांस नोंचते रहते हैं। रोज इस सड़क से हजारों इंसान गुजरते हैं

और कोई कुछ कहने वाला नहीं है, किसी को चिंता नहीं है! एक दिन तो मैंने एक ट्रक का नंबर भी नोट किया था—यहीं कहीं होगा (और विष्णु जी मेज पर रखे कागजों को उलटते-पलटते हुए वह कागज ढूँढ़ लेते हैं। अजब-सी उत्तेजना में बहते हुए कहते हैं) देखिए, यह रहा नंबर! तो उन्होंने मुझे कुछ लिखते देखकर टोका—"आप क्या लिख रहे हैं?" फिर वे मुझे धमकी देने लगे। जब मैंने कहा, मैं पत्रकार हूँ तो वे कुछ डरे, वरना हो सकता है, वे मेरी पिटाई करने पर आमादा हो जाते—ऐसे लोग आदमी को मार भी सकते हैं! तो बहरहाल यही वजह है कि सामूहिक लड़ाई का आह्वान मैं नहीं कर पाता। क्योंकि पहले शुरुआत एक व्यक्ति को करनी है। सामूहिक कार्रवाई में मुझे शक नहीं है लेकिन एक व्यक्ति के प्रतिवाद में भी मेरी गहरी आस्था है। यों मैंने कभी-कभी संगठनों में रहकर काम भी किया है और अब भी उम्मीद पूरी तरह टूटी नहीं है। इसीलिए आप देखेंगे कि सीधे-सीधे कथन चाहे न हों, लेकिन इस तरह के संकेत मेरी कविताओं में कहीं-कहीं मिलते जरूर हैं।

विष्णु जी, मेरे दिमाग में कवि या लेखक की जो इमेज हर वक्त रहती है, वह यह कि वह सत्ता के खिलाफ लड़ता हुआ एक आदमी है—सत्ता को चुनौती देता हुआ एक आदमी जो हमेशा हारे या पिटे हुए आदमी के पक्ष में खड़ा दिखाई देता है—और जब कोई उस हारे हुए आदमी का पक्ष लेने वाला न हो तो वह आगे बढ़कर कहे कि नहीं, आप मेरा सिर काट दीजिए, लेकिन मैं बात इसी की करूँगा और उसका सिर काटते ही एक दूसरा आदमी वहाँ आकर खड़ा हो जाए—और यह सिलसिला बढ़ता रहे—क्या आपको कुछ ऐसा लगता है?

—देखिए, आप जिस तरह और जितना 'ड्रेमेटाइज' कर रहे हैं, उतना तो मैं नहीं करूँगा और आप भी शायद नहीं चाहते होंगे—लेकिन बात चली है तो मुझे भी लेखक के बारे में अपनी कल्पना बतानी चाहिए। 'डेविड कॉपरफील्ड' में एक अनाथालय का वर्णन है। अनाथालय का प्रबंधक जो किसी क्रूर और निष्ठुर तानाशाह की तरह है, अनाथ बच्चों को लाइन में लगाकर पनीला सूप बाँटता है। जितना सूप वह बाँटता है, वह नाकाफी है, लेकिन बच्चे उसी को पीते हैं और तरसते रह जाते हैं। फिर एक दिन वहाँ एक नया बच्चा आता है, उसे भी सूप दिया जाता है। लेकिन सूप इतना कम है कि वह उसे तुरंत पी लेता है और कटोरा आगे बढ़ा देता है—"मोर सूप!" अनाथालय के प्रबंधक के लिए यह स्थिति अकल्पनीय है। वह हैरत से पूछता है—'व्हॉट?' लड़का फिर दोहराता है, "मोर सूप!" और अनाथालय के उस दुष्ट प्रबंधक का जो संसार था, वह देखते ही देखते जैसे भरभराने लगता है।

तो मेरे ख्याल से लेखक और लेखक ही क्या, आदमी के लिए अधिकार माँगने वाला हर व्यक्ति, वह है प्रकाश जी, जो 'मोर सूप' माँगता है, थोड़ा-सा ज्यादा सूप और पूरी व्यवस्था, जो लोगों को भिखारी और अपने पैसे पर पलता साबित करने में लगी होती है, उसकी भौंहों पर बल पड़ने लगते हैं! लेखक हो या कवि या कोई और,

उसकी आँख में किरकिराने लगता है इसलिए कि 'मोर सूप' माँगना विद्रोह की शुरुआत है—यदि ईश्वर कहीं है तो मानवता उससे भी कुछ ज्यादा सूप की माँग करती आई है।

आप खुद को किन कवियों की परंपरा में रखते हैं?

—देखिए इसका तो एक बना-बनाया जवाब है कि आप खुद परंपरा को नहीं चुनते, परंपरा आपको चुनती है।

नहीं, एक अर्थ में, मेरा ख्याल है, आप परंपरा को चुनते हैं! जैसे अस्पष्ट और धुँधली ही सही, दूसरी परंपरा, तीसरी परंपरा की अवधारणाएँ भी हमारे यहाँ हैं—अगर आप पंत, प्रसाद को चुनते हैं तो आप एक परंपरा को चुनते हैं, निराला को चुनते हैं तो दूसरी परंपरा को। इसी तरह अज्ञेय और मुक्तिबोध भी मेरे ख्याल से अलग-अलग परंपराएँ बनाते हैं।

—देखिए मेरा विकास बहुत ऊटपटाँग ढंग से हुआ और शुरू-शुरू का साहित्यिक अध्ययन भी बहुत व्यवस्थित ढंग का नहीं हुआ। मैंने बहुत कम उम्र में पढ़ना शुरू कर दिया था और जहाँ से जो कुछ मिलता, कुशवाहा कांत से लेकर टी. एस. एलियट तक, मैं चाट जाता। अपने प्रिय लेखक मैंने खोजे और रास्ते भी जिन पर मुझे चलना था। और ये निर्णय भी शायद तभी होते गए कि इन-इन रास्तों पर तो मुझे नहीं ही जाना। आपको आश्चर्य होगा, शुरू में कृश्नचंदर मेरे बहुत प्रिय कहानीकार थे। कृश्नचंदर, गोर्की और ओस्त्रोवस्की—इनकी रचनाएँ मैंने खोज-खोजकर पढ़ीं और जीवन को देखने की पहली दृष्टि मुझे इनमें दिखाई दी। कविताओं में शुरू में हरिऔध और मैथिलीशरण को मैंने पढ़ा। फिर 'कृति', 'कल्पना' जैसी पत्रिकाओं के जरिए समकालीन कविता के करीब आया। हालाँकि इनमें भी वामपंथी रुझान वाली कविता जिसे आप कहते हैं, उसे बहुत बाद में जाना। असल में मेरी तलाश किसी प्रगतिवादी लेखक की थी—हिंदी के किसी ऐसे प्रगतिवादी लेखक को मैं तलाश रहा था जो मेरा गोर्की, मेरा ओस्त्रोवस्की हो। आगे चलकर वह मुझे अलग रूप में मिला मुक्तिबोध में, रघुवीर सहाय में—निराला तो खैर, अपने ढंग के बड़े कवि हैं ही।

अपने पूर्व कवियों, समकालीनों और आ रहे कवियों पर आपकी टिप्पणी?

—हरिऔध से अगर शुरू करें तो हरिऔध ऐसे कवि हैं जिनकी भाषा अपनी ओर ध्यान खींचती है और उस पर मेरा ख्याल है, और विचार होना चाहिए। मैथिलीशरण गुप्त की 'भारत भारती' में हल्की कविता है और पूरे भारत को लेकर टिप्पणी करना मुझे कुछ जँचता नहीं है जबकि सच तो यह है कि आपके जेहन में भारत कुल मिलाकर उतना ही है जितना हिंदीभाषी प्रदेश है। यह प्रेरक कविता है और अपने समय में उसने एक बड़े वर्ग को प्रभावित किया था, इसमें शक नहीं। निराला की 'सरोज स्मृति' मुझे बहुत बड़ी कविता लगती है। अपनी निजी त्रासदी

को आप कितना व्यापक कर सकते हैं, कितनी दूर तक फैला सकते हैं, यह उस कविता से पता चलता है। हालाँकि निराला की 'राम की शक्तिपूजा' से मैं इतना प्रभावित नहीं हूँ। वहाँ एक ट्रैप है, मैं उसमें फँसना नहीं चाहता और माफ कीजिए, निराला मुझे कहीं-कहीं एक सांप्रदायिक कवि भी लगते हैं तो उनके उस पहलू से बचना चाहूँगा।

मुक्तिबोध को मैं बीसवीं सदी के हिंदी साहित्य का महानतम, सबसे संपूर्ण सर्जक-आलोचक मानता हूँ। उन्हें हर कुछ महीनों बाद पढ़ना एक अजीब ऊर्जा देता है। और रघुवीर सहाय? वे भी निश्चय ही बहुत बड़े कवि हैं। विश्व स्तर के कवि। उनके 'सीढ़ियों पर धूप में' संग्रह की 'दे दिया जाता हूँ' इतनी अद्भुत कविता है कि मैं आज भी उसे हिंदी की सबसे अच्छी कविता मानने को तैयार हूँ। वैसे रघुवीर सहाय के पास तमाम ऐसी कविताएँ हैं जिन्हें हम विश्व-काव्य का हिस्सा कह सकते हैं। सच बात तो यह है कि सहाय का मूल्यांकन अभी भी ठीक से हुआ ही नहीं है। और शमशेर? वे भी बड़े कवि हैं—बहुत बड़े कवि और उनकी कुछ कविताएँ तो ऐसी हैं कि हम उन्हें हिंदी का सबसे बड़ा कवि मान सकते हैं—बल्कि हो सकता है कि कुछ सालों बाद यह फैसला करना मुश्किल हो जाए कि रघुवीर सहाय इस सदी के सबसे बड़े कवि थे या मुक्तिबोध या शमशेर? (स्वतः बहुत मद्धिम आवाज में, जैसे वे सिर्फ खुद से ही बात कह रहे हों) या क्या पता, शमशेर ही इस सदी के सबसे बड़े कवि साबित हों। अज्ञेय भी एक समर्थ कवि तो माने जाते ही हैं, हालाँकि मैं उनसे बहुत प्रभावित नहीं हुआ। मुक्तिबोध और धूमिल दो ऐसे कवि हैं जिन्होंने सबसे ज्यादा कविता का वातावरण बनाया या कवि तैयार किए। इसी तरह विजयदेवनारायण साही एक अद्भुत कवि हैं, अपने ढंग के निराले कवि। कुँवरनारायण का उदाहरण अजीब है। वे एकांतिक कवि माने गए, उनकी कविता में सामाजिक स्वर पहले कभी नहीं था, मगर उनके पिछले दो संग्रहों की कविता में यह दृष्टि प्रमुखता से आ रही है। केदारनाथ सिंह 'जमीन पक रही है' के बाद कुछ ठिठके हुए, बल्कि संशयग्रस्त नजर आते हैं और जमीन तैयार होने के बाद बीज डालने का उन्हें अवसर नहीं मिला। श्रीकांत वर्मा की 'मायादर्पण' और 'दिनारंभ' की कविताएँ मुझे पसंद हैं और एलियट के प्रभाव के बावजूद वे एक मौलिक कवि हैं, इसमें शक नहीं है। हालाँकि 'मगध' की उनकी कविताएँ मुझे ज्यादा प्रिय नहीं है। लगता है, एक ही कविता है, कविता क्या है, एक क्षमायाचना, एक आत्म-औचित्य है जो अनेकांतवादी है और जिसे बहुत फैलाया गया है। मुझे 'मगध' में ईमानदारी की कमी लगती है। इसी तरह धूमिल की 'पटकथा' मुझे अच्छी कविता नहीं लगती। उनकी 'उस औरत की बगल में लेटकर' कविता बेजोड़ है। पता नहीं, आपको मालूम है या नहीं, मैंने उसका अंग्रेजी अनुवाद भी किया था—लेकिन वैसा गठन धूमिल में आया कहाँ से और गया कहाँ, यह एक रहस्य है।

इसके बाद के कवियों में जगूड़ी तो धूमिल की परंपरा के कवि हैं—बल्कि आप कह सकते हैं, वे धूमिल की परंपरा के अकेले कवि हैं। चंद्रकांत देवताले गहरे आवेश और उत्तेजना के कवि हैं, हालाँकि उनकी प्रतिक्रियाएँ इतनी सटीक होती हैं कि वे बौद्धिक न होते हुए भी बौद्धिक होने का भ्रम देती है। जैसी भाषा और शिल्प उनके पास है, वह शायद ही किसी और कवि के पास हो। वीरेन डंगवाल का संग्रह देर से आया लेकिन वह सचमुच बहुत ताकतवर पोएट है। अशोक वाजपेयी, मंगलेश डबराल, राजेश जोशी—ये ऐसे कवि हैं जिनमें से कुछ लेकर, कुछ छोड़कर एक बृहत्तर रूप बनाया जा सकता है। प्रयाग शुक्ल शुरू से लेकर अब तक एक ही कविता लिख रहे हैं और बिल्कुल आज के कवियों पर आएँ—तो संजय चतुर्वेदी, अंबुज, हेमंत कुकरेती, मोहन राणा आदि कई युवा कवि बहुत अच्छा लिख रहे हैं। कुमार अंबुज की कुछ ही रोज पहले 'जनसत्ता' में कविता छपी है। यह सचमुच एक बेहतरीन कविता है। इतनी अच्छी कविताएँ कभी-कभार ही देखने को मिलती हैं। तो ऐसा नहीं कि अच्छी कविताएँ लिखी नहीं जा रही हैं। लगातार लिखी जा रही हैं लेकिन इसका यह मतलब भी नहीं कि बुरी कविताएँ नहीं हैं। बुरी कविताएँ भी बहुत हैं और बहुत लिखी जा रही हैं लेकिन उनकी कहाँ तक चर्चा की जाए? हमें यहाँ अच्छे कवियों या अच्छी कविताओं की ही चर्चा करनी चाहिए। वैसे कविता की मेरी पसंद औरों से अलग भी हो सकती है और उस पर लोग कभी-कभी हैरान भी होते हैं—पर जो मेरी पसंद है, उसे मैं कभी छिपाऊँगा नहीं। उदाहरण के लिए, आपको ताज्जुब होगा, साहिर मुझे फैज के मुकाबले बड़े कवि लगते हैं, इसके बावजूद कि वे फिल्मों के लिए लिखते रहे।

हाँ, एक बात मुझे और कहनी है—कि जो नए आ रहे हैं, युवा कवि हैं, उन्हें मैं इस आधार पर कोई छूट देने को तैयार नहीं हूँ कि ये युवा कवि हैं। युवा हैं तो क्या हुआ? इस आधार पर रियासत देने का कोई मतलब नहीं है, इसलिए कि आज से पाँच सौ साल बाद जब इस दौर की कविता की चर्चा होगी तो हरिऔध से लेकर हेमंत कुकरेती तक सब तकरीबन एक ही पीढ़ी या एक ही कालखंड के कवि समझे जाएँगे! मैं आपसे सच कहूँ, बुरी कविता को मैं हरगिज बर्दाश्त नहीं कर पाता। (तैश में आकर) अगर कोई बुरी कविता लिखता है, वह युवा हो या वयोवृद्ध, तो मैं उस पर लिखकर उस खराब कविता को बर्बाद कर देना चाहूँगा। मैं उसे छोड़ूँगा नहीं क्योंकि वे अच्छे कवियों का, बल्कि कविता का ही, भारत जैसे समाज में बहुत नुकसान करती हैं। हालाँकि यह भी है कि वे अपनी मौत मर भी जाती हैं।

अच्छा विष्णु जी, अब तक एक निजी सवाल। आपकी कविताओं से लगता है कि आप गुस्सैल आदमी हैं, क्या यह सच है?

—हाँ, यह तो सच है कि मुझे गुस्सा आता है, पर हर बात पर नहीं और जिन चीजों पर आना चाहिए, उन्हीं पर। सच तो यह है कि उन पर मैं गुस्सा किए बगैर

रह नहीं सकता, बल्कि मैं नहीं समझ पाता कि कोई भी उन पर गुस्सा किए बगैर कैसे रह सकता है? जो हालात मैं चारों तरफ देखता हूँ और लोगों को जिस हाल में जीते हुए देखता हूँ, उसे देख-देखकर आप अक्रोध की स्थिति में कैसे बने रह सकते हैं?

हमारे घरों में जो काम करने वाली आती है, उसके कपड़े, जो चीथड़ों से कुछ ही बेहतर होते हैं, देखकर क्या अपने आप पर शर्म नहीं आनी चाहिए? पूरे महीने खटने और पसीना बहाने के बाद आप उसे या उसके बेटे-बेटियों को देते क्या हैं? उस पर यदि वह कम उम्र है, तो क्या-क्या वह न सहती होगी। अपने धोबी को देखिए, वह न जाने किन झोंपड़पट्टियों में कैसे हालात में रहता है। आप जो साफ कपड़े प्रेस करने देते हैं, लौटकर वे आते हैं तो आप देखिए, उनमें उसकी गरीबी की गंध होती है। और फिर खुले में साथ शौच करते लोग और औरतें—और उनके बच्चे! हमने उन्हें किस हालत में पहुँचा दिया है? जीवन की प्राथमिक जरूरतें तक हम उन्हें मुहैया नहीं करा पाते! और फिर हमीं है न जो यह चर्चा करते हैं कि गोभी छयालीस रुपए किलो मिल रही है। कोई पूछता क्यों नहीं कि इस देश में इतनी महँगी चीजें क्यों हैं? इस देश में उनकी इजाजत क्यों दी जा रही है? यहाँ चार-चार, पाँच-पाँच लाख रुपए की गाड़ियाँ क्यों बनती हैं? जूता बारह सौ या दो हजार का क्यों है? उन सब पर रोक लगनी चाहिए क्योंकि यह इस गरीब देश की गरीबी का मजाक उड़ाना है।

मुझे तो भयानक गुस्सा आता है यह सब देख-देखकर और सचमुच इसे बर्दाश्त करना और जीना मुश्किल हो गया है। यानी आपको यकीन नहीं होगा, कई बार तो मैंने सीरियसली यह सोचा कि मैं अखबार पढ़ूँ भी या नहीं? फिर बगैर पढ़े भी नहीं रहा जाता कि वही तो एक खिड़की है जिससे आज जो कुछ घट रहा है, उसे देख पाते हैं। मुझे लगता है, जब इतनी क्रूरता और अँधेरे हैं, रोज इतने अन्याय होते हैं और मैं कुछ कर नहीं पाता तो मैं जीवित ही किसलिए हूँ और कविता-कहानी लिखते रहना, इस सबके मायने ही क्या हैं? मुझे मालूम है कि मेरी इन बातों को, सस्ती, छिछली और सैंटिमेंटल कहा जाएगा लेकिन सच तो यह है कि भारत के करोड़ों लोगों के अमानवीय जीवन से मैं ऑब्सैस्ट हूँ, मेरे लिए सबसे बड़ा यथार्थ वही है। अपना निम्न मध्यम वर्ग और निचला तबका कितने अपमान, शर्म और अन्याय में जी रहा है, इसका अंदाज लगा पाना असंभव-सा है। सचमुच एक खास अर्थ में कविता, कला, संस्कृति इनसे मुझे नफरत है और इनसे जुड़े 'पेशेवर', 'फुल-टाइमर' लोगों से तो खासकर! यही हालात शानी की थी। हम मिलते थे तो एक स्थायी मजाक हमारा यह होता था कि हम हँसते थे और रोते थे कला, संस्कृति, कविता वाले लोगों पर—हम उन्हें बर्दाश्त नहीं कर पाते थे। असल में जो जीवन से कटकर सिर्फ कविता की बातें करते हैं, वे कविता नहीं लिख रहे। कविता लिखने के लिए अनुभव आखिर

आप जीवन से ही बटोरते हैं। वरना क्या होता है कि जैसे असद जैदी का संग्रह आया था 'कविता का जीवन'—क्या यह किसी कविता संग्रह का नाम लगता है? जबकि होना चाहिए था 'जीवन की कविता' और कविताएँ भी मामूली हैं, जबकि इनके पहले संग्रह ने मुझे बहुत आश्वस्त किया था और मैंने उस पर लिखा भी था। इसी तरह यह जो कविता को लेकर कविताएँ लिखी जा रही हैं, मैं उन्हें भी पसंद नहीं करता!...यानी अभी तो आप कविता के लिए एक कविता लिख रहे हैं, फिर कविता के लिए कविता के लिए एक कविता लिखेंगे और फिर कविता के लिए कविता के लिए कविता के लिए एक कविता—यह सिलसिला कहाँ जाकर रुकेगा? मैं इन्हें 'जाकूजा' कविताएँ कहता हूँ। आप अपने से, अपने आसपास के इस दारुण जीवन से जुड़िए भाई!

लेकिन एक बात बताइए, जिस गुस्से और तनाव की बात आपने कही, इतना तनाव कोई लगातार झेल कैसे सकता है? फिर तो आदमी जी ही नहीं पाएगा? क्या आपने कोई एस्केप भी ढूँढ़ रखा है, दोस्तों से गपशप...संगीत या कुछ और?

—झेलना तो पड़ता ही है—हालाँकि 'झेलने' के इस इस्तेमाल से मुझे चिढ़ है, फिर भी यही सब तो झेलना है और लिखना है। मैं इससे बचना या भागना नहीं चाहता। इसी से आपकी रचना में वह चीज आती है जो आपके जीवन में है। और जीवन में जहाँ-जहाँ आप अन्याय का विरोध करने के लिए लड़ सकते हैं, लड़िए—खुद को भरपूर दाँव पर लगाकर और उस मुकाबले के लिए बचाते हुए भी।

और जहाँ तक दोस्तों का सवाल है तो दोस्त तो प्रकाश जी, मेरे बड़े अद्भुत किस्म के हैं। वे विविध रुचियों वाले लोग हैं जिनसे साहित्य, कला की चर्चा अक्सर नहीं होती। उनमें ऐसे लोग भी रहे हैं जिनसे लोग दूर भागते हैं, जुआरी, सट्टेबाज, रंडीबाज, अपराधी तक। मैं इन लोगों को नजदीक से देखने और समझने की कोशिश करता हूँ, क्योंकि दुनिया सिर्फ हमारी नहीं, दुनिया इन लोगों का भी है। लोगों को, विविध तरह के लोगों को, देखना मेरा शगल है और मैं इसमें बोर कभी नहीं होता। मूर्ख से मूर्ख और बुरे से बुरे, कमीने से कमीने आदमी के पास बैठकर भी मैं बोर नहीं होता—मुझे उनसे भी कुछ न कुछ मिल जाता है। शायद इसलिए मैंने आज तक नहीं कहा कि फलाँ आदमी से मिलकर मैं बोर हो गया—बल्कि जब मैं छोटा था, तकरीबन बारह बरस का, तब आपको बताऊँ, सैंतीस बरस के एक खूनी से मेरी मित्रता थी जिसने दिन-दहाड़े कत्ल किया था। बाद में बाकी लोगों में भी तमाम तरह के लोग थे, साहित्यिक लोग बहुत कम थे—लिहाजा जब मेरी पहली किताब छपी बीस बरस की उम्र में तो मेरे ज्यादातर दोस्तों को, जो रोजाना मेरे साथ उठते-बैठते थे, इसका पता ही नहीं था। मेरे सिर्फ दो या तीन मित्रों को इसका पता था—क्योंकि कुछ-कुछ ज्ञानरंजन की कहानी 'घंटा' जैसे दोस्त मेरे थे। बाद में चलकर भी मेरे ऐसे

बहुत ज्यादा मित्र नहीं रहे जिनसे मैं जिंदगी के हर पहलू को शेयर कर सकता होऊँ।...हाँ, शानी थे जिनसे हर तरह की बात हो जाती थी। व्यक्तिगत सुख-दुख की बातें भी। वह इसलिए कि शानी के लिए भी 'लेखन' सेकंडरी था और जीवन प्राइमरी। हम लोगों ने कुछ लोगों के नामों के कोड वर्ड बना रखे थे जिन्हें हम दोनों ही समझते थे। अक्सर साहित्यिक महफिलों में भी इन कूट शब्दों के जरिए बात करते थे और खूब हँसा करते थे। शानी को मैं बहुत मिस करता हूँ। उनके बाद इस तरह का कोई दूसरा आदमी नहीं रहा। इससे पहले मलयज के साथ भी कुछ इसी तरह का संवाद था और उन्हें भी मैं बुरी तरह मिस करता हूँ। भारतभूषण अग्रवाल को भी—वह आदमी बहुत खरे और जीवंत थे और जब भी मिलते थे, खूब खुलकर बातें करते थे। अब तो ऐसे साहित्यिक मित्र रह भी नहीं गए। हाँ, चंद्रकांत देवताले से जरूर शानी जैसे रिश्ते हैं। मेरे प्रतिभासंपन्न मित्रों में अशोक वाजपेयी और नामवर भी आते हैं, पर इनकी दिलचस्पियाँ सीमित हैं, दोनों पूर्णकालिक योजना तथा साहित्य-धर्मी हैं जिसे मैं समझ नहीं पाता। शायद इसका एक कारण यह हो कि इन दोनों का जीवन सीमित है जबकि मैं अपने और दूसरों के दूसरे जीवन को साहित्य से कतई कम महत्त्वपूर्ण नहीं मानता, जिसमें मेरी लस्टम-पस्टम पारिवारिक जिंदगी भी शामिल है। मैं साहित्य या संस्कृति या आलोचना का 'फुल-टाइमर' नहीं होना चाहिए।

विष्णु जी, आप किन चीजों से सबसे ज्यादा खुश होते हैं और किस बात से सबसे ज्यादा हताश होते हैं?

—सबसे खुश तो मैं तब होता हूँ जब देखता हूँ कि कहीं सामान्य जन की छोटी-सी भी विजय हुई है। फिर उस वक्त जब मेरी किसी कविता या लेख का कोई नुक्ता जो मैं अपने पाठकों तक पहुँचाना चाहता हूँ, ठीक-ठीक वैसा ही पहुँच जाए। उससे बढ़कर निजी खुशी मुझे किसी और बात में नहीं होती। आपको याद होगा, बरसों पहले यह अफवाह उड़ी थी कि एक बुढ़िया लोगों के दरवाजे पर प्याज-रोटी माँगने जाती है और जिस घर से वह उन्हें ले जाती है, उस घर का कोई आदमी जरूर मर जाता है। इस पर जब मैं 'नवभारत टाइम्स' में था, मैंने एक संपादकीय लिखा था—जिस पर कई पत्र आए थे। मैंने लिखा था कि यह बुढ़िया कोई और नहीं, दरअसल भारत की गरीबी है। वही घर-घर में जाकर रो रही है और जिस भी द्वार पर जाती है, वहाँ मौत छोड़ आती है। इसे पढ़कर एक पाठक का पत्र आया था कि मैंने तय किया है कि आगे से मैं कोई संपादकीय नहीं पढ़ूँगा। क्योंकि इससे अच्छा कोई संपादकीय नहीं हो सकता। आप अंदाजा लगा सकते हैं, मेरी खुशी का! मैं रो पड़ा। इससे ज्यादा खुशी लेखक को और किस बात से हो सकती है?

असल में यह जो चीजों का संप्रेषित होना है, यानी आप एक चीज लिखते हैं और दूसरा उन लिखे हुए शब्दों को पढ़कर ठीक-ठीक उसी मंशा तक पहुँच जाता

है, उसी एहसास और विचार से जुड़ जाता है या उससे भी आगे निकल जाता है, यह बात खुद मुझे दुनिया का सबसे बड़ा मिरेकल लगती है, सबसे बड़ा चमत्कार! और लेखक के लिए इससे बढ़कर खुशी की भी कोई बात नहीं। यों बाकी और खुशियाँ तो हैं ही जीवन की कि आप अपनी संतान के लिए दो रुपए के उसके पसंदीदा चने लाते हैं और वे खुश हो जाते हैं तो पिता के लिए इससे बढ़कर खुशी और क्या होगी? इस तरह की छोटी-छोटी खुशियाँ तो हैं ही!

और सबसे ज्यादा हताश मैं तब होता हूँ, जब किसी कथित प्रबुद्ध आदमी की कमीनगी, बेईमानी और झूठ—किसी छोटे-मोटे सामान्य झूठ की बात मैं नहीं करता, बड़ा झूठ मैं देख लेता हूँ—से मेरा साबका पड़ता है, जैसे आज के दुनियादार, प्रौढ़ नामवर सिंह जैसों की अवसरवादी धूर्तताओं से या फिर ज्यादातर पढ़े-लिखे मूर्खों को मैं बर्दाश्त नहीं कर पाता यानी उन 'लेखकों' को जो भीतर से खाली होते हैं और धोखा देते हैं, ढोंग करते हैं लेखक होने का। इसी तरह सांप्रदायिक और जातिवादी आदमी को मैं बिल्कुल बर्दाश्त नहीं कर सकता। उनसे मुझे अंतहीन घृणा है। 'नवभारत टाइम्स' छोड़ने का कारण यही था कि मैं बैनेट कोलमैन एंड कंपनी के मालिक अशोक जैन और उनके तत्कालीन किंकर विद्यानिवास मिश्र के सांप्रदायिक सोच को बेहद नापसंद करता था।

विष्णु जी, आप एक अलोकप्रिय आलोचक के तौर पर जाने जाते हैं। आप अक्सर बड़ी सख्त, सीधी और कठोर बात कहते हैं जिसे कहने से लोग बचते हैं। तो इससे मुसीबतें नहीं खड़ी हुईं आपके सामने? लोगों से संबंध नहीं बिगड़े?

—नहीं, ऐसा तो नहीं। संबंध बिगड़ने के डर से मैं अपने करने, लिखने और कहने में मिलावट नहीं करता। फिर भी, मेरे ख्याल से कोई लेखक ऐसा नहीं है जिसने आकर शिकायत की हो कि आपने मेरे बारे में ऐसा क्यों लिखा? भीतर-भीतर किसी ने बुरा माना हो तो कह नहीं सकता। इस तरह की समीक्षाओं में, मुझे याद पड़ता है, कैलाश वाजपेयी, गिरिजाकुमार माथुर, भारतभूषण अग्रवाल और श्रीकांत वर्मा वाली मेरी समीक्षाओं की चर्चा हुई थी। कैलाश वाजपेयी का संतुलित मूल्यांकन अभी बाकी है। उनके कुछ तेवर अब भी प्रासंगिक हैं। गिरिजाकुमार माथुर से मेरे संबंध थे ही नहीं, न अच्छे न बुरे, तो संबंध बिगड़ने का सवाल ही पैदा नहीं होता। श्रीकांत वर्मा के बारे में मैंने लिखा कि ये कविताएँ एलियट की कविताओं से प्रभावित हैं तो भीतर-भीतर चाहे नाराज हुए हों, लेकिन ऊपर से उलटे उन्होंने मुझसे दोस्ती कर ली। बड़े जिंदादिल इंसान थे वे, उनमें अद्भुत 'सैंस ऑफ ह्यूमर' था और हँसकर चीजों को टाल जाया करते थे। एक तरह की रणनीति भी शायद इसमें रहती हो!

इसी तरह भारतभूषण अग्रवाल की मुझे याद है कि उनकी नई किताब आई

तो बोले—"इस पर मैं तुम्हारा रिव्यू जानना चाहता हूँ।" मैंने कहा, "जैसा मैं लिखता हूँ, उसके बावजूद?" बोले, "तुम कुछ भी लिखो, मगर लिखो।" एक दिन मैं अकादेमी गया, यह मेरे अकादेमी में काम करने से पहले की बात है। तो केलकर साहब जो प्रशासकीय सचिव थे, उन दिनों छुट्टी पर थे। भारत जी ने मुझे केलकर के कमरे में बंद कर दिया और बोले—"रिव्यू लिख लो, तब मैं दरवाजा खोलूँगा।" मुझे भी यह खेल दिलचस्प लगा। मैंने किताब को फिर से पढ़ा। कोई चार-साढ़े चार घंटे बाद जिस रिव्यू को लिए मैं निकला, उसका शीर्षक था, 'जिंदगी का बाँस और कविता की कटी पतंग'। मैंने तुरंत उन्हें पढ़ने को दिया तो बोले, "तुम्हें सिर्फ मेरी तीन ही कविताएँ अच्छी लगीं?" फिर हँसकर बोले, "चलो, तीन तो अच्छी लगीं। रामदरश मिश्र और गिरिजाकुमार माथुर की तो तुम्हें एक भी कविता पसंद नहीं आई थी।" इसी तरह की एक याद रघुवीर सहाय की भी है। उनके संग्रह 'हँसो, हँसो जल्दी हँसो' पर मैंने लिखा, तारीफ ही की थी, उसके सिवा रघुवीर सहाय जी की कविता का आप क्या कर सकते हैं! कुछ रोज बाद मिले तो उन्होंने कहा, "विष्णु जी, मैं आपकी समीक्षा पढ़ गया। नाइंटी फाइव परसेंट मार्क्स आपने मुझे दिए। यह बताइए, फाइव परसेंट मार्क्स आपने क्यों काट लिए?" मैं आपको क्या बताऊँ, सुनकर मुझे इतना अच्छा लगा, इतनी खुशी हुई...(विष्णु जी कुछ-कुछ भावुक हो जाते हैं, आवाज थरथराती है।)

विष्णु जी माफ करें, आप तो अपने बारे में कह रहे थे कि आप बड़े खुर्राट आदमी हैं, पर मैं लगातार देख रहा हूँ कि आप तो इतने भावुक हैं, इतने कि...

—देखिए, ऐसा है कि लेखक का काम तो भावनाओं का ही है। अगर आप गहराई से कुछ महसूस नहीं कर सकते तो आप लिखेंगे क्यों, दूसरे को महसूस क्या कराएँगे और ऐसा क्या लिखेंगे कि पाठक कुछ देर के लिए तो कम से कम खुद को एक बदला हुआ व्यक्ति महसूस करे। आखिर लेखक का काम आदमी की भीतरी दुनिया को समझना और उसे गहराई से छूना है। वह किसी डॉक्टर या जीव-विज्ञानी की तरह बिल्कुल तटस्थ होकर, कैंची या चाकू से चीर-फाड़ करने वाला व्यक्ति तो नहीं है कि एकदम अभावुक हो जाए! ऐसी हालत में अगर कोई लेखक रचना नहीं, क्राफ्ट लिखता है तो आपको गहराई से आंदोलित नहीं कर पाता। मसलन विनोद भारद्वाज की कविताएँ। मैं देखता हूँ कि विनोद को क्राफ्ट की अच्छी समझ है, लेकिन कुल मिलाकर उनसे विचलित करने वाली कविता नहीं बन पाती, दिलचस्प वह भले ही हो, क्योंकि भीतर महसूस किया हुआ कुछ ज्यादा वह देना ही नहीं चाहते तो आप किसी को हिलाएँगे कैसे! और मैं जब यह कहता हूँ कि मैं भावुक या अबोध नहीं हूँ या खुर्राट आदमी हूँ तो मेरा मतलब सिर्फ यह होता है कि मुझे फँसाने के लिए जो जाल बिछाया जाए या जिसे मैं खुद बिछाऊँ, मैं उस जाल को पहले ही जान लूँ,

उसमें फँसूँ नहीं। मौका पड़े तो उससे लड़ूँ भी, और अपनी उस भावुकता से बचूँ और उसे बचाए भी रखूँ जो एक व्यक्ति और लेखक के नाते मेरी उपयोगी वस्तु है। खुली आँखों वाली भावुकता बुरी नहीं।

थोड़ा विषय बदलते हैं—आपकी खाने-पीने, पहनने-ओढ़ने की रुचियाँ? कुछ इस बारे में बताइए।

—जहाँ तक कपड़ों का सवाल है, शुरू में यानी पैंतीस-चालीस की उम्र तक शायद, मैं इस बारे में कुछ सतर्क रहता था। लेकिन अब कोई भी कपड़ा जो साफ-सुथरा हो, ठीक-ठाक हो, मैं खुशी से पहन लेता हूँ। आम तौर से पैंट-शर्ट या पैंट-कुरता मैं पहनता हूँ, कभी-कभी कुरता-पाजामा भी—एक बड़ा बेढंगा-सा सिला हुआ सफारी सूट भी है जिसे लोगों को चरका देना होता है तो मैं कभी-कभी पहन लेता हूँ। कपड़ों में आम तौर से कुछ रंग मुझे पसंद हैं, जैसे नीला, डार्क ब्राउन, ग्रे वगैरह।

खाने में कोई भी खाना जो ठीक-ठाक बना हो, मैं रुचि से खाता हूँ और उसी से संतुष्ट रहता हूँ। मेरी पत्नी खाना बहुत अच्छा बनाती है और मुझे घर का खाना अच्छा लगता है। मेरी इच्छा विविध प्रकार के खानों की कभी नहीं रहती, हालाँकि बना हो तो मैं खाता हूँ और एंजॉय भी करता हूँ। मैं विदेशों में घूमा हूँ और दुनिया की करीब-करीब हर संस्कृति का खाना मैंने खाया है, वैजिटेरियन भी, सामिष भी, पर ऐसा नहीं कि किसी खास तरह का खाना ही मुझे पसंद हो। असल में जैसा कि आपको बताया है, बचपन हमारा कष्टों में बीता। माँ थीं नहीं। मैं छह बरस का था, तो वे गुजर गई थीं—फिर दोनों बुआएँ, पहले बड़ी, फिर छोटी, कुछ समय बाद नहीं रहीं। इसके बाद खाना हम भाइयों को ही मिलकर बनाना पड़ता था और वह कामचलाऊ ही होता था। अक्सर हम मसूर की दाल या आलू की सब्जी बनाते थे क्योंकि वह जल्दी बन जाती थी और खासकर हमें स्कूल जाना पड़ता था और पढ़ाई करनी होती थी। बहुत बाद हम दाल-चावल या दही-पराँठे से काम चलाते थे क्योंकि दही तो सदाबहार था, कभी भी काम आ जाता था और इस तरह सब्जी बनाने का झंझट बच जाता था। पराँठे डालडा के होते थे क्योंकि शुद्ध घी हमारे लिए किसी विलासिता से कम न था। भिंडी जैसी जटिल सब्जियाँ हम कभी नहीं बनाते थे क्योंकि उन्हें बनाने के लिए जो महारत चाहिए, वह हमारे पास नहीं था। खाना किसी तरह जल्दी से निबट जाए, हम यही कोशिश करते थे। आज भी हमारा वह संस्कार कहीं गया नहीं। मुझे दाल-चावल या पराँठे मिल जाएँ तो फिर मुझे किसी चीज की जरूरत नहीं है और मैं ऐसे ही पूरी उम्र गुजार सकता हूँ।

और पीने के बारे में?

—कभी-कभी पीना मुझे पसंद है, हालाँकि रोज पीने की आदत मुझे नहीं है और कभी-कभी तो बीच-बीच में महीनों के लिए छूट भी जाता है—लेकिन पीना मैं एंजॉय

करता हूँ। अगर पीकर बात करने वाला कोई अच्छा साथी मिल जाए, जैसे शानी, या लोठार लुत्से तो यह साथ बैठने का एक अच्छा बहाना है। हाँ, पीकर बदमजगी करने वाला कोई हो तो मन खराब ही होता है—लेकिन शराब गम गलत करने के लिए मैं कभी नहीं पीता। और जो ऐसा कहते या करते हैं, उनसे मेरा कहना है कि अगर तुम्हारे गम इतने छोटे हैं तो तुम्हें डूब मरना चाहिए। (हँसते हैं)

आपके यहाँ कुछ जगहों, लोगों और अतीत के लिए खास तरह का नॉस्टेल्जिया है और 'लौटना' क्रिया बार-बार आती है, यह जानते हुए भी कि अब ठीक-ठीक वहीं लौटा नहीं जा सकता—तो फिर यह कोशिश क्यों?

—हाँ, यह बात आपकी काफी हद तक सही है। अतीत या नॉस्टेल्जिया में जाना बुरा नहीं है, यदि वे आपकी बीमारी न बन जाएँ तो। मैं कह चुका हूँ कि बदलाव मुझे अच्छा लगता है इसलिए मैं अतीत में भी जाता हूँ। यह जानते हुए भी कि अब ठीक-ठाक उन्हीं जगहों पर लौटा नहीं जा सकता, लौटने पर वे चीजें या शक्लें बदल चुकी होंगी...आदमी शायद लौटे बगैर रह नहीं सकता। शायद इसलिए कि उसी से उसके वर्तमान को अर्थ मिलता है। मैं तो अतीत से कभी नहीं छूट पाता बल्कि अतीत बहुत-सी स्मृतियों या दुःस्मृतियों के साथ लगातार मेरा पीछा करता है—न अपने बचपन को मैं कभी भूला। आप अपना निजी इतिहास कैसे और क्यों भूल सकते हैं? मैं उन लोगों में से भी नहीं हूँ जो अपने अतीत को काटकर अपने साथ एक दूसरा अतीत चिपका लेते हैं।

मगर इस तरह अतीत से छूटकर क्या कविता लिखी जा सकती है? संभव है क्या?

—क्यों नहीं लिखी जा सकती है? लिखने में किसी का क्या जाता है? कुछ भी लिखा जा सकता है—मगर कितने लोग हैं जो वही जीवन जी रहे हैं जो वे लिख रहे हैं।

लेकिन...माफ कीजिए, आप तो खुद एलीट वर्ग के लेखकों में गिने जाते हैं?

—ज्यादातर लोगों का यही ख्याल है। लेकिन मैं हर लिहाज से मामूली आदमी हूँ। मैं एलीट वर्ग का न तो हूँ और न होना चाहता हूँ। मेरे जो गैर-साहित्यिक मित्र हैं, और चंद्रकांत देवताले, भगवत रावत, मंगलेश डबराल, विनोद भारद्वाज जैसे कवि-मित्र, वे बेहतर जानते हैं, यह जरूर है कि मैं लोकप्रिय नहीं होना चाहता, मैं 'उपलब्ध' नहीं हूँ, मेरा घर साहित्यिक अड्डा नहीं है और मैं गोष्ठीबाज या दलवादी नहीं हूँ। निजी जिंदगी में बहुत कम चीजों से मेरा काम चलता है। जीने के लिए मुझे बड़ी सुविधाएँ नहीं चाहिए। उस तरह की इच्छाएँ, आकांक्षाएँ भी मेरी नहीं हैं—और न लेखक के रूप में मेरी यह कोशिश रहती है कि जो मैं नहीं हूँ, वह दिखूँ या लेखक होने का पोज करूँ, नकली जिंदगी जिऊँ और बनावटी ढंग से व्यवहार

करूँ! हाँ, जो स्नॉब हैं, उनके आगे फिर मैं बहुत स्नॉब भी बन जाऊँगा। अगर कोई आदमी अपनी बौद्धिक नफासत दिखाएगा तो मैं उससे सौ गुनी बौद्धिक नफासत या विद्वत्ता दिखा सकता हूँ। वह अगर महज रोब डालने के लिए लेखकों के नाम लेगा तो मैं फिर ऐसे लेखकों के नाम ढूँढ़ लाऊँगा, जैसे रिचर्ड रोर्टी, जिनका उसे तो क्या, पूरे देश में शायद कुछ ही लोगों को पता होगा—हालाँकि मैं तब भी नाम उन्हीं के लूँगा जिन्हें मैंने पढ़ रखा होगा। मेरी दिलचस्पियों में साहित्य एक है, उसके अलावा बहुत-कुछ और है। इस अभागे देश में 'नेम-ड्रॉपिंग' के जरिए रोब गालिब करना निहायत आसान है।

क्या आपको ऐसा भी लगता है कि आपके लेखक होने से आपके परिवार के साथ जाने-अनजाने कुछ ज्यादतियाँ भी हो जाती हैं और उन्हें इसलिए सहना पड़ता है कि आप लेखक हैं...? यानी आपके लेखक होने की सजा क्या आपके घर वालों को भी झेलनी पड़ती है?

—शायद नहीं, इसलिए कि मैं घर में लेखक कभी नहीं होता और न मैं उन लोगों में से हूँ जो हर वक्त साहित्य-कला की चिंता में गर्क रहते हैं और जब भी बात करते हैं, कविता की बात करते हैं। मैं घर में एक सामान्य पारिवारिक आदमी हूँ जो लेखक होने का पोज नहीं करता। अपनी कविता मैं इन लोगों को कभी नहीं सुनाता—लिखता हूँ, तब तो नहीं ही सुनाता। कभी छपकर आती है, तब भी चर्चा नहीं करता। हाँ, जब पुस्तक आती है तो वह घर में पड़ी रहती है, कोई चाहे तो उठाकर पढ़ ले, चाहे तो नहीं। उनमें जबरन साहित्यिक अभिरुचि पैदा करना मेरा उद्देश्य नहीं है। उनकी अपनी रुचि हो तो ठीक, नहीं तो नहीं। मैं घर के काम करता ही था, घर का सौदा-सुल्फ भी लाया करता था, अब बच्चे बड़े हो रहे हैं तो खुद ही कर लेते हैं।

मेरे बच्चों को अपने हिसाब से जीवन जीने की पूरी छूट है। मैं उन्हें अपने कंट्रोल में या सख्त अनुशासन में रखने की कभी कोशिश नहीं करता और न बात-बात पर टोकता या उपदेश झाड़ता हूँ। मैंने आपको बताया था, मेरे पिता ने पूरे जीवन भर हमसे कभी कुछ नहीं कहा। पूरे जीवन में उन्होंने मुझसे सिर्फ बीस वाक्य कहे होंगे, इससे ज्यादा नहीं। मुझे लगता है, जब वे पूरे जीवन में बीस वाक्य बोलकर अपना काम चला सके तो मैं तो अपने बच्चों से इतनी बातें, बहसें कराता हूँ, फिर उन्हें अलग से उपदेश देने की मुझे जरूरत क्या है? यह पिता का ही असर है और वह मुझमें इस कदर बढ़ता आ रहा है कि कभी-कभी तो अपनी बात सुनकर मुझे लगता है, यह पिता तो नहीं बोल रहे हैं? अपनी पदचाप सुनकर लगता है, अरे, यह तो पिता की पदचाप है। अपने खाँसने के बाद लगता है, अरे, पिता यहीं कहीं मौजूद तो नहीं है?

...मेरे दो बार नौकरी छोड़ने से जरूर इन लोगों को कुछ चिंता हुई होगी लेकिन

चूँकि मोहताजगी की नौबत अभी तक नहीं आई है इसलिए सामान्यता बनी हुई है। वैसे अगर मेरा घर ठीक से चल रहा है तो इसका अधिकांश श्रेय मेरी पत्नी को जाता है। उसी ने बड़ी मेहनत से घर को बनाया, चलाया, मुझे बर्दाश्त भी किया, बच्चों को बड़ा किया। हम दोनों में कई कमियाँ हैं लेकिन वह सच में एक अच्छी औरत है—या मैं कह सकता हूँ कि उसके भीतर एक बड़ा अच्छा व्यक्ति है। वह एक मजबूत 'इंडिवीजुअल' भी है इसलिए खासी बहसें भी चलती रहती हैं। प्रेम विवाह है इसलिए उसे असामान्य अधिकार मिले हुए हैं। मैंने उसे घर चलाने के लिए पूरी स्वतंत्रता दी है और बच्चों को भी। बच्चों से मैं अक्सर एक ही बात कहता हूँ कि कुछ भी करो, मगर ऐसा कुछ न करो कि बाद में तुम्हें पछताना पड़े। वैसे, हम लोग अक्सर घंटों बातें करते हैं। लेखक होने के नाते कोई दूरी मैं नहीं रखता...

अब जरा दूसरे ध्रुव से इस बात को देखें! आपके परिवार में आपका मूल्यांकन किस रूप में होता है, क्या इसका भी कुछ अनुमान है आपको?

—(मंद-मंद मुसकराते हुए) मैं शायद इन लोगों के लिए एक खिलौना हूँ। एक बड़ा-सा चलता-फिरता खिलौना-भालू, जिसे थपथपाया जा सकता है या जिससे लड़ा जा सकता है, प्यार किया जा सकता है। बदले में कभी-कभी वह घुरघुरा भी देता है, मगर जिससे शायद किसी को डरने की जरूरत महसूस नहीं होती। बेटे के साथ तो अक्सर मेरा खेल चलता है। हम कभी-कभी बाकायदा लड़ते भी हैं—सिर से सिर मिलाकर लड़ने का खेल, जैसे सींग वाले दो बैल आपस से लड़ते हैं—एक पुराना खेल जो मुझे पसंद है।

इन लोगों को शायद यह भी लगता होगा कि यह आदमी कुछ न कुछ लिखता-पढ़ता, काम में लगा रहता है—इसकी चीजें छपती भी हैं, कई बार बाहर भी हो आया है तो जरूर कुछ न कुछ काम का ही यह करता होगा। कुछ चीजें मेरा ख्याल है, मेरी पत्नी को या बच्चों को मुझमें गड़बड़ भी लगती होंगी और वे कभी-कभी उन्हें कह भी देते हैं। अक्सर बच्चे बिल्कुल बराबरी से मुझसे बहस करते हैं और कई दफा तो मुझे मैदान छोड़कर भागना पड़ता है। (खिलखिला पड़ते हैं)...वे यह भी देखते होंगे कि तमाम लिखने-पढ़ने वाले इसके दोस्त है और इसका थोड़ा-बहुत जिक्र भी है तो ऐसा भी नहीं कि इसे नजरअंदाज किया जा सके!...यानी कुल मिलाकर मैं शायद इन लोगों के लिए एक ऐसा आदमी हूँ जो कुछ अजीब भले ही हो, लेकिन शायद बुरा नहीं...लेकिन वे मेरे लेखक-फेखक होने के रोब में बिल्कुल नहीं आते।

आपको क्या लगता है कि विष्णु जी, क्या आपके पत्रकार ने आपके लेखक को नुकसान पहुँचाया?

—हाँ, इस रूप में तो आप कह सकते हैं कि मुझे अपनी पत्रकारिता के दौर में लिखने-पढ़ने का समय कम मिला। लेक्चरर था जिन दिनों, तब ज्यादा समय और फुर्सत थी—साहित्य अकादेमी में और फिर पत्रकार बनने के बाद उतनी फुर्सत

तो नहीं रही। एक तो इसलिए कि यह जीवन कुछ और ढंग का है, छुट्टियाँ वगैरह नहीं हैं या कम से कम मेरे लिए नहीं रहीं, फिर पत्रकारिता में आकर मैंने कुछ ज्यादा ही जिम्मेदारियाँ ओढ़ लीं। जब मैं 'नवभारत टाइम्स' में था, लोग कहा करते थे—"अजी साहब, आप क्या सुबह दस बजे से लेकर रात इतनी देर तक सिरखपाई करते हैं! इस तरह मगज मारने से क्या मिलने वाला है?" पर मेरा शुरू से ढंग यह रहा है कि जो भी काम करो, उसे पूरे मन से, पूरी ताकत और सामर्थ्य से करो। कामचोरी मैं हरगिज बर्दाश्त नहीं कर सकता और न काम की मेज से बीच में उठकर मैं कहीं गया हूँ। काम अधूरा मैं छोड़ ही नहीं सकता, यह मेरे संस्कार में ही नहीं...शायद पिता का यह संस्कार भी मुझमें आया है।

बहरहाल इस कारण अपने लिखने-पढ़ने पर मैं 1975 के बाद अपेक्षाकृत कम ध्यान दे पाया, इतना तो तय ही है। लेकिन इसमें भी पछतावा कैसा? क्योंकि तब भी जब मैं कविता नहीं लिख रहा था, कुछ न कुछ जरूरी कर ही रहा था। और लिखना मैंने एकदम से बंद तो नहीं किया था। अगर कोई बढ़िया रचना बनती होती तो वह बनती ही। इस मामले में मुझे मीर की जिंदगी का एक किस्सा याद आ रहा है जिसे अक्सर लोग मीर की खुद्दारी के उद्घहरण के रूप में 'कोट' करते हैं, लेकिन असल में वह मीर के खिलाफ पड़ता है। मीर एक नवाब साहब की सेवा में थे और उनका काम था नवाब को शेर सुनाना। एक दफा उन्हें तलब किया गया और नवाब ने शेर सुनाने के लिए कहा। मीर सुना रहे थे, मगर नवाब का ध्यान किसी और चीज में था। आखिर सुनाते-सुनाते मीर रुक गए। नवाब ने पूछा, "रुक क्यों गए?" मीर ने कहा, "हुजूर, सुन तो रहे नहीं हैं।" इस पर नवाब ने जवाब दिया, "कोई शेर होगा तो खुद ही तवज्जो पा लेगा।" मैं समझता हूँ कि यह एक खूबसूरत जवाब था। तो इसी तरह अगर कोई रचना बननी होती है तो वह खुद-ब-खुद बनती ही है, जैसा मैंने आपसे कहा कि अभी वह लंबी कविता यकायक लिखी गई...अकादेमी की नौकरी या पत्रकारिता को अपनी काहिली का बहाना क्यों बनाऊँ?

एक 'क्रिएटिव' लेखक जब पत्रकार बनता है तो क्या बाकी पत्रकारों से वह कुछ अलग होता है?

—मुझे आप सिर्फ उस तरह का शुद्ध लेखक ही कृपया न समझें जो फकत अपनी दुनिया में खोया रहता है। उसकी वजह यह है कि जब मैं इक्कीस बरस का था, मैं पत्रकार बन चुका था। 'इंदौर समाचार' नाम के एक पत्र में मैं उपसंपादक नियुक्त हुआ था और अखबार के काम-काज की तत्कालीन तमाम जरूरी चीजें मैंने तभी सीख लीं। वैसे छपाई का काम मैं सोलह वर्ष की उम्र से जानता हूँ—कंपोजीटरों और प्रूफरीडरों से मेरी तुरंत दोस्ती हो जाती है। आगे चलकर मैं जब दिल्ली की पत्रकारिता की दुनिया में आया तो मेरे सामने संकट कुछ दूसरी तरह के थे। मसलन जब मैं संपादक बना तो लोगों ने सोचा यह था कि जिस तरह के 'नॉन-प्रोफेशनल'

साहित्यकार लोग होते हैं जो अखबार छपने की प्रक्रिया को नहीं जानते, मैं भी ऊपर-ऊपर से सब देखता रहूँगा और भाई लोगों की मनमानी चलती रहेगी—लेकिन जब मैंने खुद 'डमी' 'पेस्ट' करवानी शुरू की, मशीन पर जाकर प्रूफ पढ़ने और पेज बनवाने शुरू किए तो वे परेशान हो गए कि यह आदमी तो शुद्ध लेखक जैसा व्यवहार कर ही नहीं रहा। यह तो हमारी सब चालाकियाँ और बदमाशियाँ भी जानता है।

यही नहीं, मैं संपादकीय वगैरह लिखने के अलावा खुद कॉपी एडिटिंग करता था और कुछ धूर्त 'विशेष' संवाददाताओं और अन्य 'वरिष्ठ' पत्रकारों की कापियाँ तो मैं 'हैविली एडिट' किया करता था जिनके बारे में मुझे पता था कि उनकी हर 'लाइन' की एक कीमत है जिसे वे लिखने से पहले ही वसूल चुके हैं या अगले दिन वसूलने जाएँगे। ऐसे लोग इससे नाराज थे। इस बात से भी कि मैं काम चाहता था, मैं चाहता था लोग समय से दफ्तर आएँ और जो काम सौंपा जाए, उसे मेहनत से करें। और लोग...? वे आपके जूतों पर पॉलिश कर सकते थे, वे आपके बच्चों को घुमाने ले जा सकते थे...वे रोजाना आपके घर हाजिरी देने को तैयार थे, लेकिन काम के नाम पर वे कहते थे—"साहब, बस हमें इस बात के लिए न कहिए।" और आपको जानकर आश्चर्य होगा कि जो पत्रकार अपने आपको ट्रेड यूनियनवादी और वामपंथी कहते थे, वे सबसे ज्यादा षड्यंत्री और कमीने थे। आप देखिए कि विद्यानिवास मिश्र ने 'नवभारत टाइम्स' को न सिर्फ सांप्रदायिक बनाया बल्कि उसमें से कविता, समीक्षा आदि को निकाल दिया और अब तो वह और भी फूहड़ हो गया है, लेकिन हिंदी के पत्रकारों में साहस नहीं है कि इसके खिलाफ कोई प्रतिवाद कर सकें। 'नवभारत टाइम्स' के विद्रोही और वामपंथी दुम दबाए हुए हैं।

मैं समझता हूँ लेखक भी चाहे तो अच्छा पत्रकार हो सकता है, 1982 तक का 'दिनमान' इसका उदाहरण है, पत्रकारिता की तकनीकी चीजें सीखी जा सकती हैं—हालाँकि बाकी जो चीजें हैं, उनका क्या किया जाए? वे लड़ाइयाँ तो आपको लड़नी ही होंगी। मसलन मैं इसलिए भी बहुतों के लिए बुरा आदमी था कि मैं नहीं चाहता था कि लोग अपने एक साल के बच्चे के जन्मदिन पर सात-सात केंद्रीय मंत्री बुलाएँ या कि काम करने और रिपोर्ट लिखने के पैसे खाएँ, राजनीतिकों से लेन-देन करें! मैंने इन तमाम चीजों का विरोध किया और अपने लिए मुसीबतें पैदा कर लीं। मेरा ख्याल है, आप अगर कुछ सिद्धांतों या मूल्यों पर जोर देते हैं तो इन मुश्किलों से बचना मुश्किल है। हो सकता है, एक 'क्रिएटिव' लेखक इन मामलों में ज्यादा 'सेंसेटिव' हो और बाकी 'प्रोफेशनल' पत्रकार मोटी खाल वाले हो चुके हों—तो यह एक अलग तरह की मुश्किल है।

विष्णु जी, आप हिंदी के प्रमुख पत्र 'नवभारत टाइम्स' के संपादक रहे, जिसके बारे में कहा जाता है कि उसका वह शिखर काल था जब आप या माथुर साहब उसके संपादक थे। फिर ऐसे हालात बने कि आपको उसे छोड़कर बाहर

आना पड़ा, अपने सिद्धांतों की वजह से आपने वहाँ एक लंबी लड़ाई लड़ी। उन लड़ाइयों और हालात के बारे में आप कुछ बताना चाहेंगे

—सच तो यह है कि माथुर साहब ही मुझे 'नवभारत टाइम्स' में ले गए थे। माथुर साहब वहाँ न होते तो मैं हरगिज 'नवभारत टाइम्स' में आ न पाता। यह बात उनकी मृत्यु पर हुई शोकसभा में मैंने कही भी थी और लोगों खासकर मैनेजमैंट ने इसका बहुत बुरा माना था। पर यह एक हकीकत है जिसे कहे बगैर मैं रह नहीं सकता था। पत्रकारिता में उन जैसा अनोखा आदमी मैंने देखा ही नहीं! वह 'जीनियस' तो थे ही, निडर थी थे, स्वाभिमानी भी थे। मैंने कभी उन्हें किसी से डरते नहीं देखा—न सत्ता से, न पैसे से और न प्रतिभा से। वे अकेले आदमी थे जिनके मातहत मैंने काम किया और वे मुझसे परेशान नहीं हुए, बल्कि वे हमेशा प्रोत्साहित ही करते थे लिखने के लिए। कई बार उनसे बहसें भी हो जाती थीं और कभी-कभी वे 'सरंडर' भी कर देते थे कि अच्छा ठीक है, तुम्हीं इस विषय पर लिखो। और ऐसा तो बीसियों दफा हुआ कि एक नहीं, दो नहीं, तीनों के तीनों संपादकीय वे मुझे लिखने के लिए दे दिया करते थे। कुछ अन्य सहयोगियों पर भी वे कृपालु थे।

उनके जाने के बाद जो हालात बने, उनके बारे में बताना कोई सुखद बात नहीं है। एस.पी. सिंह, जो उस समय कार्यकारी संपादक थे, मूलतः एक पेशेवर पत्रकार हैं, आम भारतीय जनता और धर्मनिरपेक्ष मूल्यों से प्रतिबद्ध हैं, लेकिन लिखने वाले पत्रकार के रूप में उनकी कोई छवि नहीं है। अपने 'प्रोफेशनलिज्म' और व्यापक संपर्कों से ही वे अपनी शक्ति प्राप्त करते हैं। एस.पी. सिंह और मेरे बीच तनाव की बहुत-सी कहानियाँ चल पड़ीं और उनमें स्टाफ के कुछ लोगों ने बहुत घृणित भूमिका निभाई। जबकि असलियत यह थी कि जब 'मैनेजमैंट' की एक विशेष 'मीटिंग' में मुझे बुलाया गया और पूछा गया कि आप बताइए संपादक किसे बनाया जाए तो मैंने साफ कहा, "आप एस.पी. सिंह को संपादक बनाइए।" जबकि सवाल पूछा ही इस इरादे से गया था कि मैं अपना नाम प्रस्तावित करूँ। इसके बाद भी गलतफहमियाँ कम होने के बजाए बढ़ाई गईं और मेरे खिलाफ ढेरों बातें कहीं गईं। यहाँ तक कि संसद में भी बड़े जोर-शोर से यह सवाल उठाया गया कि 'नवभारत टाइम्स' को अनुवाद पर आधारित अखबार बनाया जा रहा है। एस.पी. सिंह के 'फेयरवैल' में मुझे बुलाया गया तथा और लोग तैयार होकर बैठे थे कि सबके बीच मेरा अपमान किया जा सके। मुझे सारी स्थिति का पता था, फिर भी मैं वहाँ गया। कृष्ण मेरे आदर्श पुरुष हैं—तो मैंने मन ही मन निश्चय किया कि मैं वहाँ जाऊँगा, जैसे कौरवों की सभा में कृष्ण गए थे। अगर कृष्ण का कुछ नहीं बिगड़ा तो मेरा क्या बिगड़ेगा? वहाँ जाकर मैंने लोगों को बताया कि एस.पी. सिंह का नाम मैंने खुद संपादक के लिए प्रस्तावित किया था और यहाँ काम करते हुए मैंने हमेशा एस.पी. सिंह को अपना वरिष्ठ माना है। इस पर स्टाफ के वे लोग जो नीचता के इरादे से

इकट्ठे थे, एकदम अवाक् रह गए।

फिर विद्यानिवास मिश्र प्रधान संपादक होकर आए तो जान-बूझकर मेरा तबादला जयपुर कर दिया गया। वे मेरी जगह पर राष्ट्रीय स्वयंसेवक संघ तथा भाजपा के समर्थक 'पत्रकार' अच्युतानंद मिश्र को बैठाना चाहते थे। मुझे फिर भी कोई शिकायत नहीं थी। आपको अखबार का एक एडीशन पूरी तरह से अपने हिसाब से चलाने का मिल जाता है, फिर आपको और चाहिए ही क्या? लेकिन वहाँ भी इस तरह के अड़ंगे जान-बूझकर लगाए गए कि मैं परेशान रहूँ। मैंने 'एडिट पेज' पर लेख छापे जिन्हें वहाँ बेहद पसंद किया गया और एक माहौल बना, तो कहा यह गया कि आप बिना प्रधान संपादक की अनुमति के लिख नहीं सकते। यह तब था, जब मैं वहाँ का 'रेजिडेंट एडीटर' था। फिर मैं साहित्यिक-सांस्कृतिक कार्यक्रमों या सम्मेलनों आदि में नहीं जा सकूँ, इसलिए एक विचित्र आदेश यह निकाला गया कि मैं उनकी अनुमति के बगैर जयपुर न छोड़ूँ। हालत यह थी कि मैं अपने परिवार से, जो दिल्ली में था, मिलने से भी वंचित कर दिया गया। सबसे ज्यादा दिक्कत तो प्रधान संपादक को इसलिए थी कि मैंने अयोध्या के मसले पर अलग स्टैंड लिया था और संपादकीय पृष्ठ पर लेख लिखे थे जिनसे प्रगतिकामी, धर्मनिरपेक्ष ताकतों को बल मिला। जयपुर जैसी जगह में पजमुर्दा 'नवभारत टाइम्स' के 'सर्कुलेशन' को मेरी पूरी टीम ने बढ़ाया, पर लगातार मेरे लिए घुटनभरे हालात बन रहे थे। मुझे लगा, अब यहाँ चीजें और भी बदतर होंगी तो छोड़कर बाहर जाना ही अच्छा है। मुझे याद था, इसी संस्थान में रघुवीर सहाय का किस तरह अपमान किया गया था और जब उन्हें 'दिनमान' से 'नवभारत टाइम्स' में भेजा गया था, उन्हें बैठने के लिए एक सीट तक नहीं दी गई थी। यही कुछ 'अज्ञेय' के साथ भी हो चुका था।

रघुवीर सहायत तो, मैं आपको बताऊँ, नौकरी के अंतिम दिनों में बिल्कुल नहीं लड़े क्योंकि उस समय वे अकेले कर दिए गए थे और टूट चुके थे और उन्हें 'सरंडर' करना पड़ा था। उसे देखते हुए मुझे यही संतोष है कि मैं काफी लड़कर बाहर आया।

माथुर साहब (राजेंद्र माथुर) के बारे में कुछ निजी संस्मरण...?

—यह मैंने आपको बताया कि माथुर साहब की वजह से ही मैं 'नवभारत टाइम्स' में आया। मुझे लाने वाले वही थे और मैं उनका आदर भी बहुत करता था। मुझे लगता है, हिंदी पत्रकारिता में वे एक असाधारण व्यक्ति थे, इस अर्थ में कि जब वे थे, अंग्रेजी के संपादक और पत्रकार भी तब यह जानने को उत्सुक रहते थे कि राजेंद्र माथुर का किसी चीज के बारे में क्या ख्याल है! मेरा ख्याल है, यह बात न उनसे पहले कभी थी, न बाद में रही। हिंदी पत्रकारिता को इतना सम्मान न उनसे पहले, न बाद में कभी मिला! मुझे वे लाए तो मैं मजाक में कभी-कभी कहा करता था—"मेरे भाग्य में तो आपके अंडर में काम करना ही लिखा है!" (हँसते हैं)

यानी पहले भी क्या जब आप पत्रकारिता में थे, इंदौर में?

—नहीं, मैंने आपको बताया कि मैं गुजराती कॉलेज, इंदौर की ईवनिंग क्लासेज में 1963 में लेक्चरर रहा अंग्रेजी का। राजेंद्र माथुर उसमें अंग्रेजी के 'हैड ऑफ दि डिपार्टमेंट' थे और तभी से मैं उन्हें, वे मुझे जानते थे। उस समय हम दोनों की बड़ी विचित्र हालत हुआ करती थी। दो नई-नवेली दुल्हनों की तरह हम दो दिशाओं में अलग-अलग मुँह किए छोटे-से स्टाफ रूम में बैठे रहते थे। अक्सर कम ही बातें होती थीं लेकिन दिमाग शायद हमारे मिले हुए थे। वे 'नई दुनिया' से संबद्ध थे और मैं 'इंदौर समाचार' से।

अंत समय में उनकी जो स्थिति थी 'टाइम्स ऑफ इंडिया' में, उसे लेकर भी बहुत-कुछ कहा जाता है। आप तो तब साथ थे उनके, तो आपकी क्या टिप्पणी है इस बारे में?

—हाँ, वह बौद्धिक, नैतिक और पेशेवर रूप से इतने शक्तिशाली तो हो ही गए थे! और वैसे भी झुकना—कोई कितना ही बड़ा आदमी क्यों न हो, उसके आगे झुकना उनके स्वभाव में नहीं था। 'टाइम्स ऑफ इंडिया' के 'मैनेजमैंट' को लगने लगा था कि राजेंद्र माथुर का रहना तो एक शेर को पालने के बराबर है। तो उन्हें कमजोर करने और परेशान करने के तरीके खोजे जाने लगे थे, हालाँकि माथुर साहब ने कभी अपनी सत्ता या शक्ति का दुरुपयोग नहीं किया। फिर एक शुद्ध परिहासभरी टिप्पणी की जाने पर 'टाइम्स ऑफ इंडिया' के पूरे स्टाफ के सामने चंद्रशेखर ने उनका अपमान किया था। मुझे लगा कि वे इसे झेल नहीं पाए और भीतर ही भीतर कुछ टूटे, बल्कि मुझे तो उनका चेहरा बदला हुआ लगने लगा था तब से। मैं खुद दो दिन तक उनसे आँख नहीं मिला पाया था। मेरे लिए यह ऐसा था जैसे शिष्य के सामने उसके आदर्श गुरु का या संतान के सामने पिता का अपमान कर दिया जाए। मेरा ख्याल है, आपके लिए इससे अधिक पीड़ादायक कुछ और नहीं होता।

कुछ कहा भी था उन्होंने आपसे?

—हाँ, दो दिन तक तो वे चुप ही रहे। एक शब्द तक नहीं निकला था इस मामले के बारे में उनके मुँह से। फिर शायद तीसरे दिन उन्होंने दो-तीन शब्द कहे थे—"लगता है, कुछ ज्यादा हो गया!" मुझे लगता है, अन्य चिंताओं के अलावा यह दुख भी उन्हें ले बैठा। कुछ रोज बाद वे चले गए।

विष्णु जी, हम देखते हैं कि कोई एक सुष्मिता या कोई एक ऐश्वर्य राय आती है और देखते ही देखते मीडिया उन पर टूट पड़ता है जैसे उनसे बड़ी देश की, समाज की, मानवता की कोई और उपलब्धि ही नहीं! और जिन्होंने लिखते हुए, पेंटिंग करते हुए या किसी और कला में पूरा जीवन लगा दिया, उनकी कभी कहीं चर्चा ही नहीं होती। क्या इस बात से तकलीफ नहीं होती?

—देखिए, मीडिया एक राक्षस है—महादैत्य, और रोज उसे खाने के लिए एक नया शिकार चाहिए। और पुराने में जिसे वह खा चुकता है, उसकी दिलचस्पी खत्म

हो जाती है। एक चार साल की लड़की से बलात्कार हो या एक दुखी औरत का जलकर मर जाना या बच्चों समेत खुदकुशी कर लेना या पार्क में सहवास करते प्रेमी जोड़े का पाया जाना, या किसी औरत का सती हो जाना या भूख से पीड़ित किसी बेरोजगार द्वारा हत्या या आत्महत्या—मीडिया के लिए ये सब सिर्फ विषय हैं, इससे ज्यादा कुछ और नहीं। इससे ज्यादा इनकी चिंता का जिम्मा वह नहीं लेता। उसके बजाए उसकी कोशिश तो यही होती है कि ज्यादा से ज्यादा नंगे, ज्यादा से ज्यादा सनसनीखेज वर्णन और चित्र प्रस्तुत कर पाठकों की रुचियों को बिगाड़ा जाए। एक बार एक डोज को वे हजम कर लेते हैं तो अगली बार डोज और बढ़ा दी जाती है और अधिक उत्तेजक चित्र दिए जाते हैं। शोभा डे जैसी लेखिकाएँ जब सीधे-सीधे 'फक' वाली भाषा प्रयोग करती हैं और संभोग का बिल्कुल पोर्नोग्राफी की तरह का शब्दशः वर्णन करती हैं तो यह सब तो अब चल ही निकला है, इसलिए इसकी क्या चिंता करना! अच्छे खासे समझदार पत्रकार तक कहते हैं कि अजी, क्या फर्क पड़ता है, यह तो आज के जीवन का हिस्सा ही है! आत्महत्या हो, 'रेप' हो, किसी स्त्री का या युवक का बीच बाजार में नंगा हो जाना या मुख मैथुन हो, गुदा मैथुन हो, ये सब चटखारे लेने वाले विषय मात्र हैं और इतने बचकाने उत्साह के साथ पेश किए जाते हैं, मानो कोई उत्सव मनाया जा रहा हो! दूसरी तरफ, हिंदी में आज बहुत कम अखबार हैं जो धर्मनिरपेक्ष हों, वर्गभेद और वर्णभेद विरोधी हों, प्रबुद्ध और आधुनिक हों। और ऐसे में भी तमाम लोग जो अपने को समाजवादी सोच का कहते हैं, 'नवभारत टाइम्स' में बमय फोटू 'कालम' लिखते हैं। उनका तर्क यह होता है कि जी, हमारे लिए तो यह माध्यम है, हम जिसका उपयोग कर रहे हैं—लेकिन सवाल यह है कि कौन किसका इस्तेमाल कर रहा है? मेरे सामने एक इमेज आती है—एक कसाई की दुकान में एक संत पालथी मारकर बैठा है कि जी, हमें जो स्थान मिला है, हम इसका उपयोग कर रहे हैं। मगर कसाई उनका क्या उपयोग कर रहा है, शायद उन्हें नहीं पाता। इस मामले में मेरी माँगें कुछ सख्त हैं और मैं खुद को भी उनसे नापता हूँ। ऐसा नहीं कि मैं गिरा न होऊँ या उन मानदंडों पर सौ प्रतिशत खरा उतरूँ। मैं भी मनुष्य हूँ। कहीं न कहीं मैं भी गिरा हो सकता हूँ। मुझमें भी कमजोरियाँ हैं और हो सकता है किसी छोटे-मोटे फायदे के लिए मुझे कुछ ऐसे काम करने पड़े हों जो मुझे नहीं करने चाहिए थे। लेकिन मैं सोचना चाहूँगा कि वे न्यूनतम थे और अहित मैंने किसी का नहीं किया—और फायदा भी इसी अर्थ में कि कहीं कुछ काम मुझे मिल गया, पर वह मुझे वैसे भी मिल सकता था। जो हो, इस बात को स्वीकार करना चाहिए।

आपने अच्छा विषय उठाया विष्णु जी! मैं खुद इस पर आ रहा था। अखबार निकालना पूरी तरह मिशन चाहे न हो, मगर वह जूता बेचना भी नहीं है—यानी कहीं न कहीं बाकी व्यवसायों से अलग इसे हम आज भी समझते हैं।

मगर इधर कुछ वर्षों से पाठकों की रुचियों के नाम पर एक-एक कर गंभीर विचार, साहित्य से, बहसों से अखबार को काटा जा रहा है और देखते ही देखते वे सच्ची कथाओं वाली गौसिप पर उतर आए हैं, इसका इलाज क्या है?

—जो लोग साहित्य या गंभीर विचारों से अखबार को काटने के लिए पाठकों की रुचियों का बहाना लेते हैं, उनसे कहिए कि वे अखबार की बजाए कोकशास्त्र छापने लगें। (कठोर व्यंग्यात्मक मुद्रा) उसमें कहीं अधिक मुनाफा और बिक्री है लेकिन मेरा ख्याल है कोकशास्त्र में भी एक हद से ज्यादा लोगों की रुचि नहीं रहती। अंततः अखबार को अखबार रहने के लिए पाठकों के भीतर की समूची दुनिया की परवाह करनी ही होगी। लेकिन इसका मतलब 'पंजाब केसरी' बनना नहीं है, जबकि 'नवभारत टाइम्स' ही नहीं, दिल्ली के ज्यादातर हिंदी अखबारों के संपादन-संचालन की महत्त्वाकांक्षा वही लगती है। इलाज यही है कि हिंदी के सारे जिम्मेदार लिखने वाले एक हों और प्रकाशन-गृहों को चुनौती दें।

आपको नहीं लगता कि विष्णु जी, हमारे देखते ही देखते संपादक की कुर्सी बड़ी होती गई और लेखक का कद छोटा हो गया? हालत यह हो गई कि संपादक लेखक की रचना छापता है तो मानो उस पर अहसान करता है। कहीं न कहीं उसके मन में शायद यह भी रहता होगा कि हम जिसे छाप दें, वही महत्त्वूपर्ण लेखक हो जाएगा। जबकि पहले यह हालत नहीं थी।

—मेरा ख्याल है, यह एक जटिल स्थिति है जिसका कोई सीधा जवाब नहीं है। सवाल यह है कि किन लेखकों के बारे में आप बात कर रहे हैं? क्या वे ऐसे लेखक हैं जो जीवित रहने के लिए सिर्फ मीडिया पर निर्भर हैं—तब तो मुझे कुछ नहीं कहना। हाँ, अगर युवा कवियों या संघर्ष कर रहे लेखकों के बारे में आप कह रहे हैं तो आपकी बात काफी हद तक सही हो सकती है। वैसे इसका एक कारण यह भी हो सकता है कि लेखकों के अपने जो मंच हैं यानी लघु पत्रिकाएँ या साहित्यिक पत्रिकाएँ, वे एक-एक कर बंद होते जा रहे हैं और छपने की जगहें सिकुड़ गई हैं इसलिए उन्हें अखबार पर ज्यादा निर्भर करना पड़ रहा है, यों भी अखबार की 'रीडरशिप' तो ज्यादा है ही! वैसे महानगर में इतने सारे युवा लेखकों का दूर-दूर से आकर इकट्ठा होना भी शायद इससे पहले कभी न हुआ हो। लेखक आते थे, मगर एक साथ इतने अधिक नहीं। तो इसी से शायद संपादकों का अहंकार बढ़ा हो कि जिसे छाप दें, वही लेखक हो जाएगा। यानी यह एक जटिल स्थिति है। जब छपने की सीमा हो और कई लेखक हों तो स्वाभाविक रूप से यह स्थिति लेखकों के विरुद्ध जाती है और इसका हल मुश्किल है। फिर यह इस पर निर्भर करता है कि वहाँ व्यक्ति कौन बैठा है। जब मैं संपादक था तो मेरी कोशिश यही रहती थी कि फर्स्ट ग्रेड की ही रचनाएँ छपें जिन्हें छापने और पसंद करने वाला अकेला मैं ही न होऊँ, बहुत-से लोग उन्हें पसंद करें। वे दिग्भ्रमित लोग जो चापलूसी करते थे या चक्कर

लगाते थे, उन्हें इस आधार पर तो नहीं छापा। यों भी मेरी कोशिश यह होती थी मैं किसी लेखक की रचना छाप सकूँ या नहीं, मगर ऐसा व्यवहार हरगिज न करूँ कि वह अपमानित महसूस करे। वैसे मैं आपको बता दूँ कि अपने यहाँ लिखने वालों के सामने आज का संपादक भले ही शेर हो, अपने मैनेजरों और मालिकों के सामने वह लांगूलचालक पालतू पशु विशेष ही रह गया है। (हँसी)

अगर आप लेखक-पत्रकार न होते, तो क्या होते विष्णु जी?

—हाँ, यह मैं बताना चाहता हूँ। अगर मैं पत्रकारिता में न आया होता तो मैं संभवतः पुरातत्ववेत्ता होना चाहता जिसके लिए मेरे मन में बचपन से ही दीवानगी की हद तक उत्सुकता और उत्साह है। तब मैं और अधिक गहराई तक इस विषय में जाता और कुछ बढ़िया चीजें खोजता। खासकर प्राचीन इतिहास की खोज करना मुझे बेहद प्रिय है। हो सकता है, यह बचपन से ही बड़ी तल्लीनता से 'महाभारत' पढ़ने का असर हो। या फिर मैं संगीतज्ञ होना चाहता। गायक, संगीतकार या बाद में कुछ भी! हो सकता है, वादक ही होता अपनी आवाज की वजह से, जो बचपन में ही, जब मैं एक-डेढ़ साल का था; तब निकली चेचक की वजह से गड़बड़ हो गई। मुझे बताया तो यह गया कि चेचक का असर गले पर था और मेरी आवाज बिल्कुल चली गई थी और मैं गूँगा ही हो गया था। तब मेरी माँ ने जो बड़ी ही धुनी और दृढ़निश्चयी महिला थीं, यह सोचकर कि मेरा बेटा गूँगा क्यों रहे, लगातार तीमारदारी करके मेरी आवाज को पूरी तरह नष्ट होने से बचा लिया। हालाँकि यह जानकर हिंदी के बहुत सारे लोग बेचारी माँ को कोसेंगे। (शरारती हँसी) तब से मेरी आवाज ऐसी ही है, पूरी तरह से खुली नहीं है लेकिन मैं अब भी अकेले में या घर में गाता हूँ और शायद बुरा नहीं गाता! तो खैर, गायक-संगीतकार न भी बनता, तो मैं वादक तो बनता ही। खासकर तबले के लिए मेरे मन में अपार उत्साह है—अब तो शायद कुछ नहीं हो सकता, क्योंकि एक उम्र के बाद आपकी उँगलियाँ तबला बजाने के लिए बेकार हो जाती हैं। हो सकता है, सितार बजाने में मेरी रुचि होती। अब कभी-कभी गहराई से सोचता हूँ तो लगता है, यह पिता का ही प्रभाव है। वे, आपको मैंने बताया है, संगीत में प्रवीण थे और अपनी दुनिया में खोए रहते थे। उन्होंने कभी हमें संगीत सिखाया नहीं, लेकिन उन्हें देखकर संगीत के लिए मन में एक स्थायी आकर्षण बन ही गया। या फिर मैं शायद फिल्मों में अभिनय या निर्देशन में जाना चाहता! ये आप कह सकते हैं, मेरे जीवन की तीन स्थायी कुंठाएँ हैं।

विष्णु जी, अगर आपको फिर से जीवन जीने को मिले तो? ऐसा क्या है जिसे आप नहीं दोहराना चाहेंगे?

—एक तो यह कि समय बहुत नष्ट किया है मैंने कुछ बेकार के कामों में, कुछ आलस्यवश। उसका परिणाम अब दिखाई पड़ रहा है और कभी-कभी घबराहट भी होती है इस वजह से। मैं नए सिरे से जीवन जिऊँ तो समय का अच्छा उपयोग

करना चाहूँगा ताकि मन की चीजें लिख लूँ। दूसरे, इमरजेंसी की एक घटना है, मैं वह भूल नहीं दोहराना चाहूँगा और इसके लिए अब तक मुझे बेहद 'गिल्ट' महसूस होता है। हुआ यह कि उन दिनों मेरे रतलाम के एक विद्यार्थी मित्र बंसीलाल गांधी मुझसे मिलने आए। वह तब युवक कांग्रेस में आ गए थे और मध्य प्रदेश युवक कांग्रेस के किसी अच्छे पद पर थे। एक दिन वे घर आए और बताया कि उन्हें मेरी मदद की जरूरत है। वे दिल्ली मुख्यालय से कांग्रेस की कुछ पत्रिकाएँ निकालना चाहते हैं जो मेरी मदद के बिना संभव नहीं है और वे 'हाँ' कह आए हैं। मैंने उनसे कहा कि यह मुमकिन नहीं है और मेरी और उसकी विचारधारा में बहुत फर्क है। लेकिन उनका कहना था कि इस फर्क के बावजूद वह पत्रिका निकालने में मेरी मदद चाहते हैं। मैं उनके ट्रैप में आ गया! आखिर मैं कोई भोला-भाला बच्चा तो था नहीं। मुझे नहीं फँसना चाहिए था। आकर्षण बस यही था कि बंसीलाल गांधी मेरे मित्र थे, अब भी हैं, मेरे 'स्टुडेंट' भी थे और मेरा आदर करते थे। मेफिस्टो और फाउस्ट की पैरॉडी जैसा मामला था। मैं उन्हें मना नहीं कर सका।

उन दिनों बंसीलाल गांधी के सुझाव पर ही मैं संजय गांधी से भी मिला था और उससे किशोरकुमार के गानों पर लगाए गए प्रतिबंध को हटाने और अपने एक कवि-मित्र को, जो जेल में थे, छोड़ने के लिए कहा था।

कैसा लगा था संजय गांधी से मिलकर?

—वह एक अलग अनुभव था—विचित्र और सुखद तो वह हरगिज नहीं था। तत्कालीन प्रधानमंत्री निवास के एक बहुत बड़े कमरे में जिसमें कोई बहुत सामान नहीं था और वह लगभग खाली ही था, एक कोने में कुर्सी-मेज थी जिस पर वह व्यक्ति बैठा था। कमरे में रोशनी कुछ कम थी। बहुत थोड़ी देर बात हुई थी लेकिन उसका अजीब-सा प्रभाव अब भी कहीं न कहीं मन पर है। उसने, जाहिर है, मुझे एक बेवकूफ आदमी समझा होगा। जब मैंने किशोरकुमार की बात की कि उसके गानों पर प्रतिबंध लगाए जाने से लाखों लोग नाराज हैं तो पलटकर उसने पूछा—"किशारकुमार कौन हैं?" मैंने उसे बताया कि वे एक प्लेबैक सिंगर हैं और लोग उसके दीवाने हैं। उसने बात नोट कर ली। कुछ दिनों बाद किशोरकुमार के गानों पर से प्रतिबंध हट गया—पता नहीं उस मुलाकात की वजह से या वैसे ही—कैद कवि के बारे में उसने कहा कि उनसे माफी माँगने को कहिए। संसद मार्ग थाने में उस मित्र ने क्षमायाचना से इंकार कर दिया। अब वे एक अर्ध-सरकारी प्रतिष्ठान में अच्छे पद पर हैं।

आप कुछ कनफेस करना चाहेंगे विष्णु जी?

—एक तो मैंने किया ही, इमरजेंसी में बंसीलाल गांधी वाला। मुझे इस ट्रैप में नहीं फँसना चाहिए था, चाहे जो मेरी हालत या स्थितियाँ रही हों। मुझे उसके लिए अब तक बेहद 'गिल्ट' महसूस होता है और मैं खुद को माफ नहीं कर पाता। कुछ

कनफेशन (हँसकर) मैं अपनी पत्नी के आगे कर चुका हूँ। उन्हें यहाँ दोहराने की जरूरत नहीं समझता।

नहीं, और तरह से भी! एक लेखक, संपादक या आलोचक के रूप में अपने किसी का मन दुखाया हो और आपको लगा हो कि आपको ऐसा नहीं लिखना चाहिए था—या निजी जीवन में?

—(एक लंबी चुप्पी के बाद) निजी जीवन में मुझे अपने पिता और अपने भाइयों तथा कुछ संबंधियों, कई मित्रों और परिचितों के और नजदीक आना चाहिए था। लेखक के रूप में तो याद नहीं पड़ता कि मैंने किसी को दुख पहुँचाया हो और न किसी ने शिकायत ही की। हाँ, खंडवा में जब मैं था और किशोर ही था उन दिनों, तो माखनलाल चतुर्वेदी से मैं करीब-करीब नहीं ही मिला और उनके प्रति एक अजीब विरक्ति का भाव मन में रहा करता था। उसके कुछ कारण भी रहे होंगे, उनके बारे में तमाम तरह की बातें किशोरों में चल पड़ी थीं जिनकी मैं यहाँ चर्चा नहीं करना चाहता! खैर, जो भी हो, मैं उनसे जिस तरह मिला जाना चाहिए था, मिला नहीं और उनसे मिलकर उन्हें जितना जानना चाहिए था, वह जानने का मौका मैंने गँवा दिया। यह बात अब भी मुझे कई बार बुरी तरह सालती है और माखनलाल चतुर्वेदी की स्मृति में आयोजित कार्यक्रमों में मैं जाता हूँ। और यह बात सार्वजनिक रूप से कहता हूँ कि मुझसे गलती हुई। ऐसा करके मैं अपनी भूल का प्रायश्चित करने की कोशिश करता हूँ। संपादक के रूप में एक बार मैंने अपने एक कथाकार सहायोगी की एक व्यक्तिगत त्रासदी को जाने बिना उनसे कैफियत माँगी थी, इसका मुझे मलाल है।

अपनी पसंद के कुछ कवियों के नाम लेना चाहेंगे?

—जो अभी जीवित हैं और लिख रहे हैं?

शुरू से ही लीजिए, जिनका आप पर प्रभाव पड़ा—वहाँ से!

—मैं पहले चर्चा कर तो चुका हूँ, फिर भी—जिनसे कुछ सीखा, वे हैं—हरिऔध, मैथिलीशरण गुप्त, निराला, ये पुराने कवियों में। नागार्जुन और शमशेर भी। इसके बाद की पीढ़ी में मुक्तिबोध के अलावा प्रिय कवि हैं रघुवीर सहाय, साही, कुँवरनारायण, केदारनाथ सिंह, श्रीकांत वर्मा। फिर हमारी पीढ़ी में विनोदकुमार शुक्ल, चंद्रकांत देवताले, ऋतुराज, अशोक वाजपेयी, जगूड़ी। इसके बाद की पीढ़ी में मंगलेश डबराल, वीरेन डंगवाल, असद जैदी। बिल्कुल आती हुई पीढ़ी में हेमंत कुकरेती, मोहन राणा, कुमार अंबुज और भी कुछ नाम हो सकते हैं। उदयपुर से प्रकाशित 'कलापक्ष' के प्रवेशांक में मैंने विस्तार से लिखा है। वही नागपुर के 'लोकमत समाचार' के दीपावली विशेषांक में भी छप गया है। मराठी में भी वह अनूदित-प्रकाशित हुआ है। कृपया उसे ही मेरी पसंद-नापसंद का बयान मानें। मुझे बहुत सारे युवा प्रिय हैं। उसमें मैंने एक सूची दी है जिस पर कुछ एतराज भी उठाए गए हैं। जहाँ तक प्रभाव का सवाल है, सिर्फ पुराने ही नहीं, समकालीन और युवतम अच्छे कवि, हिंदी के ही

नहीं, अन्य भारतीय भाषाओं के कवि भी, और भारत के ही नहीं, विश्व-साहित्य के भी आप पर असर डालते ही होंगे, अक्सर आपके बिना जाने।

विष्णु जी, आज कविता का जो परिदृश्य है, उसमें आपको ऐसा नहीं लगता कि वे सारे कवि जो कल तक प्रगतिशील थे, आज किसी न किसी छिद्र से कलावाद में घुसना चाहते हैं या घुसने के चोर रास्ते खोज रहे हैं?

—किन कवियों की ओर आप इशारा कर रहे हैं, ठीक-ठीक समझना मेरे लिए मुश्किल है। वैसे देखें तो कवियों की तीन या कहिए चार पीढ़ियाँ इस समय एक साथ सक्रिय हैं और लिख रही हैं। पुरानी पीढ़ी के लोगों में नागार्जुन सबसे बड़े जीवित कवि हैं, फिर त्रिलोचन या आगे चलकर केदारनाथ सिंह, कुँवरनारायण। तो ये लोग तो जैसा तब लिख रहे थे, वैसा ही अब लिख रहे हैं। इसके बाद की पीढ़ी में विनोदकुमार शुक्ल, चंद्रकांत देवताले, ऋतुराज, जगूड़ी वगैरह या मेरी कविताएँ देखें—अगर आप मुझे कवि मानते हैं तो—वैसे यह कोई आवश्यक नहीं है कि मानें ही—या अशोक वाजपेयी को, तो यह फर्क उनकी तब की ओर बाद की कविताओं में शायद ही मिले। मुझे लगता है कि फर्क इसके बाद वाली पीढ़ी में ज्यादा लगता है, जिसमें सोवियत संघ के पतन के बाद जो हालात बने, उससे हकबकाए हुए या भौचक्के कवि हैं जो कभी कलावाद, कभी सामाजिक पृष्ठभूमि की ओर झुकते हैं। मगर जो आती हुई पीढ़ी है कुमार अंबुज, हेमंत कुकरेती जैसे लोगों को, वह मुझे इस मामले में ज्यादा सहज लगती है। उनके सामने शायद इस तरह का संकट और दोहरापन नहीं है। बल्कि उनका जो कविता का संसार है, उसमें कहीं उनके निजी दुख हैं, कहीं सामाजिक चिंताएँ, कहीं कैरियर या परिवार या भविष्य की चिंता, तो कहीं थोड़े ज्यादा अंतरंग या मस्ती लेने के क्षण। मगर कुंठा कहीं नहीं। वैसे कोई भी कविता या कला, न्यूनतम 'कलावाद' के बिना संभव नहीं है।

विष्णु जी, कौन-सा सवाल है जो आपको आजकल सबसे ज्यादा परेशान करता है?

—कि इस असंख्य सामाजिक, धार्मिक, मनोवैज्ञानिक, आर्थिक बीमारियों और महारोगों वाले गरीब देश भारत का भाग्य कैसे बदलेगा? आपको यकीन नहीं होगा प्रकाश जी, मैं अधिकतर लगातार अपने बारे में नहीं, कविता-कहानी या कला के बारे में नहीं, किसी दर्शन या विचार के बारे में नहीं, भारत के बारे में सोचता हूँ। इस पूरे देश के बारे में सोचता हूँ कि हमारा अब होगा क्या? रास्ता क्या बचा है? मैं इस देश के बारे में सोचने से खुद को रोक ही नहीं पाता। हालाँकि सोचता हूँ तो कई बार अजीब घबराहट और 'ब्रेकडाउन' के नजदीक की स्थिति आ जाती है। हमने करीब-करीब इस देश को एक तरफ जनशत्रुता और अन्याय के राक्षसी कारखाने में और दूसरी तरफ एक स्लम में, एक कूड़ाघर में बदल दिया है—मार तमाम गंदगी है, जैसे किसी नरक में रह रहे हों। मैं इनकी ओर इशारा करता हूँ तो कहा

यह जाता है कि मैं नीरद चौधरी या नागपाल की भाषा बोलने लगा हूँ। बताइए, इनकी ओर इशारा करना ही पाप है क्या? क्या इस देश की गलाजत की तरफ इशारा करना देशद्रोही या मानवद्रोही हो जाना है? क्या मैं भी उन लोगों में शामिल हो जाऊँ जो घर का कूड़ा चादर के नीचे, चारपाई के नीचे छिपाकर खुश हो जाते हैं और घर ऊपर-ऊपर से चमकता नजर आता है। इस तरह से रोग कभी खत्म होगा क्या? आप देखिए, इतने आदमी मरते हैं इलाज या प्राथमिक जरूरतों के अभाव में, इतने बच्चे मरते हैं, इतनी औरतों पर बलात्कार होता है, आप गिनिए तो प्रतिदिन करोड़ों अन्याय तो होंगे ही? मेरा ख्याल है, ज्यादा ही होते होंगे। और हमारे पास तो मार देने के बाद जमीन में गाड़ने की भी फुर्सत नहीं है—उठाकर लाखों मरे हुए ढोरों को हम नदी में फेंक देते हैं। यमुना को देखता हूँ, इसके काले और रोज-रोज कुछ ज्यादा सड़ते हुए पानी को तो आतंक महसूस होता है। इसका और हमारी सारी छोटी-बड़ी नदियों का क्या हाल कर दिया है हमने? यह हो क्या रहा है! क्या किसी को भी इसकी चिंता है? और प्रकृति को छोड़िए, तो क्या किसी को भूख से मरते हुए आदमी की चिंता है? आपको मालूम है, गेहूँ का क्या भाव है—आठ रुपये किलो! एक आदमी को कम से कम रूखी रोटी तो आप देंगे या नहीं? मगर कौन इसकी चिंता कर रहा है? बल्कि भूख से मरता हुआ आदमी आज हमारे एजेंडे पर ही नहीं है! अच्छा—आपको मालूम है चने बेचने वाले जो भुने हुए चने दिल्ली में बेचते हैं, क्या हिसाब बेचते हैं? चार रुपये के सौ ग्राम। मैं तो अक्सर खरीदता हूँ क्योंकि मुझे पीले चने पसंद हैं शुरू से, कभी-कभी मेरी जेब से निकलते हैं तो पत्नी हैरानी से पूछती है—यह क्या? तब मुश्किल से उसे समझा पाता हूँ कि चने मेरी पसंद है। और चने से जुड़ी हुई एक छोटी-सी घटना है जो मैं कभी नहीं भूलता। जब मैं दिल्ली में नया-नया आया था, मैंने किसी देहाती को चार आने के चने खरीदते देखा था। और जब चार आने के पचास ग्राम चने उसे दिए गए तो उसने दुखी होकर कहा, "बस, इतने ही?" उस देहाती का चेहरा मुझे आज तक नहीं भूलता। अब वही दो रुपए के आते हैं। हालात ये हैं। यह है महँगाई का ग्राफ और आज के आदमी की लाचारी! आप बताइए, ऐसे में है क्या कोई ऐसा आंदोलन जिसके साथ खड़े होने या जिसमें कूद पड़ने की आपको इच्छा हो? जिसके लिए जान देने को भी आप तैयार हो जाएँ, है कोई ऐसा नायक? आपको बताऊँ, जब-जब मैं बाहर से लौटता हूँ, अपने और अपने देश को देखकर एक ऐसी तकलीफ से हर बार शर्मिंदा होता हूँ जिसे व्यक्त करने के लिए शब्द काफी नहीं पड़ते। पूरी दुनिया के संदर्भ में अगर देखें तो आपको सच बताऊँ, हम कुछ नहीं हैं, हम कुछ भी नहीं हैं, हम सचमुच जानवरों से बदतर हैं और हमारे जीने या मरने में कोई फर्क नहीं हैं। लेकिन इसके लिए विदेश ही जाना अनिवार्य नहीं है। वह उसके बगैर ही दिखता है। हम पता नहीं, गर्व किस बात का करते हैं! हमारी शानदार बस्तियों के सामने हमारी आधी से ज्यादा आबादी कल्पनातीत बदहाली में रहती है तो हमें इस पर लज्जा क्यों नहीं आती? हमने उन्हें जानवर ही

बना दिया न! जानवरों को परदे की जरूरत नहीं होती! तो फिर हम किस बात का गर्व करते हैं? हम तो सच में अभी तक मनुष्य ही नहीं हैं बल्कि कभी-कभी मैं बच्चों से कहा करता हूँ कि हमें बुरे से बुरे हालात के लिए तैयार रहना चाहिए। सच तो यह है कि आज भिखारी और निम्न मध्यवर्ग की हालत में कोई विशेष फर्क नहीं। अगर आज हम पर कोई अप्रत्याशित संकट आता है तो जो हमारी आर्थिक स्थिति है, उसमें कुछ भी हो सकता है—कुछ भी।

विष्णु जी, आपके जीवन की सबसे बड़ी पहेली?

—(कुछ अचकचा कर) पहेली याने?

जिसे आप सुलझा न सके हों?

—(अद्‌भुत नाटकीयता के साथ हाथ चारों ओर घुमाकर) आखिर यह सब क्या है? (कहने के बाद बड़ी आह्लादक मुद्रा में मुसकाने लगते हैं।)

जब से दूरदर्शन आया है और ताकतवर हुआ है, बहुत-से लेखकों का मत यह बनने लगा है कि अब साहित्य नहीं रहेगा या कि उसकी जरूरत ही क्या है! और यह बात तो बार-बार दोहराई ही जाती है कि टी.वी. ने साहित्य के पाठक छीन लिए हैं। क्या आपको भी ऐसा लगता है?

—देखिए, यह सत्य है कि दूरदर्शन लोकप्रिय कितना ही हो जाए लेकिन साहित्य का 'रिप्लेसमैंट' वह नहीं हो सकता। साहित्य की जो जगह है, वह रहेगी—इसलिए भी कि किसी भी साहित्यिक कृति को ठीक-ठीक उसी प्रभाव के साथ दूरदर्शन पर दिखाना लगभग असंभव ही है। इसी तरह टी.वी. पर समाचार आते हैं या मान लीजिए कि बी.बी.सी. चौबीसों घंटे अगर समाचार दे रहा है तो क्या अखबार खत्म हो जाएगा? लोग अखबार पढ़ना बंद कर देंगे? न-न-न, कभी नहीं। ऐसा कभी नहीं होने वाला, क्योंकि श्रुत और दृश्य के बजाए पढ़े हुए शब्द का प्रभाव मन पर गहरा पड़ता है। उसे पढ़ते हुए हमारी कल्पना की आँख खुली रहती है और हर बार हम कुछ नया आविष्कार करते हैं। दूरदर्शन या सिनेमा छवियों को 'फिक्स' कर डालते हैं, कोई विकल्प रहने नहीं देते जबकि हर पाठक हर पठित को अपने अद्वितीय ढंग से पढ़ता है। यह आस्वादन ही निराला है इसलिए यह बात ठीक नहीं है कि टी.वी. पर सीरियल आ रहे हैं तो लोग साहित्य नहीं पढ़ेंगे या उपन्यास पढ़ना बंद कर देंगे। बल्कि इसके बावजूद हो तो उलटा रहा है, यानी विदेशों में ऐसे बहुत उदाहरण हैं कि अगर कोई सीरियल जनता में लोकप्रिय हो रहा है तो लोगों ने माँग की कि हम इसे उपन्यास के रूप में पढ़ने को उत्सुक हैं। जर्मनी में यूरेक बेकर के एक धारावाहिक के साथ ठीक यही हुआ, लेकिन जब प्रकाशक ने उनसे यह आग्रह किया कि वह इस पर आधारित उपन्यास लिख दें तो उन्होंने इंकार कर दिया। हाँ, यह अनुमति उन्होंने दे दी कि अगर कोई चाहे तो वह इस पर उपन्यास लिख सकता है—इस उल्लेख के साथ कि यह फलाँ धारावाहिक पर आधारित है। फिर ऐसा हुआ

कि उस पर उपन्यास लिखा गया और वह 'बैस्ट सैलर' हुआ।

और फिर साहित्य तो एक रहस्यमय आध्यात्मिक तथा सांस्कृतिक भूख को शांत करता है। दूरदर्शन का काम यह नहीं है। वह कुछ हल्की-फुल्की चीजें भर देता रह सकता है जो जितनी तेजी से आती हैं, उतनी ही जल्दी चली भी जाती हैं। हाँ, यह अलग बात है कि दूरदर्शन पर साहित्य के गंभीर कार्यक्रम हों। किताबों का या समीक्षा का कार्यक्रम दिया जा सकता है आधे घंटे का। जर्मनी में किताबों पर एक कार्यक्रम होता है। जिसमें मार्सेल राइष रानित्स्की जो जर्मनी के सबसे बड़े तो नहीं, हाँ सबसे सनसनीखेज आलोचक माने जाते हैं; सिर्फ पाँच मिनट किताबों के बारे में बोलते हैं और सारा देश उत्सुकता से सुनता है। और उनकी राय के आधार पर कौन-सी किताब पढ़ें या नहीं, लोग इसका फैसला करते हैं। वह किसी किताब को पूरी तरह नष्ट भी कर सकता है, आसमान में भी उठा सकता है। कोई वजह नहीं कि हमारे यहाँ ऐसे कार्यक्रम सफल न हों। इसी तरह दूरदर्शन पर गंभीर कविता पाठ के कार्यक्रम हों तो एक बड़ा पाठक वर्ग बनाने में सफलता मिलेगी।

विष्णु जी, आप उत्तर-आधुनिक हो गए? माफ कीजिए, यह सवाल इसलिए पूछ रहा हूँ कि इधर एक सज्जन जो खुद को उत्तर-आधुनिकता का प्रवक्ता मानते हैं, बड़ी उतावली से यह गिनती करने में लगे हैं कि कौन-कौन लेखक उत्तर-आधुनिकता के पाले में आ गया। अपने परिणामों से वे बड़े खुश और संतुष्ट भी नजर आते हैं।

—सच पूछिए तो जिस अर्थ में आधुनिकता और उत्तर-आधुनिकता का इस्तेमाल हिंदी में हो रहा है, उसमें तो मैं उत्तर-आधुनिकता तो छोड़िए, आधुनिक भी नहीं हूँ। मैं 'एंटी पोस्ट-माडर्निज्म' हूँ। मैं भारत के गरीब आदमी के पक्ष से तिल भर भी हटने के लिए तैयार नहीं हूँ। मेरे लिए सबसे बड़ा 'इज्म' आदमी है, अपने अस्तित्व और गरिमा के लिए लड़ता मेरे देश का मामूली आदमी।

आश्चर्य है, यह बात आप ऐसे वक्त कह रहे हैं जब शोषण, गरीबी, यहाँ तक कि समाजवाद तक पुरानी चीजें मान ली गई हैं। 'प्रगतिवाद' जैसे शब्द सिर्फ 'पिछड़ों' के मुँह में ही रह गए हैं और जो ज्यादा समझदार है, वे समाजवाद की अप्रासंगिकता की व्याख्या करने में जुटे हैं और यह हालत तो उनकी है जो कल तक जनवाद के अवाँगार्द समझे जाते थे। एक इमारत के गिरते ही, जिसमें खाने-पीने के बहुत-से छेद थे, वे झट से चूहों की तरह दूसरी इमारत की ओर दौड़ पड़े हैं, तो ऐसे हालात में...?

—तब तो अगर आज समाजवाद और प्रगतिवाद की चर्चा करने वाला कोई नहीं है, अगर कोई पार्टी, कोई आंदोलन गरीबों और वंचितों और दलितों के पक्ष में नहीं खड़ा है, तब तो यह खतरा और बड़ा है और तब इस बात को और ज्यादा जोर से और ताकत से, बार-बार कहा जाना चाहिए कि बहुत गरीबी, बहुत शोषण, बहुत अन्याय है हमारे चारों तरफ! जब भी जहाँ भी मौका मिले, हम यह कहने से न चूकें

ताकि जो लोग भूल गए हैं, उन्हें भी यह याद आए और यह लड़ाई जिसके बगैर हमारे देश का कोई भविष्य ही नहीं है, जारी रहे। वैसे एक बात मैं कहूँ, जब मैं अन्याय की बात करता हूँ तो यह कहे बगैर भी नहीं रह सकता कि एक आदमी जो कम्युनिस्ट बनता है तो वह कुछ विचारों, कुछ लड़ाइयों के साथ-साथ शायद कुछ अन्यायों को मिलाकर भी बनता है।

आने वाले वर्षों में हालात कैसे होंगे, आपको क्या लगता है? और आपको उम्मीद कहाँ से नजर आती हैं?

—हालात और खराब होंगे—यह तय है कि और मैं खुद को बहुत निराशा, बहुत हताशा से लगभग 'डिमेंट' कर देने वाली स्थिति में पाता हूँ और अगर दूसरे ऐसा नहीं महसूस करते तो मुझे आश्चर्य होगा। आप मुझे नकारात्मक आशावादी कह सकते हैं। उम्मीद तो बस यही है कि हम लोग—हम सब जो परिवर्तन चाहते हैं, मिलें। जितना भी, जिस भी स्तर पर संभव हो, मिलें और रास्ते खोजें—कम से कम दूसरे के सुख-दुख ही 'शेयर' करें या फिर अलग-अलग ही सही, पर अपने-अपने मोर्चे पर, अपनी-अपनी दुनिया में जितना भी अधिकतम, अपनी सामर्थ्य भर लड़ सकते हैं, लड़ें। इसके अलावा कोई और रास्ता मुझे नजर नहीं आता।...ये जो पत्रकार अपनी लड़ाइयाँ लड़ते हैं और हार जाते हैं, इतना शोषण और उत्पीड़न और दबाव उन्हें सहना पड़ता है, यह भी इसलिए कि उनमें खुद में कोई एकता, बड़े से बड़ा जोखिम उठाने का संकल्प नहीं रहा है और वे लोगों से कटे हुए हैं। अगर वे लोगों से जुड़ते तो मालिकों के आगे इतने लाचार क्यों होते? रास्ता यही है।

फिर जो लोग अभी से पूँजी के दखल तथा मंडी या बाजार के दबाव से त्रस्त हैं और आदमी के उपभोक्ता बन जाने की हालत को लेकर जिन्हें कुछ सूझ नहीं रहा, उन्हें शायद नहीं पता कि मल्टी-नेशनल कंपनियों के आने के बाद हालात और बिगड़ेंगे बल्कि यह पूरा का पूरा परिदृश्य एकदम बदल जाने वाला है। इसमें आदमी का कोई मतलब ही नहीं है, वह तो एक संख्या है, बस। बल्कि सैकड़ों, हजारों लोग किसी दुर्घटना में, अग्निकांड में या और किसी तरह खत्म हो जाएँ तो उनका क्या बिगड़ेगा? वे जरा भी परेशान नहीं होंगे। सोचेंगे इतने 'उपभोक्ता' नहीं रहे तो कोई और पैदा कर लिए जाएँगे। बलिदान को भी मैं कोई बड़ा मूल्य नहीं मानता। यह तो सिर्फ भावुकता है, बल्कि अनजाने ही दूसरे हाथों में खेल जाना है। अपने आपको न्यूनतम समझौतों के साथ बचाए रखना और लड़ना मुझे कहीं बेहतर लगता है। अच्छा, फर्ज कीजिए अगर आज कुछ करोड़ जनता 'बलिदान' दे दे तो क्या होगा? यकीन मानिए कि राजनेता और पूँजीपति बहुत खुश होंगे कि चलिए, इतने 'अनुत्पादक' लोगों से तो पिंड छूटा, अब उनसे कोई खतरा नहीं है। तो इस तरह का बलिदान भी बहुत बार मानवता के शत्रुओं के हाथ में खेल जाना है। इसलिए कोशिश तो यही रहनी चाहिए कि आप खुद को जितना अधिकतम दाँव पर लगा

सकते हैं, लगाकर लड़ते रहिए और खुद को खत्म होने से बचाए भी रखिए।

आज के समय और हालात पर आपकी टिप्पणी? यानी यह वक्त जिसमें आप जी रहे हैं और लिख रहे हैं, कुछ मिलाकर कैसा लगता है आपको?

—यह सचमुच उदास और निराश कर देने वाला अभूतपूर्व संकट का दौर है जब सभी को सब-कुछ पता है, सभी रास्ता बता सकते हैं, मगर कोई कुछ कर नहीं पा रहा। यह एक भ्रमित दौर है जिसमें किसी पर यकीन करना मुश्किल है और यह कह सकना भी उतना ही मुश्किल है कि कल क्या होगा, क्या हो सकता है? और अगर आपके साथ कभी कुछ हुआ, तो आपके साथ खड़ा होने वाला एक व्यक्ति भी होगा, यह भी ठीक-ठीक कहना मुश्किल है। मानव मूल्यों का कोई अर्थ रह गया नहीं लगता है। फार्मूला यह है कि कहीं कोई गहरा समझौता कर लीजिए और एक सेमिनारी या ड्राइंगरूमी सामूहिक, संभ्रांत वैचारिक पाखंड में मूल्यों की बात करते रहिए। नाम किसी का मत लीजिए। थ्योरी में ही रहिए। अगर आप किसी भौतिक, शारीरिक संकट में फँस गए, मान लीजिए, कोई गंभीर घरेलू समस्या है या कोई रोग ही है तो या तो आप कहीं से लाख, दो लाख रुपए लाइए या फिर सीधे-सीधे बर्बाद होने या मरने को तैयार हो जाइए। मेरे एक कवि-मित्र, जिनकी कविताओं में बड़ा आत्मिक संसार है आज के आदमी का, गुजरे तो उनकी पत्नी को उनके दफ्तर में गरिमाशून्य काम करना पड़ा। क्या आप यकीन करेंगे? जिस समाज में लेखक की यह स्थिति हो और उसे लेकर किसी को शर्म महसूस न होती हो, उसके बारे में कहा ही क्या जा सकता है! और सवाल सिर्फ लेखक का नहीं है।

विष्णु जी आपके जीवन की कोई अधूरी महत्त्वाकांक्षा जिसकी वजह से आप परेशानी महसूस करते हों?

—हाँ, मैं लिखना चाहता हूँ। मैं बहुत-सी चीजें लिखना चाहता हूँ जिन पर लिखना बहुत समय से स्थगित करता आया हूँ। खासकर कुछ किताबों पर समीक्षात्मक लेख। अपने पसंद के कवियों पर लिखना चाहता हूँ। मैं चाहता हूँ कि थोड़ी फुर्सत मिले तो पत्रकारिता पर वह उपन्यास मैं लिख डालूँ जिसका खाका मेरे भीतर बन चुका है। दो उपन्यास और भी जेहन में हैं। लगता है, थोड़ी फुर्सत, थोड़ी निश्चिंतता मिले तो बड़े मजे से मैं उन्हें लिख सकता हूँ और मुझे यकीन है, वे कुछ अलग हटकर और शायद मेरे लिए महत्त्वपूर्ण भी होंगे। क्योंकि उनमें सीधे-सीधे जिंदगी है, जी हुई जिंदगी की कथाएँ हैं। और यह मुझे जरूरी इसलिए लगता है कि लिख तो आप कुछ भी सकते हैं, 'क्राफ्ट' और तकनीक से उसे बना सकते हैं, मगर उसके लिए 'रॉ मैटीरियल' यानी कच्चे अनुभव तो आपको सीधे-सीधे जिंदगी से ही उठाने होंगे, वरना बात नहीं बनती। अब मेरे मित्र हैं वासुदेव झा—उसके पास इतने अनुभव, इतनी कथाएँ हैं जिंदगी की, जिन्हें वे सुनाते रहते हैं, कि मैं उसने कहता हूँ, "आप इन्हें लिखिए! कम से कम दो-तीन उपन्यास तो आपके पास हैं, आपको इन्हें लिखना चाहिए।" लेकिन वे नहीं लिखते। तो इन उपन्यासों के अलावा और

भी कुछ चीजें हैं जिन्हें लिखने के लिए मुझे पूरी फुर्सत चाहिए। समय चाहिए और एक तरह की आर्थिक निश्चिंतता कि उस दौर में मैं कम से कम घर चलाने के लिए रोज-रोज कमाने-धमाने की चिंताओं से दूर रहकर लिखूँ—अधिकांश समय लिखने में लगाऊँ! हालाँकि मुझे यह भी लगता है कि यह मुश्किल है, करीब-करीब असंभव है कि ऐसी फुर्सत या निश्चिंतता मुझे मिल जाए! हिंदुस्तान में ऐसी चीजें शायद लेखकों को सोचनी ही नहीं चाहिए—या सोचते हुए डर लगता है! लोगों ने सब कुछ करते हुए लिखा ही है।

और अब आखिरी सवाल! आने वाले लेखकों से कुछ कहना चाहेंगे?

—हाँ, यही कि लिखिए, लिखिए, लिखते रहिए। लिखने का कोई भी मौका मत चूकिए और यदि आप गैर-साहित्यिक चीजें लिखते हैं तो एक जागरूक रणनीति के तहत लिखिए और प्रकाशित करवाइए और सभी तरह के लेखन के बारे में बगैर यह सोचे कि अजी साहब, कौन इसे पढ़ेगा और पढ़ भी लिया हो तो क्या हो जाएगा, यह सब भूलकर लिखिए। क्या पता, आपका लिखा हुआ कौन-सा शब्द, कौन-सा नीमकश तीर, किसके भीतर क्या चीज पैदा कर दे? पता नहीं, कब कौन आपके किसी शब्द को लेकर चल पड़े और सचमुच कोई उससे भी बड़ा काम करके दिखा दे। शायद कुछ हो ही जाए! लेकिन हाँ, खराब लिखने से बचिए।

और जहाँ कुछ भी करने या न करने के बीच संदेह हो, तो वहाँ मैं गांधी के एक वाक्य को आदर्श मानता हूँ और जो यह सादा-सी बात गांधी कह गए, उसे क्या कोई मार्क्स कहेगा—कि अगर तुम्हारे सामने निर्णय का संकट हो तो सबसे पहले यह सोचो कि जो काम तुम करना चाहते हो, उसे करने से क्या देश के सबसे कमजोर और वंचित आदमी का फायदा होगा? और अगर वह उसके पक्ष में है तो बगैर किसी संदेह के, पूरे मन और पूरी ताकत से उसे करो—वर्ना त्याग दो।

प्रकाश जी, फिलहाल इस भारतीय समाज में, मुझे अपने लिए इस वक्तव्य से बढ़कर पथ-प्रदर्शक कुछ और नहीं लगता, शायद आने वाले कुछ लेखकों को भी ऐसा ही लगे। हालाँकि मैं यह भी मानने के लिए तैयार हूँ कि कई तरह का लेखन सार्थक होता है, नितांत एकांतिक भी। सभी तरह का अच्छा लेखन वांछनीय है, लेकिन मैं भारतीय समाज को, अपने लोगों को, कभी नजरअंदाज नहीं कर सकता।

...विष्णु जी जब ये शब्द कह रहे थे, उनकी आवाज में हल्की कँपकँपाहट थी और दिन भर बोलने की थकान के बावजूद उनकी आँखें चमक रही थीं।

मैं कागज-पत्र समेटकर सीढ़ियों से उतरा तो लगा, विष्णु खरे मेरे साथ-साथ उतर रहे हैं—फर्क सिर्फ यह है कि अब वे मेरे भीतर समा गए हैं।

□□□

कबीर-विमर्श

जब वह अनहद गरजेगा, ये सारे भूत भाग जाएँगे!

कबीर की चिंताओं से लेकर आज के वक्त और लड़ाइयों को समेटती लंबी, अनौपचारिक बातचीत

कबीर हिंदी कविता के सबसे बड़े विद्रोही कवि हैं और जीवन और जीवन-यथार्थ की उनकी समझ इतनी पैनी और साफ है कि उन्हें बेशक हिंदी का 'पहला जनवादी कवि' कहा जा सकता है। या कहें हिंदी में उनसे बड़ा 'जनता का कवि' कोई दूसरा नहीं हुआ।...लेकिन इसके बावजूद यह हिंदी साहित्य और इतिहास की एक लज्जाजनक करुण विडंबना ही कही जाएगी कि ऐसी कद्दावर शख्सियत वाले जबर्दस्त क्रांतिकारी और दुस्साहसी कवि को एक लंबे अरसे तक विस्मृति के गर्त में डाल दिया गया। और लगभग पाँच सौ सालों तक एक कवि के रूप में कबीर न सिर्फ अंधकार में रहे, बल्कि यह मान लिया गया कि कबीर का जो भी महत्त्व है, वह महज कबीरपंथियों के लिए है। यानी वे धर्म-गुरु मात्र थे, उनकी कविता विचार करने लायक नहीं है।...इतिहास का यह एक चमत्कार ही कहा जाएगा कि आधुनिक काल में रवींद्रनाथ ठाकुर ने बाउलों के गीतों में कबीर को पाया, तो कबीर फिर हमारे सामने आए और लगभग सारे भारत का ध्यान उनकी तरफ गया। लेकिन हिंदी साहित्य के अभिमानी जातिवादी पंडितों ने एक सांस्कृतिक-वैचारिक दुरभिसंधि और अल्पज्ञता के कारण अपमानजनक ढंग से उन्हें साहित्य की सबसे निचली सीढ़ी पर बैठाया; मानो कबीर जैसे खुरदरी शख्सियत वाले अनपढ़ 'अस्पृश्य' कवि को कवि मानकर वे उन पर कोई अहसान कर रहे हों।...आचार्य हजारीप्रसाद द्विवेदी की आत्मीय और आवेगपूर्ण व्याख्या ने कबीर की कविता के गहरे मर्म और शक्ति को हमारे आगे खोला। यह एक बड़ा काम था और उसके बाद कबीर हमारे

दिलों और हिंदी साहित्य में इतनी मजबूती से पैठ गए हैं कि तब से उन्हें कोई हिला नहीं पाया। और आश्चर्य यह है कि एक विद्रोही कवि और विचारक के रूप में कबीर का कद दिनोदिन बढ़ता जा रहा है और हर दिन वे हमारे लिए कहीं ज्यादा प्रासंगिक नजर आते हैं।

आखिर कबीर के इस चमत्कारी व्यक्तित्व और कविता की इस जादुई आकर्षण-शक्ति का राज क्या है? वे क्यों दिनोदिन इतने महत्त्वपूर्ण होते जा रहे हैं? हमारे समतामूलक समाज की कल्पना में क्या उनसे कोई प्रेरणा मिल सकती है? और इससे भी बढ़कर एक सवाल यह है कि क्या कबीर की कविता में एक समतामूलक समाज का नक्शा छिपा हुआ है? कबीर के दलित-विमर्श या 'दलितीकरण' की शक्ति और सीमाएँ क्या हैं? कबीर की लड़ाई क्या आज भी जारी है—अगर है, तो वह किस रूप में है और खुद कबीर उसमें कितने मददगार हो पाते हैं?...और इसके साथ ही एक पुराना सवाल यह भी कि सूर, कबीर, तुलसी की इस महान कवि-त्रयी में कबीर का ठीक-ठीक स्थान क्या है?...इन सब सवालों का जवाब पाने के लिए हमने विष्णु खरे से बातचीत की, जिनके व्यक्तित्व और कविता में एक अजब-सा 'कबीरी तेवर' है और पिछले दिनों उन्होंने कबीर का विशेष अध्ययन भी किया है। कबीर और कबीर से जुड़े हुए सवालों का जवाब देते हुए या कबीर को हमारी आज की सामाजिक, राजनीतिक, सांस्कृतिक लड़ाइयों से जोड़ते हुए विष्णु खरे अपनी गहरी, आविष्ट भाषा में तल्लीन होकर बोल रहे थे तो कबीर की कविता के नए-नए अर्थ और व्याख्याएँ खुद-ब-खुद सामने आती थीं। यह ऐसा अनुभव था कि कई बार तो चकित और स्तब्ध तक रह जाना पड़ा।

30 जनवरी, 2000 को विष्णु जी के निवास (ए-33, नवभारत टाइम्स अपार्टमेंट्स) पर हुई यह बातचीत दोपहर बारह बजे से शुरू होकर कोई आठ, साढ़े आठ घंटे तक चली, जिसमें कबीर की कविता के तमाम शेड्स के साथ-साथ कबीर पर हुए नए-पुराने विमर्शों पर भी खुलकर लंबी और अनौपचारिक चर्चा हुई। यह बातचीत यहाँ अविकल रूप में पेश की जा रही है :

चलिए विष्णु जी, सबसे पहले कबीर की प्रासंगिकता से शुरू करें। मैं जानना चाहूँगा कि कबीर के व्यक्तित्व में ऐसा क्या चमत्कार या कहा जाए कि ऐसी असाधारण जादुई ताकत है कि उनका कद दिनोदिन बढ़ता चला जा रहा है। अभी तक हिंदी साहित्य में जैसे सर्वसम्मति से मान लिया गया था कि सूर, कबीर, तुलसी में सूर या तुलसी पहले-दूसरे दर्जे के हैं और तीसरा दर्जा कबीर के लिए छोड़ा गया है। लेकिन अचानक यह क्या हुआ कि देखते ही देखते कबीर न सिर्फ हिंदी कविता के केंद्र में आ गए हैं, बल्कि उनकी प्रासंगिकता हर रोज बढ़ रही है।...तो कबीर के साथ ऐसा कैसे होता है विष्णु जी? आपको क्या लगता है?

—प्रकाश जी, हिंदी साहित्य के इतिहास में कबीर को क्या माना जाता रहा है या कि क्या दर्जा उनका रहा है या बना दिया गया है—इसकी चर्चा बाद में। पहले मैं अपनी बात बता दूँ कि मैंने सूर या तुलसी को कबीर से बड़ा कवि नहीं माना। मैं उनसे कभी बहुत ज्यादा प्रभावित नहीं रहा। मुझे हमेशा कबीर ही मुग्ध करते रहे हैं और मैं उन्हें निःसंकोच हिंदी का सबसे बड़ा कवि मानता हूँ।

और सुर, तुलसी...? उनकी सीमाओं के मुतल्लिक आप क्या कहेंगे? इसलिए कि कबीर के मूल्यांकन और तुलना के लिए एक अच्छा-बुरा कैसा भी सही, आधार तो वे हैं ही।

—इनमें जहाँ तक सूर की बात है, उन्हें तो सच पूछिए तो मैं बहुत बड़ा कवि नहीं मानता। सूरदास की सीमाएँ साफ हैं, वे बहुत निजी किस्म की भक्ति करते हैं।...आप देखिए, सूर के कवि की मानसिकता क्या है, बुनावट क्या है? कृष्ण उनके आदर्श हैं या कहिए कृष्ण उन्हें बेहद प्रिय हैं और वे बाकी सारी दुनिया से कटकर कृष्ण में पूरी तरह से 'एब्सॉर्ब्ड' हैं। यानी सूर में तनाव कहीं नहीं है। जो जीवन के तमाम तरह के अभावों और समस्याओं से उत्पन्न तनाव हैं, वे सूर में बिल्कुल नजर नहीं आते। इसलिए सूर मुझे कभी बहुत ज्यादा प्रासंगिक लगे ही नहीं। आप कह सकते हैं, हर प्राचीन काव्य को पढ़ते हुए कहीं न कहीं एक सवाल मेरे जेहन में जरूर आता है कि आज इसकी प्रासंगिकता क्या है?...तो सूर में यह प्रासंगिकता मुझे कहीं नजर नहीं आई। इनके बारे में सिर्फ इतना ही कहा जा सकता है कि वे पूरी तरह अपने कृष्ण से वाबस्ता है...

सूर के साथ दिक्कत क्या है कि उन्होंने मुख्यतः कृष्ण के बचपन और यौवन को ही लिया है। कृष्ण के योद्धा रूप में उनकी कोई रुचि नहीं है।...कृष्ण का अगर महाभारतीय रूप भी उन्होंने लिया होता—चाहे थोड़ा-बहुत ही सही, तो भी मेरी कुछ रुचि उनमें होती। पर उन्होंने केवल श्रीमद्‌भागवत के कृष्ण को लिया, उसी को 'बेस' बनाया। बिल्कुल निजी किस्म की उनकी भक्ति है जिसकी आज कोई प्रासंगिकता मुझे नहीं लगती।

पर...दूसरी तरह से सोचें तो विष्णु जी, क्या आपको नहीं लगता कि सूर ने जिस वात्सल्य और शृंगार का चित्रण किया है, वह तो हमारे इसी जीवन की चीज है और रोज-रोज अनेक रूपों में हम उसका साक्षात्कार करते हैं। तो सूर के बारे में यह जो कहा जाता है कि सूर ने वात्सल्य और शृंगार का कोना-कोना छान मारा है, यह उन्हें कहीं न कहीं आज के जीवन में ले तो आता ही है।...नहीं?

—पर उसके लिए मेरा सवाल है कि हम सूर के पास ही क्यों जाएँ? फिर तो बहुत से कवि हैं...मसलन उद्दाम शृंगार के लिए रीतिकालीन कवि ही क्या बुरे हैं। सूर जो जीवन का—इस विराट जीवन का एक छोटा-सा हिस्सा लेते हैं, इससे

उन्होंने खुद ही अपने आपको एक छोटी परिधि में कैद कर लिया। सूर के काव्य में निस्संदेह रस तो है, माधुर्य है, पर आप वहाँ कितनी देर ठहरेंगे?...वहाँ कृष्ण के सिवा कुछ और है ही नहीं। और सूर की स्वयं की क्या स्थिति है? वे ज्यादा से ज्यादा उद्धव हैं या सुदामा...या कहिए कि उद्धव और सुदामा के बीच वे कहीं हैं। लेकिन यह भी है कि शायद यह सूरदास की त्रासद नेत्रहीनता के कारण हो—किसी ने उस तरह पड़ताल नहीं की है।

और तुलसीदास...?

—तुलसीदास का केनवस तो प्रकाश जी, निश्चय ही सूर की अपेक्षा बहुत बड़ा है और अपनी समझ से वे इस पूरे जीवन को, उसके हर पक्ष को समेटने की कोशिश करते हैं। पर तुलसी में जो चीज मुझे सबसे खराब लगती है, वह है तुलसी की राम को लेकर अंध भक्ति जो कि एक तरह से दासता के स्तर की है। यह राम के प्रति सौ प्रतिशत समर्पण है। दीनता से भरा हुआ समर्पण।...एक ऐसी दीनता कि आप हर चीज के लिए मर्यादा पुरुषोत्तम राम के आगे गिड़गिड़ाते हुए जाते हैं। यह चीज मुझे बिल्कुल अच्छी नहीं लगी और बार-बार तुलसी से दूर ले जाती रही। यानी आप कह सकते हैं, इतना दैन्य भाव तो सूर के यहाँ भी नहीं है जितना तुलसी के यहाँ है। सूर फिर भी इससे काफी हद तक बचे हुए हैं...

पर ऐसा नहीं विष्णु जी, सूर के यहाँ भी मिलता तो है कि 'प्रभु, हौं सब पतितन को टीकौ!' और भी ऐसे पद मिल जाते हैं जो...

—पर, ये कम हैं, बहुत कम। जबकि तुलसी में तो दैन्य भरा हुआ है और यह चीज मुझे कभी अच्छी नहीं लगी। यह इसके बावजूद कह रहा हूँ कि एक समय में मैंने रामचरितमानस का काफी अध्ययन किया था। गोरखपुर से मैंने रामायण की परीक्षाएँ पास कीं। तुलसी के रामचरितमानस का एक पूरा कांड मुझे याद था जो वैसे भी परीक्षा के लिए अनिवार्य था। लेकिन जैसे-जैसे मैं बढ़ता गया, तुलसी मेरे चित्त से उतरते गए और उनका जो भी थोड़ा-बहुत प्रभाव मुझ पर था, खुद-ब-खुद फीका पड़ता गया।...फिर एक और बात! सूरदास में अपने इष्ट के प्रति जैसा भी भाव है, उसे आप प्रतिक्रियावादी नहीं कह सकते...या सूर को आप प्रतिक्रियावादी शक्तियों के साथ खड़ा हुआ नहीं देख सकते। पर तुलसी में यह है, चाहे शूद्रों या स्त्रियों को लेकर हो या सत्ता को लेकर हो, एक तरह का प्रतिक्रियावाद उनमें मिलता है और बहुत बार वे हिंदू मनुवादी प्रतिगामी शक्तियों के साथ खड़े नजर आते हैं।

...सूरदास चूँकि समाज में नहीं गए, तो समाज की इन बुराइयों से भी बचे रहे। बहुत सारे दोषों से भी उन्हें मुक्ति मिल जाती है। मसलन सूर वर्णाश्रमवादी थे, यह आप नहीं कह सकते। या वे शूद्र और नारी को हीनतर मानते थे, यह आप नहीं कह सकते। पर तुलसी को पढ़कर आप यकीन से कह सकते हैं कि व्यक्ति तुलसी में यह चीज है। तुलसीदास समाज में हस्तक्षेप करते हैं, लेकिन दुर्भाग्य से

वे प्रतिक्रियावादी ताकतों के साथ खड़े नजर आते हैं।...एक बहुत ही रुग्ण किस्म का दैन्य है तुलसी के अंदर जो अक्सर 'नायक पूजा' की शक्ल लेता है और कभी हमें अपने पैरों पर पूरी ताकत से खड़ा नहीं होने देता।

ऐसा है विष्णु जी, भक्त या साधक के जिस समर्पण की बात आप कर रहे हैं, यह तो भक्ति-काल की एक सामान्य विशेषता है या इन कवियों की भक्ति का रूप हैं। अगर आप ढूँढ़े तो यह सूर, कबीर, तुलसी तीनों के यहाँ थोड़े-थोड़े फर्क रूपों में मिल जाएगा।...क्या आप यह नहीं मानते?

—(दृढ़ता के साथ) नहीं, इसमें फर्क है...तुलसी का समर्पण एक दास का समर्पण है जिसमें पूरी तरह दासता का भाव है। यहाँ भक्त का अपना 'मैं' या अपनी सत्ता बिल्कुल नहीं रह जाती, जबकि सूर में अपने इष्ट के साथ थोड़ी छेड़छाड़ भी है।...आप कह सकते हैं सूर के यहाँ कृष्ण के लिए थोड़ा 'सखा भाव' या कहीं-कहीं एक तरह की दोस्ती भी है। सूर ने इस दास्य भाव की भक्ति की बजाए प्रेम को लिया तो उनके काव्य में एक तरह की ताजगी भी है...पर तुलसी के यहाँ तो यह सारी सचराचर सृष्टि सेवक के रूप में राम के आगे हाथ जोड़े खड़ी, गिड़गिड़ाती नजर आती है। मैं अपनी कह सकता हूँ कि शायद इसीलिए तुलसी मुझे एक कवि के रूप में कभी बहुत अधिक पसंद नहीं आए। बल्कि तुलसीदास इस बात के लिए भी दोषी हैं कि हिंदी रामचरितमानस के जरिए उन्होंने नायक-पूजा का दासत्व चला दिया और समाज को आगे ले जाने के बजाए, सदियों पीछे धकेल दिया। तो जैसा 'सरंडर' तुलसी में है, वह किसी और कवि में नहीं है और इसीलिए तुलसी मुझे कभी बहुत पसंद नहीं आए।

क्या ऐसा नहीं लगता आपको कि तुलसी ने यहाँ-वहाँ की सारी विशेषताएँ इकट्ठी करके अपने राम को एक आदर्श बनाया और अपने उस आदर्श नायक के जरिए वे समाज को, जो कि उस समय कमजोर, विघटित और क्षयग्रस्त समाज था, एक आदर्श समाज में बदलने की कोशिश की।

—मुझे समझ में नहीं आता, कैसा आदर्श और कौन-सा समाज, और इस बहाने वे क्या काम करते हैं?...चलिए, यही मान लिया जाए कि तुलसी के राम आदर्श हैं। तो बताइए वे कौन-सी लड़ाई की प्रेरणा देते हैं? क्या मुसलमानों के कथित आतंक से बचने के लिए वे कहते हैं कि हिंदुओ, तुम घर में छिपकर अलग-थलग बैठे रहो और भीतर से अपने आपको मजबूत करो...जैसा कि अक्सर कहा भी जाता है छिपे या प्रकट तौर पर!...मैं जानना चाहता हूँ कि हिंदुओं को संगठित करके तुलसी कौन-सा काम करना चाहते थे और क्या ऐसा कोई काम वे कर पाए? उनका लक्ष्य हमेशा सवर्ण हिंदू रहा, पूरे समाज का अहसास उनमें कहा है?

यहाँ हिंदू-मुसलमान की बात न भी करें विष्णु जी, तो भी इतना कहा ही जा सकता है कि एक समाज जो विघटित और पतनोन्मुख था, उसमें व्यक्तिगत

चारित्रिक गुणों और पारिवारिक-सामाजिक आदर्शों की स्थापना की कोशिश तुलसीदास ने की...कि तुम राम की तरह बनो या भरत की तरह बनो या सीता की तरह बनो! यह भाव पैदा करना खुद में समाज को बहुत सी बुराइयों से बचाना था। तो इस रूप में समाज को रास्ता दिखाने का काम तो तुलसी ने किया, फिर उनकी जो चाहे सीमाएँ रही हों।

—देखिए, इसका जवाब तो यह है कि जब एक कवि के रूप में तुलसी की भूमिका और कामों पर हम विचार करें, तो न भूलें कि उनसे कोई दो सौ साल पहले कबीर हो चुके थे। और जरा याद कीजिए, क्या काम किया था कबीर ने? कैसा अपराजेय साहस था उनमें! कितनी बड़ी दृष्टि थी उनकी! कितना बड़ा फलक है उनकी कविता का! उनकी तुलना में तुलसी कहाँ खड़े हो पाते हैं? कबीर की क्रांतिकारिता का एक छोटा हिस्सा भी उनमें नहीं है। बल्कि वे तो उलटे कबीर ने जो काम किया था, उसे बरबाद करते हैं। और यह अनजाने नहीं था, जान-बूझकर उसे नकारने की प्रवृत्ति उनमें है क्योंकि तुलसी कबीर के मुकाबले छोटे कद और छोटे सोच के कवि हैं, जिन्हें सिर्फ हिंदुओं से मतलब है और हिंदुओं में भी वैष्णवों और सवर्णों से। दलितों के लिए मुझे आप बताइए, क्या है तुलसी के पास? क्या संदेश है उनके पास? यही कि सवर्ण की शरण में जाओ तो बचे रहोगे। इसे क्या उचित मानते हैं आप?...जबकि कबीर हिंदू और मुसलमान दोनों को ललकारता है, फटकारता है, उन्हें उनकी बुराइयों के बारे में बार-बार चेताता है। सोचिए, कितना बड़ा खतरा वह उठा रहा है जबकि तुलसी घुमा-फिराकर फिर वही सब बुराइयाँ ले आए। वे बस केवल हिंदुओं को ही देखते हैं और शुतुरमुर्ग की तरह रेत में सिर धँसाकर उलटे खड़े हो जाते हैं।...तो तुलसी तो प्रकाश जी, केवल हिंदुओं के कवि हैं और वहाँ भी वे ज्यादातर सवर्ण और वैष्णव सोच में डूबे हुए हैं।

कबीर और तुलसी के राम की तुलना करें तो आप देखिए, कबीर के राम कितने बड़े हैं और उनमें सभी के लिए जगह है, चाहे वे हिंदू हों या मुसलमान या संसार की कोई भी आस्था। पर तुलसी के यहाँ उनके राम भले ही मर्यादापुरुषोत्तम हों, मगर वे सिर्फ हिंदुओं के हैं। इससे दूसरों को क्या मतलब?...यह एक तरह से कबीर के कामों को छोटा करना है, नकार देना है बल्कि राम का योद्धा-रूप भी यहाँ दबा हुआ है। और वे एक वैष्णव किस्म की कुलीनता की गिरफ्त में नजर आते हैं। बताइए, कौन सी लड़ाई की प्रेरणा उनसे मिलती है? सिर्फ यही न कि वर्णाश्रमवादी हो जाओ और ब्राह्मणों को सिर पर बिठा लो!...यह प्रतिक्रियावाद हुआ कि नहीं?

लेकिन तुलसी के नायकत्व की एक दूसरी संभावना भी देखिए विष्णु जी। हो सकता है, एक बड़े समाज को दिशा देने के लिए उन्होंने राम के रूप में उसी तरह एक नायक गढ़ा हो, जैसे हम कहानी-उपन्यास वगैरह में गढ़ते हैं, ताकि हम अपनी बातें कहीं ज्यादा साफ और कल्पनाशीलता से कह पाएँ। जाहिर है,

निर्गुण पूजा के बजाए आम जनता को ये चीजें कहीं ज्यादा समझ में आ जाती हैं कि अच्छा, भरत ऐसे भाई थे...कि अच्छा, लक्ष्मण भी राम के साथ वन में गए थे...कि राम ने शबरी के जूठे बेर खाए...वगैरह-वगैरह।

—मैं शायद आपकी बात समझ गया पर कबीर की चिंताएँ जितनी बड़ी थीं और जितना-कुछ उन्होंने समेट लिया था, उसे देखें तो तुलसी की चिंताएँ बहुत छोटी लगती हैं और वे उनके आगे बहुत छोटे कवि लगते हैं। पहली बात तो यही है कि मुसलमान तुलसी के लिए मानो हैं ही नहीं। तुलसी की पूरी कविता भी देखिए तो हमारे समाज में मुसलमानों की उपस्थिति के बारे में वहाँ कितना पढ़ने को मिलता है, जबकि कबीर को आप पढ़ते हैं तो आप समझ पाते हैं कि हिंदू और मुसलमान मिलकर यहाँ रच-बस गए हैं।...यहाँ तक कि उनके बारे में यह तक पता चलता है कि उनका कितना पतन हो चुका है और उनमें क्या-क्या बुराइयाँ आ चुकी हैं। यह कबीर का ही साहस था कि वे हिंदू या मुसलमान में से किसी एक को नहीं, बल्कि दोनों के मिलने से बने एक पूरे समाज को संबोधित करते हैं। उनके सरोकार निश्चय ही बहुत बड़े हैं। और उसके लिए वे पहले खुद को 'लिबरेट' करते हैं कि मैं मुसलमान नहीं हूँ! आप सोचिए, उनके समय में यह कितनी बड़ी बात रही होगी। इससे कबीर की कद्दावर शख्सियत और बड़ी चिंताओं का पता चलता है।

कबीर की तुलना में तुलसी सिर्फ एक छोटे सैक्टर के कवि हैं। हिंदू सवर्णों के कवि, जिनके लिए मुसलमान हैं ही नहीं। जबकि आप देख रहे हैं कि मुसलमान तो तुलसी से दो सौ साल पहले कबीर के समय में मौजूद थे और कबीर उन्हें बराबर संबोधित कर रहे हैं। लेकिन तुलसी उनसे बराबर आँख मूँदे बैठे हैं मानो आँख मूँद लेने से उनकी उपस्थिति नहीं रहेगी।...तो इस तरह तुलसी तो हिंदी के सबसे बड़े प्रतिष्ठानवादी कवि हैं। वे हिंदू एस्टेब्लिशमेंट के प्रतीक हैं जो धनी और सवर्ण जातियों से मिलकर बनता है, जहाँ दलितों के लिए कोई जगह नहीं है तथा जहाँ उन्हें पैरों से रौंदा जाता है। तुलसी इतने बड़े वर्ग की पीड़ा को, मुझे बताइए, कहाँ महसूस करते हैं जबकि दूसरी ओर कबीर हमारे पास मौजूद हैं, जो तुलसी से दो सौ बरस पहले कितना कुछ कह गए हैं और कैसी ललकार हमारे शब्दों में भर गए हैं!...कबीर कोई मामूली हस्ती नहीं थे। कबीर सौ शेरों का कलेजा लेकर पैदा हुए थे। इसीलिए कथित रूप से अनपढ़ होते हुए भी, वे किसी बड़ी से बड़ी गूढ़ता से नहीं डरते। बड़े से बड़े शास्त्र की परवाह नहीं करते। वे एक तरफ वेद को उठाकर फेंकते हैं, दूसरी ओर कुरान को उठाकर फेंकते हैं और कहते हैं कि दोनों बेकार हैं। आप सोचिए, यह उस समय कितनी मुश्किल लड़ाई रही होगी, जबकि कबीर क्या थे? सिर्फ एक मामूली जुलाहा ही न! एक ओर सामंतों का दबाव उन पर रहा होगा, दूसरी ओर हिंदुओं के धर्माचार्यों और मुसलमानों के मुल्ला-मौलवियों का। मगर वे किसी की परवाह नहीं करते और कविता में जैसे आग उगलते दिखाई देते हैं...

हालत यह थी कि उन्हें कोई चाहता तो आराम से मरवा भी सकता था। तब हममें से किसी को पता ही न चलता कि आज से छह सौ साल पहले कोई कबीर नामक आदमी पैदा हुआ भी था कि नहीं!...पर नहीं, वे इस सबकी परवाह नहीं करते। और एक तरह से नंगी तलवार के साए में खड़े होकर बिल्कुल निर्भय और बेखौफ होकर अपनी बात कहते हैं और एक तरह का मौनुमेंटल काम कर दिखाते हैं, जैसा कभी गैलीलियो ने किया था...कि सब ईसाई पादरियों और धर्माचार्यों को चुनौती देकर घोषणा की थी कि अफलातून, सुकरात और बाइबिल कुछ भी कहें, सूर्य पृथ्वी का चक्कर नहीं लगाता। सच यह है कि पृथ्वी सूर्य की परिक्रमा करती है। कुछ-कुछ यही साहस हमें कबीर में नजर आता है जबकि तुलसी में दूर-दूर तक न ऐसा कोई खतरा है और न चुनौती।

पर विष्णु जी, तुलसी का जीवन भी खतरों से मुक्त कहाँ था? और हम जानते हैं कि शुरू में तो उन्हें भीषण कष्ट और अपमान झेलने पड़े थे।...काशी के विद्वानों ने ही कितना अपमानित किया था उन्हें? एक किंवदंती है कि एक मंदिर में एक के ऊपर एक धर्मग्रंथ रखे गए जिनमें सबसे नीचे रामचरितमानस था। सुबह दरवाजा खोला गया तो रामचरितमानस सबसे ऊपर रखा हुआ मिला।...जो भी हो, इस किंवदंती से इतना तो पता चल ही जाता है कि तुलसी का जीवन भी आसान तो नहीं रहा। और फिर यह तो उन्होंने लिखा ही है कि 'माँग के खाइबो और मसीत में सोइबो'—यानी एक बेफिक्री वहाँ भी है...

—देखिए, तुलसी के साथ जो खतरा या चुनौती कह लीजिए, वह उस युग के प्रतिष्ठान की चुनौती थी जिसे भाषा की लड़ाई का रूप दे दिया गया था। यानी वे संस्कृत में नहीं लिख रहे थे, अवधी में लिख रहे थे। लोक भाषा में रामचरितमानस लिख रहे थे, यह संस्कृत वालों को पसंद नहीं आया और इसी कारण तुलसी का अपमान हुआ।...लेकिन आप मुझे एक भी उदाहरण बताइए, तुलसी की कभी किसी चौपाई के निहितार्थ को लेकर विवाद या विरोध खड़ा हुआ हो, या किसी ने आपत्ति की हो। वह हो ही नहीं सकती थी। इसलिए कि तुलसी एकदम सुरक्षित घेरे के भीतर बैठकर लिख रहे थे। यह जो सवर्ण हिंदू की वैष्णववादी घेराबंदी है, उसकी तमाम बुराइयों और सीमाओं को अपनाकर वे लिख रहे थे। और यह एहसास भी उनमें नहीं है कि मैं कुछ गलत कर रहा हूँ या विरोध की छटपटाहट तक नहीं है।...और तो और, उन्हें तो यह भी याद नहीं रहता कि उनसे दो सौ साल पहले कबीर कितना बड़ा काम कर चुके हैं। कबीर के उस काम को आगे बढ़ाने की बात तो छोड़िए, वे उसे उलटे नकारते हैं। कहीं उनके मन में कबीर के प्रति कृतज्ञता हो, इस बात का तो सवाल ही नहीं। कारण वही कि तुलसी इलीट क्लास से जुड़ने के इच्छुक हैं और कबीर निर्धन और दलित तबके से। लिहाजा तुलसी को कबीर सम्मान-योग्य नहीं लगते।

यह बात खुद में बड़ी दिलचस्प है कि तुलसी की जो सीमाएँ हैं, वे लगभग वही हैं, जैसी हजारीप्रसाद द्विवेदी की। द्विवेदी जी पूरी तल्लीनता के साथ कबीर को समझने की कोशिश करते हैं। वे कबीर का महत्व भी आँकते हैं, उनके क्रांतिकारी और विद्रोही रूप को पहचानते हैं, लेकिन फिर द्विवेदी जी की अपनी रुचियों की सीमा आ खड़ी होती है और अंत में उन्होंने कबीर को भक्त बनाकर ही चैन लिया कि कबीर मूलतः तो भक्त थे।...और यों जाने-अनजाने कबीर की तेजस्विता में पानी मिलाकर उन्होंने उसे थोड़ा पतला कर दिया।

यह चीज आप मानेंगे विष्णु जी, सिर्फ वहाँ है जहाँ द्विवेदी जी को यह निर्धारण करना है कि कबीर में जो तमाम रूप मिलते हैं, तो उनका मूल रूप कौन-सा है? लेकिन कबीर की आग को, उग्रता को, उनकी दबंगी और आगे बढ़कर मार करने की वृत्ति को, उनकी फक्कड़ता और अक्खड़ता को, उनके ललकारने और फटकारने वाले विद्रोही रूप को और उनके व्यंग्य के तीखेपन को द्विवेदी जी ने बिल्कुल सही-सही पहचाना। और यह द्विवेदी जी ही थे जिन्होंने यह माना कि कबीर बहुत-कुछ को अस्वीकार करने का साहस लेकर पैदा हुए थे। उन्हें 'वाणी का डिक्टेटर' भी द्विवेदी जी ने कहा।...यह कुल मिलाकर तो विष्णु जी, कबीर की तेजस्विता का स्वीकार ही था।

—हाँ, लेकिन दिक्कत क्या है कि हजारी बाबू कबीर को उठाते-उठाते अचानक गिरा देते हैं। और यह सवाल अपने आपमें बहुत बड़ा है कि वे कबीर को मूलतः क्या मानते हैं। वे कबीर की क्रांतिकारिता को मानते हैं, उनकी फ़क्कड़ता से प्रभावित होते हैं, बहुत-कुछ को अस्वीकार करने के उनके साहस की बड़े जोर-शोर से तारीफ करते हैं। उनके तिलमिला देने वाले व्यंग्य की चोट से प्रभावित होते हैं। लेकिन कुल मिलाकर जब वे उन्हें भक्त मानते हैं कि उनके भक्त के ही ये अलग-अलग शेड्स या छटाएँ हैं, तो सब गड़बड़ हो जाता है।...यहाँ आकर जैसे उन्होंने कबीर को कबीर नहीं रहने दिया।

क्या हम इसकी इस रूप में व्याख्या नहीं कर सकते कि चूँकि वह भक्ति का युग था, इसलिए किसी कवि के पास इस इतने बड़े समाज को संबोधित करने या अपनी अभिव्यक्ति का एक ही साधन बच रहता है—भक्ति। उस भक्ति के चोले में छिपकर आप चाहे कितनी बड़ी बात कह लें! कितनी दूर तक मार करने वाली क्रांतिकारी चोट कर लें, यह दीगर बात है।...और कबीर ने भी शायद यही किया। द्विवेदी जी जब कबीर को मूलतः भक्त ठहराते हैं तो मैं समझता हूँ, उनके जेहन में यही बात रही होगी।

—देखिए, आज जब हम कबीर का मूल्यांकन करते हैं या उन पर पुनर्विचार करने बैठते हैं, तो यह सवाल तो जरूर हमारे सामने आता ही है—और द्विवेदी जी के सामने भी जरूर आया होगा कि कबीर अगर एक युगांतरकारी कवि थे, तो वे

किस रूप में युगांतरकारी थे? मैं समझता हूँ, उनके दो ऐसे काम हैं जिनके लिए कबीर आने वाले युगों में भी याद किए जाएँगे। एक तो यह कि कबीर मूर्ति-पूजा विरोधी हैं और दूसरे यह कि वे नायक-पूजा विरोधी हैं। ये दो ऐसे बड़े काम उन्होंने किए जो स्वयं समाज में आत्मविश्वास पैदा करके उसमें नया सोच, नयी ऊर्जा और शक्ति भरने का काम करते हैं। वे इसमें कितने सफल हुए या नहीं, यह अलग बात है। पर उन्होंने एक ऐसा काम कर दिखाया जिसकी वजह से कबीर आगे आने वाली सदियों तक हमें प्रेरणा देते रहेंगे।...जबकि तुलसी ने क्या किया, उन्होंने कबीर के किए हुए दोनों कामों को नष्ट किया। एक तो सगुणोपासना शुरू करके सबको फिर लकीर का फकीर बनाया और फिर राम के बहाने जो नायक-पूजा उन्होंने शुरू की, उसने समाज को भीरु और समर्पणशील बनाया। जबकि कबीर हममें हिम्मत के साथ सोच-विचार करने का साहस भरते नजर आते हैं...मानो वे एक स्वतंत्र और मुक्त समाज की नींव रख रहे हों।

विष्णु जी, मेरा कहना यह है कि यह नीयत का फर्क नहीं, दृष्टि का भी फर्क हो सकता है। यानी कबीर और तुलसी अपने लिए अलग-अलग रास्ते चुन रहे हैं।...ठीक है, तुलसी के राम सगुण हैं, मगर यह भी सही है कि वे निर्गुण और सगुण में कोई फर्क नहीं मानते। उनका निर्गुण सगुण में और सगुण निर्गुण में बदल जाता है...

—हो सकता है, नीयत का फर्क न हो, लेकिन कुल मिलाकर तुलसी की दृष्टि इतनी सँकरी है कि उनके राम लगभग 'एस्टेब्लिशमेंट' के प्रतीक बन जाते हैं। यूँ खुद तुलसी भी 'एस्स्टेब्लिशमेंट' के प्रतीक बन जाते हैं और वे पूरे समाज को, जिसे कबीर आत्मनिर्भर और आत्मविश्वासी समाज के रूप में बदलते हैं, उलटा और पीछे ले जाकर नायक-पूजा में झोंक देते हैं। मैं पूछना चाहूँगा, यह कैसा काम था तुलसी का—प्रगतिकामी या प्रतिक्रियावादी? माफ कीजिए, मुझे तो यह प्रतिक्रियावादी ही लगता है कि जिस समाज को कबीर ने अपने पैरों पर खड़ा किया, उसे तुलसी ने राम की शरण में जाने को कहकर राम के चरणों पर डालकर एक लुंज-पुंज समाज में बदल दिया। उसमें आत्म-चेतना और आत्म-साहस भरने की बजाए तुलसी ने उलटा उसमें दैन्य भर दिया।

देखिए विष्णु जी, मुझे लगता है कि इस बात को हमें उस समय की सीमाओं से जोड़कर देखना चाहिए। हो सकता है कि तुलसी ने रामचरितमानस में जो एक रास्ता दिया हो, वह उनके हिसाब से सर्वश्रेष्ठ रहा हो, लेकिन आज हो सकता है, हमें उसमें तमाम खामियाँ नजर आएँ। हो सकता है कि तुलसी ने सोचा हो कि कोई पढ़ा-लिखा हो या अनपढ़ हो, सभी सुगमता से सगुण को अपना लेते हैं। जबकि निर्गुण का साक्षात्कार इतना आसान नहीं है। किसी-किसी के लिए ही वह संभव है...तो इन बातों का भी हमें ख्याल रखना चाहिए।

—लेकिन मैं पूछना चाहता हूँ कि यह समय की सीमा थी—जैसा आपने कहा, तो यह कबीर के लिए क्यों नहीं थी, तुलसी के लिए ही क्यों थी? ऐसा क्या था कि जो कबीर को नहीं झेलना पड़ा और तुलसी को झेलना पड़ा। अगर तुलसी से दो सौ साल पहले पैदा हुए कबीर क्रांतिकारी ढंग से सोच सकते थे तो तुलसी क्यों नहीं? और फिर अगर यह समय की ही सीमा थी तो यह बुद्ध के लिए क्यों नहीं थी जो दो हजार साल पहले वर्णाश्रम-व्यवस्था और धर्म के बहुत से कर्मकांडों की निस्सारता महसूस कर चुके थे और इस बारे में लोगों को सचेत कर रहे थे, जबकि तुलसी तो एकदम वर्णाश्रम-धर्मी हैं और पूरी तरह से उन सीमाओं में जकड़े हुए हैं और उस सड़े हुए अनुशासन को पूरे समाज के लिए जरूरी मानते हैं। ऐसे तुलसी भला प्रगतिशील कैसे हो सकते हैं?...और सगुण-निर्गुण के बारे में जो तुलसी की बात आपने कही, तो तुलसी के कहने से सगुण-निर्गुण एक कैसे हो जाएँगे! हकीकत यह है कि दोनों दो अलग-अलग रास्ते हैं और निर्गुण उपासना के एकदम अलग खतरे और चुनौतियाँ हैं।...खाली तुलसीदास के कहने से वे एक कैसे हो जाएँगे? ये दोनों दो भिन्न पद्धतियाँ हैं और हमें इन्हें अलग-अलग समझना पड़ेगा। यूँ सगुणवादी होकर भी कोई कवि समाज बदलने की कोशिश कर सकता है किंतु तुलसी का फार्मूला 'सगुण=सवर्ण' का है।...सच तो यह है प्रकाश जी कि तुलसी जहाँ समझौते पर समझौते करते हैं, वहाँ कबीर अडिग खड़े हैं कि कोई समझौता नहीं करेंगे या बगैर समझौता किए अपनी बात कहेंगे। हाँ, अगर कोई समझौता कबीर ने किया तो एक ही...और वह जहाँ तक मैं समझता हूँ, जान-बूझकर किया और वह उनकी राजनीति का एक अंग है।

समझौता? कबीर ने! कैसे...? इसे थोड़ा स्पष्ट कीजिए विष्णु जी।

—देखिए, मैं इसे समझौता नहीं, बल्कि कबीर की रणनीति कहता हूँ और वह यह कि कबीर ने अपने निर्गुण ईश्वर को 'अल्लाह' या 'खुदा' न कहकर 'राम' कहा। यह कबीर का अपना चुनाव था और यह कबीर के व्यक्तित्व, बल्कि उसके साथ-साथ हमारे इतिहास की सबसे महानतम पहेलियों में से एक है कि कबीर सरीखा मुसलमान कवि अपने निर्गुण ईश्वर के लिए राम का नाम क्यों चुनता है?...और सिर्फ राम का नाम ही उन्होंने नहीं लिया, उसमें ऐसी-ऐसी विशेषताएँ भर दीं कि वह पूरी तरह से एक सेकुलर या सब धर्मों के ऊपर का राम लगता है। एक विचारधारात्मक और ज्ञानधर्मी राम लगता है जो कभी कहीं हारता नहीं है और न हारने देता है। जीवन की हर मुश्किल और संघर्ष से गुजरकर वह रामत्व को क्वालिफाइ करता चला जाता है।

तो क्या विष्णु जी, आप सौ प्रतिशत निश्चित हैं इस बात को लेकर कि कबीर एक मुसलमान थे...मुसलमान कवि थे?

—हाँ भाई, सौ प्रतिशत...। कबीर मुसलमान थे और मुसलमान के सिवा कुछ

और हो ही नहीं सकते थे। खुद उनका नाम यह बात साबित करने के लिए काफी है, इसलिए कि कबीर तो ठेठ अरबी का शब्द है...

तो 'कबीर' शब्द का अरबी में अर्थ क्या हुआ विष्णु जी?

—'महान' और 'श्रेष्ठ'!...पर आप देखिए कि कबीर अल्लाह तक को कहते हैं। इसलिए इस मामले में तो कोई शक हो ही नहीं सकता कि कबीर मुसलमान थे। फिर कबीर की मुसलमानियत एक और बात से प्रकट होती है कि कबीर जिस दबंगई से मुल्ला और मौलवियों की आलोचना करते हैं, वह किसी मुसलमान के ही बस की बात थी। उस समय कोई हिंदू वैसा कर ही नहीं सकता था और अगर करता तो शायद उसका कत्ल हो जाता। उसे लोग बर्दाश्त नहीं कर सकते थे। तो एक मुसलमान के पास ही यह गुंजाइश थी कि वह अपने मजहब की बुराइयों की आलोचना के साथ-साथ मुल्ला-मौलवियों को ललकार सके।...और फिर यही नहीं, अपनी बात दो टूक ढंग से कहने का जो साहस और आत्मविश्वास उनमें है, वह भी सीधे-सीधे इस्लाम से लिया गया है। और कुरान! कबीर के पदों में कुरान भरा पड़ा है। कुरान की इतनी जानकारी किसी मुसलमान को ही हो सकती थी। इसलिए इस बारे में तो मुझे कोई शक है ही नहीं कि कबीर मुसलमान थे।

लेकिन इस तरह का साहस विष्णु जी, कबीर में नाथों और सिद्धों की परंपरा से भी आया हो सकता है जिससे बहुत-कुछ लेकर कबीर अपनी एक निराली परंपरा गढ़ रहे थे। ऊँच-नीच और जात-पाँत के विरोध वाली बात नाथों और सिद्धों के यहाँ भी मिलती है और बल्कि इसे भक्तिकाल की पूरी कविता की विशेषता कह सकते हैं, जिसमें भेदभाव से ऊपर उठकर मानव-धर्म का प्रचार किया गया है।

—देखिए, कबीर की भक्ति भी एक निराले किस्म की भक्ति थी। उसे सामान्य भक्ति समझने की भूल हम न करें और न ही यह समझें कि जैसे और सब भक्त हैं, ऐसे ही भक्तों की मालिका में आप कबीर को रख दें। यह संभव ही नहीं है।...निर्गुण की भक्ति करना अपने आप में बड़े कलेजे और जिगरे का काम था। कबीर जीवन भर उस पंथ से डिगे नहीं और यहाँ आप हिंदू ओर मुसलमान की उपासना-पद्धति के फर्क की तरफ ध्यान दीजिए। किसी मुसलमान के लिए निर्गुण उपासना जितनी जन्मजात आसान है, उतनी किसी हिंदू के लिए नहीं। बल्कि मैं तो कहता हूँ, किसी हिंदू के लिए यह कल्पना करना ही संभव नहीं है कि कैसे कोई मुसलमान मस्जिद में पश्चिम की ओर मुँह करके ऐसे अल्लाह का नाम लेता है, जैसे निर्गुण अल्लाह एक नूर की तरह एकदम उसके सामने हो। कैसा धर्म है यह कि वहाँ आप मोहम्मद साहब की तसवीर नहीं बना सकते। अल्लाह की तसवीर तो खैर हो ही नहीं सकती। तो इस निर्गुण के लिए कबीर बहुत-कुछ इस्लाम के आभारी हैं ही। किसी हिंदू का जो स्वभाव से साकार सगुणोपासक है, इस हालत में दम घुट

जाएगा। पर कबीर इस सबकी चिंता नहीं करते क्योंकि कबीर की आत्मा तो इसमें पहले ही 'ट्रेंड' हैं वे। वे शुरू से ही इस्लाम के मूल को समझ और जान रहे हैं और उसी के ही बीच से निकलकर आए हैं।

पर विष्णु जी, कबीर पर सिद्धों और नाथों के प्रभाव को भी आप नकार नहीं सकते। कबीर के पदों में आप देखिए, बार-बार 'अवधूता' आता है, जोगी की चर्चा आती है। यह सब वही है...असल में हमारे यहाँ निर्गुण साधना की बाकायदा एक पूरी परंपरा रही है, जिसमें गुरु गोरखनाथ हुए। मैं नहीं कहता कि कबीर की निर्गुणोपासना पर सिर्फ उन्हीं का प्रभाव है, पर वह कहीं न कहीं है तो जरूर। इसीलिए कबीर के यहाँ हठयोग साधना के तमाम उपकरण मिलते हैं। इड़ा-पिंगला आदि तथा चमत्कारी उलटबासियाँ मिलती हैं।...ये सब गुरु गोरखनाथ से चली आती उस परंपरा की ही निशानी हैं। कबीर उससे सीधे-सीधे बहुत-कुछ लेते हैं और उसे अपनी शब्दावली, अपने मुहावरे में ढाल लेते हैं।

—देखिए, इड़ा-पिंगला-सुषुम्ना आदि की बात तो ठीक है, लेकिन हमें यह नहीं भूलना चाहिए कि गुरु गोरखनाथ और कबीर का रास्ता एक नहीं है। इसलिए कि नाथपंथी हठयोगी थे, कवि नहीं। जबकि कबीर हठयोग की शब्दावली तो लेते हैं, पर उसे उस पुराने किस्म के हठयोग और उसके तमाम कर्मकांड से काटकर एक बड़ा अर्थ दे देते हैं। वे उसे तंत्र-साधना से काटकर समाज के बीचोबीच ले आते हैं। शायद इसीलिए यह संभव हो सका कि गुरु गोरखनाथ जहाँ बेशक हठयोगी हैं, लेकिन कवि नहीं, कविता में उनका योगदान हाशिए का ही कहा जाएगा। जबकि कबीर अपनी कविता में हठयोग के उन तमाम उपकरणों को लाते हुए भी, कवि हैं—पूरी तरह कवि हैं।...कबीर का यह बहुत बड़ा योगदान माना जाएगा कि उन्होंने हठयोग के उपकरणों को हठयोग से मुक्ति दी और उन्हें अपनी निराली काव्य-भाषा में ढाल लिया। यह कबीर का, मैं समझता हूँ, बड़ा अचीवमेंट है।

नाथ और सिद्ध तो प्रकाश जी, समाज से कट गए थे। और समाज से कटने का ही परिणाम यह है कि वे तांत्रिक साधना के चक्कर में पड़ गए थे। समाज और उनके बीच एक घृणा-प्रेम का संबंध हो गया। पर कबीर की खुसूसियत यह है कि वे उस हठयोग को खींचकर फिर से समाज के बीच में ले आते हैं। हठयोग के जो उपकरण उनके हाथ में आए, वे उनका काफी हद तक समाजीकरण कर देते हैं और कम से कम तंत्र-मंत्र की जकड़बंदियों से तो उसे पूरी तरह मुक्त कर देते हैं। कबीर का, मैं समझता हूँ, यह एक ऐतिहासिक योगदान माना जाएगा जिसका मूल्यांकन करना जरूरी है। और फिर, मत भूलिए कि कबीर के कारण ही आज हम गुरु गोरखनाथ को याद करते हैं, वरना आज गोरखनाथ को याद कौन करता! वे कबीर के आभारी हैं कि कबीर ने उन्हें प्रासंगिक और स्मरणीय बना दिया। कबीर की यह

खासियत है कि वे नाथों और सिद्धों से लेते जरूर हैं, पर हर हाल में उन्हें अपनी विचारधारा और लक्ष्य में ढालकर।...यह ठीक है कि कबीर के पदों में बार-बार 'अवधूत' संबोधन मिलता है, पर अवधूत कहने के बाद भी कबीर पारंपरीण अवधूत के प्रभाव में नहीं हैं और उसकी आलोचना का सर्वाधिकार अपने पास रखते हैं।

तो मैं समझता हूँ प्रकाश जी, कबीर का यह बहुत बड़ा काम है—अपनी परंपरा को 'रिवाइज' करना, और वह भी 'पॉजिटिव' ढंग से! और यह करने के लिए बहुत बड़ा, ऊँचा, कद्दावर व्यक्तित्व चाहिए। और सचमुच कबीर का व्यक्तित्व उतना ही ऊँचा, बड़ा और महान है। लिहाजा वे एक 'सैक्टर', एक पंथ को पंथ न रहने देकर सर्वव्यापी आस्था का पर्याय बना देते हैं—और भी आगे बढ़कर कहें, तो वे उसे मानव आस्था का पर्याय बना देते हैं।...कबीर का यह बड़ा भारी योगदान है जिसे भक्ति काल के दकियानूसी औजारों और हिंदी की हमारी लद्धड़ आलोचना के जरिए समझा नहीं जा सकता। इसके लिए तो आलोचक को खुद बहुत कुछ कबीर होना पड़ेगा। बिना किंचित् कबीर हुए आप कबीर को समझ नहीं सकते।

विष्णु जी, कबीर का व्यक्तित्व असाधारण है, इसमें शक नहीं, उनका बात कहने का ढंग भी कमाल का है...पर जहाँ तक कबीर के व्यक्तित्व की मूलभूत रेखाओं की बात है, क्या आपको नहीं लगता कि पूरा का पूरा भक्ति आंदोलन ही कमोबेश इन चीजों को लेकर चल रहा है। हाँ, कहने के तरीके सभी के अलग-अलग हो सकते हैं, तो इस बात के मुतल्लिक...?

—प्रकाश जी, कबीर का मुसलमान होना और इनका फिर खुद को उस मुसलमानियत से मुक्त करना, मेरा ख्याल है, यह चीज कबीर के व्यक्तित्व को बड़ा चमत्कारी बनाती है जिसके कारण उनकी टक्कर में कोई दूसरा कवि खड़ा ही नहीं हो सकता। और इसीलिए ऊँच-नीच, जात-पाँत वगैरह का कबीर इतने तीखे ढंग से खंडन कर पाए और उन्होंने शूद्रों और दलितों के लिए एक नई संभावना पैदा कर दी। कबीर के अलावा उनके समय के आसपास ऐसे दो उदाहरण और मिलते हैं। एक तो मराठी संतों की परंपरा है और दूसरे दक्षिण के आलवार-नायनार संत। भक्ति की यही दो शाखाएँ थीं जो शूद्र हिंदू को त्यागकर नहीं चल रही थीं। बल्कि जहाँ शूद्र केंद्र में था। ठेठ दक्षिण में तो आप कह सकते हैं कि कि मुसलमान उस समय तक नहीं पहुँचे होंगे, पर महाराष्ट्र में तो निश्चय ही मुसलमान पहुँच गए थे। तो उनका प्रभाव निश्चय ही वहाँ पड़ा होगा।...इनके अलावा जो साहस आपको कबीर में नजर आता है, वह भक्ति-काल के किसी और कवि में नजर नहीं आता, फिर चाहे दादू हों, रैदास या और कोई भी कवि। सूर-तुलसी में तो खैर हो भी कैसे सकता था! तो यह बात मेरे ख्याल से, नोट करने की है और यह भी कि कबीर ने जो रास्ता चुना, वह आसान रास्ता नहीं था। वह जान हथेली पर लेकर चलने वाला

रास्ता था।...यों आप कह सकते हैं, कबीर ने अपने लिए कठिनतम चीजों का चुनाव किया—मसलन चमत्कार रहित हठयोग, जो साधना में कठिनतम है। फिर सगुणोपासना की जगह निर्गुण का गुणगान। समाज के उच्च वर्ग के बजाए दलितों के साथ खुद को 'आइडेंटिफाइ' करना, यहाँ तक कि अपनी गरीबी का भी उन्होंने अतिक्रमण नहीं करना चाहा और गरीब ही रहना पसंद किया।

इसके अलावा उनके उपदेशों को लें, तो वे हरगिज चाशनी में लिपटे हुए नहीं हैं, जैसी आपके यहाँ मधुरं-मधुरं' की पूरी एक परंपरा है।...जी नहीं, कबीर कठोर वाणी के संत हैं और इसी कठोरता को वे अपनी पहचान भी बना लेते हैं। और साहस ऐसा कि जिनसे लिया, नाथों-सिद्धों से, वे उनको भी नहीं छोड़ते और उन्हीं की लाठी से उन्हें पीटते नजर आते हैं। और याद रखिए, यह सब उन्होंने आज नहीं किया। उस युग में किया जिसे कमोबेश 'अंधकार युग' कहा जा सकता है। अब सोच लीजिए, कितना बड़ा साहस था उस आदमी का!

तो विष्णु जी, क्या आप यह मानते हैं कि कबीर हिंदू-मुस्लिम समाज के संधिकाल की उपज हैं और हिंदू-मुसलमान का यह तनाव ही है जिसने चमत्कारिक ढंग से कबीर जैसे एक बड़े कवि को हमारे बीच ला खड़ा किया, जिसे पचा पाना न हिंदुओं के बस की बात थी ओर न मुसलमानों के बस की।

—ठीक कहा आपने!...असल में कबीर के यहाँ हिंदू-मुस्लिम तनाव तो है ही और वही उनके व्यक्तित्व का ताना-बाना रचकर उन्हें इतना बड़ा बना रहा है। कबीर के एक और हिंदुत्व खड़ा है, दूसरी ओर इस्लाम और बीच में वे स्वयं खड़े हैं। जब चाहें जिसे चाहें, वे आसानी से फटकार देते हैं।...पर स्वभाविक है कि कबीर को इस्लाम में, मुस्लिम समाज में उतनी बुराइयाँ नजर नहीं आतीं, जितनी हिंदू समाज में। कबीर पाते हैं कि हिंदू समाज जाति-वर्ग वगैरह में बुरी तरह बँटा हुआ है। इस्लाम में तो खतना, कत्तेब, अजान यही कुछ उन्हें मिलता है, पर हिंदू समाज में तो भयानक ऊँच-नीच है जो कबीर को व्यथित करती है। हिंदू समाज की जाति-प्रथा, वेद और मूर्ति-पूजा—ये तीन चीजें हैं जिन पर वे निर्मम आक्रमण करते हैं। और यह कहीं न कहीं इस्लाम से उन तक आया है। लेकिन कबीर इस बात को कभी नहीं छिपाते कि वे रूढ़ इस्लाम के खिलाफ हैं और रूढ़ हिंदू धर्म के भी खिलाफ हैं।

कबीर निस्संदेह बड़े कवि थे और अपने समय में जैसा उनका प्रभाव था, उससे लगता है कि उनकी फोलाइंग भी निश्चित रूप से बहुत बड़ी रही होगी। यही वजह है कि कबीर का एक अलग संप्रदाय बनकर खड़ा हो गया। लेकिन उसमें आप देखिए, ज्यादातर दलित लोग हैं। उच्च वर्ग के कितने लोग उसमें शामिल हुए हैं? तो यह जो सवर्णवाद का पूर्वग्रही कैंसर है, उसने कबीर को नहीं बख्शा और मरने के बाद भी उनकी भयानक उपेक्षा की। हमारे यहाँ उच्च वर्ग का उपेक्षा का ढंग भी

बड़ा खतरनाक है। वे विद्रोह को स्वीकार करते हैं और फिर एकदम हाशिए पर डाल देते हैं। यानी ठीक है, हमने मान लिया कि कबीर एक विद्रोही क्रांतिकारी कवि थे, तो कबीर का एक अलग पंथ बन गया। ऊपर-ऊपर से कबीर को महान मान लिया गया और उन्हें महान मानकर तत्क्षण एक महान विस्मृति के गर्त में डाल दिया गया, जो कि सवर्ण हिंदुओं का किसी की उपेक्षा करने का एक बहुत आजमाया हुआ ढंग है। कबीर से पहले कभी महावीर और बुद्ध के साथ भी यही हुआ था।

लेकिन विष्णु जी, कबीर पंथियों ने क्या किया कबीर के साथ, जरा यह भी देखें। उन्होंने वही सारे कर्मकांड शुरू कर दिए जो कबीर को सबसे ज्यादा नापसंद थे और उन्हें अवतार मानकर पूजा जाने लगा। यह तो मेरे ख्याल से कबीर की हत्या का ही एक तरीका है।...और तो और, मुझे किसी ने बताया कि कबीर पंथियों में अब हर चीज के मंत्र हैं। यानी हाथ धोने, दातुन करने से लेकर खाना खाने तक के...तो यह क्या चीज है! इनमें कबीर कहाँ बचे हैं विष्णु जी?

—बिल्कुल...मैं आपकी बात से सहमत हूँ। कबीर पंथ ने तो कबीर को अवतार मानकर एक तरह से बेधुरा बनाकर ही छोड़ दिया और उसे चारों ओर से अपने अंधविश्वासों के जाल में घेर लिया। यह कबीर को सिर के बल खड़ा कर देना है और मैं मानता हूँ, यह बहुत गलत हो रहा है। ये लोग कुछ नहीं करते, बस कबीर को उलटा-सीधा रट लेते हैं और कबीर के नाम पर कुछ भी चलने लगता है।...लेकिन मेरा सवाल दूसरा है कि ये जो कबीर दबे रहे जमीन में पूरे पाँच सौ बरस तक, वे जमीन के भीतर दबे रहकर भी खत्म क्यों नहीं हुए? आप देखिए, लगभग बीसवीं सदी की शुरुआत में कबीर फिर हमारे सामने आते हैं और उनका तेज फिर हमें उसी तरह चमत्कृत करता, उनके प्रभाव की गिरफ्त में ले आता है। यह कैसे संभव हुआ! मेरा मानना है कि यह जो आज हमारे समाज में दलित-चेतना है जिसे नायकर, फुले और आंबेडकर ने पैदा किया, इसी के कारण आज कबीर को फिर से ठीक-ठीक पहचाना गया।...बाबा साहेब आंबेडकर ने दलितों के स्वाभिमान को लेकर जनता में जो क्रांति की और दलित को जो सम्मान उन्होंने दिया, उन्हें मनुष्य के रूप में जीने का हक और मनुष्य की बराबरी पर आने का हक दिया, तो यह भी एक तरह से कबीर की लड़ाई या संघर्ष ही है।...और आज अगर कबीर दलितों की एक जरूरत बन गए हैं और आगे बढ़-चढ़कर कबीर की दलितवादी व्याख्या हो रही है, तो इसका श्रेय भी बाबा साहेब द्वारा शुरू की गई दलित क्रांति को ही जाता है। इससे पहले शायद यह संभव ही नहीं था कि कबीर को इस ढंग से देखा जाता।

विष्णु जी, कबीर मुसलमान थे, पर ज्यादातर हिंदू जनता को संबोधित कर रहे थे और उनके अनुयायियों में भी सभी नहीं तो अधिकांश हिंदू ही हैं!...यह क्या चमत्कार नहीं लगता आपको? इसकी व्याख्या आप कैसे करेंगे?

प्रकाश जी, कबीर की स्थिति को हम ऐसे समझ सकते हैं, जैसे शिरडी के साईं बाबा हैं। वे मुसलमान थे, पर उनके अनुयायियों में एक बहुत बड़ी संख्या हिंदुओं की है, बल्कि आप कह सकते हैं, उनके अनुयायियों में ज्यादातर हिंदू हैं। हालाँकि शिरडी के साईं बाबा के यहाँ ऐसा नहीं कि दलित ही जाते हों, ऊँचे से ऊँचे कुल का सवर्ण भी उनके यहाँ मत्था टेकने जाता है।...या फिर तुलना करनी ही हो, तो आप सूफी संत सलीम चिश्ती या निजामुद्दीन औलिया और बाबा फरीद से उनकी तुलना कर सकते हैं। लेकिन यहाँ भी एक फर्क है कि वे इस्लाम के भीतर रहकर ही उसे थोड़ा ज्यादा लचीला और उदार बनाने की कोशिश करते हैं लिहाजा उतना चल जाता है। और मुसलमानों के यहाँ उन्हें मान्यता मिल जाती है। वे जाकर वहाँ चादर चढ़ा आते हैं कि अगर मुहम्मद साहब की मजार पर जा सकते हैं तो यहाँ आकर चादर चढ़ाने में भी कुफ्र नहीं है?...तो यह भी कर लो! हालाँकि यह मूलतः 'अनइस्लामिक' है, लेकिन चल जाता है।

ठीक वैसे ही, जैसे कव्वाली वगैरह इस्लामी परंपरा की चीजें नहीं थीं, पर धीरे-धीरे उन्हें मान्यता मिलने लगी...यानी सूफी मत इस्लाम को अपनी तरह से ज्यादा उदार, लचीला और काव्यात्मक बना रहा था...

—हाँ, तो इतना तो चल जाता है, पर कबीर ने क्या किया कि जैसे उन्होंने हिंदुओं को चुनौती दी, ऐसे ही वे इस्लाम को भी चुनौती दे रहे थे। वह चुनौती इतनी इस्लाम के बाहर थी कि मुसलमानों ने तो छोड़ दिया कबीर को। कबीर उन्हें काम के नहीं लगे या कबीर को अपनाने में जो खतरे थे, उनके कारण रहा हो। कुछ भी समझ लीजिए। ऐसी हालत में धीरे-धीरे दलित हिंदुओं ने हाइजैक कर लिया कबीर को, हालाँकि इस हाइजैक में मैं कुछ बुराई नहीं समझता। यह बड़ा प्यारा हाइजैक था, यह ठीक वैसे ही था जैसे साईं बाबा को हाइजैक किया गया। मगर बड़ा फर्क यह है कि शिरडी साईं के यहाँ हिंदुओं में तिवारी, पांडे, श्रीवास्तव सब जाते हैं जबकि कबीर के यहाँ सवर्ण नहीं गए, तो कबीर यों पूरी तरह से दलितों के हो गए। या कहिए कि कबीर का दलितीकरण हो गया।...यूँ भी कबीर की कविता में जो मार और तीखापन था, उसी के कारण यह हुआ। ध्यान दीजिए, कबीर का दलितीकरण ही संभव था। कबीर का सवर्णीकरण संभव ही नहीं है। आप वैसा कर ही नहीं सकते। कोई ऐसा करना भी चाहेगा तो यह कबीर की कविता ही है, जो अंदर से ठोकर मारती है।

विष्णु जी, कबीर इतने बड़े कवि हैं कि आधुनिक काल में जब से हमने उन्हें फिर से जाना, वे दिनोदिन हमारे लिए ज्यादा प्रासंगिक और बड़े कवि साबित हो रहे हैं। उनका कद मानो हर दिन बढ़ रहा है, लेकिन फिर भी हमारे विद्वत समाज ने न तो उनका ठीक से मूल्यांकन किया और न हिंदी साहित्य के इतिहास में उन्हें सम्मानजनक स्थान मिला। ऐसा लगता है जैसे ग्रेस मार्क्स देकर

किसी तरह कृपापूर्वक कबीर को कवि माना जा रहा है। कबीर जैसे इतने बड़े कवि की इस भयानक उपेक्षा की क्या वजहें रहीं—आप इस बारे में क्या सोचते हैं?

—ऐसा है प्रकाश जी, हिंदी के जो बड़े और स्वनाम-धन्य क्रिटिक हैं, उन पर एक नजर डालकर देखिए—वे किस वर्ग से संबंधित हैं, तो आपको पता चलेगा कि वे लगभग सारे सवर्ण आलोचक हैं। और तो और, अगर आप इस सदी के सभी प्रमुख और नामवर लेखकों की सूची बनाएँ, तो बताइए जरा कि इनमें गैर-सवर्ण या दलित कौन हैं? आपके लिए मेरे ख्याल से दो-एक नाम गिनाना भी मुश्किल हो जाएगा। तो जब लेखकों-आचार्यों में दलित हैं ही नहीं, तो कबीर के सच्चे दर्द और पीड़ा को कितने लोगों ने समझा होगा।...चलिए, यह सब छोड़िए। हिंदी के आलोचकों को देखिए कि वे अपने लेखों के शीर्षक कहाँ से चुनते हैं। ज्यादातर ऐसे लेखक होंगे जो मानस की चौपाई से ही शीर्षक या आदर्श-कथन चुनना पसंद करेंगे। यहाँ तक कि अरुण कमल सरीखे प्रगतिशील कवि भी अपवाद नहीं हैं। इसलिए कि कबीर से लेने में खतरे हैं और फिर कबीर से लेना इतना आसान भी नहीं है। वहाँ चुनाव के वक्त ज्यादा अक्लमंदी की जरूरत है। हिंदी और हिंदू समाज की मानसिकता झोला-उठाऊ गुलामी की है। तुलसी उसमें फिट होते हैं, कबीर से पसीना आता है।

...तो आप समझ ही सकते हैं कि आधुनिक काल में कबीर जब फिर से सामने आए तो वे किन लोगों के बीच थे। ये लोग कबीर को सह रहे थे, यही बहुत था। आप क्या सामझते हैं, ये कबीर के तेज को ठीक-ठीक पहचान पाएँगे और महत्व देंगे? यह तो संभव ही नहीं था। यहाँ तक कि कबीर जैसे दुस्साहसी और असुविधाजनक कवि को सँभाल पाना भी इनके बस का नहीं था।...आपने पढ़ा ही होगा कि कबीर ने अपने आपको 'राम का कुत्ता' भी कहा है। जरा कल्पना कीजिए, राम का कुत्ता! लेकिन मजे की बात यह है कि उनके यहाँ राम का कुत्ता भी कम से कम तुलसीपंथी सवर्णों के दास-भाव से ऊपर उठा हुआ है तथा कहीं ज्यादा स्वायत्त, मुँहजोर और व्यक्तित्ववान है।

कहीं ऐसा तो नहीं विष्णु जी, कि कबीर क्योंकि शास्त्र-विरोधी और एक अर्थ में मूर्तिभंजक कवि हैं, इसलिए हमारी आलोचना में ठीक से अँट ही नहीं पा रहे हैं क्योंकि जो आलोचना है, वह तो शास्त्रीयता से बँधी हुई चीज है, बल्कि खुद में शास्त्र है। संभव है कि ऐसी रूढ़ और परंपराबद्ध आलोचना में यह शक्ति ही न हो कि वह कबीर जैसे कद्दावर और स्वाधीन कवि को बाँध पाए या उनका मूल्यांकन कर पाए? लिहाजा असुविधाजनक मानकर उन्हें छोड़ देने में ही उसने अपना कल्याण समझा!

—हाँ, यह तो है ही।...शास्त्र, परंपरा और रूढ़ियों से बँधी हुई हमारी आलोचना के पुराने 'कैनन' कबीर जैसे फक्कड़ कवि के पास जाने से घबराते और पसीना-पसीना

होते रहे। सचमुच उनकी समझ में ही न आया होगा कि ऐसे औघड़ कवि का क्या करें जिसके आगे उनकी सारी लकीरें छोटी पड़ जाती हैं। कबीर की व्याख्या और मूल्यांकन तो कबीर जैसा कोई फक्कड़ आलोचक ही कर सकता था, जो शायद हजारीप्रसाद द्विवेदी के अलावा हमारी आलोचना की पूरी परंपरा में कोई और नहीं है। हालाँकि दिलचस्प बात यह है कि हजारी बाबू का भी सिर्फ एक रूप ऐसा है और उनका दूसरा रूप शास्त्रीयता से बँधा हुआ है। वहाँ वे संस्कृत के प्रकांड पंडित और ज्योतिषाचार्य हैं। लिहाजा कबीर के उनके मूल्यांकन की सीमाएँ भी स्पष्ट हैं। पर यह बात भी उतनी ही सही है कि कबीर को जितना उन्होंने समझा, हमारे आलोचकों की पूरी परंपरा में वैसा किसी और ने नहीं समझा। यह हजारी बाबू ही हैं, जो एक ओर कबीर की क्रांतिकारिता, दूसरी ओर कबीर की व्यंग्य की तेजी, तीसरी ओर कबीर का लालित्य और मिस्टीसिज्म और चौथी ओर कबीर की ज्ञानधारा—सबको खूब समझते हैं और मित्र-भाव से समझते हैं। लिहाजा कबीर उनके आगे अपने आपको पूरी तरह खोल देते हैं...लेकिन बाकी आलोचकों का जो हाल है, वह तो ऐसा ही है कि तमाम सुरुचिपूर्ण कवियों के बीच वे कबीर जैसे धृष्ट कवि को बर्दाश्त भर कर लेते हैं। लिहाजा कभी-कभी उन्होंने थोड़ा-सा 'स्पेस' दे दिया और अनुमति दे दी अपनी बात कहने के लिए, जैसे आपने देखा होगा, सवर्णों की होली में भी 'जोगीड़ा' या 'कबीरा' गाए जाते हैं।

धन्यवाद विष्णु जी, आपने एक अच्छे मुद्दे की ओर मेरा ध्यान खींचा है। मैं आपसे पूछना ही चाहता था कि यह जो होली पर हमारे यहाँ जोगीड़ा या कबीरा गाया जाता है, यह क्या है? होली के समय दी जाने वाली इन अश्लील गालियों का नाम जोगीड़ा या कबीरा कैसे पड़ा?...क्या यह कबीर को अपमानित करने का ही एक और ढंग है?

—नहीं...बल्कि यह तो दलित जातियों में उस साहस की अभिव्यक्ति है जो कबीर ने उनमें भर दिया है। यानी जो कहना है, कहो। किसी से डरो मत। यह चीज होली से कैसे जुड़ गई और बाद में यह परंपरा जिस रूप में विकृत हुई, यह छोड़िए। पर शुरू-शुरू में यह दलितों में एक आलोचनात्मक साहस के रूप में ही सामने आई होगी। इसे लेकर मेरे मन में कोई शक नहीं।

पर खाली दलित ही तो कबीरा नहीं गाते। मेरा ख्याल है, सभी जातियों के लोग, खासकर गाँवों में...

—हाँ, पर वह ऐसा ही है न कि जैसे कोई शक्तिशाली भूस्वामी है। होली के वक्त कबीरा गाते हुए आप उसे गाली देते हैं कि जमींदार यह धतूकर्म करता है, वह करता है। खुद जमींदार भी बीच में बैठा हुआ यह सुनता है और हँसकर या मुसकराकर टाल जाता है कि चलो, साल में एक दिन है, जो मर्जी बक लो, कल से तो मैं फिर तुम्हें देखूँगा।...तो यही हाल करीब-करीब हिंदी के सभी कुलीन

आलोचकों का कबीर के प्रति रहा कि अच्छा, जो तुम्हें कहना है, कह लो। हम तुम्हारी तारीफ कर देंगे, तुम्हें महान घोषित कर देंगे और फिर हमेशा के लिए एक तरफ डाल देंगे!...वैसे भी कबीर तो कबीरपंथियों के हो ही चुके। लिहाजा हमें क्या करना है। दो-चार शब्द प्रशंसा के कहने पड़े तो हम कह देंगे, पर मन ही मन यह तय करके ही कि सावधान! कबीर को अपनाना कभी नहीं है। सो कबीर पर थोड़ी बात कर ली, कबीर-जयंती वगैरह मनाने का जिम्मा कबीरपंथियों पर छोड़ दिया और मुक्त हो गए।

तो यह पूरी तरह तय ही है विष्णु जी, कि कबीर के खिलाफ एक भयानक षड्यंत्र हुआ है। हमारे सवर्ण आलोचकों ने उन्हें कभी आगे आने नहीं दिया और इसी कारण हिंदी साहित्य में उन्हें वह केंद्रीय स्थान नहीं मिला, जिसके वह हर तरह से अधिकारी थे।

—बिल्कुल!...हिंदी की मनुवादी, मुस्लिम विरोधी, बासी, भीरु और मतिमंद आलोचना इसके लिए पूरी तरह दोषी है और हम लेखक भी इस दोष से बच नहीं सकते। इसका जिम्मा हम सभी पर आता है।...कबीर के साथ सचमुच एक बड़ी दुरभिसंधि हुई। और यह भी एक अद्भुत संयोग ही है कि दलित आंदोलन के उभार के साथ कबीर फिर से सामने आए और देखते ही देखते दलितों के बड़े कवि बन गए।

क्या आप मानते हैं विष्णु जी, कि मुसलमान होने के नाते भी कबीर को दरकिनार किया गया और उनकी उपेक्षा हुई?

—नहीं...मैं समझता हूँ, दलित होने के नाते ही उनके हिस्से में इतना अपमान और तकलीफें आईं और उनके जाने के बाद भी उनकी घोर उपेक्षा हुई। और तो और, खुद मुसलमानों ने उन्हें त्याग दिया और उर्दू परंपरा ने उनका पूरी तरह बहिष्कार किया, भले ही अली सरदार जाफरी ने 'कबीर' का एक छोटा द्विभाषीय संकलन संपादित दिया हो।...ठीक वैसे ही, जैसे रहीम को भी उर्दू वालों ने नहीं अपनाया। ऐसे ही एक कवि अमीर खुसरो हैं जिन्हें उर्दू वालों ने अपना लिया, लेकिन हिंदी वालों को उन्हें जिस तरह अपनाना चाहिए था, नहीं अपनाया।...बहरहाल, इसमें तो कोई शक ही नहीं कि कबीर की उपेक्षा का कारण उनका दलित होना या जुलाहा होना था। अपने जीवन में तो उन्होंने जो तकलीफें झेलीं, वे झेलीं ही। उनके बाद भी छह सौ साल तक उनके महत्व को पहचानने में हम असफल रहे। यह खुद में कोई कम अपमानजनक स्थिति नहीं। और यह सिर्फ दलित होने के नाते, मानो दलित होना कबीर का कोई बहुत बड़ा और अक्षम्य अपराध हो...!

यह तो वैसे ही हुआ विष्णु जी, जैसे वाल्मीकि को हमने पूरी तरह हरिजनों के खाते में डाल दिया है...कि वाल्मीकि की अगर जयंती मनाई जाती है तो उसे हरिजन मनाएँगे। वाल्मीकि की रची हुई रामायण की स्तुति आप करेंगे, उसे

अपनी संस्कृति का महान गौरव ग्रंथ बताएँगे, लेकिन इसके बावजूद वाल्मीकि इतने ही उपेक्षित रहेंगे। उनकी जयंती मनाने का जिम्मा सिर्फ हरिजनों पर डाल दिया जाएगा।...मैं आज तक समझ नहीं पाया कि सारा भारतीय समाज मिलकर वाल्मीकि की जयंती क्यों नहीं मना सकता?

—(तीव्र व्यंग्यात्मक स्वर में) जो काम की या उपयोगी चीज है, वह ले ली, बाकी छोड़ दी।...तो वाल्मीकि जैसे महान कवि का भी दलित होना बना रहा, उन्होंने कैसे महान काव्य की रचना की है, इससे कोई फर्क नहीं पड़ा। वाल्मीकि पढ़-पढ़कर आप पंडित हो जाइए, मगर वाल्मीकि दलित ही रहेंगे। यह ऐसा समाज है, जहाँ अगर आप तथाकथित निचली जाति के हैं तो जाति का विष हमेशा आपको किसी न किसी रूप में मारता-काटता रहेगा।...हर जगह, फिर चाहे आप कहीं भी चले जाएँ। यह सबसे ज्यादा आदर्श बघारने और 'आत्मा...आत्मा' चिल्लाने वाला समाज है, पर अपने ही लोगों के साथ पशुओं से बदतर व्यवहार करने में इसे शर्म नहीं आती। ऐसा अन्यायी और निष्करुण समाज संसार में शायद ही कोई दूसरा होगा। जो समाज अपने ही भाइयों के साथ ऐसा जानवरों जैसा बर्ताव कर सकता है तो फिर औरों के साथ क्यों नहीं? यह सोचने की बात है!...यह तो भला हो रवींद्रनाथ ठाकुर का जिन्होंने कबीर की शक्ति और तेजस्विता को पहचाना। यों भी रवींद्रनाथ ठाकुर तो ब्रह्मसमाजी थे, जाति-प्रथा से कमोबेश लिबरेटेड हो चुके थे...लिहाजा उनके लिए कबीर को स्वीकार करने में कोई मुश्किल नहीं थी। उन्होंने कबीर को इस रूप में न उठाया होता और उसे सामने लाने का जिम्मा न लिया होता तो क्या पता, कबीर आज भी कहाँ दबे होते। कम से कम एक बड़े कवि के रूप में उन्हें कोई न जान पाता। हालाँकि विडंबना यह भी है कि बाद में रवींद्रनाथ ने गाँधी का पक्ष लेकर आंबेडकर और दलितों का विरोध किया।

तो क्या विष्णु जी, यह माना जाए कि आधुनिक काल में कबीर को 'डिस्कवर' करने का पहला श्रेय रवींद्रनाथ ठाकुर को जाता है...?

—जाता है...बिलकुल जाता है और यह भी इतिहास का एक विचित्र न्याय है कि कबीर की 'रि-डिस्कवरी' किसी हिंदी कवि-आलोचक ने नहीं, बल्कि बांग्ला के एक बड़े कवि ने की। यह एक तरह से अच्छा ही रहा क्योंकि हिंदी में उस समय जैसा कुलीन तंत्र हावी था, उसमें किसी हिंदी लेखक ने यह बात कही होती तो शायद खो जाती।...पर चूँकि कबीर के महत्व की चर्चा रवींद्रनाथ ठाकुर ने की थी, जो बाद में एक नोबेल पुरस्कार विजेता हुए और प्रतिष्ठित बाँग्ला कवि तो थे ही। लिहाजा सारे हिंदी साहित्य को उसे कान लगाकर सुनना ही पड़ा।...हालाँकि रवींद्रनाथ ठाकुर ने कबीर को कैसे ईजाद किया, यह खुद में एक दिलचस्प चीज है। कबीर की जो नाथों और सिद्धों की परंपरा है, वही अंदर-अंदर चलती हुई एक भिन्न रूप में बंगाल के बाउलों तक पहुँचती है। अब रवींद्रनाथ ठाकुर पर चूँकि बाउलों का काफी प्रभाव

था, जैसे कि नजरुल इस्लाम पर था और भी बंगाल के कवियों पर था...तो इस प्रभाव की वजह से बाउलों की मौखिक परंपरा में जो कबीर सुरक्षित थे, उनकी तरफ रवींद्रनाथ ठाकुर का ध्यान गया। अब रवींद्रनाथ ठाकुर तो हिंदी के कुलीन तंत्र के पूर्वाग्रहों से पूरी तरह मुक्त थे, सही अर्थ में स्वच्छंदतावादी थे और बंगाल की लोक कविता का उन पर गहरा असर था, तो उन्होंने आगे बढ़कर कबीर को अपनाया। उन्हीं के स्कूल के क्षितिमोहन सेन ने कबीर के पदों का संग्रह किया। वहाँ से ये पद हजारीप्रसाद द्विवेदी को मिले...और यों रवींद्रनाथ ठाकुर से कबीर हजारीप्रसाद द्विवेदी तक आते हैं। और वे कबीर को उनकी पूरी शक्ति और फक्कड़पन के साथ हिंदी साहित्य के सामने रखते हैं—ऐसी भाषा में, ऐसी रचनात्मक और ओजपूर्ण भाषा में जिसमें गजब की लय और मस्ती है। लगता है, कबीर की मस्ती में हजारी बाबू पूरी तरह रँग गए हैं और अचरज होता है—'अरे, हिंदी आलोचना में ऐसी भाषा पहले कहाँ थी।'

अच्छा, बाउलों के बारे में आपने कहा विष्णु जी, कि उनमें नाथों और सिद्धों की परंपरा चली आई है...लेकिन बाउल तो आदिवासी लोग हैं? क्या उन तक भी यह परंपरा पहुँची?

—नहीं, बाउल वैसे आदिवासी नहीं हैं और नाथों और सिद्धों की परंपरा चलते-चलते कैसे उन तक पहुँची, यह एक गंभीर अध्ययन का विषय हो सकता है। पर है यह सही। बस, फर्क यह है कि वे लोग कृष्ण को अपना इष्ट मानते हैं...यानी हर बाउल राधा भाव से कृष्ण की आराधना करता है।

अरे, यह तो वही भाव है जो कबीर का है कि 'हरि मोर पिऊ, मैं हरि की बहुरिया...'

—हाँ, बस राम की जगह यहाँ कृष्ण आ गया। 'बाउल' शब्द आपको आश्चर्य होगा, 'बावरा' से बना है और सभी 'बावलों' में कृष्ण भक्ति मिलती है। और यह सही है कि नाथों और सिद्धों का जो हठवाद है, यह उसी की एक शाखा है जो किसी तरह बंगाल पहुँची है। हठयोगियों की तरह ये भी पंच मकार मानने वाले हैं। और बाउलों का प्रभाव बंगाल के बड़े से बड़े संतों-कवियों पर, यहाँ तक कि चैतन्य महाप्रभु पर भी है। यह वही आँका-बाँका वाली परंपरा है जो नजरुल इस्लाम और रवींद्रनाथ ठाकुर और बंगाल के बहुत-से कवियों पर अपना असर दिखाती है।...तो चूँकि रवींद्रनाथ ठाकुर पर बाउलों का भयानक असर है, इसलिए यह वहाँ एकदम सहज है कि बाउल, नामदेव, तुका की तरह वे कबीर को भी उसी भाव से अपना लें। रवींद्रनाथ ठाकुर ब्रह्मसमाजी होने के कारण चूँकि 'मुक्त' थे, इसलिए उन्हें इसमें कोई मुश्किल नहीं आई। वैसे अध्ययन किया जाए तो बाउलों पर सूफी असर भी काफी हद तक देखा जा सकता है क्योंकि बाउलों में मुस्लिम भी बहुत है। योग, भक्ति की जो धारा मिल[illegible] चैतन्य महाप्रभु, आँका-बाँका, रवींद्र और नरुजल तक

जाती है, बाउल उसी में कहीं पड़ते हैं।

तब तो विष्णु जी, यह पूरी तरह हमें मानना ही होगा कि ये रवींद्रनाथ ठाकुर ही थे, जिनकी वजह से, आज हम कबीर और कबीर की परंपरा तक पहुँच पाए हैं।

—बेशक, कम से कम हिंदी में कोई नाम मुझे ध्यान में नहीं आता।...हाँ, इतना जरूर कहना चाहूँगा कि रवींद्रनाथ ठाकुर अगर कबीर से आकर्षित हुए, तो उनके उस रूप के कारण नहीं जो आज हमें सर्वाधिक मूल्यवान लगता है—उनकी सामाजिक क्रांतिकारिता वाला रूप!...जबकि रवींद्रनाथ ठाकुर को जाहिर है, जिस तबीयत के आदमी वे थे, कबीर का मिस्टीसिज्म, उनका रहस्यवाद और परब्रह्म भाया होगा और इसी कारण वे उनके प्रिय कवि हो गए। यानी जो कबीर का घोर यथार्थ है और उनका बुराइयों पर चोट करने वाला रूप या एक बेहतर समाज गढ़ने वाला रूप है, वह यहाँ भी उनके काव्य का एक निचला रूप बनकर रहा होगा, जबकि कबीर हमें आज इसीलिए भाते हैं कि उनमें एक बहुत बड़ा सामाजिक संदेश है।...आप देखिए, रैदास और दादू कैसे छूट गए, कबीर कैसे आगे आ गए? जाहिर है, कबीर की जो आग है, जो छह सौ बरस तक भीतर ही भीतर धधकती रही, वही जब पूरे जोरों से सामने आई तो हमें अचरज हुआ कि अच्छा ऐसा भी कभी हमारी भाषा, हमारे समाज में हुआ था! जाहिर है, यह कबीर का विद्रोही रूप ही है जो आज हमें सबसे ज्यादा फैसिनेट करता है। जैसे मुक्तिबोध की पंक्तियों का कहीं आपने उल्लेख किया है, 'कनफटा हूँ, हेठा हूँ'—तो ये कनफटे कौन थे? मुक्तिबोध किसकी ओर इशारा कर रहे हैं? ये वेदवादी समाज के विद्रोही लोग ही थे, बौद्ध, जैन, नाथ, सिद्ध, 'कनफड़ा' पंथ के ये तमाम लोग।

तो प्रकाश जी, इसमें तो कोई शक नहीं कि कबीर जो आज हमारे बीच हैं और हम-आप इस पर बात कर पा रहे हैं, तो इसका पहला श्रेय तो रवींद्रनाथ ठाकुर को ही जाता है।...हिंदी के आलोचक जो आज कबीर को सिर पर उठाए घूम रहे हैं, उनसे पूछा जाना चाहिए कि आज उन्हें कबीर याद आ रहे हैं, तो पिछले पाँच सौ साल के इतिहास में कबीर को कूड़ेदान में डालने के अपराधी कौन-से तत्व थे? इसका पता लगाया जाना चाहिए।...और तो और, कबीर जो आज हमें इतने बड़े दिखते हैं, ये कबीर सौ साल पहले कहाँ थे? जाहिर है, हमीं लोगों ने कबीर को दफन किया। कबीर जमीन में गाड़ दिए गए थे, क्योंकि कबीर सवर्ण हिंदुओं या कहिए कि हिंदू प्रतिष्ठान के काम के नहीं रह गए थे ऐसे विकट और दुर्दांत आलोचक को बर्दाश्त कर पाना हमारे लिए कठिन हो गया था। इसलिए उसे जमीन में गाड़ देना ही हमें—हमारे सवर्णधर्मी प्रतिष्ठान को सर्वोत्तम समाधान लगा होगा।

विष्णु जी, जिस तरह रवींद्रनाथ ठाकुर ने आधुनिक युग में कबीर को रि-डिस्कवर किया...तो क्या ऐसे ही हम यह न कहें कि हिंदी में या हिंदी साहित्य

में कबीर की प्रतिष्ठापना का सबसे पहला, सबसे महत्त्वपूर्ण और क्रांतिकारी काम हजारीप्रसाद द्विवेदी ने किया? यानी हिंदी में कबीर को उनके पूरे कद के साथ सामने लाने का श्रेय द्विवेदी जी को दिया जाना चाहिए।

—कौन-सा काम पहले, कौन-सा पीछे हुआ, यह इस वक्त ठीक-ठीक तिथिवार बता पाना तो मुश्किल है। आप जानते हैं कि मैं हिंदी साहित्य का न तो अध्येता हूँ, न प्राध्यापक। बल्कि शायद कबीर पर भी कुछ कहने का अधिकारी नहीं हूँ।...लेकिन जैसे रामकुमार वर्मा ने भी कबीर पर काम किया। इससे पहले आचार्य रामचंद्र शुक्ल तो कबीर पर लिख ही चुके थे...

ऐसा है विष्णु जी, शुक्ल जी तो कबीर के उन कुलीन आलोचकों में ही माने जाएँगे, जिन्होंने कबीर को साहित्य में बहुत निचला स्थान दिया और एक तरह से उन्हें अपमानित किया। ठीक यही काम अलग-अलग शब्दावली में अयोध्यासिंह उपाध्याय हरिऔध, बाबू श्यामसुंदर दास और विश्वनाथप्रसाद मिश्र भी करते हैं। इनमें मेरे ख्याल से, एक द्विवेदी जी ही ऐसे आलोचक ठहरते हैं जिन्होंने कबीर की अक्खड़ता, फक्कड़ता और विराट शक्तिपुंज को एक साथ हमारे सामने लगभग एक अचरज की तरह पेश किया। तब से कबीर जो हिंदी साहित्य में जमे तो फिर उन्हें बेदखल करने का काम हिंदी साहित्य में कोई नहीं कर सका। लिहाजा हिंदी साहित्य में कबीर की प्रतिष्ठपना का श्रेय तो हजारीप्रसाद द्विवेदी को ही दिया जाएगा।

—हाँ, यह बात आपकी ठीक है कि द्विवेदी जी ने कबीर को हिंदी साहित्य और हमारे दिलों में इतनी दृढ़ता से रोप दिया है कि उसे हिला पाने का काम कोई नहीं कर पाएगा। फिर हजारी बाबू की जो एक और विशेषता मुझे लगती है, वह यह कि उन्होंने कबीर के सभी रूपों को देखा, समझा और किसी एक रूप को पकड़कर बैठ जाने की जिद नहीं की।...यानी उन्होंने यह साफ-साफ देख लिया था कि कबीर एक नहीं हैं। एक कबीर में कई कबीर हैं। उनमें से किसी एक कबीर को पकड़कर बैठ जाने से बात नहीं बनने वाली, क्योंकि ये सभी कबीर एक-दूसरे से कहीं न कहीं जुड़े हुए भी हैं। इस तरह कबीर पर एक खुली चर्चा के लिए उन्होंने रास्ता दिखाया और यह रास्ता अब तक खुला हुआ है और आगे भी खुला रहेगा।...हालाँकि विडंबना यह भी है और जैसा मैंने पहले भी कहा कि हजारी बाबू की दृष्टि या निजी रुचियों की कुछ सीमाएँ भी हैं, जिन्हें समझा जाना चाहिए।

यानी आधुनिक काल में हिंदी समाज में कबीर की प्रतिष्ठापना हजारीप्रसाद द्विवेदी ने की थी, इससे आप सहमत हैं?

—हाँ, जो काम विश्व और व्यापक भारत के लिए रवींद्रनाथ ठाकुर ने किया, वही काम हजारी बाबू ने हिंदी के लिए किया। देखिए, यह अपने आप में कितना बड़ा विरोधाभास भी है। लेकिन यह बात आपको माननी पड़ेगी कि हजारी बाबू ने

जिस भाषा में कबीर पर लिखा है, वह भाषा पहले हमारी आलोचना में कभी थी ही नहीं। एक तरह से वह आलोचना की भाषा ही नहीं है, वह हजारी बाबू का एक बिल्कुल नया आविष्कार है कि वे अपने लिए एक ऐसी राह खोज सके जिससे कबीर को लेकर अपने मन में तेजी से उमड़-घुमड़ रहे भावों को अपने पूरे रचनात्मक साहस और ओज के साथ प्रकट कर सकें।...आप देखिए, कबीर पर उन्होंने कितने प्रसन्न भाव से लिखा है और एक तरह से ऐसा लगता है, जैसे बिल्कुल सखा भाव से वे कबीर से मिलते हैं, इतने प्रसन्न भाव से कबीर पर इससे पहले तो क्या, बाद में भी किसी ने नहीं लिखा।

जी, उसे पढ़ते हुए एक तरह का रोमांच-सा होता है। जब पहली बार मैंने इस किताब को पढ़ा, तो मेरी अजीब हालत थी और अब भी जितनी बार पढ़ता है उतनी बार उसमें से कबीर के नए-नए अर्थ, नई छटाएँ सामने आती हैं। और कई बार माफ कीजिए, कबीर को पढ़कर कबीर उतने समझ में नहीं आते जितना हजारीप्रसाद द्विवेदी को पढ़कर।...कबीर को हजारीप्रसाद द्विवेदी के रूप में सचमुच गजब के पैरोकार मिले!

—यह शायद इसलिए प्रकाश जी, कि हजारीप्रसाद द्विवेदी ने अपने पूरे मन से अपने पूरे समर्पण, तैयारी और प्राण-पण से कबीर पर लिखा था। और इसके पीछे कारण मुझे यह लगता है कि खुद हजारीप्रसाद द्विवेदी का जीवन कबीर से बहुत-कुछ मिलता-जुलता है। दोनों के जीवन में बहुत-कुछ समानताएँ थीं। उदाहरण के लिए कबीर ने गरीबी की मार झेली थी और खुद हजारी बाबू का प्रारंभिक जीवन बहुत गरीबी में बीता। हिंदी और हिंदी साहित्य को लेकर उनका जो रुख था, वह उन्हें हिंदी की कुलीन शास्त्रीय परंपरा से दूर रखता था।...तो हिंदी के प्रतिष्ठान या व्यवस्था ने जो उन्हें अपने से दूर रखा, इससे तिरस्कृत होना या उपेक्षित होना क्या होता है, इसका दर्द हजारी बाबू ने जान लिया था। फक्कड़ता उनमें कबीर जैसी ही थी। तो एक तरह से कबीर से उन्होंने अपने आपको 'आइडेंटिफाई' या आत्मसात्-सा कर लिया था। फिर हजारी बाबू को भी कबीर की तरह बदनाम किया गया, गलत समझा गया। यहाँ तक कि काशी विश्वविद्यालय से उन्हें निकाला गया।...यह उनके लिए कितनी तकलीफदेह बात रही होगी, इसकी कल्पना की जा सकती है।

अच्छा, यह देखिए कि कबीर पर उन्होंने अपनी किताब कब लिखी?...सन् 42 में या उसके आसपास समझिए। उस समय हजारी बाबू की उम्र क्या थी? कुल इकतीस बरस के थे। उस समय हिंदी साहित्य में एक से एक दिग्गज लोग मौजूद थे और उन सबसे बेपरवाह, बल्कि उन सबको चुनौती देता हुआ, इकतीस साल का यह युवक एक ऐसी युगांतकारी किताब लिखता है।...प्रकाश जी, मेरा पक्का विश्वास है कि हजारी बाबू तब युवा थे, इसलिए कबीर जैसी किताब लिख सके।

अगर वे पचास के लपेटे में होते तो शायद न लिख पाते। और फिर द्विवेदी जी के मन और आत्मा पर पड़ा शांतिनिकेतन का प्रभाव, जहाँ दुनिया के एक से एक बड़े विद्वान आते थे। अगर सी. एफ. एंड्रयूज जैसे लोगों से वे न मिले होते, तो क्या यह किताब लिख पाते और इसके लिए खुद शांतिनिकेतन का वातावरण काफी जिम्मेदार था, जिसके दरवाजे-खिड़कियाँ बाहर के लिए और बाहरी हवा के लिए हमेशा खुले रहते थे।...तो यह अपने आपसे बाहर, बंद कमरे से बाहर आकर खुले में...खुले आसमान के नीचे पढ़ने का भी प्रभाव था।...यानी यह जो 'बाहरपन' है, जो द्विवेदी जी को शांतिनिकेतन में मिला था, वह भी 'कबीर' किताब लिखवाने और उसे ऐसी जीवंत किताब का रूप देने में कहीं न कहीं सहायक रहा होगा।

फिर हजारी बाबू की बहुत-सी विशेषताएँ हैं। वे पहले ऐसे हिंदी विद्वान हैं जिन्होंने बांग्ला सीखी। और यह बांग्ला उन्होंने खुद रवींद्रनाथ ठाकुर से सीखी—उनकी कविता और साहित्य पढ़कर। नहीं तो हिंदी वालों में यह प्रवृत्ति ही कहाँ थी! एक निराला को छोड़ दीजिए जिन्हें बांग्ला बहुत अच्छी आती थी। पर वे बंगाल में पैदा हुए हिंदी कवि थे, मैं हिंदी विद्वान की बात कर रहा हूँ।...तो जब द्विवेदी जी शांतिनिकेतन से काशी पहुँचे सो ज्यादातर विद्वानों का भाव यह रहा होगा कि देखो, यह छोकरा बंगाल से सीखकर आया है। उन्हें एक तरह का व्यंग्य और तिरस्कार का भाव झेलना पड़ा होगा। अंततः वे बनारस से निकाले गए। उनके जीवन के सात साल बनारस से बाहर पंजाब में कटते हैं। यह उनके लिए पुराने जमाने में जो 'देश निकाला' हुआ करता था, कुछ वैसी चीज रही होगी। द्विवेदी जी के लिए यह कितने दुख और गहरे संताप की बात रही होगी, इसका अंदाजा लगाया जा सकता है।

इन सब बातों के आधार पर अगर द्विवेदी जी की जीवनी लिखी जाए तो वह सचमुच बड़ी रोमांचक होगी। अभी हजारी बाबू और कबीर पर हाइडेल-बर्ग के दक्षिण एशिया संस्थान में हिंदी की प्राध्यापिका प्रो. मोनीका बोएम टेटेलबाख का पेपर मैं पढ़ रहा था, जिनका साफ मानना है कि हजारीप्रसाद द्विवेदी इसलिए कबीर की ओर आकर्षित हुए कि दोनों की जीवनी में काफी साम्य है। वे बार-बार इस बात को रेखांकित करती हैं।...और फिर हजारी बाबू मूलतः आलोचक न होकर, ज्योतिषाचार्य थे। इसलिए इड़ा-पिंगला और कबीर का रहस्यवाद भी कोई ज्यादा मुश्किल चीज नहीं रही होगी उनके लिए। साथ ही द्विवेदी जी का अलमस्त किस्म का फक्कड़पन। ठीक है, द्विवेदी जी दलित नहीं थे, पर एक गरीब और स्वाभिमानी ब्राह्मण के जीवन में भी लगभग वही फक्कड़ता और मस्ती क्यों नहीं हो सकती थी—किसी बड़ी से बड़ी सत्ता या धनी-मानी के आगे न झुकने वाली! और मान लिया, कभी मजबूरी में हजारी बाबू को कोई समझौता करना भी पड़ा होगा तो कम से कम आत्मा उनकी कभी न झुकने वाली थी।

लेकिन विष्णु जी, अभी हम चर्चा कर रहे थे कि द्विवेदी जी की कबीर की

व्याख्या और मूल्यांकन की कई स्पष्ट सीमाएँ हैं। निस्संदेह ये द्विवेदी जी में किसी ऐसी 'खोटी नीयत' या 'कपट व्यवहार' के कारण तो हरगिज न आई होंगी, जैसा इन दिनों धर्मवीर सरीखे दलित लेखकों ने उन पर आरोप लगाना शुरू कर दिया है। उनके हिसाब से तो द्विवेदी जी कबीर के व्याख्याता नहीं, बल्कि जैसे कोई षड्यंत्रकारी हैं!...पर द्विवेदी जी की व्याख्या की कुछ सीमाएँ तो हो ही सकती हैं और वे उनके व्यक्ति और अपने समय की कुछ सीमाएँ भी हो सकती हैं। इस बारे में मैं चाहता हूँ, आप कुछ कहें।

—देखिए प्रकाश जी, हजारी बाबू की किताब 'कबीर' जब हिंदी साहित्य में पहली बार छपकर आई होगी, तब से कोई साठ बरस गुजर चुके। अब बहुत आसान है देख पाना कि द्विवेदी जी में या उनकी कबीर की थीसिस में क्या कमियाँ थीं। इसलिए कि इन साठ बरसों में इस देश में एक पूरी सामाजिक क्रांति हुई...पूरा समाज आजाद हुआ, दलित आजाद हुए।

इस पर भी अगर द्विवेदी जी की स्थापनाएँ, जैसा कि आपने कहा, आज भी हमें रोमांचित और चकित करती हैं तो यह कोई छोटी बात नहीं है। और कबीर से लेकर उनकी स्थापनाओं और हमारी स्थापनाओं में कोई बुनियादी फर्क नहीं है। लेकिन अगर द्विवेदी जी की पुरानी स्थापनाओं पर चलें तो मुझे लगता है, उनमें से कुछेक ऐसी हैं कि यदि सन् 1942 में भी मैं विचार करने लायक होता, तो शायद उस समय भी मैं असहमत होता। मसलन कबीर के तीन बड़े काम या भूमिकाएँ उन्होंने गिनाई हैं—1. समाज-सुधारक के रूप में, 2. सर्व-धर्म समन्वयकारी के रूप में, तथा 3. हिंदू-मुस्लिम एक्य कामी के रूप में।...पर मेरा ख्याल है, कबीर समाज-सुधारक नहीं थे। और खुद हजारी बाबू ने भी थोड़ा आगे चलकर मान लिया कि कबीर समाज-सुधार के चक्कर में नहीं पड़े...यानी रूढ़ अर्थ में वे समाज-सुधारक नहीं थे। पर जहाँ तक सर्व-धर्म-समन्वयकारी या हिंदू-मुस्लिम एक्य की बात है, तो मैं इससे असहमत हूँ।

लेकिन इनडायरेक्टली ही सही, सर्व-धर्म-सद्भाव का मजबूत आधार तो कबीर के यहाँ मिलता है।...यानी मनुष्य और मनुष्य समान हैं और उन्हें अगर कहीं झुकना है, तो बस ईश्वर या ब्रह्म के आगे...और इस ईश्वर में हिंदुओं के राम, मुसलमानों का अल्लाह—ये सब आ गए। तो यह चीज खुद में सर्व-धर्म-सद्भाव की भूमिका तो बनाती ही है।

—आप चाहें तो ऐसा अर्थ उसमें से निकाल लें, लेकिन खुद कबीर हिंदू-मुस्लिम एकता का कोई एजेंडा लेकर चल रहे थे कि हिंदुओ, मुसलमानो, एक हो जाओ—ऐसा बिल्कुल नहीं है।...हाँ, वे अपना धर्म जिन तत्वों से बनाते हैं, वे खुद में इतने अन्य धर्म-निरपेक्ष हैं कि वहाँ आप कह सकते हैं, सभी के लिए उन तक आने के लिए गुंजाइश बची रहती है। आप चाहें तो इसी को खींच-तानकर सर्व-

धर्म-समन्वयवाद कह लीजिए, पर ऐसा असल में है नहीं।...फिर द्विवेदी जी शायद एक और गलती करते हैं—वे कबीर को 'व्यक्तिवादी साधना का प्रेरक' कहते हैं। यह कबीर के साथ एक और ज्यादती है। उनकी साधना में व्यष्टिवादी तत्व होते हुए भी, उसे आप पूरी तरह व्यष्टिवादी इसलिए नहीं कह सकते, क्योंकि कबीर की जो सामाजिक चिंताएँ हैं या कहिए कि सामाजिक क्रांतिकारिता है, वह खुद इसी का एक हिस्सा है। और जहाँ तक कबीर के हिंदू-मुस्लिम एकता के पक्षधर होने की बात है, जैसा कि द्विवेदी जी ने दिखाया, उससे मेरे लिए जरा भी सहमत होना कठिन है। इसलिए कि कबीर यह गलती कभी नहीं करते! वे हिंदू-मुस्लिम का मेल कभी नहीं कराते। इसलिए हिंदू-मुस्लिम एकता का एजेंडा उनमें ढूँढ़ना बेकार है।...कबीर जहाँ भी उन्हें मौका मिला है, हिंदू-मुसलमान दोनों को फटकारते हैं और एक 'तीसरे रास्ते' पर आने के लिए कहते हैं। यानी हिंदुओ, अपना हिंदुत्व छोड़ो, मुसलमानो अपनी मुसलमानियत छोड़ो...और अब इस जगह तुम प्रवेश कर सकते हो, जिसे कबीर एक नई मानव-आस्था के रूप में गढ़ रहे थे। और एक तरह से सभी भेद-भाव, ऊँच-नीच से परे एक समतामूलक समाज गढ़ रहे थे।...यानी आप कह सकते हैं, हिंदू-मुसलिम एकता का पाखंड वे बिल्कुल नहीं रचते।

एक दूसरी संभावना पर भी हम सोचें विष्णु जी। क्या ऐसा कि जब वे हिंदू और मुसलमान दोनों को फटकारते हैं कि उन्होंने राह नहीं पाई, तो दोनों की गलत और अतार्किक बातों का खंडन करके उन दोनों की जो पोजिटिव बातें हैं, उन्हें मिलाकर वे एक तीसरा रास्ता बना रहे हों। यह भी प्रकारांतर से हिंदू-मुसलिम एकता का रास्ता ही हुआ न?

—(थोड़ी आविष्ट मुद्रा में...) जी नहीं, मैंने पहले कहा, कबीर का एजेंडा हिंदू-मुसलमान एकता है ही नहीं। यह उनका सोचने का ढंग है ही नहीं। इसके बजाए वे एक विद्रोही और क्रांतिकारी के रूप में हमारे सामने आते हैं। यह उनका वही रूप है जिसके लिए हजारी बाबू लिखते हैं कि कबीर बहुत-कुछ को अस्वीकार करने का साहस लेकर पैदा हुए थे। लिहाजा आप देखिए, वे करते क्या हैं। वे साफ-साफ घोषणा करते हैं कि किताब बेकार है...वेद बेकार है, कुरान बेकार है—यानी आप इमेजिन कीजिए, छः सौ साल पहले ऐसा कहना! एक भयानक स्टेटमेंट है यह! कैसा खतरनाक वह समय था और यह आदमी!...इसका साहस देखिए। एक ओर यह कुरान को फेंक रहा है, दूसरी ओर वेदों को फेंक रहा है... यानी दूसरी भाषा में आप कह सकते हैं, यह 'डिक्लास' होना या 'डिक्लास' करना है...या इसे आप 'डि-रिलिजनलाइज' होना और करना भी कह सकते हैं। धर्म और धर्म के बीच फर्क मानना और करना भी एक तरह की जाति-व्यवस्था और वर्ण-व्यवस्था है। इस्लाम में पहले शायद जातिवाद, वर्णवाद नहीं था, लेकिन अब तो है। इधर कुल इस्लाम हिंदुओं को निचला मानता है और कुल हिंदू मुस्लिमों को!

कबीर इस वृहत्तर ऊँच-नीच और अस्पृश्यता की नींव में पलीता लगाते हैं। इसीलिए वे हिंदुओं और मुसलमानों दोनों से कहते हैं कि तुम अपना नकली चोला जलाकर आओ। तुमने हिंदुत्व और मुसलमानियत में जो सुरक्षा ढूँढ़ ली है और अपने-अपने सुरक्षित बाड़े में जाकर बैठ गए हो, इसे फूँककर आओ। यानी आप देखिए, कबीर जब घर जलाने की बात करते हैं तो वह सिर्फ घर जलाना ही नहीं है। वह 'धर्म का घर' जलाने की बात भी है...यानी यह जो हिंदू और मुसलमान होकर तुम 'सेफ' हो जाते हो, यह नकली सहारा ढूँढ़ना ठीक नहीं। पहले तुम इसको भी जलाओ...

तो आप देखिए, कितना खतरनाक रास्ता है कबीर का! जो भी उसके पास जाता है, उसे वह एक अग्नि में से गुजारता है।...पहले आप इस अग्नि में से गुजरिए, फिर तो आप वह हो ही जाएँगे जो कबीर चाहता है। यह एक तरह से कबीर का 'ज्वलनशील प्रलोभन' है। कबीर इस तरह आपको पकड़ता है, खींचता है और फिर अंततः आपको वही बना देता है जो वह चाहता है।

अच्छा विष्णु जी, आपके ख्याल से, हिंदू और मुसलमान दोनों को 'लिबरेट' करके अपनी ओर खींचने और आग में ढालने का कबीरी रास्ता ठीक-ठीक क्या है?...यानी उसके औजार क्या हैं?

—देखिए, नंबर एक तो कबीर का वर्ग-विरोधी होना।...कबीर इस तरह के किसी विभाजन को नहीं मानता जो एक को ऊँचा, दूसरे को नीचा ठहराता है। इसके बजाए कबीर हमें मानवतावाद का उपदेश देता है और मानवतावाद के रास्ते पर ले जाता नजर आता है। और यह तत्व, मुझे पक्का यकीन है, कबीर में इस्लाम से आया क्योंकि मूल इस्लाम इस तरह के जाति-भेद को नहीं मानता और आदमी और आदमी के बीच बराबरी और भ्रातृत्व का संदेश देता है। तो कबीर का पहला प्रहार तो इसी चीज को लेकर होता है कि हिंदू आपस में बराबर क्यों नहीं हैं...उनमें इतनी ऊँच-नीच क्यों है?

ऐसा क्यों है कि हिंदू 'आत्मा...आत्मा...' तो चिल्लाते हैं, साथ ही जाति के आधार पर एक-दूसरे से नफरत भी करते हैं, जबकि आत्मा सबमें है। सब खुदा के बंदे हैं, तो एक चांडाल और एक ब्राह्मण में क्या फर्क है?...पर यह हिंदुओं का एक खास तरह का ढोंग है। विचारों में एकदम आदर्श और व्यवहार में निकृष्ट, घटिया। इसी चीज को लेकर महावीर और बुद्ध ने हमारे यहाँ विद्रोह किया। उनकी दो ही तो विशेषताएँ थीं। एक तो उन्होंने जाति-प्रथा को उठाकर परे फेंक दिया और दूसरे, ईश्वर को फेंक दिया। ये बड़े क्रांतिकारी काम महावीर और बुद्ध ने किए। लेकिन हमने क्या किया? बजाए उनसे कुछ सीखने के, हमने जैनों, बौद्धों को ही हाशिए पर धकेलने की कोशिश की—कुछ जैनों और बौद्धों ने तो समझौता भी कर लिया—और इसके लिए शंकराचार्य और न जाने कौन-कौन आगे आए।...तो हमारी परंपरा तो कुछ न करने और करने के लिए कोई आए, तो उस क्रांतिकारी को पीछे

डाल देने की परंपरा है। यही वजह है कि कबीर की परंपरा को आगे बढ़ाने की बजाए उलटे हमने उन्हीं को किनारे लगाने की कोशिश की।

जबकि आप देखिए, जो साहस कबीर ने किया, वैसा साहस उस समय और कौन कर रहा था? किसकी हिम्मत थी, इतना खुलकर और धर्मों की आलोचना कर पाए। यह लगभग सुकरात जैसा साहस था। थोड़ा-बहुत हम सूफी संतों को कह सकते हैं कि उन्होंने भी निर्भय होकर अपनी राह चुनी। पर देखिए, सूफी संतों और कबीर में बहुत फर्क है। सूफी संत और चाहे जो भी करें, पर अपने मूल धर्म इस्लाम की खुली आलोचना नहीं करते थे। पर कबीर की तो शुरुआत ही यहीं से होती है। ...तो इसमें शक नहीं कि कबीर का रास्ता एक खतरनाक रास्ता था। और इसमें सबसे ज्यादा आश्चर्यजनक बात यह थी कि जो एक गैर-हिंदू के रूप में, दलित के रूप में पैदा हुआ था, वह पूरे हिंदू-मुस्लिम समाज की जिम्मेदारी ले रहा था। और अब यहाँ कबीर के 'राम' की भूमिका आप समझ सकते हैं कि कबीर ने अपने निर्गुण ईश्वर के लिए कोई और नाम न लेकर, राम का नाम ही क्यों रखा? इसलिए कि वे कह सकें...यह तो तुम्हारा राम ही है। बस, उसे ऐसे नहीं, ऐसे मानना है...और उसमें ये-ये विशेषताएँ हैं! तो आप देखिए, कैसे कबीर जैसा एक गैर-हिंदू पूरे हिंदू समाज का 'लिबरेटर' हो गया। उसने इतनी बड़ी जनता को 'कन्वर्ट' किया, पर हिंदू धर्म की भाषावली के भीतर ही। और इसके लिए सबसे पहले उसने खुद को 'डिक्लास' किया...कि देखिए मैं न मुसलमान हूँ, न हिंदू हूँ—मैं तो इन दोनों से अलग हूँ। एक मानव हूँ, राम नामक खुदा का बंदा हूँ।...

आप कबीर का समय देखिए और सोचिए, उस समय के हिसाब से कितनी क्रांतिकारी थी उनकी यह कोशिश। यह ऐसा साहस था जिस पर धर्मांध आततायी उनका सिर उड़ा दे सकते थे।...पर कबीर जरा भी डिगे नहीं। वे लगातार यही कहते रहे कि मैं एक जुलाहा हूँ और मैं तुम्हें ताना और भरनी का संदेश देने आया हूँ।...मैं एक मुसलमान जुलाहा हूँ, यह उन्होंने कभी नहीं कहा, इसलिए कि वे हिंदू और मुसलमान की चौहद्दी से ऊपर उठ चुके थे।

विष्णु जी, हम लोग द्विवेदी जी की 'थीसिस' की सीमाओं के बारे में बात कर रहे थे।...बात कहीं और चली गई।...

—चलिए, उसी पर लौटते हैं!...तो एक तो कबीर को हिंदू-मुस्लिम एकता का पैगंबर द्विवेदी जी ने कहा, जो ठीक नहीं है। यह द्विवेदी जी की अपनी रुचियों या उनके समय की सीमा हो सकती है...या हो सकता है, कबीर से वे कुछ अलग अपेक्षा कर रहे हों! पर कबीर की निगाह इस मामले में साफ है। कबीर इस चक्कर में नहीं पड़े। फिर द्विवेदी जी की शब्दावली पर जरा गौर कीजिए। 'भगवद् भक्ति की औषध...' यह किस तरह की भाषा है! मेरा मानना है कि कबीर के साथ 'भक्त' विशेषण ठीक-ठीक जँचता नहीं है। कबीर उस तरह के भक्त हरगिज नहीं थे।

जबकि द्विवेदी जी एक और 'पहेली' रचते हैं कि कबीर भक्त थे या समाज-सुधारक? और उनका निष्कर्ष है कि कबीर मूलतः भक्त थे। उनका क्रांतिकारी रूप या समाज-सुधारक रूप वगैरह-वगैरह उनके भक्त रूप के ही अंगोपांग थे।...यानी ये सब शीशे हैं जो उनकी भक्ति के प्रकाश से प्रकाशित हो उठे! मेरा कहना है कि यह द्विवेदी जी की भावना और बुद्धि की उड़ान का 'चमत्कार' है जो कबीर के साथ फिट नहीं होता या कबीर की समझने को समझने में हमें कोई मदद नहीं देता। इसलिए कि कबीर के जिस विद्रोही या सामाजिक क्रांतिकारी रूप को वे कमतर आँक रहे हैं, वही हमें आज ज्यादा फेसीनेट करता है...और न सिर्फ फेसिनेट करता है, बल्कि वह दिनोदिन कहीं ज्यादा प्रासंगिक भी होता जा रहा है। पर भक्त...? मुझे सच कहूँ तो बड़ी दिक्कत आती है उन्हें भक्त कहते या मानते हुए। मेरा ख्याल, वे उस अर्थ में भक्त कतई नहीं थे, जिस अर्थ में सूर या तुलसी थे...

पर विष्णु जी, कहीं ऐसा तो नहीं कि हम अपने समय से बहुत ज्यादा आक्रांत होकर कबीर के बारे में सोच रहे हों!...आज से छह सौ साल पहले तो यकीनन भक्ति का ही बोलबाला था। कबीर भक्तिकाल की उस धारा में बहकर ही कबीर बने थे। यह अलग बात है कि उसी धारा में उन्होंने अपना एक अलग और क्रांतिकारी व्यक्तित्व भी कायम कर लिया।...नहीं लगता क्या आपको? असल में कबीर के सामने उस समय समाज को संबोधित करने का कोई और जरिया ही नहीं था, धर्म और भक्ति के सिवा!...यह कबीर की लाचारी भी हो सकती है!

—देखिए, इस बात को मानने में तो मुझे जरा भी दिक्कत नहीं है कि कबीर ने धर्म में...या कहिए, धर्म की एक खास तरह की शब्दावली में घुसकर अपने क्रांतिकारी रूप का विस्तार किया! यानी धर्म को भी उन्होंने कोई 'हवाई' या ऊँची चीज न मानते हुए, 'पार्थिव चीज' माना है कि उसके भीतर घुसकर भी अपनी बातें कही जा सकती हैं। शायद कबीर के यहाँ वह मोह या जड़ता बिल्कुल नहीं है जो दूसरे धर्मों में होती है। हिंदू और मुसलमान दोनों को उन्होंने तलवार की धार पर चलाया। और यों उन्हें एक नए मानव धर्म या 'विश्व धर्म' में दीक्षित किया।

अब रही भक्ति, जिसकी आपने अभी चर्चा की है, तो मेरा मानना है और मेरा यह पक्का यकीन है कि कबीर उस तरह के भक्त नहीं है, जैसे सूर, तुलसी या दूसरे भक्त हैं! फिर यह बात ध्यान देने की है कि कबीर जिस भक्ति पर पहुँचते हैं, वह भावना के बजाए 'इंटेलेक्ट' या एक तरह के विवेक पर ज्यादा टिकी है। यानी कबीर का ईश्वर को पाने का जो रास्ता है, वही काफी भिन्न है। कबीर उसे 'धर्म' से नहीं, कहना चाहिए कि 'अध्यात्म' से पाने की कोशिश करते हैं।...यानी कबीर की विशेषता यह है कि वे अपने ईश्वर को पहले ज्ञान के जरिए अच्छी तरह जानते-समझते हैं और फिर उसे पाने की कोशिश करते हैं। यह तो कबीर का ज्ञान

से जुड़ा होना है, इसी कारण उनके व्यक्तित्व में एक सामाजिक क्रांतदर्शी का तत्व हमेशा मौजूद रहता है। यही वजह है कि कबीर को 'संत' तो आप कह सकते हैं, पर उन्हें 'भक्त' कहना मुझे अखरता है। यानी 'संत कबीर' तो मैं कह सकता हूँ पर 'भक्त कबीर' नहीं। दूसरी ओर, नरसी को नरसी भक्त आप कह सकते हैं... भक्त नामदेव कहा जा सकता है, भक्त सूरदास, गोस्वामी तुलसीदास कहा जा सकता है, लेकिन कबीर मूलतः संत हैं, भक्त नहीं।...यह मेरे ख्याल से एक बहुत महत्त्वपूर्ण लक्षण या 'डिस्टिंक्शन' है कबीर को समझने का। इसीलिए कबीर को कोई भक्त कहता है तो मैं उसे रोकता हूँ कि नहीं, कबीर वैसे भक्त नहीं, जैसे और भक्त हैं। कबीर की यह ऐसी विशेषता है जो उन्हें शायद किसी से कन्फ्यूज नहीं होने देती। उनका ब्रह्म भी इस लिहाज से बहुत कुछ 'सेक्युलर' ब्रह्म है, जिसका भेद वे जानते हैं और जानकर ही पाने का प्रयत्न करते हैं। उनका साफ मानना है कि अगर आप ब्रह्म को जानते नहीं हैं तो आप उसे पा नहीं सकते हैं। ऐसे व्यक्ति को आप भक्त कहते हैं तो लगता है, जैसे आपने उसे छोटा कर दिया हो।...

तो फिर क्यों द्विवेदी जी कबीर को मूलतः भक्त साबित करने पर तुले हैं? यह दरअसल खुद द्विवेदी जी का चोर है। उन्होंने रवींद्रनाथ ठाकुर या क्षितिमोहन सेन से कबीर को लिया है और वहाँ कबीर का महत्त्व उनके रहस्यवाद या पारब्रह्म की रहस्यवादी भक्ति के कारण है। इसीलिए द्विवेदी जी एक ओर कबीर को मूलतः भक्त मानते हैं और दूसरी ओर उनकी साधना को व्यक्तिवादी साधना ठहराते हैं। उनकी क्रांतिकारिता वगैरह जो आज हमें इतनी प्रिय है, वे तो उनके लिए 'फोकट का माल' है। हजारी बाबू का मानना है कि कबीर ने यह सब कहा जरूर, पर कबीर इसके लिए सचेत न थे। जबकि ऐसा सोचना ठीक नहीं है। यह खुद हजारी बाबू की सीमा है जो वे कबीर पर आरोपित कर रहे हैं। यही वजह है कि वे और बहुत सारी गड़बड़ियाँ करते हैं। कबीर उनके यहाँ कबीरदास हो जाते हैं जबकि कबीर खुद में काफी हैं। अपने में यह पूरा नाम है। उन्हें दास की जरूरत नहीं है।

लेकिन कबीर के अपने पदों में तो दास मिलता है और बहुत मिलता है, मसलन 'दास कबीर जतन से ओढ़ी, ज्यों की त्यों धर दीनी चढ़रिया...

—हाँ, पर यह अलग चीज है, दास यहाँ नाम का हिस्सा नहीं है, इसमें तुलसी की 'दासता' नहीं है।

अच्छा, विष्णु जी, मैं कई बार सोचता हूँ कि कहीं कबीर के साथ यह गड़बड़ तो नहीं हो रही कि सभी उसमें से अपनी-अपनी पसंद का कबीर चुन ले रहे हैं? हमें आज अगर क्रांतिकारी कबीर ज्यादा फैसिनेट करता है और वह हमारे लिए ज्यादा रेलेवेंट है भी, तो हम बाकी कबीरों को गौण क्यों मानें? वे भी रहें, मगर जो हमें काम का लगता है, उसे ले लें।...मेरा आशय यहाँ इड़ा, पिंगला, माया वगैरह से है...जबकि एक समय रहा हो सकता है कि उनका यही

रूप ज्यादा प्रमुख हो और बाकी गौण। तो इस लिहाज से उनकी भक्ति के बारे में जरा सोचें।

—हो सकता है, आपकी बात किसी हद सही हो। यानी कबीर के साथ कहीं न कहीं हमारी रुचियाँ और पसंद-नापसंद भी जुड़ गई हैं। पर फिर भी मुझे इसमें कोई संदेह नहीं कि कबीर इस तरह के भक्त नहीं थे कि उन्हें हिंदी की भक्ति काव्य-धारा की एक लड़ी में पिरो दिया जाए। यानी कबीर को मूलतः कोई संत कहना चाहे तो मैं मान लूँगा। पर उन्हें मूलतः भक्त कोई कहता है तो अड़चन आती है। यह शब्द जैसे कबीर के पूरे व्यक्तित्व के साथ फिट नहीं बैठता। कबीर में जो पूरे समाज को साथ लेकर चलने और मुक्त करने का भाव है, वह उनका संत रूप है जिसने अपने लिए 'बेस' बहुत बड़ा चुना। जबकि आप उन्हें मूलतः भक्त कहते हैं और उनके बाकी रूपों को उसी से प्रकाशित मानते हैं, तो यह कबीर के साथ एक किस्म का अन्याय तो है ही। फिर द्विवेदी जी की भाषा तो देखिए। वे कबीर के संदर्भ में 'भक्त-भगवान' सरीखी शब्दावली अपनाते हैं। भला बताइए, इसमें क्या तुक है? कबीर तो अपने ईश्वर को कभी 'भगवान' नहीं कहते। भगवान स्वयं में सगुणोपासना का शब्द है। फिर कबीर के संदर्भ में इसकी क्यों जरूरत पड़नी चाहिए? स्वयं कबीर को आप देखें, तो वे 'ब्रह्म' या 'पारब्रह्म' शब्द का प्रयोग करते नजर आते हैं, भगवान नहीं। तो द्विवेदी जी की मैं समझता हूँ कि संस्कारगत सीमाएँ तो हैं, जो उन्हें कबीर को समझने की पूरी कोशिश के बावजूद थोड़ा बाहर भी रखती है और कई बार वे सिर्फ सतह पर टटोलते नजर आते हैं।

यूँ भी आप गौर से देखें तो आपको ऐसा पता चलेगा कि कबीर की अपने पारब्रह्म के साथ दोस्ती-सी है। यानी वे ईश्वर के भक्त के बजाए, जो थोड़ा हिंदूवादी टर्म है, अपने ईश्वर के विश्वासपात्र होना ज्यादा पसंद करते हैं, जैसा कि हर मुसलमान होता है या खुद को ऐसा कहता है। मुसलमान अपने को खुदा का भक्त कभी नहीं कहता, 'खुद का बंदा' कहता है। मेरा ख़्याल है, वही बात कबीर के लिए भी सच है। इसी तरह एक और शब्द का प्रयोग किया है द्विवेदी जी ने 'अहैतुक अनुराग'। यह शब्द कबीर की साधना के लिए सही नहीं है और थोड़ा वैष्णवधर्मी किस्म का है। उनके मन में कहीं प्रेम और भक्ति की तुलसी की सगुणोपासना ही बसी है। तो वे बार-बार अंडरवैल्यू करते हैं।...द्विवेदी जी कभी जनसंघी नहीं हो सकते थे किंतु उनके सहारे आज के भाजपाई कबीर को थोड़ा 'मीठा' बनाने की कोशिश कर लेंगे, क्योंकि कबीर की आग को पचा पाना कोई आसान काम नहीं।

इसी तरह कबीर के बाह्याचारों के खंडन आदि को द्विवेदी जी जब प्रमुख नहीं, गौण मानते हैं, तो साफ लगता है कि यह कबीर को सिर के बल खड़ा करने की कोशिश है। उनका कहना है कि कबीर भक्त पहले हैं, यानी पहले कबीर खुद को भक्ति में लीन करते हैं, फिर खुद को 'डिक्लास' करते हैं और 'समाज सुधार' के

रास्ते पर बढ़ते हैं। जबकि मेरा कहना है कि पहले वे खुद को 'डिक्लास' करते हैं, समाज को वैसा करना चाहते हैं और फिर ज्ञान और अपनी विशिष्ट भक्ति के जरिए ईश्वर को पाने की कोशिश करते हैं।...चलिए, दोनों साथ-साथ मान लेते हैं। लेकिन यह कहना कि कबीर का समाज-सुधार बाइ-प्रॉडक्ट है, यह ठीक है।

कहीं ऐसा तो नहीं विष्णु जी, कि द्विवेदी जी जैसे भक्ति-काल के आचार्य हैं और उसे हस्तामलकवत देखते हैं, हम वैसे नहीं देखते। हमारे लिए हमारी समकालीनता ज्यादा महत्वपूर्ण है, इसीलिए कबीर की क्रांतदर्शिता हमें मुग्ध करती है, पर उसकी पृष्ठभूमि में बहुत कुछ है जिसे हम छोड़ देते हैं जबकि द्विवेदी जी शायद उसकी तलाश में दूर तक जाते हैं। इस लिहाज से हो सकता है, हम सन् 2000 के हिसाब से सोच रहे हैं और द्विवेदी जी आज से छह सौ साल पहले के समय के चरित्र को छान-फटक रहे हैं। लिहाजा अलग-अलग कबीरों पर हमारी दृष्टि अटकती है।...आपको नहीं लगता ऐसा?

—देखिए प्रकाश जी, यह तो ठीक है कि आज हम कबीर पर बात कर रहे हैं सन् 2000 में। पर जहाँ तक द्विवेदी जी के समय की बात है, तो समाज उस समय कोई इतना पिछड़ा हुआ तो नहीं था कि द्विवेदी जी नए विचारों को देख और समझ ही न पा रहे हों। बल्कि हिंदी आचार्यों में जितना वे देख-समझ पा रहे थे उतना उनके बाद भी कई वर्षों तक संभव न हुआ। मत भूलिए, वह समय गांधी और आंबेडकर का था, जब एक ओर गांधी स्वराज के जरिए देश में जागृति ला रहे थे, तो दूसरी ओर आंबेडकर के जरिए दलित उभार की शुरुआत हो चुकी थी। तो 1940 में ऐसा बहुत-कुछ था जो द्विवेदी जी को कबीर को दलित संदर्भ में देखने और उसकी सामाजिक क्रांतिकारिता के पुनर्मूल्यांकन के लिए उकसाता था। तो मेरा तो ख्याल है कि यह समय से ज्यादा द्विवेदी जी की खुद की सीमा है। जैसा वे कर सकते थे, वह उन्होंने नहीं किया तो उन्होंने नुकसान किसका किया—कबीर का या अपना? मेरे ख्याल से द्विवेदी जी ने अपना ही नुकसान किया। इसलिए कि कबीर तो आज सही संदर्भ में समझे ही जा रहे हैं और उन पर एक सार्थक बहस चल पड़ी है, जिससे आप बच नहीं सकते।

या फिर एक अजीब बात हो सकती है कि इसके पीछे द्विवेदी जी की अपनी कोई 'राजनीति' रही हो। वे हो सकता है, कबीर के लिए चतुराई से जमीन तैयार कर रहे हों कि एक बार भक्त के रूप में कबीर को मान्यता मिल जाए, फिर तो वे खुद-ब-खुद सारी वर्णाश्रम-व्यवस्था में पलीता लगाकर उठ खड़े होंगे। उनमें खुद ऐसी भीतरी आग है कि उसे दबाया नहीं जा सकता है! तो हो सकता है, द्विवेदी जी की कोई ऐसी राजनीति रही हो। द्विवेदी जी में ऐसा 'शरारती' तत्त्व हमेशा था। लेकिन जब तक यह बात सामने खुलकर नहीं आती, हमें यही मानना चाहिए कि जब हजारी बाबू कबीर को प्रमुख रूप से भक्त मान रहे हैं तो वे सतह पर ही चक्कर

लगा रहे हैं। कबीर जैसे जबर्दस्त क्रांतिकारी के बारे में उनका कहना यह है कि यह जो उनकी भक्ति का प्रकाश है, उसी से उनके अन्य रूप उद्‌भासित हो रहे हैं, उनकी क्रांतिकारिता समेत। फिर आगे चलकर जब वे कहते हैं कि कबीर एक 'महान प्रकाश-पुंज' हैं और ऐसा उनकी उस भक्ति के कारण ही है जो बौद्धिक आलोचना का विषय नहीं है, तो हमारे मन में सवालों पर सवाल खड़े होते हैं। सवाल यह है कि कबीर को बौद्धिक आलोचना से क्यों नहीं जाना जा सकता? क्या हमारी भाषा इतनी असमर्थ और लूली-लँगड़ी है! और अगर उसे बौद्धिक आलोचना से नहीं समझा जा सकता, तो उसे समझने का दूसरा जरिया क्या है? क्या हम 'नेति-नेति' वाली शब्दावली से उसे समझें?

विष्णु जी, मुझे लगता है, द्विवेदी जी के इस वाक्य का एक दूसरा अर्थ भी संभव है। संभवतः उनका आशय यह है कि कबीर की रहस्यात्मकता जहाँ माया और ईश्वर के रूप का वर्णन है, पूरी तरह से बुद्धिगम्य नहीं है यानी हम आलोचक की भाषा में उसे नहीं समझ सकते। उसे समझने के लिए हमें कबीर में लीन होना पड़ेगा।...यानी कबीर होकर ही हम कबीर को समझ सकते हैं। ...तो कहीं ऐसा तो नहीं कि 'कबीर की भक्ति बौद्धिक आलोचना का विषय नहीं है' वाले फेज को हम नाहक खींच-तान रहे हैं?

—कबीर में लीन होने पर क्या बुद्धि निलंबित हो जाएगी?...इस संध्या भाषा को यहीं छोड़ें! अब मैं कुछ और आपसे कहना चाहता हूँ जो आप कह सकते हैं, कबीर को समझने की मेरी समस्याएँ हैं।...यानी कबीर को पढ़ते हुए मुझे जो मुश्किलें आईं...

अच्छा...किस तरह की मुश्किलें?...मैं तो खुद इसी सवाल पर आ रहा था कि जब आप द्विवेदी जी को या सारे आलोचकों को बीच में से हटाकर सीधे कबीर तक पहुँचते हैं तो आपको क्या लगता है?

—जी, वही!...तो कबीर को पढ़ते हुए उनकी जिन चीजों से मुझे खासी परेशानी हुई, मैं उनके बारे में कहूँगा।...ये, आप कह सकते हैं, मेरी अल्प बुद्धि में कबीर के पूरे सोच या व्यक्तित्व के 'कंट्रेडिक्शंस' हैं। उदाहरण के लिए एक तरफ तो उनके काव्य में 'हरि की बहुरिया' यानी ईश्वर की प्रेमिका वाला भाव है, सेज और दांपत्य वाला भाव है...यानी अपने निर्गुण ईश्वर को वे सबसे ज्यादा दांपत्य प्रेम के बिंब से समझाते हैं और इसे वे बहुत ऊँचा भी आँकते हैं। पर दूसरी ओर उनके नीतिगत पदों में स्त्री की भयानक निंदा है। यहाँ तक कि वह बात भी कबीर ने कही है जो शायद किसी भी अन्य कवि के यहाँ आपको नहीं मिलेगी। उनका यहाँ तक कहना है कि आपकी अपनी पत्नी भी 'नरक का द्वार' है। यह एक भयानक स्टेटमेंट है जिसके साथ खड़ा हो पाना मुश्किल है। इस कबीर की कोई और व्याख्या आप कर ही नहीं सकते। आप बताइए, किसी स्त्री को कबीर से क्या मिलेगा?...वह क्यों

कबीर पढ़े?

कहीं यह प्रक्षिप्त पद तो नहीं है विष्णु जी? क्योंकि यह कबीर ही हैं जिनके यहाँ 'दुलहिन गावो मंगलचार' जैसे पद मिलते हैं। यानी विवाह तो बड़ी अच्छी चीज है और आप उसका पूरा रूपक बाँधते हैं...पर जब अपनी स्त्री भी बुरी है तो फिर विवाह किया ही क्यों जाए?...विवाह किसलिए?

—वही तो...। यह कबीर का ऐसा कंट्रैडिक्शन है जो मुझे बहुत परेशान कर रहा है। वे स्त्री जाति को धिक्कारते हैं या वे स्त्री को 'विष की गाँठ' मानते हैं, यह भी ठीक नहीं। पर चलिए यह उनके समय की सीमा मान लें, पर जब वे अपनी स्त्री को भी नरक का द्वार बताते हैं तो बड़ी मुश्किल होती है। इस कबीर को आप किसी भी हालत में ग्रहण नहीं कर सकते। इसे तो आपको छोड़ना ही पड़ेगा। मेरे लिए मुश्किल बात यह भी है कि कबीर 'सती' की महिमा का इतना बखान करते हैं, पर साथ ही स्त्री को नरक का द्वार बताते हैं और बार-बार उसके व्यभिचार का जिक्र करते हैं। ऐसी बीसियों पंक्तियाँ कबीर के यहाँ मिल जाएँगी जिनमें स्त्री के दुश्चरित्र और व्यभिचारिणी होने का जिक्र है।...यह ठीक नहीं। क्योंकि मेरे लिए किसी भी कवि को प्रगतिशीलता की कसौटी यह भी है कि स्त्री के प्रति उसका नजरिया क्या है। (माताप्रसाद गुप्त द्वारा संपादित 'कबीर रचनावली' को उलटते-पुलटते हुए, विष्णु जी आखिर वह दोहा खोज लेते हैं) ...हाँ, लीजिए, वह दोहा भी नोट कर लीजिए जिसमें कबीर ने अपनी नारी को नरक का द्वार कहा है—"कबीर नारि पराई-आपनी, भगत या नरकहि जाइ, आगि आगि सब एक है, तो मैं हाथ न बाहि।..."

एक बात मुझे लगती है विष्णु जी, कि कबीर और उनके दूसरे समकालीन कवि जब साधना और पारब्रह्म पर जोर देते हैं, तो जाहिर है इस संसार के सुखों को नीचा ठहराना उन्हें जरूरी लगता होगा। लिहाजा यह संसार उन्हें वासनाओं से पूर्ण, निकृष्ट और माया-रूप नजर आता होगा। तो इन वासनाओं से जो डर है, वह स्त्री के प्रति डर और अंततः नारी-निंदा के रूप में बदल गया लगता है।...यूँ भी भक्तिकालीन कवियों ने माया की निंदा को लेकर बहुत लिखा है कि यह माया हमें भरमाती है, भटकाती है—और यह माया भी आप देखेंगे, अंततः स्त्री है...

—जो भी हो, यह इतना खराब लगता है कि कबीर के इस रूप के साथ चल पाना तो असंभव ही है। आप इसकी कोई आधुनिक व्याख्या भी नहीं कर सकते। इसे तो हर हाल में आपको छोड़ना ही होगा। और मेरा ख्याल है कि भक्तिकाल में माया या स्त्री-निंदा का जो स्वर मिलता है, उससे भी कबीर का यह रूप अलग है कि अपनी स्त्री भी नरक का द्वार है...कबीर यह कैसे कह सके होंगे, मुझे हैरानी होती है जबकि खुद उन्होंने एक गृहस्थ जीवन जिया था!...और वे माया और स्त्री को एक

मानकर निंदा कर रहे हों, ऐसा भी नहीं लगता। जब वे नारि पराई-आपनी कह रहे हैं तो इसमें बिल्कुल शक नहीं रह जाता कि वे अपनी स्त्री यानी हम सबकी पत्नियों के बारे में ही कह रहे हैं।...मेरा ख्याल है, कबीर ने यहाँ नारी-जाति का भयानक अपमान किया है।

अब रही कबीर की दलित-व्याख्या या दलित-चिंतन की बात।...तो देखिए, परेशानियाँ और खतरे तो इसमें भी हैं। दलित जो सोच रहे हैं कि वे कबीर की दजितवादी व्याख्या करके कबीर को अपना लें, तो यह भी पूरी तरह से संभव नहीं है। इसलिए कि यह तो ठीक है कि कबीर ने वर्ण-व्यवस्था पर कठोर प्रहार किया और यह चीज उन्हें आगे के दलित-आंदोलन से जोड़ती है। पर कबीर के यहाँ सकारात्मक बहुत-कुछ है, तो नकारात्मक भी कम नहीं है।...मैं कई बार यह सोचकर परेशान होता हूँ कि कबीर दलितों के काम कैसे आएँगे? कबीर ने एक बड़ी भारी समस्या खड़ी कर दी है। कबीर हिंदू और मुसलमान दोनों को लताड़ते हुए, दोनों रास्तों को नकारते हैं। पर सवाल़ यह है कि कबीर का खुद का तीसरा रास्ता है क्या जिस पर वे चलना चलाना चाहते हैं और हम सबको साथ ले जाना चाहते हैं? इस लक्ष्य को पाने के उनके उपकरण क्या हैं? कबीर जाहिर है, आस्तिक हैं, ईश्वरवादी हैं। तो उन्हें हर घड़ी ब्रह्म चाहिए। इस ब्रह्म में लीन होना ही उनका परम उद्देश्य है। और फिर ब्रह्म को पाने की उनकी बीहड़ साधना, जहाँ इड़ा-पिंगला, सुषुम्ना, सुन्न महल आदि-आदि हैं, जिनके जरिए कबीर ने ब्रह्म की प्राप्ति के लिए एक तिलिस्म रचा है, योग का, तंत्र का। मुझे तो कई बार लगता है कि यह न तो यह उस जमाने के दलितों के बहुत काम का था और न इस जमाने के दलितों के ही काम का है।

पर यह आश्चर्य की बात है, विष्णु जी, कबीर के यहाँ सहज भक्ति या सहज साधना का भी काफी बखान है। यानी यह जो मैं यहाँ से वहाँ चलता हूँ, यही ईश्वर की परिक्रमा है। यह जो मैं वार्तालाप करता हूँ, यही ईश्वर की भक्ति है...वगैरह-वगैरह।

—तो इसका मतलब तो यह है कि उनके यहाँ साधना के दो रूप हैं। एक तो सहज साधना जो सभी के लिए है और एक हठयोगी साधना जिसे कोई-कोई ही कर पाता है। और मजे की बात यह है कि आपस में इनका विरोध भी है...और अगर उनका हठयोग सहज भक्ति की अगली सीढ़ी है, तो भी इसमें कम मुश्किल नहीं है। इसलिए अव्वल तो जिस सहज भक्ति की वे बीच-बीच में बात करते हैं, उसी से उनके हठयोग का सीधा विरोध है, क्योंकि उनकी हठयोग की साधना तो बड़ी गूढ़ जान पड़ती है। अच्छे-अच्छे साधक यहाँ चकरा जाएँगे। तो फिर दलित बेचारे क्या करें, जिन्हें वैसे ही अपनी रोजी-रोटी के संकट से फुर्सत नहीं है! वे रोटी कमाएँ, अपमान से लड़ें, वेदवाद-मनुवाद को हटाएँ या हठ साधना करें, कुंडलिनी जगाते फिरें!

तो यहाँ तक आकर कभी-कभी तो मुझे लगता है प्रकाश जी, कि अपने इस आत्यंतिक पहलू में कबीर काफी कन्फ्यूजन पैदा कर रहे हैं और कबीर इतने 'खतरनाक' हो गए हैं कि उन्होंने न इनके, न उनके...किसी के इस्तेमाल लायक खुद को नहीं छोड़ा? हाँ, एक बात कभी-कभी उनकी इड़ा, पिंगला, झीनी-झीनी बीनी चदरिया वगैरह पढ़कर जरूर मन में आती है कि कहीं ऐसा तो नहीं कि कबीर इस साधना के जरिए अपने समाज को कहीं ज्यादा सुसंस्कृत बनाना चाहते हों। यानी यह एक तरह की व्यापक 'संस्कृतीकरण' की प्रक्रिया हो, जिसके उपकरण उनके पुराने हैं पर खुद कबीर उन्हें सान देकर चमकाते हैं और नया इस्तेमाल कर लेते हैं।...और यहाँ समाजशास्त्री एम.एन. श्रीनिवास, जिनका अभी पिछले दिनों निधन हुआ है—की जो हिंदू समाज और तथाकथित निचली जातियों की संस्कृतीकरण की थीसिस है, वह मुझे काफी सही लगती है। उनकी थीसिस यह है कि हिंदू समाज में हर जाति अपने से ऊपर उठना चाहती है और ऊपर वाली जातियों के तौर-तरीके अपना लेती है। यही चीज दलित जातियों में भी है।...तो सवाल यह है कि कहीं कबीर इड़ा-पिंगला आदि का यह सारा तिलिस्म इसीलिए तो नहीं रचते कि दलित अपनी सांस्कृतिक हीनता से ऊपर उठकर उच्च योग-साधना में हस्तक्षेप कर पाएँ जो अच्छे-अच्छे सवर्णों के लिए अगम्य है?

जो भी हो, इतना तो निस्संदेह तय है ही कि एक कबीर नहीं हैं, एक कबीर में कई कबीर हैं। उन्हीं में एक 'दलित कबीर' भी हो सकता है। आप चाहें तो उसे ले लीजिए। लेकिन शेष कबीर को आपको साहसपूर्वक नकारना पड़ेगा, इड़ा-पिंगला तो आज के हिंदुत्ववादी ही नहीं, उत्तर-आधुनिकतावादी मानव-विरोध के भी बेहद काम आ जाएँगी। यह दावा मत कीजिए कि यही एक मात्र कबीर है, क्योंकि यदि ऐसा कहेंगे, तो कबीर की पूरी जटिलता सामने आ जाएगी और तब आपको भागना पड़ेगा। बहुत दूर तक फिर आप नहीं चल पाएँगे। 'कबीर' और 'कबीर' के बीच निर्मम चुनाव करना होगा।

तो विष्णु जी, क्या यह माना जाए कि मुकम्मल कबीर या 'टोटल कबीर' की कोई इमेज या अवधारणा बनाने की हमें कोशिश ही नहीं करनी चाहिए? क्या वह आज असंभव है?

—नहीं, ऐसा क्यों? लेकिन 'टोटल' कबीर कोई बहुत आसान चीज नहीं है। 'टोटल' कबीर बहुत जटिल कबीर होगा, मेरा यह कहना है। मुकम्मल कबीर या 'टोटल' कबीर...मैं इसके बारे में सोचता हूँ तो बार-बार मुझे एक ही बात लगती है कि तथाकथित अनपढ़ या अपठित होते हुए भी कबीर ने अपने युग का यथार्थ समेटा है, इतनी भेदती हुई आँखों से अपने जमाने को और समय के पार देखा है, यह किसी मामूली आदमी के बस की बात नहीं है। कबीर 'जीनियस' थे, 'जाइंट' थे, बल्कि आप कह सकते हैं कबीर में एक तरह का 'इंट्यूटिव इंटेलेक्ट' था। वे

एक तरह के 'इंट्यूटिव जीनियस' थे।

और फिर उनके चिंतन के कोर में जुलाहापन है। अगर कबीर जुलाहा न होता, तो मैं कह सकता हूँ कि वह इतना बड़ा कवि भी नहीं हो सकता था। इस जुलाहे का जो करघा है, उसमें आप देखिए, 'कंप्लेक्सिटी' कितनी है। एक ओर ताना कसा जा रहा है, भरनी है। फिर सूत इधर से आ रहा है, उधर से आ रहा है। यहाँ वह रंगा जा रहा है...यानी सामने आपके करघा है और आप बैठकर उस पर काम कर रहे हैं, तो आप समझिए आपके ऊपर-नीचे, सामने करघे का ऐसा तंत्र है...कि कुल मिलाकर यह खुद-ब-खुद इस पूरे ब्रह्मांड के अपने रहस्यों के साथ आपके आगे हैं। और उसका कार्य-व्यापार चल रहा है। अपनी चाल से!...और फिर आवाज कितनी प्यारी होती है करघे की। आप यदि जुलाहा बस्ती से गुजरें तो आप मुग्ध और आकर्षित हुए बगैर नहीं रह सकते।

तो यह जो जुलाहे की जटिल दुनिया है, कबीर ने इसे अर्थ दिया था और अपनी तरह से जाना था। यह जो करघे का ताना-बाना है, ऊपर-नीचे होती ढरकी है, इसका तिलिस्म ही खुद में कमाल का है! कबीर की पूरी कविता आप समझिए कि करघा है—इट्स ए लूम! इतनी प्यारी आवाज होती है करघे की और उस पर कपड़े को बुना जाना। खुद में इतना रहस्यात्मक है यह सब और इतनी मेहनत, इतनी दत्तचित्तता, इतनी सावधानी, गलतियों को लेकर सुधारने की इतनी निर्ममता यह माँगता है कि मैं तो यहाँ तक कह सकता हूँ कि बगैर करघा चलाए आप कबीर को समझ नहीं सकते। धर्मवीर का कहना है कि बगैर जुलाहा हुए आप कबीर को नहीं समझ सकते। मैं उनसे एक कदम आगे बढ़कर दोहराना चाहूँगा कि बगैर करघा चलाए आप कबीर को नहीं समझ सकते। यद्यपि जुलाहा होने का मतलब यही है।

अच्छा, एक बात मैं जानना चाहूँगा विष्णु जी, क्या इस कदर प्रसिद्ध हो जाने के बाद भी कबीर करघा चलाते होंगे?...जुलाहे का अपना काम करते होंगे? या ऐसा है कि वे लोगों से इतने घिरे रहते हों कि उनका अधिकांश समय साधना और ज्ञान-चर्चा में लगता होगा।

—नहीं, मुझे तो लगता है कि वे करघा अंत तक चलाते रहे होंगे और जुलाहे का अपना काम करते होंगे। कबीर की कविता से संपन्न जुलाहापन ध्वनित नहीं होता। आखिर एक गरीब जुलाहे के रूप में उन्हें घर भी चलाना था। बल्कि मुझे तो—मैं आपको बताऊँ, यह कल्पना ही मुग्ध करती है कि कबीर करघा चला रहे हैं और साथ ही साथ करघे के संगीत पर शब्द बुन रहे हैं। कपड़े के साथ-साथ पद और साखियाँ भी रचती चली जा रही हैं। कबीर का यह रूप मुझे इतना फैसिनेट करता है कि मैं सोच ही नहीं सकता कि कबीर करघा न चलाते हों या उन्होंने आगे चलकर जुलाहे का काम छोड़ दिया हो। इसलिए कि कबीर का जुलाहा होना ही उनकी कविता की स्थायी लय या स्थायी अंतरा है, जो उनकी कविता में बार-बार

बिंबित-प्रतिबिंबित होता है और इसी से उन्हें दुनिया को देखने की नजर मिलती है।

(कुछ क्षण रुककर मानो अपने विचारों को एकाग्र करते हुए) देखिए, जुलाहे का साबका पूरे संसार से पड़ता है, अपने आपमें एक जुलाहा दुनिया के बीचोबीच खड़ा है। और फिर लोहे की मशीन आने से पहले करघा हमारे सभी उपकरणों में से सबसे कांप्लैक्स यंत्र है। जिसने करघे को साध लिया, समझिए कि बहुत बड़ा साइंटिस्ट, बहुत बड़ा कारीगर है। और फिर चूँकि एक जुलाहे का समाज के हर वर्ग से साबका पड़ता है, वह अमीर और गरीब, मुस्लिम-हिंदू, सवर्ण-दलित, सबको जानता है, सूत कैसे बनता है, कपड़े फटते कैसे हैं, वह जानता है...इतना मजबूत कपड़ा कैसे बुना जाता है और कैसे खिर जाता है, इस रहस्य को वे जानते हैं। तो दुनिया की बहुत सारी नश्वरता भी उसके आगे खुद-ब-खुद खुल जाती होगी, जो कबीर की साखियाँ और पदों में भरी पड़ी है।

अच्छा विष्णु जी, कबीर के दलितीकरण या दलित-चेतना में कबीर के मूल्यांकन पर पीछे आपने बात की थी। मैं चाहता हूँ, उसे थोड़ा और आगे बढ़ाया जाए। इधर डॉ. धर्मवीर की कबीर पर जो किताबें आई हैं, उनमें द्विवेदी जी को पाखंडी, षड्यंत्रकारी, कपटाचारी और न जाने क्या-क्या कहा गया है। और यह तो तब है, जब द्विवेदी जी ने कबीर को बेहद सहानुभूति के साथ समझना चाहा है और उसके खतरे भी उठाए हैं। काशी विश्वविद्यालय से उन्हें निकाले जाने का एक कारण यह भी था कि वे कबीर को बहुत महत्व दे रहे थे।...लेकिन इधर कबीर के दलितीकरण की कोशिश में द्विवेदी जी के हिस्से में सिर्फ गालियाँ ही आई हैं। दलित-चिंतन का यह कैसा पैराडॉक्स है, इस पर आप कुछ कहें...।

—ऐसा है प्रकाश जी, आधुनिक काल में सन् 1900 में रवींद्र बाबू ने कबीर को 'डिस्कवर' किया। तब से हमें सौ बरस लग गए उन्हें धीरे-धीरे समझने में और अब भी वे पूरी तरह समझ में आ गए हों, ऐसा नहीं है। तो कबीर तो सीधे लगते भले हैं, पर वे बड़े कांप्लैक्स कवि हैं और वे किसी के हत्थे चढ़ने वाले या किसी के द्वारा इस्तेमाल होने वाले कवि नहीं हैं। अगर ऐसा होता तो कबीर को जो पिछले पाँच सौ बरसों में दबाया गया, वह षड्यंत्र ही न होता उनके खिलाफ। लेकिन तब भी आप देखिए, कबीर मरे नहीं, कबीर जिंदा हैं, यह क्या कम कमाल है! आज क्या कोई उनके जैसे रैदास या दादू को इस तरह से याद करता है, जैसे कबीर को हम याद करते है! यद्यपि शायद यह तुलना का विषय नहीं है।

शायद इसलिए कि रैदास एक सीधे-सादे शांत किस्म के वैष्णव कवि थे और कबीर में जबरदस्त फायर थी। कबीर की यह अंदर तक झुलसाने वाली फायर ही उन्हें असुविधाजनक बनाती है, मगर उन्हें जिंदा भी रखे हुए है।

—तो यानी आप मानेंगे कि दलितों में भी नरमपंथी और गरमपंथी हैं। और उस समय भी थे। रैदास नरमपंथी हैं, कबीर गरमपंथी...। (हँसी) बहरहाल, अगर हम हिंदी में दलित उभार के मसले पर बात करें, तो आपको पता चलेगा कि इसका इतिहास बहुत पुराना नहीं है। यानी आप सीधे-सीधे उसे मंडल आयोग से जोड़ सकते हैं जिसने दलितों के हाथ में एक बड़ा औजार दे दिया। और इसी दलित-आंदोलन के ही उभार का परिणाम है कि कबीर की यह नई दलितवादी व्याख्या संभव हो सकी है। लेकिन आप देखिएगा, अब दलितों में और मठवादी कबीरपंथियों में क्लेश होगा क्योंकि दोनों के अपने-अपने कबीर हैं। कबीरपंथियों ने कबीर को पूरी तरह अवतारी या कर्मकांडी बना दिया है। यह इड़ा-पिंगला वाले कबीर हैं और जैसा आप कह रहे हैं, इन लोगों ने खाने, हाथ-धोने, दातुन-कुल्ला करने वगैरह हर चीज का 'कबीर' मंत्र बना दिया है। यह वही चीज है कि वे अपनी जाति का संस्कृतिकरण करते हैं और एक अलग रास्ते से घूम-फिरकर जातिप्रथा 'ज्वाइन' कर लेते हैं। दूसरी ओर दलित महज कबीर के क्रांतिकारी रूप या उसकी आग को ले लेना चाहते हैं और भूल जाते हैं कि कबीर का एक बड़ा हिस्सा ऐसा भी है जो उनके समय या उनके 'भक्तिवाद' से बँधा है और वह ज्यादा हमारे काम का नहीं है। और इसमें कबीर का नारी-विरोध वगैरह भी है जिसका उदाहरण मैंने आपको दिया था।

अच्छा डॉ. धर्मवीर जैसे लोग जो यह कोशिश करते हैं कि कबीर की जो चीजें उन्हें पसंद नहीं आतीं या जो आज के उनके दलित चिंतन में फिट नहीं होतीं, उन्हें 'प्रक्षिप्त' कहकर हटाते जाते हैं और कबीर को आज के दलित चिंतन के फ्रेम में पूरी तरह तरह फिट करना चाहते हैं, उसके बारे में आप क्या कहेंगे क्या ऐसी कोशिशें सफल हो पाएँगी?

—नहीं, मुझे तो नहीं लगता, क्योंकि ऐसी कोशिशें आप करेंगे तो कबीर का एक बहुत बड़ा हिस्सा जो आज असुविधाजनक लगता है, काट-काटकर हमें हटाना होगा। इस देश में 'प्रक्षिप्त' का षड्यंत्र हजारों वर्षों से चला आ रहा है। और फिर किस-किस चीज को हटाएँगे आप? और उसके बाद जो कबीर बच रहेगा, वह कितना छोटा-सा होगा। यानी सिर्फ एक बटे छह कबीर दलितों के काम आएगा और पाँच बटा छह हिस्सा उन्हें काटकर फेंक देना होगा। क्या यह संभव है? हरगिज नहीं। और यह कबीर के साथ अन्याय भी है। यह कबीर को काट-पीटकर बौना कर देना है और ऐसी कोशिश वैज्ञानिक नहीं कही जा सकती।

तो हमें कबीर को उनके समय के साथ रखकर देखना चाहिए। तब हम पाएँगे कि कबीर के तमाम रूप हैं और उनमें कबीर का एक बड़ा हिस्सा है जो अपने समय के साथ बँधा हुआ है। वह आज हमारे लिए प्रासंगिक नहीं है। मगर कबीर का एक हिस्सा ऐसा है, जो अपने समय से लिबरेटेड है और वह ऐसा है कि युगों-युगों तक हममें क्रांति की मशाल जलाए रख सकता है। हमें चाहिए कि हम उसे ले लें और

बाकी कबीर की अनदेखी करें। यह कहना कि कबीर 'ऐसे' हो ही नहीं सकते थे या कबीर 'ऐसा' कर ही नहीं सकते थे, गलत है।...अब आप बताइए, कबीर का जो नारी-विरोधी रूप मैंने दिखाया, बताइए भला वह हमारे किस काम का है! वह तो तुलसीदास के 'ढोल, गँवार, शूद्र, पशु, नारी' के समीप जा बैठता है। एक स्त्री क्यों कबीर के पास जाए और उससे उसे क्या मिलेगा? क्या वह यह सुनने के लिए कबीर के पास जाए कि वह 'विष की गाँठ' और 'नरक का द्वार' है। इसी तरह इड़ा-पिंगला, सुषुम्न वगैरह को लें तो आज के दलितवादी चिंतन के हिसाब से उनकी क्या व्याख्या हो सकती है? आज ये चीजें हमारे किस काम आएँगी? आज का दलित कुंडलिनी साधता फिरे या अपनी रोजी-रोटी और आत्मसम्मान की लड़ाई लड़े? ये मेरे ख्याल से बहुत बड़े सवाल हैं जिन पर गंभीरता से सोचा जाना चाहिए। महज कबीर के इस या उस भाग को प्रक्षिप्त कह देने से काम नहीं चलने वाला। कबीर तो जो हैं, सो हैं ही। उन्हें काट-काटकर छोटा बनाते जाना कोई अच्छा लक्षण नहीं है। यह दलित व्याख्या नहीं, बल्कि कबीर की अति प्रतिक्रियावादी व्याख्या है। क्रूर सच तो यह है प्रकाश जी कि कबीर का एक बड़ा हिस्सा ऐसा है जो लाखों, करोड़ों दलितों और उनकी लड़ाई के काम आने वाला नहीं है। आपको उससे खुद को एलिएनेट करना होगा कि यह अपने समय की सीमाओं से बँधा हुआ कबीर है, यह हमारे काम का नहीं है।

तो क्या आपका मानना है कि कबीर की निर्गुण उपासना या उनका ब्रह्म भी दलितों के काम का नहीं है? यानी दलितों को क्या सच में ईश्वर नहीं चाहिए? या भक्ति क्या उनके लिए बिल्कुल निरर्थक हो चुकी है? यह इसलिए कह रहा हूँ कि एक समय था जबकि भक्ति-आंदोलन में दलित ही सबसे ज्यादा भागीदार थे।

—इस पर मेरा कहना यह है कि आज का समाज उस समय के समाज से एकदम बदल चुका है और आज के दलितों की समस्याएँ भी वे नहीं रह गईं, जो उस समय के दलितों की रही होंगी। आज दलितों को सामाजिक संघर्ष के जरिए मुक्ति पानी है, भक्ति के जरिए नहीं। व्यक्तिगत भक्ति से उनका क्या काम चलने वाला है!...अच्छा, आप मुझे बताइए कि क्या आज कबीर की भक्ति काम आती है दलितों के? दलित इसे लेकर कहाँ तक पहुँच पाएँगे? क्या कबीर के निराकार ब्रह्म में यह शक्ति है कि वह दलितों के लिए प्रेरक हो सके और उनमें अपने हालात को बदलने की शक्ति और प्रेरणा भर सके?...तो मेरा तो सोचना यह है कि अल्लाह हो या भगवान, अपनी ताकत और अपने संघर्ष को छोड़ सिर्फ किसी भी ईश्वर में विश्वास दलितों की शक्ति और आंदोलन को कमजोर ही करेगा। उन्हें किसी ईश्वर की जरूरत नहीं पड़नी चाहिए। इसलिए कि अब उनकी लड़ाई धार्मिक या आध्यात्मिक नहीं, बल्कि सामाजिक है जहाँ ईश्वर बहुत काम नहीं आता।

और फिर एक सवाल यह भी है कि क्या कबीर की भक्ति में ऐसा कुछ है, जो पूरे समाज या चलिए, पूरे दलित समाज को मुक्ति का संदेश दे? तो हम देखते हैं कि ऐसा नहीं है। कबीर ने कभी नहीं कहा कि 'अरे जुलाहो, उठो और अपने हालात बदलो!' या 'अरे दलितो, उठो और अपने हालात बदल डालो...!' इसके बजाए कबीर का जोर तो व्यक्तिगत मुक्ति पर ही है...कि जो साधना कर लेगा, वह मुक्त हो जाएगा और जो नहीं कर पाएगा, वह रह जाएगा। इसलिए सब अलग-अलग बैठकर इड़ा-पिंगला को साधो, कंडलिनी जाग्रत करो।

तो हमें नहीं भूलना चाहिए कि आज दलितों के सामने एक और सिर्फ एक रास्ता बच रहता है और वह संघर्ष का रास्ता है। बिना संघर्ष किए उन्हें कुछ मिलने वाला नहीं है।...तो मुझे तो लगता है जहाँ तक 'दलित मुक्ति' का सवाल है, कोई दलित आंदोलन कबीर के अलावा आधुनिक चिंतन से कहीं अधिक प्रेरणा ले सकता है। फ्रेंच रिवोल्यूशन उसके लिए कहीं ज्यादा बड़ा आदर्श हो सकता है। आज दलित आंदोलन का नारा सामूहिक मुक्ति और सामूहिक लड़ाई का होना चाहिए और इस मामले में कबीर सचमुच उन्हें बहुत ज्यादा नहीं दे सकते। कबीर के बजाए तो आप देखिए, बौद्ध या जैन धर्मों में सामूहिकता कहीं ज्यादा है...

यानी कबीर से दलित मुक्ति-आंदोलन में आप बहुत ज्यादा आशा नहीं रखते?

—हो सकता है कि मुझे गलत समझ लिया जाए। पर मेरा सचमुच यही मानना है कि इस मामले में कबीर एक सीमा से ज्यादा हमारे काम नहीं आ सकते। अगर हम कबीर को इस आँख से देखते हैं कि उस समय का कबीर भी देखिए यह बात कह सकता था, तब तो ठीक है।...पर जब आप कबीर को काट-छाँटकर आज के वक्त में फिट करेंगे और उसे पूरी तरह दलित चिंतन का कबीर बनाना चाहेंगे, तो आपके सामने बहुत परेशानियाँ होंगी और बहुत जल्दी आपके आगे दीवार आ जाएगी। इसके बजाए बुद्ध जो जातिवाद और ईश्वर दोनों को नकारते हैं, कहीं ज्यादा काम के हैं। इसीलिए बाबा साहब आंबेडकर ने अंतिम समय में बौद्ध हो जाना पसंद किया। हालाँकि इसको भी मैं एक तरह की विडंबना ही मानता हूँ। इसका कोई बहुत अच्छा परिणाम नहीं निकला और उनका यह अभियान एक तरह की करुण असफलता का शिकार हुआ। जो भी हो, मगर इससे यह तो चलता है कि आंबेडकर भले ही बुद्ध की शरण में गए हों, मगर वे कबीर के जाल में नहीं आए। कबीर के खतरे वे जानते थे।

पर विष्णु जी, कबीर को दलितों से बहुत पहले वामपंथियों ने अपनाया और उनकी सामाजिक क्रांतिकारिता से प्रेरणा ली। बाबा नागार्जुन को हम 'दूसरा कबीर' कहते ही हैं। जब उन्हें दूसरा कबीर कहते हैं तो यह बात साफ हो जाती है कि कबीर को हम क्या समझते हैं? तो शायद दलितों से पहले कबीर

की मुक्ति की कोशिश वामपंथियों ने की...

—जी हाँ, सही है आपकी बात। लेकिन यही नासमझी वामपंथियों ने भी की कि कबीर का सामाजिक पहलू ले लिया और बाकी को पीछे डाल दिया। लेकिन 'टोटल' कबीर की व्याख्यायित करने के खतरे वे जानते थे, इसलिए तरीका उन्होंने यह अपनाया कि बहुत-सी चीजों की चर्चा ही नहीं की। या जिस चीज का जो अर्थ उन्हें अनुकूल लगा, उसे लेकर बाकी से आँख मूँद ली।...अब कबीर का 'अनहद गरजै' वामपंथियों ने लिया, तो जरा मुझे समझा तो दीजिए कि अनहद नाद क्या है और उसका वामपंथ से क्या संबंध है? क्या वामपंथी हद से परे जाने वाले अनहद के गर्जन की व्याख्या करने का खतरा उठाएँगे?...कभी नहीं!

इस मामले में फिर मुझे हजारी बाबू की चेतावनी याद आती है कि एक नहीं, कई कबीर हैं जो आपस में विरोधी भी लगते हैं। मगर वे एक-दूसरे से जुड़े हुए हैं। अगर कबीर को सिर्फ एक कवि समझा, तो फँस जाएँगे। उनकी बातें आज कहीं ज्यादा सही साबित हो रही हैं। आप देखिए कि कबीर को किस-किस ने कैसे-कैसे बाँट लिया है। सिर्फ आधा-चौथाई कबीर ही कबीर-पंथियों के हिस्से आया है और उन्होंने उसी में गद्दियाँ बना ली हैं जहाँ हर तरह का ढोंग, आडंबर और कर्मकांड चलता है। कबीर का उनका एक बिल्कुल अलग डिस्कोर्स है। वे क्या दलित 'इंटेलेक्चुअल्स' की परवाह करते हैं? शायद बिल्कुल नहीं। वे तो यहाँ तक कि कांशीराम और मायावती की परवाह भी नहीं करते लगते।

डॉ. धर्मवीर की पुस्तक पिछले दिनों मैं पढ़ रहा था। उनका कहना है कि कबीर-पंथियों में ब्राह्मणवादी घुस गए हैं और उन्होंने उसे पूरी तरह विकृत और चौपट कर दिया है। उनका यह मानना है कि कबीर-पंथ का अब कबीर से या कबीर की शिक्षाओं से कोई संबंध नहीं हैं। मुझे लगता है, धर्मवीर की बातों में पूरा नहीं तो आधा सत्य तो जरूर है विष्णु जी!

—ठीक है, लेकिन इस तरह का उग्र प्रतिक्रियावाद दलित आंदोलन ने अपनाया, तो उससे होगा क्या?...कबीर-पंथियों में जो दलित हैं—पता नहीं कितनी संख्या उनकी है, उन्हें आपने एक झटके में अपने से काटकर अलग कर दिया। हो सकता है, उन दलितों की समस्याएँ इन दलितों जैसी ही हों, लेकिन बजाए उन्हें साथ लेने के, उन्हें काट देने से तो दलित आंदोलन की शक्ति क्षीण ही होगी। मुझे लगता है कि दलित आंदोलन की बहुत-सी शक्ति उग्र प्रतिक्रियावाद में नष्ट हो रही है। लेकिन इससे कुल मिलाकर आंदोलन कमजोर होगा, ज्यादा दूर तक नहीं चल पाएगा। मेरा मानना है कि सभी दलितों को एक होकर अपनी मुक्ति की लड़ाई लड़नी चाहिए और दूसरी जातियों के वे बुद्धिजीवी जो अपनी जातियों से लिबरेट होकर उन तक जाते हैं, उन्हें साथ लेना चाहिए।

अच्छा विष्णु जी, पीछे आपने कहा, एक ही कबीर में प्रतिक्रियावादी

कबीर भी है और प्रगतिवादी कबीर भी। तो आप कृपया बताएँ कि वामपंथी चिंतकों और दलित चिंतकों को कबीर का कैसा थीसिस लेकर चलना चाहिए? यानी कबीर के प्रति उनका नजरिया क्या हो? कबीर को वो कैसे समझें?

—देखिए, पहली जरूरत तो यही है कि कबीर की कविता की जो ताकत है और कबीर की जो कमजोरी है, दोनों के प्रति आपकी आँख साफ हो।...कबीर ऐसा कर ही नहीं सकते थे, इसे छोड़िए। एक कबीर निश्चय ही ऐसा है जो अपने समय की कमजोरियों से बँधा हुआ है। उस कबीर को आप क्या कहेंगे, जो नारी के प्रति ऐसा भीषण विद्वेष भाव रखता है। जबकि प्रगतिवाद की तो पहली कसौटी ही यह है कि नारी के प्रति आप सम्मान का भाव रखते हैं कि नहीं? और फिर संसार के प्रति कबीर का नजरिया देखिए। क्या इस संसार को कबीर एक वास्तविकता मानते हैं और उसके प्रति जरा भी प्रेम और सम्मान दिखाते हैं? नहीं, बिल्कुल नहीं। संसार उनके लिए माया है, एक बेकार की वस्तु जिसे बुलबुले की भाँति नष्ट हो जाना है या कच्चे घड़े की तरह फूट जाना है। यह क्या प्रगतिशील दृष्टि है? यह तो साफ-साफ पलायन है।...तो मेरा कहना यह है कि कबीर में कई भिन्न प्रकार के कबीर हैं जिनकी हो सकता है, आपस में ठन रही हो। हमें इस बात को पहचानना चाहिए और यह नहीं भूलना चाहिए कि कबीर छह सौ बरस पहले हुए थे। लिहाजा छह सौ बरस पहले का बहुत-सा रहस्यवाद-अध्यात्मवाद भी उनमें हो सकता है। यह कोई असंभव बात नहीं है। यह तो उनमें होगा ही। लेकिन इस सबके बावजूद कबीर कितने प्रगतिशील और कितने बड़े कवि हैं, यह देखना चाहिए।...इस द्वंद्वात्मक नजरिए से देखेंगे, तो कबीर को लेकर कभी हमें परेशानी नहीं होगी और उनके बारे में हमारा 'डिस्कोर्स' दूर तक जा सकता है।

पीछे डॉ. धर्मवीर की पुस्तक 'कबीर के आलोचक' पर गोष्ठी हुई थी जिसका खुद धर्मवीर ने अपनी किसी किताब में जिक्र किया है। उसमें मैनेजर पांडेय और विश्वनाथ त्रिपाठी ने कुछ सवाल उठाए थे। मैनेजर पांडेय का सवाल था कि कबीर ने पांडे और शेख दोनों की आलोचना की थी, जबकि धर्मवीर सिर्फ पांडे की आलोचना करके रह जाते हैं और शेख को छोड़ देते हैं। इसी तरह विश्वनाथ त्रिपाठी ने कबीर के दलित कवि पर सवाल उठाते हुए कहा था कि कबीर की कविता में एक जुलाहे का दर्द तो है, लेकिन बाकी दलित जातियों के दर्द के बारे में उन्होंने कहाँ लिखा है!...तो डॉ. धर्मवीर द्वारा कबीर की दलितवादी आलोचना के मुतल्लिक ये जो सवाल उठाए गए, इनके बारे में आप कुछ कहना पसंद करेंगे?

—भई, मैनेजर पांडेय की बात तो मुझे ठीक लगती है। कबीर अगर पांडे और शेख दोनों की आलोचना करते हैं तो धर्मवीर का उनमें से एक को लेकर दूसरे को छोड़ देना ठीक नहीं है।...और जहाँ तक विश्वनाथ त्रिपाठी की बात है, मेरा कहना

है कि कबीर ने किन-किन जातियों की तकलीफों के बारे में लिखा या नहीं, इस तरह की सूची बनाने से कोई फायदा नहीं। हाँ, अगर इससे वे यह कहना चाहते हों कि कबीर उस तरह के दलित कवि नहीं हैं जिस तरह के आज के कवि हैं, तो उनसे सहमत हुआ जा सकता है। इसलिए कि कबीर सचेत भाव से दलित कविता लिख रहे हों, ऐसा नहीं था। लेकिन यहाँ यह भी देखना होगा कि क्या आज संपूर्ण भारत का दलित एक जैसा सोच रहा है? उसमें कितनी एकता है?

अच्छा विष्णु जी, धर्मवीर ने अपनी नई किताब में मैनेजर पांडेय को जो जवाब दिया है, वह भी दिलचस्प है। उनका कहना है कि हम क्यों शेख से लड़ाई मोल लें, हमारी असली लड़ाई तो पांडे से है। शेख से एकाध छोटा-मोटा झगड़ा है, वह हम बाद में निबटा लेंगे। धर्मवीर का कहना है कि ब्राह्मण लोग शेख से अपनी लड़ाई दलितों पर थोप रहे हैं, जबकि हम ब्राह्मण की लड़ाई क्यों लड़ें, ब्राह्मण शेख से अपनी लड़ाई खुद लड़े...

—सवाल यह है प्रकाश जी कि कबीर ने क्या शेख की निंदा नहीं की? धर्मवीर क्या इसे नहीं मानते या प्रक्षिप्त मानते हैं? अगर पांडे की तरह शेख की आलोचना कबीर ने की है, तो कम से कम कबीर के डिस्कोर्स के साथ तो धर्मवीर को इस चीज को जोड़ना ही पड़ेगा। वे इससे बच नहीं सकते।

और जहाँ तक विश्वनाथ त्रिपाठी की बात है, इतना तो उन्हें समझना ही होगा कि एक जुलाहे के रूप में कबीर ने जो अपमान झेला, वह उन्हें पूरी जाति की पीड़ा से तो जोड़ ही देता है। उसमें कौन-कौन-सी जातियाँ आती हैं कि नहीं, यह दीगर बात है। और कबीर ने जुलाहा होने के नाते मैं समझता हूँ, दोहरा अपमान झेला—एक तो जुलाहे होने का अपमान और दूसरा, मुसलमान होने का अपमान। मुसलमानों में भी अगर वे सैयद होते तो उन्हें यह अपमान शायद न झेलना पड़ता। मगर तब वे शायद अमीर खुसरो हो जाते। और अगर वे मुसलमान न होते, हिंदू होते तो भी कम से कम उन्हें दोहरा अपमान न झेलना पड़ता। मगर तब हो सकता है, वे रैदास हो जाते।...लिहाजा भले ही कबीर के यहाँ सारी दलित जातियों का दर्द नहीं है, पर यह नहीं भूलना चाहिए कि उनमें जुलाहे का दर्द बहुत बड़ा है जो उन्हें हर दलित आदमी के दर्द से गहरे जोड़ देता है। इसीलिए शायद उनके मन में यह बात आई होगी कि दलित समाज हिंदू और मुसलमान में क्यों बँटा हुआ है? हिंदू अपनी हिंदुआई छोड़े, मुसलमान अपनी मुसलमानियत और दोनों सीधे 'ब्रह्म' प्राप्त करें!...

शायद यही वजह रही विष्णु जी, कि हमारे यहाँ सूर और तुलसी तो सिर्फ हिंदुओं के कवि होकर रह गए, ज़बकि कबीर इन तमाम हदबंदियों को फलाँग गए हैं और पूरे भारतीय समाज के कवि हो गए हैं जिनकी चिंता के दायरे में हिंदू और मुसलमान दोनों हैं।

—जी हाँ, आपकी बात सही है। कबीर का एजेंडा बहुत बड़ा है। उतना किसी भी और हिंदी कवि का नहीं है। उनकी बाँहें पूरी तरह खुली हैं और उनमें हर दुखी और पीड़ित आदमी के लिए जगह है। बल्कि मुझे तो कई बार यह लगता है कि कहीं कबीर एक नया धर्म तो स्थापित नहीं कर रहे? वे लगता है, इशारों-इशारों में एक नए धर्म की बात कर रहे हैं जिसका उन्होंने कोई नाम नहीं रखा। अगर वे इसे कोई नाम देते तो शायद यह हो भी जाता।

...नाम न देने का परिणाम यह हुआ कि मुसलमान तो उनसे कट गए—इड़ा, पिंगला सुनकर कि यह क्या बला है? क्योंकि इस्लाम तो किसी ऐसे हठयोग को अनुमति देता नहीं है। लिहाजा मुसलमान तो उनके पास आएगा ही नहीं। मुझे बड़ी हैरानी होगी, अगर मैं कभी किसी कबीरपंथी मुसलमान से मिल सका तो! मुझे लगता है, यह संभव ही नहीं है। और शायद इसीलिए उर्दू की पूरी परंपरा से कबीर बहिष्कृत हैं। वे कभी कबीर का एक कवि के रूप में जिक्र नहीं करते। मीर, गालिब, जौक—वे सबका जिक्र करेंगे, मगर कबीर का नहीं। यह सचमुच एक अद्‌भुत उदाहरण है कि एक मुसलमान इतने बड़े हिंदू समाज को 'लिबरेट' करने के लिए आगे बढ़ा कि खुद उसका मुसलमान होना लोगों को संदिग्ध लगने लगा।

तो विष्णु जी, कहीं ऐसा तो नहीं—अभी-अभी मेरा ध्यान इस ओर गया है कि ये जो कबीर को लेकर तमाम किंवदंतियाँ हमारे समाज में नजर आती हैं कि वे ब्राह्मणी के पुत्र थे, या कि रामानंद उनके गुरु थे और उन्होंने कबीर से कहा था—'बेटा राम-राम कह' आदि-आदि...कहीं वे इसी विरोधाभास को हल करने की जनता की इस सरल श्रद्धायुक्त भावना की अभिव्यक्ति न हों कि जो आदमी हिंदुओं में इतनी बड़ी जागृति ला रहा था, वह एक मुसलमान कैसे हो सकता है! जरूर उसका कोई न कोई संबंध हिंदुओं से रहा होगा। और इस तरह के गुपचुप जोड़-तोड़ बिठाने की कोशिशें इन किंवदंतियों में हैं।...नहीं लगता आपको?

—हाँ, संभव तो है यह बात कि लोगों के मन में यह भावना घर कर गई हो और किंवदंतियों के रूप में दूर-दूर तक फैलने लगी कि अजी, वह ब्राह्मणी का बेटा था। तभी तो आधा हिंदू, आधा मुसलमान था...यानी इस पैरेडॉक्स या पहेली को हल करने की जनता की यह भोली कोशिश हो सकती है। वैसे यह भी संभव है कि यह एक ब्राह्मणवादी विचार हो, कबीर को तेजहत करने का—उसकी आग में पानी डालने का।

तो इस तरह मैं समझता हूँ, कबीर को एक साथ दो तरह की आर्थोडॉक्सी का सामना करना पड़ा। लिहाजा कबीर दोहरे पिट गए।...एक ओर तो इस्लाम था, इस्लाम की कट्टरता थी जिसमें लचीलेपन की गुंजाइश नहीं थी। लिहाजा कबीर को उन्होंने फेंक दिया। दूसरी ओर हिंदुओं की जो मुख्य धारा थी—सवर्ण धारा, उसने

कबीर को फेंक दिया। इसलिए कबीर जो इतना बड़ा आंदोलन करने चले थे, आखिरकार कई तरह के षड्यंत्रों के परिणामस्वरूप एक छोटे से पंथ में समेट दिए गए।

पर विष्णु जी, सामान्य जनता पर तो कबीर का असर जरा भी कम नहीं हुआ। लोग तब भी उनके पदों को गाते थे, आज भी गाते हैं। मुझे याद है, मेरे पिता जो कि कतई अनपढ़ हैं और हिंदीभाषी प्रदेश में नहीं, पंजाब के एक गाँव में जन्मे हैं, उन्हें मैंने जब मैं बच्चा था, तभी से कबीर के दोहे और साखियाँ दोहराते सुना है।...

—हाँ, ठीक है। जनता कबीर के दोहे अब भी गाती है, याद करती है—पर कौन से दोहे? सिर्फ नीतिपरक दोहे...और उनमें भी आप कह नहीं सकते कि वे कबीर के हैं भी या नहीं। पर कबीर की कविता का मर्म, कबीर की कविता का रहस्य कितनों के आगे खुल पाया, या कितने लोगों ने वैसी कोशिश की? और अब जो दलित डिस्कोर्स कबीर का सामने आया है, वह बहुत दूर चलने वाला नहीं है। जल्दी ही इसके आगे मुश्किलों का पहाड़ आ जाएगा क्योंकि जितना भी गैर-समाजी कबीर है, वह सबका सब आपको प्रक्षिप्त कहना पड़ेगा। इड़ा-पिंगला, नारी-विरोध, किस-किस की आप व्याख्या कर पाएँगे? सिर्फ बाह्याचारों का खंडन करने वाला एक कबीर है, जो इनका है। मगर कितना हिस्सा आप कबीर का काटकर अलग करेंगे। यही चीज कबीर के वामपंथी डिस्कोर्स को लेकर कही जा सकती है कि कबीर को लेकर आप बहुत दूर तक नहीं चल सकते। कबीर को अपनाते हुए अक्लमंदी की जरूरत है। इसे वामपंथियों और दलितों को बहुत साफ समझ लेना चाहिए। खासकर दलितों ने अगर कबीर को लेकर लचीलापन नहीं दिखाया और उसे महज ब्राह्मणवादियों और मनुवादियों के खिलाफ एक औजार की तरह इस्तेमाल करना चाहा, तो वे बड़ी मुश्किल में फँस जाएँगे। कबीर इतने सीधे, मगर पेचीदा कवि हैं कि उन्हें लेकर हमें बहुत होशियार होना पड़ेगा। कबीर पर मेरी इन बातों में भी विरोधाभास होगा।

तो विष्णु जी, क्या हम कह सकते हैं कि कबीर के आधुनिक मूल्यांकन की तीन सीढ़ियाँ हैं। उसमें पहला विमर्श अयोध्यासिंह उपाध्याय 'हरिऔध', श्यामसुंदर दास और रामचंद्र शुक्ल जैसे विद्वानों का है, जो कबीर को हिंदी साहित्य में बहुत निचला और अपमानजनक स्थान देते थे। दूसरा महत्वपूर्ण विमर्श हजारीप्रसाद द्विवेदी का है, जो कबीर की खासी तेजस्वितापूर्ण व्याख्या करते हुए भी कहीं-कहीं अपनी निजी रुचियों की सीमा के कारण गड़बड़ा जाते हैं और कबीर को मूलतः भक्त साबित करते हैं। कबीर का तीसरा और महत्वपूर्ण विमर्श दलित-विमर्श है जिसे धर्मवीर जैसे लोग लेकर चल रहे हैं। लेकिन यह विमर्श अति-प्रतिक्रियावाद के चक्कर में फँस गया और अगर उससे बाहर नहीं निकल पाया तो कबीर यहाँ खत्म हो जाएँगे...

—(मुसकराते हुए) नहीं, कबीर तो खत्म नहीं होंगे, हाँ, दलित-विमर्श यहाँ आकर जरूर खत्म हो जाएगा, ज्यादा दूर तक नहीं चल पाएगा।...कबीर तो चलेंगे, अभी आगे कई युगों तक चलेंगे और हमें लगातार मुक्ति का संदेश देते रहेंगे। असल में दलित-विमर्श की मुश्किल क्या है कि वह कबीर की सामाजिक क्रांतिकारिता वाले रूप से इतना ज्यादा 'ऑब्सैस्ड' है कि इसके अलावा किसी और रूप में कबीर को देख ही नहीं सकता। मगर कबीर के लिए पिछले छह सौ सालों के फर्क को पाट पाना आसान नहीं है। कबीर के बारे में विचार करते हुए हमें यह बात ध्यान में रखनी चाहिए। कबीर के ब्रह्म, माया, इड़ा-पिंगला वगैरह कबीर के समय की सीमाएँ हैं, जिनके बगैर उनका काम नहीं चलता मगर हमारा बखूबी चलता है। या कबीर का वह कार्यक्रम हमारी समझ में नहीं आता। इसके बावजूद हमारे लिए यह सोच पाना सचमुच रोमांचक है कि क्या कबीर के काव्य में जो गुत्थियाँ हैं, उनमें एक समतामूलक समाज की कल्पना छिपी हुई है जिसकी ओर उनकी कविता बार-बार इशारा करती है?...आज छह सौ साल बाद भी हम उसमें वह समतामूलक समाज की कल्पना देख पाएँ या उससे सामाजिक क्रांति की प्रेरणा ले पाएँ, यह खुद में एक चमत्कारिक बात है! कबीर से इससे ज्यादा की उम्मीद करना गलत होगा।

तो इस तरह प्रकाश जी, आज के किसी भी चिंतक या एक्टिविस्ट के लिए कबीर को साध पाना एक बड़ी चुनौती है। मैं खुद इस बात को लेकर खासा परेशान हूँ कि क्या कबीर में एक आज के लिए प्रासंगिक समतावादी समाज का नक्शा ढूँढ़ निकाला जा सकता है। और कबीर के तमाम रूपों में 'अल्टिमेट' कबीर है क्या? इसके साथ ही एक महत्वपूर्ण समस्या यह है कि कबीर के जीनियस का हम पूरा अधुनिकीकरण कैसे करें?

जबकि इन पहेलियों का एक हल तो द्विवेदी जी निकाल चुके हैं। वे कबीर के इन सभी रूपों को एक साथ देखते हैं, चकित होते हैं और अंततः इतिहास-विधाता की एक अनुपम सृष्टि या चमत्कार कहकर अपना डिस्कोर्स खत्म कर देते हैं...

—हाँ, लेकिन मेरे लिए यहाँ रुकना मुश्किल है। मेरे लिए असल में समस्या क्या है कि हमारी तमाम काव्य-परंपरा में कबीर की तरह अपने आपको डिक्लास करना और बड़े साफ लफ्जों में रूढ़िग्रस्त धर्म को नकारना, यह काम किसी और कवि ने नहीं किया। यह कबीर आज हमें बेहद 'रेलेवेंट' लगते हैं और यह आज के हमारे समय के लिए ही नहीं, आने वाली सदियों के लिए भी सार्थक और रेलेवेंट हैं। कहा जा सकता है कि यह कबीर हम भारतीयों के लिए ही नहीं, मानव-मात्र के लिए सार्थक और अथाह प्रेरणा-स्रोत हैं। पर साथ ही एक अपने समय से बँधा हुआ कबीर भी है, जो बिल्कुल सच कहूँ तो मेरे मन में कोई आकर्षण नहीं जगाता। मेरी मुश्किल यह है कि मैं इन दो कबीरों को साफ-साफ देख तो सकता

हूँ, पर इनमें आपस में कोई संगति नहीं बिठा पाता।...और यह मेरे ख्याल से, हममें से हर आधुनिक सोच वाले की समस्या है।

लेकिन विष्णु जी, इसके साथ ही कबीर की एक और खासियत है जिस पर अभी हमने थोड़ी देर पहले विचार किया था कि कबीर जब से भारतीय समाज में उद्घाटित हुए हैं, उनका महत्व दिनोदिन बढ़ता जा रहा है और एक कवि और क्रांतदर्शी के रूप में उनका कद मानो हर दिन बढ़ रहा है। हालत यह है और यह एक अजब विडंबना है कि अभी कल की जो कविता थी—प्रगतिशील समेत, वह हमें कहीं ज्यादा पुरानी लगने लगी है, जबकि छह सौ साल पहले हुए कबीर की कविता की ताजगी और फ्रेशनेस आज भी हमें मुग्ध करती है। तो विष्णु जी, क्या आपने सोचा है, कबीर यह कैसे कर पाते हैं?...कबीर की कविता का यह जादू क्या है?

—पहले तो यह समझ लीजिए प्रकाश जी, कि कबीर हिंदी के सबसे बड़े यथार्थवादी कवि हैं जिनके यहाँ समाज जितना खुलकर आया है, उतना शायद ही किसी और कवि के यहाँ आया हो...

क्या हम कह सकते हैं विष्णु जी, कि कबीर हिंदी के पहले जनवादी कवि हैं?

—हाँ-हाँ, क्यों नहीं?...मैं इसी पर आ रहा था। कबीर अपने समाज को जितना साफ-साफ देखते हैं या अपने समाज के 'कंट्रेडिक्शंस' को जितना साफ-साफ देखते हैं, उतना भक्ति-काल का कोई और कवि या कबीर की कोई भी समकालीन कवि नहीं देख पाता। फिर समाज के सभी वर्गगत, वर्णगत तनाव, गरीब आदमी की मुफलिसी, शोषण, एक बड़े समाज की पीड़ा—ये सब कबीर के यहाँ आते हैं और बड़े साफ-साफ आते हैं। फिर यह मत भूलिए कि कबीर के यहाँ दो संस्कृतियों का एक विराट टकराव है और उसकी चिंगारियाँ उनकी कविता में मौजूद हैं। इसके अलावा कबीर की भाषा जो सीधे मार करती है और कोई किंतु-परंतु नहीं देखती। उसे 'सधुक्कड़ी' और न जाने कैसे-कैसे उलटे-सीधे और बेहूदे विशेषण दिए गए हैं। पर किसी ने नहीं देखा कि वह सीधे-सीधे हमारे जीवन की भाषा है, हमारे जीवन-संघर्ष की भाषा है जो कबीर से, लगता है, सीधे हम तक, हमारे दिलों तक आ रही है। और कबीर का मुसलमान होना निश्चय ही इसमें काफी सहायक हुआ है। कबीर की भाषा एक मुसलमान की ही भाषा हो सकती थी। उसके खड़ेपन या खुरदुरेपन की बहुत मूर्खतापूर्ण आलोचना हुई है। पर लोग भूल जाते हैं कि यह तो खड़ी बोली का खड़ापन है...

शायद यही वजह है विष्णु जी, कि सूर, तुलसी या किसी भी अन्य मध्ययुगीन कवि की तुलना में कबीर से हमारी दोस्ती बहुत जल्दी हो जाती है। कबीर ठीक वही भाषा बोल रहे हैं जिसमें आज हम लिखते-पढ़ते और सोच रहे

हैं। जबकि विद्वानों ने सूर, तुलसी को मधुरता का या साहित्यिक भाषा का सर्टिफिकेट देकर कबीर को खड़खड़ाहट से जोड़ दिया...

—बिल्कुल सही पकड़ा आपने प्रकाश जी। जो लोग ब्रजभाषा और अवधी की 'मिठास' की चर्चा करते नहीं थकते और कबीर पर भाषा की खड़खड़ाहट का आरोप लगाते हैं, उनके बारे में कहा जाना चाहिए कि उन्हें 'भाषाई मधुमेह' हो गया है। (हँसी)...इसकी जाँच की जानी चाहिए। इसलिए कि कबीर की भाषा तो आश्चर्यजनक रूप से किसी भी समकालीन कवि की भाषा है। और इसीलिए जैसा कि आपने भी कहा, कबीर की ओर हम सबसे पहले आकर्षित होते हैं और वे अंत तक हमारा साथ निभाते हैं।...इसलिए कि उनमें एलीटिज्म बिल्कुल नहीं है। वे खुरदरे कवि हैं, जैसा खुरदरा हमारा जीवन है।

कबीर की काव्य-भाषा से गुजरते हुए विष्णु जी, कई बार हम चकित होते हैं कि अच्छा छह सौ बरस पहले भी यह भाषा लिखी जा सकती थी। या यह भाषा बन चुकी थी कि 'पाहन पूजे हरि मिलें, तो मैं पूजूँ पहार/ताते यह चाकी भली, पीसि खाए संसार...।' कितनी सीधी लेकिन कितनी मार्मिक उक्ति! लगता है हमारे ही किसी समकालीन दोस्त ने ये पंक्तियाँ लिखी हैं। अगर कबीर की काव्य-भाषा का उपहास करने की बजाए हमने उसके भीतरी दर्द और करुणा को समझा होता, तो हम तक आते-आते वह खड़ी बोली कहीं ज्यादा समर्थ और संभावनापूर्ण हो गई होती। कबीर की काव्य-भाषा की उपेक्षा करके एक तरह से देखें तो हमने अपनी खड़ी बोली का ही नुकसान किया है, हिंदी का नुकसान किया है।

—मैं आपकी बात से सहमत हूँ। कबीर की उपेक्षा के साथ-साथ बेशक हमने खड़ी बोली हिंदी का भी नुकसान किया। और उसके विकास के आगे खुद बाधाएँ पैदा कर दीं। शायद इसीलिए बाद में कबीर जैसी बोली-बानी तो छूट गई और उसे केंद्रीय भूमिका से हटाकर ब्रजभाषा और अवधी आ गई।...बहरहाल, इस सबका आकलन तो जब होगा, तब होगा। लेकिन कबीर की काव्य-भाषा की जब आप बात कर रहे हैं, तो इस बात पर भी गौर कीजिए कि कबीर के साथ कितनी इस्लामी दुनिया हमारी कविता में आई है। अरबी और फारसी के शब्द ही नहीं, कितने ही बिल्कुल नए ढंग के विचार, प्रतीक, इमेजरी, भाषा और भाव की मुद्राएँ—मेरा ख्याल है जायसी के सिवा कोई दूसरा कवि नहीं है जिसके यहाँ इतनी 'इस्लामिक' दुनिया, इतने असली रूप में मिलती हो। और फिर जायसी की सीमा यह है कि उनके यहाँ एक कहानीकार की मधुराई है जिससे वे चीजों को चाशनी में डाल देते हैं, जबकि कबीर के यहाँ उनकी ओरिजिनैलिटी, उनकी मौलिकता बरकरार रहती है। फिर कबीर की खुसूसियत यह है कि वे कहीं से कोई भी शब्द उठा लेते हैं, लेकिन जब वह उनकी काव्य-भाषा में आ बैठता है, तो वह ठेठ कबीरी रंग में रँगा नजर आता है।

अच्छा विष्णु जी, जब-जब मैं कबीर की क्रांतिकारिता के मुतल्लिक सोचता हूँ, तो मुझे हैरानी होती है कि पिछले छह सौ बरसों में एक भी कवि ऐसा पैदा नहीं हुआ, जिसके साथ कबीर के विद्रोह और क्रांतिकारिता की तुलना की जा सके। यानी इस मामले में कबीर के मुकाबले खड़ा हो सकने वाला एक भी कवि हमारे पास नहीं है। सिर्फ समकालीन कवियों में धूमिल, नागार्जुन या फिर बांग्ला कविता में नजरुल इस्लाम सरीखे कवि मिलते हैं, पर इन्हें भी ज्यादा से ज्यादा कबीर की परंपरा के कवि कहा जा सकता है। कबीर के मुकाबले पर किसी को खड़ा किया जा सके, मुझे यह लगभग असंभव लगता है।

—हाँ, धूमिल तो नहीं, पर नागार्जुन को जरूर 'कबीर की परंपरा का कवि' कहा जा सकता है और उचित ही उन्हें 'दूसरा कबीर' कहा जाता है। उनमें वही कबीर जैसी फक्कड़ता, आक्रामकता और घुमक्कड़ वृत्ति है। या फिर नजरुल इस्लाम—आपने बिल्कुल सही नाम लिया, जिनमें वैसा ही विद्रोह है, भले ही उसकी दिशाएँ कुछ बदल गई हों। कहीं वह क्रांतिकारिता बनता है, तो कहीं राष्ट्र-प्रेम और कहीं शोषित जनता की पीड़ा।...लेकिन सच ही कबीर जैसा विद्रोही कवि पूरी छह सौ साल की परंपरा में हमारे पास कोई दूसरा नहीं है। लेकिन कबीर की इतनी उपेक्षा हुई कि उनकी इन विशेषताओं की तरफ किसी का ध्यान ही नहीं गया। असल में कबीर इतना आधुनिक है, इस बात को पकड़ पाने में ही हमें सौ बरस लग गए। फिर उनकी ठीक-ठीक समझ, व्याख्या और पुनर्मूल्यांकन तो बहुत बाद की बात है।

तो यह बात तो आपकी सही है प्रकाश जी, कि हमारी पूरी काव्य-परंपरा में कबीर के मुकाबले कोई दूसरा कवि खड़ा नहीं हो पाता। कबीर की तुलना असंभव है, इसलिए कि कबीर अपना जवाब खुद आप हैं।...हाँ, अगर आज कबीर की तुलना के लिए किसी कवि को सामने रखना हो जिसमें उनके ठेठ ब्रह्मवाद, क्रांतिकारिता और रहस्यवाद सबका मेल हो, तो शायद निराला, नागार्जुन और प्रसाद—हिंदी के इन कवियों को मिलाना होगा।...मुक्तिबोध की बात बिल्कुल अलग है, वे कबीर की सामाजिकता के आधुनिक अवतार हैं जो वैज्ञानिक होती चली गई है—ये तीनों कवि शायद मिलकर एक कबीर बन पाएँ, लेकिन ध्यान दीजिए, ये तीनों तो हमारे आधुनिक कवि हैं...और आज ऐसा कबीर होना आसान है। कलेजा काँपता है जब छह सौ साल पहले के कबीर की बात हम सोचते हैं जिसने जैसा लिखा, वैसा जिया और जिसकी कथनी और करनी में सचमुच कोई फर्क नहीं था और जो अपना घर फूँक, क्रांति की अलख जगाने निकला था।...तो सचमुच ऐसे कबीर की तो मिसाल नहीं है। हिंदी साहित्य तो क्या, विश्व साहित्य में भी नहीं है। हाँ, अगर किसी मुस्लिम कवि ने इस्लामी रूढ़िवादिता के खिलाफ पूरे दमखम से लिखा होता, तो शायद कोई बात थी और ऐसे कवि से कबीर की तुलना हो सकती थी। पर हमारे देखते-जानते ऐसा कोई 'मुस्लिम' कवि हुआ नहीं। इसलिए यही कहना पड़ेगा कि

कबीर की तुलना कबीर आप हैं और कबीर का-सा विद्रोह हिंदी साहित्य में बेमिसाल है। यह अलग बात है कि गालिब सरीखे कवियों ने थोड़ी मस्जिद या मुल्ला की हँसी उड़ा ली है। इतना तो इस्लामी रूढ़िवादी तत्व स्वीकार कर लेते हैं, पर यह भी जैसे उर्दू शायरी की एक अदा ही बन गई और इसे उसी रूप में मान्यता भी मिल गई। वरना तो इस्लाम की रूढ़ियों के विरोध में बोलने वाला कोई विद्रोही कवि होता, तो उसे मंसूर की तरह फाँसी पर ही चढ़ा दिया जाता। तो यह बात तो ठीक है आपकी प्रकाश जी कि कबीर की धृष्टता का कोई स्केल नहीं है, कोई माप ही नहीं है। और पिछले छह सौ बरसों से यह कवि किसी को अपने मुकाबले में खड़ा ही नहीं होने देता।

अच्छा विष्णु जी, जब हमारे सामने यह सवाल आता है कि बहुत-से कबीर हैं और उन तमाम कबीरों में से हम कौन-सा अपना कबीर चुनें, वे सभी कबीर आपस में इतने विरोधी लगते हैं। कोई अत्यंत मधुर रहस्यवादी है, 'काहे री नलिनी तू कुम्हलानी' वाला और कोई इतना तीखा कि सीधे-सीधे आग बरसा रहा है।...इन तमाम कबीरों को मिलाने और मिलाकर एक कबीर के रूप में देखने में कई बार तो हमारी हालत यह होती है कि सिर चकरा जाता है जैसे दिमाग में कई टुकड़े हो रहे हों। यह इतना मुश्किल है।...तो मैं जानना चाहूँगा कि यह परेशानी क्या कबीर के विदेशी अध्ययनकर्ताओं के सामने नहीं आती। ...वे तमाम विदेशी लेखक जो कबीर को एक बड़ा कवि मानकर उन पर लेख लिखते हैं, शोध करते हैं, उनका अनुवाद वगैरह करते हैं, ऐसे लोगों के सामने कौन-सा कबीर रहता है और वे अपना कबीर चुनने की समस्या कैसे सुलझाते होंगे? आप शायद इस बारे में कुछ बेहतर बता पाएँगे।

—देखिए, जहाँ तक कबीर के विदेशी अध्ययनकर्ताओं और शोधकर्ताओं की बात है, ऐसे लोगों के सामने यह समस्या इसलिए नहीं आती कि उनके मन में भारत की और भारत के मध्यकालीन साहित्य की एक खास इमेज बनी हुई है। उन्हें सामाजिक कबीर से कोई मतलब नहीं है और न कोई बहुत ज्यादा वे उसका मोल आँकते हैं। उनके लिए रहस्यवादी कबीर ज्यादा मूल्यवान है। वे उसका मिस्टिसिज्म देखते हैं, परब्रह्म की उसकी कल्पना देखते हैं। परब्रह्म को पाने की उसकी ललक देखते हैं...उनके लिए असली कबीर यही है। इस बात को लेकर कोई शक उनके मन में नहीं है। ऐसे ही कबीर की वहाँ माँग है।...अब यही देखिए, जैसे हमारे समाजचेता जर्मन मित्र लोठार लुत्से की यह पुस्तक है, जिसमें कबीर के पदों का उन्होंने अनुवाद किया है। इसके शीर्षक देखिए—परब्रह्म का रूप, परब्रह्म को पाने की ललक, और माया वगैरह...या फिर कबीर का प्रेम और ज्ञान-मार्ग।...यही सब है। और जहाँ तक मेरी जानकारी है, कबीर के दूसरे विदेशी अनुसंधानकर्ताओं ने भी लगभग यही किया है। हमारे समाज की समस्याएँ उनकी समस्याएँ नहीं हैं। उनके

समाज के लिए आध्यात्मिक कबीर ही प्रासंगिक है।

कबीर के साथ यह आपको एक बड़ी अजीब और जादुई चीज नहीं लगती कि आज छह सौ बरस बाद भी कबीर की कविता की ताजगी और फ्रेशनेस बरकरार है। कई बार कबीर बोलते हैं तो लगता है, हमारा कोई समकालीन कवि बोल रहा है। मुझे याद है, दर्जा तीन में जब कबीर को पढ़ना शुरू किया था तो भी एकदम ऐसा लगा था कि यह एकदम ऐसा कवि है जो मेरी भाषा बोल रहा हो।...मजे की बात यह है कि 'नई कविता', 'प्रयोगवाद' जैसे काव्य-आंदोलन जिन्हें मुश्किल से अभी पचास बरस हुए हैं, हमें कई बार बेकार और निरर्थक-से लगते हैं। जैसे अब उस कविता में हमारे लिए कोई आकर्षण नहीं बचा।...लेकिन छह सौ बरस पहले के कवि कबीर का आकर्षण दिनोदिन बढ़ता जाता है, जैसे उनका कद दिनोदिन बढ़ता जा रहा हो और वे दिनोदिन हमें अधिक रेलेवेंट लगते हैं।...तो यह भला किसलिए? कबीर की कविता की यह जादुई शक्ति कौन-सी है?

—ऐसा है प्रकाश जी, जब आप कहते हैं कि नई कविता वगैरह हमें पुरानी-पुरानी लगने लगी है और कबीर इतने पुराने होकर भी नए और ताजे हैं, तो मेरा ख्याल है, उनका जो सामाजिक डिस्कोर्स है जिसमें उन्होंने न सिर्फ पूरे समाज की बात की है, बल्कि पूरे समाज को जैसे अपनी लंबी भुजाओं में बाँध लेना चाहा है, कबीर का यह सामाजिक डिस्कोर्स ही उन्हें इतना रेलेवेंट बनाता है और उनकी ताकत और ताजगी को कम नहीं होने देता।...फिर एक चीज और देखिए, कबीर की कविता की ताकत उनकी अनलंकृत भाषा में है और उसमें असंतोष और विद्रोह इतना है कि जैसे एक-एक शब्द में अंगारे भर दिए गए हों। लिहाजा उनका हर पद, हर दोहा एक जलती हुई भट्ठी की तरह है। उनकी गैर-सामाजिक कविता की भाषा में भी ठेठपन है। कबीर का जो इतना बड़ा दर्द है, वही उन्हें इतना बड़ा कवि बनाता है।...और अगर कबीर दिनोदिन अधिक रेलेवेंट लग रहे हैं, तो शायद इसीलिए कि कबीर जितना बड़ा दर्द—कबीर जितना एक बड़े समाज का दर्द लेकर कोई और कवि हमारे बीच आया ही नहीं।...शायद यही वजह कबीर की कविता की स्थायी ताजगी की भी है। और इसी कारण हमें लगता है कि कबीर जो इतने लंबे समय तक भूमिगत थे, वे पिछले छह सौ बरसों से चुपचाप अपना तीर पैना रहे थे। और आधुनिक काल में जब वे प्रकट हुए तो उनके पैने तीरों की मार ने सचमुच सभी को मर्माहत किया। उनका आकर्षण किसी जबरदस्त बाढ़ की तरह हमें बहाए लिए जाता है।

लेकिन कबीर उतने ही खतरनाक भी हैं। किसी भाजपाई की हिम्मत नहीं कि कबीर का सॉफ्ट-सॉफ्ट अर्थ करके उन्हें पचा ले। इसी तरह वे समाजवादी और साम्यवादी भी उन्हें पूरी तरह अपना नहीं पाएँगे, जो इस या उस संप्रदाय का

तुष्टीकरण करके अपना काम चलाते है...कबीर इनमें से किसी के हत्थे नहीं चढ़ पाएँगे। इसलिए कबीर जहाँ चोट करने की बारी आती है, वहाँ चोट किए बिना मानते नहीं। यहाँ तक कि जो उनका इस्तेमाल कर रहा है, उस पर भी वे चोट करने से बाज नहीं आएँगे।...तो इस तरह कबीर तो कभी न खत्म होने वाली एक लड़ाई के प्रतीक हैं। कबीर की कविता हमेशा एक संपूर्ण क्रांति की ओर इशारा करती हुई कविता है। यह संपूर्ण क्रांति मुझे लगता है, कभी होगी नहीं, मगर उसकी आकांक्षा भी हमारे भीतर से कभी खत्म न होगी। और इसलिए कबीर की जरूरत हमेशा बनी रहेगी।...

इसलिए आप कह सकते हैं, कबीर हमेशा ललकारने वाली एक क्रांति-आकांक्षा का नाम है, तो साथ ही कबीर एक हमेशा बनी रहने वाली ताकत का भी नाम है। छह सौ साल बाद जब वे अपने 'अनहद गरजै' के नाद के साथ हमारे बीच अपनी पूरी ताकत से प्रकट हुए हैं तो वे समाज के हर वर्ग को अपने-अपने ढंग से भीतर तक हिला रहे हैं। चाहे वे सामान्य सवर्ण हों, या हम-आप जैसे सवर्ण जो अपने को 'डिक्लास' करके दलितों की बात करते हैं या फिर एक बहुत बड़ा दलित समाज! ...वे सवर्णों को आज भी डराते और फटकारते हैं, दलितों के पक्ष में लड़ते हुए खड़े हैं। और हम और आप जैसे बुद्धिजीवियों को भी लगातार सही पक्ष चुनने की चुनौती पेश करते रहते हैं...कि अगर हम एक कदम भी इधर से उधर हुए तो पहला थप्पड़ हमें कबीर का लगेगा।...कबीर कितने बलशाली हैं और कबीर की ताकत कितनी बड़ी है, यह इस चीज से हमें समझ में आएगा।

अच्छा विष्णु जी, अब थोड़ा विषय बदलें और आज के बदले हुए समय और हमारी बदली हुई सामाजिक-राजनीतिक जरूरतों और लड़ाइयों की बात करें।...क्या आपको नहीं लगता कि कबीर की लड़ाई खाली कबीर के ही वक्त में नहीं चली, कबीर की लड़ाई तो आज तक जारी है।...कबीर आज भी वैसा ही निहत्था और अकेला लड़ रहा है जैसे तब लड़ रहा था। यह अलग बात है कि आज संप्रदायवादी ताकतें नए-नए रूपों और तमाम छद्मों के साथ हमारे सामने उपस्थित हैं। कभी ये सांप्रदायिक शक्तियाँ बाबरी मस्जिद तोड़ गिराती हैं, तो कभी धर्म के नाम पर आपस में लड़वाती और दंगे करवाती हैं।...इस हालत में जो कबीर की लड़ाई है, वह शायद कहीं ज्यादा मुश्किल और पेचीदा है। तो मैं चाहता हूँ, इस बारे में भी आप कुछ कहें।

—ऐसा है प्रकाश जी, आपके इस सवाल की बाबत तो मुझे यह कहना है कि कबीर के पहले भी कबीर थे और कबीर के बाद भी कबीर हैं! यानी कबीर के बाद भी कबीर के होने का सिलसिला कमोबेश चल रहा है और वह अभी तक जारी है। यह ठीक वैसे ही है, जैसे कहा जाता है कि मार्क्स के पहले भी मार्क्स था!...तो कबीर के पहले के कबीरों में आप बुद्ध को ले सकते हैं, ईसा मसीह को ले सकते हैं और

निस्संदेह सुकरात को ले सकते हैं। इसलिए कि कबीर एक व्यक्ति तो था, लेकिन इससे भी बढ़कर वह मानवता की एक महानतम टेंडेंसी का नाम है जिसमें मुहम्मद साहब, मार्क्स या गांधी सभी आ जाते हैं। देखा जाए तो ये सारे कबीर हैं, क्योंकि ये सब सिखाते हैं कि सभी आदमी एक बराबर हैं, सभी समान हैं, सभी को साथ-साथ रहना है।...ऐसे कबीरों की एक पूरी परंपरा आपको मिलती है। और हमें यह भी पता नहीं है कि हमारे यहाँ कितने कबीर लुप्त कर दिए गए। और कबीर के बाद कबीर हमारे यहाँ की भारतीय परंपरा में ढूँढ़ना हो तो वे हमारे बहुत-से समाज-सुधारकों और कवियों में मिल सकते हैं। यहाँ तक कि हमारे बहुत से स्थानीय संतों में मिलते हैं जो कि भुला दिए गए हैं।...शिरडी के साईं क्या हैं, वे भी तो एक कबीर ही हैं! ऐसे ही एक बाबा ताजुद्दीन होते थे, संत तुकड़ो जी महाराज के बारे में भी हमने बचपन में सुना था। वे महाराष्ट्र में थे और हमारे यहाँ कभी-कभी आया करते थे।...तो कबीर की परंपरा तो हमारे यहाँ रही है। पर उस पर ध्यान नहीं दिया गया। फिर एक दूसरे रूप में यह पश्चिम में उदित होती है जहाँ कि मानवीय बराबरी के आदर्श हैं...यूनानी रिपब्लिक के आदर्श के रूप में! और फिर आदमी और आदमी की बराबरी की क्रांति, जिसने मार्क्स सरीखे महामानव को हमें सौंपा।...तो यह सारी कबीर की परंपरा ही है। कबीर की विशेषता ही यह है कि कबीर का बेस बहुत बड़ा है और हर तरह के अन्याय के खिलाफ लड़ाई कहीं न कहीं कबीर से जुड़ जाती है। ...यहाँ तक कि आप देखिए कि इतिहास की यह कैसी विडंबना है कि जो कौम हम पर राज करने आती है, वही कौम हमें डेमोक्रेसी की शिक्षा भी देती है और दलितों की मूक पीड़ा को वाणी देती है। तो इस तरह आप देखिए, कबीर का बेस तो लगातार बढ़ता गया है। और आज तो हम कह सकते हैं कि आज हम 'कबीर युग' में रह रहे हैं...या दूसरे शब्दों में 'मंडल युग' में रह रहे हैं या 'आंबेडकर युग' में रह रहे हैं।

तो इससे आप अनुमान लगाइए कि कबीर की लड़ाई आज कहाँ तक आ पहुँची है।...पिछले डेढ़ सौ वर्षों से तो वे उत्तरोत्तर रेलेवेंट होते गए हैं और यह मत भूलिए कि हम आप सब जब कबीर की चर्चा कर रहे हैं, तो इस कबीर की चर्चा के लिए स्पेस कहाँ से आया? कबीर तो एक तरह से हमारे बीच से गैर-हाजिर ही कर दिए गए थे। आज हम फिर से उन्हें 'टेक ओवर' कर रहे हैं तो यह खुद में कबीर की बहुत बड़ी जीत है।...कबीर तो आज वहाँ आ गए हैं जहाँ से वे पीछे मुड़कर देखने वाले नहीं हैं! मानो पिछले साढ़े पाँच सौ सालों का जो उनका निग्लीजेंस है, उसके जवाब में एक जबरदस्त ताकत के साथ वे मोर्चे पर आ डटे हैं।

लेकिन क्या आपको नहीं लगता कि सोवियत संघ के पतन के बाद दुनिया भर में साम्यवादी ताकतों को धक्का पहुँचा है, दुनिया सिर्फ एक-ध्रुवीय होकर रह गई है और अमरीका की शरण में है। पूँजीवादी ताकतें जिस 'ग्लोबलाइजेशन'

का जादुई तमाशा लेकर आई हैं, उससे गरीब को ही ज्यादा कुचला जा रहा है और साहित्य और विचारों में उत्तर-आधुनिकता यथास्थितिवाद का अलग ढंग से पोषण कर रही है। उसका कहना है कि अन्याय-वन्याय कुछ नहीं होता, यह तो सिर्फ एक भाषिक संरचना का दूसरा नाम है। फिर 'मास मीडिया' के जबरदस्त फैलाव के कारण पूँजीवादी शक्तियों के हाथ में बहुत बड़े औजार आ गए हैं।...तो ऐसे हालात कोई आशा तो नहीं जगाते विष्णु जी?

—देखिए, इन सब चीजों से डरने की जरूरत नहीं है। इनका उद्देश्य, इनकी चालाकी समझने और उनसे लड़ने की चुनौती हमारे सामने हैं तो इसमें घबराने या परेशान होने की क्या बात है। फिर जहाँ तक साधनों की बात है, आज अगर पूँजीवादी ताकतों के पास तेज संचार का जरिया है तो वह आपके पास भी है। उनके पास टी. वी. है तो आपके पास भी है। उनके पास सेलुलर फोन और दूसरी सुविधाएँ हैं तो आपके पास भी हैं। उनके पास कंप्यूटर है तो आपके पास भी है। तो जितनी सुविधा उन्हें हासिल हैं, उतनी सुविधा लड़ने की आपको भी तो मिली हुई है। पहले ये चीजें कहीं थीं लोगों के पास? लेकिन जो लड़ने वाले थे, वे फिर भी लड़े।...तो मेरा कहना है कि इन सब चीजों से घबराने की बिल्कुल जरूरत नहीं है। ठीक वैसे ही, जैसे पश्चिमी शिक्षा की कई बुराइयाँ हो सकती हैं, लेकिन पश्चिमी शिक्षा के आने के बाद भी देखना चाहिए कि हमारे यहाँ लोकतंत्रीकरण की प्रक्रिया कितनी तेज हुई है।...आज वेद छपकर किताब के रूप में हमारे पास पहुँच जाता है।...(मेज पर रखी किताबों की ओर इशारा करते हुए) वह देखिए, सामने ऋग्वेद पड़ा हुआ है। पहले ये चीजें कहाँ इस तरह सर्वसुलभ थीं। आज कबीर एक किताब के रूप में छपकर घर-घर पहुँच जाता है, पहले ऐसा कहाँ था! तो प्रतिगामी ताकतें अगर बढ़ी हैं तो प्रगतिशील ताकतें भी तो कम नहीं हुईं।...आपने जो यह कहा कि धर्म का उन्माद बढ़ा हैं, धार्मिक सहिष्णुता और सहनशीलता घटी है, और जो बातें कबीर ने कहीं, उन्हें कहे जाने पर लोग एक-दूसरे की हत्या तक कर सकते हैं... ठीक हो सकती है आपकी बात, लेकिन मेरा कहना है कि यह तो देखिए, कि आज हमारे पास किस तरह की सुविधाएँ और औजार आ गए हैं। और तो और, यह तो आप कर ही सकते हैं कि जहाँ आप अपनी बात नहीं कह पा रहे हैं, तो मत कहिए और कबीर को आगे कर दीजिए कि देखिए साहब, कबीर ऐसा कह गए हैं।...अब कबीर को तो कोई बोलने से नहीं रोक सकता न, और न उन पर कोई सेंसरशिप लगा सकता है। तो आप देखिए, वे किस तरह वामपंथियों के काम आ सकते हैं और उनका रास्ता आसान कर सकते हैं।...इस संसार का तो धर्म ही यह है कि कभी अच्छी ताकतें प्रबल हो जाती हैं, कभी बुरी, मगर इससे घबराना नहीं चाहिए। सोचना चाहिए कि अगर बुरे के पक्ष में लोग बढ़ रहे हैं, तो अच्छों के पक्ष में बोलने वालों की संख्या भी तो बढ़ती जा रही है। पश्चिम की युवा पीढ़ी में कबीर

को जाने बिना कबीर जैसी प्रवृत्तियाँ देखी जा सकती हैं।

लेकिन एक बात देखिए विष्णु जी, इधर का साहित्य हो या मीडिया—सबमें एक बात आपको नजर आएगी कि सबके सब मानो गरीबों की लड़ाई को छोड़ चुके हैं, जैसे उन्होंने मान लिया हो कि गरीबी तो दूर हो नहीं सकती। तो अब क्या 'गरीब-गरीब' चिल्लाते रहें!...गरीब मरते हैं तो मरते रहें, कहाँ तक उनके लिए रोएँ? इसलिए वे भूख से मरते हुए आदमी की खबर नहीं छापते। विश्व सुंदरी का नंगा पोज छापने में ज्यादा रुचि दिखाते हैं।...यह मान लिया गया है कि अखबार तो एक प्रोडक्ट है जूता बनाने की तरह, अगर वह नंगी तस्वीरों से बिकता है तो हम क्यों न छापें? यही हालत सरकार की है जिसने ग्लोबलाइजेशन के धंधे में अंधी होकर गरीब-विरोधी नीतियाँ अपना ली हैं। और फैक्ट्रियों, कारखानों में आप देखिए तो ट्रेड यूनियन आंदोलन को जैसे पाला मार गया है।...मजदूर ठेके पर रखे जाते हैं और ठेकेदार उनकी तनखा का एक बड़ा हिस्सा खुद खा जाता है।...यानी अभी पिछले बीस बरसों में हमारे देखते ही देखते यह विपर्यास हुआ। तो ये लड़ाइयाँ तो बहुत सख्त और मुश्किल हैं विष्णु जी।

—देखिए, अभी गणतंत्र दिवस के उपलक्ष्य में राष्ट्रपति का भाषण आया था। उस भाषण में आप जानते हैं, राष्ट्रपति का कहना था कि हमारे देश में गरीबों में बेहद गुस्सा इकट्ठा हो रहा है। लोग इतने दबाए जा रहे हैं, परेशान हैं, वंचित हैं कि उनका दबा हुआ गुस्सा फूट पड़ा तो कभी कुछ भी हो सकता है।...आप देखिए कि जब सरकार पर भाजपा काबिज है, हमारे देश के बुद्धिजीवी कवि और तमाम लोग जब निराश हैं, तो खुद हमारे देश का राष्ट्रपति ही यह बात कह रहा है। यह कोई मामूली बात नहीं है, जैसे क्रांति की पग-ध्वनियाँ उन्हें सुनाई पड़ रही हैं! इसी तरह ब्यूरोक्रेसी हमेशा जनता का दमन करने वाली मानी गई है, लेकिन हमारी ब्यूरोक्रेसी में भी ऐसे कुछ लोग बैठे हैं जो छिपे या प्रकट तौर से समतामूलक शक्तियों के साथ खड़े हैं। यानी आपकी ब्यूरोक्रेसी में भी कबीर मौजूद हैं जो अपने-अपने ढंग से अपना काम कर रहे हैं।

तो इस तरह अगर पूँजीवादी शक्तियाँ आज बढ़ी हैं तो प्रतिरोधी शक्तियाँ भी तो आज कम नहीं हैं। इसकी तुलना में कबीर के जमाने में आप देखिए, बिना मुकदमा चलाए वहाँ किसी की हत्या की जा सकती थी। जिसे भी चाहा, हाथी के पैरों के नीचे कुचलवा दिया। उस जमाने के 'डेस्पॉटिज्म' सामंतवाद की तो कल्पना करना ही मुश्किल है।...तो उन अँधेरे वक्तों में कबीर ने लाखों को साहस दिया अपनी बात कहने का। अच्छा, कबीर के वक्त में आपको याद है, दिल्ली की गद्दी पर कौन बैठा था? उसका नाम आप बता सकते हैं, या उसका कहा हुआ एक भी वाक्य?...लेकिन कबीर का न सिर्फ पूरा काव्य हमारे बीच मौजूद है, बल्कि हम

उसके एक-एक शब्द, एक-एक पंक्ति पर गंभीर विमर्श करने की जरूरत महसूस कर रहे हैं। तो आप देखिए, इन छह सौ बरसों बाद कौन जीता?...कबीर या अपने समय में इतना शक्तिशाली माना जाने वाला सुल्तान? अगर वह कबीर को मरवा भी देता, तो कोई उसका क्या कर सकता था? लेकिन इसके बाद भी कबीर में कहीं कमजोरी नजर नहीं आती। वे बेखौफ होकर अपनी बात कहते रहे।

...तो यह जो आज का हमारा समाज है, इतिहास के एक खास चक्र से गुजर रहा है। उसमें हो सकता है, आशा कम, निराशा अधिक हो। और हो सकता है कि अभी यह अंधकार का युग देर तक चले। किसे मालूम है कि आगे क्या होना है? लेकिन यह तय है कि अगर यह 'ग्लोबल क्राइसिस' हमारे सामने हैं, वह कुछ समय और इसी तरह चले और बाद में चलकर एक नई शक्ल ले। कब तक यह दौर रहेगा, कुछ कह नहीं सकते। मगर यह तय है कि दुनिया की सारी ताकतें मिलकर भी अब दलित उठान को रोक नहीं पाएँगी। वे नए लोग समाज में न्याय माँगने के लिए अब आगे आ डटे हैं और न्याय की ताकतों को ललकार रहे हैं।...और कौन जानता है कि आज का जो 'दलित उठान' है, वह कल देखते ही देखते 'निर्धन उठान' में बदल जाएगा, क्योंकि ज्यादातर तो आप देखिए, दलितों में निर्धन हैं, निर्धनों में दलित हैं। दोनों साथ-साथ हैं। तो यह जो दलितों में चेतना लुप्त हो गई थी, अब वापस आकर उन्हें मिल गई है। और फिर सारी कलाएँ न्याय के पक्ष में है, सिनेमा उनके पक्ष में है, यह बात मत भूलिए।...तो कल यही दलित एक समतामूलक समाज की माँग करेंगे। एक साम्यवादी व्यवस्था की माँग करेंगे। एक बार उनकी झिझक खुल गई, तो वे रुकेंगे नहीं...और यही वह जगह है जहाँ कबीर एक-एक इंच रेलेवेंट हैं। मानो कबीर, जितनी भी समतामूलक या साम्यवादी ताकते हैं, सबका कंधा झिंझोड़कर पूछ रहे हैं कि भाई, काहे को निराश हो? आज निराश होने का कारण कहाँ है...!

इसी तरह अगर सामाजिक पतन या मूल्यहीनता की बात आप करते हैं तो देखिए, एक ओर युवा डिकेडेंस है तो दूसरी ओर कितने युवा आदर्शवादी हैं, जो अपनी-अपनी तरह से अपने-अपने मोर्चों पर जुटे हैं और काम कर रहे हैं। ब्यूरोक्रेसी में ऐसे बहुत-से कवि-लेखक और चिंतक हैं जिनका सपना समतामूलक समाज का ही सपना है और वे अपने-अपने ढंग से कबीर का काम कर रहे हैं। यहाँ तक कि आपका जो सबसे बड़ा विजिलेंस अफसर है, वह भ्रष्ट अधिकारियों की पूरी सूची कर देता है कि साहब, ये-ये अधिकारी भ्रष्टाचार में लिप्त हैं। आप बताइए, क्या यह मामूली बात है? कितना बड़ा खतरा उठाकर उसने यह काम किया होगा!...तो आप देखिए, कोशिश कहाँ-कहाँ से हो रही है। कबीर आज एक नहीं, सैकड़ों रूपों में जीवित है। तो फिर परेशान होने की क्या बात है!

विष्णु जी, अब एक सवाल आज की कविता के मुताल्लिक।...कबीर की

जो कविता की परंपरा चलते-चलते आज की कविता तक आई है।...यहाँ तक आते-आते क्या आपको नहीं लगता कि आज की कविता तेजहत होती जा रही है? वह जैसे बेहद अमूर्तन की शिकार कविता लगती है...और सामाजिक अन्याय और दमन पर रोष जताने के बजाए, वह अपने ही भीतर बुदबुद करती कविता लगती है! तो क्या आपको लगता नहीं कि आज की कविता में कबीरी तेजस्विता का क्षय हो चुका है...?

—देखिए, जैसा कि मैंने आपसे कहा, कबीर के बाद कोई पूरा कबीर नहीं हुआ और आज के कई कवि मिलकर एक कबीर बनते हैं। इस लिहाज से आज की कविता को आप देखें, तो उसका एक बड़ा हिस्सा कबीर की समाजोन्मुख कविता का ही एक अंग लगता है।...यानी कबीर कहीं गया नहीं, वह सौ कबीरों में बँट गया है। आज का कोई भी सार्थक कवि समाज से कटकर नहीं लिख रहा।...उन पाँच प्रतिशत कवियों को छोड़ दीजिए, जो आज भी ऐंद्रिकता या व्यक्तिवाद के नए रीतिकाल से चिपके हुए हैं। बाकी के पंचानबे प्रतिशत कवियों का सरोकार हमारा यह बृहद समाज ही है।...हाँ, यह अलग बात है कि आज के हर कवि में यह कबीर अलग-अलग रूप में नजर आता है। इसलिए कि आज के सब कवि अलग-अलग रंग-ढंग की कविता लिख रहे हैं। वे सचेत भाव से एक-दूसरे से अलग हैं ताकि उनके अलग-अलग व्यक्तित्व भी बने रह सकें। इसकी वजह यह है कि कबीर के समय में अगर दूसरा कोई कवि कबीर से बारह कोस दूर बैठा कविता लिख रहा हो, तो कोई जरूरी नहीं कि कबीर उसे जानते ही होंगे। पर आज जो दिल्ली में बैठा कवि है, वह न सिर्फ भोपाल के कवि को, लखनऊ और पटना के कवि को जानता है, बल्कि उसे पढ़ भी रहा है।...तो जाहिर है कि वह चाहेगा कि उसकी कविता उनकी कविता से मिलती-जुलती होने पर भी कहीं भिन्न भी हो।...

...तो यह जो हर कवि का सामान्यीकरण से बचकर अपना व्यक्तित्व खोजना है, यही उसे थोड़ा दुरूह और किसी हद तक अंतर्मुखी भी बनाता है। दूसरा कारण यह है कि आज का कवि अपनी अभिव्यक्ति में मुखर या प्रगल्भ होने से बचना चाहता है क्योंकि पहले ही हमारे यहाँ पाँच-सात ऐसे कवि हैं जो वोकल हैं ओर तेज और विद्रोही यथार्थ के मुहावरे में अपनी बात कहते हैं। चंद्रकांत देवताले इन्हीं में से एक हैं, आलोकधन्वा है। एक धूमिल के बाद दूसरा धूमिल होने की साहित्य में कभी जरूरत नहीं होती!...आज का कवि यह बात जानता है। इसलिए लगातार अपना काव्य-मुहावरा निर्मित करने की कोशिश करता है। रूढ़ हो जाने पर इसे वह खुद ही तोड़ता भी है और फिर एक नया काव्य-मुहावरा रचता है। इसलिए जाहिर है, इसमें थोड़ा अमूर्तन और दुरूहता भी आएगी। वह बचा के अपनी बात कहता है, पर इसे आज के समय और उसकी जरूरतों से, हमारे समय की डिमांड से जोड़कर देखना चाहिए। आज कबीर वाला समय नहीं है कि माया पर, सती या सूरा पर या

ब्रह्म की महिमा पर दोहे लिखने बैठे, तो एक जैसे छत्तीस दोहे लिखते चले गए। यह आप करेंगे तो लोग कहेंगे, देखिए साहब, यह तो अपने आपको ही रिपीट कर रहे हैं।...तो आज के कवि के लिए सेल्फ-कांशस होना तो जरूरी है। पर ये सारे कवि मिलकर निस्संदेह एक कबीर की रचना करते हैं। यानी ये कबीर के ही अलग-अलग मूड्स या शेड्स आप आज की कविता में देख सकते हैं।

अच्छा विष्णु जी, अब जरा अपनी भाषा के संकट की ओर आ आएँ। कबीर के यहाँ भाषा के खास सरोकार है, इसीलिए वे संस्कृत या एलीट वर्ग की भाषा को ठुकराकर हिंदी भाषा को अपनाते हैं। आज इसी हिंदी भाषा के सिर पर तमाम खतरे मँडरा रहे हैं। एक तो अंग्रेजी ही है जिसके बढ़ते दबाव के कारण हिंदी खुद हमारे जीवन से बहिष्कृत होती जा रही है...और अंग्रेजी रुतबे और शान की चीज है। इसीलिए हम अपने बच्चों को अंग्रेजी माध्यम से पढ़ाकर उनके साथ हम दोहरी हिंसा करते हैं। फिर एक ओर हिंदी भाषा के संप्रदायीकरण का खतरा है तो दूसरी ओर हिंदी और प्रांतीय भाषाओं के बखेड़े हैं।...इन संकटों से पार करने की राह आपके ख्याल से क्या हो सकती है? और क्या कबीर यहाँ भी हमारी कोई मदद करते हैं?

—देखिए, इतना तो तय है कि कबीर ने संस्कृत के मुकाबले अपनी कविता के लिए लोकभाषा को चुना। ठेठ भाषा को चुना...यानी ठेठ भाषा में सच कहा। इसी कारण कबीर की कविता आज भी जिंदा है और जनता के अंदर दूर-दूर तक पहुँची है। इसका मतलब यह है कि कबीर से यह सबक लिया जा सकता है कि एलीट वर्ग की भाषा में कविता लिखकर आप जी नहीं सकते। इसी कारण आप इधर के पचास-सौ बरसों की फारसी-अरबी या संस्कृत की कविता देखिए, तो आपको लगेगा वह एकदम मुर्दा कविता है। यानी लोकभाषा में लिखकर ही आप लोक संस्कृति से जुड़ पाते हैं और उसी से कविता जिंदा भी होती है। इस तरह अपनी भाषा का जो चुनाव जायसी या कबीर ने किया, वह एकदम सही था कि लोकभाषा ही जीवित रहेगी और लोकभाषा में लिखा साहित्य ही जीवित बचेगा।...

अगर आज की स्थिति को देखें तो यह एकदम साफ है, जैसा कि आपने भी कहा कि आज हमारी भाषाओं पर संकट है। ऐसे संकट जो सौ-दो सौ साल पहले भी नहीं थे और इस समय अचानक उग्र होकर हमारे सामने खड़े हैं। इनमें बहुत कुछ तो अपना ही किया-धरा है कि हमने अपनी भाषाओं को ठीक से स्थान नहीं दिया, तो दूसरा कोई क्या करेगा? लेकिन बहुत-सा संकट ऐसा भी है जिस पर हमारा बस नहीं है। इसके पीछे ग्लोबलाइजेशन के खतरे हैं।...मसलन कंप्यूटर के आने के बाद, पश्चिमी समुदाय और उनकी इकॉनोमी के एक हो जाने के कारण, शेयर बाजार पद्धति के हावी हो जाने के कारण, डबल एंट्री बुक कीपिंग के कारण...संसार की पाश्चात्य कमर्शियल व्यवस्था बन जाने के कारण अंग्रेजी का वर्चस्व बहुत

बढ़ा है। अपने अंदरूनी काम-काज के लिए तो हम अभी भी हिंदी और भारतीय भाषाओं को ही अपनाते हैं, पर सत्ता या बिजनेस के भीतरी सर्कल में...ऐसे ही उच्च तकनीक वाले क्षेत्रों में निश्चय ही अंग्रेजी लोगों की जबान पर चढ़ी हुई है। इसका असर जीवन के दूसरे क्षेत्रों में दिखाई पड़ने लगा है। लेकिन यहाँ भी एक पेरेडॉक्स यह है कि अंग्रेजी का यह संकट या वर्चस्व दिल्ली में ही महसूस होता है। यहाँ से थोड़ी दूर आप भोपाल या लखनऊ चले जाएँ या बिहार या राजस्थान पहुँच जाएँ, तो वहाँ अंग्रेजी का यह रोग नहीं है। और लोग बड़े इत्मीनान से हिंदी में अपना काम चलाते हैं। भोपाल में किसी कॉफी हाउस या रेस्त्रां में बैठे दो दोस्त आपस में अंग्रेजी में बात कर रहे हों, यह लगभग असंभव है।

पर शिक्षा के मामले में...? आप देखिए, वे अपने बच्चों को अंग्रेजी माध्यम से ही पढ़ा रहे होंगे! छोटे-छोटे बच्चों की आत्मा को कुचलने वाला यह जो दोहरा अत्याचार है, यह इसलिए अक्षम्य है क्योंकि इससे उनकी स्वतंत्र अभिव्यक्ति पर ताला लग जाता है। स्वतंत्र रूप से सोचना और लिखना अपनी भाषा में ही संभव है, पराई भाषा में नहीं। लिहाजा बच्चे पढ़-लिखकर भी अपना व्यक्तित्व खोते जा रहे हैं।...

—देखिए, यह जो शिक्षा के अंग्रेजी माध्यम की बात आपने कही, इसके पीछे तो लोगों की एक 'प्रेक्टीकल चालाकी' है...कि अंग्रेजी के बगैर चूँकि काम नहीं चल सकता, नौकरी नहीं मिल सकती, इसलिए अंग्रेजी सीख लो। लेकिन वह यहीं तक सीमित है, मानो यह कोई आपातकालीन राजनीति हो। और वैसे आप देखिए, अपने रोजमर्रा के काम-काज में ये लोग खूब धड़ल्ले से हिंदी में बतियाते नजर जाएँगे। मैंने तो कंप्यूटर की दुकानों पर भी लोगों को बड़े मजे से हिंदी में बोलते सुना है।...यानी अंग्रेजी बिजनेस के लिए तो ठीक है, पर जीवन हमारा हिंदी में ही रमा हुआ है, उसी के सहारे चल रहा है। परंतु इसका यह मतलब नहीं कि अंग्रेजी का वर्चस्व हमारे समाज में बढ़ा नहीं है। अंग्रेजी निश्चित रूप से पहले से कहीं ज्यादा बोली जा रही है, किंतु जो विशिष्ट अध्ययन या बौद्धिकता के क्षेत्र हैं, वहाँ इसका आधिपत्य ज्यादा है। इसी तरह जो सत्ता-केंद्र हैं और जो व्यापार के राष्ट्रीय-अंतर्राष्ट्रीय केंद्र हैं, वहाँ अंग्रेजी का बोलबाला नजर आ सकता है।...फिर भी ऐसा नही है कि हिंदी को तत्काल कोई उसकी जगह से बेदखल कर रहा है, क्योंकि हिंदी अब भी जनता के दिलों और हमारे रोने-गाने और जीवन-संघर्ष की भाषा है।...

विष्णु जी, हिंदी को एक बड़ी चुनौती आज भीतर से यानी...प्रादेशिक भाषाओं से भी मिल रही है। हर प्रादेशिक भाषा मानो हिंदी को हटाकर या छोटा करके खुद केंद्र में आना चाहती है, फिर चाहे मराठी हो, बांग्ला हो या तमिल। और वह खुद को इस ढंग से प्रोजेक्ट करती है कि साहब, हिंदी क्यों,

मैं क्यों नहीं? इससे कुल मिलाकर यह मैसेज जाता है कि भारत में तो इतनी भाषाएँ हैं, आप किस-किस को अपनाइएगा? इससे तो अंग्रेजी भली, जिसे उत्तर से लेकर दक्षिण तक सब समझते तो हैं।...तो हिंदी के साथ प्रादेशिक भाषाओं का यह जो बखेड़ा है, इसके मुतल्लिक आप कुछ कहिए।...हिंदी ने तो कबीर के समय में भी उदारता से प्रादेशिक भाषाओं के शब्दों को अपनाया, आज भी अपना रही है...लेकिन प्रादेशिक भाषाओं का रवैया...?

—देखिए, यहाँ तक तो फिर भी गनीमत है, जो आप कह रहे हैं कि हर प्रादेशिक भाषा हिंदी के साथ 'कंपिटीशन' में खड़ी हुई है...पर मैं तो समझता हूँ, स्थिति और भी खराब है। भारत की बहुत-सी प्रादेशिक भाषाएँ जो अब खासी संपन्न हो चुकी हैं, हिंदी को एक 'बाघ' के रूप में पेश करती हैं कि साहब, हिंदी आ गई तो न जाने क्या हो जाएगा। यहाँ तक कि हिंदी को न आने देने के लिए वे खुद को भी त्याग कर देती हैं कि हिंदी नहीं, अंग्रेजी भले ही ले आओ!...यानी बांग्ला वाले कहेंगे, हिंदी नहीं आनी चाहिए, फिर चाहे इसके लिए हमें अपनी बांग्ला क्यों न छोड़नी पड़े। वे बांग्ला को छोड़कर अंग्रेजी अपना लेंगे, पर हिंदी नही। मैं समझता हूँ, यह बहुत खतरनाक रवैया है...

यह तो एक तरह से जयचंद वाला रास्ता हुआ विष्णु जी, कि पृथ्वीराज चौहान को हराने के लिए मोहम्मद गोरी को बुला लाओ...!

—हाँ, तो और क्या...! लेकिन इस चीज ने हिंदी का काफी नुकसान किया है तो प्रादेशिक भाषाओं का भी कोई कम नुकसान नहीं किया है। हिंदी तो फिर भी यह झेल लेगी, लेकिन प्रादेशिक भाषाओं के लिए यह संकट कहीं ज्यादा बड़ा हो जाने वाला है। इसलिए कि हिंदी तो आज दुनिया में कोई चालीस करोड़ की भाषा है। हिंदी बोलने वाले प्रति बीस साल में इतने बढ़ जाते हैं कि उसमें एक पूरा बांग्ला भाषी समाज आ सकता है। इतना जबरदस्त 'ग्रोथ' है हिंदी का! यही वजह है कि विज्ञापनों और अंतर्राष्ट्रीय बाजार में हिंदी का एक खास स्थान बनने लगा है। विदेशी लोगों को समझ में आ गया है, भारत में अगर अपना उत्पाद बेचना और कामयाब होना है तो हिंदी को अपनाओ, दूसरा कोई रास्ता नहीं है।

वैसे मैं समझता हूँ कि हिंदी और प्रादेशिक भाषाओं की इस रस्साकशी को सुलझाने के लिए हिंदी वालों को 'त्रिभाषा फार्मूला' मान लेना चाहिए था। यानी एक उत्तर, एक दक्षिण की भाषा और तीसरी विदेशी भाषा। लेकिन इसमें बेईमानी संस्कृत को लेकर होती है...यानी तीसरी भाषा के रूप में संस्कृत सीख ली। यह ठीक नही है। संस्कृत से क्या फायदा? यह तो एक जिंदा भाषा भी नहीं है!...तो बहरहाल, यदि ऐसा होता, यानी अगर ईमानदारी से हमने त्रिभाषा फार्मूला अपनाया होता, तो यह चीज हमारे नेशनल इंटीग्रेशन के लिए एक युगांतकारी घटना सिद्ध होती...

विष्णु जी, हिंदी के सामने एक और बड़ा खतरा है हिंदी के संप्रदायीकरण

का, जैसा इंगलैंड में आयोजित हुए 'विश्व हिंदी सम्मेलन' में देखने को मिला। इस सम्मेलन के बारे में कहा जाता है कि भाजपाइयों ने पूरे विश्व हिंदी सम्मेलन को हाइजैक करके, उसे 'विश्व हिंदू सम्मेलन' में बदल दिया। यह वही सांप्रदायिक सोच है, जो हिंदी को हिंदुओं से और उर्दू को मुसलमानों से जोड़कर देखती है।...हिंदी के संप्रदायीकरण की यह कोशिश, मैं समझता हूँ, हमारे सांप्रदायिक सद्भाव और एकता के लिए एक खतरे की घंटी है। हिंदी को भी अगर एक सांप्रदायिक औजार बना दिया गया, तो फिर बचेगा क्या?...आप इस मसले पर क्या सोचते हैं?

—इसके बारे में तो मुझे कहना है प्रकाश जी, कि यह हिंदी वालों को सजा मिली है कबीर की उपेक्षा की। कबीर को आपने ठीक से अपनाया नहीं, ठीक से समझा और स्वीकार नहीं किया। इसीलिए भाजपाइयों ने हिंदी को हाईजैक कर लिया, वरना उनकी यह हिम्मत नहीं हो सकती थी। इसलिए कि उस हिंदी को जिसमें कबीर मौजूद हैं, हाईजैक करने की हिम्मत किसी बड़ी से बड़ी हिंदू राजनीतिक पार्टी में नहीं हो सकती थी। इसलिए कि कबीर न सिर्फ एक बड़े कवि हैं, बल्कि वे मूर्ति-भंजक भी हैं और कदम-कदम पर ऐसे सांप्रदायिक लोगों को फटकारने वाले कवि हैं। कबीर ऐसे कवि नहीं हैं कि जरा-सा मीठा डाल के उन्हें पचा लिया जाए। जी नहीं, कबीर में भयंकर तीखापन है और उन्हें पचा पाना खाला के घर की तरह आसान नहीं है। अगर कबीर हमारे साथ होते तो यहाँ भाजपाई दोहरेपन की कलई खुलते देर न लगती।

तो जब तक हम कबीर को व्यापक रूप से स्वीकार नहीं करेंगे, हिंदी का इसी तरह का हिंदू वैष्णवीकरण होता रहेगा। कबीर हमारे पास इतना बड़ा स्रोत है शक्ति का और इनसे लड़ने के औजारों का...पर हमने इसकी परवाह ही कहाँ की है? दुख तो तब होता है प्रकाश जी, जब कबीर की कसम खाने वाले लोग विश्व हिंदी सम्मेलन में भाजपा के डेलिगेशन में कान-पूँछ दबाए नजर आते हैं। सवाल यह है कि ये जो वामपंथी थे वहाँ—नामवर सिंह, केदारनाथ सिंह सरीखे लोग, इन्होंने वहाँ हिंदी के संप्रदायीकरण का विरोध क्यों नहीं किया? क्यों ये मुँह छिपाए बैठे रहे? क्या इसीलिए न कि ये उस भाजपा डेलिगेशन के सदस्य होकर गए थे जिसका नेतृत्व भाजपा की वसुंधरा राजे सिंधिया कर रही थीं और उपाध्यक्ष थे विद्यानिवास मिश्र। नामवर सिंह को, आपको हैरानी होगी, राजस्थान सरकार से भी जाने का न्योता मिला था। पर उन्होंने स्वीकार नहीं किया और भाजपा डेलिगेशन का सदस्य होकर जाना मंजूर किया, क्योंकि यहाँ उनको रोजाना का भत्ता मिल रहा था जो कि विदेशी मुद्रा की एक बड़ी राशि थी।...तो इन लोगों से पूछा जाना चाहिए कि ये लोग वहाँ क्या कर रहे थे! और मुँह बंद करके कहाँ छिपे बैठे थे? जब कबीर का नाम लेने वाले और 'दूसरी परंपरा की खोज' का दावा करने वाले ही कबीर और कबीर की हिंदी

के साथ विश्वासघात करेंगे, तो बताइए उम्मीद कहाँ से की जाए?

लंदन के विश्व हिंदी सम्मेलन का चरित्र क्या है और भाजपा वहाँ क्या खेल खेल रही है! यह बात तो नामवर जी को वहाँ जाने पर पहले दिन ही पता चल गई होगी। अगर ये लोग हिंदी के संप्रदायीकरण के खिलाफ विरोध प्रकट करने के लिए उस सम्मेलन का बायकाट करके वापस आ जाते तो कम से कम इतिहास में एक विरोध तो दर्ज हो ही सकता था, जो आगे के लिए एक सिग्नल भी बनता। मुझे आश्चर्य है, इन लोगों ने ऐसा क्यों नहीं किया?

—(तीव्र व्यंग्यात्मक स्वर में) प्रकाश जी, मैंने तो अपने पूरे जीवन में कभी नहीं देखा कि नामवर जी ने कभी किसी चीज का विरोध किया हो। ये सत्ता और व्यवस्था से चिपके हुए लोग हैं। इनमें वह नैतिक साहस ही नहीं है कि कभी किसी चीज का विरोध कर सकें। तो आप देखिए, 'कबीर-कबीर' भले ही वे कहते फिरें, पर कबीर के जीवन और उद्देश्यों का कुछ भी असर नामवर जी के जीवन में अब तो नहीं मिलता। 'दूसरी परंपरा की खोज' वगैरह ये सब कहने की चीजें हैं। वरना ऐसा होता तो ये विद्यानिवास मिश्र के साथ बैठे हुए क्यों नजर आते? तो कबीर की परंपरा की उपेक्षा करने वाले तो असल में ये मौकापरस्त, इस्तेमाल करने वाले लोग हैं। ये लोग कबीर के 'किलर्स' के साथ हैं!...तो इस बात से तो मैं आपसे सहमत हूँ प्रकाश जी, कि आज कबीर की लड़ाई कहीं अधिक जटिल हो गई है। इसलिए कि नामवर सिंह जैसे तथाकथित वामपंथी तथा खुद को कबीर की परंपरा से जोड़ने का दावा करने वाले लोग आज भाजपा के डेलिगेशन का हिस्सा होकर जाते हैं और बाद में लौटकर इस बात पर दुख भी जताते हैं कि देखिए साहब, हिंदी के साथ क्या-क्या अनर्थ हो रहा है। वहाँ पूरे के पूरे विश्व हिंदी सम्मेलन को विश्व हिंदू सम्मेलन बना दिया गया! लेकिन सवाल यह है कि तब ये वहाँ क्या कर रहे थे। यह सवाल जब उनसे कहीं पूछा गया तो जानते हैं, उन्होंने क्या कहा? नामवर जी का कहना था कि मैंने एक शेर पढ़ा था!...(जोर की हँसी) देखिए, हो गया काम! एक शेर इन्होंने पढ़ दिया और इनका काम खत्म! तो ऐसे-ऐसे तो वामपंथी हैं...फिर किसको दोष दिया जाए? बल्कि नामवर सिंह जो इस सम्मेलन की सरकारी तैयारी समिति के सदस्य थे, लौटकर वामपंथियों की एक सभा में बोले कि अब विरोध करने से क्या फायदा, यह आपको पहले करना चाहिए था, और कायर वामपंथी चुप रहे। किसी ने यह नहीं पूछा कि आप प्रगतिवादियों के राष्ट्रीय अध्यक्ष हैं, आपने सब कुछ जानकर अपने काडर को सचेत क्यों नहीं किया? आप स्वयं क्यों गए?

विष्णु जी, पिछले कुछ वर्षों से हमारे देश में सांप्रदायिकता की आग रह-रहकर भड़कती है या कहिए कि भड़काई जाती है। हालत यह है कि हम नई सदी में पहुँच गए हैं, मगर अपनी सदियों पुरानी जहालत को छोड़ने की बजाए हमने और कसकर चिपटा लिया है। पढ़ाई-लिखाई और शिक्षा के

बावजूद हिंदू और भी कट्टर हिंदू हुआ है, मुसलमान और भी कट्टर मुसलमान। सांप्रदायिक ताकतें कभी मंदिर-मस्जिद के मुद्दे पर लड़वाती हैं और कभी जान-बूझकर दंगे करवाती हैं। इस मामले में मैं समझता हूँ, कबीर की प्रासंगिकता पर कुछ और विचार हो सकता है...

—देखिए प्रकाश जी, कबीर तो आज भी केंद्र में हैं और अपनी पूरी ताकत और अक्खड़ता के साथ डटे हैं। वे तो हिंदू हों या मुसलमान, दोनों के ही एस्टेब्लिशमेंट के खिलाफ हैं। और उनका तो सीधा-सादा-सा नारा है कि मुसलमान अपनी मुसलमानियत छोड़ें, हिंदू अपनी हिंदुआई। लिहाजा आप देखिए, कबीर होना तो एक माने में 'आधुनिक' होना है। कबीर आज छह सौ साल बाद भी आधुनिक हैं, छह सौ साल पहले भी आधुनिक थे। मगर हमने उनसे क्या सीखा, क्या लिया?...यहाँ तक कि पश्चिमी प्रभाव भी हम कहाँ ले पाए? वहाँ कम से कम मानव-बराबरी का आदर्श तो है। यूरोपीयन जो चार सौ वर्षों का पुनर्जागरण है, उससे भी कुछ सीखने की बजाए, हमने अपनी दकियानूसियत से उसे खो दिया। और जहाँ तक शिक्षा की बात आप कर रहे हैं, तो उससे तो कोई उम्मीद है ही नहीं। वह शिक्षा तो अब है ही कहाँ जो आपको जीवन मूल्य दे पाए, या कि लिबरेट करे। यह तो सिर्फ डिग्री देने और नौकरी के अवसर उपलब्ध कराने वाली शिक्षा है। शिक्षा के साथ यह जो जुड़ा हुआ था कि 'सा विद्या या विमुक्तये'—यह कहाँ है आज की शिक्षा में? कहीं नजर नहीं आता।

मैथिलीशरण गुप्त ने शायद इस स्थिति को बहुत पहले देख लिया था, जब उन्होंने कहा, 'शिक्षे तुम्हारा नाश हो, तुम नौकरी के हित बनीं'...!'

—बिल्कुल...! तो शिक्षा के जरिए यह तय है कि आप रेनेसाँ को प्राप्त नहीं कर सकते। और अब तो शिक्षा को दिनोदिन व्यवसायोन्मुख करने की बात कही जा रही है। यह वह शिक्षा नहीं है जो सिखाती थी कि साहित्य, संगीत, कला से विहीन मनुष्य पशु है। बल्कि यह तो मनुष्य को पशु बनाने वाली शिक्षा है जो पूरी तरह एक विकृत पश्चिमी ढाँचे पर चल रही है। यह मात्र डिग्री देने वाली शिक्षा है। और डिग्री भी किसलिए? नौकरी, सत्ता या फिर पैसा हासिल करने के लिए।...कबीर ने तो कुछ पढ़ा नहीं था। कोई प्रमाण नहीं मिलता कि उन्होंने कोई उच्च शिक्षा हासिल की हो। लेकिन कथित अनपढ़ होते हुए भी वह कितना पढ़ा-लिखा आदमी था! आज देखिए, खुद कबीर और उनकी कविता किस कदर मानवीय बराबरी के पक्ष में खड़ी दिखती है। और उनके शब्द आज भी अँधेरे में बिजली की तरह कौंधते हैं!...यह कोई छोटी और भुला देने योग्य बात नहीं है।

अच्छा विष्णु जी, इतिहास का यह कैसा क्रूर व्यंग्य है कि आज हमारे सिर पर घोर सांप्रदायिक सरकार बैठी है...भाजपाई सरकार। एक ऐसी पार्टी की सरकार जिसे देश में दंगे करवाने और हिंदू-मुस्लिम के पारस्परिक प्रेम में पलीता

लगाने का जिम्मेदार कहा जा सकता है। इतिहास की इस क्रूर विडंबना को आप कैसे व्याख्यायित करेंगे, खासकर कबीर या कबीरी आदर्शों और चुनौतियों के संदर्भ में...?

—देखिए, पहली बात तो यह है कि जो सरकार आज हमारे सिर पर बैठी है, वह केवल भाजपाई सरकार नहीं है। उस सरकार को बनाने और हमारे सिर पर बैठाने में उन लोगों का बहुत बड़ा हाथ है जिन्होंने कबीर के साथ धोखा किया।...या जो कबीर के साथ कभी भी विश्वासघात कर सकते हैं। यदि ऐसे विश्वासघाती न हों तो यह सरकार तो दो कदम भी न चल पाए।

आपका इशारा क्या समाजवादियों की तरफ है—फर्नांडीज, शरद यादव वगैरह...?

—बिल्कुल, अगर धर्मनिरपेक्ष और समतामूलक ताकतें आज भी एक हो जाएँ, खुलकर जनता के साथ खड़ी हों और इस सरकार को हटाने में थोड़ा भी जोर लगाएँ, तो यह ताश के पत्तों की तरह जमीन पर आ गिरेगी। हमने जनता और जनता के दुखों को बहुत नजरंदाज किया है और अपनी जनता से दूर आ गए हैं। यही वजह है कि पूँजीवादी ताकतों को खुलकर खेलने का मौका मिल रहा है और वे हमें बुरी तरह नचा रही हैं। लेकिन अभी भी बहुत-कुछ हो सकता है। यह ठीक है कि सारे संसार में समाजवादी ताकतों को बहुत बड़ा सैटबैक लगा है, लेकिन उनका मॉरल दबाव तो अभी भी बना हुआ है।...गरीबों और गरीबी से जुड़े हुए मुद्दों की आप अनदेखी नहीं कर सकते। इनकी जब-जब बात उठेगी, कबीर, मार्क्स और मार्क्सवाद की प्रासंगिकता और अधिक बढ़ेगी। इसलिए मैं समझता हूँ, निराश होने की कोई बात नहीं।

लेकिन ऐसा क्यों है कि हमारे देश में कम्युनिस्ट ताकतें इस कदर बँटी हुई हैं? अगर वे एक हो जाएँ तो अब भी बहुत कुछ हो सकता है। यही हाल समाजवादी शक्तियों का है जिनका शीराजा बिखर चुका है। अगर हमारे देश में कम्युनिस्ट और समाजवादी ताकतें एक हो जाएँ और मिलकर लड़ें तो सांप्रदायिक ताकतें कभी सिर नहीं उठा पाएँगी और इस देश की तकदीर ही बदल जाएगी। लेकिन समझ में नहीं आता कि यह सब जानते हुए भी और अल्टीमेटली एक ही उद्देश्य होने पर भी, लोग इस कदर बैठे हुए क्यों हैं? वे अब नहीं तो कब चेतेंगे?

—मेरा मानना है प्रकाश जी, कि दो नहीं, तीन ताकतों को इकट्ठा होना चाहिए। एक तो कम्युनिस्ट ताकतें, दो—समाजवादी ताकतें और तीसरी ओर आधुनिकतावादी जनतांत्रिक ताकतें, जिनमें कांग्रेस आती है। ये तीनों ताकतें मिलकर पूरा तो नहीं, लेकिन कुछ हद तक उस सपने को सच कर सकती हैं जो कभी कबीर ने देखा होगा। उनका पूरा सपना तो सच हो पाना मुश्किल--अभी बहुत

मुश्किल है।

तो अभी तो हमारे सामने मानवता की मुक्ति की और दलित-संघर्ष की एक पूरी लड़ाई है। ऐसी लड़ाई जो बहुत लंबी चलेगी, इसलिए कि यहाँ कोई शॉर्टकट नहीं है। कबीर की भाषा में यह 'अपना घर फूँकने की लड़ाई' है, इसके बगैर आप इसमें शामिल ही नहीं हो सकते। यह एक तरह से नंगी तलवार पर चलना है और इस लड़ाई में अगर हम कबीर से बहुत-कुछ सीख सकते हैं, तो कुछ हमें पश्चिम से भी लेना है। क्योंकि मानव-बराबरी के आदर्शों की एक लंबी लड़ाई वहाँ भी हजारों सालों से जारी है, जिसके नतीजे अब सामने आने लगे हैं। प्रकाश जी, किसी भी लड़ाई में अप्स एंड डाउंस तो आते ही हैं, जीत और हार भी होती है, लेकिन इससे परेशान नहीं होना चाहिए। क्योंकि अंततः यह लड़ाई गरीबों और दलितों के पक्ष में ही जाएगी। सोवियत संघ के पतन से और कुछ अन्य कारणों से धक्के तो यकीनन लगे हैं और पूँजीवादी शक्तियाँ भी मजबूत हुई हैं, यह मानना ही पड़ेगा। ग्लोबलाइजेशन इसी का एक चमकीला और धोखेभरा तिलिस्म है। पर दूसरी ओर, आप देखिए, इन खतरों से लोग नावाकिफ भी नहीं हैं। अभी पिछले दिनों संसार के सत्तावन देशों में ग्लोबलाइजेशन के नाम पर आई उदार व्यवस्था के नतीजों का अध्ययन किया गया, तो वहाँ देखा गया कि ग्लोबलाइजेशन और तथाकथित उदार इकोनॉमी से इन देशों की जनता की हालत और ज्यादा खराब हो गई। खासकर गरीब और कमजोर वर्ग पर तो बहुत बुरा असर पड़ा है और वहाँ लोगों में असंतोष और गुस्सा बढ़ा है। तो ऐसा नहीं कि कोई इन चीजों पर सोच नहीं रहा। दुनिया के तमाम देशों में विशेषज्ञ ही नहीं, लेखक और चिंतक भी इन खतरों से जनता को आगाह कर रहे है।

अच्छा विष्णु जी, जिस तरह पूँजीवाद ग्लोबलाइजेशन की शक्ल में घुसपैठ कर रहा है, उसी तरह पूँजीवादी चिंतन का एक और नाम है उत्तर-आधुनिकता, जो एक तरह से यथास्थितिवाद का दूसरा नाम है। यह उत्तर-आधुनिकतावादी चिंतन गरीबी और शोषण के खिलाफ हमारी लड़ाई को कमजोर कर देने की चालाकी के तहत आया है। विडंबना यह है कि बहुत-से हमारे मार्क्सवादी भी इसके जाल में फँस गए हैं...क्या आपको नहीं लगता कि...?

—ठीक है आपकी बात, लेकिन कबीर जैसा सच बोलने वाला एक युगांतरकारी व्यक्तित्व आपके पास है, जिसकी यथार्थ की समझ इतनी पैनी और साफ है कि उसे धोखा नहीं दिया जा सकता। उसने हमारे माध्यम से यदि एक बार कड़ककर सत्य कहा, तो ये सारे भूत भागते नजर आएँगे...जब वाकई वह अनहद हममें गरजेगा, ये सारे भूत भाग जाएँगे!

(30 जनवरी, 2000)

□□□

राजनीति

अगर मैं राजनीतिक कविता लिखूँ तो लोगों को परेशानी क्यों होती है?

हिंदी में राजनीतिक कविता उर्फ साहित्य और राजनीति के अतर्संबंधों पर खुली बातचीत

कोई आठ महीने पहले विष्णु खरे से एक लंबी बातचीत हो चुकी थी और उसका खुमार अभी उतरा ही न था कि मन फिर दौड़-दौड़कर उनसे मिलने को अकुलाने लगा। लगता था, अभी बहुत-कुछ है जो उनसे पूछा जाना चाहिए था। आखिर विष्णु खरे बड़े से बड़ा खतरा उठाकर बेखौफ सच कहने वाले हमारे दौर के कुछ इने-गिने लोगों में से हैं। उनसे आज के माहौल पर, जब सब ओर चुनाव की चर्चा है—मैं एक लेखक-पत्रकार के नाते एक बेलौस टिप्पणी की भी उम्मीद कर रहा था। कुछ सवाल 'ताकि सनद रहे' वाले अंदाज में थे—छोटे-छोटे, लेकिन यह जो एक सामाजिक प्रतिष्ठा हासिल किए हुए कवि-पत्रकार का चोला है, उसके भीतरी मन को खोलने वाले। फिर एक संदर्भ और था जिसने मुझे बुरी तरह उद्वेलित कर दिया था। और दरअसल इस इंटरव्यू की नींव तो उसी दिन पड़ गई थी। 10 मार्च, 1996—यह वह दिन था, जब विष्णु खरे और नरेंद्र जैन को एक साथ कांस्टीट्यूशन क्लब में रघुवीर सहाय स्मृति पुरस्कार दिए गए। (विष्णु खरे को 1994 और नरेंद्र जैन को 1995 के लिए!) उस दिन विष्णु जी का कविता पाठ भी था और वे पूरे फार्म और एक तरह के आक्रामक (बल्कि 'आक्रामक' छोटा शब्द है, मुझे कहना चाहिए—'बागी') तेवर में थे। संग्रह की कविताओं के अलावा उन्होंने दो और कविताएँ सुनाई थीं और उन्हें 'राजनीतिक कविताएँ' कहा था। एक कविता का शीर्षक था—'नेहरू-गांधी परिवार से मेरे संबंध' जिसमें पं. जवाहरलाल नेहरू, इंदिरा गांधी, राजीव गांधी, संजय गांधी तथा सोनिया, मेनका और इस परिवार की तीसरी पीढ़ी का जिक्र था। दूसरी

कविता 'मुल्जिम नरसिंह राव' प्रधानमंत्री नरसिंह राव को सीधे-सीधे संबोधित थी और इतने ठेठ, आक्रामक लहजे में थी कि पूरे हाल में सन्नाटा छा गया। उपस्थित संभ्रांत जनों में से बहुतों के चेहरे पर 'अजीब मुसीबत में फँस गए होने' का-सा अपराधी भाव था। उस समय के पहलू बदलते लोगों के चेहरे देखना एक साथ दिलचस्प और त्रासद था। हाल से उठ-उठकर बाहर गए लोगों के चेहरे तो और भी बहुत-कुछ कह रहे थे। विष्णु जी की कविताएँ खत्म होने पर जब मैं सभा-कक्ष से निकला तो एक युवा कवि-आलोचक को, जिसे अभी हाल में डॉ. नामवर सिंह से आलोचक होने का सर्टिफिकेट मिल गया है, बड़बड़ा रहा था—"ये कविताएँ हैं या आत्मप्रलाप?"

अगले दिन सारी दिल्ली किसी नाटक के दृश्य की तरह सिर धुन रही थी कि विष्णु खरे ने अजीब नाटक किया—कि विष्णु खरे ने बहुत 'घटिया' कविताएँ पढ़ीं—कि विष्णु खरे को हो क्या गया है? "यह आदमी पगला गया है क्या?" साहित्य अकादेमी में एक सम्मानित सज्जन बिदक रहे थे। उधर आकाशवाणी, आई.टी.ओ. आदि-आदि में इसकी अश्लील अर्थ-मीमांसाएँ हो रही थीं कि "इसमें नेहरू-गांधी परिवार की औरतों की तौहीन की गई है!" एक भद्र कवि-आलोचक ने जो विष्णु खरे के ही कविता संग्रह 'खुद अपनी आँख से' पर एक लंबी समीक्षा लिख चुके थे और विष्णु जी की कविताओं की तारीफ करते थकते न थे, अचानक अपना दृष्टिकोण बदल लिया—"असल में विष्णु जी मूलतः कवि हैं ही नहीं। मूलतः वह आलोचक हैं और आलोचक भी ऐसे कि मारने किसी को चलते हैं और कबड्डी-कबड्डी करते मार किसी और को आते हैं!"

मजे की बात यह है कि सारी दिल्ली हड़बड़ाई हुई थी। सब आपस में एक-दूसरे से बातें करते, कनफूसियाँ करते, आश्चर्यान्वित होते और हास्य-मिश्रित विलाप करते मरे जा रहे थे, लेकिन विष्णु जी से सीरियस संवाद करने की जरूरत किसी ने न समझी। विष्णु जी को चाहने वाले या उनकी कविताओं के प्रशंसकों में भी बहुतों को लग रहा था कि इन कविताओं में 'डायरेक्टनेस' थोड़ी ज्यादा है। लेकिन उन्होंने भी इस बात की तह में जाने की जरूरत नहीं समझी कि आखिर क्या वजह है और कौन से ऐसे मर्मांतक दबाव हैं कि जिनके चलते विष्णु जी को ऐसी कविताएँ लिखनी पड़ रही हैं। ये कविताएँ उनकी काव्य-प्रक्रिया का सहज विकास हैं कि नहीं? आखिर खतरे उठाकर अपनी बात कहने का स्वभाव तो विष्णु जी का शुरू से ही रहा है। उनकी 'पहचान'-सीरीज के संग्रह की 'दोस्त' कविता इस बात का सबूत है। 'खुद अपनी आँख से' में 'कूकर' जैसी सुरुचिभंजक कविता है जिसमें विष्णु खरे बेहद तिलमिलाए और करुणाजनक ढंग से अपनी असफलताएँ स्वीकार करते हुए, खुद को कबीर, निराला, मुक्तिबोध की परंपरा का कवि नहीं, 'कूकर' मानते हैं—कुत्ता, जो महज उनके जूतों की रखवाली करता बैठा है!! ऐसा कवि अगर

खतरनाक ढंग से आज राजनीतिक कविताएँ लिख रहा है, तो इसकी कुछ गंभीर वजहें तो होनी ही चाहिए!

...विष्णु जी से मिलना तय हुआ तो तमाम सवालों के साथ यह भी एक सवाल था जो रह-रहकर परेशान कर रहा था।

'तीन मूर्ति भवन' के पुस्तकालय के साथ वाले कमरे में, जो विष्णु जी को 'सीनियर फैलो' होने के नाते मिला हुआ है, बातचीत शुरू हुई। कोई घंटे-डेढ़ घंटे बाद हम चाय पीने कैंटीन आए, तब भी बातचीत जारी थी। बाद में कैंटीन के साथ वाले ग्राउंड में जहाँ काफी खुलापन है और हरियाली भी, बातचीत आगे चलती रही। शाम को सात बजे जब पुस्तकालय बंद होने का समय था, विष्णु जी को अचानक याद आया, उन्हें अपने कमरे से कागजात लेने हैं। जब हम पुस्तकालय से बाहर आए, अँधेरा कुछ-कुछ घिरने लगा था। शिरीष के फूलों ने मुसकराकर (और शायद हल्के व्यंग्यात्मक तर्ज में, होंठ थोड़े तिरछे करके) 'अलविदा' कहा। हालाँकि वहाँ से पुराने किले तक, जहाँ विष्णु जी ने अपने स्कूटर से मुझे छोड़ा (और वहाँ से मुझे निजामुद्दीन रेलवे स्टेशन जाकर ट्रेन पकड़नी थी!) बातचीत का क्रम बदस्तूर जारी रहा।

यह संयोग ही था कि बातचीत अनायास उन्हीं सवालों की ओर मुड़ गई थी, जहाँ से मैं शुरू करना चाहता था। विष्णु जी के हाथ में नरसिंह राव वाली कविता का तीसरा ड्राफ्ट था। तीसरा ड्राफ्ट क्यों? मुझे हैरानी हुई। पता चला कि पहला ड्राफ्ट तो छपना खैर असंभव ही था (मुझे दिल्ली के एक 'रेडियोवासी' युवा कवि-आलोचक की टिप्पणी याद आई कि 'अगर यह कविता किसी को सिर्फ स्टेज पर सुनाने के लिए ही दी जाती, तो उसका पेशाब निकल जाता!') लिहाजा उन्होंने एक दूसरा ड्राफ्ट तैयार किया, जिसमें कविता की डायरेक्टनेस को कम करने के साथ-साथ उसे माइल्ड किया और यह कविता इस अंदाज में थी कि जैसे कवि भद्रजनों से पूछ रहा हो कि क्या मुझे इतना कहने की इजाजत है—ताकि मेरी कविता बची रहे और भद्रजनों की भद्रता भी!!

पता चला कि कविता का यह दूसरा ड्राफ्ट भी 'जनसत्ता' में नहीं छप सका तो आखिर निराश और विवश होकर उन्हें कविता का तीसरा ड्राफ्ट तैयार करना पड़ा जो काफी ज्यादा 'नरम' था और नरसिंह राव नाम एकदम खत्म करके केवल प्रधनमंत्री के खिलाफ आरोप-पत्र लगाए गए थे। हालाँकि उन्हें अब भी शक था कि अखबार में इस कविता का उपयोग हो सकता है। और वे चाहते थे कि अभी जब चुनावों का घमासान सामने है, यह छपे। "बल्कि मैंने तो उनसे पूछा है कि यह कविता विज्ञापन के रूप में भी छप सकती है या नहीं?" कहते हुए गहरी व्यंग्यपूर्ण यंत्रणा उनके चेहरे पर थी। खैर, इससे यह तो पता चला कि विष्णु खरे जिस चीज के पीछे पड़ जाएँ, उसके लिए किसी भी हद तक भटकते हैं।

यह ऊबड़-खाबड़ बातचीत जिस अटपटे और बेलौस अंदाज में हुई, उसी रूप में पाठकों के आगे पेश है—

विष्णु जी, पूरे देश में चुनाव का महानाटक खेला जा रहा है—एक बड़ी हलचलों जैसी हलचल! लेकिन लेखक-बुद्धिजीवियों की भूमिका इस पूरे महासमर में नगण्य-सी है। आपको क्या यह त्रासद नहीं लगता?

—हाँ, हिंदी के बुद्धिजीवियों, लेखकों, पत्रकारों के बारे में आप कह सकते हैं यह बात, लेकिन अंग्रजी के पत्रकारों के बारे में ऐसा नहीं है। अंग्रेजी में नृपेन चक्रवर्ती, अरुण शौरी और ऐसे दर्जनों लोग हैं जो खुले और जागरूक रूप में अपनी बात कह रहे हैं। आज ही नृपेंन चक्रवर्ती ने चंद्रास्वामी के बारे में लिखा है और उसे सीधे-सीधे ठग कहा है—यानी बगैर 'किंतु-परंतु' के सीधी बात। यह बड़े साहस का काम है—तो अपना काम तो वे कर रहे हैं। अब उसका असर कितना होता है, यह बाद की बात है। हिंदी के पत्रकारों को देखें, तो वे इसकी तुलना में बहुत दब्बू और डरे हुए हैं। सबसे पहले तो उन्हें अपनी नौकरी की चिंता सताती है। सचमुच बड़ी दयनीय हालत है।

मेरा मतलब विष्णु जी, पत्रकारों से नहीं है। उनका तो काम है लिखना और वे राजनीतिक चीजें लिखेंगे ही। बुद्धिजीवियों से खास तौर से मेरा मतलब लेखकों से है—या समाज में जो पढ़ा-लिखा वर्ग है, उससे! आप देखेंगे कि चुनाव में उसकी कोई भूमिका ही नहीं है। एक अजब उदासीनता और दिशाहीनता-सी है। खासकर लेखकों को देखें तो उन्हें पता ही नहीं कि चुनाव हो रहे हैं या चुनाव भी कोई चीज है...!

—हाँ, यह ठीक है, लेकिन सवाल यह है कि राय बनाने या उसके सामने आने का माध्यम क्या है—अखबार या पत्रिकाएँ। यही न?...अब हिंदी में पत्रिकाओं के बारे में सोचें तो भला कौन-सी पत्रिका रह जाती है। एक तो 'हंस' है जो कम से कम नियमित छप रही है और हर महीने दस-बीस हजार छपती है। 'हंस' के नए अंक को देखें, तो क्या आपको पता चलता है कि इस महादेश में चुनाव भी हो रहे हैं? राजेंद्र यादव संपादकीय में तमाम मूर्खतापूर्ण बातें कहते रहते हैं, कभी सही तो कभी गलत!...तो क्या चुनाव को लेकर वह कुछ नहीं कर सकते थे? 'हंस' का एक 'चुनाव अंक' क्यों नहीं प्लैन किया जा सकता था? बल्कि अप्रैल और मई ये दो अंक हो सकते थे। हमारे आसपास इतनी बड़ी घटना हो रही है, कहीं इसकी थोड़ी-बहुत झलक तो हो! लेकिन साहित्य वालों की हालत यह है कि वे सब-कुछ से तटस्थ किस्से-कहानियों में मग्न रहना चाहते हैं। यह कैसा साहित्य है भाई? किस्से-कहानियों को भी आज के समय और हलचल से जोड़िए और कोई हर्ज नहीं कि उनमें आज की राजनीति पर भी सीधे-सीधे टिप्पणियाँ आएँ...विदेशों में हर

प्रधानमंत्री या राष्ट्रपति के कार्यकाल पर कम से कम एक बढ़िया उपन्यास तो लिखा ही गया है। हमारे यहाँ लोग यह सोचते ही नहीं। क्यों नहीं नरसिंह राव के पिछले पाँच बरस के कार्यकाल पर कोई बढ़िया उपन्यास लिखा जाता?...लिखा जाना चाहिए भाई।

खैर...तो 'हंस' के सिवा और कौन-सी पत्रिका अब रह गई जिससे उम्मीद की जाए? एक 'समय चेतना' है जिसका चुनाव-अंक निकला है। शायद अगला अंक भी उसका चुनाव को लेकर हो, लेकिन यह पत्रिका दिखाई कहाँ पड़ती है? बिल्कुल लोकप्रिय नहीं हो पाई...केवल मंडी हाउस में कभी-कभार दिखाई पड़ जाती है 'हिरावल' या 'हिरावलदस्ता' जैसी मूर्खतापूर्ण पत्रिकाओं के साथ, जिन्हें कोई नहीं पढ़ता, कोई नहीं पढ़ना चाहता—और ये वहाँ पड़ी रहती हैं 'हम भी है' वाले अंदाज के साथ।

तो आप मुझे बताइए, लेखक कहाँ अपनी बात कहे? उसके सामने जरिया क्या है? कौन छापना चाहता है उसके विचारों को?...यहाँ तो सिर्फ डरे हुए लोग हैं जो सिर्फ मालिकों का हुक्म बजाना जानते हैं—और हिंदी के पत्रकारों में यह कुछ ज्यादा ही है। उदाहरण के लिए, आप मेरी नरसिंह राव वाली कविता को लीजिए। इसका दूसरा ड्राफ्ट मैंने तैयार किया जो पहले से काफी हल्का था, उतना डाइरेक्ट भी नहीं था। मंगलेश डबराल के पास यह छपने के लिए भेजी गई तो वह अच्युता जी को दिखाने ले गए। अच्युता जी का कहना था कि इसमें डाइरेक्टनेस ज्यादा है। मैंने कहा—तो फिर इसे विज्ञापन के रूप में ही छाप दीजिए। जरा पता कीजिए कि यह विज्ञापन के रूप में भी छपने लायक है कि नहीं! और मुझे तो लगता है कि विज्ञापन के रूप में छापने में भी इन्हें दिक्कत हो सकती है।...तो यह हाल है, अब बताइए! मेरे सामने रास्ता क्या रह गया?...एक तो यह कि मैं पैंफलेट छपवाकर अखबारों में रखवाकर लोगों तक भिजवाऊँ! लेकिन ऐसे यह कितने लोगों तक पहुँचेगी?...केवल दिल्ली-दिल्ली में ही न! तो फिर आप लेखक से क्या उम्मीद कर रहे है? वह कैसे अपनी बात कहे? क्या कर डाले?...बताइए!

हालाँकि यह तो तब है जब मैंने कविता का दूसरा और थोड़ा हल्का ड्राफ्ट तैयार किया है। कल इसे फैक्स से मंगलेश जी के पास भिजवाऊँगा और तब भी अगर यह छपने लायक न समझी गई, तब क्या किया जाए? मैं सोच रहा हूँ कि तब मैं बहुत-से अखबारों में यह कविता फैक्स से भिजवा दूँ! जो भी चाहे, इसका उपयोग कर ले...

(कहकर विष्णु जी कविता के तीनों ड्राफ्ट निकालकर सामने रख देते हैं। फिर मानो तिलमिलाकर कहते हैं—) और अब मैंने सोच लिया है, जो भी मेरा नया संग्रह होगा, उसमें मैं कविता के ये तीनों ड्राफ्ट दूँगा और उनके पीछे की कहानी भी!... यह कविता, शायद आपको पता न हो, पहलेपहल महाराष्ट्र में यह पढ़ी गई थी। तब

का अनुभव है, लोग हक्के-बक्के रह गए थे। किसी को यकीन ही नहीं होता था कि कविता में भी यह बात कही जा सकती है। दूसरा ड्राफ्ट भोपाल में सुनाया गया। चूँकि पहला ड्राफ्ट तो उन्होंने सुना नहीं था, इसलिए इसी को सुनकर भगवत रावत, चंद्रकांत देवताले गदगद थे। चंद्रकांत देवताले ने तो कहा था कि मैं तो अब आगे कविता लिख ही नहीं सकता कि इससे आगे क्या कहा जाए?...लेकिन दूसरी ओर अखबार हैं, उनका अपना सेंसरशिप है—विचित्र रवैया है। नरसिंह राव के बारे में तीखा से तीखा लेख तो छप सकता है, व्यंग्य छप सकता है, कार्टून छप सकता है (और उनका नाम लेकर भी छप सकता है।) लेकिन कोई कवि नरसिंह राव के बारे में कविता लिखे तो वह छपने योग्य नहीं रह जाती। मुझे लगता है, इसके पीछे डर तो है ही, एक छिपी हुई ईर्ष्या भी है कि यह तो हमारा काम है। कोई कवि क्यों लिखे नरसिंह राव के बारे में? तो ऐसे हालात में कवि से क्या चाहते हैं आप कि...

विष्णु जी, रघुवीर सहाय स्मृति पुरस्कार वाले कार्यक्रम में आपके कविता-पाठ को लेकर बहुत अजीब-अजीब और घटिया बातें कही गई थीं। उन में से कुछ का मुझे अंदाजा है। क्या आप तक भी ये प्रतिक्रियाएँ पहुँचीं?

—नहीं, बिल्कुल नहीं। (अचानक उत्सुक होकर) क्या कह रहे थे लोग?

यही कि विष्णु जी कविता लिखना भूल गए—कविता के नाम पर जाने क्या प्रलाप...!

—हाँ, ठीक बात है...! (विष्णु जी के चेहरे पर एक पीड़ायुक्त मुसकान देर तक ठहरी रहती है। मेरे लिए इसे सह पाना कठिन है।)

इससे आप अंदाजा लगा सकते हैं कि लोग कितने सीरियस हैं...

—मेरे ख्याल से इनका कसूर नहीं, इसके पीछे इनका डर ही काम कर रहा है। डर या किसी हद तक ईर्ष्या भी कि हम पत्रकार तो यह बात लिख सकते हैं, मगर कवि क्यों लिखे! अब अखबारों में आप देखिए, तो लेखों में क्या कुछ नहीं कहा जा रहा। खुद मैं 'देशबंधु' अखबार में जो कालम लिखता हूँ या 'चौथा संसार' में जो लेख लिखता हूँ, उसमें इससे भी सीधे तौर पर मैंने बातें कही हैं कि 'नरसिंह राव, अब तुम बच नहीं पाओगे।' यकीन कीजिए, यही शीर्षक था। तो लेख में तो आपको यह मंजूर है—यानी पत्रकार तो यह लिख सकता है, मगर कवि को इजाजत नहीं। कवि खाली शाश्वत दुनिया में घूमता रहे और गोलमोल चीजें कहे। मगर कवि का आज असर नहीं पड़ रहा तो उसकी वजह भी तो यही है कि बगैर साहस के न कविता हो सकती है, न पत्रकारिता। यही बात मैंने राजेंद्र माथुर स्मृति वाले कार्यक्रम में कह दी थी तो लोग बौखला उठे थे। नामवर जी ने इस पर मुझे एजेंट कहा कि मैं लोगों को भड़काता रहता हूँ—यही मेरा काम है। सोचिए, मुझे एजेंट कहा उन्होंने—और किसका एजेंट? यह तो वही जानें। इस बारे में कुछ नहीं कहा उन्होंने....और ये जो राजकिशोर नामक पत्रकार हैं, उन्होंने कार्यक्रम खत्म होते ही नामवर को गले लगा

लिया कि आज आपने सच कह दिया। 'नवभारत टाइम्स' में रविवार्ता और परिशिष्ट समेत सप्ताह में कोई तेरह पन्ने औरों से छीनकर विनोद भारद्वाज को दे दिए गए। विनोद भारद्वाज महत्वाकांक्षी हैं और कई ज्ञात-अज्ञात कारणों से मालिक को 'सूट' भी करते हैं। लिहाजा यह खेल उन्होंने खेला कि ये सभी पन्ने उनके पास आ गए। इस पर राजकिशोर की टिप्पणी थी कि यह टाइम्स ऑफ इंडिया ऐसा ही संस्थान है, जो पहले 'अंक' में लेता है फिर 'डंक' मारता है। यह कहते हुए राजकिशोर को पता नहीं था कि अब अगला डंक उन्हीं को लगने वाला है। इसी नौ तारीख को वे बाहर आ गए। ठीक उसी तरह सड़क पर, जैसे नामवर सिंह ने मेरे लिए कहा था। यह जानना दिलचस्प होगा कि राजकिशोर की अब टाइम्स ऑफ इंडिया के बारे में क्या राय है? हालत यह है कि जब आपके आगे आखिरी टुकड़ा डाला जा रहा होता है, तब भी आप पूँछ हिलाते हैं और दूसरों पर गुर्राना नहीं छोड़ते कि तुमने मेरे संस्थान के बारे में ऐसा कहने का साहस कैसे किया? वह संस्थान जो अगले ही क्षण आपको बूट से ठोकर मारने वाला है....

अच्छा, फिर से आपकी राजनीतिक कविताओं की ओर लौटा जाए कि ये जो तमाम परेशानकुल आत्माएँ हैं, इनके सामने तो हो सकता है, कविता की अवधारणा का संकट पैदा हो गया हो—यानी कविता को बने-बनाए साँचे से कोई अलग रूप लेता वे देख ही न पाते हों?

—हाँ, यह तो हो सकता है। बहुत-से लोगों का अब भी यह ख्याल हो सकता है कि कविता तो कोई ऐसी चीज है जो थोड़ी करुणा उपजाए, थोड़ा उदास-उदास-सा कर दे और ऐसे ढंग से करे जो बिलकुल अहिंसक हो। किसी को किसी तरह की कोई चोट न लग जाए। ऐसे लोग अगर यह शिकायत करें कि इन कविताओं में डायरेक्टनेस ज्यादा है—या रफनेस बहुत है, या गद्य ज्यादा है—तो यह तो समझ में आता है, लेकिन ये जो तमाम बावेला मचाने वाले ठूँठ किस्म के लोग हैं, इनके इरादे...! मैं हैरान हूँ कि पूरे हिंदी समाज को यह हो क्या गया है!!

मैंने आपको बताया नहीं, एक सज्जन जो आपके पहले संग्रह 'खुद अपनी आँख से' पर लिख चुके हैं और आपकी कविता के खासे प्रशंसकों में से रहे हैं—इन कविताओं को सुनने के बाद कह रहे थे, विष्णु जी तो मूलतः कवि ही नहीं है। आलोचक हैं और आलोचक भी ऐसे कि एक को मारने चले तो कबड्डी-कबड्डी करते और दो-तीन को खामखा मार आए!...तो यह जो उनकी टिप्पणी है...

—जी, तो मतलब यह है कि मेरी इन दो कविताओं से पूरे भद्र समाज को विष्णु खरे से पिछले हिसाब-किताब का निपटारा करने में आसानी होगी। क्योंकि ये दो कविताएँ उनकी समझ में नहीं आईं या ये दो कविताएँ उनके हिसाब से कविताएँ नहीं हैं और मेरी पिछली कविताओं से काफी-कुछ अलग हैं! तो आप देख लीजिए

प्रकाश जी, कविताएँ एक ही ढंग से लिखी जाएँ तो आपत्ति यह होती है कि कवि स्टैगनेंट हो गया है, उसमें नए प्रयोग का माद्दा नहीं है...और अगर आप अपनी ही कविता की पुरानी सीमाओं को तोड़ें और आगे बढ़कर कुछ कहें, तो लोग सिर धुनने लगते हैं कि विष्णु खरे को हो क्या गया है—और कि ये तो वैसी कविताएँ लिखा करते थे, अब ऐसी कविताएँ क्यों लिख रहे हैं। भई, आप यह क्यों चाहते हैं कि लेखक उन्हीं सीमाओं में कैद रहे! मैं तो अभिव्यक्ति के नए से नए रास्ते खोजूँगा और हर तरह के खतरे उठाऊँगा। यह जोखिम उठाए बगैर राजनीतिक कविता बन ही नहीं सकती—अगर आपको सीधी से सीधी बात कहनी है और इस ढंग से कि लोगों के दिलों में उतरती चली जाए!! हो सकता है कि मेरी ये कविताएँ शिल्प के स्तर पर पुरानी कविताओं से अलग हों, और कुछ असफल भी हों। यह भी हो सकता है, इन कविताओं के मुकाबले सही शिल्प अभी मैं ढूँढ़ न पाया होऊँ, लेकिन मेरी कोशिशें जारी हैं और इस तरह की राजनीतिक कविताएँ—राजनीति में सीधे-सीधे दखल देने वाली कविताएँ मैं लिखूँगा ही। हो सकता है, पिछले पचास साल का राजनीतिक इतिहास मैं कविताओं में लिखना चाहूँ। ऐसा क्यों नहीं हो सकता भाई! आप मुझे कैसे रोकेंगे? मैं तो यह करूँगा, अवश्य ही करूँगा—और इसके बगैर कोई चारा नहीं है। अगर आप सिर्फ कविता लिखते ही नहीं रह जाना चाहते और अगर आपको सीधा हस्तक्षेप करना है—तो यह गोलमोल ढंग से तो नहीं हो सकता। और जहाँ तक रही गद्य की बात, तो पूरे महाभारत में कितने प्रतिशत कविता है, बताइए आप मुझे? रामायण में, वेदों में, उपनिषदों में कितनी कविता है? यहाँ तो अर्थशास्त्र और आरोग्यशास्त्र तक कविता में लिखे गए। तो मैं कविता में राजनीतिक इतिहास क्यों नहीं लिख सकता। होने दीजिए गद्य...तो गद्य भी चलेगा। डायरेक्टनेस है तो भी कोई हर्ज नहीं। आप मेरी इन कविताओं को मेरी बाकी कविताओं की तुलना में हल्का मानें, कोई दूसरा नाम दें—कविता नहीं, राजनीतिक डायरी कहें तो मंजूर है। आखिर नागार्जुन की 'इंदु जी, इंदु जी' और तमाम ऐसी कविताएँ हैं जो लोगों को हल्की लग सकती हैं, मगर उनके बगैर क्या नागार्जुन का व्यक्तित्व बन सकता है? निराला की 'बापू, यदि तुम मुर्गी खाते' जैसी कविताएँ पढ़ ली जाएँ तो आपको लगेगा कि यह निराला नहीं, कोई और ही निराला है.....

मुझे याद है, आपने एक दफा कहा था कि आप राजनीति में आना चाहते हैं—क्या आप अब भी इस बारे में सोचते हैं? क्या आपको लगता है कि साहित्य से बदलाव नहीं आ सकता...या उसकी कोई बड़ी भूमिका अब नहीं रह गई?

—मैं अब भी यह सोचता हूँ प्रकाश जी—और बहुत गंभीरता से सोचता हूँ। मुझे पता नहीं कि यह संभव हो भी पाएगा या नहीं। लेकिन मेरे मन में बार-बार यह बात आती है कि इसके अलावा दूसरा कोई रास्ता नहीं है। साहित्य अभी पढ़ कितने लोग रहे हैं? और जो पढ़ रहे हैं, वे भी बस पढ़ ही रहे हैं या कुछ और कर

रहे हैं! लिहाजा अगर आपको अभी—तुरंत अभी—फौरन परिवर्तन चाहिए तो राजनीति के सिवा कोई दूसरा रास्ता नहीं है।...याद रखिए, जब मैं 'फौरन' कहता हूँ तो इस फौरन में भी पंद्रह-बीस बरस तो लग ही जाएँगे।

तो क्या आप इस हद तक निराश हो गए हैं कि सोचने लगे हैं कि पढ़ना-लिखना फिजूल है—कि साहित्य से सामाजिक बदलाव नहीं आता या कि वह सामाजिक परिवर्तन का कारक नहीं है?

—नहीं, ऐसा नहीं कि मैं साहित्य को कोई फिजूल चीज मानता हूँ—यह तो भला मैं मान ही कैसे सकता हूँ? हाँ, लेकिन साहित्य का असर धीमा होता है और आज जो अपने देश के हालात हैं—आज जिस ऐतिहासिक दौर में हम उपस्थित हैं—जिसमें बड़ी भारी उथल-पुथल है जिसके हम गवाह हैं और बड़े भारी निर्णय लिए जाने हैं, उसमें अंततः राजनीतिक शक्तियों के द्वारा ही परिवर्तन आएगा। हम उससे तटस्थ नहीं रह सकते...बल्कि हमें कहीं न कहीं उन राजनीतिक परिवर्तनों में अपनी हिस्सेदारी साबित करनी होगी....

कहीं ऐसा तो नहीं कि राजनीतिक परिवर्तन आते हैं, जाते हैं—वे कभी स्थायी नहीं होते। इसके बजाए सामाजिक शक्तियों से जो बदलाव आता है या साहित्य जो हमारे विचारों को और शायद व्यक्तित्व को भीतर से बदलने का काम करता है, वह कहीं ज्यादा बड़ा होगा और शायद किसी स्थायी राजनीतिक परिवर्तन का कारक बने। मेरा ख्याल है, हमें मूल की ओर...!

—आप जिन सामाजिक शक्तियों की बात कर रहे हैं, वे भी अंततः राजनीतिक परिवर्तन को जन्म देती है। असली निर्णायक शक्ति राजनीतिक शक्ति है, बदलाव उसी से आता है....मसलन ग्राम-सुधार, प्रौढ़-शिक्षा या साक्षरता-अभियान जैसे जो कार्यक्रम हैं, वे अंततः राजनीतिक परिवर्तन ही लाते हैं और इसी उद्देश्य से शुरू भी किए जाते हैं। वे ऐसा न करें, यह हो ही नहीं सकता....

मैं एक भिन्न उदाहरण देता हूँ लोहिया का—उनके पास समाजवाद का अपना मॉडल था। स्त्री-पुरुष समानता की अवधारणा थी, गरीबी मिटाने के कार्यक्रम थे, जाति-उन्मूलन की कल्पना थी....यानी एक तरह से समता पर आधारित समाज का एक मॉडल था, वह इतना शक्तिशाली था कि लोगों को उसने गहरे बदला और साहित्य को तो बहुत गहरे प्रभावित किया उसने, हालाँकि देखा जाए तो लोहिया कोई इतनी बड़ी राजनीतिक शक्ति नहीं थे, लेकिन प्रभाव गहरा था क्योंकि...

—नहीं, यहाँ मैं आपसे असहमत हूँ। लोहिया पूरी तरह एक राजनीति प्राणी थे—उनके सारे कार्यक्रम राजनीतिक ही थे। उस समय की चार ही तो राजनीतिक शक्तियाँ थीं—कांग्रेस, वामपंथी पार्टियाँ, हिंदूवादी शक्तियाँ और लोहिया। लोहिया का राजनीतिक महत्व आप कम करके नहीं आँक सकते। संविद सरकारों के गठन के

समय आखिर सबसे बड़ी और निर्णायक शक्ति लोहिया ही थे। गैर-कांग्रेसी सरकारों का सपना उन्हीं का था और उन्होंने उसे असली जामा भी पहनाया। एक तरह की क्रांति उस आदमी ने की, क्योंकि लोग तब तक समझ बैठे थे कि कांग्रेस की सरकारें जा ही नहीं सकती....

नहीं, मुझे यह मानने में दिक्कत नहीं है किंतु सामाजिक और सांस्कृतिक परिवर्तन का फलसफा उनका कहीं बड़ा था। आपको नहीं लगता कि..?

—मुझे कुल मिलाकर लगता है कि लोहिया एक राजनीतिक व्यक्ति थे और राजनीतिक, सामाजिक, सांस्कृतिक चिंतन का उनमें सही-सही मेल था।

क्या जे.पी. के आंदोलन को भी आप पूरी तरह राजनीतिक आंदोलन कहेंगे?

—बिलकुल।

और यह जो संपूर्ण क्रांति का नारा था...?

—यह संपूर्ण क्रांति राजनीतिक ही थी...राजनीतिक परिवर्तन के लिए थी।

लेकिन लोगों में—पूरी जनता में कितनी भारी हलचल थी! ऐसा आजादी के बाद शायद पहली बार हुआ हो।...अच्छा विष्णु जी, क्या आप बहुत ज्यादा उत्साहित थे जे.पी. आंदोलन को लेकर? बहुत ज्यादा उम्मीदें लगाए हुए थे?

—इस आंदोलन की सीमाओं का तो पता ही था, लेकिन तो भी उत्साहित तो था ही! बहुत अच्छा लगता था इतनी हलचल देखकर...लगता था कि पूरे जोश से कुछ किया जाए तो कुछ होता जरूर है...

उस समय जे.पी. को अमरीकी एजेंट कहने वाले कुछ लोग भी थे जो कहा करते थे कि अमरीका के इशारे पर और उसकी आर्थिक सहायता से यह सब हो रहा है। कुछ सुना था आपने?

—कहाँ!...वह तो आत्मनिर्भरता की बात करते थे। बाहरी सब देशों की मदद का उन्होंने विरोध किया।

एक बूढ़े आदमी का—जो अभी तक राजनीतिक दृश्य के हाशिए पर नजर आता था, एकाएक फैलकर पूरे राष्ट्र के मानस पर छा जाना किसी चमत्कार जैसा लगता था...नहीं?

—बिल्कुल ठीक कहा आपने।...हालाँकि आज भी वे चीजें, बिलकुल खत्म नहीं हुई। वी.पी. सिंह के जनता दल में आप जे.पी. के आंदोलन की छाया किसी न किसी रूप में देख सकते हैं। इसी तरह मुलायमसिंह लोहिया के समाजवाद को किसी न किसी तरह से अब तक चलाए हुए हैं—यानी उसकी निरंतरता बनी हुई है।

माफ कीजिए—मुलायमसिंह यादव में अगर समाजवाद है तो यह तो बहुत भौंडे और विकृत किस्म का समाजवाद है!...बताइए, यह कैसा समाजवाद है जो इतने भीषण यादवी जनून और एक तरह से आप कहें तो जातिवाद पर आधारित है?

—आपकी बात किसी हद तक सही हो सकती है। मुलायमसिंह की अपनी सीमाएँ है, मैं उन्हें डिफेंड नहीं कर रहा...पर जातिवाद, खासकर अपने देश में इतनी उलझी हुई चीज है, कि उससे लड़ते हुए आप हो सकता है, खुद थोड़े से संकीर्ण या जातिवादी नजर आएँ। इस तरह के झमेले हो सकते हैं...मगर इनसे घबराना नहीं चाहिए। मंडल कमीशन को लेकर वी.पी. सिंह पर ही कैसे-कैसे आरोप नहीं लगे, पर मेरा मानना है कि वह एक क्रांति से कम नहीं है।...यह कितना बड़ा इशू था और है, इसे लोग आज नहीं, बरसों बाद समझेंगे। आज अपने समाज में जो एक अजीब-सी हलचल है, भीतर तक मथती हुई हलचल—जिसने समाज का चित्र ही नहीं, राजनीति का परिदृश्य तक एकदम बदलकर रख दिया है, उसका आधार मंडल कमीशन ही है। पहली बार भारत की जाति-व्यवस्था को इतनी कड़ी टक्कर दी गई। यह गांधी के हरिजनवादी आंदोलन से एकदम भिन्न चीज थी। गांधी का हरिजन आंदोलन सबको थोड़ा-थोड़ा समझाने-बुझाने और ऊपर-ऊपर से दिखावटी सामंजस्य बनाने का आंदोलन था। उन्होंने हर जगह यही किया, मसलन मजदूरों से कहा कि वे मालिकों को अपने गार्जियन समझें, अब मालिक चाहे उन्हें जो भी समझें—लेकिन मंडल कमीशन जातिप्रथा के खिलाफ एक खुला विद्रोह था। मायावती अगर आज कहती हैं, "जिसकी जितनी संख्या भारी, उसकी उतनी हिस्सेदारी" तो उसकी वजहें यही....

क्या आप जाति-प्रथा को खत्म करने या हरिजनों की समस्या, छुआछूत उन्मूलन को लेकर गांधी जी की भूमिका को महत्वपूर्ण नहीं मानते? मुझे तो लगता है, बहुत बड़ा काम उन्होंने किया और बहुत बड़े स्तर पर जागृति फैलाई!...वह पहला स्तर था और हो सकता है कि उसके बहुत ज्यादा परिणाम तब सामने न आए हों, लेकिन मायावती या वी.पी. सिंह आज अपनी बातें इतने दम के साथ कह पाते हैं, तो इसके पीछे आधार तो कहीं न कहीं गांधी का ही है, यह काम तो वे कर गए....

—देखिए, जो स्थितियाँ आज पैदा हो रही हैं, वे तो हर हाल में होती हीं—चाहे गांधी होते या न होते, उनका इस दिशा में काम होता या नहीं। वैसे भी अंबेडकर तो थे ही और उनका रास्ता हम जानते हैं कि अलग था...बल्कि वह तो हरिजनों का एक अलग देश माँग रहे थे और गांधी को खतरा था कि वे इसमें कामयाब न हो जाएँ। इसी बात को लेकर उन्होंने जो उपवास किया था, उसने एक तरह से अंबडेकर को डिफीट दी।...गांधी का लक्ष्य असल में आजादी था। वे इन सब झमेलों में ज्यादा पड़ना न चाहते थे, पड़ते तो देश को आजाद न करा पाते। इसलिए वे इतना ही कर सकते थे कि थोड़ा-थोड़ा सबको संतुष्ट कर दें और समाज का मूल ढाँचा भी न बदले। इसी मानी में आप अंबडेकर को क्रांतिकारी कहेंगे और गांधी उनकी तुलना में, माफ कीजिए, थोड़े कंजरवेटिव प्रतीत होते हैं।...यों ऐसा भी नहीं कि हरिजनों

की समस्या या छुआछूत हटाने का काम कोई गांधी ने ही शुरू किया हो या उसकी पहल की हो। संतों की जो भक्तिधारा थी, उसमें यह काम पहले हो ही चुका था। फिर महाराष्ट्र में ज्योतिबा फुले...तमिलनाडु में भी इसी तरह का आंदोलन चला था भक्तिकाव्य के रूप में...

अपने देश में जो जाति-व्यवस्था की जटिलताएँ हैं, उनको लेकर आप क्या सोचते है? क्या जाति-व्यवस्था को एक झटके में खत्म किया जा सकता है या उसकी जड़ों पर हमला करने की जरूरत है—और यह लंबी चलने वाली प्रक्रिया है? बहुत-से लोगों ने अपने नाम के आगे से जातिसूचक शब्द हटाए, आपको ध्यान होगा, यह सोचकर कि इससे जातिवाद खत्म होगा...पर हुआ क्या?

—देखिए इस मामले में तो मैं मंडल कमीशन को एक महत्वपूर्ण विभाजक रेखा मानता हूँ। सन् 1989 से पहले का भारत अलग था और सन 1989 के बाद का भारत अलग है—और मेरे ख्याल से ये दोनों अब अलग ही रहेंगे और कभी एक नहीं हो पाएँगे। दोनों के बारे में हमें अलग-अलग ढंग से ही विचार करना होगा। सन् 1989 में मंडल कमीशन ने कितना बड़ा काम किया जाति-प्रथा खत्म करने में, इसको आप अभी नहीं, आगे चलकर—बहुत बाद में महसूस कर पाएँगे। अभी तो आप जाति-प्रथा की दीवार में जो एक हल्की-सी धचक आई है, उसको देख और सुन सकते हैं। आगे चलकर पचास-साठ सालों में जब यह दीवार टूटेगी और एक जातिविहीन खुला समाज होगा, उसके बारे में अभी ठीक-ठीक अंदाजा लगाना तक मुश्किल है। लेकिन यह हालत आएगी, यह तय है। इसके अलावा तरक्की का और खुशहाल समाज का कोई रास्ता ही नहीं है...

क्या दूसरे समाजों में जातियाँ या जातिगत ऊँच-नीच व्यावहारिक रूप से बिलकुल नहीं है? या वहाँ इसका कोई भिन्न रूप है? अपनी विदेश यात्राओं के दौरान शायद आपने नजदीक से ये चीजें देखी हों...

—अब जैसे जर्मनी का मैं आपको बताऊँ, तो वहाँ नामों के आगे कुल नाम लगाने का प्रचलन है। कुल नाम भिन्न-भिन्न हो सकते हैं और उनसे मोटा अनुमान लगाया जा सकता है कि फलाँ व्यक्ति के पुरखे कभी किसान रहे होंगे, या शाही परिवार से उनका संबंध रहा होगा, वगैरह-वगैरह...लेकिन इसे लेकर किसी व्यक्ति की सामाजिक हैसियत को ऊँचा या नीचा नहीं समझा जाता। ये सिर्फ एक हल्की-सी पहचान के लिए हैं। आदमी अपनी सामाजिक हैसियत तो खुद बनाता है, भारत की तरह नहीं कि आपको उन कारणों से छोटा या बड़ा समझा जाता है कि आप किस वर्ण में पैदा हुए, आप ब्राह्मण हैं या हरिजन....मानो उस वर्ण, उस परिवार में पैदा होने में आपका कोई दखल हो!

अच्छा विष्णु जी, क्या अपने निजी जीवन में भी आपको किसी जातिगत अपमान या विडंबना को झेलना पड़ा...?

—नहीं, जातिगत तो कोई ऐसा उदाहरण मुझे याद नहीं आता...हाँ, सामाजिक लिहाज से कहिए तो एक ऊटपटाँग स्थिति में मैं एक दफा फँस गया था दरभंगा में। मैं भूल गया था कि यह पिछड़ा हुआ बिहार है, दिल्ली नहीं। साहित्य अकादेमी का एक फंक्शन दरभंगा में होना था और अकादेमी के उपसचिव के नाते मैं यूनिवर्सिटी के रजिस्ट्रार से मिलने गया था। घंटी दबाकर मैं भीतर चला गया था। वहाँ स्त्रियाँ बैठी थीं और एक परपुरुष को देखकर वे जिस तरह चीखती हुई भागीं, उससे मैं भौचक्का रह गया था और फौरन अपनी गलती समझ गया।...उसके बाद रजिस्ट्रार आए तो उनका चेहरा थोड़ा खिंचा हुआ था, जैसे उन्हें भी यह बुरा लगा हो, हालाँकि वे कुछ कह नहीं पा रहे थे। उस दिन के बाद अगर किसी घर में जाना हो तो मैं बड़ी सावधानी रखता हूँ। कई बार यह भी होता है कि आप जहाँ बैठते हैं, वहाँ घर खुला होता है और आपको घर का बाकी हिस्सा, रसोई में काम करती महिलाएँ वगैरह भी दिखाई दे जाती हैं जिससे उन्हें दिक्कत होती है, तो मैं जान-बूझकर उधर पीठ करके बैठता हूँ ताकि किसी को दिक्कत न हो—और अगर पति-पत्नी को आपस में कुछ इशारे करने हैं कि यह कौन बैठा है, कब तक बैठेगा, जाता क्यों नहीं—तो इसमें भी उन्हें कोई परेशानी न आए (हँसते हैं!)

लेकिन आपने बताया था कि आपका विवाह अंतरजातीय है, तो इस नाते भी क्या...?

—विवाह को लेकर थोड़ा-बहुत विरोध हुआ...बल्कि उस कालेज में जहाँ मैं पढ़ाता था, मेरा तबादला कर दिया गया—यह कहते हुए कि इस आदमी ने जो काम किया है, उससे न सिर्फ कालेज के अनुशासन और व्यवस्था पर, बल्कि पूरे शहर की कानून-व्यवस्था पर बहुत खराब असर पड़ सकता है। (हँसी)...पर ऐसा कुछ था नहीं। तबादले से एक तरह से मैं खुश ही हुआ...नई जगह पर नए ढंग से जीवन शुरू करने की आजादी थी। ससुराल में कोई खास विरोध मेरा नहीं हुआ और मुझे खुशी-खुशी स्वीकार कर लिया गया। पुरानी दिल्ली में मेरी पत्नी के ममिया ससुर लल्लू पहलवान बहुत मशहूर पहलवान थे, जो गुरु हनुमान वगैरह से जुड़े हुए थे। वे तो मुझसे इतना प्रेम करते थे कि मुझसे बात किए बगैर उन्हें चैन ही नहीं पड़ता था। एक दफा वे मुझसे कह रहे थे—"क्या जमाना आ गया है, इतने वर्णसंकर बढ़ते जा रहे हैं!" मैंने मुसकराकर कहा—"हाँ, मामा जी!"...वे इस बात को समझे ही नहीं। असल में मैं उनके लिए पराया रह ही नहीं गया था कि वे मुझे अपने से इतर समझते!

थोड़ा-सा विषय बदलने की इजाजत दें विष्णु जी।...आप जब राजनीति में आने की बात कह रहे थे तो एक बात मैं पूछना चाहता था, भूल गया। एक लेखक के राजनीति में जाने पर सबसे बड़ी विडंबना जो उसके साथ होती है, वह यह कि अपना स्वर तो वह भूल ही जाता है और राजनीति का जो 'चरित्रहीन' चरित्र है, उसका हिस्सा भी वह अक्सर नहीं हो पाता। यह शायद

बड़ी कारुणिक स्थिति है—नहीं? हमारे यहाँ श्रीकांत वर्मा इसके सबसे बड़े उदाहरण थे। कांग्रेस आई का चुनाव अभियान चलाने वाले 'श्रीयुत' श्रीकांत वर्मा ठीक-ठीक वही नहीं थे जिन्होंने 'मायादर्पण' की रूखी-खुरदरी कविताएँ लिखी थी, या 'चांद का मुँह टेढ़ा है' में जो मुक्तिबोध की करुण हालत का बयान कर रहे थे...

—देखिए, श्रीकांत वर्मा के साथ दिक्कत दूसरी थी...एक तो वे महत्वाकांक्षी बहुत थे—बहुत-कुछ एक साथ पा लेना चाहते थे और दूसरे वे राजनीति में सीधे ऊपर से उतरना चाहते थे। लिहाजा इस स्थिति की अपनी दिक्कतें थीं... मसलन इसमें यह तो हो सकता था कि आप इंदिरा गांधी को खुश करके एक बड़ी जगह अपने लिए पा लें—और यह उन्होंने किया, कांग्रेस के महासचिव बने। कांग्रेस का महासचिव होना उन दिनों इतनी बड़ी बात थी कि तमाम लोगों को उनके तलुए चाटते देखा गया था और वे तमाम लेखकों तक को फटकार देते थे...लेकिन दूसरी ओर उनकी मुश्किल क्या थी—कि कुल मिलाकर उनमें राजनीतिक संस्कार नहीं थे तो उन्हें लोगों से बात करना नहीं आता था। अब अरुण नेहरू से कैसे बात की जानी है या बहुगुणा से कैसे निबटना है, यह तो आपको आना चाहिए।...यह तो नहीं कि इंदिरा गांधी के आप कृपापात्र हैं तो वे हर जगह आपकी मदद करने आएँगी, जबकि उनकी संस्कृति 'अम्माँ सस्कृति' थी...हर बात में अम्माँ की पुकार! जबकि मुझे तो शक है कि जिस कांग्रेस पार्टी में वे थे, उसकी नीतियों में भी उनका यकीन था कि नहीं?...क्या वे नहीं जानते थे कि इंदिरा गांधी डिक्टेटर हैं! सबको मालूम था तो उन्हें कैसे नहीं मालूम थी यह बात...?

विष्णु जी, आप गलत समझे। मैं इस तरह की असफलता नहीं, दूसरी तरह की असफलता की बात कर रहा था...कि श्रीकांत वर्मा कवि हैं, 'मायादर्पण' के कवि और कम से कम पचास-सौ सालों तक इस रूप में जाने जाएँगे—यह बात एक इतिहास बनाती है...जबकि वे कांग्रेस के महासचिव हैं या और बड़े पद हैं, इसे कोई याद नहीं करेगा, इसका तात्कालिक महत्व है। राजनीति में आकर अपने विश्वासों से विपरीत बातें कहते हुए आपने अगर अपनी विश्वसनीयता ही खंडित कर ली...या अपना व्यक्तित्व चौपट कर लिया तो मेरे ख्याल से आपने काफी-कुछ गँवा दिया। अब यही देखिए 'मगध' में जो कविताएँ हैं, वे 'मायादर्पण' की कविताओं के आगे कहाँ ठहरती हैं?

—बिलकुल! 'मगध' की कविताओं में एक तरह की अपोलौजी है...एक तरह की पाप-ग्रंथि लेकर वे कविताओं के निकट आते हैं, लिहाजा 'मगध' की कविताओं में वह बात नहीं है—वे कमजोर कविताएँ हैं। यों बहुतेरे लोग हैं जो कहते हैं कि देखिए वे कितने ईमानदार थे, 'मगध' में उन्होंने किस कदर अपनी यंत्रणा को प्रकट किया है।...यों प्रकाश जी, अगर कोई कवि दोहरे स्तर पर जीता है यानी कविताओं

और राजनीति में उसकी अलग-अलग भूमिकाएँ हैं—तो इस तनाव को वह कैसे झेलता है, यह देखना खुद में एक दिलचस्प बात होगी। लेकिन तब कवि को अपोलौजीकल होकर कविताओं के निकट जाने की जरूरत नहीं—बल्कि उसे राजनीति की विडंबनाओं को पूरे साहस के साथ कविताओं में उजागर करना चाहिए।

मैं आपकी बात समझ गया, विष्णु जी।...लेकिन यह तो तभी हो सकता है जब आप एक ऐसी राजनीतिक पार्टी चुनें जिसकी सोच की लाइन में, आदर्शों में आपको यकीन हो। और जब आप अवसरवादी ढंग से कोई पार्टी चुनते हैं जिसके सिद्धांतों में आपका यकीन न हो, तो आप सारी जिंदगी एक को दूसरे से छिपाते फिरते हैं। मेरा ख्याल है, तब आप अपना जो सबसे मूल्यवान है, उसे खोकर अपना ही नुकसान करते हैं।...नहीं लगता क्या आपको?

—हाँ, यह बात आपकी ठीक है।...लेकिन जैसा मैंने आपसे पहले कहा—श्रीकांत वर्मा ज्यादा महत्वाकांक्षी थे। उनको अपनी महत्ता रास आने लगी थी...कांग्रेस के महासचिव के नाते उनका रुतबा भी खासा था। तब तो चार ही महासचिव होते थे। इंदिरा गांधी को उन्होंने प्रभावित कर लिया था और वे सोचते थे, अब और किसी चीज की जरूरत नहीं है। उन दिनों आप यकीन करेंगे, इतना रोब था श्रीकांत वर्मा का, जिस ऐंबेसी में वे जाते थे, लोग दौड़कर घेर लेते थे। लेखकों को और अपने इर्द-गिर्द के लोगों को जब चाहे झिड़क देते थे...लेकिन अंदर ही कहीं न कहीं अशांत भी थे। मैंने उन्हें—आप यकीन नहीं करेंगे, फूट-फूटकर रोते देखा है। 'मगध' में दरअसल उनका यही अपराध-बोध और आत्मविलाप है।...असल में जिस पार्टी में, जिस राजनीति में वे थे, उसमें न चाहते हुए भी तमाम काम उन्हें करने पड़ते थे और बाद में पछताते थे। पता नहीं मैंने आपको बताया है कि नहीं, राजनीति में आने के बाद उन्होंने अपनी शुरू की कविताओं की कुछ लाइनें बदलीं थीं जिनके बारे में उन्हें शक था कि वे उनके खिलाफ इस्तेमाल की जा सकती हैं। ऐसी एक लाइन थी, जो बाद में हटा दी गई—"गए...जवाहरलाल नेहरू/चले गए/जब तक रहे प्रधानमंत्री रहे...!"

लेकिन यह पंक्ति तो इतनी खतरनाक नहीं...हल्की सी पंक्ति है। इससे ज्यादा सख्त लाइनें तो उनकी कविताओं में तमाम हैं—मसलन 'मैं अपना वोट उस पुतले को दूँगा जो नगरपालिका के पार्क में अकेला खड़ा है...' इससे पता चलता है कि इस पूरी संसदीय व्यवस्था में उनका यकीन नहीं था...या इसे वह कुछ-कुछ विदूषकाना चीज मानते थे।

—लेकिन होता क्या है प्रकाश जी...कि आप अगर किसी का नाम लिए बगैर पूरी व्यवस्था को गालियाँ दीजिए, समय और अन्यायी सत्ता के खिलाफ विद्रोह कीजिए तो यह जायज है, किसी को ऐतराज नहीं होता। लेकिन जिस समय आप किसी का नाम लेते हैं—किसी का नाम लेकर एक छोटी-सी बात भी कहते हैं तो

फौरन पकड़ में आ जाते हैं—आपको धर लिया जाता है। इससे समझ में आता है कि रघुवीर सहाय हालाँकि बहुत बोल्ड कवि थे, बहुत बोल्डनेस से राजनीति के पाखंड को खोलते हैं, लेकिन चूँकि किसी का नाम लिए बगैर वे यह बात कहते हैं, तो उनके सामने इतनी ज्यादा मुश्किल नहीं थी जितनी उस कवि के सामने जो सीधे-सीधे नाम लेकर अपनी बात कहता है—ज्यादा खुले और खतरनाक ढंग से।

हालाँकि दूसरी ओर यह भी सही है कि एक बड़ी हद तक खतरा रघुवीर सहाय ने उठाया था—जो उनसे पहले अज्ञेय वगैरह को पता तक न था। उनकी कविता में मुसद्दीलाल वगैरह जो नाम हैं या राजनीतिक स्थितियों का बहुत निकट से देखा हुआ जो वर्णन है, वह खुद उन्हें खतरनाक स्थितियों में डालता है...यहाँ रघुवीर सहाय अपनी एक अलग अस्मिता बनाते और उसकी रक्षा करते प्रतीत होते हैं। विष्णु नागर वाली किताब में आप रघुवीर सहाय का इंटरव्यू मौका मिले तो जरूर पढ़िए। उन्होंने बहुत बोल्ड ढंग से अज्ञेय, सर्वेश्वर और श्रीकांत वर्मा के बारे में टिप्पणियाँ की हैं बल्कि रघुवीर सहाय और अज्ञेय का उसमें एक लंबा संवाद है जिसे लेकर मैंने रघुवीर सहाय पर एक कविता लिखी है। मैंने भोपाल में सुनाई यह कविता तो लोग चकित थे। और मैंने तय किया है कि अब वास्तविक पात्रों और वास्तविक स्थितियों को लेकर ही कविता लिखूँगा। चाहे लोग जो भी कहें—जैसी भी प्रतिक्रियाएँ आएँ, मुझे परवाह नहीं....

मैं कल ही इसके बारे में गौर कर रहा था कि आपका कविता का ग्राफ दूसरे समकालीन कवियों या आपके सहयात्रियों कहिए—से एकदम भिन्न है। 'पहचान' सीरीज का आपकी कविताओं में निजता ज्यादा है, सामाजिक सरोकार अपेक्षाकृत कुछ कम हैं। 'खुद अपनी आँख से' में अकेलेपन के बावजूद समाज और सामाजिक लड़ाइयाँ आती हैं और 'सबकी आवाज के पर्दे में' की कविताएँ तो ज्यादातर सामाजिक-राजनीतिक सरोकार की कविताएँ हैं। मेरे लिए यह ताज्जुब की बात है कि आपकी कविता का यह ग्राफ इस मामले में औरों से एकदम अलग है कि दूसरे जो कवि हैं, वे तो क्रमशः आत्मलीन हुए या एक भिन्न तरह के कलावाद में सिमटने चले गए हैं...लेकिन आप...?

—असल में यह इस दौर की कविता की विडंबना ही है कि लोग सीधी-सीधी बात करते हुए घबराते हैं और उसे इतना गोलमोल कर देते हैं कि किसी चीज का कुछ मतलब न रह जाए। या तो व्यवस्था को गालियाँ देते रहो और किसी का नाम न लो...या नाम लो तो हास्य-व्यंग्य में लपेटकर जायेकदार बनाकर अपनी बात कहो, ताकि लोग नरसिंह राव या किसी और के नाम पर हँसते हुए बाहर आएँ।....जी नहीं, मैं यह नहीं चाहता। मैं इस तरह से नाम लेकर बात कहना चाहता हूँ कि मैं कहूँ तो सभा कक्ष में सन्नाटा खिंच जाए, जैसा कि रघुवीर सहाय कहा करते थे।

और जो बात कविताओं में है, वही आप देखेंगे, कमोबेश आज की कहानियों में है। जितनी कहानियाँ पिछले कुछ बरसों में लिखी गई हैं, उन सबको मिलाएँ तो आप पाएँगे कि शायद हजारों ठाकुरों को अब तक मार डाला गया हो। 'हंस' के हर अंक में कम से कम तीन-चार ठाकुर तो हर बार मार डाले ही जाते होंगे...! (हँसी) लेकिन इससे हुआ क्या? असलियत में तो ऐसा कहाँ हो रहा है, बताइए आप! जबकि असलियत में शत्रु जो है, जो नजर आ रहा है, उसके बारे में कुछ कहने नहीं देंगे आप। एक शब्द भी कहा गया तो आपको अपराधी करार दिया जाएगा कि देखिए साहब, विष्णु खरे ने नरसिंह राव पर या नेहरू-गांधी परिवार के बारे में लिखकर क्या गुनाह कर दिया!...इसे छापते हुए संपादकों को इसलिए दिक्कत आती है कि वे सोचते हैं, नाम जल्दी पकड़ में आ जाता है। पता नहीं, कौन कहाँ बैठा हो, मैनेजिंग कमेटी में प्रधानमंत्री का आदमी जो दबोच ले, नौकरी छिन जाए। इसलिए गोलमोल बातें कहते रहो, व्यवस्था पर निशानेबाजी करते रहो, वही काफी है।...किसी को अपने ढंग से कविता ईजाद न करने दो...

अच्छा विष्णु जी, यह जो पिछले एक-डेढ़ दशक की कविता है जिसमें सामाजिक यथार्थ—गुस्सा धीरे-धीरे कम होता जाता है और उसमें एक अनुत्तेजित मुहावरा है, जिसमें एक ही मद्धिम लय शुरू से आखिर तक चलती रहती है...यानी एक नई तरह का कलावाद—इसकी वजहें क्या हैं, कभी आपने गौर किया? क्या यही वजह है कि लोग कविता से धीरे-धीरे उदासीन होते गए? मसलन प्रयाग शुक्ल, मंगलेश डबराल और दूसरे कवियों को देखें तो उनके स्वर दबते चले गए हैं—यहाँ तक कि अशोक वाजपेयी के 'शहर अब भी संभावना है' में भी कहीं एक समाज था जो धीरे-धीरे उनकी आगे की कविताई में बहिष्कृत होता चला गया...

—बात आपकी सही है।...और जिन कवियों की बात आपने की, उनमें प्रयाग जी तो माफ कीजिए, मुझे बिलकुल समझ में नहीं आता कि लिखते क्या हैं...या क्यों लिख रहे है। हालाँकि मेरे ऐसा कहने के कारण बहुत-से लोग मेरे दुश्मन भी बने। तमाम लोग हैं जो उन्हें बहुत बड़ा कवि मानते हैं, मैं नहीं मान पाया, इसलिए बहुतों को मैंने नाराज भी कर लिया। विष्णु नागर, मधुसूदन आनंद...ऐसे तमाम लोग हैं जो प्रयाग जी को रघुवीर सहाय के बाद सबसे बड़ा कवि मानते हैं। और जहाँ तक मंगलेश डबराल का सवाल है, वे तो लगातार उदासी में डूबते चले गए कवि हैं। इसी तरह असद जैदी को लीजिए—मैं उन्हें अच्छा कवि मानता हूँ, लेकिन उनका लिखना खत्म हो गया। यह इधर की कविता की सबसे बड़ी दुर्घटना है कि असद जैदी जैसा ताकतवर पोएट एकदम खत्म हो गया।

रघुवीर सहाय एक बात कहा करते थे—कवि का जीवन जीना।...उन्होंने एक इंटरव्यू में मुझसे कहा था कि मैं कवि का जीवन जी रहा हूँ, इसलिए मैं खत्म

नहीं होऊँगा।...यानी जब आप जीवन में खतरे उठाने से डरते हैं और कविता विद्रोह की लिखते हैं तो या तो आप नकली होते जाएँगे या फिर आपका लिखना खत्म हो जाएगा। तो क्या इसी संदर्भ में नहीं देखा जा सकता इन्हें?

—प्रकाश जी, यह जो कवि का जीवन जीना है, यह मेरी समझ में बिलकुल नहीं आता। इसलिए कि जीवन तो जीवन होता है। पहले जब आप जीवन जिएँ, तब तो आम आदमी की तरह पूरी हिस्सेदारी के साथ जीना चाहिए और फिर जब कविता लिखें तो उसे कवि की नजर से देखकर कविता लिखें, यह मुझे ज्यादा सही लगता है बनिस्पत कवि का जीवन जीने के...

एग्जैक्टली!...रघुवीर सहाय जब कवि के जीवन की बात उठाते हैं तो उनका आशय यही होता है, फिर शब्द चाहे जो भी हों! तो क्या आपको लगता है, जीवन में हमारी हिस्सेदारी—मेरा मतलब कवियों-लेखकों की सक्रिय हिस्सेदारी घट रही है, इसीलिए लेखक के शब्दों का विश्वास करना लोगों ने बंद कर दिया है—यानी यह विश्वसनीयता का संकट है...?

—बिलकुल! वरना क्या बात है कि जैनेंद्र की किताबें आज भी पढ़ी जाती हैं—वे क्या मुश्किल लेखक नहीं है?...अज्ञेय को पढ़ा जाता है—छायावादी कवि पढ़े जाते हैं और उनके प्रति लोगों के कुछ न कुछ भाव होते हैं—मगर आज के कवि? दुर्भाग्य से अगर आज आप पुस्तकालय में जाएँ तो रघुवीर सहाय और मुक्तिबोध तक की किताबें धूल खा रही होती हैं, साल दो-दो साल से किसी ने उन्हें इशू नहीं किया कराया। फिर इधर के कवियों का तो कहना ही क्या!...मुझे तो बिलकुल समझ में नहीं आता कि इधर के कवियों को पढ़ कौन रहा है? कहीं ऐसा तो नहीं कि सिर्फ कवि ही कवियों को पढ़ रहे हैं—अगर ऐसा हो तो इससे फायदा क्या है। हमें सीरियसली इन चीजों पर सोचना चाहिए और इस बात पर भी कि जनता और कवियों के बीच दूरी क्यों है? क्या इसलिए कि जनता को हम कविता के सही संस्कार दे नहीं पाए या फिर इसलिए कि कविता अपनी सही भूमिका नहीं निभा पा रही?...यानी समय के साथ जैसा उसका संघट्ट होना चाहिए था, वह नहीं हो पा रहा!

अच्छा, विष्णु जी, अब एक दूसरी तरह की राजनीति पर आएँ। एक लेखक जब लिखता है तो वह अकेला होता है...और जब उसका लिखा सामने आ जाता है, तो फिर संस्थाओं की भूमिका शुरू हो जाती है और कई बार अच्छे-अच्छे लेखक संस्थाओं की राजनीति के शिकार हो जाते हैं!...यह कहते हुए खासकर दो संस्थाएँ मेरे सामने हैं—साहित्य अकादेमी और भारत भवन! क्या आपको नहीं लगता कि ये संस्थाएँ प्रत्यक्ष या परोक्ष रूप में लेखन की धार को कुंद करती हैं और एक तरह के एलीटिज्म को बढ़ावा देती हैं?

—यह प्रकाश जी, इस बात पर निर्भर करता है कि साहित्य अकादेमी में किसी

भाषा का प्रतिनिधित्व करने वाले लोग कौन हैं? अगर कोई गलत या रैकेटियर किस्म का आदमी आ गया तो वह पाँच सालों तक अपने गुट के लोगों को ही बुलाता और पुरस्कार देता रहेगा। अगर कोई अलग तरह का आदमी आए तो उसे अलग तरह के काम करने की स्वतंत्रता भी रहती है। मैं आपको बताऊँ प्रकाश जी, मैं सन 78 से लेकर 84 तक साहित्य अकादेमी में रहा। इस दौरान आप देखेंगे कि साहित्य अकादेमी में नौजवानों की हिस्सेदारी काफी ज्यादा रही। कितने ही नौजवानों ने मेरे कहने पर अनुवाद का काम किया—हालाँकि आज मुझे लगता है, वह शायद धूल खा रहा होगा। इसी तरह अगर इन वर्षों के पुरस्कारों की लिस्ट आप उठाकर देखें तो चकित रह जाएँगे—त्रिलोचन, रघुवीर सहाय, भीष्म साहनी जैसे लेखकों को इन वर्षो में पुरस्कृत किया गया। धूमिल को मरणोपरांत पुरस्कार मिला...तो मेरा मानना है कि साहित्य अकादेमी खुद में कुछ नहीं है। जो आदमी वहाँ बैठा है, वह किस तरह का है, इस पर बहुत ज्यादा निर्भर करता है...

मैं एक दूसरी बात कह रहा था विष्णु जी, कि साहित्य अकादेमी का क्या कुल स्ट्रक्चर ऐसा नहीं है जिसे बंद कमरे वाले मकान की संज्ञा दी जाए? अक्सर नौजवान लेखकों से तो उसका रिश्ता बनता ही नहीं और ज्यादातर लेखकों की उसे परवाह भी नहीं होती। केवल कुछ लेखकों के बल पर एक तानाशाह संस्था की उसकी हैसियत बन जाती है जिसके बलबूते पर वह तमाम लेखकों को तमाम तरह से अवमानित भी करती है। गसलन साहित्य अकादेमी का जो प्रतिनिधि कविता-संग्रह छपा है, उसमें बहुत-से बड़े और प्रतिनिधि कवि गैर-हाजिर हैं—आपकी कविताएँ भी नहीं हैं—तो क्या यह बत्तमीजी भरी हरकत नहीं है...?

—देखिए, जहाँ तक मेरी कविताओं की बात है तो उन्हें तो अज्ञेये और विष्णु प्रभाकर ने रुकवाया था। उन्होंने कहा था कि इस आदमी की कविताएँ नहीं जानी चाहिएँ—मुझे इस बारे में पक्के तौर से पता है...

लेकिन संग्रह तो अज्ञेय के गुजरने के काफी बाद निकला है...नहीं?

—हाँ, लेकिन इसकी तैयारियाँ तभी से चल रही थीं। पहले यह संग्रह केदारनाथ सिंह को संपादित करना था, लेकिन बाद में किन्हीं मजबूरियों के तहत उन्होंने इंकार कर दिया और संपादक केदारनाथ सिंह के एक चहेते कवि परमानंद श्रीवास्तव को बनाया गया। लिहाजा निकला तो उसी ढंग से जैसा केदारनाथ सिंह चाहते थे, अलबत्ता केदारनाथ सिंह अपनी जिम्मेदारी लेने से जरूर बच गए।

क्या आपको नहीं लगता कि यह साहित्य अकादेमी का कवियों को अपमानित करने का एक और ढंग है। उसमें जिन बड़े और समर्थ कवियों को नहीं शामिल किया गया और जान-बूझकर नहीं शामिल किया, उसकी जिम्मेदारी से साहित्य अकादेमी कैसे बच सकती है—भले ही अज्ञेय या किसी और के कहने

से किया गया हो और इसका संपादक परमानंद श्रीवास्तव या कोई और भी हो? मैंने इस पर परमानंद श्रीवास्तव को फटकारते हुए दैनिक हिंदुस्तान में एक लंबा लेख लिखा था कि परमांनद श्रीवास्तव ने यह कैसे तय कर लिया कि वह रामविलास शर्मा, राजकमल चौधरी, गिरिजाकुमार माथुर, रामदरश मिश्र, अजितकुमार, जगदीश चतुर्वेदी और विष्णु खरे से बड़े कवि हैं...क्योंकि ये सब कवि संग्रह में नहीं हैं और खुद परमांनद श्रीवास्तव की कविताओं ने एक बड़ी जगह छेंक रखी है...

—मैंने वह लेख देखा नहीं है...लेकिन आपने उस संग्रह का नोटिस लिया या उसे नोटिस लेने लायक समझा—यही गनीमत है। वरना तो शायद उस पर एक भी रिव्यू न आया हो। कौन परवाह करता है साहित्य अकादेमी के प्रकाशनों की? वे बरसों से धूल खा रहे हैं और इसी लायक समझे जाते हैं...इससे ज्यादा उनका कोई महत्व ही नहीं है। आपको बताऊँ, साहित्य अकादेमी ने चार खंडों में लेखकों का 'हूज हू' बनाया है और उसमें मेरा नाम नहीं है।...लेकिन फर्क क्या पड़ता है? कौन पढ़ता है उसे—मुझे तो आज तक यही समझ में नहीं आया। बल्कि सच तो यह है कि किस संगह में मेरी कविताएँ शामिल की गईं, मेरे संग्रह का रिव्यू आया या नहीं या अखबार में उसकी रपट छपी या नहीं, मैं इन चीजों की बिलकुल परवाह नहीं करता। और मुझे हँसी आती हैं उन पर जो हर वक्त इन्हीं चीजों में उलझे रहते हैं। बल्कि मेरी बीसियों कविताओं के जर्मन आदि भाषाओं में अनुवाद हुए—इससे भी क्या हुआ? जरा पूछिए वहाँ के कवियों से, कितनों को पता होगा कि विष्णु खरे कौन है? अब अगर कोई पाब्लो नेरुदा जैसे कद का लेखक हो तो बात और है। तो इस तरह की भागादौड़ी में मेरी कोई दिलचस्पी नहीं है...और अगर कभी थी भी, तो अब नहीं है। यों यह ठीक है कि आप कोई संत नहीं हैं। किसी ठीक-ठाक संग्रह में जहाँ आपको लगता है कि आपको होना चाहिए था, वहाँ न होने पर दुख तो होता है—लेकिन कब तक? दो-एक रोज। इसके बाद तो आपके अपने संघर्ष और रोज-रोज के दुख ही इतने भारी हैं कि...आप कब तक उसे लिए रहेंगे?

अच्छा, अब भारत भवन की बात की जाए।...विष्णु जी, क्या आप भारत भवन से शुरू से जुड़े हुए हैं....?

—(चौंककर) नहीं तो, मैं उसकी कार्यकारिणी का सदस्य तक नहीं हूँ।

मेरा मतलब उसके कार्यक्रमों से है! भारत भवन के आधार-स्तंभ कहे जाते अशोक वाजपेयी आपके घनिष्ट मित्र हैं, तो उन्होंने भारत भवन के कार्यक्रमों से आपको जोड़ना नहीं चाहा...?

—यह ठीक है कि अशोक से मेरी मित्रता है, लेकिन न उन्होंने भारत भवन के कार्यक्रमों से मुझे जोड़ना चाहा, न मैंने ही रुचि दिखाई।...हाँ, जब कभी निमंत्रण आता है, मैं जाता हूँ...और जो कुछ मुझे ठीक लगता है या नहीं लगता, साफ-साफ

कहता हूँ।

क्या आपको नहीं लगता कि भारत भवन का चरित्र एक तरह का एलीट चरित्र है जिसमें एक नए तरह का कलावाद या कहें भोगवादी संस्कृति हावी है...और उस पर वे बहुत बारीक मुलम्मे चढ़ा लेते है। तो क्या आपका उनसे झगड़ा नहीं होता? आप कैसे बर्दाश्त कर लेते हैं यह सब...?

—होता है—अशोक से अक्सर मेरा कुछ मुद्दों पर झगड़ा हो जाता है। एक बार तो आपको यकीन नहीं आएगा, हम तीन बरस तक एक-दूसरे से नहीं बोले। आपको आश्चर्य होगा, इतने वर्षों की मित्रता में अशोक एक बार भी मेरे घर नहीं आय। मैं जब भी उसके घर गया हूँ, बुलाने पर ही...और जब-जब मैंने उसका विरोध किया है, उसने मुझे नुकसान पहुँचाया है और गिन-गिनकर बदले लिए हैं। बीच-बीच में वह मेरे पास फिलर भेजता है कि देखो, यहाँ मैं तुम्हें जान-बूझकर नहीं ले रहा हूँ, यहाँ तुम हो सकते थे!...हालाँकि इससे मुझे कोई फर्क नहीं पड़ता। मेरा अपना जीने का ढंग है और मैं इसे किसी कीमत पर छोड़ नहीं सकता! अशोक की मित्रता से यही हो सकता था कि मैं कुछ और विदेश यात्राएँ कर आता, पर मैं अपने ही बलबूते पर पंद्रह दफे विदेश हो आया हूँ—मुझे अब किसी चीज की ख्वाहिश नहीं है। बल्कि एक-दो दफा तो मैंने अशोक को कुछ डेलीगेशंस में विदेश भिजवाया है और उसे यह बात पता है।

और भारत भवन के एलीट चरित्र के बारे में...? क्या आपको नहीं लगता कि भारत भवन का—यानी वहाँ जो साहित्य की संस्कृति पनप रही है, उसका कुल चरित्र यह है कि लोगों की जो मुश्किलें हैं, गुस्सा है, चीख-पुकार है, उसकी ओर पीठ देकर वे पेड़ से झरती एक पत्ती की ओर देख रहे हैं—और उस पर कविता लिख रहे हैं जो एकदम निरापद है...!

—भारत भवन में एलीटिज्म या कलावाद है, यह तो ठीक है...मगर मुझे लगता है, इससे बढ़कर जो चीज है, वह एक तरह का कलावादी पाखंड भी है, यानी मामूली से मामूली चीज को उठाकर आप इस ढंग से देखते-दिखाते हैं कि मानो आपने न जाने क्या बात कह दी...कितनी गहरी बात, जो पहले कभी कही ही नहीं गई। जैसे जो समाज है, उसका तो हमें क्या करना है, वह तो भीड़ की कविता है। कालांकित कविता है...यह तो कोई भी कह लेगा! हमें कुछ ऐसा कहना चाहिए जो कालातीत हो...रहस्यपूर्ण हो...अद्भुत हो! तो जैसे यह पत्ती है, इसे देखकर भारत भवन का कवि सोचेगा कि हमें इस पर कुछ ऐसा कहना चाहिए कि यह जो पत्ती है, इसमें ब्रह्मांड का कंपन है...और जिस क्षण पत्ती गिरी, उस क्षण डाली का क्या हुआ—यह सोचते हुए उसका भाव यह रहेगा कि गुरु, यह चीज टिकेगी। यह 'टिकना' ही बस भारत भवन की संस्कृति का बीज मंत्र है—दूसरे शब्दों में कहें तो अमरता...अमरत्व! ये कवि बस लिखकर अमर हो जाना चाहते हैं और अमरत्व पा लेने से बढ़कर इनके

जीवन का कोई ध्येय नहीं है। अब अमरत्व में जो कुछ है, यानी यह 'तत्सम' शब्द है—और भी बहुत-कुछ इसमें है, निजी मोक्ष की चाहत की तरह—तो यही सब इन कवियों की चाहत है। यही वजह है कि भारत भवन में संस्कृत के तमाम शास्त्री जमा हो रहे हैं या फिर ऐसे लोग जो भाषा को एक नए ढंग के रहस्यवाद की तरह बरत रहे हैं—वागीश शुक्ल, मदन सोनी, ध्रुव शुक्ल, उदयन वाजपेयी वगैरह...

भारत भवन में कुल मिलाकर चार-छह नाम ही क्यों सुनाई देते हैं? क्या यह एक नई तरह का 'घरानावाद' या कलाओं का आतंकवाद नहीं है...?

—असल में प्रकाश जी, इसकी मूल वजह तो मुझे यह लगती है कि अशोक वाजपेयी का चरित्र कोई बहुत ज्यादा डेमोक्रेटिक नहीं है, बल्कि डिक्टेटोरियल ही आप उसे कह सकते हैं। हालाँकि यह दूसरी बात है कि डेमोक्रेटिक तरीके से कई बार अच्छा काम हो भी नहीं पाता—लेकिन कुल मिलाकर तो इसका नुकसान ही ज्यादा हुआ है। ज्यादातर लेखक तो इससे कटते ही चले गए।...वैसे भी भारत भवन का शुरू से रवैया कुछ अजीब ही था। उसने कभी नहीं दिखाया कि उसे स्थानीय लेखकों की कुछ परवाह भी है...

यानी जब इतने बड़े-बड़े अंतरराष्ट्रीय कवि हम बुला सकते हैं तो स्थानीय कवि आएँ न आएँ, हमारी बला से...!

—बिलकुल!...यह रवैया आमंत्रित करने वाला जैसा तो कभी नहीं था और कुछ-कुछ अपमानपूर्ण भी रहा हो तो कोई हैरानी की बात नहीं! इसलिए भारत भवन के तमाम कार्यक्रम—जिनमें कुछ अच्छे भी थे और पैसा तो उनमें खासा खर्च हुआ ही था, बेकार गए। उसे लोगों ने एक व्यक्ति के अहंकार-प्रदर्शन के रूप में ही लिया और अपनी अरुचि दिखाई। मैं आपको अभी पिछले दिनों रघुवीर सहाय पर जो गोष्ठी भारत भवन में हुई, उसके बारे में बताऊँ! यों गोष्ठी का स्तर अच्छा था, अच्छे परचे पढ़े गए और उन पर डिस्कशन भी हुआ...लेकिन सुनने वाले कितने लोग थे? कुल पचास-साठ लोग। जबकि रघुवीर सहाय की कविता के कितने प्रशंसक हैं—उन्हें क्यों नहीं बुलाया जाना चाहिए था? यह उपस्थिति पाँच सौ भी हो सकती थी—क्या हर्ज है? जबकि वहाँ हालत यह थी कि भोपाल के ही तमाम साहित्यकार नहीं आए थे। नवीन सागर को नहीं बुलाया गया, राजीव मेहरोत्रा को नहीं बुलाया गया...या फिर इस ढंग से बुलाया गया कि उन्होंने न आना ही पसंद किया। तो फिर इस तरह की जो गोष्ठी होगी, उससे फायदा ही क्या?...इस गोष्ठी की रिपोर्ट तक नहीं छपती या फिर छपती है तो 'साक्षात्कार' जैसी पत्रिका में जिसे एक खास तरह की इमेज की वजह से—कि इसमें तो ये चार लोग ही अपनी तरह से कुछ करते-कराते रहते हैं—कोई नहीं पढ़ता। तो आखिर इन गोष्ठियों से फायदा क्या हो रहा है?

क्या ऐसा है कि शुरू में भारत भवन का चरित्र ऐसा नहीं था, बाद में उसमें मूलभूत बदलाव आया...

—नहीं, एलीटिज्म तो भारत भवन में शुरू से हावी था...पर हाँ, इसके बावजूद एक वामपंथी धारा भी इसकी चली आती थी। ज्ञानरंजन भारत भवन के कार्यक्रमों में आया करते थे, परसाई भी, हालाँकि कोई बहुत उत्साह से वे कभी शामिल नहीं हुए—फिर भी संबंध तो अशोक के उनसे अंत तक चलते ही रहे। मुझे और अशोक को उन्होंने 'वसुधा' में तब छापा था, जब हम मुश्किल से पंद्रह-सोलह बरस के रहे होंगे। तो इस बात को कोई भी कैसे भूल सकता है?...तो परसाई जी से अशोक के संबंध तो अंत तक बने रहे, पर परसाई ने भारत भवन में कभी ज्यादा रुचि नहीं ली। बाद में शरद जोशी से झगड़ा होने और उसके भी बाद ज्ञानरंजन से झगड़ा होने पर अशोक ने आक्रामक रुख अख्तियार किया कि मुझे किसी की परवाह नहीं है—जो मन में आया, करूँगा। और उसका नतीजा यही है कि जिसे चाहें उसे बुलाते हैं, जिसे न चाहें, उसे नहीं बुलाते...जिसको चाहें, उसे पुरस्कार देते हैं, हालाँकि कई बार उनकी नहीं भी चलती। जैसे इस बार वे नहीं चाहते थे कि शिखर सम्मान ज्ञानरंजन को दिया जाए। इसी तरह मैथिलीशरण गुप्त सम्मान वे खुद लेना चाहते थे....

क्या...?

— जी!...और बाद में जब उन्हें पुरस्कार दे दिया जाता तो वे कुढ़कर कहते कि भई, आप लोग मुझे संकट में डाल देते हैं। संस्था अपनी है तो पुरस्कार स्वीकार करूँ तो आफत, न स्वीकार करूँ तो आफत...अजब मुसीबत है! आपने तो मेरे कुछ दुश्मन और बढ़ा दिए। चलिए, स्वीकार तो करूँगा ही....(हँसते हैं।)

अच्छा विष्णु जी, वैसे पुरस्कार के बारे में क्या सोचना है आपका? कैसा बिंब आता है पुरस्कार को लेकर आपके मन में...? क्या यह एक किस्म की सामंती चीज नहीं है?...यानी आपने कोई छंद लिखा, कविता बनाई, कलाकृति तैयार की और राजा कह रहा है—हम खुश हुए—और दस-बीस अशर्फियाँ आपकी हथेली पर रख दीं। क्या यह साहित्य और साहित्यकार की धार कुंद करने के लिए नहीं है?

—भई, सामंती शासन तो आज नहीं है, लोकतंत्र का जमाना है...तो चाहे वैसा अर्थ पुरस्कार का आज न हो...तो भी इतना तो तय है कि पुरस्कारों का कोई मतलब, कोई सम्मान आज के समय में रह नहीं गया है। खासकर हिंदी के पुरस्कारों की हालत तो और भी बुरी और दयनीय्र है। उसके पीछे इतनी ले-दे होती है कि उलटे चिढ़ पैदा होती है।...तो पुरस्कार से कुछ पैसा चाहे मिल जाए, इससे ज्यादा कोई मतलब उसका नहीं है।

पाश की कविता की एक लाइन है—'शांति पुरस्कार के लिए बढ़े हुए बाजुओं के हाथ का टुंड है!' यहाँ 'टुंड' शब्द का जो उन्होंने प्रयोग किया...?

—हाँ, मैं समझ रहा हूँ, हाथ जोड़े कवि का यह अच्छा बिंब है जिसे पुरस्कार संस्कृति ने नपुंसक और निर्वीर्य कर दिया है! खुद मेरा सोचना है कि पुरस्कार न

पाने से आपका कुछ नहीं बिगड़ता जबकि पुरस्कार पाना आपको नष्ट कर सकता है! खुद मुझे आज तक मध्य प्रदेश का कभी कोई पुरस्कार नहीं मिला। पुरस्कार के लिए किताब जमा करने के लिए प्रपत्र मेरे पास आया, रिमांइडर भी—मैंने किसी का जवाब नहीं दिया और न किताब जमा की और जब प्रकाशक का पत्र मेरे पास आया तो मैंने उसे फाड़ दिया। आज तक मैंने कभी किसी पुरस्कार के लिए अपनी किताब जमा नहीं की और न कभी करूँगा।

विष्णु जी, आज साहित्य हो या पत्रकारिता, दोनों तैयार माल की तरह बरते और बेचे जा रहे हैं तो इसके पीछे क्या लेखक के साहस का अभाव नहीं है, 'मैं बिकाऊँ नहीं हूँ' वाला साहस...?

—(विचित्र भंगिमा के साथ) साहित्य का तो नहीं कह सकता, लेकिन पत्रकारिता में तो अब साहस की बिलकुल जरूरत नहीं है। वह तो सिर्फ स्वतंत्रता से पहले जरूरी था—अब साहस की क्या दरकार...! जैसा कि नामवर जी राजेंद्र माथुर वाले कार्यक्रम में घोषणा कर ही चुके हैं!(व्यंग्यात्मक हँसी)...तो आप देख लीजिए कि ज्यादातर अखबार नामवर जी की ही बात का अनुसरण कर रहे हैं। आपने नरसिंह राव वाली मेरी कविता का हश्र देख ही लिया!!

जबकि आज विष्णु जी, मुझे लगता है, सबसे ज्यादा निराश करने वाला और चुनौतीपूर्ण समय है जिसमें बुद्धिजीवियों से बहुत लोग बड़ी-बड़ी आशाएँ कर रहे हैं। सबके मुलम्मे उतर जाने पर लोग लेखकों की ओर देख रहे हैं, उनसे अब भी उम्मीद है...।

—यह असल में संक्रमण काल है—तेज हलचलों वाला समय जिसमें घनघोर निराशा है तो बहुत-कुछ अच्छा भी!...सवाल यह है कि हम अपनी भूमिका क्या चुनते हैं और किसका साथ देते हैं?

(18 अप्रैल 1996)

□□□

अंतरंग

हमें और भी बुरे वक्त के लिए तैयार रहना होगा!

समाज में लेखक की निजता, उसकी राजनीति और समाजशास्त्र को लेकर खुली बातचीत

विष्णु खरे के साथ पिछली बातचीत 18 अप्रैल, 1996 को त्रिमूर्ति भवन में हुई थी और वह त्रिमूर्ति भवन पुस्तकालय के बंद होने का समय (सायं सात बजे) हो जाने के कारण अधूरी छूट गई थी। हम जल्दी ही उसे पूरा करने के लिए मिलना चाहते थे, पर चाहे-अनचाहे कुछ व्यवधान आते गए। बीच में एक महाघटना भी थी जिसमें पूरा देश बुरी तरह व्यस्त था—चुनाव। एक अजीब-सी उत्तेजना और अनिश्चय की स्थिति। चुनाव के बाद नतीजे आने, भारतीय जनता पार्टी की सरकार बनने, गिरने और फिर देवगौड़ा सरकार बनने की लंबी उत्तेजना का समय था—जब सांस रोककर आगे आने वाली स्थितियों की प्रतीक्षा की जा रही थी। विष्णु जी की अपनी व्यस्तताएँ थीं और मुझे लग रहा था कि अगली मुलाकात से पहले पिछली बातचीत को लिखकर टाइप करा लेना जरूरी है ताकि वह एक संदर्भ भी बने और विष्णु जी उसे देख डालें।

बहरहाल, लगभग तीन महीने बाद पिछली बातचीत को आगे बढ़ाने और छूट गए सवालों और जिज्ञासाओं पर उनके जवाब जानने के लिए, विष्णु जी से मिलने उनके निवास स्थान पर गया, तो वे उसी तरह अपने अध्ययन-कक्ष में किताबों से घिरे हुए, लेकिन प्रसन्न मूड में बातचीत के लिए तैयार मिले, जैसे पिछली बार त्रिमूर्ति भवन में या फिर उससे भी पहले उनके निवास स्थान पर।

लिहाजा बातचीत—जैसा कि स्वभाविक था, राजनीति के बदले हुए परिदृश्य को लेकर शुरू हुई। और मैंने सबसे पहले यह जानना चाहा कि संयुक्त मार्चे की सरकार के बनने और अभी तक के उसके क्रिया-कलापों से क्या वे संतुष्ट हैं? या

उनके मन में कुछ गंभीर भय और आशंकाएँ भी हैं।

सवाल सुनते ही विष्णु जी सतर्क होकर बैठ गए। लगता था, इस विषय में उन्होंने बड़ी गंभीरता और कशिश के साथ लंबा चिंतन किया है और भीतर तक अशांत, उद्वेलित और चिंतित हैं। उसके बाद बातचीत का रुख दूसरे विषयों की ओर चला गया। इनमें बहुत-से सवाल 'ताकि सनद रहे' वाली शैली के थे—छोटे-छोटे, संक्षिप्त, लेकिन उनसे जीवन के तमाम क्षेत्रों में—यहाँ तक कि फिल्म, क्रिकेट आदि को लेकर भी विष्णु जी की राय पता चली और उनके भीतरी व्यक्तित्व की कुछ अनजानी रेखाएँ और अभी तक अज्ञात या अल्प-ज्ञात रुचियाँ भी सामने आईं। बातचीत दोपहर साढ़े तीन बजे शुरू हुई और रात साढ़े नौ बजे तक—लगातार छह घंटे तक चलती रही। और विष्णु जी का उत्साह, आक्रोश, सवालों के अपने ढंग से जवाब देने की चतुराई और मुस्तैदी—जिसके साथ उनकी खुद अपनी 'खोज' भी साथ-साथ चलती साफ नजर आती थी।

बहरहाल, प्रस्तुत है यह विचारोत्तेजक बातचीत अपने अविकल रूप में—

विष्णु जी, पिछली दफा आपसे बातचीत हुई थी तो आपने तीसरे मोर्चे की सरकार बनने की बड़ी प्रबल संभावना प्रकट की थी। आपकी वह राजनीतिक भविष्यवाणी आश्चर्यजनक रूप से सही साबित हुई!...लेकिन अब जब संयुक्त मोर्चे की सरकार बन चुकी है तो क्या आपके मन में कुछ भय और आशंकाएँ भी हैं...या नहीं?

—भय तो है प्रकाश जी—और इतना ज्यादा है कि आप कह सकते हैं, साँस रोककर मैं देख रहा हूँ कि अब क्या होता है, आगे क्या होने वाला है! एक-एक सप्ताह मुश्किल से कट रहा है कि अभी कुछ न हो जाए। एक सप्ताह कटता है तो अगले सप्ताह का कटना मुश्किल लगता है।...तो आशंकाएँ तो हैं—बल्कि मुझे कहना चाहिए, गंभीर आशंकाएँ हैं...

अब आप यही देखिए कि कम से कम चार या पाँच शपथ ग्रहण समारोह इस सरकार के हो चुके हैं। बी.जे.पी. में तो एक सिकंदरबख्त था, यहाँ तो सिकंदरबख्तों की पूरी एक कतार है। समझ में नहीं आता, कब रुकेगा यह सिलसिला?...क्या सरकार के होने के कुछ मानी भी रह जाएँगे? कोई आदर्श...कोई सिद्धांत? आखिर आप किस बात की दुहाई देते हैं? किस मामले में यह सरकार पिछली सरकार से अलग है?...आप मंत्रियों को देखें तो समझ जाएँगे कि इस सरकार का चरित्र भी कोई बहुत अच्छा नहीं है और इससे बहुत ज्यादा उम्मीदें नहीं की जा सकतीं! खासकर जिस आदमी के घर से नकद करोड़ों रुपया मिलता है—मेरा ख्याल है उड़ीसा के ये सज्जन हैं—अगले दिन आप उसे मंत्री बना देते हैं—यह क्या बात हुई? इसमें कौन-सी सिद्धांतवादिता है?...और फिर तस्लीमुद्दीन जैसे घोर अपराधी चरित्र के आदमी के बारे में तो कहा ही क्या जाए? मैं बिलकुल नहीं समझ पा रहा कि इस

आदमी को मंत्री बनाने के पीछे मजबूरी क्या थी? ठीक है, लालूप्रसाद ने उसकी सिफारिश की, पर फिर देवगौड़ा प्रधानमंत्री किस बात के हैं अगर वह स्टेंड नहीं ले सकते तो! ठीक है अब तस्लीमुद्दीन को हटा दिया गया, पर इसका श्रेय किसे जाता है? देवगौड़ा को–जी नहीं, प्रेस को! मुझे साफ लगता है प्रकाश जी, कि अगर अखबारों में इतना हो-हल्ला न मचता इस पर–और अधिकाधिक रिर्पोटें न छापी जातीं, तो उस जैसे भ्रष्ट और गंदे आदमी को भी हटाने का साहस प्रधानमंत्री को न होता? ऐसी सरकार से कितनी उम्मीद की जा सकती है और वह टिकती कब तक है, जहाँ हर कोई रूठने को तैयार बैठा है।...और फिर नरसिंह राव के खिलाफ कोर्ट का सम्मन आते ही देवगौड़ा जिस तरह भागे नरसिंह राव से मिलने के लिए और जो टिप्पणी वहाँ उन्होंने न्यायपालिका पर की, वह तो शर्मनाक है।

क्या?...कौन सी टिप्पणी? क्या अखबार में छपी है?

–हाँ, इकॉनोमिक टाइम्स में!...देवगौड़ा ने नरसिंह राव से कहा कि देखिए साहब, न्यायपालिका कितनी नीचे गिर गई है। कुछ न कुछ करना होगा।

अजीब!...शर्मनाक है!! देश का प्रधानमंत्री यह कह रहा है ठगी के एक अभियुक्त को?

–हाँ, और इस पर उनके खिलाफ मानहानि का मुकदमा दायर किया जाने वाला है। तो आप देख लीजिए प्रकाश जी, हालात कहाँ तक पहुँच गए हैं...!

विष्णु जी, ठीक अभी...इसी पल नरसिंह राव वाली आपकी जो कविता है, उसकी मुझे याद आ रही है। आज के हालात में तो वह कविता काफी फीकी लग रही है...नहीं? वैसे अखबार शायद उसे अब भी छापना पसंद न करें! तो क्या अब कोई दूसरी कविता....?

–(हँसते हैं) आज ही सुबह चंद्रकांत देवताले का फोन आया था। वे भी ठीक यही बात कह रहे थे, आप वाली बात...कि नरसिंह राव ने खुद को उससे कहीं ज्यादा गिरा लिया।

बहरहाल, अगर फिर से राजनीतिक परिदृश्य की ओर लौटें तो बताइए कि विष्णु जी, यही सब होना है–यह तो तभी तय नहीं हो गया था, जब संयुक्त मोर्चे ने तय किया था कि वह कांग्रेस की मदद से सरकार बनाएगा। आखिर कांग्रेस समर्थन देगी तो अपनी शर्तों पर ही। नहीं? वह क्यों चाहेगी कि उसके नेताओं के धोखे और ठगी के मामले खुलें? या उन्हें सजा दी जाए...!

–हाँ, यह तो है! आपने सही जगह पर उँगली रखी है–लेकिन कांग्रेस का समर्थन पाने के लिए यह क्यों जरूरी होना चाहिए कि आप उसके चरणों पर गिर जाएँ! और फिर जो आपकी सीमाएँ हैं, उनमें तो काम कर सकते हैं आप! आप अगर कुछ काम नहीं करेंगे तो लोग क्यों बर्दाश्त करेंगे आपको?...हाँ, इतनी बात से मैं भी सहमत हूँ और शायद हर कोई होगा कि जो राजनीतिक परिस्थिति इस बार बनी

है—और यह बहुत खास परिस्थिति है—इसी ने एक तरह के बहुत स्वाभाविक गठबंधन और गठबंधन सरकार को जन्म दिया। यह आप कह सकते हैं, इस समय की ऐतिहासिक जरूरत है। तो आप बस यही संतोष कर सकते हैं कि आपने बी. जे.पी. को सत्ता में आने से रोक दिया और एक सांप्रदायिक सरकार की संभावना को कम से कम फिलहाल तो खत्म ही कर दिया...और यह खुद में कोई छोटी उपलब्धि नहीं है।

तो...इस ऐतिहासिक भूमिका को निभाने के लिए आपको कांग्रेस की जरूरत पड़ी, लेकिन दूसरी और कांग्रेस को ठीक इन्हीं कारणों से आपकी जरूरत है। आपको यह भी समझ लेना चाहिए कि यह कांग्रेस की मजबूरी ही है कि वह संयुक्त मोर्चा सरकार को समर्थन दे रही है। इस मामले में गृहमंत्री इंद्रजीत गुप्त ने ठीक ही टिप्पणी की है—और यह बहुत कठोर टिप्पणी है कि यह कांग्रेस की मजबूरी ही है जो वह संयुक्त मोर्चा सरकार का समर्थन कर रही है। अगर वह समर्थन नहीं करेगी तो अगले चुनावों में उसका सफाया हो जाएगा। यह बहुत बोल्ड स्टेटमैंट है, लेकिन मैं इसे पूरी तरह सही मानता हूँ—यह सच्चाई है। कांग्रेस को किसी तरह अपने अस्तित्व के लिए—अपने प्राण बचाने के लिए पाँच साल उधार चाहिए...और अगर ये उसे नहीं मिलते और अभी हाल ही चुनाव हो जाते हैं तो कोई आश्चर्य नहीं कि उसका एकदम सूपड़ा साफ हो जाए।

आपको क्या लगता है विष्णु जी, पिछली संयुक्त मोर्चा सरकारों की विफलता से इन लोगों ने कुछ सीखा है? खासकर मोराजी देसाई और वी.पी. सिंह की सरकारों की अकाल मृत्यु से...?

—यही तो मुश्किल है प्रकाश जी—और यहीं मेरी चिंता की असली वजह भी है। वाकई पिछली सरकारों की असफलताओं से कुछ नहीं सीखा इन लोगों ने—और बहुत ज्यादा यह भी नहीं लगता कि इन्हें लोगों की मुश्किलों और दुख-दर्द की कोई चिंता है!...यहाँ तक कि अपने छोटे-छोटे दलगत मतभेदों को भुलाकर और आपस में एक होकर काम करने की कोई काशिश तक नहीं होती। मसलन देवगौड़ा उत्तर प्रदेश में जाते हैं तो वे सिर्फ जनता दल की बात करते हैं, मुलायम सिंह का नाम तक नहीं लेते। उधर मुलायम सिंह जब जाएँगे तो अपनी बात कहेंगे, जनता दल का नाम ही नहीं आएगा। यही सब रहा तो संयुक्त मोर्चा कहाँ रह जाएगा?...यानी कुल मिलाकर जो अलग-अलग टुकड़े हैं, वे अलग-अलग ही बने हुए हैं। वे अपनी छोटी-छोटी सीमाओं को भुलाकर एक नई पहचान बनाएँ, यह नहीं होता। मेरी असली चिंता यही है। इसी से लगता है कि यह सरकार बहुत ज्यादा चलने वाली नहीं है! अगर यही हाल रहा तो इसी साल दिसंबर में आप फिर से चुनाव के लिए तैयार हो जाइए—या फिर ज्यादा से ज्यादा नए साल के मध्य तक। चुनाव तो होने ही हैं—कोई और रास्ता नहीं है!

अगर अपने अस्तित्व को बचाए रखने के लिए कांग्रेस को थोड़ी-बहुत रियायत दी जाए तो आप क्या इसे बहुत बड़ा गुनाह मानेंगे?...आपके ख्याल से क्या यह क्षम्य अपराध नहीं?

—नहीं! इसकी वजह यह है कि अगर यही सब किया जाना है तो फिर संयुक्त मोर्चा सरकार के होने के मानी ही क्या हैं। इससे तो मैं कहीं बेहतर मानता हूँ कि सरकार गिरा दी जाए और नए चुनाव हों?...ठीक है, अगर बार-बार यही जनादेश मिलता है तो बार-बार यही किया जाए? क्या हर्ज है इसमें?...कौन डरता है चुनावों से? कम से कम जनता तो नहीं डरती।

लेकिन इससे अर्थ-व्यवस्था पर बहुत बड़ा बोझ तो पड़ेगा। नहीं लगता क्या आपको?

—इस देश में प्रकाश जी, इतने घोटाले होते हैं—और इतना पैसा खाया जा रहा है कि अखबार में रोज ही आप किसी न किसी बड़े घोटाले के बारे में पढ़ते होंगे। करोड़ों के नीचे का तो कोई घोटाला है ही नहीं। तो अगर अस्सी करोड़ रुपए चुनावों पर खर्च हो जाएँ तो हर्ज क्या है?...अस्सी करोड़ तो आज के महाभ्रष्टाचार के सामने कुछ हैं ही नहीं!

मेरे लिए सबसे ज्यादा चिंता और दुख की बात तो यह है कि देवगौड़ा सरकार ने भ्रष्टाचार और घोटालों की जाँच में कोई खास तत्परता नहीं दिखाई। देवगौड़ा ने आते ही दो घोषणाएँ कीं—एक तो यह कि भ्रष्टाचार कोई मुद्दा नहीं है और दूसरी यह कि हम किसी से बदला नहीं लेना चाहते। इन दोनों घोषणाओं के पीछे के इरादे मुझे नेक नहीं लगते। सवाल यह है कि जो अपराधी है या जिस पर इतने बड़े घोटालों के आरोप लग रहे हैं, उसकी जाँच क्यों न कराई जाए और अगर उसका अपराध साबित हो तो उसे सजा क्यों न दी जाए? आप मुझे बताइए कि अगर कोई सरकार इतना भी नहीं करती जो कि कम से कम है...यानी इतना तो उसे कम से कम करना ही चाहिए—तो फिर उसके होने और बने रहने का मतलब ही क्या है? इसमें बदला लेना कहाँ है?...किसी अपराधी को सजा देना बदला लेना है? फिर तो कोई जज जो इतने अपराधियों को सजा देने के फैसले करता है, बदला ले रहा होता है उन सबसे? क्या मजाक है यह! किसी लोकतांत्रिक देश में आखिर कितने मजाक को सह सकते हैं आप? कोई सीमा तो होगी! तो प्रकाश जी, देवगौड़ा सरकार ने इस मामले में मुझे बुरी तरह निराश किया है...और सच तो यह है कि यह जो नई सरकार है, उसे आप एक तरह की सिंडीकेट सरकार कह सकते हैं—यानी यह सिंडीकेट की वापसी है।....आप देख लीजिए, जो लोग सरकार में हैं, वे हैं कौन? एक तरह से वही लोग जो कभी कांग्रेस में थे और फिर बाहर चले गए। यानी आप कह सकते हैं कि यह सिंडीकेट की वापसी है। यह मोराजी देसाई की वापसी है, निजलिंगप्पा और नीलम संजीव रेड्डी की वापसी है...

आपको क्या लगता है विष्णु जी, सुप्रीम कोर्ट पहले कभी इतना शक्तिशाली था जितना आज है? ऐसा लगता है कि सरकार तो कुछ करना ही नहीं चाहती, बल्कि उसकी दिलचस्पी अपराधियों को पकड़ने में नहीं, उन्हें छिपाने में है और सुप्रीम कोर्ट कान पकड़कर उससे काम करवा रही है। कभी वह नई एफ.आई. आर. दाखिल करवाती है जिसमें नरसिंह राव का नाम शामिल हो, कभी हवाला को लेकर सी.बी.आई. की खिंचाई करती है।...आपको क्या कभी यह भय नहीं लगता कि अगर इन लोगों को भी खरीद लिया गया, तब...? तब क्या होगा देश का?

—क्यों नहीं? सुप्रीम कोर्ट के जजों को भी खरीदा गया है और ऐसे उदाहरण बहुतेरे आपको मिल जाएँगे...कि जज बिके हुए हैं और पक्षपातपूर्ण फैसले कर रहे हैं। रिश्वतखोरी की कुछ मिसालें भी सामने आई हैं...और फिर यह स्थिति इसलिए और भी जटिल हो जाती है कि नेता और अफसरशाही दोनों मौजूदा समय में एक-दूसरे के लिए ढाल का काम कर रहे हैं। वरना सी.बी.आई. ने अभी तक क्या किया नरसिंह राव के खिलाफ—कोई जाँच की? अफसर लोग नेताओं के पाप ढकते हैं और बरसों तक जाँच के नाम पर लीपापोती करते रहते हैं, बदले में उन्हें तरक्की मिल जाती है। यह नेताओं और अफसरशाही की मिलीभगत का एक बिलकुल नया समीकरण है जो इन दिनों सामने आया है। तो इस हाल में जाहिर है, न्यायपालिका की भूमिका कहीं ज्यादा महत्वपूर्ण और चुनौती भरी हो जाएगी...और वह हुई है! यह बात सही है कि सुप्रीम कोर्ट, बल्कि हमारी पूरी न्यायपालिका जितनी आज शक्तिशाली है, उतनी पहले कभी नहीं थी...और मुझे तो लगता है, न्यायपालिका की ताकत और दखल आज की स्थितियों को देखते हुए और बढ़ेगा।

अभी पिछले दिनों इंगलैंड में सुप्रीम कोर्ट के मुख्य न्यायाधीश अहमदी साहब का सम्मान किया गया। वहाँ जो शब्द उनके सम्मान में कहे गए, आप उन पर गौर कीजिए। कहा गया कि हम तो रोज अखबारों में भारत की न्यायपालिका के फैसलों के बारे में पढ़ते हैं और उन्हें पढ़कर हमारी जो हालत होती है, वह न पूछिए...हमारे भीतर इन्हें पढ़कर बिजली दौड़ जाती है! अब आप समझ लीजिए कि यह कोई छोटी-मोटी बात नहीं है। सच ही न्यायपालिका इस समय हमारे देश में एक ऐतिहासिक भूमिका निभा रही है जिसका अभी नहीं, आने वाले भविष्य में ही सही मूल्यांकन हो सकेगा।

विष्णु जी, आज के दौर को क्या हम विचारधाराओं के पतन का दौर कह सकते हैं? मसलन जो थोड़े-बहुत सिद्धांतवादी लोग कहे जा सकते हैं, उन्हें हम कांग्रेसी और उन तमाम ढुलमुल सुविधाभोगी शक्तियों के सहारे पनपता देखते हैं जिनकी अपनी कोई विचारधारा ही नहीं है। फर्नांडीज जैसे लोहिया के साथ काम कर चुके समाजवादियों को हम बी.जे.पी. का साथ देते देखते हैं। जे.पी.

के साथ रह चुके चंद्रशेखर, लालू यादव की हालत हम देख ही रहे हैं। इंद्रजीत गुप्त सरकार में हैं और करीब-करीब उन्हीं उदार आर्थिक नीतियों की वकालत कर रहे हैं जिन्हें नरसिंह राव, मनमोहन सिंह ने शुरू किया था। तो इस परिदृश्य के बारे में कुछ कहें?

—देखिए, इस सच के बावजूद कांग्रेसी सरकार और नई सरकार के कार्यक्रमों और सोच में अंतर तो है—चाहे वह कितना ही बारीक अंतर हो। आखिर इस सरकार को आप गरीब-विरोधी सरकार नहीं कह सकते। गरीब की बात कम से कम कही तो जाती ही है, लोग सोचते हैं इस मामले में!...तो यह जो एक बारीक-सा सोच का अंतर है....

लेकिन विष्णु जी, यह जो बारीक-सा सोच का अंतर है, इसका प्रभाव दिखाई कहाँ पड़ता है? व्यवहार में उसका असर कहीं होता है! सच तो यह है कि बाजार में जाएँ तो हर चीज उबल रही है—गेहूँ , दालें, घी, तेल, चीनी... कौन-सी चीज है, जिसके दाम नहीं बढ़ रहे? खाली आप मुद्रास्फीति और सूचकांक वगैरह के आँकड़े दे दें तो उससे क्या होता है?

—हाँ, यह बात मैं आपकी मानता हूँ कि जिस तरह से राजनीतिक दल बहुत जोर-शोर से गरीबी की बात करते थे या आम लोगों की मुश्किलों की बात करते थे और इन मुद्दों को खूब उछालते थे, थोड़ा-बहुत काम भी होता था—वैसा अब नहीं है। उस हिसाब से राजनीतिक परिदृश्य बहुत चिकना, सपाट है और ऐसे लोग आ गए हैं जिनके दिलों में इस बात को लेकर कि हमारे देश के लोग ऐसी हालत में रह रहे हैं—कोई मानसिक उथल-पुथल, कोई छटपटाहट नहीं होती। वे केवल अपने वोट बैंक, प्रचार और ऐसी ही बातों की चिंता करते हैं। यहाँ तक कि चुनाव भी एक तरह से बगैर मुद्दों के लड़े जाते हैं...यानी राजनीति एक तरह का भेड़ियाधसान है। यह एक दुखद स्थिति है।

लोहिया के समय में आपको याद होगा विष्णु जी, हालत यह होती थी कि जनता की गरीबी, भूख, बेकारी के मुद्दे पूरे समाज की सोच और अर्थनीति के केंद्र में थे। लोहिया इस कदर हड़काए रहते थे सभी को कि कांग्रेस जैसी लद्धड़ पार्टी को भी चाहे दिखाने के लिए ही सही 'गरीबी हटाओ' जैसे नारे उछालने पड़े।...लेकिन आज जो हालत है, उसमें लगता है, गरीबी, भूख, बेकारी किसी के एजेंडे में नहीं है, जैसे सबने तय कर लिया हो कि यह तो होना ही है! तो यह किसी मजबूत समाजवादी विचारधारा के पतन के कारण ही है न!

—आपकी यह बात सही है—बल्कि इससे भी आगे बढ़कर कहा जाए तो कला, साहित्य, चिंतन सभी स्तरों पर यही एक दुरभिसंधि देखने का मिलती हो। एक हृदयहीन किस्म की तटस्थता...यानी गरीबी, भूख, बेकारी पर कोई सेमिनार हो तो पेपर तो पढ़ देंगे—खूब अच्छी तैयारी के साथ, खूब बढ़िया आँकड़े उसमें फिट करके

खूब अच्छे-अच्छे शब्दों में अपनी बात कहेंगे। पर इन मुद्दों पर अब भीतर से कोई विचलित नहीं होता। एक अजीब तरह का क्रूर रवैया है कि साहब, जो होता है, हो—हम क्या करें? हम क्यों अपनी नींद, अपना चैन खराब करें? क्या हमीं ने समाज को ठीक करने का ठेका ले रखा है! या फिर-लोग मर रहे हैं तो मरें, कोई क्या कर सकता है—किसी एक के मरने से होता ही क्या है!...फिर भी आपको बताऊँ, नई सरकार ने इस मामले में कुछ न कुछ करने की इच्छा जरूर प्रकट की है। इकॉनामिक टाइम्स में अभी हाल ही में आर्थिक रूप से पिछड़े लोगों के लिए सरकार की एक योजना के बारे में छपा है जिसमें गरीब लोगों को सस्ती दरों पर जरूरत की सभी चीजें मुहैया कराई जाएँगी। यह चीज अगर लागू हुई तो मैं समझता हूँ, बहुत बड़ा काम होगा।

विष्णु जी, जिस हिसाब से राष्ट्रीय दलों का क्षरण हो रहा है और प्रांतीय दल उभर रहे हैं, उसमें आपको कोई चिंता की बात नहीं लगती—इस देश की एकजुटता और सांस्कृतिक एकता के ख्याल से? अगर अलग-अलग राज्यों में अलग-अलग क्षेत्रीय दल आ गए और वे अपनी-अपनी जनता के आग्रह और क्षेत्रीय स्वार्थों के हिसाब से सोचने लगे तो व्यर्थ के झगड़े, तनाव...?

—नहीं, मुझे नहीं लगता। क्षेत्रीय दलों के उभार और उनके राष्ट्रीय दलों के साथ अलग-अलग समीकरणों में गलत क्या है? और फिर राष्ट्रीय दल खत्म भी नहीं होने जा रहे! जो कुछ आप देख रहे हैं, वह तो एक राजनीतिक प्रक्रिया की शुरुआत भर है। आगे चलकर हो सकता है कि वह अपनी सही शक्ल ले।...वैसे मुझे लगता है, आगे चलकर सिर्फ चार दल रह जाएँगे—एक हिंदुत्ववादी शक्तियों का दल, एक साम्यवादी या समाजवादी दल, एक कांग्रेस अपने दुर्बल रूप में और एक गैर-कांग्रेसी दल। तो मैं समझता हूँ, जो राजनीतिक परिदृश्य सामने है, उससे घबराने की जरूरत नहीं है। आगे बहुत कुछ है जो छिपा हुआ है और सामने आना चाहता है...और देश के सामने यह कोई खतरा है, मुझे नहीं लगता।

आपने एक दफा राजनीति में जाने की बात कहीं थी...कि अगर तेजी से परिवर्तन करने हैं तो हमें राजनीति का सहारा लेना ही होगा। यानी गैर-राजनीतिक परिवर्तनों से समाज को बदला नहीं जा सकता!...तो क्या जब आप ऐसा कह रहे थे तो किसी पार्टी का नक्शा भी आपके सामने था? या वर्तमान में जो राजनीतिक पार्टियाँ है, उनमें अपेक्षाकृत किससे आप थोड़ी निकटता महसूस करते हैं जिसमें शामिल होकर काम किया जा सकता है?

—ऐसा है प्रकाश जी, अगर सचमुच मेरी पसंद की पार्टी के बारे में आप पूछते हैं तो मेरी पहली पसंद तो है कम्युनिस्ट पार्टी। अगर कम्युनिस्ट पार्टी की कुछ ठीक से स्थिति यहाँ होती तो मैं उसी को वोट देता। या अगर मुझे उस पार्टी का प्रचार करने या चुनाव में लड़ने के लिए कहा जाता, तो मैं बड़ी खुशी से प्रचार करता या

चुनाव में खड़ा होता। मगर फिलहाल जो राजनीतिक स्थिति है, उसमें मेरी सहानुभूति अर्जुन सिंह, नारायणदत्त तिवारी वाली कांग्रेस के साथ है और मैं काफी समय से उसके साथ एक भावनात्मक लगाव की स्थिति महसूस कर रहा हूँ।...या फिर दूसरा नाम मुझे लेना हो तो, मुलायमसिंह यादव की समाजवादी पार्टी!...खासकर अयोध्या में मस्जिद तोड़ने वालों पर उन्होंने जो गालियाँ चलवाईं, उसके कारण मेरे मन में उसके लिए गहरा सम्मान है। ऐसा नहीं प्रकाश जी, कि गोलियों का चलना या लोगों का मारा जाना मुझे अच्छा लगता है....पर उस समय जैसा सांप्रदायिक जनून था, उसका मुकाबला करना, एक दृढ़ताभरा स्टेंड लेना और उसे आखिर तक निभाना—भले ही उसमें दुर्भाग्यवश कुछ जानें गईं, बड़ा ही साहसिक काम था...और इस बात के लिए मैं मुलायमसिंह की गहरी इज्जत करता है।

लेकिन विष्णु जी, अभी आपने अर्जुन सिंह, नारायणदत्त तिवारी कांग्रेस का नाम लिया...तो चर्चा तो इस बात की चल रही है कि शीघ्र ही तिवारी कांग्रेस का कांग्रेस में विलय होने जा रहा है। क्या ऐसी स्थिति बनी तो आप कांग्रेस का समर्थन शुरू कर देंगे?

—नहीं, कतई नहीं—और तब की स्थितियों में मैं देखूँगा कि क्या किया जा सकता है—या कैसा फैसला लेना है? अब राजनीति में प्रकाश जी, यह खतरा तो हमेशा रहता है—रहेगा ही कि राजनीतिक परिदृश्य हर घड़ी तेजी से बदलता है, इसलिए आपको हर घड़ी जागरूक रहने और नया फैसला ले सकने के लिए तैयार रहना होगा। यहाँ ऐसा संभव नहीं है कि एक बार आपने फैसला कर लिया और जीवन भर आँख मूँदकर उसी रास्ते पर चले जा रहे हैं। वैसे भी सैद्धांतिक फैसले कर लेना कई बार आसान होता है और व्यवहार की जटिलताओं से उतरना मुश्किल।

विष्णु जी, मार्क्सवाद के साथ आपका क्या रिश्ता है? क्या समय के अनुसार उसमें कुछ उतार-चढ़ाव भी आए? यहाँ एक बात और—तथाकथित प्रगतिशील शक्तियों के साथ जो मार्क्सवाद की किसी खास व्याख्या पर ही जोर देती हैं और तकनीकी रूप से खुद को ज्यादा मार्क्सवादी कहती हैं, क्या कभी आपका टकराव तो नहीं हुआ?

—ऐसा है प्रकाश जी, मार्क्सवाद को जबसे मैंने जाना—और बहुत छोटी उम्र में ही जान लिया था—तब से मार्क्सवाद मेरे साथ अविच्छिन्न रूप से जुड़ा हुआ है। लेकिन यह अलग बात है कि मार्क्सवाद के मैंने बेसिक्स ही लिए, उसके बाकी डिटेल्स और व्याख्याएँ नहीं जो दूसरे बताते हैं। इसीलिए मार्क्सवाद को शुरू में मैंने विचारधारा के रूप में कम पढ़ा, गोर्की को पढ़कर उसकी ज्यादा गहरी समझ मेरे भीतर बनी।...तो मार्क्सवाद को मैंने शोषण और अन्याय के खिलाफ एक अनवरत लड़ाई के रूप में ग्रहण किया। मैं समझता हूँ इस रूप में मतभेद की गुंजाइश बहुत कम है और मार्क्सवाद और उसकी भूमिका कभी खत्म होने वाली भी नहीं है। बहुत शुरू

में ही मार्क्सवाद की इस अवधारणा ने मेरे भीतर जड़ें जमा लीं और इसी रूप में वह निरंतर मेरे साथ चला आ रहा है। वैसे भी प्रकाश जी, बचपन में मैंने इतने अभाव देखे हैं, इतना अपमान, इतने दुख, इतनी गरीबी कि मैं इसके अलावा कुछ और सोच ही नहीं सकता था या कि मैं मार्क्सवादी हुए बगैर कुछ और हो ही नहीं सकता था। तब से मैंने जो कुछ जाना, पढ़ा, उसकी मार्क्सवाद के मुताबिक व्याख्याएँ करता रहा। जो लिखना, पढ़ना, सोचना था, वह सबका सब इन्हीं लाइनों पर चला और वह आज तक चला आ रहा है। हालात चाहे कितने ही बदल गए हों, तो भी....

मैं पूछ रहा था विष्णु जी कि साहित्य या समाज में जो कथित प्रगतिशील शक्तियाँ थीं, जिनकी मार्क्सवाद की एक बँधी-बँधाई दृष्टि थी उनसे कभी आपका टकराव नहीं हुआ? क्योंकि आपकी मार्क्सवादी व्याख्या दलगत या समूहवादी छवि से अलग, थोड़ी निजी किस्म की लगती है।

—नहीं, मेरा उनसे टकराव इसलिए नहीं हुआ कि मैं अपनी मार्क्सवाद की व्याख्या और उस व्याख्या से मेरा जो साहित्य का संस्कार बना, उसके जरिए चलते-चलते अपनी जगह पहुँचा...और जो-कुछ मैंने लिखा, वह कविता हो, आलोचना या कुछ और, उसमें वह किसी न किसी रूप में जरूर प्रकट हुआ है। मसलन मैंने आपको बताया ही है, बहुत शुरू में गोर्की को पढ़कर मार्क्सवाद की ओर मेरा झुकाव हुआ। आगे चलकर जब और लिखना-पढ़ना हुआ तो मुक्तिबोध को मैंने जाना, जो इतने शक्तिशाली, इतने बड़े और प्रतिबद्ध कवि थे। मैं उनका घोर प्रशंसक और भक्त था। या फिर शमशेर का जो अपने ढंग के प्रतिबद्ध कवि थे, मैं प्रशंसक था। रघुवीर सहाय को तो मैं बहुत बड़ा कवि मानता ही था। उनके यहाँ समाज की प्रतिबद्धता एक तरह से अपने चरम पर है। मैंने इन सभी पर लिखा और कुछ इस ढंग से कि वह इनके चरणों की धूल को छूने और उसे प्रणाम करने की एक कोशिश भर है। इसी तरह त्रिलोचन और केदारनाथ सिंह पर मैंने लिखा और बड़े ही आदर के साथ लिखा। ये सभी मेरे लिए बड़े कवि थे। मैंने अपनी तरह से अपने रास्ते पर चलते हुए, अपनी मार्क्सवाद और साहित्य की समझ के जरिए अपने तईं इनकी खोज की! तो अब बाकी लोग जो तकनीकी रूप से खुद को कुछ ज्यादा मार्क्सवादी कहते हैं, क्योंकि वे किसी न किसी मार्क्सवादी संस्था से भी जुड़े हुए हैं—वे मेरे बारे में क्या कहते हैं, मुझे इससे कोई फर्क नहीं पड़ता और जानने की इच्छा भी नहीं होती। कोई बुरा माने या भला, मैं इस बारे में कतई नहीं सोचता। अपना काम करता रह सकूँ जो मैंने सोचा है और मुझे ठीक भी लगता है—मेरे लिए यही बहुत है।

मगर...ऐसा भी तो हो सकता है कि आपके अनचाहे ऐसा हुआ हो? उदाहरण के लिए रामविलास शर्मा को आपने 'प्रगतिवाद का मतिमंद आलोचक' या कुछ ऐसा ही कहा था...नहीं?

—हाँ, इस टिप्पणी से कुछ लोग नाराज थे और मुझे बाकायदा धमकियाँ भी

दी गई थीं, लेकिन इस तरह के बहुत उदाहरण नहीं हैं और सच तो यह है प्रकाश जी, कि मैंने कभी बात की बहुत परवाह भी नहीं की कि जो मैं कह रहा हूँ, उसे कैसे समझा जा रहा है—या मेरे बारे में लोग कैसी राय बनाते हैं, कैसी बातें करते हैं? जो कुछ मैंने लिखा, उसे मैं सही मानता हूँ या नहीं—या कि वे हालात कैसे हैं जिनके बीच से यह बात कही जा रही है, मेरे लिए यही महत्वपूर्ण है। अगर मेरे पास मेरे तर्क हैं, तो मैं इस बात की परवाह क्यों करूँ कि वे जो तकनीकी रूप से ज्यादा मार्क्सवादी हैं या खुद को वैसा समझते हैं, वे मेरे विचारों या मेरे मार्क्सवादी होने पर किस तरह उँगलियाँ उठा रहे हैं।

विष्णु जी, कुछ दिनों पहले एक कार्यक्रम की रिपोर्ट अखबारों में छपी थी। शानी पर निकली एक किताब के विमोचन समारोह की रपट में कहा गया था कि विष्णु खरे ने नामवर सिंह को लताड़ दिया! नामवर जी के लिए पहली बार ऐसी भाषा किसी रिपोर्ट में पढ़ने को मिली।...तो क्या सच में ऐसी कोई मुठभेड़ हुई थी? कोई गंभीर मामला था...!

—(हँसते हुए) नहीं, ऐसा तो कुछ नहीं!...असल में शानी पर एक किताब जानकीप्रसाद शर्मा ने संपादित की है, 'शानी : आदमी और अदीब'। किताब मामूली सी है, कुछ खास नहीं। उसकी भूमिका नामवर जी ने लिखी है। मुझे उस कार्यक्रम में बोलने के लिए कहा गया था, तो मैंने राजेंद्र यादव से कहा था कि मुझे शुरू में ही बुलवा दीजिए। यों मुझे कोई शुरू में बोलने का शौक नहीं है, लेकिन उसी दिन क्या था कि मेरे मित्र चंद्रकांत देवताले की बेटी का एक संगीत का कार्यक्रम था, उसके पति के साथ। उसने बड़े आग्रह से बुलाया था कि "चाचा जी, आप जरूर आइए।" तो मैं बोलकर चला आया था, खासकर नामवर जी की भूमिका पर। यह भूमिका इतनी खराब, घटिया और अपमानपूर्ण है—सीधे-सीधे शानी पर कीचड़ उछालने वाली कि मुझे कहना पड़ा नामवर जी को कि "देखिए, आप कतई नहीं समझते शानी को, इसलिए आपको उन पर लिखने का कोई हक नहीं है!"...नामवर जी का कहना था कि शानी को मुसलमान लेखक मानना गलत है, वे राष्ट्रीय धारा के लेखक हैं, लेकिन आप देखिए, शानी उम्र भर खुद को मुसलमान कहते, मानते रहे। उनकी मुश्किल ही यही थी और वे उसकी बेबाकी से चर्चा भी करते थे कि हिंदी के कथा साहित्य में मुसलमान पात्र नहीं है। तो वे जो अल्पसंख्यक चिंताओं के और मुस्लिम परिवेश के लेखक हैं, आप क्यों उन्हें जबरन राष्ट्रीय धारा में खींचकर लाना चाहते हैं भई!...यह बिल्ला लगाने से वे बदल थोड़े ही जाएँगे, बल्कि यह तो उनके साथ बेइंसाफी है!

शानी के साथ नामवर जी का एक इंटरव्यू मैंने पढ़ा है और उसमें नामवर बड़ी कृतज्ञता से स्वीकार करते हैं कि उन्हें बहुत-सी मुस्लिम रीतियों और शब्दों का पता ही न चलता, अगर वे शानी को न पढ़ते तो! कहाँ तो यह 'कनफेशन'

है और कहाँ अब...?

—जी...! तो शानी मुसलमान हैं, इसी नाते उनकी पहचान है। खुद वे अपनी आइडेंटिटी सामने लाते थे—और इसमें उन्हें कोई दिक्कत नहीं थी। यहाँ तक कि वे ऐसे मुसलमानों से बहुत चिढ़ते थे जो दिखावे के लिए राष्ट्रीय धारा का मुखौटा पहन लेते हैं—या उन पर शक न किया जाए, इसलिए बढ़-चढ़कर और नकली ढंग से देशप्रेम का दिखावा करते हैं। ऐसे मुसलमानों को वे पसंद नहीं करते थे और धड़ल्ले से उन्हें 'शिया' कहा करते थे। उदाहरण के लिए वे राही मासूम रजा के देशप्रेम के दिखावे की जीवन-भर हँसी उड़ाते रहे। ऐसे आदमी पर आप जबरन राष्ट्रीय धारा का लेबल क्यों लगाना चाहते हैं?

...और फिर यही नहीं, नामवर जी की इस भूमिका में तमाम ऐसी बातें है कि वे मरने के बाद किसी लेखक को दुबारा मारने जैसी हैं। मसलन उसमें शानी को कुंठित, संदेहग्रस्त, और न जाने क्या-क्या कहा गया है! यहाँ तक कहा गया है कि कुंठा और संदेह का जहर उनमें इस कदर घर कर गया था और वे इस कदर उनमें फैलता चला गया कि उनका लिखना बंद हो गया, भीतर से वे खोखले हो गए और कुंठा और संदेह के इस जहर ने उन्हें पूरी तरह खत्म कर डाला।...क्या मतलब है इन चीजों का? और इस बात के मानी क्या हैं कि शानी ने बाद में चलकर लिखना बंद कर दिया, इस तरह के आरोपों को मैं बहुत बेहूदा और मूर्खतापूर्ण मानता हूँ। मुझे बड़ी हैरानी होती है, जब हिंदी में लोग यह बात उछालते हैं कि फलाँ ने लिखना बंद कर दिया, ढिकाँ ने लिखना बंद कर दिया!...अरे भई, बंद कर दिया तो ऐसा क्या गुनाह हो गया! जब तक लिखना था लिखा, अब दूसरे लोग लिखें। इसके बजाए कि आप घटिया लिखें या अपने ही लिखे की जीवन भर नकल करते रहें 'परिंदे' वाले निर्मल वर्मा की तरह—इससे बेहतर है कि आप लिखना बंद कर दें। और लिखना क्या प्रकाश जी, नित्य कर्म हो गया कि जब तक दो दफे न जाएँ, तब तक पेट ही साफ नहीं होता!! (एक तीखी व्यंग्यपूर्ण हँसी...) लिखने के कुछ क्षण और स्थितियाँ होती हैं, उन्हीं में एक लेखक लिखे तो उसके कुछ मानी हैं—यों उम्र भर कलम घसीटते जाने का तो कोई मतलब नहीं। अब विदेशों का उदाहरण लें तो टी.एस. इलियट ने लगभग चालीस साल की उम्र में घोषित रूप से लिखना बंद कर दिया था और उसके बाद के बीस सालों में उसने एक पंक्ति तक नहीं लिखी, यह एक तथ्य है। पर वहाँ न कोई इसे एक ताने या आक्षेपपूर्ण उक्ति के रूप में इस्तेमाल करता है और न इससे टी.एस. इलियट की प्रतिष्ठा या कद छोटा हुआ। फिर हिंदी में ही इस तरह की मूर्खतापूर्ण बातें क्यों की जाती हैं, मेरी समझ में नहीं आता।

...अरे भाई, शानी ने अगर बाद में नहीं लिखा, तो उनकी स्थितियाँ वैसी नहीं रही होंगी। आप जरा उन्हें जानने की कोशिश तो कीजिए—या आपका लेखक से कोई मतलब नहीं है, वह बस आपको लिख-लिखकर देता जाए, यही आप चाहते

हैं!...और देखा जाए तो सन् 80 के आसपास उन्हें कैंसर था, बमुश्किल वे बचे थे। एक तरह से तो उनका जीवन वहीं समाप्त हो चुका था। इसके बाद के दस-बारह साल तो जैसे बोनस के थे और वे किसी तरह अपनी इच्छा-शक्ति के सहारे जिए जा रहे थे। यानी आप लिखने की बात कर रहे हैं? मेरे लिए तो आश्चर्य इसी बात का है वे जी कैसे रहे थे! इसी से समझ में आ जाएगा कि नामवर और दूसरे लोग शानी को कितना समझते हैं। और फिर एक बात आप बताइए। शानी ने लिखना बंद कर दिया, मगर जितना लिखा, उसे पढ़ा कितने लोगों ने? क्या किसी ने उन्हें समझा, उनका मूल्यांकन करना चाहा? क्या नामवर जी ने उन पर कभी दो शब्द लिखे? शानी अंत तक आते-आते उदास हो चुके थे, इस बात को लेकर कि उन्हें ठीक से समझा नहीं गया। उनकी कहानियाँ क्या कम महत्व रखती हैं? और फिर 'काला जल?'! अकेला 'काला जल' उनकी स्मृति को आगे आने वाली कम से कम कुछ सदियों तक तो बचाए ही रखेगा।...यह तो एक मरे हुए लेखक के साथ दुश्मनी निभाना है! और फिर नामवर जी को तो उन पर लिखने का कोई हक ही नहीं है क्योंकि जीते जी उन्होंने शानी पर एक पंक्ति तक नहीं लिखी।

पंक्ति...? मैं नामवर जी की इंटरव्यूज की किताब 'कहना न होगा' को पढ़ रहा था, उसमें कई जगह कहानी की बात उठाई गई है, लेकिन जिन नामों की नामवर जी चर्चा करते हैं, क्या मजाल है कि उनमें कभी भूलकर भी शानी का नाम आ जाए। वही निर्मल वर्मा, काशीनाथ सिंह, या फिर कभी-कभी ज्ञानरंजन, अमरकांत...

—बहरहाल, मैं तो बोलकर चला आया, उसके बाद सुना है, नामवर जी बहुत अनईजी फील कर रहे थे। जब बोलने को खड़े हुए तो उन्होंने किताब की पूरी भूमिका पढ़ दी। बोले कि देखिए साहब, विष्णु खरे को तो आप जानते ही हैं जिस ढंग से वे बोलते हैं, लाइए, मैं आपके सामने पूरी भूमिका पढ़ देता हूँ!...उस दिन बेचारे श्रोताओं को उन्होंने बोर करके मार डाला। (हँसी) उसी रात कुबेरदत्त का फोन आया कि "भाई साहब, आपका भाषण मुझे इतना अच्छा लगा कि मैं पूरा का पूरा टेलीविजन पर प्रसारित कर रहा हूँ दो किस्तों में। ऐसा भाषण मैंने पहले कभी सुना ही नहीं।" कुबेर का कहना था कि तमाम लोगों ने कड़ा विरोध किया, पर उसने कोई परवाह नहीं की। पूरा का पूरा भाषण दो किस्तों में प्रसारित कर दिया!...हाँ, सुधीश पचौरी जरूर अजब ढंग से नामवर की तरफदारी कर रहे थे।

क्या भाषण दिया उन्होंने?

—नहीं, किसी से कहा कि विष्णु खरे ने मिसकोट किया है नामवर जी को। जिन शब्दों को वे नामवर जी के कहकर पढ़ रहे थे, वे नामवर के शब्द नहीं थे! घर आकर मैंने फिर से किताब खोली और देखिए ये निशान, मैंने खासकर इसीलिए ये निशान लगाए थे कि सुधीश से बात हुई तो पढ़कर सुनाऊँगा। अगले दिन मैंने

सुधीश को फोन किया। उसका भाग्य अच्छा था कि वह घर पर नहीं था—नहीं तो मैं उससे कहने वाला था कि भाई, कुछ पढ़ा-लिखा करो...!

आपको नहीं लगता, इधर नामवर जी सस्ती नेतागिरी पर उतर आए हैं? साहित्यिक नेताई में तो इतने बरसों में उन्होंने अपनी प्रतिभा करीब-करीब चौपट ही कर ली, अब तो इस स्तर पर उतर आए हैं कि...

—प्रकाश जी, दोष उनका ही नहीं, हिंदी के लेखकों का भी है! वे इतने दीन-हीन ओर स्वाभिमान से कोरे हैं कि नामवर जी अगर फटकारेंगे तो भी घिघियाते हुए उनके चरणों में पड़े रहेंगे कि माई-बाप आप मार लीजिए, मगर हमें यहीं पड़ा रहने दीजिए।

अरे लीजिए, बल्कि यह तो उनके लिए एक बड़ी घटना होगी। वे दुनिया को बताएँगे कि आज नामवर जी ने लात...!

—जी...बिलकुल! वे गर्व के साथ दुनिया को बताएँगे कि हमें ऐसा-वैसा न समझो, हम कोई मामूली चीज नहीं! इन चूतड़ों पर नामवर की लात खाई है (शरारत से हँसते हैं)....और यह हालत साहित्य में ही नहीं, सभी जगह है चाहे वह पत्रकारिता हो, राजनीति हो या हमारे विश्वविद्यालय हों, सब जगह एक ही दृश्य है। हालत यह है कि सबको अपनी-अपनी पड़ी है। जब दूसरों के साथ कुछ होता है तो कोई बोलना नहीं चाहता कि हमारे साथ यह थोड़े ही हो रहा है, हमारे साथ होगा तो देखेंगे! और यह इस भाव से होता है मानो अपन के साथ यह कभी होने वाला ही नहीं है।... मैं जब नवभारत टाइम्स में कार्यकारी संपादक था तो वहाँ जिन लोगों ने मेरे खिलाफ बाकायदा हस्ताक्षर अभियान चलाया कि यह आदमी हमारा संपादक होने के योग्य नहीं है, उनमें प्रयाग शुक्ल थे, विष्णु नागर ने उस पर दस्तखत किए थे और तमाम लोग थे। बाद में विद्यानिवास मिश्र आए तो सबने सिर झुकाकर स्वीकार कर लिया कि हाँ साहब, यह आदमी संपादक होने योग्य है। हालत यहाँ तक आ पहुँची कि नवभारत टाइम्स को उन्होंने एक पूरी तरह सांप्रदायिक अखबार बना दिया और जो खुद को तथाकथित लेफ्टिस्ट या मार्क्सवादी कहने वाले लोग थे, उन्होंने कोई आपत्ति नहीं की। जो रही-सही कसर थी, उसे सूर्यकांत बाली ने पूरा कर दिया। अब अपने अखबार को वह सैक्सोलॉजी सिखाने का जरिया बना रहे हैं। एक ओर धर्म, दूसरी ओर सैक्सोलॉजी और आज के समय के द्वंद्व, विचार और राजनीतिक-सामाजिक गुत्थियों के लिए वहाँ कोई जगह नहीं। संपादकीय पेज देख लीजिए नवभारत टाइम्स का, किस तरह बरबाद कर डाला है इस आदमी ने! यह अक्षम्य अपराध है। मगर कोई एक भी यहाँ ऐसा नहीं हैं जो इसके खिलाफ बोलने को तैयार हो।...तो इसका परिणाम क्या हुआ? यह भी देख लीजिए। आपको पता है, आजकल टाइम्स ऑफ इंडिया में कार्ड पंच होता है। यानी यह एक नया सिस्टम चला है वहाँ। संपादकीय विभाग के लोग कितने बजे काम पर आए, कब दफ्तर से निकले, यह समय रोजाना

नोट किया जाएगा। और फिर आपसे दरयाफ्त किया जाएगा कि आप क्यों देर से आए, क्यों जल्दी गए—कारण बताइए। और वहाँ अब भी मैं नहीं समझता, कोई खास चेतना पैदा हुई हो। मेरे सुनने में आया है कि एक सज्जन प्रयाग जी के पास गए और बड़े व्यंग्यात्मक अंदाज में पूछने लगे कि क्यों साहब, अब यह नियम आप सरीखे वरिष्ठ लोगों पर भी लागू होगा?...यानी संवेदनशीलता की इस कदर कमी है कि अपनी हालत तो दिखती नहीं, दूसरों को खिजाने का मजा जरूर लेना चाहते हैं। तो आप बताइए, किससे क्या उम्मीद की जाए....?

हिंदी में 'आधा गाँव' की इस हद तक चर्चा हुई है और 'काला जल' इस कदर उपेक्षित रहा कि मुझे बहुत दिनों तक भ्रम रहा कि शायद 'आधा गाँव' मुस्लिम परिवेश पर लिखा गया पहला उपन्यास है।...बाद में यह भ्रम टूटा और पता चला कि असल में ट्रेंड सेंटर तो 'काला जल' ही है और 'आधा गाँव' ने बहुत कुछ स्ट्रक्चर 'काला जल' से ही लिया। तो फिर 'आधा गाँव' की ज्यादा चर्चा होने की वजह? क्या इसलिए कि वहाँ गंगा-जमुनी प्यार ज्यादा है?

—इसी बात से तो शानी सबसे ज्यादा चिढ़ते थे और राही मासूम रजा को हिकारत से 'शिया' कहा करते थे कि ये तो हिंदुओं को खुश करने के लिए लिखते हैं। उनके लिए किसी मुसलमान का मुसलमान होना गर्व की बात थी और उसमें कुछ ढुलमुलपन वे बर्दाश्त नहीं करते थे।

'आधा गाँव' को प्रगतिशील तबके का झटपट समर्थन तो मिल ही गया—और फिर मोहन राकेश, राजेंद्र यादव, कमलेश्वर का समर्थन तो था ही क्योंकि वह अक्षर प्रकाशन से छपा था...तो इस कारण...?

—देखिए, 'आधा गाँव' की निंदा करने का तो मेरा कोई इरादा नहीं है और इसमें कोई शक भी नहीं कि यह एक बड़ी और शानदार कृति है...लेकिन दूसरी ओर यह भी सही है कि कोई कृति जब सामने आती है तो हम यह देखे बगैर भी नहीं रह सकते कि उससे पहले क्या कुछ लिखा जा चुका है। तो 'आधा गाँव' से पहले जमीन तैयार करने का काम 'काला जल' कर चुका था—यह एक तथ्य है।और 'काला जल' से पहले क्या था? करीब-करीब कुछ भी नहीं। सिर्फ प्रेमचंद का 'कर्बला' या 'ईदगाह' कहानी या ऐसी ही और दो-एक चीजें। तो निश्चित रूप से 'काला जल' को मुसलिम परिवेश को बड़े रिच रूप में सामने लाने का कहीं बड़ा श्रेय मिलना चाहिए, जैसे कि मंजूर ऐहतेशाम का उपन्यास 'दास्तान-ए-लापता' भी उसी कड़ी में हालाँकि उन दोनों से अलग ढंग का एक 'उपन्यास' है। इसमें पहली बार एक मुस्लिम युवक का अकेलापन प्रकट हुआ—लेकिन इस पर विचार करते हुए, हम यह बात नहीं भूल सकते कि 'काला जल' और 'आधा गाँव' इससे पहले लिखे जा चुके थी और उन्होंने रास्ता बनाने का काम किया था। तो जो बाद की कृति होगी, उसमें हम हमेशा ये देखेंगे कि पहले जो कुछ था, उससे अलग हटकर आगे क्या काम

उसने किया?

क्या उस कार्यक्रम के बाद भी आपकी नामवर जी से मुलाकात हुई?

—नहीं...लेकिन मैंने तय कर लिया है कि जहाँ-जहाँ वे मुझे मिलेंगे, कम से कम अभी कुछ समय तक तो उन्हें छोडूँगा नहीं, ताकि उनका दिमाग ठीक हो जाए।

अच्छा, नामवर जी के यहाँ जातिवादी मामले भी हैं क्या? सुना तो काफी कुछ जाता है...!

—हाँ....क्यों नहीं? नामवर सिंह में ठाकुरवाद की बू है, इसमें तो कोई शक नहीं। और काशीनाथ सिंह में तो यह बात भरी पड़ी है। यहाँ तक कि उनकी कुछ कहानियाँ इतनी ज्यादा जातिवादी संकीर्णता से भरी हुई कहानियाँ हैं कि मुझे आश्चर्य है कि इन्हें लिखा क्यों गया है—या इन्हें लिखकर वे दिखाना क्या चाहते हैं? नामवर जी में हो सकता है, यह इस कदर न हो, मगर बिलकुल नहीं है, ऐसा आप नहीं कह सकते!...अच्छा, जरा इनकी दोस्तियाँ और समीकरण देखिए। नामवर जी की केदारनाथ सिंह और विजयमोहन सिंह से इतनी ज्यादा पटती है, यह कोई अकारण नहीं है...और यह भी कि विजयमोहन सिंह जब हिंदी अकादेमी के सचिव हुए तो कार्यसमिति में नामवर सिंह और केदारनाथ सिंह दोनों थे। इसे मैं केवल संयोग नहीं मानता।

तो मधुकर सिंह ने जो टिप्पणी इन दोनों भाइयों पर लिखी है और उनके घर हुए अपने अपमान के बारे में लिखा है, वह यों ही नहीं है। उसके पीछे सचमुच कुछ न कुछ है—कुछ न कुछ ऐसा जो काफी 'वल्गर' है। शानी ने बाकायदा इस पर एक टिप्पणी लिखी है कि मुझे समझ में नहीं आता कि हिंदी के लेखक हैं कैसे जो इस बात को बर्दाश्त कर लेते हैं कि खाना खाने के बाद उनके बर्तन अलग रख दिए जाएँ...और बाद में आग में झोंककर या किसी और तरह माँजे जाएँ! यह सच में घोर हिकारतभरी और गलीज चीज है।

नामवर जी ने एक इंटरव्यू में आपके बारे में एक टिप्पणी की है कि विष्णु खरे आलोचक तो अच्छे हैं, तेज हैं, पर उनकी कुछ सनकें हैं...नामवर की इस टिप्पणी पर आप कुछ कहेंगे?

—भई, वे कुछ उदाहरण दें मेरी सनकों का, तब तो मैं बात करूँ! ऐसे तो किसी के बारे में कुछ भी कहा जा सकता है—खुद नामवर जी के बारे में कि वे आलोचक तो अच्छे हैं, मगर उनकी कुछ सनकें हैं—और वाकई आजकल तो वे कुछ ज्यादा ही सनक गए हैं! तो भी जहाँ तक मैं समझता हूँ, डिफरेंस आफ ओपीनियन को ही उन्होंने मेरी सनक मान लिया है। उदाहरण के लिए श्रीकांत वर्मा का 'मगध'! मैं उसे अच्छी कविता नहीं मानता, कमजोर पोएट्री मानता हूँ क्योंकि उसमें छद्म बहुत है, पोस्चर है...इसकी तुलना में 'मायादर्पण' की कविताएँ मुझे अच्छी लगती हैं जबकि नामवर शायद 'मगध' को अच्छी कविता मानते हैं। ऐसे ही निर्मल

वर्मा उन्हें जितने महत्वपूर्ण कहानीकार लगाते हैं, मुझे नहीं लगते। तो डिफरेंस आफ ओपीनियन तो हो ही सकता है। लेकिन अपनी राय को तो राय मानना और दूसरे की राय को सनक—यह तो ठीक नहीं...!

किसी शख्स को 'राय साहब' और 'राय बहादुर' बना देने का नतीजा है शायद यह!...कि फलाँ शखस की किसी कृति के बारे में क्या राय है, यह बात रातों-रात फैल जाती है—और फिर लोग कोई दूसरी बात सुनने को तैयार ही नहीं हैं—इस हद तक विचारों की गुलामी है हिंदी में...

—बिल्कुल...!

पिछले दिनों 'आजकल' का एक अनुवाद विशेषांक आया है—क्या आपने उसे देखा है? उसमें अनुवाद पर राजेंद्र यादव और हरदयाल के अजीबोगरीब लेख हैं। मैं उनके मुतल्लिक पूछना चाहता थे कि वे आपको कैसे लगे?

—राजेंद्र यादव तो भई, उन लोगों में से हैं जो लिखते तो दाएँ हाथ से हैं, मगर अनुवाद करना हो तो उसे बाएँ हाथ से निबटा देते हैं...तो उनकी पूरी टिप्पणी में यह बात व्यंजित हो रही है। खुद राजेंद्र यादव ने जो अनुवाद किए हैं, वे मूल भाषा से नहीं, अंग्रेजी से किए हैं। तो उनके मन में यह बात बैठ गई है कि हिंदी में जो अनुवाद होते हैं, वे सिर्फ अंग्रेजी से ही होते हैं...यानी अपनी स्थिति का एकदम उन्होंने 'साधारणीकरण' कर लिया। इससे पता चलता है कि जो गंभीर अनुवाद का काम हो रहा है, उसकी उन्हें कितनी जानकारी है—या कि अनुवाद की समझ उनकी कैसी है। बाकी भी इस तरह की चलताऊ टिप्पणियाँ हैं जिनमें 'थोथापन' ज्यादा है, जैसे यही कि अनुवाद किसी ऐसे व्यक्ति को दिखा लेना चाहिए और उससे भाषा ठीक करवानी चाहिए, जिसे कृति की बिलकुल जानकारी न हो! यह सचमुच प्रणाम करने योग्य वाक्य है।

और जो डॉ. हरदयाल की टिप्पणी है जिसमें उन्होंने आपके अनुवाद की भी गलतियाँ निकाली हैं...?

—मेरी ख्याल है प्रकाश जी, मुझसे इस सवाल का जवाब देने को मत कहिए। यानी कि यह भी कैसा मजाक है कि अब मुझे हरदयाल जैसे लगभग एक 'जड़मति' के आक्षेपों का जवाब दने के लिए कहा जाए! यह उस नितांत साधारण और सामान्य व्यक्ति को जरूरत से ज्यादा सम्मान देना होगा! वैसे मुझे तो इसी बात का आश्चर्य है कि हरदयाल को यह सूझी क्या कि वे अनुवाद के क्षेत्र में भी लगभग 'ए बुल इन ऐ चाइना शॉप' वाले अंदाज में पिल पड़े। इस लेख में उन्होंने बेसिर-पैर की ऊलजलूल बातों के सिवा कुछ नहीं कहा। मसलन कबीर के जो दो अंग्रेजी अनुवाद उन्होंने दिए हैं, उनमें जिसे वे बुरा अनुवाद कह रहे हैं, वही असल में कबीर की कविता का सही और अच्छा अनुवाद है और जिसे उन्होंने कबीर की कविता का अच्छा अनुवाद कहा है, वह तो कबीर को किसी संत नहीं, शैली और कीट्स के

अंदाज में नितांत भाववाचक ढंग से अपनी बात कहते दिखाता है...

यह शायद विश्वविद्यालयी समझ की सीमा है?

—लेकिन...विश्वविद्यालयी भी इसे कैसे कहेंगे आप? क्योंकि हरदयाल वहाँ भी कहाँ बैठते हैं! वे मुश्किल से विश्वविद्यालयी समीक्षा की 'सी' टीम में आते हैं क्योंकि विश्वविद्यालय समीक्षा की जो 'ए' टीम है, उसमें तो नित्यानंद तिवारी और विश्वनाथ त्रिपाठी आएँगे। 'बी' टीम में नरेंद्र मोहन, महीप सिंह, डॉ. विनय वगैरह और 'सी' ग्रेड में जो तमाम साधारण और प्रतिभाहीन लोगों की एक लंबी कतार है, उसमें एक यह सज्जन भी हैं जो डॉ. हरदयाल कहाते हैं...(हँसी)

अनुवाद पर आपका खासा काम है।...क्या पंकज बिष्ट ने अनुवाद पर विशेषांक निकाला, तो आपसे लिखने के लिए नहीं कहा?

—नहीं...इसके उनके कुछ कारण और सीमाएँ रही होंगी! यों भी पंकज बिष्ट मुझे कुछ रहस्यपूर्ण-से व्यक्ति लगते हैं जो कहते क्या हैं या करते क्या हैं, इसके पीछे के जो कारण हैं, वे समझ में नहीं आते। और हैरानी की बात यह है कि वे सब लोगों में खप जाते हैं। कभी वे विश्वविद्यालयी आचार्यों के बीच बैठे नजर आते हैं तो कभी विष्णु प्रभाकर की काफी होम मंडली में, कभी अकवितावादियों के साथ खड़े नजर आते हैं तो कभी अचानक मार्क्सवादी हो चुके होते हैं—और राजेंद्र यादव के लेफटीनेंट्स में तो खैर, ये आते ही हैं!...असल में ये हैं क्या—मैं आज तक समझ नहीं पाया।

वैसे मुझसे लिखने के लिए न कहने का एक कारण यह हो सकता है कि उन्होंने मुझसे दिलीपकुमार वाले लेख के बाद किसी विषय पर लिखने के लिए कहा था जिस पर लिखने की मेरी इच्छा नहीं थी। तो मैंने कहा था कि आपके दिए हुए विषय पर मैं लिखूँ, यह संभव नहीं है। वैसे भी 'आजकल' में नियमित लिखने में मेरी कोई रुचि नहीं है। हो सकता है कि उन्होंने इसका बुरा माना हो, पर प्रकाश जी, ऐसी बातों का क्या सोचना! बहुत-से और काम हैं जो मुझे पूरे करने हैं। हाँ, इस बात से दुख जरूर होता है कि पंकज बिष्ट ने 'आजकल' को सुधारा तो मगर उसे अच्छी पत्रिका वे नहीं बना पाए जिसमें सचमुच लिखने का मन हो। यह शायद इसी घालमेल की वजह से है जो वे करते रहते हैं..कि अच्छे लेखों के बीच-बीच में भरती का माल डाल देते हैं जिससे और कुछ हो न हो, उन अच्छे लेखों का प्रभाव और कुंद होता है।...तो जब यह स्थिति है तो कोई अच्छा लेखक क्यों लिखना चाहेगा आपके यहाँ? उसे क्या आकर्षण है ऐसा?

अब जैसे अनुवाद पर अंक निकाल रहे थे तो उन्हें ढंग से पलैनिंग करनी चाहिए थी। यह प्लैनिंग कहीं नजर आती है इस अंक में? जो कुछ मिला, इकट्ठा किया और छाप दिया—यह तो विशेषांक निकालना नहीं हुआ न! और फिर राजेंद्र यादव जैसा बड़ा नाम तो है ही न!...मगर कुल मिलाकर राजेंद्र यादव का अनुवाद

में योगदान क्या है? वे लिख किस हैसियत से रहे हैं?...इससे तो जो लोग अनुवाद कार्य में ज्यादा सीरियसली जुड़े हुए हैं, उनसे लिखवाना चाहिए था। मुझसे न सही, पर ऐसे कुछ लोग तो हैं ही जो अनुवाद में ज्यादा गंभीरता से जुटे हुए हैं और उसके बारे में बेहतर समझ रखते हैं। जैसे एक नाम मुझे याद आ रहा है—महेशदत्त जिन्होंने मूल जर्मन से कुछ बहुत अच्छे अनुवाद हिंदी में किए हैं। राजेंद्र यादव के बजाए तो उन्हें अनुवाद पर लिखने के लिए कहा जाना चाहिए था। वे जो कुछ भी लिखते, उसमें और कुछ नहीं तो कम से कम उनके अनुभव की प्रामाणिकता तो होती। तो यकीनन यह चीज पढ़ने लायक होती।

आपने इधर आलोचना लिखनी बहुत कम कर दी है। इसका कोई खास कारण है विष्णु जी!

—एक तो यही कि मुझसे कोई संपादक कहता ही नहीं है आलोचना लिखने के लिए। पिछले चार-पाँच सालों से आप समझिए कि मैं इस बात के लिए विकल रहा हूँ कि मैं किसी अच्छी पुस्तक पर लिखूँ।...और इस बीच इतनी अच्छी से अच्छी किताबें आई हैं कि मेरा उन पर न लिखना या न लिख पाना खुद मुझे एक अपराध-बोध से भर देता है। खासकर एक से एक बढ़िया कविता-संग्रह आए हैं। अब किसी कवि के लिए प्रशंसा का एकाध वाक्य बोल देना और उसका इधर-उधर छप जाना, यह तो उस कवि और कविता-संग्रह दोनों के साथ अन्याय होगा।

तो मैं प्रकाश जी, वाकई लिखना चाहता हूँ, बशर्ते कोई मुझसे कहे लिखने के लिए। और वैसे ही लिखने का तो कोई मतलब नहीं हैं! लेकिन अगर किसी ने मुझसे नहीं कहा तो इसकी, मैं समझता हूँ, बड़ी साफ सी वजहें हैं....एक तो स्थान! आजकल पत्र-पत्रिकाओं में समीक्षा के लिए जगह ही कहाँ है, जबकि मुझे समीक्षा लिखने के लिए ज्यादा समय और ज्यादा स्थान चाहिए। मैं बहुत मेहनत से समीक्षा लिखता हूँ—तो जाहिर है, मैं कुछ ज्यादा स्थान तो लूँगा ही! और फिर संपादक डरते हैं कि यह आदमी न जाने क्या लिख दे जिसे छापने में कहीं कोई संकट न पैदा हो जाए! फिर उनकी तमाम अपेक्षाएँ जो दूसरों से पूरी होती हैं—या कि ढीली-ढाली प्रशंसात्मक समीक्षाएँ जैसे वे औरों से लिखा लेते हैं और अपने कुछ हिसाब-किताब और लिहाजदारी भी बनाए रखते हैं, तो वह सब मेरे साथ तो चलेगा नहीं। इसलिए जाहिर है, मैं उनके माफिक नहीं पड़ता...

कहीं ऐसा तो नहीं विष्णु जी, कि वे संकोचवश ऐसा न कहते हों? ऐसा इसलिए कह रहा हूँ कि एक तो संभावना यही है कि वे जिस पुस्तक पर लिखने के लिए कहें, आप उस पर लिखना पसंद करें भी या नहीं? और दूसरे हिंदी में समीक्षा दोयम दर्जे का काम तो समझ ही लिया गया है। तमाम लेखक हैं जो समीक्षा लिखना पसंद नहीं करते और इसे अपमानजनक भी मानते हैं—यानी

यह तो वे चाहेंगे कि उनकी पुस्तक पर कोई लिखे, लेकिन वे किसी पर लिखें, इस कल्पना से ही हो सकता है, उन्हें मतली आती हो!

—नहीं, मेरे ख्याल से जो बात मैंने पहले कही, वही ज्यादा सही है। ज्यादातर संपादक—यह तय बात है कि—पिलपिले समीक्षकों की लिखी हुई पिलपिली समीक्षाएँ छापना ही पसंद करते हैं क्योंकि इसमें कोई खतरा नहीं होता—और जिस तरह के संबंध वे निभाना चाहते हैं, वे भी निभाते रह सकते हैं। इसी वजह से आपको आश्चर्य होगा, राजेंद्र यादव ने इतने बरसों में एक बार भी नहीं कहा मुझे किसी किताब पर लिखने के लिए। पंकज बिष्ट ने दिलीपकुमार पर मेरा लेख छपने के बाद किसी विषय पर मुझे लिखने के लिए कहा था...तो मैंने जवाब दिया था कि कोई जरूरी नहीं कि आपके सुझाए विषय पर मैं लिखूँ ही। 'आजकल' में नियमित लिखने से मेरी कोई रुचि नहीं है। मैं समझता हूँ कि वह इससे चिढ़ गए होंगे। शानी एकमात्र अपवाद हैं जिन्होंने 'मुझे चाँद चाहिए' पर लिखने के लिए कहा था 'कहानी' में और मैंने मन से लिखा था—वह छपा भी था। यों कुछ अरसा पहले 'इंडिया टुडे' से भी एक पत्र आया था कि आप हमारे लिए समीक्षाएँ लिखें। लेकिन किस पुस्तक पर? पत्र में इसका कोई जिक्र नहीं था। फिर वहाँ स्थान ही कितना है किताबों के लिए?...तो वहाँ पुस्तक का परिचय ही छप सकता है, समीक्षा के लिए तो बहुत कम गुंजाइश है।

तो आप ऐसा क्यों नहीं करते विष्णु जी, कि जिस भी पुस्तक पर आप लिखना चाहें, लिखें। मेरा ख्याल है, अगर आप लिखकर देते हैं तो उसके छपने में कोई संकट आएगा, ऐसी बात तो नहीं...?

—एक तो प्रकाश जी, यह तरीका मुझे बिलकुल पसंद नहीं है—मैं इसके खिलाफ हूँ। और फिर अगर इस तरह किसी किताब पर लिखता हूँ, तो मैं समझता हूँ, इसका बहुत गलत अर्थ लिया जाएगा या लिया जा सकता है कि आखिर विष्णु खरे किसी एक पुस्तक में क्यों इतनी रुचि ले रहे हैं?...तो भी हेमंत शेष की पत्रिका के लिए कुछ मैंने लिखा है। उनका पत्र आया था कि आप हमारी पत्रिका के लिए कुछ लिखिए—पुस्तकों पर या और जो कुछ भी आप चाहें। तो मैं कुछ न कुछ उनकी पत्रिका के लिए लिखता ही हूँ। अक्सर मेरी समीक्षाएँ लंबी समीक्षाएँ होती हैं—इसलिए कि मैं टालना हरगिज नहीं चाहता। एकाध पंक्ति में तारीफ या टालने वाले ढंग से दो-चार बातें कह देना मुझे अच्छा नहीं लगता। इसके बजाए मेरा ढंग यह है कि मैं उस कवि के पूरे अनुभव जगत से गुजरते हुए जो प्रभाव मन पर पड़ा, जो क्रोध, प्रेम या दूसरे भाव उपजे, वह सबका सब कहे बगैर रह नहीं सकता।

विष्णु जी, रचना और आलोचना के तनाव के बारे में कुछ कहेंगे? ऐसा क्यों होता है कि आलोचक बनते ही कोई व्यक्ति एक ऊँचे सिंहासन पर बैठ जाता है—और हाथ में कोड़ा लिए धुनाई करने लगता है। अक्सर वह फैसला

देने वाली भाषा में बड़े अभिमान और आडंबर के साथ अपनी बात कहता है। इसे आप क्या ठीक मानते है?

—देखिए, मैंने जो आलोचना लिखी है, उससे मेरी जो इमेज बनी, वह एक सख्त आलोचक की है...और इस मामले में मेरे शत्रुओं की भी कमी नहीं है। लेकिन ऐसे लोग जो मुझसे चिढ़ते हैं या पीठ पीछे गालियाँ देते हैं, वे यह नहीं देखते कि मैंने कितने लोगों की तारीफ की है—और किस कदर तारीफ की है। ज्यादातर चर्चा मेरे उन्हीं लेखों की होती है जिनमें मैंने किसी न किसी पर तेज प्रहार किया है! यानी विष्णु खरे ने किसके बारे में क्या कहा—या कैसे पीटा, कैसे उधेड़ा...इस सबकी बहुत रस लेकर चर्चा की जाती है।...तो हालत यह है कि मजा भी ले रहे हैं और फिर वही लोग आलोचना भी करते हैं कि देखिए साहब, विष्णु खरे ने क्या लिख दिया! ऐसे लोगों को नहीं पता कि मैंने कितने ही लोगों की लगभग भक्ति भाव से तारीफ की है—रघुवीर सहाय, त्रिलोचन, शमशेर, केदारनाथ सिंह...इनकी कविता की शक्ति और सौंदर्य को मैंने भरसक दर्शाया...लेकिन इसकी ओर कोई ध्यान नहीं देता।

अगर आपको शिकायत है कि आपकी किताब पर मैंने ऐसा-ऐसा लिखा... तो आप यह तो देखिए कि क्या मैंने औरों पर भी ऐसा ही लिखा है? अगर मैंने औरों की तारीफ की है तो यह तो सही नहीं कि मैंने आपकी कविताओं की तारीफ नहीं की—क्षमा करें, 'आपकी' से मेरा मतलब है कोई भी कवि या रचनाकार जिसे मुझसे शिकायत है।...लेकिन दुर्भाग्य तो यही है प्रकाश जी, कि जिन लेखों में मैंने खुलकर तारीफ की है और खूब डूबकर लिखा, उनकी कोई चर्चा तक नहीं करता...और कहा यह जाता है कि विष्णु खरे तो बहुत बुरे आलोचक हैं...या कड़े आलोचक हैं।

विष्णु जी, कहीं ऐसा तो नहीं कि चर्चा में रहने के लिए आप ऐसे लेख ज्यादा लिखते हों—यानी एक गुप्त सुख आपको इसमें मिलता हो...?

—अगर प्रकाश जी, यही बात होती तो...मैंने यह ज्यादा किया होता, पर ऐसा कहाँ किया मैंने? और फिर निंदा या कड़ी आलोचना जो आप लिखते हैं, उसकी तो एक बड़ी सीमा है—और वह यह कि जिस पर आपने एक दफा लिखा कि उनकी कविताएँ खासी कमजोर या बेकार हैं तो यह बात दोबारा तो आप लिखेंगे नहीं—वरना तो इसका यही मतलब निकला जाएगा कि आप किसी एक आदमी के पीछे पड़ गए हैं, जो ठीक नहीं है!...तो जिस पर आपने सख्ती से लिखा, उस पर तभी आप दोबारा लिख सकते हैं, जब उसमें कोई परिवर्तन नजर आए। परिवर्तन नहीं है तो लिखने की कोई तुक नहीं है। फिर यह कैसे कहा जा सकता है कि मुझे ऐसी आलोचनाएँ लिखने का नशा है जिनमें किसी की कड़ी आलोचना हो या जमकर कोसा गया हो!

...अच्छा, आप बताइए, मैं आपसे जानना चाहता हूँ कि अगर रामदरश मिश्र या गिरिजाकुमार माथुर मुझे अच्छे कवि नहीं लगते या उनकी कविताएँ मुझे बहुत खराब लगती हैं तो मैं क्या करूँ? इसी तरह अगर किसी की कविताएँ मुझे कूड़ा

लगती हैं तो मैं क्या करूँ? क्या मुझे यह कहने की इजाजत है कि नहीं—कि मुझे ये कविताएँ कूड़ा लग रही है? और अगर है तो बताइए, इस बात को मैं कैसे कहूँ?...बहुत-से लोगों का क्या कहना है इस मामले में कि देखिए साहब, अगर किसी की रचनाएँ अच्छी हैं तो तारीफ कीजिए, वरना आप छोड़ दीजिए! जाहिर है यह भी एक ढंग हो सकता है जो ज्यादा 'सेफ' है, मगर मुझे यह ठीक नहीं लगता। इस मामले में भी नजरिया यह है कि अगर किसी रचनाकार ने कोई रचना लिखी है और पूरी तरह सोच-विचारकर मुकम्मल रूप में यह पाठकों के आगे लाई जाती है, तो पाठकों को यह जानने का पूरा अधिकार है कि उसमें ये गड़बड़ियाँ क्यों हैं? इसी तरह आलोचक को लिखने का हक है कि उसमें क्या खामियाँ और क्या बेवकूफियाँ की गई हैं...या उस कृति की सीमाएँ क्या हैं और यह बात मैं रेखांकित करना चाहूँगा कि वह आलोचना उस पुस्तक की ही नहीं है, उस तरह की या उसी ढंग से लिखी जा रही और बहुत-सी रचनाओं की भी है।...तो यह आलोचना चाहे कितनी ही सख्त हो, लेकिन यह आगाह करने वाली आलोचना होगी कि नहीं?...तो फिर जहाँ हिम्मत से कुछ कहने की जरूरत है, वहाँ न कहना या पीठ दिखाकर बैठ जाना कायरता नहीं है?

...वैसे मैं आपको बताऊँ इधर के कवि अच्छा, बहुत अच्छा लिख रहे हैं। इतनी अच्छी कविताएँ इन दिनों लिखी जा रही हैं कि मैं हैरान हूँ। यानी आप यह बात इससे समझिए कि सन् 60 के आसपास जो कविता लिखी जा रही थी, उसमें अगर 50-60 प्रतिशत बुरी कविता थी तो इन दिनों जो कविता लिखी जा रही है, उसमें मुश्किल से 25 प्रतिशत कविता खराब होगी। इतनी अच्छी कविताएँ लिखी जा रही हैं, कि मैं हैरान हूँ...

लेकिन विष्णु जी, मेरा एक सवाल है, इधर जो कविताएँ लिखी जा रही हैं, वे कुछ बंद-बंद या एक तरह से गोलमोल कविताएँ नहीं हैं? इसे मैं दूसरे ढंग से कहूँ—तो क्या कोई आज की कविताएँ देखें तो उससे इस समय का अंदाजा लगाया जा सकता है जो एक तरह से बहुत खूँखार समय है, जहाँ आदमी की जान की कोई कीमत नहीं और जो कमजोर, भूखे और गरीब लोग हैं, उन्हें सीधे-सीधे मरने के लिए छोड़ दिया गया है...?

—आपकी इस बात से मैं सहमत हूँ। मुझे भी लगता है कि कविता की तुर्शी और गुस्सा बहुत कम है और कवि लोग ऐसे हिस्सों में जाने से बचने लगे हैं जहाँ मानवता का भयानक आर्तनाद या छटपटाहट है। खासकर भूख और गरीबी की जो समस्या है, उस पर उस तरह से कोई उद्वेलित नहीं होता, जैसा आपको रघुवीर सहाय की कविता में मिलेगा या नागार्जुन आदि में।....यह आज के पूरे साहित्य और वैचारिक दुनिया की त्रासदी है, जहाँ एक ऐसी हारी हुई तटस्थता घर कर गई है कि साहब, यह तो होता ही है। होना ही है, हम कहाँ तक लिखें, क्या करें? फिर एक

बात मुझे और लगती है। रघुवीर सहाय इस कविता को जिसमें भयानक सामाजिक, राजनीतिक विडंबनाएँ थीं, वहाँ तक ले गए, जहाँ से आगे उसका जाना कोई बहुत आसान बात न थी। तो ज्यादातर लोगों ने यह सोचकर कि यह सब तो रघुवीर सहाय ने कर लिया और उससे आगे तो लिखा ही क्या जा सकता है, शार्टकट्स अपनाए और इस लीक को छोड़कर अपने आसपास के या खुद अपने जीवन की छोटी-छोटी दुखांत बातें कहने में रुचि ली। इससे उन पर वह भयानक बोझ नहीं पड़ता था कि नसें तड़कने लगे। बल्कि एक तरह से अपने निजत्व को प्रकाशित करने का आनंद ही यहाँ लगातार जुड़ता गया। तो कविता की मुख्य धारा ही यही हो गई, जबकि मेरे ख्याल से आगे आने वाली कविता वही होगी जो रघुवीर सहाय की चुनौती से कतराकर नहीं, बल्कि रघुवीर सहाय ने जहाँ छोड़ा, वहाँ से आगे अपना काम शुरू करेगी। रघुवीर सहाय को लाँघना बड़ी कठिन काम है, मगर उसके अलावा कोई और चारा, कोई और रास्ता है ही नहीं।

समकालीन भारतीय कविता पर साहित्य अकादेमी ने जो किताब प्रकाशित की है, जिसका संपादन परमानंद श्रीवास्तव ने किया है, वह अपने देखी होगी! उसमें सबसे आश्चर्यजनक वस्तु यह है कि दो तिहाई कवि या तो मध्य प्रदेश या पूर्वी उत्तर प्रदेश के हैं—मानो बिहार, राजस्थान या दूसरी जगहों पर हिंदी की कविता लिखी ही न जा रही हो...।

—जी हाँ, मध्य प्रदेश में अशोक वाजपेयी की कोशिशों से कविता के प्रति जागरूकता आई है, यह तो ठीक है, मगर इस कारण बहुत साधारण कवि या साधारण कविताएँ भी यहाँ जरूरत से ज्यादा सम्मान पा गई हैं...इसकी तुलना में दूसरी जगहों के अच्छे कवि दब गए हैं। और वहाँ भी चंद्रकांत देवताले जैसे बड़े कवि को वह सम्मान नहीं मिला जो उन्हें मिलना चाहिए था!...वैसे साहित्य अकादेमी के जिस संकलन की बात आपने कही, उसमें तो बहुत बेहूदगियाँ हैं और बहुत महत्वपूर्ण कवि छूट गए हैं। उदाहरण के लिए, राजस्थान के कवि हेमंत शेष उसमें नहीं हैं जो कि बेहद समर्थ और संभावनाशील कवि हैं, लेकिन किसी प्रगतिवादी खेमे से नहीं जुड़े तो उन्हें कवि माना ही नहीं जाता। वैसे भी यह एक बड़ी भ्रष्ट किताब है, इसकी चर्चा ही क्यों की जाए?

अच्छा...माफ कीजिए, शानी के बारे में एक-दो सवाल छूट गए थे। फिर से पूछना चाहूँगा।

—पूछिए!

शानी से क्या अक्सर मुलाकात होती थी...आपके घर आते थे?

—नहीं, मैं ही उनके घर ज्यादातर जाया करता था...और शायद पिछले पंद्रह सालों से मैं ही एक व्यक्ति हूँ जिनसे उनकी निकटता सबसे ज्यादा थी—या जिनसे उनकी सबसे ज्यादा पटती थी।

क्या आप बातएँगे, शानी से इतनी निकटता आपकी कब से हुई?

—सन् अस्सी के आसपास, जब वह साहित्य अकादेमी में थे। मैं भी उन्हीं दिनों साहित्य अकादेमी में था। जल्दी ही हम लोग निकट आ गए...इसलिए कि शानी एकदम खुले आदमी थे और दूसरों के विचारों की कद्र करते थे। किसी भी रचना पर बगैर किसी पूर्वाग्रह के खुले तौर पर विचार-विमर्श करने के लिए तैयार रहते थे...और फिर बहुत सी चीजों को लेकर हमारी पसंदें लगभग एक जैसी थीं। साहित्य के ढोंग और मूर्खताओं से हम दोनों को चिढ़ थी...और एक बात यह थी कि उन्हें अच्छे साहित्य की बहुत बारीक पहचान थी। इसके कारण भी उनसे बातचीत करने में आनंद आता था...

तो उन दिनों—यानी सन् अस्सी में यह मित्रता एकाएक बढ़ी—या कि पहले से...?

—नहीं, जानते तो हम लोग एक-दूसरे को बहुत पहले से थे। एक रचनाकार के रूप में मैं उनकी रचनाओं की शक्ति से बरसों से परिचित था...लेकिन मैं उन्हें—आपको बताऊँ—एक तरह से नापसंद किया करता था। और उसकी कई वजहें थीं। एक तो हर लेखक की अपनी जो सनकें और खास तरह का मैनरिज्म होता है, उसके चलते हुए दूरी हम लोगों में बनी रही। और दूसरे—बड़ा कारण यह था—उनके मित्र...! उनकी दुष्यंतकुमार और कुछ और लोगों से मित्रता थी जिन्हें मैं पसंद नहीं करता था। तो इस तरह से कई चीजें थीं जिनके कारण हमारे बीच अनचाहे दूरियाँ पैदा हो गई थीं...लेकिन साहित्य अकादेमी में साथ रहते और साथ काम करते हुए बीच की दीवारें हट गईं। हमने नए सिरे से एक-दूसरे को जाना और पसंद किया। फिर तो हालत यह हो गई थी कि वे अपनी कोई बात मुझसे न कहें, हो ही नहीं सकता था। घंटों हमारी बातें, हंसी-मजाक, छेड़-छाड़ होती थी और अपनी अत्यंत निजी या घरेलू बातें भी वे कह दिया करते थे। उनके बहुत से संकटों, दारुण कष्टों, बीमारी और असहायतापूर्ण टूटन का मैं गवाह रहा हूँ।

ये नामवर और दूसरे तमाम लोग—मैं उन्हें जानता हूँ...ये लोग इतने खुदगर्ज हैं कि जब-जब इनकी बढ़िया कबाब या बढ़िया खाने की इच्छा होती थी या पीने-पिलाने का मन होता था, तो उन्हें सिर्फ एक ही आदमी की याद आती थी—शानी। ये दौड़-दौड़कर शानी के घर जाते थे और न जाने कितनी महफिलें आधी-आधी रात तक इनकी वहाँ जमी हैं। और वही आदमी जब अपनी बीमारी और दूसरी परेशानियों का शिकार होकर चला गया, तब देख लीजिए इनका हाल!...वही आदमी जो इन सबसे अधिक जीवंत और जिंदादिल था, अब अचानक कुंठित हो गया!...

'बैंडिट क्वीन' पर आपकी टिप्पणी की प्रतिक्रिया में कृष्णकुमार ने 'हंस' में 'बैंडिट क्वीन' पर जो टिप्पणी की है, वह देखी है आपने?...उसमें एक जगह

आपकी मैला उठाने वाली कविता का भी जिक्र है कि उसे पढ़कर उन्हें उबकाई आती है...

—हाँ, मैंने पढ़ी है वह टिप्पणी!...आपको सच बताऊँ, कृष्णकुमार ने पहली बार मुझे निराश किया। 'बैंडिट क्वीन' पर उनकी टिप्पणी है कि चाहे कुछ हो, मैं यह फिल्म देखूँगा ही नहीं। बताइए, इसकी क्या तुक है? फिल्म देखकर आप चाहे कुछ भी राय बनाएँ—आप कहें कि वह कूड़ा है, कोई हर्ज नहीं! आपको अपनी बात कहने का पूरा हक है...लेकिन बनाने वाले लोग ऐसे हैं तो यह फिल्म देखी ही क्यों जाए—यह तो कोई बात नहीं हुई। सीधे-सीधे यह फासिस्ट आचरण है और इससे पता चलता है कि आप कितने पूर्वाग्रही हैं। यह तो ऐसे ही है कि गांधी पर फिल्म एटनबरो ने बनाई, इसलिए आप कहें कि यह देखने लायक नहीं है?....भई, आप भी तो बना सकते थे। आपने क्यों नहीं बनाई? किसी हिंदुस्तानी न क्या ऐसी कोशिश की है? इधर गोविंद निहलानी ने एक कोशिश जरूरी की है, पर उसके बारे में जितना छप रहा है, उससे पता चलता है कि यह निहायत असफल फिल्म है।

ठीक ऐसे ही दूसरा उदाहरण मुझे याद आ रहा है—'नेहरू और एडविना' किताब का। इस पर भी तमाम लोगों की बड़ी संकीर्ण धारणा है कि साहब, हमारे नेहरू जी का तो बिल्कुल 'अपहरण' कर लिया गया और उन्हें मजनूँ बनाकर पेश किया है...जबकि हालत यह थी कि उन्होंने लगातार और अंत तक पत्र लिखे एडविना को, जो एक बड़ा साक्ष्य है!

—(हँसकर) जी हाँ, तो क्यों लिखे ऐसे पत्र उन्होंने—उनकी आत्मा को बुलाकर पूछा जाना चाहिए।

अच्छा...कृष्णकुमार की टिप्पणी में आपकी मैला उठाने वाली कविता का जिक्र है, तो उसके मुतल्लिक....?

—अगर उस कविता पर किसी को उबकाई आती है या तकलीफ होती है तो मैं क्या करूँ? क्या ऐसे विषयों पर कविता न लिखी जाए? क्या कविता के विषय हमेशा के लिए निश्चित कर दिए गए हैं?...और फिर जब जीवन में वे दृश्य आपको देखने को मिलते हैं—भयानक बदबू और सड़ाँध वाले नारकीय दृश्य, तब तो आपको उबकाई नहीं आती, तो फिर कविता में उन्हें लाने पर इतनी हाय-तौबा क्यों?

विष्णु जी, इस देश की भाषा-समस्या के मुतल्लिक क्या सोचते हैं आप? इस महादेश की अपनी कोई भाषा ही नहीं है जिससे पूरे देश में संपर्क किया जाए या जिसके जरिए इस देश की संवेदना की धड़कन को थाहा जा सके! एक ओर अंग्रेजी हिंदी को दबाने की कोशिश कर रही है तो दूसरी ओर प्रांतीय भाषाओं और हिंदी के झगड़े हैं, तीसरी ओर उर्दू का दबाव है। तो इस सारे झमले में हिंदी के सिकुड़ते चले जाने का खतरा हमारे सामने है—नहीं? क्या आपको लगता है, इक्कीसवीं सदी में हम जिन समस्याओं के साथ प्रवेश करेंगे,

उनमें एक समस्या यह भी होगी?

—देखिए, प्रकाश जी, जहाँ तक हिंदी बनाम अंग्रेजी के झगड़े या अंग्रेजी के वर्चस्व का सवाल है तो यह तो कोई समस्या ही नहीं है। अंग्रेजी के जिस रोब और दबदबे की बात आप कर रहे हैं, वह दिल्ली में बैठकर आप कह रहे हैं—वरना दिल्ली से बाहर कहाँ है अंग्रेजी? उत्तर प्रदेश में ज्यादातर लोग आपको हिंदी बोलते हुए, हिंदी में अपना काम-काज करते हुए मिलेंगे, दफ्तर, बाजार, व्यापारिक संस्थान—सभी जगह...या फिर वहाँ ब्रजभाषा, अवधी वगैरह में लोग बोलते, बतियाते मिलेंगे। दुकानों के नामपट्ट, बोर्ड वगैरह भी हिंदी में ही मिलेंगे। अंग्रेजी बोलने, अंग्रेजी लिखने वाला तो वहाँ एक छोटा-सा तबका ही है जिसका कोई खास प्रभाव वहाँ के जीवन में नहीं है और न लोग ही उनसे आतंकित होते हैं। बिहार में तो अंग्रेजी का और भी बुरा हाल है...ठीक इसी तरह मध्यप्रदेश में, राजस्थान और हरियाणा में आपको नजर आएगा। यहाँ अंग्रेजी कहीं हावी नहीं है और काम मजे में चल रहा है। महाराष्ट्र में मराठी हैं, मगर साथ ही साथ हिंदी भी चल रही है।...तो महाराष्ट्र को इस लिहाज से द्विभाषी राज्य कह सकते हैं...अंग्रेजी यहाँ भी हावी नहीं है। इसी तरह पंजाब में पंजाबी है या हिंदी...अंग्रेजी कहाँ है? तो कुल मिलाकर जो नक्शा है, उसमें हिंदी इतनी तेजी से फैल रही है कि अंग्रेजी का आतंक कहीं भी नहीं है—अंग्रेजी तो बल्कि सिकुड़ रही है—और जो कुछ भी उसका प्रभाव है, बस दिल्ली में ही है। यह तो जसंवत सिंह ने पार्लियामेंट में बेवकूफी की अपनी ऊटपटाँग टिप्पणी करके—तो ऐसी चीजों से हिंदी का जो प्रभाव बन रहा होता है, उसे धक्का पहुँचता है और एक तरह का उलटा ही असर पड़ता है। हम इस तरह के अति-उत्साह से बचें, यह जरूरी है।

और प्रांतीय भाषाएँ? क्या आपसी संवाद के लिए इस देश में हमें छत्तीस भाषाएँ सीखनी होंगी? कोई एक संपर्क-भाषा नहीं होनी चाहिए क्या! उसके बिना देश की एकता...?

—क्यों, हिंदी है न?....मैंने आपको बताया, उत्तर प्रदेश, बिहार, मध्यप्रदेश, राजस्थान, हरियाणा वगैरह में तो हिंदी है ही—हिंदी के सिवा और कौन-सी भाषा है वहाँ? पंजाब में पंजाबी, मगर साथ ही साथ हिंदी भी है—बल्कि पंजाबी तो आप देखें कि पंजाब में भी सिखों की ही भाषा बनती जा रही है, लिपि भी उसकी गुरुमुखी ही कहलाती है। तो पंजाब में सिखों के अलावा जो लोग हैं, उनकी भाषा तो एक तरह से हिंदी ही है। कुछ यही हालत महाराष्ट्र और गुजरात में है...महाराष्ट्र तो एक तरफ से द्विभाषी राज्य ही कहना चाहिए जहाँ मराठी बोली जाती है तो बीच-बीच में कोई एकाध वाक्य हिंदी का भी जरूर बोल दिया जाता है—फिर चाहे टूटी-फूटी हिंदी ही क्यों न हो। ऐसे ही गुजरात में हिंदी और गुजराती साथ-साथ हैं।...सिर्फ इंटीरियर को छोड़ दें तो इन राज्यों में हिंदी बोलने, समझने वाले लोग आपको हर

जगह मिलेंगे।

और दक्षिण में?...क्या वहाँ भी हिंदी के सहारे काम चल सकता है? मसलन केरल, आंध्र, तमिलनाडु...इन राज्यों में?

—देखिए केरल में तो इसलिए दिक्कत नहीं है कि केरल शुरू से ही हिंदी प्रचार का सबसे बड़ा गढ़ रहा है...तो वहाँ हिंदी जानने वाले लोग करीब-करीब हर हिस्से में मिल जाते हैं—यानी हिंदी के सहारे आपका काम चल सकता है। आंध्र प्रदेश में निजाम की रियासत की वजह से उर्दू का कुछ न कुछ प्रभाव बना ही रहा और अब तक बना हुआ है, लिहाजा उर्दू या हिंदी जानने वाले लोग वहाँ हैं। सिर्फ तमिलनाडु में थोड़ी समस्या है, पर वहाँ भी लोग हिंदी फिल्में देखते और उनका आनंद लेते ही हैं...तो ऐसा नहीं कि हिंदी वे बिलकुल न जानते हों—न जानने का दिखावा करें, यह अलग बात है। तो इस तरह मेरे हिसाब से तो हिंदी का धीरे-धीरे स्वीकार पूरे देश में हो रहा है...और आगे यह बढ़ेगा।

...वैसे मैं आपको बताऊँ, हिंदी के लिए समस्या पैदा की है उन लोगों ने जो 'राष्ट्रभाषा...राष्ट्रभाषा!' चिल्लाते हैं। इससे लोग चौंकते हैं और विरोध पर उतर आते हैं, वरना हिंदी तो अघोषित रूप से राष्ट्रभाषा है ही! वह तेजी से फैल रही है—संपर्क भाषा तो वह बन ही चुकी है।...यानी हालत यह है कि भारत में काम करने वाली किसी एजेंसी का काम हिंदी के बगैर नहीं चल सकता। उन्हें अगर यहाँ टिकना और काम करना है तो हिंदी के एक्सपर्ट चाहिए ही! कोई और रास्ता नहीं है। ऐसे ही आप देखिए कि अंग्रेजी और दूसरी विदेशी भाषा की फिल्में जो भारत में आती है, उन्हें सब - टाइटिल हिंदी का दिया जाता है और हिंदी में डब भी किया जाता है, किसी प्रांतीय भाषा में नहीं! उसकी वजह क्या है कि वे लोग जानते हैं कि हिंदी के जरिए ही उनका प्रसार हो सकता है....लेकिन प्रांतीय भाषा में यह संभव नहीं है, चाहे तो करके देख लें। तो असलियत तो यही है कि हिंदुस्तान में हिंदी के बगैर किसी का काम नहीं चल सकता। यह हिंदी की अखिल भारतीय स्थिति का ही स्वीकार है और एक संपर्क भाषा के रूप में हिंदी तेजी से अपनी जगह बना रही है। आप राष्ट्रभाषा का नाम मत लीजिए, मगर बात तो वही है। आप देखेंगे कि कोई मराठी भाषी यों तो हिंदी बोलता है, लेकिन जब हिंदी को राष्ट्रभाषा बनाने की बात सुनाई देती है तो वह चौंकता है। यहाँ तक कि तमिलनाडु में भी लोग हिंदी से नहीं चिढ़ते, 'राष्ट्रभाषा हिंदी' से चिढ़ते हैं...इसलिए मेरा मानना है कि इस मामले में हमें बहुत धैर्य से काम लेना चाहिए।

और हिंदी और उर्दू के झगड़े के मुतल्लिक?...आपको नहीं लगता कि अक्सर हिंदी और उर्दू का झगड़ा सांप्रदायिक तनाव में बदल जाता है?...तो इसके पीछे की वजहें क्या है? कुछ लोग उर्दू को हिंदी की ही एक शाखा मानते हैं और उसे देवनागरी लिपि में लिखने की वकालत करते हैं जिससे हिंदी-भाषी

और उर्दू-भाषी नजदीक आएँ। आपका क्या ख्याल है इस मामले में?

—देखिए, यह संकट तो—मुझे पूरा यकीन है, राजनीतिक रूप से पैदा किया गया और समस्या हिंदू-मुसलमान की बना दी गई, वरना उर्दू की कोई समस्या ही न होती। जैसे आप अन्य भारतीय भाषाओं को पढ़ते हैं, वैसे ही उर्दू को भी पढ़ सकते थे—और उर्दू एक ऐसी भाषा है जिसे पढ़ा जाना ही चाहिए, वह सचमुच संपन्न भाषा है! लेकिन हिंदी-उर्दू की दूरी को पाटने के लिहाज से आप देखेंगे कि हिंदी ने—या हिंदी के लेखकों ने बहुत काम किया है। उदाहरण के लिए रघुवीर सहाय की कविता में उर्दू के शब्द इतने आते हैं कि आपके लिए तय करना मुश्किल होगा कि यह उर्दू कविता है या हिंदी की! मेरी कविता कुछ और उर्दू के नजदीक आपको लगेगी। सबसे ज्यादा शुद्धतावादी इस मामले में अज्ञेय हैं, मगर उर्दू के शब्द वहाँ भी मिलते हैं—यों जिस तरह की कविता उनकी है, वैसी कविताएँ अब कम लिखी जाती हैं। तो इस तरह जो बातचीत की भाषा है, उसने हिंदी-उर्दू के झमेले को मिटा दिया। ठीक वही चीज अब साहित्य में भी नजर आती है जिससे हिंदी और उर्दू भाषियों के बीच अपरिचय कम से कम हुआ है।

लेकिन विष्णु जी, हिंदी-उर्दू का विवाद तो फिर भी बना ही हुआ है और उसके साथ कही न कहीं सांप्रदायिकता की गुत्थियाँ भी जुड़ जाती हैं। ज्यादा चिंता की बात यही है। तो इस समस्या का स्थायी हल आपके हिसाब से क्या हो?...उर्दू ज्यादातर मुसलमानों की भाषा है, यह एक हकीकत है? तो हिंदी-उर्दू के कारण हिंदुओं और मुसलमानों में अपरिचय की दीवारें तो खिंच ही जाती है—एक तरह का अनजानापन आता है। फिर असली झमेला यह है कि भाषा तो एक ही बोली जाती है, लेकिन अलग-अलग लिपियों में लिखे जाने के कारण वे अलग-अलग हो जाती हैं। तो उर्दू को देवनागरी में लिखा जाए, यह क्या समस्या का हल नहीं है?

—बात आपकी ठीक है...लेकिन उर्दू सिकुड़ रही हो या उसके लिए फिलहाल कोई संकट हो, यह तो मुझे नहीं लगता। हर राज्य में जैसे हिंदी अकादमियाँ हैं, वैसे ही उर्दू की तरक्की के लिए उर्दू अकादमियाँ भी हैं। उर्दू के लेखकों को पुरस्कार वगैरह मिलते हैं, किताबें भी खरीदी जाती हैं।...तो ऐसा तो नहीं कहा जा सकता कि उर्दू का कोई स्कोप नहीं है! और फिर जहाँ तक उर्दू प्रेस का संबंध है तो आप देखेंगे कि वह लगातार तरक्की कर रहा है, फैल रहा है। यह मैं यों ही नहीं कह रहा, इसके बाकायदा आकड़े मौजूद है! तो जैसा कि आप कह रहे हैं, उर्दू की किताबें ज्यादा नहीं बिकतीं या लेखकों को रायल्टी वगैरह नहीं मिलती तो इसके लिए हिंदी तो कतई जिम्मेदार नहीं हो सकती—इसके कारण कहीं और खोजने होंगे।...अगर उर्दू के अखबार ज्यादा बिक रहे हैं तो किताबें क्यों नहीं बिकतीं? पाठकों को उनकी जरूरत क्यों नहीं है?...फिर हिंदी के पाठक भी तो कम हो रहे हैं—यह एक सार्वजनिक

फिनोमना है।

अच्छा, आप बताइए...राही मासूम रजा का 'आधा गाँव' अगर हिंदी में न छपकर उर्दू में छपता तो क्या जितना बड़ा पाठक वर्ग उसे मिला या कि जितना पाठकों का दीवानगी भरा प्यार उसे मिला, उतना मिल पाता?

—यह बात तो आपकी ठीक है। हिंदी ने भी उसे ज्यादा लोकप्रिय बनाया।

तो जिन लोगों का यह तर्क है कि उर्दू की लिपि एक बड़ी दीवार है—लिहाजा उर्दू को देवनागरी में लिखा जाना चाहिए, क्या वे सही हैं? अगर लिपि का ही सारा झगड़ा है तो...?

—देखिए प्रकाश जी, मैं तो इस पक्ष में नहीं हूँ कि किसी भाषा को उसकी लिपि से वंचित कर दिया जाए। किसी भाषा और उसकी लिपि का एक खास तरह का सांस्कृतिक संबंध होता है, इसलिए लिपि बदलने का फैसला उतना आसान नहीं है। और फिर अगर यही बात है तो हिंदी को आप बजाए देवनागरी के रोमन लिपि में लिखिए जैसे सुनीतिकुमार चटर्जी ने कहा था। बताइए, इसमें क्या बुराई है? लेकिन नहीं, जैसा कि मैंने पहले कहा, लिपि का एक खास तरह का सांस्कृतिक और प्रतीकात्मक संबंध उस भाषा से होता है। लिहाजा किसी भाषा को उसकी लिपि से काटना तो उसे घर से बेदखल कर देना है।

फिर एक समस्या और भी है शायद!...राही मासूम रजा कहते हैं कि ठीक है, हम देवनागरी लिपि में उर्दू लिखते हैं और इस बात से सहमत भी हैं कि उर्दू हिंदी का ही एक रूप है...तो आप बताइए कि क्या आप हिंदी के पाठ्यक्रम में मीर, गालिब वगैरह को पढ़ाने को तैयार हैं?...बल्कि वे तो अंत तक इस बात को लेकर दुखी और निराश थे कि यह दोहरापन चलता है हिंदी वालों में उर्दू को लेकर...!

—आपने सही कहा...यह कह देना तो आसान है कि उर्दू हिंदी का ही एक रूप है लेकिन उसे वही सम्मान जो परिवार के किसी सदस्य को दिया जाता है, देने के मामले में हम लोग कहीं बहुत अनुदार और कृपण भी हैं।...असल में मीर, गालिब को अगर हिंदी साहित्य के इतिहास में शामिल नहीं किया गया या उन्हें हिंदी के पाठ्यक्रम में शमिल नहीं किया जाता तो इसकी वजहें बड़ी साफ हैं। इसलिए कि मीर और गालिब को पढ़ाना बड़े साहस का काम है। अगर आप मीर और गालिब को पढ़ाते हैं तो आपको हिंदी साहित्य का बहुत-सा कूड़ा साफ करना पड़ेगा। मसलन रीतिकाल फिर आप कैसे पढ़ाएँगे? भूषण जैसे कवि को फिर पढ़ाने की क्या तुक है? इस बारे में आपको जवाब देना मुश्किल पड़ जाएगा। हालाँकि मुझे कहीं यह भी लगता है कि आलोचनात्मक ढंग से हर काल के बारे में चाहे वह रीतिकाल ही हो, हिंदी के विद्यार्थियों को इसलिए पढ़ाया जाना चाहिए ताकि उन्हें साहित्य के ऐतेहासिक विकास-क्रम की जानकारी रहे...और ठीक इसी कारण से उर्दू का बहुत

सा साहित्य, जो हिंदी में खप गया है और जिसे हिंदी वाले पाठ्यक्रम के अलावा पढ़ते ही हैं—हिंदी साहित्य के इतिहास में शामिल किया जाना चाहिए। इससे हिंदी और उर्दू के निकट आने में मदद मिलेगी।

क्या इस तरह की कोशिश आप उर्दू में भी देखते हैं—मेरा मतलब हिंदी को अपनाने या उसके निकट आने की?...क्योंकि देखा तो यह जाता है कि उर्दू वाले धड़ल्ले से—और कभी-कभी तो बड़े भौंडे ढंग से अंग्रेजी के शब्दों का इस्तेमाल करते हैं मगर हिंदी का कोई शब्द वहाँ न आ जाए, इस मामले में जरूरत से ज्यादा कांशस और विशुद्धतावादी है।...आपको क्या लगता है?

—यह बात तो आपकी ठीक है—और यह प्रवृत्ति उनमें बेतुकेपन की हद तक है। इसलिए कि न सिर्फ अंग्रेजी के शब्द वे धड़ल्ले से और बगैर सोचे-समझे अपनाते हैं, बल्कि कहीं-कहीं तो उनका व्याकरणिक प्रभाव तक ले लेते हैं और इन शब्दों के बहुवचन भी वे बड़े मजे से बनाने लगते हैं, जैसे पार्लियामैंटरी मैंबरान...कितना अटपटा है यह शब्द!

तो इससे निकटता कैसे आएगी? समस्या कैसे हल होगी विष्णु जी? क्या आपको निकट भविष्य में ऐसे कोई आसार नजर आते हैं...?

—(हँसकर) मुझे लगता है प्रकाश जी, कुछ आगे चलकर हिंदी उर्दू के इतना निकट चली जाएगी कि हिंदी-उर्दू का फर्क या विवाद बेमानी हो जाएगा तो समस्या खुद-ब-खुद सुलझ जाएगी!...आप भरोसा रखिए!

अब थोड़े अलग तरह के सवाल विष्णु जी—'ताकि सनद रहे' और वर्षों बाद कोई आपके व्यक्तित्व और विचारों के बारे में खुदाई करना चाहे, तो उसके लिए मददगार हों!

—पूछिए!

आप अंतर्मुखी हैं या बहिर्मुखी?

—इसका जवाब यह है कि मैं अंतमुर्खी तो नहीं हूँ (कुछ सोचते हुए) हाँ, आप कह सकते हैं, सामान्य तौर से बहिर्मुखी होते हुए भी अंतर्मुखी!...असल मैं प्रकाश जी, मेरे लिए अंतर्मुखी होना संभव न था। जिन जीवन-मूल्यों के लिए जैसी लड़ाइयाँ मुझे लड़नी थीं, उनमें अंतर्मुखी होने से काम न चलता। मेरे लिए वे सिद्धांत, वे जीवन-मूल्य, आदर्श बड़े थे और उनके लिए लड़ाई भी, तो इसलिए...

क्या आप मुख्य रूप से राजनीतिक प्राणी हैं—या कहें कि राजनीतिक रूप से सचेत प्राणी...?

—(तपाक से) जी, हाँ आप कह सकते हैं, ऐसा...

तो क्या आपको लेखक या व्यक्ति के तौर पर इसी रूप में देखा-परखा जाए—या कि इसी रूप में मूल्यांकन हो, तो आपको आपत्ति नहीं है?

—नहीं, बिलकुल नहीं। बल्कि ऐसा किया ही जाना चाहिए। अगर मेरी कविता

को आप समझना चाहते हैं तो मेरी राजनीति को समझे बगैर यह संभव ही नहीं है। यह आपको जानना ही चाहिए कि मैं शोषितों, दलितों, मजदूरों के बारे में, महिलाओं के बारे में, जाति-प्रथा के बारे में और यहाँ तक कि अफ्रीका के काले, उत्पीड़ित लोगों के बारे में क्या सोचता हूँ?...यह इसलिए जरूरी है कि तमाम लोग प्रगतिशील चेहरा लिए हुए घूमते हैं, लेकिन भीतर से आप देखेंगे तो वे रिएक्शनरी निकलेंगे। बहुत भोंडी राय है उनकी चीजों के बारे में। इसलिए जो अच्छे हैं, उन्हें भी यह मानकर बैठ नहीं जाना चाहिए कि वे अच्छे हैं। उनसे भी लगातार पूछते रहना चाहिए, बल्कि उन्हें कोंचते और खोदते रहना चाहिए, तभी उन्हें स्वीकार करना चाहिए। इसी तरह मुझे भी—मैं चाहूँगा कि राजनीतिक तौर से जाना जाए या मेरे राजनीतिक विचारों का जाना जाए।

और धर्म के मुतल्लिक?

—यानी...?

यानी...क्या धर्म की आपके जीवन में कोई जगह है? और इस सवाल को थोड़ा और आगे फैलाएँ तो जानना चाहूँगा कि आपके ख्याल से क्या धर्म अब भी एक शक्ति है? और क्या उसकी काई सकरात्मक भूमिका बच रही है?

—जहाँ तक मेरा सवाल है, प्रकाश जी, तो मेरे अपने जीवन में धर्म की कोई भूमिका नहीं है। न मुझे कभी इसकी जरूरत पड़ती है। हाँ, यह मानने में मुझे कोई संकोच नहीं है कि हमारे समाज में धर्म अब भी एक बड़ी शक्ति है और बहुत लोगों को, खासकर गाँवों की अशिक्षित आबादी को वह बुरी तरह प्रभावित करता है। यानी कि यह इतनी बड़ी संख्या में लोगों को प्रेरित और प्रभावित करने वाली शक्ति तो है ही। फिर चाहे इसके साथ बहुत-से पाखंड और अन्याय भी चलते आ रहे हों। हमारे यहाँ बहुसंख्यक लोगों के फैसले किसी नैतिक विवेक या नीतिगत चिंतन से नहीं, धर्म के आधार पर होते हैं। तो आप धर्म के अस्तित्व को पूरी तरह नकार तो नहीं सकते। वैसे भी यह एक आश्चर्यजनक फिनोमिना है कि धर्म के काफी हद तक कमजोर हो जाने और तिरोहित हो जाने के बावजूद पूरी दुनिया में धर्म अब फिर से लौट रहा है। चर्च और दूसरी धार्मिक संस्थाएँ और अधिक महत्वपूर्ण हो रही हैं और उनका असर फिर से फैल रहा है। तो शायद उनकी देखा-देखी भारत में धर्म और हठी और जिद्दी रूप में आया है। मेरा खयाल है, इसके दोनों तरह के परिणाम हो सकते हैं—नुकसान भी, फायदे भी!...एक बहुत ही निरक्षर जनता में सद्भाव और करुणा जाग्रत करने वाली शक्ति धर्म ही है, मगर दूसरी ओर हमारी बहुत-सी विमूढ़ताओं की जड़ भी धर्म ही है जिसके जरिए लोगों को बड़ी आसानी से मूर्ख बनाया जा सकता है।

इसी सवाल को अगर मैं थोड़ा बदलकर पूछूँ कि यानी क्या आप हिंदू हैं—या हिंदू के रूप में अपनी पहचान क्या आपको सही लगती है या नहीं?

—जब आप मुझसे पूछते हैं कि विष्णु खरे, क्या आप हिंदू है—या हिंदू के रूप में आपको अपनी पहचान कैसी लगती है तो थोड़ी-सी मुश्किल मेरे सामने आती है। मेरे खयाल से जब यह सवाल आप पूछते हैं तो साथ ही एक दूसरा सवाल भी आपको पूछना चाहिए कि आप कैसे हिंदू हूँ—वरना हो सकता, जो मैं कह रहा हूँ, उसका गलत अर्थ लगाया जाए...

मगर...यह चिता आपको क्यों हो रही है? इसका मतलब है कि कहीं कुछ गड़बड़ है—वह गड़बड़ कहाँ है, यह मैं जानना चाहता हूँ? अगर एक मुसलमान बुद्धिजीवी से पूछा जाए तो उसे मुसलमान के रूप में अपनी पहचान में दिक्कत नहीं होती। शानी का नाम आपने लिया ही। ऐसे ही ईसाई को खुद को ईसाई कहने में दिक्कत नहीं होती।...तो हिंदू में यह जो अपने हिंदू होने को छिपाकर रखने की बात है या 'हिंदू' शब्द जो लगभग एक गाली या शर्म बन गया है तो इसकी कुछ वजहें तो होंगी।...मैं जानना चाहता हूँ कि क्या यह आर.एस.एस. की वजह से है जो हिंदू की एक अत्यंत संकीर्ण, बल्कि कहा जाए कि सांप्रदायिक परिभाषा को लेकर चलता है जो हममें से किसी को स्वीकार्य नहीं हो सकती? या जैसे कि राम को लेकर इतना उपद्रव उन्होंने किया और राम को कुछ ऐसे अर्थ उन्होंने दे दिए कि जो सहज भाव से 'राम-राम' या 'जै राम जी की' जैसे अभिवादन जो मुँह से अभी भी निकल जाते हैं, उनको लेकर कई बार भय होने लगता है कि हमें भी वही न समझ लिया जाए?

—नहीं, यह तो ठीक नहीं है...क्योंकि अगर इस हिसाब से हम सोचने लगे तो करोड़ों लोग इस महादेश के जो अब भी 'राम-राम' या 'जै राम जी की' जैसे अभिवादनों से अपना प्रेम और सम्मान प्रकट करते हैं, तत्क्षण सांप्रदायिक हो जाएँगे। मैं नहीं समझता कि यह कोई दृष्टि है!....ऐसे तो किस-किस चीज से बचेंगे आप? न...नहीं, राम का नाम लेने वाले ऐसे सीधे, सहज लोगों को आप सांप्रदायिक नहीं कह सकते और न वह आदमी जो देश के किसी दूरस्थ कोने में बैठा सुबह-सुबह श्रद्धापूर्वक 'हनुमान चालीसा' का पाठ कर रहा है, सांप्रदायिक हो सकता है।

बिल्कुल ठीक!...तो फिर मेरा वही सवाल है कि खुद को हिंदू कहे या समझे जाने के पीछे की जो हिचक है, उसकी वजह? मैं चाहता हूँ कि आप अपने तईं ठीक-ठीक विश्लेषण करके बताएँ इस स्थिति का!...मैं इसे बहुत महत्वपूर्ण सवाल मानता हूँ।

—मैंने आपको बताया था न कि जब आप पूछते हैं, क्या आप हिंदू हैं—तो आपको यह भी पूछना चाहिए कि आप कैसे हिंदू हैं?...इसलिए कि हिंदू होने के साथ इतनी ज्यादा अन्यायपूर्ण और संकीर्ण किस्म की चीजें जुड़ गई हैं कि उसके साथ खुद को जोड़ने में किसी को भी शर्म आएगी—मसलन जाति-व्यवस्था। मैं हिंदू धर्म को दुनिया का सबसे ऊँचा ओर उदार धर्म मान लूँगा, अगर आप उसमें से

जातिप्रथा निकाल दें! लेकिन मैं जानता हूँ कि यह संभव नहीं है...इसलिए कि यह जो वर्णाश्रम व्यवस्था या जातिप्रथा है, यह हिंदू धर्म की रीढ़ है...एक तरह से—और वर्णाश्रम व्यवस्था से ज्यादा अमानवीय और अन्यायपूर्ण विचार की मैं कल्पना तक नहीं कर सकता। तो आप बताइए, हिंदू धर्म में अब कोई रचनात्मक चीज बची ही कहाँ है?

इसीलिए मैंने आपसे कहा कि आपको यह भी पूछना चाहिए कि मैं कैसा हिंदू हूँ? क्योंकि जब आप यह पूछेंगे तो मेरा जवाब होगा कि मैं ऐसा हिंदू हूँ जो विश्व करुणा की भावना से भरा हुआ है, जो सबको भाई मानकर प्यार करता है, और राजा हो या रंक, सबको समान समझता है।...यहीं मुझे एक दिलचस्प प्रसंग याद आ रहा है जिसे मैं जरूर बताना चाहूँगा। जया भादुड़ी के पिता तरुणकांति घोष जिनकी अभी पिछले दिनों मृत्यु हुई है, जीनियस थे, मगर शराब भी पीते थे और यह बात सबको पता थी। तो एक बार जया भादुड़ी से किसी पत्रकार ने शरारत में पूछ लिया—सुना है, आपके पिता बहुत शराब पीते हैं! क्या यह सच है?...इस पर जया भादुड़ी ने बगैर शरमिंदा हुए, बड़े सहज भाव से जवाब दिया था—"वे शराब तो नहीं पीते, हाँ कभी-कभी ड्रिंक जरूर करते हैं:..!" देखिए कितना इंटेलीजेंट जवाब है यह और इसमें कितना कुछ छिपा हुआ है। शराब पीने में लगता है जैसे कोई शराब पीकर धुत्त पड़ा हो या कहीं नाली-वाली में लुढ़का पड़ा हो और ड्रिंक करने में मूड बदलने के लिए नफासत के साथ थोड़ा-सा पी-पिला लेने का भाव है।...तो मेरा हिंदू होना भी ऐसा ही है जिसके साथ मेरा भारतीय होना या मनुष्य होना भी साथ ही जुड़ा है और जिसमें जाति-प्रथा जैसी जघन्य चीज की कोई जगह नहीं हो सकती।

आपने बताया था, महाभारत का आपके बचपन पर बहुत गहरा असर पड़ा था। आपकी कविताएँ पढ़ने से भी यह बात पता चलती है। कुछ कविताएँ तो महाभारत कालीन परिदृश्य पर ही हैं। तो क्या यह हिंदू धर्म का प्रभाव नहीं है और उसने शायद आपके बहुत से फैसलों को भी प्रभावित किया है?

—जब मैं छोटा था, छह-सात साल का तो हमारे घर में बहुत-सी धार्मिक पत्रिकाएँ आया करती थीं। 'कल्याण' तो नियमित आता था और बहुत-से विशेषांक कभी सदाचार, कभी पुराण वगैरह पर होते थे। इसके अलावा रामायण, महाभारत भी थी। तो अगर मैंने धार्मिक भाव से ही ग्रहण किया होता, तो मैंने दूसरी चीजें भी पढ़ी होतीं। मगर मैंने उनमें रुचि नहीं ली और महाभारत ही को चुना। चाहे इसके लिए मुझे घर में ही बहुत अधिक विरोध सहना पड़ा।

महाभारत ही क्यों?

—'महाभारत' मेरे लिए दरअसल प्रकाश जी, कोई धार्मिक ग्रंथ नहीं है। यह मेरे लिए मनुष्य चेतना का ऐसा विराट आदि ग्रंथ है, जिसमें प्रेम और करुणा अपने चरम पर है, युद्ध अपने चरम पर है, त्याग का वहाँ चरम रूप है, तो ईर्ष्या का भी

चरम रूप है, भोग, राज्यासक्ति और कूटनीति चरम पर है, तो वैराग्य भी चरम पर है। मित्रता का चरम रूप है, तो शत्रुता का भी चरम रूप है। इस रूप में देखें तो यह एक अद्भुत ग्रंथ है। इसमें जीवन का कोई भी रूप शायद ही छूटा हो—और यहाँ तक कि मुझे लगता है कि दुनिया में जीवन की हलचल और मेधा का इतना विराट रूप शायद ही कभी किसी और रूप में प्रकट हुआ हो। इसलिए प्रकाश जी, मैं तो कभी-कभी कहा करता हूँ कि मेरे जीवन के दो पैशंस हैं—एक तो 'महाभारत' और दूसरे कृष्ण। कृष्ण से अधिक पूर्ण मनुष्य की कल्पना मुझे कहीं और नजर नहीं आत

मगर कृष्ण ही क्यों—राम क्यों नहीं? वे तो मर्यादा पुरुषोत्तम हैं?

—लेकिन...क्षमा कीजिए, राम मुझे बहुत ढुलमुल और कमजोर किस्म के आदर्शवादी लगते हैं। उनकी तुलना में कृष्ण में अभिनव भंगिमाएँ हैं, लास्य है, चतुराई और विदग्धता है। कृष्ण का आदर्श कहीं अधिक व्यावहारिक है और मोहता है। राम का चरित्र बँधा हुआ है जबकि कृष्ण में हर क्षण कुछ न कुछ नया बनता और बाहर आता है। आप पहले से नहीं जानते कि वे क्या करेंगे, मगर वे कुछ ऐसा करते हैं कि आप चकित रह जाते हैं।

विष्णु जी, भारतीयता का आपके निकट क्या अर्थ है?

—भारतीयता की दृष्टि मेरे निकट यह है कि सबको बराबर समझो, कोई छोटा या बड़ा नहीं है। किसी को सताओ नहीं, किसी पर शोषण या अत्याचार मत करो। सबको भाई समझो, सबको प्यार दो—इसी जीवन-दृष्टि को मैं भारतीयता कहता हूँ।

लेकिन आपकी भारतीयता और आपके हिंदू होने में क्या फर्क है विष्णु जी? आपकी भारतीयता क्या आपके हिंदू होने से ही नहीं पैदा हुई?

—सवाल मुश्किल है...फिर भी इतना तो तय है कि जो मेरी भारतीयता है, वह मेरे हिंदू होने से एकदम अलग तो नहीं है। हाँ, यह हो सकता है कि मेरी भारतीयता में बहुत-कुछ ऐसा भी हो जो मेरे हिंदू होने में शामिल न हो—या उससे कुछ अधिक हो। यह कोई ऐसी चीज हो सकती है जो हिंदू, मुसलमान और कुछ दूसरे मतावलंबियों के साथ-साथ सदियों से रहते और एक-दूसरे के विरोध का भी सम्मान करते हुए—एक तरह के सर्वधर्म समभाव से विकसित हुआ...ठीक वैसे ही जैसे किसी मुसलमान या ईसाई ने अपने-अपने ढंग से इस भारतीयता को अर्जित किया। तो भारतीयता तो मेरे ख्याल से एक ऐतिहासिक परंपरा है जो पूरी तरह न हिंदू परंपरा है, न मुसलिम और न ईसाई...

अपने ईश्वर के बारे में कुछ बताइए।

—क्या?...ईश्वर...!

हाँ, कि वह कैसा है—है या कि नहीं है?...क्या आपको कभी ईश्वर की जरूरत पड़ी है? उसी से जुड़ा एक और सवाल—आप आस्तिक हैं या नास्तिक?

—(कुछ सोचते हुए)—देखिए, मैं खुद को पूरी तरह नास्तिक तो नहीं कहूँगा, पर हाँ, मैंने आज तक किसी मूर्ति के आगे सिर नहीं झुकाया—या अपने भीतर के किसी ईश्वर या उसके किसी प्रतीक के आगे सिर नहीं झुकाया। अब जहाँ तक ईश्वर का सवाल है तो प्रकाश जी, मैं हमेशा अपने आप से एक सवाल किया करता हूँ कि ईश्वर अगर है तो इतने अत्याचार क्यों हैं? इतने बेकसूर लोग क्यों मारे जाते हैं? ईश्वर को इतने मासूम बच्चों को मारकर क्या मिलता है? ईमानदार लोग अपनी ईमानदारी पर इस कदर रोते-पछताते क्यों नजर आते हैं और बेईमान इस कदर संतुष्ट और फले-फूले क्यों हैं?

और फिर मैं आपको अपनी—अपने बचपन की बात बताऊँ!...मेरी माँ ईश्वर की इतनी भक्त थी, वह इतनी सीधी स्त्री थी, इतनी सरल, इतनी पवित्र और सती स्त्री थी कि उस जैसी कोई और स्त्री शायद हो ही नहीं सकती। और आप कल्पना कीजिए, मैं छोटा था तो मैंने अपनी माँ को ईश्वर के सिंहासन के आगे घंटों रोते, प्रार्थना करते और आँसू बहाते देखा है—अपने पति के लिए, अपने पुत्रों के लिए और अपने घर के 'कल्याण' के लिए...लेकिन हुआ क्या! जितनी वह रोती और प्रार्थना करती थी, उतनी ही हमारे घर की हालत बिगड़ती चली गई। पिता का वेतन इतना कम था कि इससे मुश्किल से हमारा गुजारा होता था। बस, जरूरत भर का काम चलता था...तो हालात सुधरते कैसे? तो एक दिन रोते-रोते वह औरत मर गई। और फिर उसके बाद मेरी दो बड़ी बुआ थीं—वे भी उतनी ही सीधी, सरल और भली थीं—उतनी ही प्रार्थनामय...दोनों कुँवारी मरीं। उनके भीतर क्या-कुछ चलता रहा होगा, क्या आप कल्पना कर सकते हैं? घोर दरिद्रता के कारण ही उनका विवाह नहीं हो सका था। अपने सामने वे दूसरी लड़कियों को सुसराल जाते हुए देखती होंगी तो उनके ऊपर क्या बीतती होंगी!...तो प्रकाश जी, उन तीनों की—मेरी माँ और मेरी दोनों बुआओं की मृत्यु जिन हालात में हुई, उनकी याद मात्र से मैं सिहर उठता हूँ—या फिर मारे गुस्से के काँपने लगता हूँ।...बताइए, ईश्वर है तो यह सब क्यों है! ऐसे लाखों, करोड़ों अन्याय इस धरती पर क्यों हैं? इस स्थिति पर प्रकाश जी, आपको बताऊँ, मैंने एक कहानी लिखी थी उन दिनों जिसमें वह युवक जो इतना सब देखता है घर में, आखिर एक दिन चुपके से वह ईश्वर का वह सिंहासन उठाकर मंदिर में रख आता है—और सच तो यह है कि ऐसा ही हुआ था। वाकई मैं वह सिंहासन उठाकर ले गया था और चुपके से मंदिर में रख आया था...कि इसकी यही ठीक जगह है और हमसे इसका वास्ता ही क्या है!

ईश्वर के बारे में अगर आप एक वाक्य में सब कुछ कहने के लिए कहें तो मैं कहूँगा—"इट्स एन इंट्रस्टिंग आयडिया...!" और जब मैं यह कह रहा हूँ तो मुझे इसकी पूरी पृष्ठभूमि भी बतानी चाहिए। दरअसल, यह गांधी जी का कहा हुआ वाक्य है। एक बार किसी अंग्रेज पत्रकार ने उनसे पूछा कि "गांधी जी, क्रिश्चिएनिटी के

बारे में आपकी क्या राय है?" इस पर गांधी जी ने, अपनी खास तरह की शैली में, जिसमें 'विट' बहुत था, मुसकराते हुए कहा—"इट्स एन इंट्रस्टिंग आयडिया!..." तो जब आप ईश्वर के बारे में पूछे रहे हैं, मेरा यही जवाब है कि "इट्स एन इंट्रस्टिंग आयडिया!" यानी कि यह एक आयडिया है और मजेदार आयडिया है—मगर इससे ज्यादा इसका कोई मतलब नहीं है, यह विडंबना भी इस एक्सप्रेशन में छिपी हुई है।

'सबकी आवाज के पर्दे में' संग्रह की 'इकबाल' कविता आपकी दूसरी कविताओं से कुछ भिन्न तरह की कविता है जिसमें आप स्वीकार करते हैं कि आपने कम से कम एक हत्या तो जरूर की है और जैसे उसी का पाप-बोध आपको विकल कर रहा है।...तो यह कनफेशन काहे के लिए? इस कविता की पृष्ठभूमि के बारे में जरा बताइए।

—ऐसा है प्रकाश जी, हमारे आसपास जितनी हत्याएँ होती हैं, जितने पाप होते हैं, जितना शोषण और अन्याय होता है—उसमें हम सभी का जो खुद को बुद्धिजीवी कहते हैं, हाथ जरूर है, ऐसा मुझे लगता है...क्योंकि यदि हम सब देख रहे हैं तो हम हत्यारा कहलाए जाने से बच कैसे सकते हैं? मुझे तो कई बार यह भी लगता है कि मैं राजनीतिक रूप से और अधिक सक्रिय क्यों नहीं हूँ? और जो बुद्धिजीवी राजनीतिक रूप से निरपेक्ष या पैसिव है, वे यकीन मानिए हत्या में शामिल हैं और उनके हाथों में खून लगा हुआ है। बल्कि कभी-कभी तो आपको आश्चर्य होगा प्रकाश जी, कि मुझे यह लगता है कि इस दुनिया में जितनी हत्याएँ होती है, जितना अन्याय होता है, जितना खून-खराबा और रक्तपात होता है, उसके लिए मैं—विष्णु खरे—व्यक्तिगत रूप से जिम्मेदार हूँ। और इस बात से कई बार मैं इतना अधिक अकुला जाता हूँ कि मुझे लगता है, कब तक मैं कविताएँ लिखता और कागज काले करता रहूँगा। मुझे कुछ न कुछ करना चाहिए और तेजी से करना चाहिए। इसीलिए अब मैं बड़ी तेजी से और गंभीरता से महसूस कर रहा हूँ कि मुझे राजनीति में आना चाहिए क्योंकि बिना राजनीतिक परिवर्तन के हालात नहीं बदल सकते।

....मुझे दुख है कि मैं और ज्यादा पोलिटीकली एक्टिव क्यों नहीं हूँ? आज के बुद्धिजीवी का राजनीति में कोई दखल नहीं रहा, इसीलिए राजनीति गंदे चरित्र वाले छुटभैए किस्म के मौकापरस्त लोगों से भर गई है—इसे मैं देश का सबसे बड़ा दुर्भाग्य मानता हूँ। सच पूछिए तो आज जरूरत इस बात की है कि बुद्धिजीवी आगे बढ़कर राजनीति और सामाजिक क्रिया-कलापों को नेतृत्व प्रदान करें। बाहर के शोरगुल से घबराकर अपने छोटे-से अंधकूप में गर्दन झुकाकर बैठ जाना सबसे आसान है, मगर यह कायरतापूर्ण कार्रवाई है और समस्या का कोई हल तो नहीं ही है। और फिर...आप 1984 के दंगों के बारे में जरा सोचिए। कितने सिख मारे गए थे—कितनी क्रूरता से, कितनी वहशियत से...और क्या किया हम लोगों ने? हम सिर्फ देखते रह गए! क्या हम घरों से निकलकर गए पड़ोसियों को बचाने के लिए?

क्या हम वहाँ गए जहाँ वारदातें हो रही थीं...और अगर हमारी जगह गांधी—वह पागल बुड्ढा होता तो वह अपनी जान पर खेल जाता। उसे खब्त था इंसानियत की सेवा का!...लेकिन लेखकों ने क्या किया? बताइए आप मुझे। क्या ऐसा हुआ कि हम सभी ट्रक में बैठकर निकले—वहाँ गए जहाँ दंगे भड़क रहे थे? सभी मिलकर मौके की जगह पर गए हों और सबने साझी अपील की हो...तो कम से कम कुछ तो असर पड़ता। तो जब यह हाल है तो मैं कैसे यह महसूस न करूँ कि मैंने हत्या की है! इतने बुद्धिजीवी हैं—क्या वे यकीनन छाती पर हाथ रखकर कह सकते हैं कि वे हत्यारे नहीं है? तो अगर हम यह महसूस नहीं करते तो हमारे लिखने का मतलब ही क्या है?...बस, इसी खदबदाहट से लिखी गई थी 'इकबाल' कविता...

आपको लगता है, सुंदर चिड़ियों से कुछ कम प्यार है और गिद्ध, चील, उल्लू, चमगादड़ वगैरह ज्यादा अच्छे लगते हैं। शुरू से ही आपकी काव्य-यात्रा में ये आपके साथी रहे हैं और अब तक साथ चले आते हैं। तो क्या यह इसलिए कि आपको कुरूपता से कुछ ज्यादा प्रेम है—या फिर औरों से अलग हटकर कुछ कर दिखाने के जोश में आप यह सब करते हैं?...इसी से जुड़ा एक और सवाल! आपकी सौंदर्यानुभूति कुछ भिन्न किस्म की नहीं है?

—हाँ, मेरे ख्याल से यह बात—जो आपके प्रश्न मे अंत में है—कहीं ज्यादा सही है। यानी बहुत संभव है कि मेरी सौंदर्य की अवधारणा बाकियों से कुछ भिन्न तरह की हो। एक तो यही आप समझ लीजिए कि प्रकृति की कोई भी जिंदा चीज मुझे कुरूप नहीं लगती। और फिर जिन पक्षियों का आपने नाम लिया, उनमें चील तो इतनी सुंदर है कि उसे कुरूप तो आप कह ही नहीं सकते। उसकी तेजी, चुस्ती, उसकी उड़ान और शारीरिक गठन—सौंदर्य के जो आपके बने-बनाए मापदंड हैं, उनके हिसाब से भी आप देंखे तो चील को तो आपको सुंदर मानना ही पड़ेगा।...और फिर गिद्ध, उल्लू,...सुंदर तो देखिए ये भी हैं! ये इतने सुरूप, सिमेट्रीकल और शानदार हैं कि कुरूप तो आप इन्हें कह ही नहीं सकते। उल्लू की आँखें आप देखिए, एकदम सामने होती हैं और बिल्कुल आदमियों की तरह मुँह घुमाकर वह देखता है। कितना सुंदर है यह सब!...और गिद्ध? (एक प्रसन्न मुसकराहट के साथ) आपने उसकी उड़ान देखी है—आखिर सुंदर तो वह भी है!...तो खैर! एक कारण तो उन्हें कविता में लाने का यह भी था कि जो औरों से छूट गया है, उस पर मैं काम करूँ या उसे सामने लाऊँ...

वैसे बचपन में हमारे घर पानी भरने वाला एक लड़का रहता था। उसने काफी उल्लू पाले हुए थे। उसके बारे में कहा जाता था कि वह उन उल्लुओं का सिद्धि या तंत्र-मंत्र में इस्तेमाल करता है और इसीलिए लोग उससे मन ही मन भय भी खाते थे। मैंने कई बार उसे खूब बड़े-बड़े उल्लुओं को साथ लिए हुए, घर आते हुए देखा। वह मुझे बड़ा चकित करता था...बल्कि यह सारा कुछ मुझे बड़ा रहस्यात्मक लगता

था। आपने 'मूठ मारना' मुहावरा सुना होगा...उल्लुओं का उसमें इस्तेमाल किया जाता था...

मुझे याद पड़ता है, मुक्तिबोध की कविताओं में कई दफा जिक्र आया है मूठ मारने का....

—जी, तो मैं तो चूँकि गोंड इलाके का हूँ—बचपन से आदिवासियों के बीच पला—तो ये चीजें मुझे कुछ ज्यादा देखने को मिलती थीं।...अच्छा, चलिए, (मुसकराहट) उल्लुओं का सिद्धि में कैसा इस्तेमाल किया जाता था, यह आपको बताता हूँ। इस सिद्धि को जो लोग प्राप्त कर लेते थे, वे भविष्य बताने के लिए जंगल में किसी एकांत जगह पहुँच जाते थे। साथ ही वह व्यक्ति भी होता था, जिसे भविष्य जानना होता था। उल्लू को लेकर कुछ मंत्र बुदबुदाए जाते थे, फिर उसे शराब पिलाई जाती थी....

उल्लू को शराब....? कैसे!

—यह तो राम जाने!...तो खैर, उसके बाद तंत्र-मंत्र क्रिया की जाती थी। तो वह उल्लू आदमी की आवाज में बोलना शुरू कर देता है—उससे आप पूछिए सामने खड़े व्यक्ति के बारे में....तो वह कहना शुरू कर देता था कि इस आदमी का नाम फलाँ है, यह सन इतने में पैदा हुआ, फलाँ सन में बीमार पड़ा, फलाँ सन में यह घटना हुई, इतनी इसकी आयु है और इसकी मृत्यु...और ज्यों ही वह यह कहता था, फौरन उल्लू की गर्दन तलवार से उड़ा दी जाती थी। और अगर ऐसा न किया जाता और वह वाक्य पूरा कर लेता तो उस व्यक्ति की मृत्यु हो सकती थी।

...तो प्रकाश जी, मैं यह नहीं कह रहा कि मैं इस सब पर यकीन करता हूँ, लेकिन ऐसी चीजें भोले गोंड आदिवासियों के बीच प्रचलित हैं...तो इस कारण उल्लू के प्रति मेरा आकर्षण तो बढ़ा ही! यूँ भी बचपन में एक उल्लू हमारे घर अक्सर आया करता था।...वैसे एक बात आपको बताऊँ, उल्लू को पालना बहुत मुश्किल काम है। यह बहुत ही इंडिपेंडेंट जीव है...जैसे मगरमच्छ को पालना बहुत मुश्किल है, लगभग जान पर खेलकर ही आप उसे पाल सकते हैं, ऐसे ही उल्लू को भी पालना मुश्किल है। ऐसे ही चमगादड़...वे नियमित हमारे घर आते थे। तो मेरे बहुत गहरे अनुभव हैं इन्हें लेकर और ये मेरे अवचेतन के हिस्से बन चुके हैं।

...और गिद्ध! कोई कुरूप तो यह है नहीं। सुंदर आप उसे चाहे न कहें, मगर कुरूप तो आप उसे हरगिज नहीं कह सकते। और फिर उसकी शान, उसका रूप, उसकी उड़ान, सबमें एक गजब का आकर्षण है। तिस पर उसका आत्मविश्वास...! और क्या सिमेट्री है साहब उसमें। हद है, गिद्ध को आप कुरूप कैसे कह सकते हैं—अगर आप सचमुच सुंदरता को समझते हैं तो....! फिर गिद्ध और लेखक में जो समानताएँ है—गजब की समानताएँ...उन पर तो जरा आप ध्यान दीजिए! गिद्ध को मुर्दों का मांस खाना पसंद है...अँधेरा उसे प्रिय और उतना ही प्रिय निर्जन है। अक्सर

लगता है, जैसे वह किसी निर्जन या उजाड़ की चौकसी कर रहा हो। इसी तरह लेखक है...जो भी चीज सामने हो, उसकी वह चीर-फाड़ करता है। रात-रात भर जागता और जागकर लिखता-पढ़ता, मनन करता देखा जा सकता है। दोनों की दार्शनिक की-सी आँखें हैं जिनसे उन्हें बिटर-बिटर ताकते देखा जा सकता है...दोनों ही निर्जन में रहकर जीवन के कुछ गहरे अर्थ निकालने की कोशिश करते हैं। गिद्ध की तरह लेखक भी अपने अतीत की चौकसी करता है...लेखक भी उसी तरह तिरस्कृत है जैसे उल्लू या गिद्ध। लेकिन मजे की बात यह है कि तिरस्कार का जीवन जीते हुए भी उसे चिंता जगाने की ही रहती है और एक पल के लिए भी वह खुद को इस तरह की चिंताओं से रोक नहीं सकता।...तो इतनी ज्यादा समानता है इनमें कि मैं अक्सर चकित होता हूँ। फिर एक बात यह भी है कि उल्लू, गिद्ध वगैरह पक्षियों में सबसे ज्यादा उपेक्षित भी हैं। यानी कि चिड़ियावादी कवियों से मुझे कोई ऐतराज या शिकायत नहीं है। वे अपनी चिड़ियाओं आदि को बुलाते रहें...(शरारती हँसी हँसते हुए) लेकिन अगर मैं गिद्धों को याद करता हूँ तो इसमें औरों को ऐतराज क्या है!

रामविलास जी हिंदी का सबसे बड़ा कवि तुलसीदास को मानते हैं?...क्या आप भी इससे सहमत हैं?

—नहीं!

तो आप बताएँ, आपके ख्याल से हिंदी का सबसे बड़ा कवि...?

—कबीर—मुझे यह जवाब देने में एक सैकंड भी सोचने की जरूरत नहीं है।

तो क्या आप इसकी वजह भी बताएँगे कि क्यों कबीर आपको तुलसी से बड़े कवि लगते हैं? इसलिए कि हमारे विश्वविद्यलयों में और बाकी जगहों पर भी तुलसी के भक्त कहीं ज्यादा है...

—प्रकाश जी, कबीर मुझे हर हाल में तुलसी से ज्यादा प्रगतिशील और दुस्साहसी कवि लगते हैं। यही उनका बड़प्पन भी है जिसके कारण वह कहीं ज्यादा मर्म का छू लेते हैं। इसकी तुलना में तुलसी तो बुरी तरह वर्णाश्रम व्यवस्था का पोषण करते दिखाई देते हैं। उनमें पंडिताऊपन और सामंतवाद कूट-कूटकर भरा हुआ है। वे जनता के स्वाभिमान के कवि बिलकुल नहीं है, दैन्य के कवि हैं।....इसी तरह उनकी भाषा में भी बड़ी जड़ता है जिसमें तत्सम और तद्भव बड़े अजीब ढंग से मिले हुए हैं। वैसे भी तुलसी जीवन से—मेरा मतलब लोगों के दुख और परेशानियों से इतने कटे हुए हैं कि मैं उन्हें बड़ा कवि मान ही नहीं पाता। सिर्फ एक छंद लोगों ने ढूँढ़ निकाला हैं जिसमें जनता का हाहाकार है और हर बार उसी को कोट किया जाता है, लेकिन दूसरी ओर कबीर को देखिए तो लोगों का दुख-दर्द जैसे उनकी कविता में बह रहा है। वे जनता के कवि हैं, जनता के अपने कवि...और अपने दौर में उन्होंने जो लिखा था और जिस तरह साहस के साथ लिखा था—वह आज भी हमें रोमांचित करता है। और उनकी भाषा देख लीजिए, जो जड़ भाषा थी, उसे उन्होंने 'बहता नीर'

बना दिया।

अच्छा विष्णु जी, आपका प्रिय कहानीकार...?

—कब? शरुआती दौर के बारे में पूछ रहे हैं या फिर इधर के कहानीकार?

दोनों ही बता दीजिए....!

—अगर शुरू के कहानीकारों के बारें में पूछें—यानी सदी के पूर्वार्द्ध के कहानीकारों के बारे में तो प्रेमचंद और जैनेंद्र—ये दो नाम मेरे सामने आते हैं। और उत्तरशती के कहानीकारों में ज्ञानरंजन।...उनका नाम मैं खासकर इसलिए लेना चाहूँगा कि समकालीन मनुष्य के भीतर का वैचारिक संघर्ष, चिंताएँ, उसके भीतर की टूट-फूट, और उनके भीतर से समय को आकार देने की कोशिश जितनी ज्ञानरंजन की कहानियों में प्रकट हुई, उतनी अन्यत्र कहीं नहीं। लिहाजा मैं उनके साथ कहीं ज्यादा जुड़ाव महसूस करता हूँ। आप कह सकते हैं, मन, विचार, बौद्धिक सामर्थ्य और कला, हर लिहाज से उनकी कहानियाँ पढ़ते समय मुझे संतुष्टि मिलती है... और यह बौद्धिक और कलात्मक संतुष्टि जैसी ज्ञानरंजन से मिलती है, वैसी किसी और से नहीं। या फिर और भी बाद के कहानीकारों पर आएँ तो मैं एक और नाम लेना चाहूँगा—उदयप्रकाश!... खासकर उनकी कहानी 'छप्पन तोले का करधन' तो इतनी लाजवाब कहानी है कि अकेली यह कहानी पढ़कर भारतीय समाज का पूरा चित्र आँख के सामने आ जाता है....

आपका प्रिय कवि....? या दूसरे शब्दों में कहूँ तो बीसवीं सदी का सबसे बड़ा हिंदी कवि, आप किसे मानते हैं?

—निश्चित रूप से निराला।

और निराला के बाद—यानी उत्तरशती में आएँ तो....?

—दो नाम मैं लूँगा—मुक्तिबोध और शमशेर।

और अगर एक नाम पूछा जाए तो....?

—(कुछ देर के मौन के बाद) मुक्तिबोध—निश्चित रूप से मुक्तिबोध!... मुक्तिबोध दरअसल इतने बड़े कवि हैं, इतना बड़ा केनवस उनका है, इतनी गहरी उद्वेलनकारी चिंताएँ उनकी हैं कि उनकी कविताएँ पढ़ते हुए आपको लगता है, आप समय के साथ एक बेछोर, बीहड़ यात्रा कर रहे हैं। और फिर यह तो देखें आप कि उन्होंने कविता को क्या बना दिया! वह जितनी कविता है, उससे कहीं अधिक हमारे समय की सामाजिक, राजनीतिक और दार्शनिक व्याख्या है और अपनी भीषण बेचैनी से उन्होंने कविता का यह एक नया रूप गढ़ा जो अभी तक अज्ञात ही था!...यानी मुक्तिबोध से पहले ऐसी कविता—मेरा मतलब कविता का यह फार्म कहीं नहीं है और मुक्तिबोध के बाद भी उसको अपनाया जाना कोई बहुत सुकर कार्य नहीं था। तमाम लोगों ने कोशिश की, मगर वे लड़खड़ाकर गिर पड़े....मुक्तिबोध पहाड़ हैं—और पहाड़ सिर्फ पहाड़ होता है। उसके बारे में कुछ और कहना ही कठिन है।

मुक्तिबोध जबरदस्त प्रतिबद्ध कवि थे और मैं उन लोगों से कतई सहमत नहीं हूँ जो उनकी कविता की कलावादी व्याख्याएँ करते हैं। फिर आलोचना में मुक्तिबोध का जो काम है, उसके जोड़ का कोई दूसरा काम आप मुझे दिखा दीजिए। रामविलास, नामवर--कोई उनके जोड़ का नहीं बैठता। 'कामायनी' पर जो उनकी किताब है, वह एक झुरझुरी-सी पैदा कर देती है। कितनी गहरी अंतर्दृष्टि है इस आदमी की। ऐसे ही एक साहित्यिक की डायरी पढ़ें तो हैरानी होगी कि आपके भीतर घटित होती एक-एक चीज की वह आदमी व्याख्या कैसे कर रहा है! फिर नई कविता पर उन्होंने जो लिखा, उसे देख जाइए। उनकी कहानियाँ आप उठा लीजिए, वह आदमी हर हाल में जीनियस था। मुझे तो यही देखकर हैरानी होती है कि कितने दुर्दिनों में भी उन्होंने खुद को बचाए रखा और लिखा ऐसा कि खुद ही एक मयार बन गया।

जरा रुकिए विष्णु जी, यहाँ मैं अज्ञेय और अशोक वाजपेयी की टिप्पणियों की ओर आपका ध्यान दिलाना चाहूँगा। अज्ञेय ने अपने एक इंटरव्यू में कहा कि मुक्तिबोध की कुल मिलाकर वही कविताएँ ठीक-ठाक हैं जो 'तारसप्तक' में हैं, बाद की उनकी कविताएँ यानी 'चाँद का मुँह टेढ़ा है' में उनकी जो कविताएँ संगृहीत हैं, वे तो असफल कविताएँ हैं। यह टिप्पणी इसलिए आश्चर्यजनक है क्योंकि मुझे लगता है कि मुक्तिबोध की सबसे शक्तिशाली कविता 'चाँद का मुँह टेढ़ा है' में है और 'तारसप्तक' में जैसे वे कविता लिखने की तैयारी कर रहे हैं, एक भूमिका-सी बना रहे हैं।....दूसरी टिप्पणी अशोक वाजपेयी की है और यह भी 'साक्षात्कार' के बृहद अशोक वाजपेयी विशेषांक में छपे एक इंटरव्यू में है, जिसमें अशोक वाजपेयी ने कहा है कि इस सदी के स्मरणीय कवि व्यक्तित्वों में निराला होंगे, अज्ञेय होंगे लेकिन मुक्तिबोध निश्चय ही न होंगे! तो अब विष्णु जी इन दोनों टिप्पणियों पर आपकी राय?

—ये जाहिर है, मुक्तिबोध के कद को छोटा करने की दो अलग-अलग कोशिशें हैं। इनमें अज्ञेय की बात तो फिर भी समझ में आती है, क्योंकि वे जिस सीमित दृष्टि के कवि और चिंतक थे, उसमें इतना विशाल बीहड़ कवि समा ही न सकता था। ठीक ही उन्हें 'तारसप्तक' में मुक्तिबोध की कविताएँ अच्छी लगीं जो कि मुक्तिबोध की अपेक्षाकृत कमजोर कविताएँ हैं या जैसा कि आपने कहा, कविता लिखने की तैयारी की कविता है। और 'चाँद का मुँह टेढ़ा है' उनके ऊपर से गुजर गया है। लेकिन अशोक...! मुझे हैरानी है, अशोक ने यह कहा। जबकि अशोक मुक्तिबोध के प्रशसंकों में से हैं और अज्ञेय पर उनकी टिप्पणी 'बूढ़ा गिद्ध पंख क्यों फैलाए?' खासी उत्तेजना पैदा कर चुकी है। मुझे लगता है प्रकाश जी, अशोक ने यह बात अपनी एक खास तरह की साहित्यिक राजनीति के तहत की होगी, जैसी कि अब उनकी आदत बन चुकी है—यानी भीतर से वे यह बात मानते नहीं हैं, ऐसा

मुझे लगता है।

और जहाँ तक अज्ञेय के कवि-व्यक्तित्व की बात है तो प्रकाश जी, अज्ञेय तो ऐसे व्यक्ति हैं—और उनके जीवन की सबसे बड़ी त्रासदी ही यह है कि वे जीवन भर कवि होने का दिखावा करते रहे—या कवि जैसा दिखने की कोशिश करते रहे, मगर कवि हो नहीं पाए। मेरे ख्याल से उनका सबसे बड़ा दुख और कुंठा ही यह थी। मुझे बताइए कि अज्ञेय को अब पढ़ कौन रहा है? वे अभी से 'मृत कवि' हो चुके हैं। और तो और, उनके कविता-संग्रहों के नाम तक कितनों को याद हैं, जबकि मुक्तिबोध की कविताओं की जड़ें जमीन में हैं, लोगों के दिलों में हैं, हमारी मांस-मज्जा और रक्त में हैं और वे लगातार फैलती जा रही हैं।...यानी आज जो कविता लिखी जा रही है, उसे मुक्तिबोध से काटकर देखा ही नहीं जा सकता। अज्ञेय कवि के रूप में उनके सामने कहीं ठहरते ही नहीं है। दोनों की कोई तुलना नहीं है और सही तो यह है कि मुक्तिबोध का अकेला 'चाँद का मुँह टेढ़ा है' अज्ञेय की सारी कविता पर भारी पड़ता है।...हाँ, अज्ञेय कवि के बजाए उपन्यासकार ज्यादा अच्छे हैं—खासकर उनका उपन्यास—'शेखर : एक जीवनी' बार-बार पढ़ा जा सकता है। यहीं अज्ञेय सबसे विश्वसनीय रूप में मौजूद हैं।

अभी पिछले दिनों मैं पढ़ रहा था, नामवर जी ने भी एक इंटरव्यू में बड़ी अजीब बात कहीं...कि आज की जो कविता है, वह मुक्तिबोध से उतनी अधिक नहीं जुड़ती जितनी त्रिलोचन या नागार्जुन से?

—देखिए प्रकाश जी, नामवर जी को इस तरह की उड़ती हुई टिप्पणियाँ करने का चस्का लग चुका है, वरना तो मुझे यह बात सही नहीं लगती। ठीक है, मुक्तिबोध के फार्म का अनुसरण नहीं हो सकता और वह होना ही क्यों चाहिए।...मगर कौन-सा कवि है आज का जो कविता लिख रहा है और उसके सामने मुक्तिबोध न हो या किसी न किसी रूप में वह प्रभाव न आए! दूसरी ओर जहाँ तक त्रिलोचन और नागार्जुन की बात है, तो इसमें कोई दो राय नहीं हैं कि ये दोनों बड़े कवि हैं, मगर आज की कविता पर मैं उनका इतना प्रभाव नहीं देखता। इसलिए कि त्रिलोचन की कविताएँ इतनी स्टैटिक क़विताएँ हैं कि वे चाहे कितनी ही अच्छी हों, लेकिन पुराने ढंग की या बीते हुए जमाने की कविताएँ लगती हैं।...और नागार्जुन! वे इतने औघड़ फकीर हैं कि जैसी कविताएँ वे लिखते हैं, वैसी कविताएँ सिर्फ वे लिख सकते हैं। न वैसे घुमक्कड़ी और फकीरी के अनुभव आज के कवियों के पास हैं और न वैसी अर्जित की गई भाषा। तो नागर्जुन अपनी भाषा, कथ्य सबमें अनूठे हैं, लेकिन मैं क्षमा चाहूँगा यह कहते हुए कि नागार्जुन का कोई खास प्रभाव मैं आज की क़विता पर नहीं देखता—वह हो ही नहीं सकता।

(...अचानक विष्णु जी की आँखों में कोई चमक नजर आती है और कुछ खोजने की बेताबी भी) रुकिए, मैं आपको एक दुर्लभ चीज दिखाता हूँ जिसे मैंने

बहुत सँभालकर रखा हुआ है। आप देखिए उसे...!

(वे उठते हैं, कमरे में टहलते हैं, इधर-उधर नजरें दौड़ाते हैं और उनकी आँखें उसी मेज पर लौट आती है, जहाँ किताबों के बड़े से ढेर के बीच एक मोटी-सी किताब छिपी बैठी है। वे उस किताब को उठाते हैं, उलटते-पुलटते हैं और फिर मेरी और बढ़ा देते हैं) देखिए, एफ.आर. लीविस की यह जीवनी अभी-अभी छपकर आई है। ऐसे—ऐसे भव्य काम विदेशों में होते हैं। इसे मैंने अलग से पढ़ने के लिए रखा हुआ है। इसके 'बैक कवर' को आप देखिए और पढ़ डालिए... (और फिर एक क्षण के बाद वे खुद ही पढ़ना शुरू कर देते हैं। देखिए, एफ.आर. लीविस का एक कथन यहाँ नोट किया गया है— "आए डोंट बिलीव इन एनी लिटरेरी वेल्यूज ऐंड यू वोंट फाइड मी टॉकिंग अबाउट दैम। द जजमेंट द लिटरेरी क्रिटिक इज कंसर्न्ड विद आर जजमेंट्स अबाउट लाइफ।"

(आविष्ट स्वर) प्रकाश जी, बिजलियाँ दौड़ जाती हैं इन शब्दों को पढ़ाते हुए यानी कविता के प्रतिमान कहीं अलग से नहीं आते, कविता के प्रतिमान तो खुद जीवन के प्रतिमान होते हैं। कितनी बड़ी बात कह दी गई है इन शब्दों में! और वे तमाम लोग जो रात-दिन मूर्खों की तरह 'कला....कला' चिल्लाते हैं, उनके सामने ये पंक्तियाँ पढ़ दीजिए किसी मंच पर, तो वे मुँह छिपाकर भागते नजर आएँगे। मैं सच कहता हूँ आपसे, ये जो तमाम ध्रुव शुक्लों, मदन सोनियों, उदयन वाजपेइयों की कतार है, इनमें हिम्मत ही कितनी है। इनकी क्या परवाह की जाए!

अभी नामवर जी की गालिब पर टिप्पणी पढ़ी थी क्या आपने कि गालिब पिछले दो सौ सालों के हिंदी के सबसे बड़े कवि हैं...!

—हाँ, और यह बहुत खराब और शरारती टिप्पणी है जो खुद गालिब के खिलाफ जाती है। इससे आप उन तमाम लोगों के मन में खांमखा गालिब के लिए चिढ़ पैदा कर रहे हैं जो गालिब से प्रेम करते हैं और उन्हें इतने शौक से पढ़ते हैं।....गालिब निश्चय ही बहुत बड़े शायर थे और इससे नाइत्तफाकी किसे होगी—लेकिन यह टिप्पणी बहुत दुष्टतापूर्ण है जो एक हल्की सनसनी पैदा करने के लिहाज से की गई मालूम पड़ती है! मुझे यह कहते हुए दुख है कि नामवर के आलोचक व्यक्तित्व का दिनोदिन क्षय हो रहा है और वे सस्ती बयानबाजी पर उतर आए हैं!

आपका प्रिय उपन्यासकार?

—सदी के पूर्वार्द्ध के लेखकों के नाम लेने की इजाजत दें तो प्रेमचंद और जैनेंद्र हालाँकि इनके सभी उपन्यास नहीं। और इसके बाद के दौर के उपन्यासों में अमृतलाल नागर का उपन्यास 'बूँद और समुद्र' मुझे पसंद है।...शानी के 'काला जल' का नाम तो लेना ही चाहूँगा और फिर राही मासूम रजा का 'आधा गाँव'...रेणु का 'मैला आँचल' और 'परती परिकथा'। इसके अलावा मनोहर श्याम जोशी के

उपन्यास मुझे प्रिय हैं। हाँ, एक और नाम—विनोदकुमार शुक्ल का उपन्यास 'नौकर की कमीज', इसका नाम मैं लेना चाहूँगा...

आपका प्रिय आलोचक?

—निश्चित रूप से मलयज—और उसके बाद अगर नाम लेना हो तो अशोक वाजपेयी।

आपका प्रिय अभिनेता?

—दिलीपकुमार—निस्संदेह!...पिछले चालीस सालों से। कोई और नाम मैं ले ही नहीं सकता।

आपकी प्रिय अभिनेत्री...?

—मीनाकुमारी...'काजल' और 'पाकीजा' की अपनी अविस्मरणीय भूमिकाओं के लिए—और अगर बाद के दौर की अभिनेत्रियों के नाम लेने हों तो शबाना और स्मिता।

आपका प्रिय खिलाड़ी?

—यहाँ भी दिक्कत है कि कई खेलों में मेरी रुचि है। किसके बारे में बताया जाए—और फिर किस दौर के बारे में? अच्छा, क्रिकेट को ही अगर लें तो आप लिख लें—गावस्कर। दूसरा नाम मैं लेना चाहूँगा—मांजरेकर।

आपका प्रिय राजनेता...?

—जवाहरलाल नेहरू!

तब तो आपने मेरे अगले सवाल का भी जवाब दे दिया शायद। अच्छा, आप बता ही दीजिए—आपका प्रिय प्रधानमंत्री?

—बिलकुल ठीक सोचा आपने—जवाहरलाल नेहरू।

आपका प्रिय संपादक?

—अगर गैर-साहित्यिक यानी अखबारी पत्रकारिता के लिहाज से देखें तो राजेंद्र माथुर। उन्हें छोड़कर कोई और नाम मैं ले ही नहीं सकता। ...और साहित्यिक दृष्टि से देखें तो 'कल्पना' का तो खैर, पूरा एक संपादक-मंडल था और बहुत अच्छी पत्रिका वे लोग निकालते थे जिससे साहित्यिक पत्रकारिता का एक नया रास्ता तैयार हुआ। और दूसरे, श्रीकांत वर्मा, जिन्होंने नरेश मेहता के साथ मिलकर 'कृति' निकाली। यह पत्रिका इतनी अच्छी, इतनी दृष्टिसंपन्न थी और उसका पूरा संयोजन इतना सुंदर और कल्पनाशीलता लिए हुए था कि हिंदी में मैं समझता हूँ, इसकी कोई दूसरी मिसाल नहीं है। यह बिलकुल अपने ढंग का अभियान साबित हुआ।...तो मैं 'कल्पना' और 'कृति' इन दो पत्रिकाओं का नाम लूँगा, और मैं इन दोनों का बहुत ऊँचा मूल्यांकन करता हूँ...

और शानी? उनका 'साक्षात्कार' में किया गया काम—या फिर उनके संपादन में निकले 'समकालीन भारतीय साहित्य' के अंक...

—हाँ, शानी ने बहुत काम किया...'साक्षात्कार' और उसके बाद 'समकालीन भारतीय साहित्य' के अंक बहुत अच्छे निकाले...लेकिन जो भी काम उन्होंने किया, उसके लिए जमीन पहले से बन चुकी थी। श्रीकांत वर्मा का नाम खास तौर से इसलिए ले रहा हूँ कि उन्होंने एक तरह की पहलकदमी की। उन्होंने बहुत कष्टों से, अपना धन लगाकर यह पत्रिका निकाली और एक तरह का प्रतिमान स्थापित किया। यही काम 'कल्पना' अपने ढंग से कर रही थी।...तो ये दो हिंदी में साहित्यिक पत्रकारिता का मॉडल तैयार करने वाले काम थे! इसके अलावा बालकृष्ण राव का 'माध्यम'। बालकृष्ण राव चुपचाप काम करने वाले आदमियों में से थे और चुपके से कोई बड़ा और सिग्नीफिकेंट काम कर जाते थे। वैसे श्रीपतराय ने 'कहानी' में—खासकर 1955 से 60 के दौरान—और भैरवप्रसाद गुप्त ने 'नई कहानियाँ' में अपने संपादन का जो जौहर दिखाया—और एक से एक बेहतरीन विशेषांक निकाले जो आज भी हिंदी कहानी का मयार माने जाते हैं। उसके जोड़ का काम भी हिंदी में फिर दोबारा कभी नहीं हुआ।

आपका सबसे बड़ा भय?

—कहीं यह देश अपनी उत्कृष्ट सामाजिक-संस्कृतिक परंपराओं, महान ऐतिहासिक संपदा और उन्हीं के बीच से निर्मित हुई अपनी 'आइडेंटिटी' की रक्षा न कर सके! यानी मैं—आप स्पष्ट समझ लीजिए, देश की गुलामी की बात नहीं कर रहा कि यहाँ अमरीका या कोई और देश आकर कब्जा कर लेगा—ऐसा बिलकुल नहीं! मेरा मतलब...ऐसा हो सकता है कि यह देश तो रहे और राजनीतिक रूप से किसी का गुलाम भी न हो, लेकिन अपनी निजताएँ, अपना चिंतन का साहस और स्वाभिमान खो दे!...और यह भी एक तरह की गुलामी ही है—सामाजिक-सांस्कृतिक गुलामी। मेरा सबसे बड़ा भय और चिंता भी आप कह सकते हैं, यही है कि देश तेजी से उसी ओर जा रहा है।

आपकी सबसे बड़ी नफरत?

—व्यक्तिगत रूप से देखें तो मुझे सबसे ज्यादा नफरत विश्वासघात से है—या फिर झूठ और कामचोरी....यानी जान-बूझकर जिम्मेदारी से भागना और जहाँ आपकी जरूरत है, वहाँ गच्चा देकर कहीं और निकल जाना, काम से मुँह चुराना, आलस्य। इसी तरह झूठ की बात कह रहा हूँ तो समझ लीजिए कि रोजमर्रा के छोटे-मोटे झूठ से मुझे कोई दिक्कत नहीं है जिसमें किसी का नुकसान नहीं होता। मान लीजिए, आप घर में हैं, किसी काम में लगे हैं और कहलवा देते हैं कि आप घर में नहीं हैं तो मुझे इसमें कोई खास परेशानी नहीं है। यहाँ झूठ से मेरा आशय है कोई ऐसा झूठ बोलना जिससे किसी का भविष्य जुड़ा हो—या कोई बहुत बड़ा सामाजिक-नैतिक प्रश्न जुड़ा हो!...व्यक्तिगत रूप से मुझे इन चीजों से गहरी नफरत है! और अगर सामाजिक दृष्टि से सोचें तो सबसे ज्यादा चिढ़ है मुझे सांप्रदायिकता से...ऐसे

आदमी को मैं बर्दाश्त कर ही नहीं सकता जो सांप्रदायिक सोच वाला हो। इसी तरह जाति व्यवस्था, वर्णाश्रम व्यवस्था, गैर-बराबरी...ऐसी चीजों को मैं बिलकुल बर्दाश्त नहीं कर पाता! यहीं मैं शानी की मधुकर सिंह की एक उक्ति को लेकर की गई टिप्पणी की आपको याद दिलाता हूँ। आपको याद ही होगा मधुकर सिंह ने काशीनाथ सिंह के जातिवाद और उनके घर में हुए अपने अपमान के बारे में लिखा है। इस पर शानी ने लिखा है—मुझे आश्चर्य है, हिंदी के लेखक हैं कैसे? वे यह बर्दाश्त कैसे कर लेते हैं कि जब साथ-साथ खाना खाएँ तो आपके जूठे बर्तन घर में अलग रख दिए जाएँ! तो मेरा भी यही कहना है कि इससे अधिक घृणित चीज दुनिया में कुछ और नहीं है—हो ही नहीं सकती।

आपकी आस्था का केंद्र?

—यानी...?

आपके विश्वास का वह स्रोत—वह रिजर्वोयर जहाँ से आपको लड़ने की, लिखने और जीने की ताकत मिलती है...?

—(कुछ सोचते हुए) मनुष्य और मनुष्य की गैर-बराबरी, मनुष्य द्वारा मनुष्य का शोषण और अन्याय...कुछ थोड़े से लोगों द्वारा अपनी साधन-संपन्नता के बल पर करोड़ों लोगों के खिलाफ किया गया लगभग आपराधिक किस्म का षड्यंत्र... इससे उत्पन्न हुआ जो क्रोध है—या उसे जो सह न पाना है—वही मेरी आस्था का केंद्र है और वहीं से मुझे लड़ने, जीने और लिखने की ताकत मिलती है।

आपको कौन-सा खेल प्रिय है?

—आप जानते ही हैं—क्रिकेट...निस्संदेह!

आप कैसे मित्र पसंद करते हैं?

—मेरे ज्यादातर मित्र ऐसे हैं जिनका साहित्य से दूर-दूर तक कुछ लेना-देना नहीं है। बहुत ज्यादा साहित्यिक मित्रों से—या ऐसे लोगों से जो चौबीस घंटे साहित्य को सिर पर लादे घूमते हैं—मेरी ज्यादा पटती नहीं है। इस लिहाज से शानी मेरे सबसे निकट के मित्र थे। वे बड़े लेखक थे, लेकिन लेखक होने का दिखावा उनमें बिलकुल नहीं था—और ज्यादातर तो हम लोग मिलकर ऐसे चुगद किस्म के लेखकों का जो फुलटाइम लेखक ही होते थे, कुछ और नहीं—खासा मजाक उड़ाया करते थे। या फिर इन दिनों चंद्रकांत देवताले—उनसे मेरी मित्रता है। आज ही सुबह उनका फोन आया था और हम लोग घंटों बातें करते हैं—लेकिन हम लोगों के बीच साहित्य की नहीं, जीवन को लेकर बातें होती हैं। हम एक-दूसरे के सुख-दुख की, देश की राजनीति और संकटों की, सामाजिक लंपटताओं और मौजूदा स्थितियों की बातें करते हैं। और ऐसा नहीं कि साहित्य को लेकर बिलकुल बातें न होती हों, लेकिन साहित्य तो एक हिस्सा है—इस जीवन का एक छोटा सा कोना।...ठीक है, कोई मित्रता साहित्य से शुरू हो, मगर वह साहित्य तक ही सीमित नहीं रह जानी चाहिए। उसके बाद उसे

फैलकर पूरे जीवन-परिदृश्य और ज्यादा गहरी और बड़ी चिंताओं और हलचलों तक जाना चाहिए। मित्रता का मतलब मेरे ख्याल से यही है...और तभी हम एक-दूसरे के संकटों में भी कुछ कर पाते हैं—या कम से कम कुछ करने की इच्छा हमारे भीतर पैदा होती है। यानी मित्रता केवल शाब्दिक मित्रता हो तो उसका कोई खास मतलब नहीं है।

कभी-कभी कुछ मित्रों के साथ आपका वैचारिक टकराव भी होता होगा—तो उसे कैसे निभाते हैं? क्या इस तरह के वैचारिक टकराव से आपकी मित्रताएँ बिलकुल प्रभावित नहीं होतीं—या कि आप ऐसा मानते हैं कि वैचारिक विरोधों के बावजूद मित्रता अक्षुण्ण बनी रहती है—रह सकती है? विष्णु जी, यह सवाल मैं यहाँ साफ स्पष्ट कर दूँ कि खासकर अशोक वाजपेयी के संदर्भ में पूछ रहा हूँ? आपकी अशोक वाजपेयी से मित्रता जग-विख्यात है तो फिर आपके वैचारिक मतभेद...? आप उनका क्या करते हैं?

—देखिए, मैं साफ-साफ कहना चाहता हूँ कि मित्रों के बीच अगर वैचारिक टकराव हो—और बड़े स्तर पर यह टकराव हो—जिसे एक तरह का सैद्धांतिक संघर्ष कहा जा सके, तो इससे हर हाल में मित्रता प्रभावित होती है—बल्कि इस मामले में मित्रता बिलकुल प्रभावित न हो, यह तो हो ही नहीं सकता। जो लोग तर्क देते हैं कि साहब वैचारिक टकराहट और सैद्धांतिक आग्रह अपनी जगह हैं और मित्रता अपनी जगह, उनसे मैं कतई सहमत नहीं हूँ। ऐसा संभव ही नहीं है—किसी भी तरह। हाँ, थोड़े-बहुत मतभेद, असहमतियाँ हो सकती हैं और मित्रता में वे चलते ही हैं।...या फिर अपनी अपनी निजी किस्म की रुचियाँ-अरुचियाँ। मसलन आपको आलू पसंद है, मुझे मूली...तो आप मूली मत खाइए, मैं आलू नहीं खाऊँगा—इससे कोई फर्क नहीं पड़ता। लेकिन जिन बड़े आदर्शों के लिए मैं अपना जीवन देना चाहता हूँ, आपके लिए वे दो कौड़ी की चीजें हैं या जिन चीजों को आप बहुत सिग्नीफिकेंट मान रहे हैं, मेरे लिए वे दो कौड़ी की हैं, तो मैं नहीं समझता कि यह मित्रता दूर तक चलेगी कैसे? चल ही नहीं सकती। उदाहरण के लिए मैं अशोक वाजपेयी का नाम लेता हूँ....आपने जिनका जिक्र किया। अशोक और मेरी मित्रता में बहुत सारी दिक्कतें हैं। वह उतनी सरल और इकहरी और विश्वासपूर्ण मित्रता नहीं है। हमारी खूब बहसें और झड़पें भी हुई हैं, बहुत-सी चीजों को लेकर हमारे बीच तीव्र असहमतियाँ हैं और बीच-बीच में लंबे समय तक हममें अबोलापन भी रहा है। फिर भी चूँकि अशोक और मेरी बहुत सी रुचियाँ और विचार मिलते हैं और बहुत से कवियों-लेखकों को हम एक ही जैसी शिद्दत से पसंद करते और सराहते हैं, इसलिए तमाम दिक्कतों और व्यवधानों के बावजूद हमारी मित्रता अब तक चलती आ रही है।

तो क्या इस दोस्ती को लेकर आपके भीतर कुछ आशंकाएँ भी उठती

है...?

—(एक गंभीर चुप्पी के साथ) हाँ, क्यों नहीं? बहुत संभव है कि हमारे न चाहते हुए भी हममें कोई मनमुटाव पैदा हो जाए...या किसी गोष्ठी में किसी परचे को लेकर हममें बहस या झड़प हो जाए या किसी लेखक को जिसे वे बहुत पसंद करते हों, मैं पसंद तो क्या बिलकुल बर्दाश्त न करता होऊँ? वैसे भी इतना तो है ही कि हमारे अलग-अलग सैद्धांतिक आग्रहों के कारण बहुत बार ऐसा होता है कि हमारी बात आगे बढ़ ही नहीं पाती, हमें उसे बीच में ही रोक देना पड़ता है। तो इस तरह बहुत-से कवियों-लेखकों को लेकर हमारी राय और पसंदों के मिलने के बावजूद ऐसी स्थितियाँ बार-बार आई हैं और आगे भी आ सकती हैं, जिनके कारण हमारे बीच नाराजगियाँ और बदमजागियाँ पैदा हों...लेकिन इसका तो क्या किया जाए? इसका कोई इलाज नहीं।

अशोक वाजपेयी के व्यक्तित्व में जो मठाधीश बनने की एक टेंडेसी है, उसे क्या आप शुरू से देखते थे या वह चीज उनमें शुरू में दबी हुई थी और अब पूरी मुखरता और वाचालपने के साथ फूट पड़ी है?

—देखिए, मठाधीश थोड़ा पुराने ढंग का शब्द है और कुछ अलग अर्थ भी वह देता है पर हाँ, शक्ति केंद्र बनने की अपरिमित इच्छा आप कहें तो यह तो अशोक वाजपेयी में शुरू से रही है और अब सचमुच इसका अतिरेक हो गया है—लगभग एक विस्फोट। मैं नहीं समझता कि यह चीज इन्हें कहीं ले जाएगी और मुझे हैरानी होती है कि अपनी इस स्थिति को वे समझ क्यों नहीं पा रहे! वैसे प्रकाश जी, अशोक की जो स्थिति है, वह मेरे मन में क्रोध नहीं, करुणा ही ज्यादा उपजाती है। मुझे वे किसी दुःखांत नाटक के नायक की तरह ही ज्यादा लगते हैं जो धीरे-धीरे अपने अंत की ओर बढ़ रहा है।...आप देखिएगा, अशोक इस सारे जंजाल में बहुत अकेला छूट जाने वाला है। निराशा में सिर धुनता हुआ अपने एकांत में पड़ा एक नायक जो खुद अपने बनाए जाल में कैद हो गया हो, जिसे सिर्फ अपने दो-चार साथियों पर भरोसा हो जो उसके कहे अनुसार किसी का भी सिर उड़ा सकते हों। और कुछ दिनों बाद वे भी चले जाएँगे, तब?...मुझे अशोक की स्थिति कुछ-कुछ महाभारत के दुर्योधन की आखिरी स्थिति जैसी लगती है जो मंत्रबिद्ध जल में पड़ा है और सोच रहा है कि दुनिया सिर्फ इतनी ही है। और कोई बात नहीं, अभी कुछ नहीं बिगड़ा। जैसे ही उसके विश्वासपात्र साथी अश्वत्थामा, कृपाचार्य आदि आएँगे, युद्ध फिर से जीत लिया जाएगा और पांडवों को फिर से धूल चटा दी जाएगी।...मगर उसमें इतना साहस भी नहीं है कि उस तालाब से बाहर आए और जैसे ही पांडवों के ललकारने पर वह बाहर आया, उसका खेल खत्म हो गया। टूटी हुई जंघा के साथ वह घायल पड़ा है और अपना मांस खाने के लिए उत्सुक सियारों से मुश्किल से अपनी रक्षा कर पा रहा है। बाद में अश्वत्थामा आया और उसने उत्तरा के गर्भ में अपना तीर

छोड़ दिया तो भी पांडव वंश क्या इससे नष्ट हो गया या कि पांडवों की जीत हार में बदल गई?...तो अशोक की खुशफहमी मुझे (एक करुण मुसकराहट के साथ) महाभारत के इसी यवनिका-पतन की याद दिलाती है...और मेरा ख्याल है, जब तक वे इसे समझेंगे, तब तक बहुत देर हो चुकी होगी और अपना और एक निर्मल साहित्यिक परिदृश्य का जो नुकसान उन्होंने किया, वह भी हो ही चुका होगा।... आप देखिएगा, अशोक बहुत जल्दी बहुत अकेला हो जाने वाला है और यह बहुत करुण स्थिति भी है।

आपने क्या 'साक्षात्कार' का अशोक वाजपेयी अंक देखा है?

—न...नहीं।

यह इतना विशाल है और इतने भद्दे तौर से विशाल है—और उसमें जगह-जगह अशोक वाजपेयी के अलग-अलग भावमुद्राओं में फोटो चम्पाँ किए गए हैं, मानो अशोक वाजपेयी हिंदी साहित्य की दुनिया में कोई अद्भुत, आश्चर्यकारी चीज हों! इसमें अशोक वाजपेयी की तरह-तरह से और अलग-अलग कोणों से वंदनाएँ करवाई गई हैं और ताज्जुब है, इन वंदना करने वालों में कल के मार्क्सवादी और आज के उत्तर-आधुनिकतावादी सुधीश पचौरी भी शामिल हैं। मुझे लगता है, ये अशोक वाजपेयी के दल-बल में नए-नए शामिल हुए सेनानायक हैं....

—(हँसकर) जी हाँ, और मुझे लगता है, सुधीश पचौरी को यह नया-नया साहित्यिक जुकाम लगा है वरना अभी तक तो वे कुछ और नहीं, सिर्फ 'मीडियाकार' थे—और साहित्य और साहित्यकारों को गिन-गिनकर गालियाँ दिया करते थे।

विष्णु जी, अगर आपको एक दिन के लिए तानाशाह बना दिया जाए तो?

—तो मैं सबसे पहले इस देश को हमेशा-हमेशा के लिए सैद्धांतिक और व्यावहारिक रूप में, समाजवादी, धर्मनिरपेक्ष, लोकतांत्रिक देश बनाने की घोषणा कर दूँगा।

आज आधुनिकता के बाद उत्तर-आधुनिकता की चर्चाएँ हो रही हैं। मीडिया के दबाव, ज्ञान के नए-नए स्रोत और सूचना के नए केंद्र खुलने के बावजूद घर और परिवार नामक जो इकाई है, उसने खुद को बचाए रखा है। खुद आपकी कविताओं में घर-परिवार के लिए एक गहरा आकर्षण है।...तो क्या वजह है कि विखंडन की तमाम कोशिशों के बावजूद घर-परिवार का यह जादू टूटता ही नहीं...?

—क्योंकि आप कहीं भी चले जाएँ, कितना ही पढ़-लिख जाएँ और किताबें घोंटकर पी लें, या चीजों की चीर-फाड़ और विखंडन करना सीख लें, आखिर तो आदमी को थोड़ा-सा प्यार ही चाहिए। थोड़ा-सा प्यार, थोड़ी-सी हमदर्दी, एक छोटा-सा सहारा, जीने के लिए एक छोटा सा कोना—यही आदमी को चाहिए। इसी

के सहारे वह जीता है। बाकी चीजों तो बाद की हैं—और वह कितना ही पढ़-लिख जाए, कितना ही जीनियस हो, कितना ही ज्ञान और विद्वत्ता का सागर उसके पास लहरा रहा हो, लेकिन जीने के लिए तो आदमी का एक बूँद प्यार ही चाहिए—और उसी के जरिए आदमी न जाने कितना-कुछ कर गुजरता है, कितने खतरे उठा लेता है! इसलिए सच्चाई तो यह है कि जितना-जितना घर-परिवार का विरोध हुआ, जितना-जितना व्यक्तिवाद और संदेहवाद पनपा, उतना ही आदमी के जीवन में घर-परिवार महत्वपूर्ण होता गया—उसने और भी कसकर उसे चिपका लिया।

बहुत-से लोगों को गलतफहमी है कि यह केवल हिंदुस्तान में ही है और दुनिया के दूसरे देशों में घर या परिवार जैसा कोई चीज नहीं है—या एक लगातार अनवरत स्वच्छंदतावाद उनके जीवन में है—जिसमें भोग ही भोग है, कोई जिम्मेदारी वाली भावना नहीं है, जबकि एकदम गलत है यह बात। जो विदेशियों को नहीं जानते, वे ही यह बात कह सकते हैं। विदेशों में भी उसी तरह पति-पत्नी, पिता-पुत्र, पिता-पुत्री जैसे संबंध हैं और वे उसी तरह की जिम्मेदारी से उसे जीते हैं, जैसे हमारे यहाँ। सिर्फ कुछेक अपवादों पर मत जाइए...वे जो कहीं भी मिल जाएँगे। हमारे यहाँ भी हैं। विदेशों में नए-नए विचार, दर्शन आदि की जो एक के बाद एक आँधियाँ चलती रहती हैं जो उनके जीवन और साहित्य को भी बेतरह प्रभावित करती चलती हैं, वह भी इसलिए कि वे परेशान हैं—मगर कहीं न कहीं सब कुछ के बावजूद एक छोटे से घर-परिवार की बचा के रखना चाहते हैं।...तो इस तरह मौजूदा वक्त में जितने अधिक दबाव पड़ रहे हैं घर-परिवार पर, वह उतना ही अधिक मजबूत भी हो रहा है और भविष्य में और अधिक मजबूत होगा। उत्तर-आधुनिकतावादियों और विखंडनवादियों को यहाँ कोई मदद नहीं मिलने वाली—इस मामले में आप आश्वस्त रह सकते हैं।

लेकिन क्या आपको इसमें कोई विरोध नहीं नजर आता कि उत्तर-आधुनिकता जैसी नई-नई विचारधाराओं में एक ओर तो 'साहित्य का अंत', 'इतिहास का अंत' जैसी चौंकाने वाली घोषणाएँ होती हैं, ग्लोबलाइजेशन और विश्व नागरिकता पर जोर दिया जाता है तो दूसरी ओर गाँव, कसबे और स्थानिकता पर खासा जोर है...तो यह कैसे होता है? आप इस द्वैत को समझाएँगे?

—देखिए, ऐसा इसलिए लगता है आपको कि पश्चिम में बहुत-सा जो इस तरह का चिंतन है जिसमें कभी किसी एक, कभी दूसरी चीज पर जोर दिया जाता है और जीवन की अलग-अलग ढंग से परिभाषाएँ की जाती हैं—उसका रोजमर्रा के जीवन या जिंदगी जीने का जो ढंग है, उससे इतना अधिक संबंध नहीं होता जितना कि यह ज्ञान-विज्ञान या चिंतन के बैरियर्स को चौड़ा करने के लिए होता है। जरूरी नहीं कि आप उसका जीवन की हर चीज से सीधा-सीधा संबंध जोड़ें। इस तरह के

चिंतन का बड़ा उद्देश्य तो यही होता है कि उससे विचारों की नई-नई खिड़कियाँ खुलती हैं—जीवन की नई-नई और आश्चर्यजनक परिकल्पनाएँ सामने आती हैं और ताजगी का अनुभव होता है। उन्हें हर जगह व्यवहार में लागू करना तो बेवकूफी है। इसलिए कि विचारों में जितने क्रांतिकारी परिवर्तन होते हैं, उसे देखते हुए व्यवहार में दुनिया इतनी तेजी से नहीं बदलती।...शहरों में जब यह हाल है, तो फिर गाँव-कसबे की हालत का तो आप अंदाजा लगा ही सकते हैं इसलिए कि गाँव-कसबे का जो जीवन है, उसमें स्थायित्व कहीं ज्यादा है। उनके पास अपनी संस्कृति का एक चौड़ा आधार है—वह प्रकृति के इतना अधिक निकट है कि उसे आसानी से मटियामेट नहीं किया जा सकता। और यही वजह है कि शहर भी अपनी संस्कृति या सांस्कृतिक विरासत के लिए कहीं-कहीं गाँवों, कसबों के ऋणी है। यही वह संस्कृति है जो हमें हमारी जड़ों की याद दिलाती है। हम जो शहरों में जिंदगी बिता देते हैं, हमारे भीतर भी गाँव-कसबे के वे संस्कार किसी 'पुकारती हुई पुकार' की तरह बार-बार सिर उठाते ही रहते हैं।...तो इस तरह जो द्वैत नजर आता है, वह असल में है नहीं उतना, जितना ऊपर से देखने पर नजर आता है...

विष्णु जी, हम लोग एक तरह से नई सदी की दहलीज पर बैठे हैं, जहाँ एक सदी खत्म हो रही है और एक जन्म ले रही है।...तो आपको क्या लगता है, यह जो नई सदी आने वाली है—इक्कीसवीं सदी, उसमें हमारे साहित्य, कलाओं आदि का चेहरा कैसा होगा? या आदमी की संस्कृति, उसकी भीतरी-बाहरी दुनिया में बुनियादी परिवर्तन....?

—देखिए प्रकाश जी, ऐसा तो है नहीं कि 31 दिसम्बर तक तो एक तरह की चीजें चल रही हैं—और फिर जैसे ही 1 जनवरी, 2000 शुरू हो, तो चीजें एकाएक बदल जाएँ।

नहीं, मेरा मतलब यह बिलकुल नहीं था!...मेरा तो यह कहना है कि एक सदी के आखिरी दशक में हम साँस ले रहे हैं, जिसमें नई सदी की धमक अभी से सुनाई देती है। जाहिर है, उसके साथ कुछ परिवर्तन भी आएँगे ही। वे एकाएक न आएँगे, पर इक्कीसवीं सदी के पहले दशक में उनका कोई न कोई रूप हमारे सामने बनेगा। तो इस तरह का जो परिवर्तन है, उसके मुतल्लिक...?

—मैं समझ गया आपकी बात प्रकाश जी, लेकिन मेरा कहना है कि ये परिवर्तन महत्वपूर्ण तो होंगे—और बड़े भी हो सकते हैं, लेकिन वे उतने महत्वपूर्ण, उतने बड़े और क्रांतिकारी नहीं हो सकते, जैसे उन्नीसवीं सदी के बाद नई सदी के आने पर हमें दिखाई पड़ थे—और जिनके कारण हमारे समाज का बाहरी ढाँचा ही नहीं बदला, हमारी वैचारिक दुनिया में भी मूलभूत और क्रांतिकारी परिवर्तन हुए थे जिन्होंने लगभग हमारे जीवन का कायाकल्प कर दिया और हमें एक नए इंसान के रूप में ढाला। उस काल-खंड में राजनीति ही नहीं, साहित्य, कला और ज्ञान-विज्ञान के हर

क्षेत्र में इतनी बड़ी प्रतिभाओं, इतनी बड़ी-बड़ी हस्तियों को हम मौजूद पाते हैं कि यह खुद में किसी चमत्कार से कम नहीं है। तो अब प्रकाश जी, विचार और चेतना के स्तर पर उतने बड़े और क्रांतिकारी परिवर्तनों की उम्मीद तो मैं नहीं करता...और न साहित्य में ही!

कमाल है!...लोग तो यह कहते हैं विष्णु जी, कि परिवर्तन जितना तेज हमारे दौर में है, उतना पहले कभी था ही नहीं। यहाँ तक कि ऐसा कहने वाले लोग भी हैं कि इन दो दशकों में जितना परिवर्तन हुआ, उतना पहले सौ-दो सौ सालों में नहीं हुआ। खुद को मीडिया विशेषज्ञ मानने वाले एक सज्जन तो टी. वी. और टी.वी. सीरियलों वगैरह को इतनी बड़ी चीज मानते हैं कि उन्हें लगता है, भारतीय समाज का कायाकल्प हो गया है।...और आप कह रहे हैं, परिवर्तन ज्यादा नहीं है। ऐसा क्यों भला?

—(हैरानी से) क्या परिवर्तन आया है भई, मुझे तो नहीं दिखाई पड़ता। ठीक है, कुछ नए किस्म के जीवन-साधन और सुविधाएँ आ गई हैं—विज्ञापन के नए-नए और भौचक कर देने वाले तरीकों के साथ, और बाजार इनसे पटा पड़ा है, मगर इससे क्या! मेरे लिए ज्यादा बड़ी चीज यह है कि क्या हमारी मूल सामाजिक संरचना में, हमारे संबंधों और जीवन-शैली में क्या कोई बड़ा बदलाव आया है...? मुझे तो ऐसा नहीं लगता!...जो 'साहित्य का अंत', 'इतिहास का अंत' वगैरह की मसीहाई घोषणाएँ कर रहे हैं, वे ऩारा कितना ही उछालते रहें, असलियत वे भी समझते हैं और यह भी कि वे ऐसा क्यों कर रहे हैं! और जो मीडिया विशेषज्ञ टी.वी. सीरियलों की बात करते हैं कि इससे हमारे समाज में कोई बहुत बड़े, क्रांतिकारी किस्म के बदलाव आ गए हैं, वे बिलकुल नहीं जानते कि असलियत क्या है!...असल में प्रकाश जी, टी.वी. सीरियलों का निर्बाध खुलापन और स्वच्छंदता देखकर यह अनुमान लगा लेना बहुत हड़बड़ी भरा सरलीकरण होगा कि हमारे समाज में भी यही सब आ रहा है, या आ चुका है!...पर यह पहले दर्जे का झूठ है। यकीन मानिए, आप! इसलिए कि जो ब्राह्मण है, वह इन सीरियलों को देखता है तो साथ ही उसी तरह व्रत, पूजा-पाठ करता है और कुंडली मिलाकर सदियों पुराने ढंग से बेटे-बेटियों की शादी करता है, करता है या नहीं? यह आप देखिए जीवन में कभी जाकर। ऐसे ही ये जो फैशनेबुल नवयुवक या कि नवयुवतियाँ हैं जो इन सीरियलों की सबसे अधिक दीवानी हैं, वे जींस पहनती हैं, व्रत भी रखती है और शादी के लिए उसी तरह प्रतीक्षा करती हैं, जैसे कि सदा से करती आई हैं।...इसी तरह जो मध्यवर्गीय बाप अपने बच्चों के साथ यह सीरियल देख रहा है, उसकी जेहनियत आप देखिए, अब भी यही होगी कि अगर उसकी लड़की हुई तो उस पर प्रतिबंध लगाया जाएगा कि स्कूल-कॉलेज के बाद वह कहीं नहीं जाएगी, सीधे घर आएगी। खासकर अँधेरा होने के बाद उसका कहीं जाना तो प्रलय है। कोई लड़का उससे मिलने नहीं आएगा—या उसे मिलने नहीं दिया

जाएगा और उसे घर में उसी तरह छिपाकर रखा जाएगा, जैसे कोई गुप्त खजाना हो। तो यह सब क्या है! ये क्या परिवर्तन की निशानियाँ हैं?....जरा जाकर देखिए इन परिवारों में जहाँ सीरियल देखे जाते हैं और फिर परिवार के एक पुराने ढाँचे में सब खप जाते हैं—लगभग तयशुदा भूमिकाओं में—जैसे कि बरसों से चला आता है। और फिर भारतीय समाज तो इतना अधिक कंजरवेटिव है या अपनी पहचान की स्थिरता के लिए इतना अधिक आग्रहशील है कि बड़े से बड़े परिवर्तनों के बीच भी वह अपनी निजता को बनाए और बचाए रखता है।

विष्णु जी, अभी आपने भारतीयता की एक विशेषता की बात कही कि बड़े से बड़े परिवर्तनों मे वह अपनी निजता बनाए रखती है। तो यह भारतीयता क्या है—या ऐसी कौन-सी चीज है जिसके कारण यह संभव हो पाता है? यानी यह कौन-सा छनना है जो बाहरी चीजों और दबावों को बाहर-बाहर ही रोक लेता है?...और फिर एक सवाल और! आप इसे अच्छी चीज मान रहे हैं—या बुरी? क्या यह यथास्थितिवाद और जड़ता नहीं है? और जो बात नेगेटिव चीज से पैदा होगी, वह अच्छी कैसे हो सकती है?

—देखिए, पहले आपको पहले सवाल का जवाब दूँ कि भारतीयता में ऐसा क्या है कि बाहरी चीजों का उस पर बहुत ज्यादा प्रभाव नहीं पड़ता या कि उसका 'छनना' क्या है—जैसा कि आपने कहा!....तो मेरा ख्याल है दुनिया के सब धर्मों में केवल एक हिंदू धर्म ही है जिसने इस दुनिया को 'माया' कहा, मिथ्या और भ्रम माना और किसी और चीज को सत्य कहा जो दिखाई देती चीजों से परे है।....मैं नहीं कहता कि यह दृष्टि कोई बहुत अच्छी है, लेकिन यह भी तय है कि यह भारतीयता की निशानी है और इससे भारतीय जीवन और संस्कृति को समझा जा सकता है। यही वह छनना है कि बाहरी लोक-लुभावन चीजें हम पर एक सीमा से ज्यादा असर नहीं करतीं और भारतीय जीवन एक ढंग से चला चलता है। इसे आप 'यथास्थितिवाद' कहें, कुछ और कहें, मगर यह एक हकीकत है। इसकी सकारात्मक और नकारात्मक दोनों ही तरह की व्याख्याएँ की जा सकती हैं।...ठीक ऐसे ही अब मैं आपके सवाल के दूसरे हिस्से पर आ रहा हूँ—यह जो बड़े-बड़े परिवर्तनों में अपरिवर्तनीय बने रहने का गुण है, इसके सकारात्मक और नकरात्मक दोनों ही पहलू हैं। उदाहरण के लिए जीव-हत्या हमारे यहाँ अच्छी नहीं मानी गई तो गर्भपात को इस समाज में कभी अच्छा नहीं माना गया—या उसे स्वीकृति नहीं मिली। इससे आप देखेंगे, यह रोग हमारे यहाँ एक सीमा से ज्यादा नहीं है। इसी तरह 'परिवार' नामक इकाई हमारे यहाँ इसीलिए चली आती है कि दांपत्य को निभाना हमारे यहाँ एक कर्तव्य की तरह है और हमने उसे 'धर्म' से जोड़ दिया है!...दूसरी ओर इस सबसे हमारे पारिवारिक ढाँचे में एक तरह की जड़ता भी घर करती गई है—इसमें कोई शक नहीं और इसके अपनी तरह के नुकसान और खतरे भी हैं। मसलन हमारे यहाँ हर मामले में प्रगति की रफ्तार

बड़ी धीमी है....

तो नई सदी में विष्णु जी, आपके ख्याल से कुछ बड़े बदलाव नहीं होंगे? एक बात और, जो आर्थिक-राजनीतिक हालात आज हैं, उन्हें देखते हुए आपको क्या लगता है—आगे क्या होगा? क्या आपको लगता है, गरीबी दूर हो सकती है—या फिर लोग भूखों मरेंगे, हालात और बुरे होंगे और यहाँ तक कि एक दिन हम किसी बड़ी शक्ति के मुँह का निवाला बन जाएँगे? क्या इस तरह का कोई खतरा आपको नहीं सताता?

—नहीं, है क्यों नहीं? सच ही बहुत बड़े खतरे हमारे सामने हैं—और इतने बड़े कि उनकी कल्पना करते रूह काँपती है। बहुत से लोग जो उनके बारे में बिल्कुल नहीं सोचते या कि उनसे बेपरवाह और उनींदे से लगते हैं, उनकी मजबूरी मैं समझता हूँ...क्योंकि सच में हालात ऐसे हैं कि आप उस सारे दृश्य की कल्पना अपनी आँख के आगे करें तो हो सकता है, आपके लिए साँस लेना भारी पड़ जाए। आप सिर्फ साँस रोककर इनके बारे में सोच सकते हैं। वाकई यह सच है—होने वाला है—अभी नहीं तो कुछ आगे सही, लेकिन आप उसे टाल नहीं सकते। वह आपको झेलना ही है—मेरा मतलब, आप नहीं तो आपके तुरंत बाद आने वाली पीढ़ियाँ। बहुत जल्दी ही यह होने वाला है कि हमारे सामने प्राकृतिक संसाधनों का एकदम अभाव हो जाए। इतना तेल आखिर आपको कहाँ से मिलेगा? जमीन की उर्वरता की भी एक सीमा है।...तो न इतने संसाधन हैं, न उपज...तो कहाँ से इतने लोगों के लिए बिजली, मकान, अन्न, पेयजल और दूसरी सुविधाएँ लाएँगे आप? यानी कि आप देखिए, जल्दी ही हमारी आबादी एक खरब होने जा रही है—एक खरब—आप कल्पना कीजिए....और दुनिया का कोई ऐसा देश नहीं है कि एक खरब भूखे लोगों को खिलाने का जिम्मा लेने के लिए तैयार हो। कोई आपके भूखे पेट में अन्न नहीं डालने वाला! तो आप अनुमान लगा लीजिए इससे कि क्या होने जा रहा है!....

तो क्या हिंदुस्तान एक दूसरा सोमालिया बनने जा रहा है? आपका ख्याल है कि...इसी तरह...?

—आप कुछ भी कहिए, लेकिन हालात तो वही हैं बल्कि एक मानी में तो उससे भी बुरे...क्योंकि आबादी इतनी बड़ी और बेकाबू हो चुकी है! प्रशासन और राजनीतिक शक्तियाँ कुंद पड़ी हैं, साधन कुछ लोगों के हाथ में सिमट गए हैं और एक बड़ी आबादी इस कदर भूखी और लाचार है कि कुछ भी हो सकता है—कुछ भी। और यह तो शायद आज भी है—और कल हो सकता है, और अधिक बुरे तौर से सामने आए—कि करोड़ों लोगों को सिर्फ आधा पेट खाकर ही उठ जाना पड़े या दिन में उन्हें सिर्फ एक ही बार और बहुत बुरा खाना मिले, पशुओं से बदतर जिंदगी गुजारनी पड़े। समय सच में बहुत खराब है—और दुर्भाग्य से इस बारे में सोचा बहुत कम जा रहा है। जल्दी ही तेल, कोयला और ऐसी ही दूसरी चीजें खत्म होने वाली

हैं। आदमी सब कुछ खत्म कर डालेगा और खा डालेगा। तो अब दो ही रास्ते बचते हैं—एक तो यह कि उनकी जगह दूसरे ऐसे संसाधन खोज लिए जाएँ जिनसे काम चलता रह सके, लेकिन मुझे लगता नहीं कि ऐसा हो सकता है। विज्ञान की तमाम नवीनतम खोजों की जानकारियों के बावजूद ऐसा कह रहा हूँ—कि मुझे इसकी कोई संभावना लगती नहीं...कोई मिरेकल हो तो अलग बात है! तो फिर दूसरी संभावना यही बचती है कि इन साधनों के अभाव में एक तरह की अराजकता, मारकाट या 'केऑस' हो—प्रलय...अंधकार! वही मुझे ज्यादा नजर आता है, कम से कम बहुसंख्यक आबादी के हिस्से तो वही आने वाला है!...यानी कि यह फिर से प्राकृत अवस्था में लौटने की तरह है। लोग जो ऐसा कहते हैं, वे कुछ गलत नहीं कहते। इस तरह की परिकल्पनाएँ अगले सौ-दो सौ सालों में सच होने वाली हैं। हो सकता है, हजारों साल पहले की तरह आदमी पेड़ों पर घर बनाए और शिकार करे...

तो क्या बिलकुल निराशा है आपके सामने—एकदम अंधकार...?

—हाँ, मुझे माफ करें—इसके अलावा कोई और चीज मुझे नजर नहीं आती—या कोई ऐसा चमत्कार जो आकर हमें बचा ले।

लेकिन विष्णु जी, आश्चर्य है, आप जिस भयानक खतरे और भीषण परिकल्पनाओं की बात कर रहे हैं, उनकी ओर दूसरे लोगों का ध्यान क्यों नहीं गया—आपको क्या लगता है? और तो कोई ये सवाल नहीं उठा रहा और न हमारे लेखन और साहित्य में इसकी कोई हल्की-सी भी दस्तक है...और जिन भयों और तनावों की बातें हमारे लेखक करते हैं, वे तो इसके सामने बहुत छोटे लगते हैं...नहीं?

—जैसा कि मैंने आपको पहले बताया, ज्यादातर लोगों के लिए तो इन सवालों से कन्नी काट लेना ही बेहतर है। इसी में उनकी मानसिक सुरक्षा और खुशहाली है, वरना तो वे बहुत परेशान हो जाएँगे और उनके लिए खाना, पीना, सोना और यहाँ तक कि ठीक से साँस लेना भी दुश्वार हो जाएगा!...तो सबसे भली है विस्मृति! सबसे ज्यादा राहत और 'उनींदे' किस्म का सुख यही है कि जो है या होने जा रहा है, उसे भूले रहो और क्षण को जियो—जैसे अज्ञेय जिया करते थे और आज भी बहुत-से कलावादी जी रहे हैं—क्षण के बारे में कहो, लिखो! यहाँ साहित्य, साहित्य न रहकर एक मजेदार खेल हो जाता है जो बहुतों को सुकून देता है। अनेक लोग इसी भूलने में पेंगें ले रहे हैं और खुश हैं—लेकिन मुझसे उम्मीद मत कीजिए कि मैं जाकर उनकी खुशफहमी को दूर करूँ!

अब एक आखिरी सवाल विष्णु जी, आप आने वाली सदी को क्या संदेश देना चाहेंगे—केवल कुछ शब्द...?

—यही कि हालात सचमुच खराब हैं—अकल्पनीय रूप से और भविष्य में मुझे लगता है और भी खराब होने जा रहे हैं। सही स्थिति तो यह है कि जो बड़े, समर्थ

और धनी देश हैं, उनकी अर्थ-व्यवस्था तक लड़खड़ा रही है और वे अपने लोगों को खाना, नौकरी और दूसरी सुविधाएँ नहीं दे पा रहे हैं। तो फिर जो गरीब देश हैं और उनमें भी ऐसे देश जिनकी हालत पायदान पर खड़े लोगों जैसी है, उनके बारे में तो कहा ही क्या जाए! सच पूछिए तो मुझे नहीं लगता कि हमारा कोई भविष्य है—या कम से कम जिस तरह हम जी रहे हैं, उसमें अपना बचाव हम कर पाएँगे!...तो भी उम्मीद क्यों छोड़ी जाए? इसलिए प्रकाश जी, आने वाली सदी में लोगों से मैं कहना चाहूँगा कि बहुत सोचकर, बहुत सँभलकर चलो और हिम्मत के साथ रास्ता खोजो, इसलिए कि रास्ते अब सरल नहीं रहने वाले...सरलता इसी सदी के साथ खत्म हो जाएगी।

...यों जीवन तो ऐसी चीज है कि जहाँ रास्ता नहीं है, वहाँ भी कोई न रास्ता खोज ही लेता है और मुझे यकीन है, वह बुरे से बुरे हालात में भी अपना रास्ता खोज ही लेगा। बरहाल नई सदी का स्वागत हमें आत्मुग्धता और आत्मविस्मृति के बजाए ज्यादा खुले और जुझारू ढंग से करना होगा। खुली आँखों के साथ चलना सीखेंगे, बात तभी बनेगी।

(14 जुलाई 1996)

□□□

जिरह

क्यों जीभ दिखाए गुंटर ग्रास?

1

क्यों जीभ दिखाए गुंटर ग्रास—किसलिए? गुंटर ग्रास भला क्यों लज्जा से जीभ दिखाए?

ठीक उसी लज्जा से, जिस लज्जा से जीभ दिखाती काली को उसने देखा सारे कलकत्ते में पसरा हुआ। गले में रुंड मुंडों की माला पहने, सब कुछ का मर्दन करती काली! हर चीज तहस-नहस करके भयानक आतंक और हिंसा फैलाती काली, जो एक भयानक और सम्मोहक नृत्य में लीन है।...शिरच्छेदन नृत्य!! (कोई और शब्द उसके लिए ध्यान में आता ही नहीं है!) पर जब जमीन पर लेटे शिव पर उसका पैर पड़ता है और वह उनका शिरच्छेदन करने बढ़ती है, तो अचानक उन्हें पहचान कर लज्जित हो उठती है।...लज्जा! एक हिंसक और उन्मत्त नृत्य वाली काली की लज्जा—और इसी लज्जा के कारण उसकी जीभ बाहर निकल आती है।

गुंटर ग्रास अपने कलकत्ता प्रवास (अगस्त, 87 से जनवरी, 88 तक) के दिनों पर लिखी गई डायरीनुमा किताब 'जीभ दिखाना'—जिसका बहुत खूबसूरत और कहीं-कहीं 'खतरनाक' की हदों को छूने वाला अनुवाद विष्णु खरे ने किया है (जिसमें 'कथक्कड़ों', 'पोथन्नों' और 'घलुए' जैसे नितांत देसी शब्दों का भी भरपूर प्रयोग हुआ है!) में हमें बताते हैं कि आइंस्टाइन का भी कोई चित्र उन्होंने देखा है जिसमें पत्रकारों के सवालों से वे बहुत ज्यादा उत्तेजित हो गए थे और फिर अचानक कोई ऐसा क्षण आया, जिसमें शायद लज्जा के कारण ही उनकी जीभ बाहर निकल पड़ी थी।

और शायद इसी सादृश्य के कारण गुंटर ग्रास काली और आइंस्टाइन का एक साझा चित्र भी बनाना चाहते हैं, जिसमें दोनों साथ-साथ खड़े हों और बातचीत कर रहे हों, ठीक वैसे ही, जैसे आधुनिकता और परंपरा आपस में संवाद कर रही हों!

गुंटर ग्रास ने ऐसा कोई चित्र बनाया तो नहीं, पर अपनी इस मौलिक कल्पना

से वे खुश जरूर हो लेते हैं। कल्पना सचमुच मौलिक है और नायाब भी। काली और आइंस्टाइन दोनों साथ-साथ। दोनों अपनी जीभ बाहर निकालते हुए और एक मौन संवाद का ताना-बाना बुनते हुए!

पर गुंटर ग्रास...? आप पूरी किताब 'जीभ दिखाना' पढ़ जाइए, पहले सफे से आखिरी सफे तक...गुंटर ग्रास के कलकत्ता-प्रवास के दिनों में बनाए गए बहुत तेज और भावानात्मक रेखांकनों, उसका कलकत्ते का डायरीनुमा यात्रा-वृतांत या फिर उसकी प्रदीर्घ कविता 'जीभ दिखाना', जिसमें बार-बार कलकत्ते की गंदगी और काली दोनों आते हैं और अक्सर वे साथ-साथ आते हैं। मजाल है कि बहुत भव्य ढंग से छपी इस त्रिफलक किताब में कहीं गुंटर ग्रास लज्जा के मारे जीभ निकाले दिखाई पड़ा हो!

भला क्यों जीभ निकाले वह, और कैसी लज्जा?...गुंटर ग्रास जैसा साहित्य और विश्व राजनीति की ढेरों सूचनाओं से लैस, यथार्थ की बेधक और तीक्ष्ण दृष्टि वाला आदमी और चाहे जो भी जानता हो, लज्जा नहीं जानता। 'जीभ दिखाना' में उसकी हल्की शर्मिंदगी के एक-दो प्रसंग हैं—मसलन फ्रेंकफुर्त मेले में 'तीसरी दुनिया' के देशों, खासकर भारत के बारे में सही इंसाफ न किया जाना और उसे एक 'तमाशे' के रूप में पेश किया जाना—पर वे ऐसे नहीं हैं कि उनसे ग्रास की कोई गहरी, मर्मांतक आत्म-पीड़ा या कनफेशन जैसा भाव निकलता हो।

इसकी वजह क्या है? यही कि गुंटर ग्रास सिर से पैर की अँगुलियों तक इस कदर आत्मविश्वास से भरपूर है, इस कदर यथार्थ की आँख में आँख गड़ाकर देखने वाला शख्स है और उसके पैर इतनी ठोस जमीन पर हैं कि वह शायद कभी सोच ही नहीं सकता कि वह भी गलत हो सकता है।...कि वह भी भूल-गलतियाँ कर सकता है! और भूल-गलतियाँ भी छोड़िए, वह तो शायद यह तक नहीं मानता कि जो कुछ वह देख या लिख रहा है, वह टुकड़ों-टुकड़ों में जाना गया आधा-अधूरा सच है और उसके मुकम्मल की तलाश की जानी अभी बाकी है।

नहीं, गुंटर ग्रास यह नहीं मानता। इसके बजाए वह अपनी चौकस और दूर तक भेदने वाली आँखों पर भरोसा करता है—और जरूरत के ज्यादा भरोसा करता है जिनसे उसने 'यह सब' और 'वह सब' देखा। वह अपने शब्दों पर भरोसा करता है जिनसे उसने 'यह सब' और 'वह सब' कहा। ठीक वैसे ही कहा, जैसा उसने देखा था। अब बाकी बचा क्या?

गुंटर ग्रास अपने कठोर आत्मविश्वास से, जिसमें निस्संदेह एक धनी और शक्तिशाली देश के नागरिक होने का गर्व भी मिला हुआ है, चारों ओर गर्दन घुमाकर देखता है, कुछ इस भाव से मानो उसने कलकत्ता को विजित कर लिया हो, भारत को विजित कर लिया हो! और किताबों के जिस भारी संदूक के साथ वह आया था, किताबों के उसी भारी संदूक के साथ वह एक गरीब कलकत्ता की 'हाय-हाय' से

पिंड छुड़ाकर अपने धनी, समृद्ध देश की ओर चल पड़ता है। कुछ ऐसी आत्मतुष्टि और आत्मविश्वास से लबालब, जो धनी और उन्नत देशों के बाशिंदों में अक्सर मिलता है। ऐसे लोग जो अपना अधूरापन कभी नहीं देख पाते और जो दूसरे को कभी समग्रता से थाह भी नहीं पाते।

2

बहरहाल मुझे कहने दीजिए, गुंटर ग्रास गजब का आत्मविश्वासी व्यक्ति है और विकट अध्यवासायी भी। दुस्साहसी इस कदर कि कलकत्ता के कोनों-कुचोनों, लगभग त्याज्य स्थलों और झोंपड़पट्टियों के कूड़े के पर्वतों को, जिन्हें कलकत्ता वालों ने भी नहीं देखा या देखकर भी नहीं देखा, उन्हें वह बहुत पास जा-जाकर देखता है। और उससे समूचे कलकत्ते के चरित्र की व्याख्या करता है। ठीक वैसे ही—गुंटर ग्रास के शब्दों का सहारा लें तो—जैसे कोई चिकित्सक पेशाब और मल से किसी रोगी के रोग की जाँच करता है।...'जीभ दिखाना' पढ़ते हुए किसी-किसी को मुक्तिबोध के 'ब्रह्मराक्षस' या 'अँधेरे में' की याद आ सकती है, मगर मुक्तिबोध का 'अपने लोगों' और अपनी जमीन के साथ जो गहरा भावनात्मक जुड़ाव था, वह यहाँ शायद ही मिले!

ग्रास ने कलकत्ते का श्मशान देखा, जलती हुई चिताएँ देखीं, पटरियों पर झुंड के झुंड लेटे हुए लोगों का पूरा एक संसार देखा, कलकत्ते की गंदगी, रोग और कुपोषण देखा, बनावटी आडंबर के साथ बात करती संस्कृति देखी और भूख और गरीबी से धीरे-धीरे मरते हुए लोग देखे—इन सब चित्रों को उसने आस-पास रखकर देखा। उन्हें आपस में जोड़ा और उस भारत की तस्वीर बनानी चाही जो आधुनिकता की दौड़ में शामिल हो चुका है, लेकिन जितना तेज वह दौड़ रहा है, उतनी ही तेजी से एक लाइलाज अव्यवस्था और कूड़े के पहाड़ों में बदलता जा रहा है।

यह गुंटर ग्रास का अपना यथार्थ या अपनी आँखों से देखा गया भारत है... खासकर अपनी आँखों से देखा गया कलकत्ता! इस सबने गुंटर ग्रास को एक बड़ा दृढ़, कई बार सख्त और इस्पाती-सा लगने वाला चरित्र दिया। उसके हजार गुण हो सकते हैं और वे 'जीभ दिखाना' में देखे जा सकते हैं और उनकी हजार मुखों से प्रशंसा भी की जा सकती है। पर निस्संदेह गुंटर ग्रास के इस भरे-पूरे आत्मविश्वास की एक दुर्बलता यह है कि उसमें आत्मसंशय के लिए कोई जगह नहीं है। यह ऐसा निश्शंक आत्मविश्वास है जो अपने आप से ही दो-चार नहीं होना चाहता!...लिहाजा एक अधूरापन उसकी नियति है। उसमें कहीं कोई द्वंद्व नहीं है, कहीं कोई शंका नहीं कि जो वह देख रहा है, उससे परे भी कुछ हो सकता है जो उसे दिख न रहा हो, मगर जो हो और उसे देखने वाली 'आँख' ही उसके पास न हो...!

'जीभ दिखाना' में एक जगह गुंटर ग्रास बड़े तुष्ट आत्मविश्वास और दबंगी के

साथ लिख्टेनबेर्क को उद्धृत करता है :

"आदमी प्रबुद्धता की बात करता है और प्रकाश चाहता है। मेरे भगवान, सारे प्रकाश का क्या फायदा, जब लोगों के पास या तो आँखें ही न हों, या यदि हों तो वे उन्हें जान-बूझकर बंद रखें?"

निस्संदेह बहुत प्रभावी विचार!

लेकिन आश्चर्य, ग्रास एक क्षण के लिए भी उन्हें खुद पर नहीं घटाता...कि कहीं ऐसा तो नहीं कि प्रकाश की तो भारत में कमी न हो—और वह इस घोर दरिद्रता और हड्डियों को कँपाती गीली-सीली गरीबी, अभावों के निरंतर दाह के बावजूद हो—पर उसे देख पाने की सामर्थ्य उसकी 'आँख' में ही न हो!

अफसोस! सभी विकट आत्मविश्वासों और यथार्थधर्मी सत्यों की एक ही विडंबना है कि उनमें आत्मसंशय की कोई गुंजाइश नहीं होती—और जिस सत्य में आत्मसंशय या आंतरिक द्वंद्व न हो, वह झूठ भले ही न हो, मगर वह झूठ से कहीं ज्यादा घातक जरूर हो सकता है!

एक ऐसा सच जिसे 'जीभ दिखाना' का लेखक गुंटर ग्रास नहीं जानता। यहाँ तक कि उसे जानने की कोई बहुत गहरी इच्छा भी उसके भीतर से प्रकट नहीं होती।

न...न...ऐसी लज्जा और ऐसा आत्मसंशय किसी और के पास हो सकता है, मगर गुंटर ग्रास के पास नहीं, जो इस कदर आत्मविश्वास से लबालब है कि दूर से ही 'टीन का ढोल' बजाकर घोषणा कर रहा है कि जो वह देख रहा है, जो वह महसूस कर रहा है, जो वह कह या लिख रहा है, उसमें गलत तो कुछ हो ही नहीं सकता!

'जीभ दिखाना' का गुंटर ग्रास ऐसा ही है—अगर सौ प्रतिशत ऐसा नहीं, तो सत्तर या पचहत्तर प्रतिशत तो जरूर ही।

आप कह सकते हैं, यही उत्कट और प्रबल आत्मविश्वास गुंटर ग्रास को एक बड़ा लेखक बनाता है—एक विश्वख्याति का लेखक जो जर्मनी का है, लेकिन भारत का भी उतना ही और उतना ही पूरी दुनिया का भी। लेकिन यही निश्शंक आत्मविश्वास गुंटर ग्रास की शायद एक कमजोरी भी है जिसके कारण उसके हाथों में अक्सर 'टुकड़े' ही आते हैं और 'संपूर्ण वास्तविकताएँ' बहुत बार उसके हाथों से फिसलती नजर आती है। इसका 'जीभ दिखाना' से बेहतर उदाहरण शायद ही कोई ओर मिले!

3

मगर इसमें जरा भी संदेह नहीं कि गुंटर ग्रास जो देखता है, जो महसूस करता है, ठीक वही लिखता भी है और यहाँ उसकी ईमानदारी पर कोई शक नहीं कर सकता। वे भद्र बंगाली भी नहीं जो कलकत्ता के गुंटर ग्रास के चित्रण से इस कदर चिढ़ गए कि 'जीभ दिखाना' उन्हें किसी विदेशी षड्यंत्र जैसा लगने लगा। और चाहे 'जीभ

दिखाना' पर प्रतिबंध की मांग उन्होंने नहीं की, पर प्रतिबंध लग जाए, यह इच्छा बार-बार उनके भीतर कुलबुलाती जरूर रही।...और यह सोचने वाले तो शायद बेशुमार भद्र प्राणी होंगे, जो मन ही मन चाह रहे हों कि काश, 'जीभ दिखाना' नामक यह किताब कभी लिखी ही न जाती और लिखी भी गई, तो कभी छपकर सामने न आती। आखिर हम भद्र, सुसंस्कृत बंगालियों को इस फितने आदमी ने क्या बना दिया! हमारी सारी भद्रता को एक ओर झाड़कर, हमें सड़क या रेल की पटरियों के सहारे हगने या मूतने वालों, फुटपाथ पर गुच्छों में सोने वालों...गंदी झोंपड़ियों में कीड़े-मकोड़ों और पशुओं की तरह रहने वालों और 'कूड़े की संतानों' के रू-ब-रू ला खड़ा किया! उफ, धिक्कार है!...जिसे हम रोज देखते हैं और नहीं देखते, जिसे देखकर भी न देखने की शिक्षा हमें बचपन से मिली है—क्योंकि आखिर तो यही बंग सभ्यता और सुरुचि है—उसे यह बाहर से आया आदमी यूँ बेरहमी तार-तार कर दे, क्या यह क्षम्य है, कतई नहीं...कतई...!!!

गुंटर ग्रास की तमाम खासियतें हैं। उनमें से एक तो यही कि उसे दोस्त बनाना आता है, पर उससे ज्यादा दुश्मन बनाना आता है। लिहाजा पहली बार वह भले ही कलकत्ते से डरकर चला गया, मगर दूसरी बार—ग्यारह साल बाद (अगस्त, 1987 में) जब वह अपनी संदूक भर किताबों के साथ आया, पत्नी ऊटे और मन में बसे लेखक फोंटाने के साथ आया, तो वह कलकत्ते को ही नहीं, कलकत्ते के साथ-साथ पूरे भारत को भीतर तक देखने और झेलने के लिए आया था। और सचमुच गया तो अपनी सूक्ष्म और अदृश्य करुणा और एक बहुत सख्त पर्दे में छिपी हुई इंसानी भावुकता के बावजूद, सारे भारत को दुश्मन बना के चला गया। इसलिए कि जो गुंटर ग्रास का भारत है, वह कूड़े के ढेर पर बैठा हुआ भारत है—कूड़े के ढेर पर बैठकर 'सांस्कृतिक बाँग' देता भारत...या कि कीचड़ और दलदल में पड़ा, आँखें मींचे धार्मिक मंत्र बुदबुदाता भारत। (और यह आकस्मिक नहीं कि गुंटर ग्रास का भारत कई जगह श्रीकांत वर्मा की 'दिनारंभ' और 'मायादर्पण' की रूखी और सख्त कविताओं वाला भारत लगता है!)

या भारत जो आज का होकर भी सचमुच पुराना है। कई सदियों पीछे घिसटता हुआ। वह अपनी प्राचीन सांस्कृतिक आब तो खो चुका है, पर नया उसने कुछ सीखा नहीं। आधुनिक होने की कोशिशों में वह लगातार भोंडा होता जाता है और अधिक तेजी से कूड़े के ढेर में बदलता जाता है।...आधुनिकता का सबसे बड़ा परिणाम तो यही निकला है—एक महाविस्थापन! हर साल गाँवों से लाखों लोग 'उलट दिए' जाते हैं और वे गुच्छों की शक्ल में शहरों में आ जाते हैं। गंदी बस्तियाँ बसाने, फुटपाथ पर—सड़कों के किनारे। फैक्टरियों के आसपास और जहाँ-जहाँ वे होते हैं, उनके करीब से निकलते हुए आपका हर पैर गंदगी और गू में पड़ता है।

4

गुंटर ग्रास को इस गंदगी और गू का जैसे 'ऑब्सेशन'-सा है। वह कहीं भी जाए, सबसे पहले उसकी निगाह उन्हीं पर पड़ती है। और मुझे तो कभी-कभी लगता है कि जहाँ वह नहीं होता, वहाँ भी वह इसकी कल्पना जरूर कर लेता होगा। इसलिए कि भारत में होने का मतलब गुंटर ग्रास के लिए गंदगी और गू में होना है। ग्रास कितना भी चाहे, वह इस विचार से बच ही नहीं सकता। इसलिए वह जगन्नाथपुरी जाता है, तो समुद्र देखने या उसके विराटत्व के साक्षात्कार के बजाए गू देखकर चला आता है...या फिर अपने कमरे में बैठा-बैठा सोचता रहता है कि जरूर पीछे कुछ गंदी झोंपड़ियाँ होंगी जो दिखाई नहीं पड़तीं, मगर हैं। और वहाँ वे लोग होंगे, जो गंदे नालों से मछलियाँ पकड़ते है।...अछूत! उसका सोचना कुछ गलत भी नहीं है। वे झोंपड़ियाँ वहाँ जरूर होंगी और वे अछूत वहाँ होंगे जिन्हें कभी सम्मान नहीं मिला। यहाँ तक कि जिन्हें कभी मनुष्य तक नहीं समझा गया।...मगर इससे क्या सचमुच समुद्र, समुद्र नहीं रहेगा या उसके होने का अर्थ और विराटता खत्म हो जाएगी? उसे चंद शब्दों में निबटा देने वाली उपेक्षा को क्या कहेंगे आप? यहाँ तक कि कोणार्क जाने पर वहाँ की ऐतिहासिक महत्व की कलाकृतियों की सुंदरता से ज्यादा यहा चीज उसके जेहन में दस्तक देती है कि भारत एक गंदा और मैला देश है। वे प्राचीन कलाकृतियाँ कैसी हैं, किस अचरजभरे कौशल के साथ वे बनाई गई हैं, उनमें कैसा लास्यभाव या भंगिमाएँ हैं, यह आप न पाएँगे। जगन्नाथपुरी के समुद्र की भव्यता कैसी है, यह भी आपको पता न चलेगा। पर वहाँ समुद्र तट पर गू कैसा और कितना है और उसके कितने प्रकार हैं, यह आप जानना चाहेंगे तो 'जीभ दिखाना' का पृष्ठ 28 पढ़ लेना पर्याप्त होगा। उसे यहाँ उद्धृत करने की जरूरत मैं नहीं समझता।

हालाँकि इसके बावजूद गुंटर ग्रास की यथार्थवादी और चौकस दृष्टि की तारीफ किए बगैर आप नहीं रह सकते। इसलिए कि वह 'इंडिया इज ए बिग लैट्रीन' कहने वालों की तरह खाली निदंक नहीं है। उनसे काफी कुछ अलग है और भारत से कुछ अजीब किस्म के 'लव-हेटेड रिलेशन' के बावजूद वह सचमुच एक गंभीर 'भारत अध्येता' है। (उसकी आलोचनात्मक दृष्टि गंभीर नहीं है—यह कहने का साहस तो शायद उसका कोई दुश्मन भी नहीं कर पाएगा।)

यह बात इसलिए महत्वपूर्ण है कि प्राचीन भारत की महिमा गान करने वाले तो बहुत हैं। ऐसे तमाम लोग है, जिन्हें प्राचीन भारत 'एक महान आध्यात्मिक स्वर्ग' लगता है। पर ऐसे लोग आधुनिक भारत की बात आते ही नाक-मुँह सिकोड़ने लगते हैं। ऐसे में आधुनिक भारत को समझने की जो कुछ ईमानदार कोशिशें हुई हैं, उनमें गुंटर ग्रास का 'जीभ दिखाना' निस्संदेह अलग है। और शायद सबसे अधिक

महत्वपूर्ण भी। इसलिए कि आक्टोविया पाज जब भारत को देखते हैं, तो वे उसके अतीत की महान संस्कृति से कुछ इस कदर आतंकित लगते हैं कि उसके मौजूदा यथार्थ को देख ही नहीं पाते। जबकि 'द सिटी ऑफ जॉय' का लेखक डोमिनिक लॉपिए मदर टेरेसा के भव्य व्यक्तित्व से कुछ अधिक ही आक्रांत लगता है। इसलिए कलकत्ता की बहुत-सी जमीनी वास्तविकताएँ और आम लोगों के नरक को भी वह एक उदात्त आवरण चढ़ाकर देखता है। इसके बरक्स गुंटर ग्रास जमीनी यथार्थ को लेकर चला है। और यह यथार्थ एक क्षण के लिए भी उसकी आँख से ओट या धुँधला नहीं होता। यहाँ तक कि वह कलकत्ता के पुटपाथ पर सोने वालों के अलग-अलग प्रकार आपको बता सकता है।...महानगरीय शटल में घोर सवर्णी नाक-भौं चढ़ाने वालों और दलितों-उपेक्षितों को भीड़ की धक्कामुक्की में, एक 'जातिहीन' समाज में बदलते हुए वह देखता और उसके बारे में पूरे अधिकार के साथ लिखता है। उड़ीसा के उन अस्पृश्य मछुआरों के बारे में भी वह बता सकता है जिन्हें समुद्र में मछलियाँ पकड़ने की इजाजत नहीं है, लिहाजा जो गंदे नालों से मछलियाँ पकड़ते देखे जा सकते हैं। वह ढाका की उस बिहारी कालोनी के बारे में बता सकता है जहाँ भारत से गए कोई बीस हजार लोग 'इतिहास देवता' का एक अजीब-सा व्यंग्य और भूख और कुपोषण की मार झेल रहे हैं। यहाँ तक कि वह शांतिनिकेतन जाता है तो पास के संथाल गाँवों में जाना भी नहीं भूलता और इस बात की जमकर तारीफ करता है कि वहाँ शहरों के मुकाबले ज्यादा सफाई, ज्यादा प्यार और परस्पर बराबरी का बर्ताव है।...और हाँ, ईश्वर का लाख-लाख शुक्र है कि वे कूड़े के पहाड़ भी वहाँ नहीं हैं जो गुंटर ग्रास को शहरों में अक्सर नजर आते और बेहद ख़िजाते हैं तथा जिनसे उसे एक तरह का आब्सेशन-सा है।

5

गुंटर ग्रास एक यथार्थधर्मी लेखक है और उसका यथार्थधर्मी होना किसी एक विचारधारा के खाँचे से बहुत ज्यादा जकड़ा हुआ नहीं है। लिहाजा कलकत्ता आकर वहाँ की मार्क्सवादी सरकार के निकम्मेपन और नाकामियों का परदाफाश करते उसे जरा भी परेशानी नहीं होती। उसका गुस्सा इस बात पर है कि मार्क्सवादी शासन होते हुए भी, जनता की बुनियादी जरूरतों के प्रति सरकार इस कदर लापरवाह क्यों है! या कि उसे झोंपड़पट्टियों में पशुओं की तरह बिलबिलाते आदमी क्यों नहीं नजर आते?...जिस भूख और गरीबी का नारा लगाकर वे आते हैं, उस भूख और गरीबी को दूर करने के लिए आखिर वे क्या करते हैं। इसीलिए गुंटर ग्रास जब राइटर्स बिल्डिंग में स्थित सचिवालय में जाता है तो उसका दबा हुआ गुस्सा, एक अजब-से व्यंग्य और खीज की शक्ल में फूट पड़ता है—"आज अंततः राइटर्स बिल्डिंग ब्रिटिश काल की एक अट्टालिका में, जिसमें ईस्ट इंडिया कंपनी के युवा लुटेरों, उस वक्त

के यपियों ने ताबड़तोड़ पैसा कमाया था। इस वक्त करीब छः हजार स्त्री-पुरुष जिन्हें बर्खास्त नहीं किया जा सकता—इसके कई तल्लों पर खुद में व्यस्त, कब्जा किए हुए हैं। वे बड़े दफ्तरी कमरों में बैठते हैं और गप्पें मारते रहते हैं। वे चाय पीते हैं, अखबार पढ़ते है, ऊँघते हैं। कुछ जैसे समाधि में चलते हैं, दूसरे लज्जाहीन सोते हैं। पंखों के नीचे कई कुर्सियाँ सूनी हैं लेकिन खाली नहीं है। करीब एक चौथाई कर्मचारी बाजार में दलाली का या दूसरे दफ्तरों में काम कर रहे है, साइड बिजनेस। बेबस मध्य वर्ग का एक संयुक्त जमावड़ा। कूड़ा गलियारों में, सीढ़ियों के कुओं में, अंदरूनी आँगनों में। कुछ उजालदान और ढहते हुए-से निकास दरवाजे कूड़े से भरे हुए हैं। कोनों में घुटने-घुटने कूड़ा। हॉल में चाय की दुकानें और ढाबे। उनके बीच में सुपरिचित उकडूँ मुद्रा में फरियादी जो हफ्तों, महीनों, वर्षों से भी प्रतीक्षा करते हो सकते हैं। गायों के विपर्यास में: निश्श्रृंग धैर्य।"

आगे ग्रास एक तीक्ष्ण व्यंग्य के साथ लिखता है :

"जैसे प्रेमचंद ने कभी नजदीक से गाँव की अपनी तीखी कहानियाँ लिखी थीं, यहाँ कहानियाँ रिकार्ड रूम की फाइलों में छाननी पड़ेंगी।"

मैं समझता हूँ, हिंदुस्तानी दफ्तरों का ऐसा सजीव और सही चित्रण कोई हिंदुस्तानी लेखक भी मुश्किल से कर पाएगा। यहाँ ग्रास के पास जो 'सिद्धि' है, आप उसके कायल हुए बगैर नहीं रह सकते।

और जहाँ तक खुद गुंटर ग्रास की बात है, वह 'जीभ दिखाना' में कहीं भी आम आदमी के 'कन्सर्न' या उसकी रोजमर्रा की जिंदगी को नजरअंदाज नहीं करता। कलकत्ते की रेल-यात्रा का वर्णन हो या वहाँ की झोंपड़पट्टी का, वहाँ की काली पूजा और मूर्ति बनाने वालों का जिक्र हो या श्मशान का, कलकत्ते के ट्रैफिक जाम का जिक्र हो या अक्सर तीन की यति बनाते, सड़कों के गड्ढों और संकरी दुर्लंघ्य गलियों के अजीबोगरीब जाल का, फुटपाथ पर खुले आसमान के नीचे सोने वालों का जिक्र हो या आदमी को ढोते हुए आदमी की मजबूरी का—हर तरफ गुंटर ग्रास जैसे मोरचा जमाए खड़ा है। कहीं-कहीं तो लगता है, जैसे हमें गुंटर ग्रास से झोंपड़पट्टी का सौंदर्यशास्त्र समझाना पड़ेगा। वह जो कुल छह-सात महीने के प्रवास पर आया है, वह इस मामले में हमें अपने 'गुरु' सरीखा लगता है। जरा देखें तो, कारखाने की दीवाल से टिकी हुई गंदी बस्ती की कतारें देखकर उसकी क्या प्रतिक्रिया होती है :

"एक बार फिर गरीबी का अलिखित सौंदर्यशास्त्र मुझे धक्का पहुँचाता है : कैसे चीथड़ों, प्लास्टिक के तिरपालों, गत्तों और बोरों से बनी झोंपड़ियों का एक-एक ब्योरा कितना दारुण स्पष्ट है और अपना नाम चाहता है। कोई अजब नहीं कि यह चरम सौंदर्य उस सब पर सवाल उठाता है, जिसे सुंदर माना जाता है।"

यहीं वह उलटकर धनी देश जर्मनी पर अपना व्यंग्य-बाण चलाता है जहाँ कला से ज्यादा 'कला का आडंबर' है और धन के गर्व का बेहिचक प्रदर्शन भी :

"अगर तुम कुछ पैसे लेकर इन निरी जरूरत की वजह से बनाई गई झोंपड़ियों में से एक को फ्रांकफुर्ट अम माइन शहर को उधार दे दो और वहाँ रख दो जहाँ डोइचे बैंक की ऊँची इमारत के पास शिल्पकार बिल का ग्रेनाइट शिल्प 'हाँ' कहता है, गगनचुंबी बैंक को हमेशा 'हाँ' कहता है, क्योंकि एक अंतहीन छल्ले के रूप में वह सिर्फ अपने पर मुग्ध है, निर्विवाद रूप से सुंदर है अनंतता तक वैधता की मुहर लगी मुद्रा के प्रसार की बेदाग ताईद करता है—सो अगर तुम उस अपनी दोषहीनता का उत्सव मनाते हुए ग्रेनाइट को हटाओ और उसकी जगह एक अकेली झोंपड़ी को रख दो, उतनी ही यथार्थ जितना अभाव ने उसे बनाया है, डोइचे बैंक के स्फटिक अहंकार के समीप, तो सुंदरता तुरंत उस झोंपड़ी की तरह हो जाएगी और सत्य भी, यहाँ तक कि भविष्य भी : तब धन को समर्पित सारे महलों की दर्पण-कला अपने घुटने टेक देगी..."

कुछ आगे चलकर ग्रास उस बर्लिन को धिक्कारता है जिसके पास टाइटेनिक के किस्से और कयामत के खेल हैं और जहाँ "टायलेटों में शैलीबद्ध गू पड़ा रहता है।" और साथ ही यह तथ्य भी वह किसी 'सख्त अफसोस' की तरह हमारे आगे रखता है "कि वहाँ हर केश-विन्यास की कीमत एक हिंदुस्तान के हफ्ता भर वेतन के बराबर है।"

आम जन के साथ गुंटर ग्रास की प्रतिबद्धता संदेह से परे तथा निर्विवाद है। 'जीभ दिखाना' के तमाम स्थल इसके उदाहरण के तौर पर पेश किए जा सकते हैं। और नारियल बेचने वाली एक मामूली स्त्री में काली की स्थापना तो सचमुच कमाल की है, जो हमें एक साथ स्तब्ध और रोमांचित भी करती है :

"नुक्कड़ों पर, सिनेमाघरों, मंदिरों के सामने, पेट्रोल पंपों के पास, चटख रंगों वाली गन्ने के रस की मशीनों के पास, बालीगंज स्टेशन के सामने हुजूमों में : सिर के बराबर नारियलों के पास, अक्सर होती है स्वयं काली, अपने अधचंद्राकार हँसिए के साथ। वह उकड़ूँ मारकर बैठी हुई है जैसे यहाँ हर आदमी बैठता है, अपनी एड़ियों पर अपने बिक्री के माल से हाथ भर की दूरी पर। कुछ ही वारों से वह वार-दर-वार उछलते हुए फल को खोल देती है। हस्तलाघव, जो केवल अभ्यास से नहीं आता। द्वादश भुजाओं से तो वह कथाओं और भड़कीले चित्रों में प्रहार करती है। अचानक वह अपनी जीभ दिखाती है : एक मुंड, पुरुष का। एक और, गंजा, चूसकर खाली किए गए, खुरचकर खाली किए गए फलों के नीचे छिपा हुआ..."

मुझे स्वीकार करना चाहिए कि काली के जीभ दिखाने का बिंब जो काली की पौराणिक व्याख्या से समझ में नहीं आया था, वह यहाँ आकर एकदम साफ हो जाता है। इसलिए कि अपने 'अर्धचंद्राकार हँसिए' के साथ उकड़ूँ बैठी हुई, यह जो काली है, यही असली काली है, जिसके चारों ओर जिंदगी का प्रवाह बहता चला आता है। पुराणों और मिथक कथाओं के चमत्कार से बढ़कर चमत्कार और त्रासदियाँ तो

असल जिंदगी में है, इसे ग्रास से बढ़कर कौन जान सकता है!

यहाँ तक कि दक्षिण भारत की अपनी एक लंबी यात्रा में वह कर्नाटक पहुँचता है, तो वहाँ बीड़ी मजदूरिनों के काम करने के हालात बहुत पास से देखता और दिखाता है।...और सचमुच गुंटर ग्रास के शब्दों से गुजरकर हम एकदम रोंगटे खड़े कर देने वाली स्थितियों के रू-ब-रू खुद को पाते हैं :

"बीड़ियों की तीखी, मीठी गंध। औरतों की रंगीन साड़ियों, उनके बाजू, हाथ, पैर, चेहरे पर पीला भूरा पाउडर लगा हुआ। हम हवा के लिए लड़ते हैं। ऊटे के खाँसी के दौरे पर औरतें तरस खाती हुई लेकिन दोस्ताना हँसी हँसती हैं। उनकी मुखिया हमें यकीन दिलाती है कि जल्द ही इसकी आदत पड़ जाती है। नौसिखुओं को काम करते वक्त तंबाकू खाने की सलाह दी जाती है। और यह नौ घंटे प्रतिदिन। कुछ ही वर्ष पहले, जब यूनियन नहीं थी, चौदह घंटे हर दिन काम करने का नियम था। भौंहें, बरौनियाँ जैसे भूरे आटे से ढकी हुई। औरतों के चेहरे इस काम से झुलसे हुए। सिर्फ जब अदी या डॉक्टर, ध्रुव, उनसे बात करता है, तो वे हँसती हैं। धीरे-धीरे, धूल के बीच से हम चूड़ियाँ और बिछियाँ देख पाते हैं।"

इसी तरह मद्रास के यात्रा-विवरणों को दर्ज करते हुए, वह हमें यह बताना भी नहीं भूलता कि वहाँ गंदी बस्तियाँ चाहे शहर से बाहर धकेल दी गई हैं, मगर वे हैं। हैदराबाद के बारे में वह बताता है कि यहाँ 430 गंदी बस्तियों में दस लाख लोग रहते हैं। ऐसे ही पुणे से गुजरते हुए वह बताता है कि यहाँ गंदी बस्तियों में तेरह लाख निवासियों का 35 से 40 प्रतिशत रहता है।

बांग्ला देश की यात्रा में ग्रास बिलाल चौधरी के साथ ढाका देखने जाना है तो मन ही मन ढाका और कलकत्ते का एक बारीक तुलनात्मक हिसाब भी लगाता जाता है कि वहाँ और यहाँ की आबादी के घनत्व, रहन-सहन, बस्तियों तथा लोगों के मिजाज में क्या फर्क है। वह बिलाल चौधरी के साथ बिहारी मुसलमानों की कालोनी भी देखने जाता है जहाँ 'एक और इंसानी नरक' हमारा इंतजार कर रहा है।...यहाँ गुंटर ग्रास उन बिहारी मुसलमानों की अजीब-सी ऐतिहासिक बिडंबना से हमारा परिचय कराता है, जो देश-विभाजन के समय भारत से पाकिस्तान आए। वे पश्चिमी पाकिस्तान जाना चाहते थे, पर उन्हें पूर्वी पाकिस्तान में रोक लिया गया। बांगला देश बनने के समय फिर उन्होंने पाकिस्तान में जाने का निर्णय किया, पर उन्हें इसकी इजाजत नहीं मिली। लिहाजा बीस हजार लोगों की वह कालोनी भूख, गरीबी, कुपोषण और एक अंधकारपूर्ण भविष्य की मार झेलने के लिए अभ्यस्त है। गुंटर ग्रास जब उसे भीतर से देख और जान रहा होता है, तब बिलाल चौधरी की एक खेदपूर्ण स्वीकारोक्ति हम सुनते हैं : "इस कालोनी को बाहर से देखा था, पर भीतर से आज ही देख पाया।"

बिलाल चौधरी ढाका में रहकर जिस कालोनी के पास से लगातार गुजरते हुए

भी उसे नहीं देख पाया, गुंटर ग्रास—यानी जर्मनी से आया हुआ यह खब्ती आदमी पहली बार ढाका जाने पर ही उसे देखता है—और भीतर तक घुसकर देखता है। और उस बस्ती के लोगों के दुख-दर्द से ही नहीं, बस्ती के इतिहास और भूगोल से भी एक सच्चा और आत्मिक परिचय प्राप्त करता है। यह महज 'आकस्मिक' नहीं हो सकता। इसके पीछे निश्चय ही गुंटर ग्रास के व्यक्तित्व की एक खास तरह की बुनावट काम कर रही है। वह बुनावट आप भी मानेंगे, बड़ी सख्त और कड़ियल है...और गुंटर ग्रास को एक बेहद दृढ़निश्चयी व्यक्ति बनाने में उसका यकीनन बड़ा योगदान है।

इसीलिए गुंटर ग्रास के साथ आई उसकी पत्नी ऊटे तो कुछ ही रोज में काफी कुछ उकताने लगती है और बहुत बार 'क्या अब वापस चलें?'...यह सवाल उसके होंठों पर आ-आकर चिपकता है। लेकिन गुंटर ग्रास जैसे वह तय करके आया हो, डटा रहता है—हर हाल में डटा रहता है...ओर उसके बरक्स अगर मुझे तुलना के लिए कुछ याद आता है, भारतीय लोक साहित्य का एक अड़ियल 'टेसू' ही याद आता है—"मेरा टेसू यहीं अड़ा!"

6

सात महीने के छोटे-से प्रवास में गुंटर ग्रास ने कलकत्ते को इतने करीब से और इतना भीतर घुसकर देखा है कि हम उससे राहमत हों या नहीं, हमें उसे उस्ताद तो मानना ही पड़ता है।

लिहाजा गुंटर ग्रास कलकत्ता में नेशनल लाइब्रेरी देखने जाता है तो वहाँ की हालत देखकर वह इस बात की ओर ही हमारा ध्यान दिलाता है कि कलकत्ते के एक खास किस्म के आर्द्र वातावरण के कारण अनेकों दुर्लभ किताबें और पांडुलिपियाँ फफूँदिया गई हैं और नाश होने के कगार पर हैं। साथ ही वह यह बताना भी नहीं भूलता कि वहाँ के सुस्त और आरामपसंद कर्मचारी काम के बजाए अक्सर अगली हड़ताल की तैयारियों में लगे रहते हैं।... यहीं प्रसंगवश नेशनल लाइब्रेरी के महिला शौचालय का जिक्र आता है जो बेहद गंदा है और इसकी जानकारी ग्रास को ऊटे के जरिए प्राप्त होती है। महिला शौचालय में मासिक धर्म के कपडों का एक बड़ा ढेर है—इस जानकारी के साथ ही जैसे ग्रास और ऊटे दोनों की भर्त्सनापूर्ण निगाहें बंगाल की सभ्य, अध्ययनशील युवतियों का पीछा करने लगती हैं। यहाँ गुंटर ग्रास का लहजा जरूरत से कुछ ज्यादा ही सख्त और कड़वाहट भरा है, "...लेकिन अपनी साड़ियों में हमेशा कलियों की तरह ताजा रहने वाली बंगाल की अध्ययनशील युवतियों को स्त्रियों के शौचालय में अपने मासिक धर्म के तौलियों को फर्श पर फेंक देने के लिए क्या बाध्य करता है? ऊटे खबर देती है कि वहाँ उनका ढेर लगा हुआ है और उसकी निगाहें महत्वाकांक्षी मध्य वर्ग की सुष्ठु सुपुत्रियों का पीछा अपनी

पामेरिनियाई भर्त्सना से करती हैं।" (पृ.35)

ग्रास को कलकत्ता की राजमर्रा की छोटी से छोटी चीजों—मसलन कपड़े सुखाने से लेकर हर चीज के लिए यहाँ बाँस इस्तेमाल होता है—से लेकर देश के राजनीतिक हालात, सबकी खासी जानकारी लगती है। इसीलिए वह आसानी से बता सकता है कि बंगाल में नक्सलवाद के पतन के बाद उसका बचा-खुचा प्रभाव अब बिहार में है। बंगाल में नक्सलवाद को जिस अमानुषिक सरकारी अत्याचार से दबाया गया, उसकी काफी ठोस जानकारी उसे है और इस बारे में वह बाज दफा उचित ही इंदिरा गांधी का नाम भी लेता है।

यहाँ यह जानना दिलचस्प होगा कि ग्यारह वर्ष पहले गुंटर ग्रास कलकत्ता आया था, वह राज भवन के अतिथि-कक्ष में अतिथि के रूप में रहा था। तब कलकत्ते के तिलिस्म को वह भेद नहीं सका था और उससे आक्रांत होकर ही जैसे भाग खड़ा हुआ था। पर अब की बार वह जैसे कलकत्ते को समझने की चुनौती के साथ आया है।

एक ऐसा कलकत्ता, जिसमें आपको मक्खियों के साथ नाश्ता करना पड़ता है। गुंटर ग्रास की आँखें इस कदर चौकन्नी हैं कि वह आपको मक्खियों की बनावट के बारे में भी बता सकता है : "यहाँ मक्खियों की बनावट नाटी, मजबूत काठी और गहरे हरे रंग की है। बदन हरा-काला। सिर समेत दृष्टि-उपकरण गहरा लाल। अपने रंग के साथ जो बेदाग हैं, वे हमारे नाश्ते में साथ देती हैं..."

बहरहाल ग्रास अब राजभवन के बाहर है—जनता के बीच। वह उन सरकारी कर्मचारियों को दिलचस्पी के साथ देखता है जिन्होंने चूहों और कौओं से मनोरंजन का खास तरीका खोज निकाला है। एक पेड़ के नीचे चबूतरे पर यहाँ चूहे और कौओं का विचित्र खेल हो रहा है। गुंटर ग्रास ने इसका मजेदार चित्रण किया है...और यहीं कहीं उसकी नजर में एक बारीक व्यंग्य की झाईं भी नजर आ सकती है :

"...गोल्फ के छेद जितने बड़े बिलों में, बिलों से चूहे दौड़ते हैं। कौए फुदकते हैं, उड़ते हैं, पंजों में वह भोजन पकड़े हुए जो चूहों ने छोड़ दिया है, वैसे ही चूहे। प्राणी और प्राणी के बीच कोई झगड़ा नहीं।"

आगे ग्रास की टिप्पणी है: "इसी तरह स्वर्ग में रहने वाले पशु एक-दूसरे को शांति से सहन करते होंगे।..."

बिल्कुल 'अहिंसक' से लगते शब्द, जिनकी मार बड़ी गहरी है। निस्संदेह गुंटर ग्रास के पास हास्य की बारीक समझ भी है। वह बातों-बातों में बड़ी चतुराई से कह जाता है कि देश 'प्रभु-कृपा' से ही चल रहा है। कोई और चीज इस घोर अव्यवस्थित महादेश को चला ही नहीं सकती।

इसी तरह साहित्य के बारे में अपनी धारणाओं, पढ़ी हुई किताबों और मिलने वाले लोगों—सबके बारे में वह जहाँ भी उचित अवकाश मिलता है, संक्षेप में बताता

चलता है। इनमें फोंताने शीर्षस्थ हैं। वे तो जैसे उसके दिल में रहते ही हैं और ग्रास मानता है कि उनके कारण उसकी भारत-यात्रा सुकर हो गई है। अगली बार वह आएगा तो फिर से फोंताने को साथ लाने का निश्चय करता हुआ वह यहाँ से जाता है। इसके अलावा शोपेनहावर हैं, लिख्टेनबेर्क है, ठोमस मन है। ठोमस मन की 'विचित्र मिस्र से वापसी' के प्रभाव का कुछ ही पंक्तियों में वह बढ़िया चित्रण कर दिखाता है। इसी तरह शोपेनहावर और लिख्टेनबेर्क की तुलना एक जगह बड़ी तीखी और सटीक है :

"...दोनों निराशावादी हैं, फिर भी लिख्टेनबेर्क को संशयवाद अंतर्दृष्टियों में कोई आनंद नहीं आता; वह खुला रहता है, उत्सुक, आवेशपरक। दूसरी ओर शोपेन हाउअर अपनी इकट्ठी की गई सामग्री के ऊपर बैठा रहता है, पाठकों का प्यार उसकी ओर आकृष्ट करता हुआ..." (पृष्ठ 26)

गुंटर ग्रास का शब्द-लाघव कुछ ऐसा है कि युवा चित्रकार शुभ प्रसन्न, उसकी पत्नी शिप्रा और श्वसुर—सबके बारे में कुछ ही पंक्तियों में एक पूरा पोर्ट्रेट वह प्रस्तुत करता है। और फिर दाउद हैदर जो कलकत्ते के बहुत से कोनों-कुचोनों और त्याज्य स्थलों पर उसका गाइड बना, बिलाल चौधरी जिसके साथ वह ढाका घूमा, नक्सलवादी क्रांति पर किताब लिखने वाला लेखक गौरीशंकर घोष, शांतिनिकेतन की यात्रा में मिला इतिहास का प्रोफेसर, कभी गांधी जी के साथ रहे पचासी वर्षीय अन्नदाशंकर राय और उनकी पत्नी लीला। इसके अलावा श्रीमती और श्री कर्लेकर, जो कलकत्ते की गंदी बस्ती धापा में गरीब बच्चों के लिए स्कूल चला रहे हैं—गुंटर ग्रास ने अपने यात्रा-वृत्तांत में सबको जगह दी है, पर किसी के भी प्रति अतिरिक्त भावुकता उसके यहाँ नहीं है। किताब का समर्पण श्रीमती और श्री कर्लेकर तथा उनके संस्थान 'कैलकटा सोशल प्रोजेक्ट' के लिए है। इससे पता चलता है कि क्या चीज ग्रास का प्रभावित करती है। बातें नहीं, शब्दाडंबर नहीं, सिद्धांत नहीं, बल्कि काम।

कलकत्ता में चित्रकारों की कालोनी 'आर्ट्स एंकर' के उद्घाटन के समय पढ़ी जाने वाली कविताओं पर उसकी पैनी टिप्पणी देखिए :

"काव्य-पाठ के दौरान मैं स्कैच कागज पर नोट करता हूँ : रोजमर्रा के चावल, दाल और मुँह भर कैलोरी अभावग्रस्त कविताएँ...पास के गाँवों से अजनबी आकृतियाँ खड़ी हैं, कपड़ों और कंबलों से लिपटी, दूर घेरे में। उन्नीस अलग-अलग कवि पढ़ते हैं। ऐसा लगता है कि जैसे बारिश हो रही हो : टैगोर, टैगोर! बहुत सारी वास्तविकताएँ पानी मिली।..."

कितने कम से कम शब्दों में ग्रास अपनी बात कह सकता है—कैसी भी सख्त से सख्त बात, यह 'कैलोरी अभावग्रस्त कविताएँ' पद से पता चल सकता है। इसी तरह प्रसंगवश हबीब तनवीर के एक नाटक संभवतः 'चरनदास चोर' तथा एक कम्युनिस्ट कार्यकर्ता के भीतरी द्वंद्व और अंतर्विरोध को लेकर बनी मृणाल सेन की

फिल्म पर उसकी संक्षिप्त टिप्पणियाँ मार्के की हैं और उसकी पूरी सोच को प्रकट करती हैं।

7

लेकिन 'जीभ दिखाना' में ऐसे तमाम स्थल हैं, जहाँ गुंटर ग्रास सिनिकल नहीं, तो कुछ न कुछ 'अन्यायपूर्ण' तो जरूर ही लगता है। मसलन सुभाषचंद्र बोस को लेकर उसकी एक तरह की झक या धारणा जो बहुत बार अपमानजनक भी हो उठती है। ग्रास के दिमाग में यह बात जैसे जमकर बैठ गई है कि नेताजी सुभाष असल में उतने बड़े नहीं हैं, जितना बंगालियों ने उन्हें बना दिया है। यहाँ तक कि जहाँ भी उसे मौका मिला है, हिटलर से जा मिलने और आजाद हिंद फौज के जरिए भारत को आजाद करने के उनके स्वप्न का वह उपहास करता ही नजर आता है। हिटलर से सुभाषचंद्र बोस के मिलने का कारण बहुत कुछ तत्कालीन परिस्थितियाँ ही हैं और हिटलर से मिलने का मतलब हिटलर के प्रति श्रद्धा नहीं है—गुंटर ग्रास इस छोटी-सी बात को समझने में भी नाकाम लगता है। ओर यह तो वह शायद समझ ही नहीं सकता कि नेताजी केवल बंगाल के नहीं हैं, सारे भारत में उनके लिए विशेष आदर और सम्मान है।...इसलिए कि हम भारतीय उनकी 'रणनीति' और 'श्रद्धा' इन दोनों में बड़ी आसानी के फर्क कर सकते हैं।

गुंटर ग्रास सुभाषचंद्र बोस और बंगालियों के उनके प्रति आदर को लेकर किताब में शुरू से आखिर तक कुछ इस कदर चिढ़ा रहता है कि सुभाष के प्रति उसकी एक अजब ढंग की 'ग्रंथि' प्रकट हुए बिना नहीं रहती। वह 'जीभ दिखाना' के पहले पन्ने से ही शुरू हो जाती है, जब सुभाषचंद्र बोस का वह 'एक बहुत छोटे घोड़े पर सवार, बहुत बड़े सिर वाले' व्यक्ति के रूप में एक अजब-सा कैरीकेचर पेश करता है। कई जगह वह ऐसा प्रकट करता है जैसे सुभाष के प्रति बंगाल के लोगों का लगाव उनकी कोई 'नस्लगत दुर्बलता' हो।...और गुंटर ग्रास जैसे यहाँ एक तीक्ष्ण व्यंग्य-भाव से उलटकर पूरे बंगाल को देखने लगता है। मानो नेता जी को चाहने में, उनसे कोई अपराध हुआ हो।...वह बार-बार टैगोर और सुभाष की चर्चा करता है, जो उसके अनुसार बंगाल की 'व्यक्ति-पूजा के प्रतीक' बन गए हैं। इनमें टैगोर का तो वह उपहास करने का साहस नहीं करता, लेकिन सुभाष का हमेशा उपहास करता है। यह उपहास कई जगह अतिरेक ही नहीं, भौंडेपन की सीमा तक भी चला गया हूँ। अगर बंगाल में सुभाष हैं और गांधी नहीं हैं, तो बंगाल का इससे एक खास तरह का चरित्र ही सामने आता है, पर कोई जरूरी नहीं कि उसे 'नस्लगत संकीर्णता' समझा जाए। पर गुंटर ग्रास इसे ऐसा ही समझता है।

इसी तरह टैगोर को लेकर वह किताब में कई जगह अपनी यह खीज छिपाता नहीं है कि बंगाली लोग जब भी टैगोर की चर्चा करते हैं, वे थोड़े आडंबर के साथ

करते हैं। शांतिनिकेतन में निदेशक जब उसे संग्रहालय दिखाने ले गया, जहाँ टैगोर से संबंधित चित्र तथा अन्य वस्तुएँ रखी थीं, तब भी उसे उसी आडंबर का ही भास हुआ। हाँ, संग्रहालय से बाहर आकर वही निदेशक जब उसे तरुण रवींद्रनाथ ठाकुर के अपनी भाभी से प्रेम और एक बहुत छोटी वय की बालिका के साथ विवाह का किस्सा सुनाता है, बस तभी ग्रास को टैगोर थोड़े मानवीय लगते हैं। मानो अकेला यह प्रसंग ही टैगोर के व्यक्तित्व की मूल कुंजी हो और बाकी उनका सारा प्रभामंडल कोरी बक-बक हो।

शांतिनिकेतन में अध्यापक के चारों ओर एक गोलाकार में बैठे शुभ्र वस्त्रों में लड़के-लड़कियों को देखकर ग्रास को लगता है, मानो ये कलकत्ते की गरीबी का उपहास कर रहे हों। लेकिन उसका यह 'नकचढ़ापन' कुछ-कुछ ऐसा ही है, जैसे कोई अमीर आदमी किसी गरीब को, जिसे अक्सर वह मैले और फटे कपड़ों में ही देखता था, कभी साफ कपड़े पहने देखकर, व्यंग्यात्मक अंदाज में फटकारना शुरू कर दे कि "अच्छा, तुम वही हो न, जो...! "

अगर ग्रास सचमुच किसी उदात्त और व्यापक मानवीय चेतना के साथ ऐसा कर रहा होता और खुद उसका निजी जीवन और सोच भी वैसा होता, तब तो कोई बात नहीं थीं और तब सचमुच उसकी बात का कोई बड़ा अर्थ भी समझ में आता। लेकिन सवाल यह है कि वह खुद क्या है, सिर्फ दूसरों का उपहास करने के लिए बना एक टेढ़ा और अहंकारी व्यक्ति? सवाल यह है कि क्या कभी उसका व्यंग्य, आत्म-व्यंग्य में भी बदलता है? कलकत्ते का इतना दरिद्दर देखने के बाद भी क्या वहाँ या ढाका में उसकी कीमती मलमल खरीदने की इच्छा या बढ़िया भोजन या वाइन की इच्छा कम हो जाती है? कभी नहीं। बल्कि इसके बरक्स हमें पता चलता है कि जब वह पुरी के समुद्र तट पर गू और गंदगी का वर्णन करके उकताहट पैदा कर रहा होता है, तो उसके कुछ ही क्षण पहले किसी बढ़िया होटल में कुर्सी पर किसी संभ्रांत और 'इलीट' अंग्रेज की तरह धँसा हुआ था और बना-बनाकर नफासतभरी बातें कर रहा था। शायद इसी वजह से 'जीभ दिखाना' को पढ़ते हुए कई जगह जो भारत हमारे सामने आता है, वह एक सहानुभूतिपूर्ण लेखक की नहीं, बल्कि एक हेकड़ जर्मन की हेकड़ी और अहंकारभरी नजर से देखा हुआ भारत लगता है।

8

और अंत में...

'जीभ दिखाना' निःसंदेह गुंटर ग्रास की आँखों से भारत को देखना है।

मेरे लिए—मुझ एक हिंदुस्तानी के लिए यह सफर आसान, कुछ-कुछ जाना-परखा पर थोड़ा मुश्किल भी है। इसलिए कि चाहे-अनचाहे गुंटर ग्रास के दिखाए भारत को देखते-देखते मैं उलटकर खुद गुंटर ग्रास को भी देखना शुरू कर देता हूँ। मैं यह

स्वीकार करूँगा कि इस पूरी किताब में भारत और खासकर कलकत्ता-प्रवास की उसकी डायरी को पढ़ते हुए मैंने गुंटर ग्रास को भी पन्ना-दर-पन्ना पढ़ा। या कहूँ कि 'जीभ दिखाना' में मैंने गुंटर ग्रास को एक किताब की तरह पढ़ा है।

मैं यह कहने से बच नहीं रहा कि एक हिंदुस्तानी होने के नाते, हिंदुस्तान पर लिखी गई इस किताब को पढ़कर मैं चिढ़ता हूँ, खीजता हूँ गुस्से में बड़बड़ाता हूँ। मगर जो कुछ गुंटर ग्रास ने लिखा, उसे नकार भी नहीं पाता। वह हर हाल में सच है। उसे उलटो-पलटो, कुछ भी करो, मगर वह हर हाल में सच है। शुरू से आखिर की ओर बढ़ो या आखिर से शुरू की ओर—वह सच है—कई जगह तो एक क्रूर और कठिन सत्य की मिसाल जैसा सच! सचमुच 'जीभ दिखाना' इस मामले में एक मुश्किल किताब है। आप उसे उठाकर फेंक दें—आगे फिर कभी न पढ़ने के निश्चय के साथ, तो भी आप उससे बच नहीं सकते। आप उसके लंबे गद्यात्मक वर्णन से बचेंगे जो किताब के अंत में 'जीभ दिखाना' शीर्षक से शामिल लंबी कविता आपको दबोच लेगी। उससे बचेंगे तो उसके रेखांकन, दर्जनों रेखांकन—उफ, वे किस कदर तेज, मारक और क्रूर हैं—मगर कितने असली!

'जीभ दिखाना' में तमाम प्रसंग और तमाम किस्म के नरक ऐसे हैं, जिन्हें हम बचपन से देखते आए हैं और उनके आदी हो गए हैं। जैसे मल और गंदगी से भरी नालियाँ। ऊबड़-खाबड़ सड़कें और गड्ढे। गंदी बस्तियाँ और झोंपड़-पट्टियाँ! पढ़ाई की बजाए, बोझा ढोते दीन और लाचार बच्चे। गरीबी और कुपोषण के शिकार लोग। सड़क के दोनों तरफ और रेल की पटरियों के किनारे हगते, उकडू बैठे लोग। पशुओं की तरह बसर की जाती गरीबों की जिंदगी। भूख, गरीबी और बीमारी से मरते लोग।...लोग, लोग, मार तमाम लोग जो हमारी जिंदगी से बहिष्कृत हैं। उन्हें गुंटर ग्रास जिंदगी के ऐन बीचोबीच लाकर दिखा देता है...अपने जीने की जद्दोजहद में हम उन्हें देखकर भी नहीं देखते और हमें उन्हें यूँ ही देखने और सहने की आदत पड़ जाती है। पर बाहर से जब कोई गुंटर ग्रास आकर हमें उँगली के इशारे से यह सब दिखाता है, तो हम या तो शर्म से गड़ जाते हैं या फिर गुस्से से उबलने लगते हैं और एक अजब ढंग की खीज तो उससे पैदा होती ही है। 'जीभ दिखाना' की सफलता ही यही है कि इसे पढ़कर एक हिंदुस्तानी होने के नाते अजब ढंग की खीज हममें पैदा होती है और शायद यह खीज पैदा करना गुंटर ग्रास का उद्देश्य भी है। वह इस कदर पास से हमें यह सब दिखाता है—हमारे नरक को, हमारी आँखों में उँगली डालकर दिखाता है कि बहुत बार तो ऐसी लज्जा हममें पैदा होती है कि काश, यह जमीन फटे और हम उसमें समा जाएँ। मैं समझता हूँ, यह गुंटर ग्रास की बहुत बड़ी सफलता है।

निस्संदेह कभी-कभी ग्रास की आलोचनाएँ और उससे भी बढ़कर उसका 'नकचढ़ापन' एक अतिरेक की सीमा तक पहुँच जाता है और हमें लगता है कि इस

कंबख्त के पास इसके सिवा और कोई काम ही नहीं है कि वह जिंदगी को एक गंदे, काले, बदबूदार घोल के रूप में हमारे सामने पेश करे! तब गुस्से में उससे लड़ने-झगड़ने का मन हो आता है। लगता है, गुस्से में कालर पकड़कर उसे झकझोर डालें। पर यही हमारी हार है और यही गुंटर ग्रास की जीत भी।

पर जैसा कि मैंने पहले भी कहा, गुंटर ग्रास चूँकि सिर्फ शर्मिंदा करता है, खुद शर्मिंदा नहीं होता, चूँकि उसकी आलोचना में आत्मसंशय और आत्मव्यंग्य के लिए कोई जगह नहीं है, इसलिए 'जीभ दिखाना' में उसका यथार्थ-बोध बहुत जगह इकतरफा घृणा में बदल गया लगता है। और यह कुछ-कुछ वैसा ही है, जैसा एक अमीर देश के गर्वीले आदमी का किसी गरीब देश में आकर वहाँ की गरीब, असहाय जनता, वहाँ के लोगों के रहन-सहन, जीवन-स्तर, संस्कृति, साहित्य—हर चीज की खिल्ली उड़ाना। यह आसान है—बहुत आसान—पर क्या उतना ही निंदनीय भी नहीं है? लिहाजा गुंटर ग्रास का यथार्थ-बोध कई जगह वस्तुपरक यथार्थ-बोध न लगकर एक अमीर देश के आदमी की हेकड़ी लगती है। वैसे ही जैसे कीमती और अकड़े हुए कपड़े पहने हुए आपका कोई धनी पड़ोसी आपके घर आकर यह दिखाए कि यहाँ उसके बैठने के लिए कोई ढंग की जगह नहीं है। या वह एक-एक चीज पर उँगली रखकर दिखाए कि चादर तो ठीक-ठाक है, मगर देखो, आपकी चारपाई कैसी झिलंगी है। या कि चाय तो ठीक है, मगर कप तड़के हुए हैं!...या कि दीवारों की सफेदी बदरंग हो चुकी है। वगैरह।...यह नफासत भरी 'हेकड़ी' और चाहे कुछ भी हो, मगर कोई बड़ा उच्चतर मूल्य तो हरगिज नहीं है और यही गुंटर ग्रास की एक बड़ी हार है, जिसे शायद वह खुद भी नहीं समझ पाया।

'जीभ दिखाना' पढ़कर हमें शर्म आती है, पर 'जीभ दिखाना' में भारत की गरीबी, बेचारगी और असहायता को बहुत बार क्रूरतापूर्ण ढंग से नंगा और तार-तार करते गुंटर ग्रास को नहीं आती। बल्कि एक धृष्ट आत्मविश्वास उसकी आँखों में जमा हुआ नजर आता है कि यह यथार्थ है, तो इसे क्यों न कहूँ? मैं देख रहा था पूरी पुस्तक में कि क्या एक जगह भी वह उलटकर अपनी ओर उन्हीं 'क्रूर' और सख्त निगाहों से देखता है और खुद को निशाना बनाता है? क्या वह खुद को भी कहीं नंगा करता है? अफसोस, मुझे एक भी जगह ऐसी नजर नहीं आई।

यही वजह है कि गुंटर ग्रास यथार्थ के नाम पर भारत की गंदगी, कीचड़ और महा-अव्यवस्था दिखाता है, पर वह इससे परे नहीं जा सका। इस गंदगी के भीतर भी—या इसके बावजूद, एक ऐसी निर्मलता यहाँ हो सकती है, एक ऐसा सहज प्राकृतिक जीवन यहाँ हो सकता है, जो उन्नत, महाबलशाली देशों और महाशक्तियों को भी नसीब नहीं है। गुंटर ग्रास इसे देख पाया हो, ऐसा नहीं लगता और न ही वह भारतीय जीवन के विविध रंगों, रागों, परिदृश्यों और एक तरह की सांस्कृतिक उदारता को समझ पाया है जो दुख और अभाव में भी हमें जीने और हँस लेने का

हौसला देती है।

मैं समझता हूँ, गुंटर ग्रास के लेखन की सबसे बड़ी कमजोरी यह है कि वह अपमानित करता है और कहीं-कहीं तो बेहद झक्की और 'सैडिस्टिक' हो उठता है। उसकी तेज बौद्धिकता कई बार 'करुणाविहीन' लगती है। पर अफसोस कि 'जीभ दिखाना' में इस चीज के लिए उसकी जीभ कहीं शर्म से बाहर नहीं निकली! इसके बावजूद उचित ही हम यह मानते हैं कि 'जीभ दिखाना' एक बड़ी किताब है। एक बड़े और ईमानदार लेखक की लिखी हुई किताब जिसकी ईमानदारी पर कम से कम कोई शक नहीं किया जा सकता।

'जीभ दिखाना' पढ़कर ग्रास की तमाम कमजोरियों और नकचढ़ेपन के बावजूद हम उसका सम्मान किए बगैर नहीं रह सकते। पर यह भी सच है कि गुंटर ग्रास टालस्टाय, गोर्की और पाब्लो नेरुदा सरीखे बड़े लेखकों की कोटि में भी नहीं आता, जो हमारे दिलों में वास करते हैं और जो इस सारी गरीबी, बेचारगी और जहालत के बावजूद हमें आदमी समझते हैं और सचमुच हमारे दिलों को जीत लेने की हद तक हमसे प्यार करते हैं।

यों इसमें भी कोई शक नहीं कि भारत ने खुद गुंटर ग्रास को खिजाया बहुत है। और एकाध जगह तो उसकी रीझ और खीज एक साथ, एक अजब-से, 'नर्वस टेंशन' के साथ प्रकट होती है। क्या हर्ज है अगर लेख का अंत भारत के बारे में खुद गंटर ग्रास के इन चकराते हुए शब्दों के साथ ही किया जाए :

"क्या है भारत? सचित्र, रंगीन, श्वेत-श्याम पुस्तकों का एक अवसर? साम्राज्य की विरासत : एक महाशक्ति बैसाखियों पर? या दीवालिया बुद्धि-विवेक की अंतिम आशा? यहाँ पुनर्जीवित करने के लिए क्या है?"

बेशक इन सवालों का जवाब है, पर इसके लिए गुंटर ग्रास को पहले उलटकर अपने आपको एक बार देखना होगा।...और अपनी 'आँख' के स्वास्थ्य को भी जाँच करा लेना उसके लिए बुरा न होगा!

□□□

महाकाव्यानुवाद

'कालेवाला' को पढ़ने का सुख

1

'कालेवाला' में किस चीज ने मुझे सबसे ज्यादा प्रभावित किया? 'कालेवाला' किस चीज के लिए मेरे मन में हमेशा बना रहेगा? एक शब्द में कहूँ तो 'वाइटेलिटी'— एक तरह की विराटता का बोध। यहाँ जो कुछ भी है, वह बड़ा ही बड़ा है, चाहे युद्ध हों, हथियार हों, पात्रों के कद और चरित्र हों या फिर दावतें और आनंद-भोग के पल, किस्से, उपदेश, सीखें और शिष्टाचार...और इससे भी बढ़कर 'कालेवाला' की जो जमीन है या जो परिवेश है, वह खुद में एक विराटता का अहसास लिए हुए है। इसलिए कि यह ऐसे काल-खंड की कहानी है जिसमें धरती मनुष्य का बिछौना होती थी और आसमान चादर। लिहाजा तंग प्रकोष्ठों का यहाँ कुछ काम ही नहीं है। यह खुली धूप और खुली हवाओं वाला एक आदियुगीन परिवेश है 'कालेवाला' का, जिसको पढ़ना इसलिए एक साथ सुखकर और आतंककारी अनुभव है कि महानगरीय तंग प्रकोष्ठों से बनी हमारी दुनिया को यह एक तरह से तहस-नहस कर डालता है। और इसकी कल्पना की विराटता के आगे हम अवाक खड़े रह जाते हैं। कबीर ने लिखा है—'संतो भाई, आई ज्ञान की आँधी' और इस ज्ञान की आँधी के आते ही भ्रम का छप्पर, टाट, थूनी सब उड़ जाते हैं। 'कालेवाला' भी एक अर्थ में बुरी तरह झिंझोड़ने और बहुत-कुछ ध्वस्त कर देने वाला काव्य है। यह एक ऐसी दुर्द्धर्ष आँधी है, जिसके आगे हमारे सभ्य काव्य का बहुत थोड़ा हिस्सा टिक पाता है।

2

'कालेवाला' इतिहास है या मनुष्यता के विकास का काव्य-रूपक? वह कितना सच

है, कितनी कल्पना? इस सवाल ने मुझे ज्यादा परेशान नहीं किया। शायद इसलिए कि 'कालेवाला' को काव्य, विशुद्ध काव्य के रूप में पढ़ने में ही मुझे ज्यादा सुख मिला। और इस चीज में कम से कम कोई दिक्कत मुझे नहीं आई। यह दीगर बात है कि इसके काव्य-आस्वाद में मनुष्य के सांस्कृतिक विकास को पढ़ पाने का आस्वाद भी कहीं अनायास ढंग से घुला-मिला हो।

मसलन 'कालेवाला' में लोहे की उत्पत्ति की जो कथा है, वह सभ्यता के विकास की सरणियों को तो स्पष्ट करती ही है, कोई हैरानी नहीं कि 'महाकाव्य' की सबसे सुंदर, चित्रात्मक पंक्तियाँ मुझे यहीं नजर आईं :

डगमगाते हुए पैरों से कुमारियाँ चलीं
नन्हे बादलों की किनारियों पर
और उनके सुविकसित स्तन झर रहे थे।
और उनके कुचाग्र बहुत दर्द कर रहे थे।
नीचे धरती पर उनका दुग्ध बह चला,
उनके स्तन से उफनकर बहते हुए भराव से,
धरती पर दुग्ध और दुग्ध दलदलों पर
दूध शांत जल पर।

लोहे के स्तनों से झरते हुए दूध के बिंब से समझाने का यह ढंग इतना अनोखा और विस्मयकारी है कि 'एक अद्भुत और अविस्मरणीय और जीवंत बिंब' कहकर बार-बार मन ही मन उसे सराहते हुए आप उसका सुख ले सकते हैं। और यहीं आप खुद को यह कहे बगैर नहीं रोक पाते कि 'कालेवाला' सच में एक आदिम लोक काव्य है— किसानों, मजदूरों, लुहारों और मेहनतकश अवाम की रचना। क्योंकि ऐसी कल्पना एक किसान, एक मजदूर या एक लुहार के मन में ही आ सकती है। आगे लोहे के अलग-अलग प्रकारों का वर्णन है—और वहाँ भी इस मानवीय बिंब का ही एक सहज और प्राकृतिक विस्तार है :

जहाँ काला दूध टपक रहा था
वहाँ सबसे मुलायम लोहा मिला
जहाँ सफेद दूध बह रहा था,
वहाँ सबसे सख्त इस्पात बना
जहाँ लाल दूध पिझर रहा था,
वहाँ अविकसित लोहा था।

कहा जा सकता है कि लोहे की उत्पत्ति की यह कहानी जितनी विस्मयकारी है, उतनी ही लोमहर्षक भी, जिसमें आप चाहें तो लोहा बनाते आदि मानव की शक्ल देख सकते हैं। और यही नहीं, 'कालेवाला' में जगह-जगह ऐसे प्रसंग हैं, जहाँ उसकी 'आदिमता' तमाम ठोस आकारों में एकदम 'नंगी' आँख के आगे आकर बैठ जाती

है। खुद वेइनेमोइनेन के जन्म का प्रसंग एक समूचे आदिम परिवेश की गंध लिए हुए है :

मैंने अक्सर कहा जाता सुना है,
और गीत को गाया जाता सुना है,
कैसे रातें निपट अकेली हो जाती थीं
और दिन अकेले दमकते थे।
जो पैदा हुआ सिर्फ वेइनेमोइनेन था
और वही अमर महाकवि प्रकट हुआ था
दैवीय रचयित्री से जन्मा था
अपनी माँ इल्मातर से।

मजे की बात यह है कि 'कालेवाला' में 'बूढ़ी बुद्धिमता' की नहीं, युवा शक्ति की प्राण-प्रतिष्ठा की गई है। शायद इसलिए कि युवावस्था सकर्मक होती है और वह आदिमयुगीन शक्ति और सक्रियता के कहीं अधिक निकट चली जाती है। इसीलिए याउकाहाइनेन की बहिन आइनो न सिर्फ बूढ़े वेइनेमोइनेन को ठुकराती है, बल्कि उसके विलाप में उसका हृदय जैसे टूक-टूक होकर बहा चला आता है :

ओ मेरी माँ, जिसने मुझे जन्म दिया
यही मेरे रोने का कारण है
मेरी सुंदर लटों के लिए रोने का
जो अभी मेरे युवा माथे को सजाती हैं
मेरे केश इतने कोमल और चमकीले
जिन्हें अब मुझे छिपाना होगा
जबकि मैं अभी युवा हूँ
और पुष्पित हो रही हूँ

और आइनो की मृत्यु पर उसकी माँ का शोक सिर्फ कुछ ही पंक्तियों में उसके मन का पूरा हाल कह डालता है :"मेरा जीवन डेढ़ गज छोटा हो गया है/मैं एक बालिश्त भर बूढ़ी हो गई हूँ,/और मेरी ताकत पूरी तरह मुझे धोखा दे गई है/जब से मैंने कोयल को पुकारते सुना है।" अपने जीवन को 'डेढ़ गज छोटा' और खुद को 'एक बालिश्त भर बूढ़ी' वही औरत कह सकती है जो खुद आदिमयुगीन उत्पत्ति हो।

'कालेवाला' में जगह-जगह कुछ नए निर्माणों के अनोखे, उत्साहयुक्त वर्णन हैं। कहीं वेइनेमोइनेन लंबी यात्रा पर जाने के लिए अपने लिए अनोखी नाव तैयार कर रहा है, कहीं इल्मारिनेन की भट्ठी में सांपो गढ़ी जा रही है, कहीं इल्मारिनेन पत्नी-वियोग में भट्ठी में से एक धातु की स्त्री गढ़ रहा है—यहाँ तक कि पृथ्वी के सूर्य-चंद्रविहीन हो जाने पर भट्ठी में नए सूर्य और चंद्र भी गढ़े जाते हैं। (यह दीगर बात है कि वे आसमान के असली सूर्य, चंद्र का स्थान नहीं ले पाते।) ये सब

कल्पनाएँ तो अनोखी हैं ही, वर्णन और भी अधिक अनोखे हैं। और ये इस तरह से ऊर्जा और शक्ति के विस्फोट के रूप में सामने आते हैं, मानो शास्त्रीय संगीत का एक लंबा आलाप लिया जा रहा हो। मसलन वेइनेमोइनेन का नाव बनाने की यह 'प्रगीतात्मक' वर्णन देखें :

एक गीत से उसने नाव का तला गढ़ा
दूसरे से उसने उसके बाजू बनाए
और तीसरी बार फिर उसने गाया
और उसने पतवार बनाई
पसली की पट्टियों के छोरों को मजबूत बाँधा
और उसने जोड़ एक साथ बिठाए।

यहाँ तक कि 'कालेवाला' की शुरुआत में जिस जोशीले गायक की सूत्रधार के रूप में मौजूदगी हम देखते हैं, जोश और उत्तेजना के मारे शब्द उसकी जीभ से इतनी जल्दी गिर रहे हैं कि पूरे महाकाव्य का आवेगात्मक स्वभाव उसी से खुल जाता है :

मुझे अपने ललक खींच रही है
और मेरी समझ कहती है
कि मैं अपना गाना शुरू करूँ
और अपना पाठ प्रारंभ करूँ।
मैं जनता की कथाएँ गाऊँगा
और देश के जोशीले गीत गाऊँगा।
शब्द मेरे मुँह तक बह रहे हैं।
शब्द हौले-हौले गिर रहे हैं,
जितनी जल्दी मेरी जीभ उन्हें आकार दे रही है
और मेरे दाँतों के बीच से निकल रहे हैं।

साफ शब्दों में कहूँ तो यही इस आदिम काव्य में आदिम मनुष्यता की गंध है जो इसमें एक दुर्वह चमक भरती है और बेतरह अपनी ओर खींचती है। यही वजह है कि 'कालेवाला' को पढ़ने के एक लंबे अरसे के बाद भी शायद मैं अभी तक इसके प्रभाव की गिरफ्त से निकल नहीं पाया हूँ। 'कालेवाला' को मैंने तीन दफा पढ़ा है। एक बार पूरा और दो बार बीच-बीच में अपने पसंदीदा अंशों को। लेकिन 'कालेवाला' का संसार अब भी मेरे लिए उतना ही नया और लुभावना है, जितना पहली दफा था।

'कालेवाला' को पढ़कर कहीं-कहीं मुझे 'कामायनी' की याद आती रही। इसलिए नहीं कि मनु और वेइनेमोइनेन के व्यक्तित्व एक जैसे हैं, बल्कि इसलिए कि वे लगभग एक ही जैसी परिस्थिति में आ पड़े हैं। वे दोनों ही लगभग एक तरह

से सृष्टि के प्रारंभकर्ता हैं। दोनों ही अकेलेपन से बुरी तरह त्रस्त हैं और प्रेम और मैत्री के लिए तड़प रहे हैं। दोनों ही जमीन समतल करके फसलें उगाते हैं और यों एक नई सृष्टि की नींव डालने का काम करते हैं। और फिर वेइनेमोइनेन का पोह्या की ओर जाना अपने लिए एक सुंदर केशों वाली कुमारी की खोज में। यह पोह्या उसी तरह सांस्कृतिक और तकनीकी दृष्टि से संपन्न देश लगता है, जैसे 'कामायनी' में इड़ा का साम्राज्य। और मजे की बात यह है कि पोह्या की मालकिन लोउही का जिक्र ही बार-बार आता है, जैसे वही वहाँ की स्वामिनी और शासिका हो। पोह्या का राजा या मालिक तो जैसे शोभा मात्र हैं। वेइनेमोइनेन जब भटकता हुआ पोह्या पहुँचता है और अपने अकेलेपन और जीवन की निरर्थकता से त्रस्त होकर रो पड़ता है तो बहुत कुछ इड़ा के राज्य में पहुँचे मनु की बेबसी की ही याद दिलाता है। हालाँकि पोह्या की मालकिन कुछ सख्त जान पड़ती है। वह वेइनेमोइनेन से प्रभावित तो होती है, मगर अपनी बेटी का विवाह उससे इसी शर्त पर करने को तैयार है कि वह उसके लिए एक सांपो गढ़ दे। जाहिर है, वेइनेमोइनेन यह कर नहीं पाता। अगली बार वह उसके लिए अपने भाई, लोहार इल्मारिनेन को लेकर पहुँचता है। इल्मारिनेन के सांपो गढ़ने के बाद पोह्या की मालकिन की इच्छा है कि उसकी बेटी वेइनेमोइनेन को पति के रूप में वरण करे। लेकिन वह बूढ़े, सयाने वेइनेमोइनेन को ठुकराकर इल्मारिनेन के साथ विवाह का निर्णय करती है और यहाँ कहानी एक अलग रास्ते पर चल पड़ती है।

'कालेवाला' एक वीर काव्य है जिसमें युद्धों का प्रचुर वर्णन है। और ये युद्ध, जाहिर है, अपनी वीरता का सिक्का जमाने, दूसरों को अधीनस्थ करने और स्त्रियों के लिए होते हैं। बार-बार पोह्या की ओर वीरों का कूच करना इसी ओर इंगित करता है। इसलिए कि पोह्या की युवतियों की सुंदरता बेमिसाल है और हर जगह उनकी चर्चा है। यहाँ एक हल्की-सी झलक जायसी के 'पद्मावत' की भी मिल सकती है, जहाँ राजा रतनसेन पद्मावती के सौंदर्य से अभिभूत होकर उसे पाने के लिए सिंहल द्वीप जाता है और लंबी बाधाओं के बाद उसे पा लेता है। हालाँकि यहाँ कहानी फिर एक भिन्न रास्ता लेती है, इसलिए कि वेइनेमोइनेन जो 'कालेवाला' का महानायक है, वह तो पोह्या से खाली हाथ ही लौटता है।

यहाँ पल भर रुककर 'कालेवाला' के वेइनेमोइनेन' की ओर देखें कि उसने क्या पाया? इतने सारे पराक्रम और सयानेपन और ढेरों पुरुषार्थ के बाद उसने क्या पाया? तो जवाब एक ऐसे करुण छोर की ओर इशारा करता है कि थोड़ी देर के लिए हम हक्के-बक्के से छूट जाते हैं। जाहिर है, यह एक ऐसा सवाल है जिसका सामना करना कठिन है। यह पसीने-पसीने कर देने वाला सवाल है कि 'कालेवाला' के वेइनेमोइनेन ने

आखिर क्या पाया।...अपने निजी जीवन में उसने क्या पाया?

4

थोड़ा और साफगोई से काम लूँ तो 'कालेवाला' मेरे लिए वेइनेमोइनेन है। यह जादुई और विलक्षण बूढ़ा, 'कालेवाला' में जिसे बार-बार 'बूढ़ा और सयाना वेइनेमोइनेन' कहकर वर्णित किया गया है, यही वह वेइनेमोइनेन है जो 'कालेवाला' का आत्मपुरुष है—'कालेवाला' की आत्मा।

'कालेवाला' को शुरू से आखिर तक पढ़ जाइए, हर जगह वेइनेमोइनेन 'बूढ़ा और सयाना वेइनेमोइनेन' है। ऐसा लगता है जैसे वह बूढ़ा ही पैदा हुआ हो।...मैं याद करने की कोशिश करता हूँ कि वेइनेमोइनने बूढ़ा कब नहीं था? मुझे हल्का-हल्का, धुँधला-धुँधला-सा कुछ याद आता है। कुछ थोड़े-से, झीने स्मृति-चित्र। खासकर 'कालेवाला' के शुरुआती कुछ पन्नों में जब पवनकुमारी इल्मातर ने उसे जन्म दिया—और फिर पानियों में 'गुड़प'...! अगले ही पल देखा तो अपने हथियार सँभाले, सयानेपन से लैस बूढ़ा वेइनेमोइनने नजर आया, जिसकी चिंता यह कि जंगलों को काटा जाए, खेती की जाए, संगीत गायन और संस्कृति की भाव-तरंगें हर जगह छा जाएँ और एक नए सांस्कृतिक मानव का जन्म हो।

तो वेइनेमोइनेन बूढ़ा ही पैदा हुआ और बूढ़ा ही मरा। अरे नहीं, मरा कहाँ, कब...? वेइनेमोइनेन कहीं मरा करता है! भला कौन मार सकता है सृष्टि के इस अद्वितीय सयाने आदिपुरुष को? वह तो एक दिन खुद-ब-खुद सब कुछ छोड़कर चला जाता है—सब कुछ एक नई पीढ़ी को सौंपकर। इसलिए कि वेइनेमोइनेन कितना ही महान क्यों न हो, काल अंततः बड़े से बड़े महानायक को एक जगह पहुँचकर अप्रासंगिक बना देता है। हम उसके लिए तड़पते-रोते रह सकते हैं, हम उसके लिए बिसूरते रह सकते हैं, पर असल जिंदगी में उसकी कोई जगह रह नहीं जाती। 'कालेवाला' का यह नितांत पीड़ाजन्य और अवसादपूर्ण सबक है जिसे हमें याद रखना है। हाँ, जो महान है, वह लौटकर दुबारा आ सकता है, जैसा कि वेइनेमोइनेन ने वादा किया है कि वह आएगा। जब भी उसकी जरूरत पड़ेगी, वह आएगा। मगर वह आएगा, तो क्या तब उसकी शक्ल न बदल जाएगी और उसकी अधिकारपूर्ण, केंद्रीय भूमिका भी...?

लेकिन ज़रा ठहरिए। यहीं एक और सवाल!...क्या आप जानते हैं कि वेइनेमोइनेन को किसने परास्त किया? किसने उस दिग्गज पृथ्वीपुत्र को हराया, जिसके पराक्रम से दिशाएँ काँपती थीं और जिसका संगीत धरती से आकाश के बीच एक विराट हलचलों भरी हलचल भर जाता था और जिसकी बुद्धिमता के आगे कोई दीवार दीवार नहीं रह जाती थी।...ऐसा वीर, महाबली! उस वेइनोमोइनेन को किसने हराया? आप जानते हैं—एक शिशु ने? एक ऐसे शिशु ने जो अभी पैदा ही हुआ है

और जिसका अभी बपतिस्मा तक नहीं हुआ।

कहना न होगा कि यह एक टकराहट थी दो युगों की। और पुराना युग कितना ही महान, उच्चाशय क्यों न हो, लेकिन नए युग के तीक्ष्ण सत्य का वह सामना न कर सकता था। और यों वेइनेमोइनेन का पतन हुआ। बूढ़े और सयाने वेइनेमोइनेन का पतन! पुराने युग के उस महान बुद्धिमान वेइनेमोइनेन का कहना था कि उस शिशु को मार डाला जाए। इसलिए कि वह अशुभ है—और उसका बपतिस्मा न किया जाए। मगर वह शिशु क्या सिर्फ एक शिशु ही था, नया युग-सत्य नहीं था? कुमारी मार्यांता का वह पुत्र गर्भ में ही कितने कष्ट सहकर, कितनी मुश्किलें झेलकर पैदा हुआ था कि उन मुश्किलों ने ही उसे नए युग का एक नया सत्य बना दिया। एक अघोषित कालजयी सत्य और वह अपने पूरे तेज के साथ लोगों के आगे तब आता है, जब वह बूढ़े, बुद्धिमान वेइनेमोइनेन को एक प्रचंड लावे की तरह इस कदर फटकारता है—इतने कड़े, पथरीले शब्दों से लगभग पीट डालता है कि एक पाठक के रूप में 'कालेवाला' के उस स्थल को पढ़ना हमारे लिए कठिन हो जाता है।

और अब वेइनेमोइनेन घोषित करता है कि अपने सारे गीत-संगीत को नई पीढ़ी के हाथों में सौंपकर वह जा रहा है और कभी फिर उसकी जरूरत होगी तो वह लौटेगा, तो लगता है कि यह जरूरी था। हाँ, उस नन्हे शिशु की इतनी कड़ी और सीधी पटकार के बाद अब यही हो सकता था, अब यही होना चाहिए था।

अगर सफेद दाढ़ी वाला या बूढ़ा, भव्य वेइनेमोइनेन उस शिशु से उलझता तो उसे बुद्धिमान कौन कहता? और फिर उसके जीने और रहने का भला मतलब ही क्या था!

और बूढ़े गायक और बुद्धिमान वेइनेमोइनेन का 'कालेवाला' के रंगमंच से बहुत करुण, उदास और गुपचुप बहिर्गमन—'कालेवाला' का यह एक बहुत करुण हिस्सा है। और सौभाग्य से यह महाकाव्य जो कथा-क्रम के हिसाब से तमाम धचकों में आगे बढ़ता है, एक सही...एकदम सही जगह पर खत्म होता है। इस शानदार और भव्य महाकाव्य का इससे शानदार और भव्य अंत कुछ और हो ही नहीं सकता था।

5

और हाँ, वेइनेमोइनेन...! माफ कीजिए, मुझे फिर वेइनेमोइनेन की याद आ रही है।

मैंने शायद पहले भी कहीं लिखा है कि 'कालेवाला' का मतलब मेरे लिए वेइनेमोइनेन है और वेइनेमोइनेन का मतलब 'कालेवाला'। यह इसके बावजूद है कि 'कालेवाला' में लुहार इल्मारिनेन का चरित्र खासा आकर्षक है और वह किसी कदर वेइनेमोइनेन से कम नहीं है। वह वीर है, तेजस्वी है, सरल और मेहनती है और अपने काम में उसकी दक्षता कुछ ऐसी है कि काम के क्षणों में वह कोई जादू-सा जगाता

लगता है। खासकर उसका सांपो गढ़ने का उत्तेजक प्रसंग मुझे बेतरह याद आ रहा है।

यहाँ तक कि इल्मारिनेन के आकर्षक व्यक्तित्व से प्रभावित होकर ही, पोह्या की यात्रा में पोह्या कुमारी बुद्धिमान वेइनेमोइनेन को पसंद न करके, सीधे-सादे लुहार इल्मारिनेन से शादी करने का फैसला करती है। यहाँ प्रेम-प्रतियोगिता में वेइनेमोइनेन की हार एक अजब से अवसाद को जन्म देती है। एक पाठक के रूप में 'कालेवाला' के इस हिस्से से गुजरना तकलीफदेह है।

बहरहाल, इससे यह तो तय हुआ ही कि इल्मारिनेन का चरित्र वेइनेमोइनेन से किसी कदर कम नहीं है। ऐसे ही लेम्मिनकाइनेन उर्फ काउको का चरित्र! किस कदर उद्धत और बलशाली है वह। खुद को जान-बूझकर इल्मारिनेन की शादी की दावत में न बुलाए जाने पर किस कदर अपमान से जलता और फुंकारता हुआ वह पोह्या पहुँचता है और वहाँ कैसी तबाही-सी मचा देता है।

और फिर लोम्मिकाइनेन की माँ। कैसी वीरमाता है वह! और कैसे बार-बार पुत्र की रक्षा के लिए ढाल बनी, शेरनी की तरह आगे आ जाती है। खासकर इस महाकाव्य के वे हिस्से तो शायद सर्वाधिक मूल्यवान हैं जब लेम्मिनकाइनेन की वीर माँ नदी के पानी में अपने पुत्र के टुकड़े-टुकड़े हुए हिस्सों को जोड़कर फिर से, बड़ी बेकली से लेम्मिनकाइनेन को जीवित करती है और अंततः उसमें प्राण और चेतना भर देती है। सचमुच गजब की स्त्री है वह! ऐसे ही कालेर्वो का बेटा कुल्लेर्वा... क्या वह कम वीर चरित्र है? उसके साहस और वीरता की भला किससे तुलना हो सकती है?

पात्र और भी हैं...यहाँ तक कि पोह्या की रानी लोउही खुद में एक दिलचस्प चरित्र है, जिसे पता नहीं, क्यों, अंत में काफी अतिरंजित करके जादुई शक्तियों वाली राक्षसी जैसा विकट रूप दिया गया है। जबकि हम जानते हैं कि यही पोह्या की मालकिन, यही लोउही है जो शुरू में रोते हुए वेइनेमोइनेन को किस कदर हमदर्दी से चुप कराती है। बाद में इल्मारिनेन से अपनी बेटी की शादी होने पर दूल्हे के स्वागत के लिए किस तरह का नारी-सुलभ कुतूहल और भोला उत्साह दिखाते हुए, विकल होकर इधर-उधर भागती दिखाई देती है...!

बहरहाल, 'कालेवाला' में चरित्रों का कोई अकाल नहीं है...और वे एक से बढ़कर एक हैं, अपने-अपने पुरुषार्थ और- वीरता और बुद्धिमता के मामले में अनुपमेय!

लेकिन मेरे लिए 'कालेवाला' का मतलब वेइनेमोइनेन है!...ऐसा क्यों भला?

पहले तो एक पाठक के रूप में मुझे यह स्वीकारोक्ति करने दीजिए कि 'कालेवाला' में जहाँ-जहाँ वेइनेमोइनेन नहीं होता, वहाँ-वहाँ इस महाकाव्य को पढ़ने में मुझे अतिरिक्त श्रम करना पड़ा...और फिर साथ ही साथ यह बेतरह प्रतीक्षा भी

शुरू हो जाती कि कब वेइनेमोइनेन आएगा और इस पूरे अध्याय में एक रोशनी-सी फैल जाएगी! कइ बार तो लगता है, वेइनेमोइनेन का चरित्र ही वह धागा है, जिसने इस पूरे महाकाव्य को एक समग्र कृति के रूप में बाँध रखा है।

शायद 'कालेवाला' के विलक्षण संग्रहकर्ता एलिआस लोन्रोट भी इस बात को जानते होंगे। इसलिए 'कालेवाला' में वेइनेमोइनेन की अधिकाधिक उपस्थिति बनाए रखने की उन्होंने भरसक कोशिश की है। मसलन कोई घटना जिसमें सक्रिय भूमिका किसी अन्य पात्र की हो, अगर महाकाव्य में दिखाई जाती है तो उसके तुरंत बाद वेइनेमोइनेन एक समझदार टिप्पणीकार के रूप में उस पर टिप्पणी करता नजर आता है। और इस टिप्पणी-मात्र से जैसे पूरे अध्याय में वेइनेमोइनेन की उपस्थिति दर्ज हो गई हो!...यानी साक्षी के रूप में उपस्थित होकर भी वेइनेमोइनेन 'कालेवाला' में काफी-कुछ कथा-रस पैदा कर देता है।

वेइनेमोइनेन में ऐसा क्या है जिसका होना ही—भले ही वह कहीं-कहीं महज एक प्रत्यक्षदर्शी के रूप में होना हो—पूरे 'कालेवाला' को अनुप्राणित किए रहता है!... मुझे लगता है, यह उसकी शख्सियत है—उसका धाराधार चरित्र, जो अपने साथ समय का एक पूरा प्रवाह लिए चलता है। वेइनेमोइनेन सहज ही इस महाकाव्य का सबसे शक्तिशाली, सुंदर और भव्य चरित्र है। वह जब-जब आता है, हमारा हृदय जीतकर जाता है।

एक बार 'कालेवाला' के दुर्द्धर्ष अनुवादक विष्णु खरे से बात हो रही थी। उन्होंने एक बड़े काम की बात कही। वह यह कि गौर से देखें तो वेइनेमोइनेन में कहीं न कहीं त्रिलोचन भी शामिल हैं, नागार्जुन भी और देवेंद्र सत्यार्थी भी! खासकर त्रिलोचन का काला रंग और लहराती भव्य, सफेद दाढ़ी तो वेइनेमोइनेन के बहुत निकट है!...और फिर कहीं न कहीं उसमें राहुल सांकृत्यायन की घुमक्कड़ी और कृष्ण की मोहिनी और चतुर लीलाएँ भी नजर आ सकती हैं। और तो और, कौरव पक्ष का अंतिम सेनानायक अश्वत्थामा भी!

6

यों वेइनेमोइनेन में बहुत-कुछ ऐसा है जो उसे अनुपमेय बनाता है। वेइनेमोइनेन बहुतों से मिलता है, पर वेइनेमोइनेन कहीं न कहीं सभी से अलग भी है और शायद ही कोई ऐसा पात्र हो, जिससे उसकी तुलना की जा सके।

और तो और, वेइनेमोइनेन मुझे किसी हद तक करुण चरित्र भी लगता है। एक अभागा चरित्र, जिसके रास्ते पर हमेशा एक से बढ़कर एक मुश्किलें आती रहती हैं। और प्रेम के मामले में वह निरा दुर्भाग्यशाली ही है। सबसे पहले तो आइनो ही, जो उसकी पत्नी बनती है, उसे छोड़कर पानी में कूद जाती है। वह एक मछली बनती है और वेइनेमोइनेन की तमाम कोशिशों के बावजूद उसके हाथ में नहीं आती। उसका

तिरस्कार करते हुए, वह फिर पानी में विलीन हो जाती है। जाने से पहले वह वेइनेमोइनेन से ये शब्द कहकर जाती है : "ओ तू दयनीय बूढ़े प्राणी/वेइनेमोइनेन, बुद्धिविहीन/तुझमें मुझे थामे रहने की अक्ल न थी/वेल्लायो की युवा जल-कन्या को/मुझे, आहृतो की चहेती संतान को।"

इन घातक शब्दों का ही शायद असर था कि बूढ़ा वेइनेमोइनेन पल भर में हमें पहले से अधिक बूढ़ा और गमगीन नजर आने लगता है :

बूढ़े वेइनेमोइनेन ने कहा,
सिर झुकाए हुए और गहरे दुख से,
योउकाहाइनेन की बहन
एक बार फिर लौट आ,
मैं तुझसे मिन्नत करता हूँ।

आइनो नहीं लौटती और वेइनेमोइनेन को एक असफल प्रेमी के रूप में, हम एक गहरे पछतावे के साथ सिर धुनता हुआ पाते हैं :

कितनी दुखदायी है मेरी मूर्खता
मानवीय ज्ञान में कितना कच्चा हूँ निस्संदेह
एक बार मुझे बुद्धि
और अंतर्दृष्टि दी गई थी
और मुझमें मेरा हृदय बहुत विशाल था
अतीत में मेरा ऐसा भाग्य था।
लेकिन इस समय जो दिन गुजर रहे हैं
मुझ पर ये जो बुरे दिन हैं
उम्र के साथ मेरी ताकत भी घट रही है
मेरी समझ कमजोर पड़ रही है
मेरी अंतर्दृष्टि जा चुकी है
और मेरा विवेक भ्रष्ट हो गया है।

जाहिर है, प्रेम में ठोकर खाने के बाद वेइनेमोइनेन इस कदर दीन और दयनीय होता है कि उसका आत्मविश्वास छीजने लगता है। आखिर माँ की सलाह पर वेइनेमोइनेन पोहृया जाता है। उस भटके हुए और बिसूरते हुए वेइनेमोइनेन को लोउही गहरी सांत्वना देती है। पर अपनी बेटी की शादी वह उससे इसी शर्त पर करने को तैयार है, अगर वेइनेमोइनेन उसके लिए एक़ सांपो गढ़ दे। लुहार इल्मारिनेन सांपो गढ़ता है और वेइनेमोइनेन की एक बार फिर हार होती है, इसलिए कि पोहृया कुमारी भी बूढ़े वेइनेमोइनेन की पति रूप में स्वीकार नहीं कर पाती और उसे जवान इल्मारिनेन ज्यादा भाता है। और वेइनेमोइनेन की सबसे बुरी पराजय तब होती है, जब 'कालेवाला' के अंत में एक नवजन्मा शिशु उसे कड़ी फटकार लगाता है।

वेइनेमोइनेन अपनी सारी गीत-संगीत संपदा लोगों को सौंपकर चुपके से वहाँ से चल पड़ता है। वेइनेमोइनेन की इस कथा में एक वीर महानायक का करुण अवसान ही छिपा हुआ है जिसे बगैर उदास हुए पढ़ पाना मुश्किल है।

आप कह सकते हैं, यह बूढ़ा वेइनेमोइनेन कहीं न कहीं अपने तमाम 'रँगीलेपन' के बावजूद प्रेम के लिए तरसता और स्त्रियों द्वारा ठुकराया गया मनुष्य भी है। और क्या यही गहरी-गहरी-सी तड़प उसकी छलछलाती सौंदर्यानुभूति और अपरिमित गीत-संपदा में नहीं ढल गई? यकीनन उत्तर 'हाँ' में ही होगा—और यह एक ऐसा सूत्र है जिससे वेइनेमोइनेन के चरित्र की जटिलता को बखूबी समझा जा सकता है और जिससे उसके तमाम 'पेच' खुलते हैं।

यों त्रासदी तो लुहार इल्मारिनेन की भी कम नहीं है। जिस स्त्री को पोह्या से विवाह करके वह इतने चाव से लाया था, उसका ऐसा दुखद अंत!...और फिर जिस सांपो को पोह्या की मालकिन लोउही के आग्रह पर उसने बनाया था, अंत में उसी सांपो को पाने के लिए लोउही से उसे ऐसा भीषण संघर्ष करना पड़ेगा, इसकी क्या वह कभी कल्पना भी कर सकता था?

और कुल्लेर्वो...? उसकी त्रासदी तो शायद और भी अधिक दर्दनाक और शरमिंदगी से भरी है। वह भूल से अपनी ही बिछुड़ी हुई बहन से सहवास करता है। और यह बात पता चलने पर उसकी बहन आत्महत्या कर लेती है और फिर आत्मग्लानि से भरा हुआ कुल्लेर्वो भी मृत्यु-पथ का वरण करता है। यही नहीं, जब वह मृत्यु का आलिंगन करने घर से निकलता है तो पूरी दुनिया में उसे सिर्फ माँ के सिवा, कोई अपने लिए रोने वाला नहीं नजर आता।...क्या अकेलेपन में लेम्मिकाइनेन की माँ की त्रासदी भी कोई कम नहीं है, जिसे अपने ही बेटे के शव के टुकड़े जोड़कर उसे फिर से जीवित करना पड़ता है। और वह बेटा जिसे इतनी मुश्किलों से जीवित किया गया, बार-बार माँ के हृदय को कँपाता हुआ, उसकी सलाह को अनसुना करके खतरों से जूझने निकल पड़ता है और हर बार नए से नए चक्रव्यूहों में उलझ जाता है।

कहना न होगा—कि ये अजीब और विकट त्रासदियाँ ही 'कालेवाला' में सुख-दुख के अपार रंग भरती हैं और उसे एक नीरस और उबाऊ महाकाव्य में नहीं बदलने देतीं।

7

'कालेवाला' में स्त्रियों के प्रति जो दृष्टिकोण मिलता है, वह आदिमता और सभ्यता के बीच झूल रहे किसी पेंडुलम का-सा है। मसलन वेइनेमोइनेन जब लड़ाई में याउकाहाइनेन को परास्त करता है और याउकाहाइनेन जब दंड के रूप में अपनी बहिन आइनो का विवाह उससे करने को तैयार हो जाता है तो वेइनेमोइनेन उसे मुक्त

कर देता है। यहाँ स्त्री की हैसियत—जाहिर है—एक 'चीज' जैसी है जिसे किसी को उपहार में देकर खुश किया जा सकता है। पर इसी काल में पोहृया सभ्यता के किसी समुन्नत चरण में नजर आता है जहाँ की मालकिन एक महिला लोउही है और पोहृया के सभी अधिकार-सूत्र और प्रशासन उसकी मुट्ठी में नजर आता है। यहाँ स्त्री की हैसियत निश्चित रूप से बेहतर है। वह अधिकार-संपन्न है और अपने तथा दूसरों के फैसले तक खुद कर सकती है। पर महाकाव्य के अंत में जब लोउही को जबरन एक कुटिल खलनायिका में तब्दील कर दिया जाता है, हमें पुरुष-दृष्टि की विकृति का एक अजीब-सा उदाहरण देखने को मिलता है। किसी अधिकार-संपन्न तथा खुदमुख्तार स्त्री को सहन कर पाने में असमर्थ पुरुष हमेशा उस स्त्री के चरित्र को काला और गंदा कहकर दुरदुराना चाहता रहा है। यहाँ भी यही पुरुष मनोवृत्ति है जिसने साफ-साफ लोउही के साथ बेइंसाफी की है। लोउही खुद आकर तो अपने साथ हुए इस 'पुरुष छल' की कथा कह नहीं सकती, पर एक पाठक के तौर पर हम उसके दुःख के साझीदार तो हो ही सकते हैं।

स्त्री-पुरुष संबंधों का पता हमें 'कालेवाला' के उन अध्यायों से खासकर लग सकता है, जिनमें इल्मारिनेन से विवाह के समय पोहृया की कुमारी की ढेरों सीखें और उपदेश दिए जाते हैं। दुल्हन को दी जाने वाली ये सीखें बहुत कुछ भारतीय समाज के परंपरागत ढाँचे और यहाँ की विवाह-पद्धति से मेल खाती हैं। इन सीखों में बताया गया है कि ससुराल पक्ष में जाकर जो कुछ कहना, तालमेल करना और सभी को खुश करना है, वह दुल्हन के ही हिस्से है। दूल्हे के लिए भी कुछ सीखें हैं, पर वे इस कदर भारी-भरकम नहीं हैं और उस पर कोई ज्यादा जिम्मेदारी नहीं लादतीं। यहाँ तक कि दूल्हे को दी जाने वाली एक सीख या सलाह तो ऐसी है, जो स्त्री को 'ताड़न की अधिकारी' बताती है। दूल्हे को बताया जाता है कि वह अपना डंडा न भूले, क्योंकि औरतें बगैर डंडे के भय के प्रेम नहीं करतीं :

> लेकिन मुझे एक और तरीका मालूम था
> एक और तरीका मालूम था मुझे उसे ठीक करने का,
> तो मैंने एक भूर्ज की छड़ी छीली,
> और जब वह आई तो उसने मुझे चिढ़े कहा
> लेकिन जब मैंने आर की बेंत पास रखी
> तो वह झुकी और उसने मुझे प्रीतम कहा
> और जब मैंने सरपत की छड़ें उठाईं
> तो मुझे बाँहों में भर वह गले से लग गई।

यह जो 'ढोल, गँवार, सूद्र, पसु, नारी, ये सब ताड़न के अधिकारी' वाला हिंसक पुरुष दृष्टिकोण है, विष्ण खरे के 'खरे अनुवादक' की उससे गुजरते हुए क्या हालत हुई होगी, सोचकर मुझे अजीब-सा लग रहा है।

वैसे 'कालेवाला' कालीन समाज में स्त्री और पुरुष के जीवन में टकराव के बिंदु क्या हैं और दोनों की एक-दूसरे से अपेक्षाएँ क्या हैं, यह लेम्मिनकाइनेन और उसकी पत्नी की परस्पर एक-दूसरे से मनवाई गई शर्तों से बहुत-कुछ पता चल जाता है। इससे पता चलता है कि स्त्री की अपने पति से सबसे बड़ी अपेक्षा यह रहती होगी कि वह युद्धों में न जाए—इसलिए कि स्त्री का सपना 'युद्ध द्वारा जीता गया सारा जहान' नहीं, एक छोटा-सा घर है। यही 'घर' पुरुष को दूसरी तरह से खींचता है और वह पत्नी पर यह बंदिश लगाता है कि खुद को घर तक महदूद रखेगी और गाँवों में नाच-रंग, मस्ती के लिए नहीं जाएगी।

स्त्री-पुरुष के बीच का यह दृष्टिकोण जाहिर है, एक ऐसे काल का सूचक है, जब आदिमयुगीन स्थितियाँ थीं तो कहीं न कहीं उनके भीतर 'सभ्यता' की शुरुआत भी हो चुकी थी—भले ही यह वहाँ कितने ही स्थूल रूप में क्यों न हो!

'कालेवाला' में बच्चों की उपस्थिति अपेक्षाकृत विरल है, लेकिन ऐसे कई स्थल हैं जहाँ कोई नवजात शिशु बड़ों की दुनिया में एकदम आकस्मिक और जादुई ढंग से हस्तक्षेप करता है और सबको हक्का-बक्का कर डालता है। इस महाकाव्य में नवजात शिशु के रूप में बार-बार नए युग और नए सत्य का तीक्ष्ण हस्तक्षेप, मेरे ख्याल से एक ऐसा तत्व है जिस पर गौर किया जाना चाहिए। इस तरह के हस्तक्षेप से कथा में आकस्मिक मोड़ ले आना, निस्संदेह काफी प्रयोगात्मक तरीका है और 'कालेवाला' सरीखे पुराने, आदियुगीन महाकाव्य में उसका पाया जाना एक सुखद आश्चर्य की तरह है!

यहीं प्रसंगवश 'कालेवाला' के अनुवाद को लेकर एक बात कहनी है। विष्णु खरे एक सुप्रतिष्ठित अनुवादक ही नहीं, खुद एक बड़े कवि भी हैं। पर यह हैरत की बात है कि 'कालेवाला' की काव्य-भाषा और स्वयं विष्णु खरे की काव्य-भाषा में एक बहुत बड़ा अंतर है जिसे कोई चाहे तो 'जमीन-आसमान का अंतर' भी कह सकता है। इसलिए कि 'कालेवाला' की काव्य भाषा एक उत्सवी काव्य-भाषा है जहाँ भावनाशीलता और भावुकता हर जगह अविरल झर-सी रही है। इसमें गजब की प्रगीतात्मकता है और जीवन के इतने रंग और सौंदर्य की इतनी छवियाँ हैं कि मन बार-बार उनमें खो-सा जाता है। पर विष्णु खरे भी अपनी काव्य-भाषा में न इतनी उत्सवधर्मिता है, न इतने रंग, सौंदर्य-छवियाँ, न इतनी बहती हुई भावुकता, न छलछलाती उमंगें, न प्रगीतात्मकता। विष्णु खरे की अपनी काव्य-भाषा तो बेहद तनाव से खिंची हुई, बहुत-कुछ गद्यात्मक काव्य-भाषा है जो बातचीत की लय और 'विट' को लेकर चलती है।

पर सवाल यह है कि 'कवि विष्णु खरे' और 'अनुवादक विष्णु खरे' में क्या इस तरह की गहरी आपसी समझ और तालमेल है कि वे पूरे अनुशासन से, अलग-अलग अपनी पटरियों पर चलेंगे और एक-दूसरे से ज्यादा छेड़छाड़ नहीं करेंगे?

अगर यह सचमुच है तो यह एक 'करिश्मा' है और 'एक के भीतर दुई' के होने का यह करिश्मा ठीक-ठीक कैसे होता होगा, सोचकर मुझे झुरझुरी हो रही है। इसलिए कि 'कालेवाला' कोई छोटा-छोटा काव्य नहीं है। पूरे साढ़े सात सौ पन्ने का महाकाव्य है। इतने बड़े काव्य का अनुवाद शायद ही आज तक हिंदी में कभी हुआ हो! तो इतने लम्बे समय तक विष्णु खरे जैसा सकर्मक लेखक अपने 'कवि' को अपदस्थ कर, अपने अनुवादक के साथ-साथ चलता रहा, यह खुद में बड़े ताज्जुब की बात है। यह एक अनुवादक की बड़ी और शायद कुछ-कुछ पीड़ादायक साधना भी है, जिसे समझने और 'एप्रीशिएट' करने वाले लोग, मुझे नहीं लगता कि हिंदी में बहुत ज्यादा हैं!

वैसे 'कालेवाला' के इस हिंदी अनुवाद की यह खासियत भी कुछ कम आकर्षित नहीं करती कि इस पूरे महाकाव्य को आप मूल हिंदी के एक महाकाव्य की तरह पढ़ सकते हैं—और कुछ हिस्से तो ऐसे हैं कि वे अनुवाद लगते ही नहीं, एकदम मूल काव्य का-सा मजा देते हैं। मुझे भय है कि अगर मैं ऐसे अपने पसंदीदा हिस्सों को कोट करने लगूँ तो बीसियों पन्ने भर जाएँगे। पर पोहूया में इल्मारिनेन के विवाह और भोज के अवसर पर वेइनेमोइनेन के गाने का प्रसंग सचमुच अनूठा ही है। ऐसे ही इल्मारिनेन का दूल्हे के रूप में पहुँचना और लोउही की उसकी एक झलक देख लेने की विकलता, उसके उमड़ते-घुमड़ते हुए उत्साह के बीच अटकी भाव-शिथिलता और संकोच की घड़ी भी मेरी आँखों के आगे बँध-सी गई है। कुछ-कुछ यही सम्मोहन 'कालेवाला' के आखिरी पन्नों में है—कुमारी मार्यांता द्वारा गर्भधारण, पुत्र को जन्म देने और बाद की नाटकीय स्थितियों में भी विष्णु खरे के अनुवाद का कुछ ऐसा उस्तादाना कौशल देखने को मिलता है कि हम उनकी भाषा के सम्मोहन से बँधकर ठिठके-से रह जाते हैं। हाँ, अनुवाद में 'तब उसने एक कुत्ता गाया', 'तब उसने एक गाय गाई' जैसे भाषा-रूप कहीं कहीं परेशान करते हैं, पर शायद हर भाषा की प्रकृति कहीं न कहीं अलग होती है जिसमें अनुवाद के सहारे कुछ नई अर्थ-ध्वनियाँ और कुछ नए भाव-संवेदन खुलते हैं। वे शुरू में कभी-कभी कुछ दिक्कतें पैदा करते हैं पर फिर हम उनके अभ्यस्त भी हो जाते हैं।

8

'कालेवाला' महाकाव्य में संरचना के लिहाज से, निस्संदेह तमाम खामियाँ भी हैं। 'रामायण' और 'महाभारत' जैसे महाकाव्यों की तुलना में देखें तो यह एक अल्पविकसित महाकाव्य लगता है, जिसके तमाम अंगों का ठीक से विकास नहीं हुआ। बीच-बीच में कुछ ऐसी खाइयाँ और ऊबड़खाबड़ रास्ते हैं कि बार-बार धचके पड़ते हैं, रुकना और सँभलना पड़ता है और फिर नए सिरे से शुरुआत करनी पड़ती है।

एक तो तमाम असंबद्ध पात्र और घटनाएँ इसमें जुड़ी हुई हैं जिनका मूलकथा से कोई सीधा-साधा रिश्ता जुड़ना मुश्किल है। मसलन कुल्लेर्वो का प्रसंग ही लें। निस्संदेह कुल्लेर्वो एक वीर युवक है और उसकी साहस-कथा अत्यंत रोमांचक है, पर 'कालेवाला' की मूल-कथा से भला इसका क्या संबंध है? ऐसे ही शुरू में हम जिस पराक्रमी याउकोहाइनेन से मिलते हैं, आगे चलकर उसका क्या हुआ, यह समझ पाना मुश्किल है। राक्षस विपूनेन से उसकी मृत्यु के उपरांत उसका ज्ञान सुनने की कल्पना खासी रोमांचक है, पर इस कथा के बाकी सूत्र भी हमारे लिए अज्ञात ही रहते हैं।

फिर जहाँ तक अनुपात की गड़बड़ियों का सवाल है तो उसकी तो कोई सीमा ही नहीं है। उदाहरण के लिए पोह्या में इल्मारिनेन की शादी का प्रसंग याद कीजिए। इसमें वधू और वर को इतनी लंबी-लंबी उपदेशभरी सलाहें दी जाती हैं कि थोड़ी देर के लिए पाठक का धैर्य छूटने लगता है। कई अध्यायों तक इस तरह की सलाहों और दावत, गायन आदि-आदि का वर्णन चलता है। शादी के बाद इल्मारिनेन वधू के साथ घर पहुँचता है और गीत-संगीत और वधू के स्वागत आदि का फिर एक भव्य दौर चलता है। लेकिन इसके तत्काल बाद 'परदा गिरता है' और हमें इल्मारिनेन और पोह्याकुमारी के दांपत्य के बारे में कुछ नहीं पता चलता है। मजे की बात यह है कि पोह्याकुमारी को ननद, सास-ससुर आदि-आदि से संबंधों के बारे में ढेर सारे प्रवचन दिए गए हैं...पर वास्तविक जीवन में उसके सास-ससुर, ननदें हैं कहाँ और वे स्थितियाँ कहाँ नजर आती हैं?...बल्कि इसके तुरंत बाद कल्लेर्वो की पत्नी जिसे इतनी 'भीषण' सीख दी गई थी, हमें एक ऐसे रूप में दिखाई पड़ती है कि दुख और विस्मय से हमारा मुँह खुला का खुला रह जाता है। अफसोस! वह कल्लेर्वो के साथ भला ऐसा दुष्टता का अमानुषिक व्यवहार कैसे कर सकी कि उसकी दिन भर की सेवा के बदले केक में पत्थर डालकर नाश्ते के लिए दे दिया! इसी घटना के परिणामस्वरूप उसकी मृत्यु भी होती है।...बहरहाल, इस घटना को पढ़ते समय हमें थोड़ी परेशानी और असंबद्धता का अहसास जरूर होता है इसलिए भी कि अगर उपदेश इतना ज्यादा न होता और इल्मारिनेन के दांपत्य से संबंधित घटनाओं, कुछ अच्छे-बुरे प्रसंगों, संघर्ष और प्रेमल क्षणों को घात-प्रतिघात के रूप में उभारा जाता, तो कहीं उसका असर ज्यादा पड़ता। तब इल्मारिनेन की पत्नी जो कुल्लेर्वो के साथ घोर अमानवीयता बरतती है तथा वह जो नववधू के रूप में इल्मारिनेन से शादी करके आई है, हमें दो अलग-अलग स्त्रियाँ न लगतीं। बल्कि तब वे हमें एक ही स्त्री की शख्सियत के दो अलग-अलग पहलू लगते। और यही होना भी चाहिए था। पर 'कालेवाला' की संरचनात्मक खामी के कारण ऐसा नहीं हो सका।

और तो और, पोह्या की मालकिन लोउही के चरित्र में तमाम फाँकें हैं। शुरू में वह निश्चय ही उतनी क्रूर, कठोर नहीं है, जैसी अंत में बना दी गई है। याद कीजिए उस लोउही की जो रोते हुए वेइनेमोइनेन को सांत्वना देती है और उसे जीवन-

समर में निराशा होकर बैठ जाने पर एक मीठी, स्नेहपूर्ण फटकार लगाती है। ऐसे ही उस लोउही को भूलना भी नामुमकिन है जो इल्मारिनेन (दामाद) को दूल्हे के रूप में देखकर फूली-फूली-सी सारे घर में घूम रही है। कभी वह उसकी एक झलक देख लेने को बेचैन हो उठती है तो कभी इस संकोच से गड़ जाती है कि इस घर में जिसमें तमाम कमियाँ ही कमियाँ हैं, भला दूल्हे को कहाँ बिठाया जाएगा? ऐसे क्षणों में बिल्कुल नहीं लगता कि पोह्या की अहम्मन्य मालकिन ये शब्द बोल रही है...बल्कि एक सहज उत्तेजना से भरी हुई, यह एक ममतालु औरत ही है जो बेटी के विवाह के क्षणों में कभी रीझती है, कभी सकुचाती है, कभी खुशी और उत्साह से लबालब हो उठती है।

तो ऐसी एक स्त्री, जिसमें स्त्री-सुलभ भावों की कोई कमी नहीं है, साथ ही ऐसी प्रखर मेधा भी जिसमें है कि वह सांपो के निर्माण का हठ ठान लेती है और अंततः उसे बनवा ही लेती है, वह भला अंत में जाकर ऐसी क्रूर राक्षसी कैसे हो गई कि एक निर्बुद्धि तानाशाह की तरह से दूसरे राज्य में अकाल, बीमारियाँ आदि भेज रही है और जिसमें मानवीय संवेदना का लेश भी नहीं बचा? मुझे लगता है कि लोउही के चरित्र में भयंकर चूक हुई है। वेइनेमोइनेन के चरित्र को उभारने के लिए किसी 'खलनायक' की जरूरत थी, तो लोउही को खामखा एक गलत भूमिका ओढ़ा दी गई। एक पाठक के रूप में कम से कम मैं तो इस बेइंसाफी को आसानी से हजम कर पाने की स्थिति में नहीं हूँ।

मैंने शायद पहले भी कहीं लिखा है कि 'कालेवाला' से 'कामायनी' की तुलना खासी दिलचस्प हो सकती है। मुझे लोउही बार-बार 'कामायनी' की इड़ा की याद दिलाती है। इड़ा जैसे अपने प्रदेश की मालकिन है, वैसे ही लोउही भी। ऐसे ही इड़ा जैसे अपने प्रदेश की भौतिक उन्नति, वैज्ञानिक और तकनीकी विकास के लिए सन्नद्ध है, वैसे ही लोउही भी।...पर 'कामायनी' में इड़ा सर्ग में जो अप्रिय घटनाक्रम घटित होता है, उसके लिए इड़ा नहीं, मनु दोषी थे। पर यहाँ कुरूपता का सारा टोकरा पोह्या की मालकिन लोउही के सिर पर धर दिया जाता है और वेइनेमोइनेन यहाँ सिर्फ एक आदर्श योद्धा है।. .क्यों भला?

'कामायनी' में इड़ा जैसे उदास, भटके हुए मनु को भावनात्मक आश्रय देती है, वैसा प्रसंग भी 'कालेवाला' के शुरुआती अध्यायों में है। पत्नी के नदी में कूद जाने और फिर मछली के रूप में फटकार लगाने पर वेइनेमोइनेन अपनी माँ की सलाह पर पोह्या की यात्रा करता है जहाँ 'लंबे केशों वाली सुंदर युवतियाँ' रहती हैं!...वहाँ भटके हुए, उदास और हतवीर्य वेइनेमोइनेन को लोउही ही अपने स्नेहपूर्ण बोलों से भावनात्मक सहारा देती है और फिर से जीवन-समर में जूझने को प्रेरित करती है।

'कामायनी' और 'कालेवाना' दोनों में आए इस प्रसंग में आश्चर्यजनक समानता है। यूँ—मैं स्वीकार करता हूँ, किसी को यह भी लग सकता है, मैं 'कालेवाला' में 'कामायनी' का अनावश्यक 'हस्तक्षेप' कर रहा हूँ!

'कालेवाला' के कथा-क्रम या विन्यास की तमाम खामियों में से एक खामी यह भी है कि वह प्रसंग जिस पर महाकाव्य का अंत हुआ है—कुमारी मार्यांता द्वारा बेटे को जन्म देना तथा उसके द्वारा वृद्ध वेइनेमोइनेन को बुरी तरह फटकारना—वह चाहे अर्थ की दृष्टि से कितना ही सुंदर क्यों न हो, पर यह तय है कि वह इस महाकाव्य में एकदम आकस्मिक ढंग से आता है और उसका किसी पूर्व घटना से कोई तार या संबंध हमें नजर नहीं आता। ऐसा लगता है, मानो महाकाव्य का अंत करने के लिए किसी घटना-क्रम की जरूरत थी और उसका यहाँ इस्तेमाल कर लिया गया।

जो भी हो, इससे 'कालेवाला' की कथावस्तु की फाँक तो पता चलती ही है।

'कालेवाला' को पढ़ते समय एक यह सवाल भी मेरे सामने आकर खड़ा हुआ कि क्या यह जरूरी था, इल्मारिनेन उसी सांपो के लिए लोउही से टकराता, जिसका निर्माण खुद उसी ने लोउही के आग्रह पर किया था? उस सांपो को चोरी क्या कोई नैतिक कार्य था? और वह इल्मारिनेन जो पोहूया की मालकिन के लिए सांपो गढ़ सकता था, खुद अपने लिए क्यों नहीं? कम से कम 'कालेवाला' में इस सवाल का जवाब मुझे नहीं मिला।

एक और सवाल यह है कि पोहूया में जहाँ युवतियाँ इतनी सुंदर होती हैं कि सारी दुनिया के लोग उन्हें पाने के लिए उतावले नजर आते हैं, वहाँ पोहूया की मालकिन इस कदर क्रूर और कुरूप क्यों हैं? अक्सर हम परियों के देश की चर्चा सुनते हैं, पर वहाँ परियाँ सुंदर होती हैं तो परियों की रानी भी। 'कालेवाला' में पोहूया की मालकिन की कुरूपता आँख में कुछ-कुछ खटकती जरूर है और इससे उसका चरित्र कहीं न कहीं अविश्वसनीय हुआ है।

एक सवाल यह भी है कि पोहूया में क्या स्त्री-प्रधान सभ्यता थी जिससे सारे शक्ति-केंद्र, निर्णय करने के अधिकार और प्रशासन-सूत्र पोहूया की मालकिन के हाथ में थे? यह सवाल इसलिए उठता है, क्योंकि 'कालेवाला' में पोहूया के मालिक का जिक्र बहुत कम आता है—सिर्फ नाम मात्र के लिए!

बार-बार पोहूया की ओर वीरों के जो कूच होते हैं, लंबे केशों वाली सुंदर युवतियों को पाने के लिए, उन्हें पढ़कर मुझे जायसी के 'पद्मावत' की याद आती है। राजा रत्नसेन 'पद्मावती को पाने के लिए सिंहल द्वीप में जाता है और वहाँ तमाम तरह की भीषण लड़ाइयाँ होती हैं। हालाँकि वहाँ साथ ही साथ प्रेम की जो सरल साधना है, वह शायद 'कालेवाला' में नहीं है। यहाँ तो युद्ध, कोरा आदिम युद्ध है। और यों जायसी का काव्य-संसार 'कालेवाला' की तुलना में कहीं अधिक 'सभ्य' संसार है।

9

और अंत में...

पुस्तक के ब्लर्ब पर 'कालेवाला' के बारे में यह एक सही टिप्पणी की गई है कि "इसके नायक तथा नायिकाएँ, समाज एवं संस्कृति, मानवता के विकास के उस मोड़ पर खड़े लगते हैं जहाँ मनुष्य अपनी आदिमता तजता हुआ सभ्यता की ओर अग्रसर होता है। विश्व के दो महानतम महाकाव्य रामायण तथा महाभारत, जिनके सृजन का श्रेय भारतीय प्रतिभा को ही प्राप्त है, 'कालेवाला' की तुलना में अति-संस्कृत, अत्याधुनिक लगते हैं।"

हाँ, इसमें इतना और जोड़ा जा सकता है कि चाहे इसकी काव्य-भूमि आदिमता और सभ्यता के संधिबिंदु पर अवस्थित है, पर इसमें आदिमता का स्वाद भरपूर है, और वही इसकी खासियत भी है। 'कालेवाला' भले ही महाकाव्य के रूप में बहुत ज्यादा प्रभावित न कर पाता हो, पर उसका आदिम स्वाद उसे एक विलक्षण और जादुई असर वाला काव्य जरूर साबित कर देता है।

मैं यह निस्संकोच कहना चाहूँगा कि एक महाकाव्य के कलेवर के रूप में 'कालेवाला' में तमाम खामियाँ हैं, इसलिए कि यह एक 'सहज स्फूर्त महाकाव्य' न होकर, एक राष्ट्रीय जरूरत के हिसाब से गढ़ा गया महाकाव्य है।

यूँ इस मामले में भी 'कालेवाला' एक विलक्षण उदाहरण है। और जिस ढंग से एलिआस लोन्रोट द्वारा तमाम जुदा-जुदा वीर काव्यों को संकलित करके 'कालेवाला' को एक महाकाव्य की रूप दिया गया, मुझे याद नहीं पड़ता कि विश्व साहित्य में ऐसा कोई दूसरा उदाहरण भी उपलब्ध है!

इससे मालूम पड़ता है कि फिनलैंड के लोग अपनी सांस्कृतिक निधियों का कितना सम्मान करते हैं! और इससे यह भी पता चलता है कि आज के भौतिकवादी युग में, जबकि इतिहास, संस्कृति, वगैरह-वगैरह के अंत की झूठी उत्तर-आधुनिकतावादी घोषणाएँ की जा रही हैं, कला और संस्कृति की चिंताओं का अंत नहीं हुआ, बल्कि एक सार्थक जीवन जीने के लिए वह आज भी हमारी एक बड़ी जरूरत है और कोई मुल्क या राष्ट्र उसके बगैर खुद को भीतर से हल्का और कुछ खाली-खाली-सा महसूस करता है।

मजे की बात यह है कि हमारे मुल्क में 'आल्हा-ऊदल' या 'ढोला मारू रा दूहा' जीवित हैं तो हम पढ़े-लिखों मगर असल में कुपढ़ लोगों के कारण नहीं, बल्कि उन लाखों-करोड़ों लोगों द्वारा जिन्हें हम अनपढ़ और अशिक्षित कहते हैं, पर सांस्कृतिक रूप से, वे हमसे कहीं ज्यादा समृद्ध हैं! कायदे से हम पढ़े-लिखों को उनके चरणों के पास बैठकर संस्कृति के पाठ पढ़ने चाहिए।

'आल्हा-ऊदल', 'ढाला मारू रा दूहा', 'सिंहासन बत्तीसी'...
पीली, सस्ती किताबें। भ्रष्ट छपाई। प्रूफ की बेशुमार गलतियाँ...

मैं अपने इस अपराध-बोध का क्या करूँ कि 'कालेवाला' को मैंने जब-जब पढ़ा है या उठाकर पढ़ना चाहा है, तब मेरी आँखों के आगे पीले, सस्ते कागज पर छपी उन किताबों के पन्ने फड़फड़ाने लगते हैं, जो तब चार-छह आने में मिलती थीं। आजकल शायद पाँच-दस रुपए में मिल जाती हों...मगर हमने इन्हें ज्यादा पढ़ा नहीं था, हमने इन्हें सुना था, ऐसे लोगों से जो ऊपर से देखने पर निपट गँवार और अनपढ़ लगते थे, मगर ज्यों ही वे डूबकर आल्हा पढ़ना शुरू करते थे, वे दुनिया के सबसे सुंदर मानवों में बदल जाते थे। हम किताब पढ़कर गाते थे तो वह बात नहीं बनती थी, इसलिए कि जितने वे लोकचेतना की अखंड धारा से एकाकार थे, हम कभी न थे, मगर वे सांस्कृतिक थे और हमारी पढ़ाई ने हमें असभ्य और असंस्कृत मशीनों में बदला था। मशीनें जिनमें घमंड बहुत होता है, मगर जो भीतर से कोरी होती हैं और उनमें दिल नहीं होता—किसी चीज का आनंद लेने की क्षमता नहीं होती और किसी का दुख महसूस करने की संवेदना भी नहीं होती।

अब टी.वी. के 'उत्तानपाद' हो जाने से वह परंपरा काफी-कुछ क्षरित हुई है। दुख यह है कि टी.वी. ने शहरों के 'कुपढ़' लोगों को तो भरमाया ही है, गाँव के जो सांस्कृतिक रूप से समृद्ध जन थे, उन्हें भी रोगी बना दिया है। तो भी जीवन के लक्षण खत्म नहीं हुए तो इसलिए कि लोक-काव्य और लोक-संस्कृति की वह परंपरा आज भी पूरी तरह सूख नहीं गई।

हाँ, जो मेरा 'गिल्ट' या अपराध-बोध है, वह इसलिए भी कि 'कालेवाला' भव्य और शानदार ढंग से छपा है और 'कालेवाला' को पढ़ते समय एक बार भी ऐसा नहीं हुआ कि मुझे यह तकलीफ न हुई हो कि क्या 'आल्हा-ऊदल', 'ढोला मारू रा दूहा' और अपने तमाम अन्य वीर काव्यों के या लोक साहित्य के ऐसे ही शुद्ध और भव्य संकलन क्या हम कभी तैयार कर पाएँगे? क्या 'आल्हा-ऊदल' के पाठ की प्रामाणिकता और शुद्धता पर हमने कभी गौर किया है? जिन सामाजिक-ऐतिहासिक स्थितियों की वह उपज था, उनकी क्या कोई गहरी छानबीन हम कर पाए? 'आल्हा-ऊदल' की इतनी बड़ी लोक-व्याप्ति देखते हुए भी क्या उसकी किसी गंभीर व्याख्या के साथ, उसे किसी अच्छी और आकर्षक पुस्तक के रूप में हम छाप पाए?

जाहिर है, इन सवालों के जवाब मन को दुखाने वाले हैं।

और फिर देवेंद्र सत्यार्थी! 'कालेवाला' को पढ़ते हुए देवेंद्र सत्यार्थी की याद न आए, ऐसा हो ही नहीं सकता। 'कालेवाला' का बूढ़ा और सयाना वेइनेमोइनेन जिसके भीतर संगीत, घुमक्कड़ी, असाधारण मेधा के साथ-साथ एक तरह की रँगीलापन भी

है, हमें बार-बार देवेंद्र सत्यार्थी की याद दिलाता है।

वे देवेंद्र सत्यार्थी जिन्होंने अपनी जिंदगी के बीस साल लोकगीत एकत्र करने की शानदार धुन में लगा दिए और इसके लिए देश की चप्पा-चप्पा छान मारा। उन्होंने यह काम कितनी मुश्किलों से और किस किस्म की 'फकीरी' के साथ किया, इसकी कल्पना भी आज हमें थरथरा देती है। उनकी लोकगीतों की खोज को 'भारत की आत्मा की खोज' कहा गया और महात्मा गांधी और गुरुदेव टैगोर का उन्हें आशीर्वाद मिला। पर क्या देवेंद्र सत्यार्थी के काम को भी हम सम्मान से किसी भव्य ग्रंथ के रूप में सामने ला पाए? अपने जीवन के अंतिम क्षण तक लोक साहित्य के लिए काम करने वाले अथक यायावर देवेंद्र सत्यार्थी के काम और उनकी शानदार धुन को समझने की इच्छा रखने वाले लोग पूरे हिंदी साहित्य-संसार में कितने हैं?...मैं जानता हूँ, इन सवालों के जवाब उत्साहजनक नहीं हैं। इसलिए कि अपनी सांस्कृतिक विरासत और लोक साहित्य के प्रति कोई गर्व तो हममें है ही नहीं, बल्कि इस तरह की 'न जानने' या भुला देने की शर्म हमें कोई राष्ट्रीय शर्म नहीं लगती!

बहरहाल, 'कालेवाला' को पढ़ने के जो तमाम सुख हैं, उनमें एक यह भी है कि वे तमाम स्मृतियाँ जो हमें आदिम मानव या 'आदिमता' से जोड़ती हैं, उन्हें हम एक बार फिर से भरपूर जीने का अवसर पा लेते हैं। 'कालेवाला' पर आयोजित एक गोष्ठी में कही गई नामवर जी की यह बात गौर करने लायक है कि सारी दुनिया का लोक साहित्य मूलतः अपनी प्रकृति में एक ही है, जबकि अभिजात साहित्य में भिन्नताएँ ज्यादा हैं। कारण शायद यह हो कि लोक साहित्य की रचना किसानों, मजदूरों और उस अनपढ़ कही जाती जनता द्वारा की गई, जिसके भीतर अनगढ़ रूप में सही, पर कहीं गहरी और व्यापक सांस्कृतिक चेतना है। 'कालेवाला' को पढ़ना इसी विश्व संस्कृति के आदिम आस्वाद तक जाना है। इसीलिए यह हर बार हमें एक गहरी तल्लीनता की लय में डुबोकर और अधिक समृद्ध रूप में लौटा देता है—एक बार फिर 'कालेवाला' की एक नई यात्रा के लिए!

□□□

काल-चर्चा

उनका समय मेरा समय भी है किंतु...!

'कथादेश' में 'मैं और मेरा समय' स्तंभ में छपा विष्णु खरे का घोर बेचैनीभरा आलेख अगर आपने नहीं पढ़ा तो आप एक जरूरी—बेहद जरूरी और दुर्लभ चीज से वंचित रह गए।...एक ऐसी रचना जिसे न पढ़ने का मतलब सचमुच एक मूल्यवान अनुभव को खो देना है। यह गद्य-खंड मानो कुछ अलग ढंग से सोचने और लिखने के लिए चुनौती देता है। एक वाक्य में कहूँ, तो यह हिंदी का सबसे प्रखर और शक्तिशाली गद्य है जो अपनी गहरी आत्मपरकता के बावजूद इस कदर तटस्थ भी है कि ताज्जुब होता है। यह दीगर बात है कि इसे पढ़ते हुए कहीं-कहीं मैंने खुद को ईश्वर से प्रार्थना करते पाया कि 'काश, विष्णु जी के वाक्य इतने लंबे, लपेटवाँ और बहु-पुच्छलदार न होते, जैसे दुर्भाग्य से वे अब होते जा रहे हैं!'...और अगले ही क्षण मैंने खुद को ठकठकाया—तो फिर विष्णु खरे, विष्णु खरे कैसे होते? यह तो आखिर उन्हीं की किसी कविता में आया है न कि सत्य यह जान लेना चाहता है कि हम कितनी दूर तक उसका पीछा कर सकते हैं! हो सकता है कि उनके पास कहने के लिए इतना कुछ हो कि भाषा उसे सँभालने में असमर्थ प्रतीत होती हो। यह इसलिए भी कह रहा हूँ कि इस आत्मकथ्य को पढ़ना समय के दूर-दूर के छोरों तक फैली हुई एक लंबी आत्मकथा को पढ़ने के सुख जैसा है। शायद इसलिए कि जो कुछ कहा गया है, उससे कई गुना अधिक नहीं लिखा गया। और जो नहीं लिखा गया, वह भी न जाने किस 'जादू' से पाठक के आगे खुद-ब-खुद तरतीबवार खुलता चला जाता है। इसीलिए यह गद्य औरों से इतना अलग—इतना खुरदरा, शक्तिशाली और तेजस्वी गद्य है। खासकर माँ और पिता की स्मृति के जो धुँधले मगर अविस्मरणीय अक्स और सतरें इसमें शामिल हैं, वैसे उदाहरण समूचे हिंदी साहित्य में कहीं ढूँढ़े न मिलेंगे।

यह तो मुझे मालूम था कि 'अश्क स्मृति व्याख्यान-माला' में इस आलेख का एक हिस्सा पढ़ा गया था और उस पर जो-जैसी प्रतिक्रियाएँ हुई होंगी, उनका कुछ

अंदाजा 'जनसत्ता' में किसी 'बुद्धिजीवी' की नाराज टीप से लग गया था।...तब सोचा था, कुछ न कुछ परेशान करने वाली, असुविधाजनक बातें विष्णु जी ने कही होंगी। और मैं जानता हूँ, वे कहने पर आते हैं तो एक तरह के 'कबीरी साहस' के साथ कहते हैं और किसी की परवाह नहीं करते।... तो सच कहूँ तो मेरी अपेक्षा कुछ वैसा ही पढ़ पाने की रही होगी, पर विष्णु खरे का आत्म-वक्तव्य उस सबके विपरीत इतना करुण, भीतर तक बेधने बल्कि मर्माहत करने वाला होगा, इसका अंदाजा नहीं था। और इसीलिए इसे पढ़ने के इतने समय बाद भी मैं इसकी गिरफ्त से अभी तक छूटा नहीं हूँ।

कहना न होगा, पिछले कुछ वर्षों में विष्णु जी से अलग-अलग समय पर लिए गए चार लंबे इंटरव्यूज में उनके भीतर के लावे का बहुत-सा ताप मैंने महसूस किया है। यहाँ तक कि बाज दफा कुछ ऐसी विदग्ध कर देने वाली बातें भी उन्होंने बताईं, जिन्हें लिखने का लोभ इसलिए संवरण करना पड़ा, क्योंकि विष्णु जी नहीं चाहते थे कि वह छपे। अलबत्ता, इतना सब जानने (और लिखने) के बाद भी कितना कुछ बच रहा था...या अब भी बच रहा होगा, ईश्वर जाने! (आखिर शब्दों में सब-कुछ तो बाँधा नहीं जा सकता—बकौल देवेंद्र सत्यार्थी) मैं तो वह सब, जिसे जानता था, मगर इस कदर न जानता था—के बारे में सोच-सोचकर हैरान और स्तब्ध हूँ। और एक विचित्र अनुभूति यह भी हो रही है कि इतना निकट रहकर भी हम लेखक लोग एक-दूसरे के सुख-दुख के बारे में कितना कम जानते हैं। चर्चाएँ बहुत होती हैं, मगर जो सबसे ज्यादा महत्त्वपूर्ण है, वही शायद चर्चाओं से फिसल जाता है। इसीलिए लेखन की दरकार है—और बुरे वक्तों में भी बनी रहेगी।

अलबत्ता विष्णु जी के 'मैं और मेरा समय' का एक पाठ मेरे निकट यह भी है कि इसे पढ़कर मेरे जैसे पाठक के लिए यह जानना अपेक्षाकृत सरल हो गया कि क्यों विष्णु जी की कविताएँ मुझे सबसे अलग और ताकतवर लगती हैं—मौजूदा हिंदी कविता में जिनके साथ तुलना के लिए भी मुझे क़ोई दूसरा कवि नजर नहीं आता! ...इतनी बीहड़ होती हुई भी वे कविताएँ क्यों इतनी अपनी-सी लगती हैं? और क्यों उनके भीतर बेचैनी की इतनी धधकती आग है, अब लगता है, कुछ-कुछ समझ पा रहा हूँ। इस आत्मकथ्य में विष्णु जी ने बहुत कारुणिक ढंग से अपनी दो अविवाहित रह गई बुआओं का जिक्र किया था कि उनकी बुआओं के अविवाहित रहकर मर जाने ने उनके भीतर ईश्वरीय न्याय के प्रति ऐसा विक्षोभ और अनास्था भर दी थी कि उन्होंने एक कहानी लिखी थी, जिसमें कथानायक घर के मंदिर से ईश्वर की मूर्तियों को उठाकर बाहर कूड़े के ढेर पर फेंक आता है। उनकी यह कहानी उन दिनों कई प्रतिष्ठापित लेखकों के साथ 'कहानी' पत्रिका में छपी थी और वह कहानी से ज्यादा असलियत थी। इसी तरह तपेदिक से ग्रस्त माँ और कैंसर के कारण अंतिम समय में कंकाल हो चुके पिता की जो तस्वीरें इस आत्मकथ्य में हैं, वे हिला देने

वाली हैं। इससे भी कहीं बढ़कर एक किशोर होते बच्चे का जीवन के इस नंगे सत्य को जान लेने का 'प्रौढ़त्व' या समझदारी है कि अगर सिर्फ कुछ सौ रुपए होते, तो माँ बच सकती थी और सिर्फ कुछ हजार रुपए होते, तो दोनों बुआएँ यों अविवाहित न रह जातीं। यह दिखते हुए सुंदर संसार के भीतर छिपकर बैठे एक और क्रूर संसार को जान लेना है।...एक इंटरव्यू में विष्णु खरे ने बताया था कि उन्होंने कभी जवानी नहीं देखी और बचपन के बाद वे सीधे प्रौढ़ावस्था में दाखिल हो गए। तो वे कौन-से हालात होते हैं, जो एक बच्चे को असमय प्रौढ़ बना देते हैं और उसकी सरलता छीन लेते हैं? यह विष्णु जी की इन सतरों को पढ़कर थोड़ा-बहुत मैं समझ पा रहा हूँ।

सच कहूँ तो विष्णु खरे को यह आत्मकथ्य मुझे निराला की 'सरोज स्मृति' की याद दिलाता है। फर्क यह है कि वहाँ बेटी के गुजर जाने पर मन में उठे दुखों का अंधड़ है और यहाँ तपेदिक से ग्रस्त माँ और आर्थिक अभावों के कारण एक करुण नियति का ढोती बुआओं की त्रासदी है। निराला बेटी के दुख में गुजरते हुए "ये कान्यकुब्ज कुल कुलांगार/खाकर पत्तल में करें छेद" और साहित्य के महंतों और संपादकों द्वारा अपनी उपेक्षा का जिक्र करते हैं तो विष्णु खरे उसके समानांतर—और शायद अनजाने ही, नामवर सिंह, राजेंद्र यादव और अशोक वाजपेयी की 'साहित्यिक पोलिटिक्स किंवा पोलिमिक्स' के मुद्दे उठाते हैं। और आश्चर्य, विष्णु जी का यह पूरा आत्मकथ्य एक लंबी कविता में ढली, बीहड़ और बेछोर आत्मकथा का-सा सुख देता है। और निराला की 'सरोज स्मृति' भी तो यही है! वह इस कदर करुण है कि 'चमरौधे जूते' की चर्चा भी उसमें आश्चर्यजनक ढंग से समा जाती है। विष्णु खरे के इस आत्मकथ्य में भी बहुत-सा भदेस ढूँढ़ा जा सकता है जो न होता तो बेहतर था। मगर आश्चर्य, इससे उसकी करुणा और सच्चाई की लंबी मार कम नहीं होती।

यह गद्य नहीं, कविता की ही 'एप्रोच' है कि इस आत्मकथ्य में विष्णु जी ने अपनी दोनों बेटियों के रूप में बुआओं के फिर लौट आने की बात कही है। कोई मोटे दिमाग वाला आदमी इसे अंधविश्वास कहेगा, पर सच कहूँ तो यह एक हिंदुस्तानी आदमी की 'हिंदुस्तानियत' है जो सत्रह देश घूम लेने और बीसियों भाषाओं के पोथन्ने पढ़ लेने पर भी कम नहीं होती। खुद विष्णु जी की 'चौथे भाई के बारे में', 'दिल्ली में अपना फ्लैट बनवा लेने के बाद एक आदमी सोचता है', 'अकेला आदमी' पढ़ लीजिए, उनकी हिंदुस्तानियत की अलग-अलग छटाएँ आपकी आँख के आगे खुल पड़ेंगी। गो कि वे इन्हें जान-बूझकर लाने नहीं हैं और जबरन तो हरगिज नहीं लाते। यह आकस्मिक नहीं कि लगातार भारतीयता और भारतीय संस्कृति की गुहार लगाते निर्मल वर्मा हमें पराए लगते हैं और विष्णु खरे बगैर हिंदुस्तानियत का दावा किए, एक ठेठ हिंदुस्तानी कवि!

हाँ, उनकी कविताओं के साथ-साथ इस आत्मकथ्य से भी एक विचित्र तथ्य

पर रोशनी पड़ती है कि विष्णु खरे ज्यादातर एक अकेले आदमी हैं और उनकी ज्यादातर लड़ाइयाँ 'अकेले आदमी' की लड़ाइयाँ हैं, भले ही वे अकेले आदमी की 'छापामार' किस्म की लड़ाइयाँ क्यों न हों! वे 'आम आदमी' का साधारण जन का नाम तो लेते हैं, लेकिन आम आदमी की बेहतरी के लिए किसी सामूहिक लड़ाई की तैयारी का-सा भाव उनके शब्दों में नजर नहीं आता। इस आत्मकथ्य में नामवर सिंह, राजेंद्र यादव या अशोक वाजपेयी के बारे में उनकी जो टिप्पणियाँ हैं, वे अकेले आदमी का एक खतरनाक दुस्साहस ही हैं—भले ही उनमें आत्यंतिक सच्चाई हो और उससे बहुत-से लोग जो साहित्य की अराजक स्थितियों से तंग आ चुके हैं, खुश हों, लेकिन चीजों की बदलने की जमीन या नक्शे वहाँ नहीं हैं। शायद इसलिए कि एक ऊँचाई से साधारण जन की बात कहना तो आसान है, पर उस ऊँचाई को छोड़कर साधारण जन से आ मिलना बहुत कठिन है। आश्चर्य है, विष्णु खरे ने अपने आत्मकथ्य में आज के लेखक की सबसे बड़ी लाचारी ओर असमर्थता के बारे में कुछ नहीं कहा, वरना न समाज की स्थितियाँ इतनी गड़बड़ होतीं और न साहित्य की। विष्णु खरे ने एक जगह कबीर को सबसे बड़ा कवि कहा है और उसी प्रसंग में दलित आंदोलन की बात कही है। मगर कबीर आम आदमी से जितने घुले-मिले थे, वैसे ही साधारण जन से घुल-मिल न पाने की आत्मपीड़ा क्या विष्णु खरे में है? वह होती तो आज की कविता और समाज के बीच इतनी बड़ी खाई भी क्यों है, इस चीज को लेकर वे कुछ अधिक परेशान होते।

सच तो यह है कि विष्णु खरे के शब्दों में रघुवीर सहाय की तरह अपनी जनता से ज्यादा से ज्यादा 'एक सच्ची और निस्संग' नफरत मिलेगी—हाँ, कोई चाहे तो उसके मूल में अति भावुकता और अति-राग भी तलाश सकता है। मगर अक्सर वह छिपा हुआ ही रहता है। मुझे याद है, कुछ अरसा पहले विष्णु जी ने मुझसे दिल्ली छोड़कर छिंदवाड़ा चले जाने की बात कही थी, तो मैं स्तब्ध रह गया था। तब दिल्ली में पुस्तक मेला लगा हुआ था। मैंने कहा, "आप ऐसे समय में दिल्ली छोड़ रहे हैं, जब लोग दिल्ली आने की सोचते हैं।" तब उन्होंने मुझे बताया कि पुस्तक मेले में लेखकों का व्यवहार देख, वे शर्म से गड़ जाते है। "विमोचन नाम के जंतु का वहाँ ऐसा हल्ला है कि सारे पुस्तक मेले में अफरा-तफरी मचती है—'पकड़ो अशोक वाजपेयी को, पकड़ो... राजेंद्र यादव को पकड़ो, नामवर सिंह को पकड़ो...!' ये लेखक लोग मुझे कुतिया के पीछे दौड़ते पिल्लों की याद दिलाते हैं।" "लेकिन छिंदवाड़ा में तो अब सब कुछ बदल गया होगा। आपको पहले वाली चीजें नहीं मिलेंगी। हो सकता है, एक लेखक के रूप में कोई आपको इस ढंग से पहचाने ही नहीं!" मैंने कहा। इस पर विष्णु जी का जवाब था कि "तब तो और भी अच्छा है। मेरी अब बिल्कुल इच्छा नहीं है कि लोग मुझे जानें। इसके बजाए मैं अब काम करना चाहता हूँ। बहुत-से काम करने हैं और मेरे पास समय अब बहुत कम बचा है।"

यह चीज इसलिए याद आई कि इस आत्मकथ्य में भी 'समय अब खत्म हो रहा है' की कई गूँजें-अनुगूँजें मुझे सुनाई दीं। एक लेखक का यह भयंकर दुस्साहस और साथ ही घोर निराशा मिलकर बहुत-कुछ कह रहे हैं—अगर कोई सच में समझने वाला हो तो! यों जिस तरह के समाज में हम रह रहे हैं, उसमें लेखक को समझने की ईमानदार कोशिशें होती ही कब हैं! पर विष्णु खरे ने खुद बहुत कुछ कहा है। इतना साफ-साफ और खुलकर कहा है, इस चीज का मैं समझता हूँ, 'दस्तावेजी' महत्त्व है।

हाँ, इस बृहद आलेख को लेकर मेरे मन में जो सवाल और शंकाएँ हैं और जिस स्तर पर इसने मुझे निराश किया है, उसकी चर्चा के बिना भी लगता है, यह चर्चा अधूरी रहेगी। सबसे पहले तो अपने समय के यथार्थ से किसी लेखक की मुठभेड़ वाला सवाल। यह ठीक है कि विष्णु खरे की ये सतरें पढ़ते हुए पहली बार लगा, किसी लेखक ने समय की अवधारणा पर इतने कोणों से, इतने विविध स्तरों पर और इतनी व्यापक रीति से सोचा कि इसमें दिन उगने और दिन छिपने के समय के साथ-साथ द्वितीय महायुद्ध, बंगाल का अकाल, देश-विभाजन की त्रासदी, गांधी, नेहरू आदि-आदि के चरित्र और काम, पंजाबियों और सिंधियों का शरणार्थी बनकर आना, वगैरह-वगैरह बहुत-सी बातों को एक साथ लिया है। तब के समय से लेकर आज के समय तक आते हुए, काल की बहुत-सी अवधारणाएँ विष्णु खरे ने पकड़ी हैं, पर मुझे लगता है यथार्थ फिर भी बार-बार उनके हाथ से छूट जाता रहा है। और उनका काल जितना वायवीय है, उतना ठोस नहीं। वरना आज के समय में भूमंडलीकरण, वर्ल्ड बैंक और बहुराष्ट्रीय कंपनियों ने जिस तरह की आपाधापी मचा रखी है, सरकार ही नहीं, ज्यादातर बुद्धिजीवी, लेखक-पत्रकार उसके आगे जिस तरह दंडवत करके चुप बैठ गए हैं, और इन बड़े-बड़े नारों के छलावों से जिस तरह गरीब आदमी को मारा जा रहा है, भूख और गरीबी का जिस तरह से मजाक उड़ाया जा रहा है, बेकारी और बेरोजगारी जिस तरह से बढ़ रही है, अपराध जिस तरह से बढ़े हैं, उससे कुल मिलाकर एक महादैत्य के पैरों से कुचले जाते समाज की तस्वीर क्या उन्हें नहीं दिखाई दी? आश्चर्य, जो हमारे समाज के आज के जीने-मरने का मुद्दा है और जिस पर सबसे ज्यादा भटकाव नजर आता है, उस पर वे चुप—एकदम चुप हैं। अमरीका जिस तरह वर्ल्ड बैंक के जरिए अपनी शर्तों पर इस देश को चला रहा है, उस पर वे एक शब्द नहीं बोले। क्या यह उनका समय नहीं है?

उत्तर-आधुनिकता जिसका इधर बहुत ढोल पीटा जा रहा है और जिसने कुछ अवसरवादी वामपंथियों को बुरी तरह नाथ लिया है, क्या इसी साम्राज्यवादी साजिश का एक हिस्सा नहीं हैं? उत्तर-आधुनिकता के पीछे असल में यथास्थिति को बनाए रखने का साम्राज्यवादी कुचक्र ही काम कर रहा है कि गरीब पर हँसो, गरीब की गरीबी पर हँसो, भूख पर हँसो, गरीबी और शोषण के खिलाफ लड़ने वाली संघर्षशील

शक्तियों पर हँसो, परिवर्तनकामी विचारों और दुनिया की बेहतरी के सपने पर हँसो और यह प्रोपेगंडा करो कि गरीबी और अमीरी की ये लड़ाइयाँ और झगड़े बेकार हैं क्योंकि दुनिया आखिर तो एक 'माया' है। और गरीबी-अमीरी के झमेले ये सिर्फ प्रतीतिकारी भ्रम हैं। आश्चर्य, इस तरह के विचारों को एक नंगी बेशर्मी के साथ वही लोग चला रहे हैं जो कल तक खुद को घोर मार्क्सवादी कहते थे और सोवियत संघ का पतन होते ही वे ऐसे भाग खड़े हुए कि मार्क्सवाद से बजरिए उत्तर-आधुनिकता, वे सीधे-सीधे एक नंगे और निर्लज्ज 'सेक्सवाद' पर आकर गिरे—और उतनी ही बेशर्मी से वे इसे सही साबित करने की दयनीय कोशिशें भी कर रहे हैं। कल साहित्य को 'समाज की बेहतरी का औजार' बताने वाले आज साहित्य को 'निरोध' बताकर खुश हो रहे हैं कि उन्होंने क्या मौलिक बात कही है—'यूज एंड थ्रो'। इसके बाद भी वे खुद को मार्क्सवादी कहते हैं—और उन्हें शर्म नहीं आती। हर पतन, अराजकता और नंगेपन पर खुश हो-हो करके वे तालियाँ पीटते हैं और उन्हें शर्म नहीं आती! यह ठीक है कि विष्णु खरे ने किसी भी पतन या नंगेपन पर तालियाँ पीटकर खुश होने वाले इन उत्तर-आधुनिकों पर प्रहार किया है, पर उसके पीछे की साम्राज्यवादी साजिश और यथास्थितिवादी सोच के दूर-दूर तक फैले सूत्र वे देख नहीं पाए।

इसके बजाए विष्णु खरे साधारण जन की बात करते-करते काल की धारणा का लगातार दार्शनिकीकरण करते रहे और उसे ले जाकर सीधे महाभारत से जोड़ दिया। क्या यह भी एक तरह का का बौद्धिक छल या एलीटिज्म नहीं है? वरना महाभारत के काल को आज की जिंदगी और आज के समय की लड़ाइयों में वे कहाँ बिठाएँगे? एक गरीब आदमी जिसे दिन भर काम करके भी इतना नहीं मिलता कि वह भरपेट खा ले, जो नाले की सड़ांध के नजदीक झोंपड़ी डालकर रहता है तथा रेल की पटरियाँ जिसका शौचालय हैं, उसे यह 'महाभारत' भला क्या देता है, क्या सिखाता है? जिन बड़े-बड़े सेठों, पैसे वालों के यहाँ वह काम करता है, उनकी गर्दन दबाए या सहता रहे? विष्णु खरे अपने 'महाभारत' को यहाँ तक लाते तो कुछ बात थी। और अगर एक गरीब और मजबूर आदमी की हिंसा सही है, तब तो अंततः हमें नक्सलवाद को ही सही ठहराना होगा, जिस पर डॉ. माहेश्वर का एक अद्भुत आलेख मैंने गुजरे बरस पढ़ा था और मधु कांकरिया का अभी-अभी एक ताजा उपन्यास उस पर आया है, लेकिन विष्णु खरे ने तो ऐसी किसी लड़ाई, उसके औचित्य-अनौचित्य या आगे किसी संभावना के बारे में एक शब्द तक नहीं लिखा। फिर श्रीकृष्ण के विराट रूप में काल के 'रिसाइकिल' होने में हमारे समय के किस रूप की वे बात कर रहे हैं? और उसका हमारे आज के यथार्थ से लेना-देना क्या है? दूसरी तरफ सत्ता-परिवर्तन के लिए राजनीति में जाने के लिए विष्णु खरे उतावले नजर आते हैं। मानो श्रीकांत वर्मा का वहाँ जो इस्तेमाल और हश्र हुआ, उसे वे बिल्कुल न जानते हों! मगध को भले ही श्रीकांत वर्मा के अपराध-बोध की

अभिव्यक्ति कहकर थोड़ा सहारा दे दिया जाए, लेकिन असली श्रीकांत वर्मा—'माया दर्पण' वाले श्रीकांत वर्मा तो वहाँ से फिर कभी साबुत नहीं लौट पाए!

सच तो यह है कि विष्णु खरे के इस 'मैं और मेरा समय' का एक और दस्तावेजी महत्त्व है। यह उनका अपनी आत्मबद्धता और एलीटिज्म के फंदों को तोड़कर बाहर आना है। कभी वे एक 'एलीट' लेखक के रूप में ही जाने जाते थे। लेकिन दिलचस्प बात यह है कि वे पचास प्रतिशत उससे बाहर आ सके हैं और पचास प्रतिशत उसी में हैं। इसीलिए वे आम आदमी की बात करते हुए भी पूरी तरह हमारी बात नहीं करते। उनमें सोच और अभिव्यक्ति की कलावादी बारीकियों के लिए अथक उत्साह है। और यह आकस्मिक नहीं कि उन्हें विनोदकुमार शुक्ल हिंदी उपन्यासकारों में सबसे अलग ओर खास लगते हैं। और कविता और कहानी की विधाओं को आपस में भिड़ाते हुए, वे आज की कहानी या कथा-साहित्य को एकदम नकारकर कविता के साथ हो लेते हैं। या बड़े अबोध ढंग से पूछते हैं कि ज्ञानरंजन के बाद हिंदी कहानी में क्या हुआ? जबकि सच तो यह है कि आज की कविता आम आदमी के हालात, क्षोभ, गुस्से और उथल-पुथल से बहुत कुछ कटी हुई है। आम जीवन की यह हलचल अपने पूरे क्षोभ और तल्खी के साथ आ रही है तो आज की कहानी और उपन्यास में। कविता यहाँ न सिर्फ पिछड़ी हुई है, बल्कि कई बार तो सिर्फ अपने एकांत में 'बुदबुद' करती नजर आती है। अपनी घोर आत्मबद्धता और अमूर्तन के कारण जिसने अपने आपको जनता से पूरी तरह काट लिया है। क्या ही अच्छा होता, अगर विष्णु खरे एक कवि के रूप में अपने समय की इस बड़ी दुर्घटना को लेकर, आत्मपरीक्षण का साहस दिखाते और गहराई में जाकर इसकी वजहें तलाशते। मुझे यकीन है, वे जब भी तलाशेंगे, इसकी नींव में उन्हें कहीं न कहीं आज के कवियों का एक खास तरह का 'एलीटिज्म' ही मिलेगा, जिसे कहानीकारों और उपन्यासकारों ने अपने-अपने ढंग से तोड़ा है।

जिस चीज के लिए वे अकेले ज्ञानरंजन को दाद देते हैं, कथा-साहित्य में वह चीज एक साथ कई जगहों पर घटित हुई थी। सिर्फ एक उदाहरण मैं देता हूँ। बल्लभ सिद्धार्थ की कहानी 'महापुरुषों की वापसी' जिसे मैंने पच्चीस बरस पहले पढ़ा था, वे पढ़ें—लेकिन इस कहानी की मार या धमक क्या आज भी फीकी हो सकी? यों ऐसे एक नहीं, बीसियों उदाहरण हैं। योगेश गुप्त का एक छोटा-सा उपन्यास 'अनायास' वे पढ़ेंगे तो उन्हें समझ में आएगा कि विनोदकुमार शुक्ल के यहाँ मध्यवर्गीय जीवन की जो अभिव्यक्ति है, वह 'अनायास' जैसे उपन्यास के आगे सिर्फ एक खिलवाड़ भर लगती है। रमाकांत का 'छोटे-छोटे महायुद्ध' वे पढ़ लें और उसके बाद विनोदकुमार शुक्ल की 'खिड़की' पढ़ें। तब उन्हें समझ में आएगा कि इस तरह की खिड़कियाँ सिर्फ 'कलावादी चोर रास्ते' हैं और असली लड़ाइयाँ कहीं और लड़ी जा रही हैं। बल्लभ सिद्धार्थ का 'कठघरे' वे पढ़ें तो वे देख पाएँगे कि सौ पन्नों का

एक छोटा उपन्यास भी इतिहास की कितनी बड़ी उथल-पुथल को अपने में समोए रख सकता है। फिर चित्रा मुद्गल की मुंबई की झोंपड़पट्टियों पर लिखी गई कहानियाँ! क्या विष्णु खरे ने उन्हें पढ़ा है? चंद्रकांता की कश्मीर पर लिखी गई कहानी, अलका सरावगी के 'कलिकथा' के बाद मधु कांकरिया का 'खुले गगन के लाल सितारे' उपन्यास अभी-अभी आया है। वे देखें कि नक्सलवादी आंदोलन की भीतरी ऊष्मा का बयान करने वाली ऐसी सच्ची कविताएँ हमारे पास कितनी हैं? फिर ज्ञानरंजन के बाद उदय प्रकाश और संजीव ने हिंदी कहानी में जो काम किया, उससे क्या वे परिचित नहीं हैं? उसके बाद के लेखकों में अखिलेश, प्रियंवद, गीतांजलिश्री, जया जादवानी, संजय खाती, आनंद हर्षुल, संजीव ठाकुर, रमेश आजाद--कितने ही नाम। वे सब अपने-अपने ढंग से लिख रहे हैं और कम से कम यथार्थ वहाँ जितने खुले और बहुआयामी रूप में आ रहा है, वह इधर के कवियों के लिए शर्मिंदगी नहीं, तो कुछ न कुछ आत्म-परीक्षण की चीज जरूर होनी चाहिए। लेकिन विष्णु खरे इस जगह से जिस तरह भागते हुए पिंड छुड़ाकर गए हैं, वह कुछ न कुछ संशय जरूर पैदा करता है।

इस आत्मकथ्य में विष्णु खरे के शब्दों का सबसे कठोर प्रहार राजेंद्र यादव, अशोक वाजपेयी और नामवर सिंह पर हुआ है। और इसके पीछे बहुत-कुछ सूँघने वाले लोग जो कुछ कह-सुन रहे हैं, इसका भी मुझे थोड़ा-बहुत अंदाजा है। ऐसे भी 'व्योमविहारी' किस्म के बुद्धिमान लेखक-पाठक हैं जिनका कहना है कि देखिए जी, विष्णु खरे का यह आत्मकथ्य कितना 'ऊँचा' जा रहा था और इसमें कितनी महीन बातें और बारीकियाँ थीं। एकदम उदात्त मामला था, लेकिन नामवर सिंह, राजेंद्र यादव और अशोक वाजपेयी वाली 'काली' टिप्पणियों से उन्होंने उस सबको चौपट कर दिया और उसे एकदम नीचे जमीन पर उतार लाए। वे ऐसे 'धैर्य-धन' किस्म के लोग हैं जिनके यहाँ अंदर और बाहर का दोहरा मामला है। यानी अंदर कुछ और बाहर कुछ की पूरी आश्वस्ति। ये सोचते हैं कि अंदर सारे खेल चलते रहें और अंदरखाते जो होता है, उसकी हम अंदरखाते रस ले-लेकर चर्चा भी करते रहें, लेकिन बाहर धीर-गंभीर विद्वत्ता की पालिश। यह अंदर का मामला हमारी किसी रचना या साहित्यिक सोच में न आए, क्योंकि साहित्य-रचना तो ऊँची चीज है और इन अधम चीजों के जिक्र से वह हल्की हो जाती है। पर मेरा कहना है कि विष्णु खरे के इस हिस्से का—भले ही वे केवल तीन पैराग्राफ ही हों, उनके बाकी पूरे आत्मकथ्य से कहीं अधिक महत्त्व है। इसलिए कि मेरे जानते हुए, शायद पहली बार कोई बड़ा लेखक 'हिंदी साहित्य के इन तीन महानों की चिरपरिचित नूरा कुश्ती' के खिलाफ इतनी ताकत से बोला है—इतने प्रखर, अचूक और बेधक शब्दों के साथ कि ये तीन

पैराग्राफ कई दशकों से चली आ रही इन ताकतवर लोगों की सारी राजनीति और सत्ता पर भारी पड़ रहे हैं।

मुझे याद पड़ता है, अपने एक इंटरव्यू में विष्णु खरे ने अशोक वाजपेयी की तुलना महाभारत के युद्ध के बाद अकेले छूट गए दुर्योधन से की थी और कहा था कि "प्रकाश जी, आप देख लीजिएगा, अशोक तो बहुत जल्दी अकेला हो जाने वाला है। ये चाटुकार तभी तक उसके पास मँडरा रहे हैं, जब तक उसके पास सत्ता है। इस सत्ता के जाते ही उसकी हालत महाभारत के युद्ध के बाद डरे हुए, अकेले दुर्योधन की तरह हो जाएगी जो भागकर तालाब में छिप जाता है।" इसी तरह 'देह के भूगोल' में घूमती अशोक वाजपेयी की कविताओं पर उनकी टिप्पणी थी कि मुझे हैरानी है कि कुछ लोग मानसिक रूप से अभी तक 'रीतिकाल' में जी रहे हैं। इनकी तो चर्चा ही क्या की जाए!...पर इस आत्मकथ्य में एक कदम और आगे बढ़कर विष्णु खरे ने अशोक वाजपेयी पर जो टिप्पणी की है, वह बहुत अर्थपूर्ण और गौरतलब है। कैसे देखते ही देखते कल का एक ठीक-ठाक लेखक सत्ता की कुछ तिकड़में भिड़ाकर साहित्य का 'एक ओर सत्ता-पुरुष' हो जाता है और हम हिंदी लेखकों के एक बड़े वर्ग को, जिसमें वामपंथी भी शामिल हैं, उसके आसपास मँडराते देखते हैं, यह आज के साहित्य-विमर्श का सबसे निर्लज्ज अध्याय है। और विष्णु खरे ने बिल्कुल सही समय पर इसकी ओर उँगली उठाई है। असल में ये चीजें सफाई से चटाई के नीचे सरका देने वाली नहीं हैं, बल्कि ये साहित्य और साहित्यकारों के लिए जीने-मरने के सवाल हैं।

इसी तरह नामवर सिंह 'व्यवस्था-विरोध की राजनीति' करते-करते कब न सिर्फ खुद व्यवस्था के सर्वोत्तम प्रतीक हो गए, बल्कि हर हाल, हर सूरत में—तमाम पार्टियों की सरकारों के गिरने-बनने के बावजूद—सत्ता से रिश्ते बनाए रखने की 'चतुर कला' से बरसों से साहित्य के सबसे बड़े सत्ताधीश बने हुए हैं—उसकी अंतर्कथा विष्णु खरे के इन शब्दों में पढ़ी जा सकती है। बल्कि सच तो यह है कि विष्णु खरे ने कुछ इशारे ही किए हैं, जबकि नामवर की नामवरी एक लंबे शोध का विषय है। और इससे वामपंथी राजनीति के कुछ ऐसे भटकावों का पता चलेगा, जिनका सामना हमें चाहे-अनचाहे आज करना ही होगा। गो कि रमाकांत ने अपने बेहद महत्त्वपूर्ण उपन्यास 'जुलूस वाला आदमी' जिसकी दुर्भाग्य से माकूल चर्चा नहीं हुई, में इस वामपंथी भटकाव और विचलन के बहुत-से कारणों और चरित्रों को खोला है। पर मैं समझता हूँ, इस मामले में नामवर सिंह से अधिक मौजूँ चरित्र शायद ही कोई और मिले, जो सचमुच बहुत दिलचस्प अध्ययन का विषय हो सकता है। यहीं डॉ. रामविलास शर्मा के इन शब्दों का मर्म अचानक खुल जाता है कि 'कविता के नए प्रतिमान' के नामवर सिंह को मैं 'प्रगतिवादी' आलोचक नहीं मानता- और नामवर सिंह की बाद की पूरी आलोचना-यात्रा के बारे में रामविलास जी की यह राय

अंत तक अडिग रही। इसके बावजूद नामवर सिंह साहित्य में राजनीति के खेल खेलते हुए, साहित्य के सबसे बड़े सत्ता-पुरुष तो बने ही हुए हैं। भले ही उनका खेल बहुतों के लिए पूरी तरह क्यों न खुल गया हो, क्योंकि जैसा कि विष्णु खरे ने इशारा किया है, अब हर शख्स यह जान गया है कि नामवर सिंह के बोलने-न-बोलने, बात कहकर मुकरने, सत्ता की तरफ मुँह करके संभाषण करने और मंचों और श्रोताओं का मिजाज देखकर तालियाँ बजवा लेने की 'कला' के पीछे असल में कौन-सी बड़ी कलाकारी छिपी हुई है। यहीं इस बात की पोलपट्टी भी खुल जाती है कि लगातार चर्चाओं के शिखर पर विराजने वाले नामवर सिंह का आलोचना में कुल योगदान क्या औ.र कितना है—और अपने बाद वे अपनी किन उल्लेख-योग्य कृतियों से जाने जाएँगे।

इसी तरह राजेंद्र यादव का नारी-विमर्श का सुविधाजनक 'दोहरा खेल' जो अब छिपा नहीं रहा है और मन्नू भंडारी के एक आत्मकथ्य ने तो उसकी पूरी कलई ही खोल दी है—उसे पूरी तरह बेनकाब विष्णु खरे ही कर पाए हैं। नारी-विमर्श जैसी स्थापनाएँ भी राजेंद्र यादव जैसों के हाथ में आकर कैसे खेल हो जाती हैं और उस खेल के भीतर कितनी कुरूपता, अवसरवाद और लिप्सा है, इसकी चर्चा यहाँ-वहाँ भले ही होती हो, पर उसे पहली बार इतने शक्तिशाली अल्फाज में खोला है विष्णु खरे ने। हाँ, यहाँ मेरी उनसे तीव्र असहमति भी है। जाहिर है, 'भैंस जैसे शरीर वाली कथित औरतों' वाली उक्ति को लेकर। मैं समझता हूँ, यह कथित भैंस जैसी औरतों का नहीं, पूरी स्त्री जाति का अपमान है। राजेंद्र यादव अगर एक हाथ में स्त्री-विमर्श का झंडा उठाए, दूसरे हाथ में स्त्रियों के नंगे चित्र लिए उसे सेलेबल बनाने की कोशिशें कर रहे हैं और उसमें स्त्री का अपमान है, तो खुद विष्णु जी के इन शब्दों में उसका कौन-सा सम्मान छिपा है! किसी स्त्री या पुरुष का कैसा शरीर हो, क्या यह उसके बस में है! तो फिर विष्णु खरे इसे क्यों नहीं समझ पाए और कैसे इस तरह कह पाए, मैं सोचकर हैरान हूँ।

विष्णु खरे क्षमा करेंगे, कहीं न कहीं मुझे यह भी लगता है कि उन्होंने साहित्य के इन तीन महारथियों पर जो प्रहार किए हैं, वे 'व्यक्तिगत' कुछ अधिक हो गए हैं, वरना इन महानुभावों के जो कारनामे विष्णु खरे ने गिनाए हैं, उससे कहीं ज्यादा बड़ा कारनामा तो इनका यह है कि वे अपने तमाम अंतर्विरोधों और आपसी दंद-फंद के बावजूद, साहित्य की इतनी बड़ी घमंडी सत्ता बन गए हैं कि उन्हें लगने लगा है कि वे चीजों को जिधर चाहें उधर फेंक सकते हैं, जिसे चाहे उठा सकते हैं, जिसे चाहे गिरा सकते हैं और अपने विरोध में उठने वाली छोटी-छोटी, हिचक से भरी नैतिक आवाजों को कुचल सकते हैं। साहित्य इनके लिए दूसरों को रौंदने-कुचलने के लिए, युद्ध का-सा एक सरपट मैदान है जहाँ तमाम अवसरवादी खेल चलते हैं और दुर्भाग्य से, तमाम साहित्यकार इनके हाथों की कठपुतलियाँ बन चुके हैं। तो

फिर इन्हें चुनौती देने का साहस कौन दिखाएगा? और तो और, स्वयं विष्णु खरे ने कुछ अरसा पहले कहा था कि संस्कृति के क्षेत्र में सम्राट अशोक और अकबर के बाद किसी ने इतना काम नहीं किया, जितना अशोक वाजपेयी ने। सवाल यह है कि विष्णु खरे अपनी इस अत्युक्ति के लिए आज शर्मिंदा हैं कि नहीं!

विष्णु खरे ने अपने आत्मकथ्य में 'खतरनाक' शब्दों में इन ताकतवर लोगों को चुनौती दी, यह अच्छा है। लेकिन क्या इससे कहीं बेहतर यह न होता कि वे इन हालात को भी टटोलने का साहस दिखाते कि क्यों हमारे समय का कोई संपादक, कोई अफसर या आलोचक देखते ही देखते 'मठाधीश' में तब्दील होने लगता है। और फिर इससे भी आगे उनमें उस 'माफिया' का चेहरा नजर आने लगता है, जिसके कारण साहित्य में करीब-करीब एक आतंक की स्थिति पैदा हो जाती है। इस आतंककारी स्थिति में विरोध की आवाजों को कुचलने का सिलसिला कैसे चलता है, इसके तीखे अनुभव बहुतों को होंगे। हाँ, कुछ दुस्सह अनुभव मेरे भी हैं, बेतरह निराश और उदास कर देने वाले। इनका जिक्र जान-बूझकर यहाँ नहीं करना चाहता।

अलबत्ता जब साहित्य में कुछ ऐसी ताकतें हैं जो विरोध में उठी किसी क्षीण-सी आवाज का भी गला टीप देना चाहती हैं, जब माहौल यह है कि बाकायदा धमकियों की भाषा में समझाया जा सकता है कि 'तुम फलाँ का साथ देकर गलत कर रहे हो, चेत जाओ!' तो विष्णु खरे का इतने बेलौस अंदाज में साहित्य के तीन महानों के प्रति बगैर 'किंतु-परंतु' के अपनी सख्त और बेधड़क राय दर्ज करना बहुत मायने रखता है। यह बात बहुतों को, जो साहित्य के मौजूदा हालात और भटकाव से दुखी हैं, राहत देने वाली और आश्वस्तिकारी भी लगेगी। भले ही वे इसे खुलकर न कहें, क्योंकि साहित्य में 'सत्ता व चाटुकारिता की राजनीति' के इतने पेचोखम तो अब भी बाकी हैं!

यहीं मुझे साहित्य में माफिया को लेकर डॉ. महीप सिंह से हुई एक लंबी बातचीत याद आ रही है, जिसमें उन्होंने 'कभी न भूलने वाली' एक बात कही थी। उन्होंने कहा था कि हमारे यहाँ लेखकों का मिजाज कुछ यूँ है कि साहित्य में इस तरह का कुछ भी अनैतिक और अनर्गल होता रहे, हमारा 'साधु' साहित्यकार पहले तो इस बात को स्वीकार ही नहीं करेगा कि कौन झंझट में पड़े! फिर हालात और बिगड़ते हैं तो वह मानने तो लगता है, मगर कहने से बचता है, क्योंकि कहने से न जाने कौन नाराज हो जाए और न जाने कहाँ से दाना-पानी बंद हो जाए। फिर 'तीसरी स्टेज' आती है, जब पानी सिर से ऊपर गुजरने लगता है। तब हमारा साहित्यकार बोलता है, मगर तब बोलने के कुछ मानी नहीं रह जाते! महीप सिंह की इस बात में बड़ी सच्चाई और कशिश है। मगर अच्छी बात यह है कि विष्णु खरे यहाँ खूब खुलकर बोले हैं। और उस हालत में बोले हैं, जब पानी अभी सिर के ऊपर से नहीं गुजरा और अभी बहुत-कुछ किया जा सकता है। हाँ, मेरा इतना

जरूर कहना है कि कोई भी लड़ाई, किसी नामवर सिंह, किसी एक राजेंद्र यादव या अशोक वाजपेयी के खिलाफ कभी नहीं होती, न होनी चाहिए। क्योंकि इनमें से एक जाएगा तो दूसरा उसकी जगह आकर बैठ जाएगा। असली सवाल तो यह है कि वे कौन-सी वजहें हैं, जिनसे हमारा लेखक लघु-लघुतर हुआ जाता है और दूसरे 'अलेखक' किस्म के प्राणियों के हाथों में बड़ी सत्ताएँ आ गई हैं। ऐसा क्यों होता है कि हम कुछ बौनों को विराट बनाकर जीवन भर उनसे डरते और उनकी हाँ-हाँ पर अपनी गरदनें हिलाते रहते हैं। यह स्थिति बदलनी चाहिए। याद आते हैं दुष्यंत—"अब तो इस तालाब का पानी बदल दो, ये कँवल के फूल मुरझाने लगे हैं।"

खुशी की बात यह है कि 'मैं और मेरा समय' के एक तनी हुई रस्सी जैसे अपने लंबे, अचूक और चौकस आत्मकथ्य में विष्णु खरे ने बिल्कुल सही समय पर, 'अपराध के बिल्कुल सही मुकाम' पर उँगली रखी है। फिर भी हम न चेते तो विष्णु खरे पर तो नहीं, पर लेखक होने के नाते खुद हमारे स्वाभिमान और खुद्दारी पर कुछ सवालिया निशान जरूर लग जाएँगे। और तब हमें और अधिक मर्मांतक ढंग से इस सवाल का सामना करना पड़ेगा कि हम जी क्यों रहे हैं और लिख क्यों रहे हैं?

□□□

टीप

विष्णु खरे की कविताएँ
मेरे कुछ नोट्स

1

विष्णु खरे की लगभग सारी कविताएँ कविता को 'नेगेट' करके ही कविता बनती हैं...या कि कविता बनना चाहती हैं। वे कविताई के ढंग पर चलकर कविता नहीं होना चाहतीं। बल्कि उनकी जिद है—बड़ी सख्त और अपूर्व जिद कि वे कविता के अभी तक बने-बनाए रास्ते के एकदम उलट चलकर ही खुद को कविता साबित करेंगी।

आप अंदाजा लगा सकते हैं—यह कितनी कठिन और खतरनाक जिद है?

...यह इतना खतरनाक है कि लगभग सारी उम्र उलटी धारा में तैरना है। यह कविता बनाते समय एकदम पसीना-पसीना होकर कविता बनाना है।...या उम्र भर के लिए अर्जुन नहीं, कर्ण बनकर जीना है—और उम्र भर के लिए अर्जुन की-सी स्थिति नहीं, वरन् कर्ण की-सी अभिशप्त स्थितियाँ वरण करना है। जिसमें कर्ण की-सी अभागी मृत्यु भी शामिल है...युद्ध के मैदान में जमीन के अंदर गड़ा पहिया निकालते समय मृत्यु! इतिहास की इतनी विकराल विडंबनाएँ बहुत कम लोगों को सहनी पड़ीं, जितनी कर्ण को, और युद्ध के मैदान में इतना विडंबनापूर्ण अंत बहुत कम लोगों का हुआ, जितना कर्ण का।

जाने क्यों, जब ये पंक्तियाँ लिख रहा हूँ तो विष्णु खरे और कर्ण...कर्ण और विष्णु खरे दोनों एकमेक हो गए हैं। यह तो जानता हूँ—शुरू से ही जानना था कि महाभारत विष्णु खरे को इतना प्रिय है...लेकिन महाभारत में जाने क्यों मैं कर्ण के सिवा उन्हें कहीं और रखकर देख ही नहीं पाता। इतना बड़ा कौशल और इतना बड़ा अभिशाप, हमेशा नायक नहीं, अनायक रहने का—या तो कर्ण को मिला था या फिर

मौजूदा कवियों में विष्णु खरे को!...ये पंक्तियाँ जब लिख रहा हूँ तो विष्णु खरे की कविताओं का मैदान और महाभारत का युद्ध का मैदान एकदम एक हो गए हैं। ...और अब मुझे सचमुच नजर आ रहा है कि महाभारत के मैदान में जमीन में गड़े पहिए को निकालते हुए विष्णु खरे पसीने-पसीने हो रहे हैं। एक हाथ से तमाम अस्त्रों और आक्रमणों का सामना करता, दूसरे हाथ से पहिए को जमीन से बाहर निकालता हुआ एक नितांत कातर महाबली—विष्णु खरे!...उनमें मैं हमेशा एक नायक नहीं, 'अनायक' ही देख पाता हूँ।

तो शायद इसीलिए विष्णु खरे की कविताओं से जो आपको मिलता है, उसे 'कविताई का आनंद' नहीं कह सकते, यह अकविताई का आनंद है। यह कितना पीड़ामिश्रित, कितना उदात्त है...और कविता के सामान्य आनंद से कितना ऊपर उठा हुआ आनंद है, हम केवल उसका अनुमान भर लगा सकते हैं या उसके थोड़े आस-पास ही जा सकते हैं। उसे ठीक-ठीक पाना बहुत मुश्किल है, क्योंकि वह तो केवल विष्णु खरे के हिस्से की ही चीज है।...यानी कि विष्णु खरे और उनकी कविताओं को सराहने के लिए भी आपको 'एक और विष्णु खरे' होना पड़ता है।

2

तो क्या इसी तर्ज पर विष्णु खरे की कविता को 'एंटी-पोएट्री' कहें—यानी अकविता?

यह तो सच में बड़ा अजीब लगेगा। इसलिए कि हिंदी में 'अकविता' के जो तमाम आंदोलन चले, उनसे विष्णु खरे की कविता एकदम अलग है। बल्कि कहें कि दूसरे छोर पर है। दूर-दूर तक उनसे विष्णु खरे का कोई रिश्ता नहीं बनता।

और वह जो अकविता का आंदोलन था वह कुल मिलाकर था ही क्या!... अकविता के नाम पर लगभग एक ही जैसी जो तमाम तनावहीन कविताएँ लिखी गईं, उनका बहुत-सा हिस्सा खासा सुविधाजनक था—यानी कविता में एक के बाद एक जुगुप्सा पैदा करने वाले सुरुचिभंजक दृश्य पिरो दो तो बन गई अकविता। तो अकविता का ज्यादातर हिस्सा ऊपर चाहे जैसा भी असुविधाजनक लगे, पर वह कविता के खतरे उठाकर नहीं लिखा गया था। वह कविता का सरलीकरण था।

अकविता में सचमुच खतरे उठाने वाले कितने थे, जबकि विष्णु खरे इस मानी में भी मुझे एंटी-पोएट या अकवि लगते हैं कि वे बड़ी से बड़ी सत्ता या राजनीतिक, सांप्रदायिक, फासिस्ट ताकतों के खिलाफ खतरनाक ढंग से कविताएँ लिखने वाले खतरनाक कवि हैं।

अकवि का अर्थ मेरी निगाह में यही है—यानी रूखा कवि। ऊबड़-खाबड़ कवि, जटिल कवि...अपने सौंदर्य-बोध के भीतर बहुत-सी अरूपताओं का आनंद लिए हुए बीहड़ कवि। बड़ी से बड़ी ताकतों को चुनौती देता हुआ शक्तिशाली और बेखौफ कवि।...कुल मिलाकर रूखा, ऊबड़-खाबड़ और बीहड़ होते हुए भी बड़ा कवि,

जिसकी कविताओं के शब्दों में और पंक्तियों के बीच कुछ-कुछ चट्टानी-सा कवि-व्यक्तित्व झाँक जाता है।...तो यह होगा मेरी निगाहों में 'अकवि'...मगर क्या वह प्रेम से, करुणा से, स्निग्धता से दूर होगा?...सच तो यह है कि ऊपर से रूखा, ऊबड़-खाबड़, जटिल और बीहड़ होते हुए भी, अकवि के भीतर प्रेम और करुणा की जो तीव्रतर धारा बहती देखी जा सकती है, वह दर्जनों कवियाए हुए कवियों के भी बस की बात नहीं।

...तो मुझे लगता है, अकविता की अगर सही और व्यापक परिभाषा की जाए तो हिंदी में विष्णु खरे और मुक्तिबोध दो ही ऐसे कवि हैं जो सचमुच 'अकवि' कहलाने के हकदार हैं।

असंख्य कविनुमा कवियों की मुलायम, कटी-तराशी कविताओं के बरक्स एक तरह की रुक्ष और चटियल कविता। ऊपर से बहुत सख्त, लेकिन भीतर से बहुत-बहुत आर्द्र ओर संवेदना से लबालब। विष्णु खरे हों या मुक्तिबोध, कुल मिलाकर दोनों की कविताओं की तासीर यही है।

3

किसी ने मुक्तिबोध और विष्णु खरे की तुलना नहीं की, जबकि मुझे लगता है हिंदी में मुक्तिबोध के नजदीक कोई कवि है तो वे विष्णु खरे ही हैं।

एक तो दोनों की कविताएँ कविता के कटे-तराशे फ्रेम या आकारों को तोड़-फोड़कर अजस्र बहती लंबी कविताएँ हैं—बनाई हुई लंबी कविताएँ नहीं हैं, जैसी बाद में बहुत-से नकलची कवियों ने लिखीं। बल्कि बहुत सहज स्फूर्त लंबी कविताएँ हैं...फिर दोनों की कविताएँ खासी गद्यात्मक या वर्णनात्मक होकर भी...गद्य के एकदम कठिन और अप्रयुक्त शब्दों का इस्तेमाल करते हुए भी, कविताएँ हैं—वे न सिर्फ अपना कविता होना साबित करती हैं बल्कि वे हमारे समय की सबसे ज्यादा प्रतिनिधि और शक्तिशाली कविताएँ भी हैं। यह चमत्कार कोई छोटा-मोटा चमत्कार नहीं है। मगर यह चमत्कार या तो हम मुक्तिबोध में देख पाते हैं या फिर विष्णु खरे में।

याद नहीं पड़ता, इतने लंबे, विस्तृत वर्णन और संदर्भ जैसे मुक्तिबोध या विष्णु खरे अपनी कविताओं में देते हैं, कोई और कवि दे पाया क्या? और एक विचित्र बात और कि मुक्तिबोध हों या विष्णु खरे, दोनों की कविताएँ अपने विषय में इतनी लीन हो जाती हैं कि कविता होने की भी परवाह नहीं करतीं। फिर भी वे हमारे समय की सबसे मूल्यवान कविताएँ हैं।

मुक्तिबोध और विष्णु खरे दोनों इस मानी में भी खतरे उठाने वाले कवि हैं कि वे अपने लिए कविता की ऐसी जमीन तोड़ते हैं जो हमारे लिए अभी तक अज्ञात थी।...मुक्तिबोध की कविताओं से पहले हममें से कोई नहीं ज़ानता था कि ऐसी रूखी, लंबी अनगढ़ और महाकाव्यात्मक कविताएँ भी संभव हैं जिनमें हमारे समय

और युग-सत्यों की इतनी विराट अभिव्यक्ति है। यही बात थोड़े भिन्न शब्दों में विष्णु खरे की रूखी, लंबी गद्यात्मक और घोर असुविधाजनक कविताओं के बारे में कही जा सकती है, जिनके बगैर हिंदी कविता का परिदृश्य पूरा नहीं होता, क्योंकि घोर गद्यात्मक होने के बावजूद, वे हमारे समय की सबसे तेज मार करने वाली, बेचैन कविताएँ हैं जिनमें युग-सत्यों की उपस्थिति ही नहीं, अपने समय का एक विराट महासमर भी देखा जा सकता है।

मुक्तिबोध सिर्फ एक कवि ही नहीं हैं। भला हमारे समय का कौन-सा कवि है जो रोशनी पाने के लिए उनके पास नहीं गया और जिसने उनसे कुछ न कुछ ग्रहण न किया हो! इसी तरह विष्णु खरे सिर्फ एक कवि नहीं, उनसे रोशनी लेने वाले या कहें कि रोशनी पाने की आकांक्षा में उनकी ओर एक बड़ी आस्था के साथ देखने वाले कवि लेखक, समाजकर्मी बहुतेरे हैं। आश्चर्य, 'काल और अवधि के दरमियान' संग्रह में विष्णु खरे का यह लड़ाका रूप, जिसमें वे अन्यायी शक्तियों के खिलाफ एक बेचैन योद्धा की तरह मोर्चा ले रहे हैं—कहीं ज्यादा उभरकर आया है...और इन दिनों कभी-कभी तो मुझे भ्रम होता है कि कहीं मुक्तिबोध ही तो हमारे समय में आकर विष्णु खरे में नहीं बदल गए!

मुक्तिबोध और विष्णु खरे दोनों ही कवियों की एक खासियत यह है कि उनके यहाँ बीहड़ता या रुक्षता का सौंदर्य है। हालाँकि इस बीहड़ता और रुक्षता के भीतर बहुत गौर से देखें तो बहुत कोमलता भी छिपी नजर आ सकती है। मुक्तिबोध की कविताओं में प्रेम और सौंदर्य का बहुत खुला वर्णन नहीं है। लेकिन जहाँ-जहाँ भी वह आया है, भले ही सांकेतिक रूप में, दो-चार पंक्तियों में, तो उससे पूरी कविता मानो प्रकाशित हो उठती है। मसलन याद करें, उनकी वह कविता जिसमें बहसों और वैचारिक लड़ाइयों में खोया कवि जब देर रात को घर लौटता है, तो दरवाजा खटखटाने पर भीतर से 'आई' की आवाज सुनाई देती है और इसी से गृहस्थी के सौंदर्य का मानो एक आलोकित चित्र आँख के आगे खिंच जाता है। ऐसे ही मुक्तिबोध की एक और कविता में "ऐसी यह बुद्धिमती मेरे घर आई है" सिर्फ इस एक पंक्ति में स्त्री की सुंदरता की जो छवि है जिसमें मानो उसकी बुद्धिमत्ता ही सुंदरता बनकर दिपदिपाती है—सचमुच अनुपम है। इसी तरह विष्णु खरे की कई कविताओं में भी पत्नी और गृहस्थी के सौंदर्य की छवियाँ हैं। 'हमारी पत्नियाँ' जैसी उनकी कविताएँ तो बेजोड़ हैं। विष्णु खरे के ताजे संग्रह 'काल और अवधि के दरमियान' में भी 'अनकहा' शीर्षक से पत्नी के लिए एक सुंदर कविता है। हालाँकि यहाँ प्रेम और सुंदरता का बहुत खुला चित्रण नहीं है, पर संकेतों में...कहना चाहिए कि कुछ लकीरों में ही एक बड़ी बात कह दी गई है।

आश्चर्य की बात यह है कि जो प्रेम और ऐंद्रिक अनुभवों में ही खोए रहने वाले कवि हैं, उनकी कविताओं में प्रेम बासी और पिटा हुआ लगता है, जबकि

मुक्तिबोध या विष्णु खरे सरीखे रूखे समझे जाने वाले कवियों की कविताओं में जीवन-समर के बीच प्रेम और सुंदरता की ये जो सादा छवियाँ आती हैं, वे कभी नहीं भूलतीं और मन पर उनका कहीं ज्यादा गहरा असर पड़ता है।

4

विष्णु खरे की प्रकृति को लेकर लिखी गई कविताओं पर कभी आपने गौर किया है? मुझे लगता है, विष्णु जी की कविताओं में जिस ढंग से प्रकृति आती है और वह जिस तरह से आत्मीयता पूर्वक हस्तक्षेप करती है, वैसा बहुत कम समकालीन कवियों के यहाँ हो पाता है।

हाँ, यह दीगर बात है कि विष्णु खरे का सौंदर्य-बोध दूसरे समकालीन कवियों से इस मानी में अलग है कि वहाँ तथाकथित सुंदर मान ली गई चीजों की सुंदरता ही नहीं है, बल्कि अपने तईं सुंदर को खोजने या ईजाद करने की बेचैनी भी है। यही वजह है कि विष्णु खरे के सौंदर्य-बोध की परिधि में दाखिल होकर गिद्ध, चमगादड़ और उल्लू भी कुरूप नहीं रह जाते। बल्कि वे एक भिन्न तरह की सुंदरता ओढ़ लेते हैं और फिर पेड़ों, वनस्पतियों, जंगलों, पहाड़ों, नदियों और झरनों तथा जंगली जीवों की सुंदरता का तो कहना ही क्या! विष्णु जी की एक बेजोड़ कविता 'शाप' में पेड़ों को जब काटा जाता है, तो वे मनुष्यों को शाप देते हैं। पेड़ पर बसेरा करने वाले पंछी पेड़ छोड़कर कोई दूसरा आसरा ढूँढ़ लेते हैं, मगर वे भी पेड़ छोड़कर कहीं और जाते वक्त मनुष्यों को शाप देते हैं। और फिर कभी सूखे और बाढ़ से आई आपदाओं से जो लोग असमय मरते हैं, उनकी मानो फटी हुई आँखें भी उन 'सभ्य' मनुष्यों को शाप दे रही होती हैं जो विकास की अंधी दौड़ में जंगलों और वनस्पतियों को बर्बाद करते जा रहे हैं। विष्णु खरे की इस कविता में प्रकृति सीधे-सीधे भले ही न हो, लेकिन प्रकृति को लेकर जितनी तीखी तड़प उनकी इस कविता में दिखाई पड़ती है, वैसी इधर की कितनी कविताओं में नजर आती है?

मुझे लगता है, समकालीन कविता की सबसे बड़ी दुर्घटनाओं में से एक यह भी है कि वह प्रकृति से बहुत दूर आ गई है। कुछ-कुछ यह छायावादी कविता की प्रतिक्रिया में हुआ हो सकता है। और कुछ इसलिए भी कि आज प्रकृति से आदमी के रिश्ते दिनोदिन छीज रहे हैं। छायावादी कविता में एक तरह से प्रकृति का अतिरेक था और वह प्रकृति भी एक खास रंग-रूप में ढलकर आती थी। एक कोमल कमनीय नायिका के रूप में। प्रगतिवाद में जाहिर है, गरीबी और शोषण के खिलाफ लड़ाई पर जोर था तो युद्ध-काल में प्रकृति कहाँ, कितनी रम्य रह जाती है! फिर भी नागार्जुन, त्रिलोचन और केदारनाथ अग्रवाल के यहाँ प्रकृति के कुछ सुंदर मोहक रूप हैं। केदारनाथ अग्रवाल केन नदी पर विलक्षण कविताएँ लिखते हैं तो नरेंद्र शर्मा के यहाँ 'मेरे संग-संग चल दिया चाँद' में प्रकृति और आदमी का बड़ा दोस्ताना साथ

है। आगे चलकर प्रकृति से हिंदी कविता के रिश्ते छीजते चले गए। और या तो अज्ञेय और कुछ अज्ञेयवादी कवियों में प्रकृति सिमट गई या फिर गीतकारों तक ...पर अज्ञेय के यहाँ भी सँभल-सँभलकर प्रकृति को छूने वाली नफासत है। ज्यादातर तो प्रकृति वहाँ एक सजावटी चीज है जिससे कवि का या फिर मध्यवर्गीय आदमी का रिश्ता दूर-दूर से देखने और लुब्ध होने का है।

इस लिहाज से विष्णु खरे की कविताओं में ज्यादा प्रकृति भले ही न हो, पर हमें नही भूलना चाहिए कि उनकी कविताओं के साथ प्रकृति फिर से लौटती है—हालाँकि शायद बड़े बेढब रूप में, जिसमें थोड़ी करुणा भी घुली-मिली है। और शायद एक किस्म का पछतावा भी कि आदमी ने प्रकृति के साथ क्या कर दिया है! विष्णु खरे की कविताओं में चिड़ियों की सुंदरता का छायावादी गायन तो नहीं है, लेकिन कभी उनकी आवाजों तो कभी उनकी स्मृतियों के ऐसे बिंब हैं जो मन में गहरे गड़ जाते हैं। उनके यहाँ ऐसे पक्षियों का वर्णन है जो अर्ध-रात्रि के सन्नाटे में या फिर सुबह-सुबह अपनी अजब-सी सुरीली बोली बोलकर आदमी के वहाँ पहुँचने से पहले ही उड़ जाते हैं और फिर कभी दिखाई नहीं देते। हाँ, उनकी वह सुनी गई अजब सुरीली आवाज स्मृतियों में लगातार पीछा करती है।...चिड़ियों से विष्णु खरे के रिश्ते इतने अजब और आत्मीय हैं कि 'आखिर चिड़ियाँ मरने के लिए कहाँ जाती होंगी' जैसे एकदम अलग सवाल हैं, जो हिंदी कविता की चौहद्दी में सिर्फ विष्णु खरे ही उठा पाते हैं।

और तो और, गिद्ध, उल्लू और चमगादड़ों का विष्णु खरे की कविता में इस कदर पसारा है कि वह ऊपर से देखने में कुछ-कुछ सुरुचिभंजक लगने लगती है। या फिर आप कह सकते हैं, उन्हें सराहने के लिए एक बृहत्तर और उदात्त सौंदर्य-बोध या कि एक बहुत बड़ा दिल चाहिए। यह एक किस्म से, अरसे से कुरूपता के पाले में डाल दी गई चीजों की सुंदरता है। विष्णु खरे की कविताएँ इन्हें बिल्कुल अलग ढंग से देखती-बरतती हैं और उनके भीतर के जीवन, जीवनी शक्ति, स्फूर्ति और एक अलग ही ढंग की जीवन-लय को जब वे देख लेते हैं तो उन्हें ठीक-ठीक उसी रूप में कविता में लाने के लिए बेसब्र हो उठते हैं।

अलबत्ता विष्णु खरे की ये कविताएँ पढ़कर समझ में आता है कि अगर आदमी का 'विजन' बदल जाए या कि देखने वाली आँख बदल जाए, तो भी आदमी के भीतर-बाहर का बहुत-सा संसार बदल जाता है।...मुझे याद पड़ता है, एक लंबे इंटरव्यू में विष्णु जी ने गिद्ध, चील और चमगादड़ों से जुड़ीं अपनी कुछ पुरानी स्मृतियों को तो ताजा किया ही था—साथ ही इनमें उल्लू से तो रात-रात भर जागकर लिखने और स्मृतियों का पसारा करने वाले लेखक-कवि की ऐसी अपूर्व तुलना उन्होंने की थी, जिसे मैं आज तक भूल नहीं पाया। इसी तरह चील की सुंदरता, स्फूर्ति और शरीर की लयात्मकता का तथा उसकी अद्भुत उड़ानों का उन्होंने न भूलने वाला वर्णन

किया था। मैं याद करता हूँ, विष्णु जी के लगभग हर कविता-संग्रह में गिद्ध, चील, उल्लू या चमगादड़ से जुड़ी कोई न कोई कविता या कविता-पंक्तियाँ जरूर मिलती हैं और हैरत की बात नहीं कि उनके ताजा संग्रह 'काल और अवधि के दरमियान' में भी ऐसी एक कविता है—'चमगादड़ें'। चमगादड़ों के होने और उनकी दुनिया पर इतने अपनापे से लिखी गई कितनी कविताएँ हिंदी में हैं?

5

विष्णु खरे का व्यक्तित्व और उनकी कविता कुछ ऐसे समझ ली गई है—और सच मानिए तो वह ऊपर से कुछ-कुछ ऐसी दिखती भी है—कि वह भावुकता से बहुत दूर निकल आई है...या कि वह और चाहे कुछ भी हो, पर भावुक तो हो ही नहीं सकती।

पर मेरा यह कहना शायद बहुतों को बड़ा अजीब लगेगा कि विष्णु खरे को आप नजदीक से जानें, तो वे खासे भावुक व्यक्ति हैं। और उनकी कविता को नजदीक से देखें तो उसकी भावुकता से रू-ब-रू हुए बगैर हम नहीं रह पाते। बल्कि लगता है, बाकी कवि जीवन के जिन दृश्यों और स्थितियों को रूटीन मानकर नजरंदाज करने के आदी हैं, विष्णु खरे उनकी अंतर्हित करुणा तक भी जा पहुँचते हैं...और हम पाते हैं, वे जाने-अनजाने हमारे भाव-संसार और संवेदना का विस्तार कर रहे हैं।

मुझे याद है, विष्णु जी से हुई एक लंबी अनौपचारिक बातचीत में उन्होंने रघुवीर सहाय और राजेंद्र माथुर का इतने भावुक होकर जिक्र किया था कि मैं प्रश्न पूछना भूलकर अवाक उन्हें देखता रह गया था। राजेंद्र माथुर के अंतिम दिनों का स्मरण करते हुए उनकी आँखें आर्द्र और स्वर गीला-गीला-सा हो आया था। इसी तरह रघुवीर सहाय के एक प्रसंग का वे जिक्र करते हैं। हुआ यह कि विष्णु जी ने रघुवीर सहाय की कविताओं के एक संग्रह पर लिखते समय कहीं यह टिप्पणी की कि ये कविताएँ सौ में से पंचानवे अंकों की हकदार हैं। बाद में रघुवीर सहाय विष्णु जी से साहित्य अकादेमी में मिले तो उन्होंने पूछा—आपने मेरे पाँच अंक क्यों काट लिए...? विष्णु जी इस प्रसंग का जिक्र कर रहे थे तो उनकी आँखें आँसुओं से लबालब थीं और उनके लिए आगे बोल पाना मुश्किल हो गया था।

जैसे विष्णु खरे के व्यक्तित्व में, वैसे ही उनकी कविता में भी ये बेहद भावुक, आर्द्र क्षण आते हैं और बीच-बीच में हमें भिगो जाते हैं। हाँ, ऊपरी रुक्षता के भीतर संवेदना के इन आर्द्र क्षणों को डिस्कवर करना पड़ता है। इसलिए कि विष्णु जी की तरह ही उनकी कविता भी भावुक जरूर है, पर उस भावुकता का प्रदर्शन करना भद्दी चीज मानती है और खुद को सायास उससे दूर रखती है।

विष्णु जी के शुरुआती संग्रह 'खुद अपनी आँख से' की कई कविताएँ ऐसी

हैं जिनमें कवि की रुक्षता के भीतर छिपी बेतरह भावुकता से मिलने के मौके आते हैं। विष्णु जी की ऐसी कविताओं में 'अकेला आदमी' तो ऐसी कविता है जिसे कभी भूला ही नहीं जा सकता। ऊपर से खासे खुरदरे दिखाई देने वाले इस आदमी की अकेली और वीरान-सी जिंदगी के भीतर एक अंतर्धारा भी है—प्रेम और भावुकता की एक अंतर्धारा, जो इन रूखे, रसहीन दिनों में भी उसे जिलाए रखती है। यहाँ पत्नी और नन्ही बेटी की यादें हैं। पत्नी के पुराने खत और फोटो हैं और एक सपना है कि वह उन्हें अपने साथ रेलगाड़ी में बिठाकर वापस आ रहा है। इससे वर्तमान का उजाड़ थोड़ा कम रूखा और सहनीय हो जाता है। इसमें पत्नी और बेटी की यादों और इस खुरदरे आदमी के स्नेह से डब-डब करते जो अक्स हैं, उन्हें आप चाहेंगे भी तो भूल नहीं पाएँगे।

इसी तरह 'सबकी आवाज के पर्दे में' संग्रह की 'चौथे भाई के बारे में', 'दिल्ली में अपना फ्लैट बनवा लेने के बाद एक आदमी सोचता है', 'लालटेन जलाना', 'बेटी', 'मिट्टी', 'जो टेंपो में घर बदलते हैं' कविताएँ ऐसी हैं जो मानवीय और पारिवारिक रिश्तों की ऊष्मा में सीझी हुई हैं। 'चौथे भाई के बारे में' कविता का जिक्र आने पर तो विष्णु जी ने एक दफा खुद बताया था कि इस कविता को वे पिछले कोई बीस सालों से लिखना चाह रहे थे। वह उनके भीतर कहीं अटकी हुई थी, पर बन नहीं पा रही थी। कोई बीस साल बाद उसने ठीक-ठीक वही शक्ल ली जिस रूप में विष्णु जी इसे लिखना चाहते थे, तो वह उनके संग्रह में आ सकी। और यह कविता सचमुच उनके असमय गुजरे चौथे भाई की स्मृतियों से डब-डब करती कविता है। इसी तरह 'दिल्ली में अपना फ्लैट बनवा लेने के बाद एक आदमी सोचता है' कविता में घोर आर्थिक तकलीफों में घर-परिवार के जो लोग गुजर गए, उन्हें स्मृतियों के साथ-साथ एक छोटे-से फ्लैट में बसाने की बड़ी मार्मिक कोशिश है। 'बेटी' कविता में दफ्तर में नौकरी पाने के लिए आई महानगर की एक गरीब लड़की की पीड़ा है। 'मिट्टी' में छिंदवाड़ा की मिट्टी और चीजों की चप्पे-चप्पे में बसी यादें हैं...बल्कि कहना चाहिए कि यादों की ऐसी बारिश है कि उससे न भीगना नामुमकिन है।

'जो टेंपो में घर बदलते हैं' में बगैर किसी दिखावटी सहानुभूति के एक मध्यवर्गीय आदमी की डावाँडोल जिंदगी की समूची तस्वीर उकेर दी गई है। यह बगैर भावुक हुए संभव नहीं था। हालाँकि यह दीगर बात है कि कविता का उद्देश्य अनावश्यक रूप से भावुकता का प्रदर्शन किए बगैर, पाठक को कहीं अधिक सहानुभूतिशील इनसान बनाना है।

विष्णु खरे के ताजा संग्रह 'काल और अवधि के दरमियान' में भी ऐसी कई कविताएँ हैं जिनमें थोड़ा-सा कुरेदते ही आप एक बेतरह भावुक आदमी से मिलते हैं। पत्नी के लिए लिखी गई अपने ढंग की 'अनकहा' कविता तो इसमें है ही। इसके अलावा 'उपचार' और 'अमीन' सरीखी कविताएँ भी हैं जिनमें विष्णु खरे एक ऐसे

भावुक कवि के रूप में दिखाई देते हैं जिन्हें अपने रोगों के उपचार के लिए बार-बार जनता के बीच जाना पड़ता है। और एक कठोर अमीन को लगातार इस सवाल का जवाब देना होता है कि उन्होंने अब तक क्या किया या कि उनका हासिल क्या है! 'गुंग महल' और 'शिविर में शिशु' जैसी बड़े केनवस की कविताएँ हों या 'इग्ज़ाम' जैसी एक छोटी और विलक्षण कविता या फिर हिजड़ों पर लिखी कविता, एक निम्न मध्यवर्गीय प्रेम-विवाह का दृश्यांकन हो या फिर पूरी जिंदगी सपना देखने के बाद एक मध्यवर्गीय आदमी के हाथ आए खालीपन की विडंबना को दर्शाती कविताएँ हों, विष्णु खरे के भावुक कवि से कहीं न कहीं हमारी मुलाकात जरूर हो जाती है। हालाँकि वे ऐसे क्षणों में सतर्कता से हमसे आँख बचाते नजर आते हैं। या खुद पर अनजाने ही कुछ और रुक्ष आवरण चढ़ा लेते हैं।

विष्णु खरे ने अपने एक लंबे इंटरव्यू में कहा था कि कवि होने के नाते वे भावुकता को एकदम खारिज नहीं कर सकते और भावुक कवियों जैसा अति भावुकता का प्रदर्शन भी नहीं करना चाहते। यह उनकी एक अजब-सी लाचारी हैं। मैं समझता हूँ, विष्णु जी की तरह ही यह लाचारी या कहिए भावुक-अभावुक का द्वंद्व उनकी कविताओं में भी है। इसीलिए उनकी कविताओं में भावुकता यहाँ-वहाँ बिछी नहीं पड़ी, उसे 'डिस्कवर' करना पड़ता है। पर यह भी तय है कि भावुकता विष्णु खरे की कविताओं की प्राणशक्ति है जिसके बगैर न वे 'गुंग महल' और 'शिविर में शिशु' जैसी बड़ी उथल-पुथल वाली अति संवेदी कविताएँ लिख सकते थे और न 'चौथे भाई के बारे में', '1991 में एक दिन' और 'अकेला आदमी' जैसी विलक्षण निजता वाली कविताएँ, जिनसे विष्णु खरे के कविता-संसार में एक आत्मीय परस आता है।

6

विष्णु खरे शायद हिंदी के उन विरले कवियों में से हैं जिनकी कविताओं में सबसे ज्यादा आत्मकथा है। हो सकता है, कविता में इतनी आत्मकथा लिख पाने वाला कोई दूसरा कवि हमारे यहाँ हो ही नहीं।

इसका जिक्र करना इसलिए जरूरी लगा कि कहानी में आत्मकथा लिखना तो आसान है। इसकी तुलना में कविता में आत्मकथा लिखना कठिन है—एक बहुत दुष्कर काम। पर विष्णु खरे बगैर कोई दावा किए—और यहाँ तक कि बगैर कोई दिखावा किए यह काम करते हैं।

कविता में निजी जिंदगी के अक्स यकीनन आते हैं—और निजी एहसास या अनुभूतियाँ आएँगी तो भला निजी जिंदगी कैसे बच रहेगी? तो भी कविता में निजी जिंदगी के कुछ इधर-उधर छिटके अक्स ही ज्यादातर दिखाई देते हैं। मानो समझ लिया गया हो कि कविता का पेटा इतने से ही भर जाता हो। जबकि विष्णु खरे की कविताओं में उनकी आत्मकथा ज्यादा खुलकर और अपने पूरे वर्णनात्मक विस्तार के

साथ आती है। सच कहूँ तो उनकी कविताओं के एक पाठक के तौर पर मुझे यह अच्छा, बहुत अच्छा लगता है। जिस 'नास्टेलजिया' या कहूँ कि गहरी भावनात्मक तड़प के साथ वे अपने जीवन में आए या आवाजाही करते लोगों, घटनाओं और चीजों का जिक्र करते हैं, वह मुझे सचमुच उनकी कविताओं का एक मुग्ध कर देने वाला फिनोमिना लगता है।

यों यह एक अजीब बात है कि हमारी कविताएँ, कहानियाँ हों या उपन्यास, वे आत्मकथा के बगैर बनते नहीं। पर किसी कविता, कहानी या उपन्यास में आत्मकथा का बहुत आना या कम से कम सीधे-सीधे आना साहित्य के 'पंडितों' द्वारा अच्छा नहीं माना गया। मानो यह साहित्य का कोई हल्का या कहें कि 'ग्रेस मार्क्स' लेने का ढंग हो।

मुझे याद है, नामवर जी से एक लंबे इंटरव्यू में मेरा एक सवाल मोहन राकेश को लेकर था कि नामवर जी ने उनकी कहानियों की कभी अधिक महत्त्व के साथ चर्चा नहीं की। क्यों भला?...इस पर उनका जवाब था कि मोहन राकेश के यहाँ एक बड़ी गड़बड़ यह है कि वे कहानियों में ज्यादातर आत्मकथा लिखते रहे। बाद में वे नाटक की ओर मुड़ गए जो उनका सही क्षेत्र था।...जबकि मेरा ही नहीं, मोहन राकेश के ज्यादातर गंभीर आलोचकों का भी यह मानना है कि वे बेशक एक बड़े कहानीकार हैं। हाँ, कहानीकार के साथ-साथ वे अच्छे नाटककार भी हैं, पर कहानीकार वे पहले थे और निस्संदेह बड़े कहानीकार थे। निस्संदेह मोहन राकेश की कुछ कहानियाँ आत्मकथात्मक हैं, पर इसके बावजूद वे अपने कहानीपन से चूकती नहीं हैं। फिर भी मोहन राकेश की कुछेक आत्मकथात्मक कहानियों के चलते नामवर सरीखे आलोचक उन्हें बड़ा कहानीकार मानने से ही इनकार करते हैं। मैं मानता हूँ कि यह मोहन राकेश के साथ ज्यादती ही नहीं, एक गलत किस्म की सँकरी आलोचना भी है।

जो भी हो, आत्मकथा को लेकर आलोचकों का रवैया कुछ गड़बड़ ही रहा, जैसे वे मानते हों कि आत्मकथा तो सिर्फ आत्मकथा में होनी चाहिए और किसी कविता, कहानी, उपन्यास में आई आत्मकथा मानो कोई कुफ्र है। इस हालत में यह और भी सुखद लगता है कि विष्णु खरे की कविताओं में उनकी आत्मकथा की खुली आवाजाही है और कहीं-कहीं तो घटनाओं या हादसों के ठीक-ठीक सन् ही नहीं, दिनों और तारीखों और स्थानों के इतने सीधे-सीधे ब्योरे भी हैं कि उनकी कविताएँ 'एक और आत्मकथा' जान पड़ती हैं। कोई सतर्क लेखक चाहे तो इन कविताओं में छिपी न सिर्फ आत्मकथा डिस्कवर कर सकता है, बल्कि इनके आधार पर विष्णु खरे की एक अच्छी जीवनी भी लिखी जा सकती है।

याद कीजिए, विष्णु खरे के 'खुद अपनी आँख से' संग्रह का वह बच्चा जो कई शील्ड लेकर निस्तब्ध रात के सन्नाटे में घर लौट रहा है और एक शील्ड के अचानक गिर जाने पर पैदा हुई आवाज और रात में गश्त लगाते सिपाही के सवालों से वह किस

कदर अचकचा गया था। फिर किस असामान्य आत्मविश्वास से वह सिपाही के सवालों का जवाब देने के बाद घर जाता है। इस संग्रह की 'अव्यक्त', 'गरमियों की शाम', 'प्रारंभ' और 'दोस्त' जैसी कविताओं में विष्णु खरे के बचपन, किशोरावस्था और तरुणाई के कुछ न भूलने वाले अक्स हैं। यहाँ तक कि इन कविताओं को पढ़ना विष्णु जी के बचपन, किशोर काल और तरुणाई के चेहरे को देख लेने की मानिंद है।

इसी तरह 'सबकी आवाज के पर्दे में' संग्रह की 'दिल्ली में अपना फ्लैट बनवा लेने के बाद एक आदमी सोचता है', 'चौथे भाई के बारे में', 'अपने आप', 'मंसूबा', 'स्कोर बुक', 'खामख्याल' सरीखी कविताएँ। यह कविताओं में लिखी गई सीधी-सीधी आत्मकथा है और इनके साथ जुड़े पारिवारिक प्रसंगों, पात्रों और घटनाओं का दर्द या विडंबना इतनी गहरी है कि वह कविताओं को भी कहीं अधिक मार्मिकता दे देती है। इसी तरह ऐसी बहुतेरी कविताएँ हैं जिनमें विष्णु जी की माँ और पिता को लेकर स्मृतियों के कभी न भूलने वाले अक्स हैं। इनमें '1991 का एक दिन' तो एकदम असाधारण कविता है। इसमें न सिर्फ माँ और पिता के गुजरने की तारीखें और ब्योरे हैं, बल्कि इस चीज को लेकर विष्णु जी का एक अजीब-सा अपराध-बोध सामने आता है कि उनकी उम्र माँ और पिता से अधिक हो गई है। यानी माँ जब गुजरी थीं, तब उनकी जो उम्र थी, उसे वे बरसों पीछे छोड़ आएँ हैं। इसी तरह पिता के गुजरने के समय उनकी जो उम्र थी, वह भी अब पीछे निकल गई है और कम से कम उम्र में वे अपने माँ और पिता से बड़े हैं।

पर क्या वे सचमुच माँ और पिता से बड़े हैं? यह सवाल आते ही विष्णु जी के भीतर जिस तरह का भावनात्मक उद्वेलन शुरू होता है और माँ, पिता की स्मृतियों का जैसा अंधड़ उठता है, वह विचलित कर देने वाला है। लगता है, माँ-पिता को याद करते ही, फिर से वे अपने बचपन और किशोरावस्था में लौट गए हैं और उनकी उम्र घटकर कोई चार-पाँच वर्ष या फिर बारह वर्ष के किशोर की-सी हो गई है। इसी तरह एक कविता में विष्णु जी बचपन में ग्रामोफोन के अपने शौक का जिक्र करते हैं जिसमें रिकार्ड घूमने का रोमांच उन्हें मुग्ध करता था। विष्णु जी की कविताओं में इन प्रसंगों को पढ़ना मानो पाठक के लिए अपनी-अपनी आत्मकथाओं के बंद द्वार खोल देता है और उनका अपना बचपन या किशोरावस्था भी कहीं साथ ही साथ दस्तक देने लगती है। इसी से समझा जा सकता है कि विष्णु जी अपनी कोशिश में कितने सफल हुए हैं या कि कविता में आई उनके आत्म की अनुभूतियाँ—दूसरे शब्दों में आत्मकथा के ये पन्ने कितने मार्मिक हैं।

7

विष्णु खरे की कविताओं की एक खास बात यह है कि वहाँ मध्यवर्गीय समाज या कहें कि मध्यवर्गीय आदमी की इच्छाओं का पसारा बहुत है। कई तरह के दबावों

और अभावों में जी रहे मध्यवर्गीय आदमी की इच्छाओं का अतृप्त संसार है–उसकी बहुत-सी असफलताएँ, दुख, शोक और अपमान, उसके बहुत-से भय और जानी-अनजानी लड़ाइयाँ, उसके बहुत-से संदेह और बनती-मिटती आस्थाएँ...या घोर संकट के समय भी किसी धुँधली-सी उम्मीद के सहारे जीने की लालक–विष्णु खरे की कविताओं में यह सब है और बहुतायत के साथ है।

लेकिन विष्णु खरे की कविताओं में मध्यवर्गीय जिंदगी का इस कदर पसारा उनकी कमजोरी नहीं, ताकत है। शायद इसलिए कि इन चीजों का वर्णन उनके यहाँ इस कदर सच्चा और निर्मम है तथा उसके पीछे एक आलोचनात्मक आँख लगातार सक्रिय रहती है जो उसे सतही किस्म की भावुकता में नहीं बदलने देती। लिहाजा हमारे इधर तेजी से बदले समाज का जो एक नया समाजशास्त्र रचा जा रहा है, विष्णु खरे की कविताएँ उसके लिए जरूरी साक्ष्य जुटाती हैं।...बल्कि चाहें तो हम यह कह सकते हैं कि इन कविताओं के जरिए हमारे तेजी से बदलते और बनते मध्यवर्गीय समाज का एक नया और सही-सही समाजशास्त्र गढ़ा जा सकता है। शायद इसलिए कि विष्णु जी की कविताओं में पुराने कस्बाई समाज के मद्धिम अँधेरे-उजाले और बू-बास है तो एक नए बनते समाज की आहटें भी। एक ओर 'लालटेन जलाना' सरीखी कविता वे लिखते हैं जिसमें से पचास बरस पहले के कस्बाई दिन निकलकर हमारे आसपास बैठ जाते हैं और अजीब-सी मिठास से भरकर हमसे बतियाने लगते हैं, तो साथ ही विष्णु खरे के यहाँ 'बेटी' सरीखी कविताएँ भी हैं जिसमें एक गरीब कालोनी से एक लड़की आती है और दफ्तर में नौकरी पाकर अपने जीवन को बदलने की इच्छाओं से वह भरी हुई है। लेकिन वह नहीं जानती कि उसके सब ओर जो अदृश्य दीवारें हैं, वे उसे आसानी से अपने हालात से निकलने नहीं देंगी।

8

विष्णु खरे की कविताएँ अपने स्वभाव में रूखी, खुरदरी और चटियल कविताएँ हैं। वे अपनी कविताओं को वैसा बनाते नहीं है, पर उनका जो कविता को जीने और देखने का नजरिया है, उसमें कविताएँ स्वभावतः इसी रूप में उनके निकट आती हैं। विष्णु खरे के ताजे संग्रह 'काल और अवधि के दरमियान' में एक कविता है 'वाक्यपदीयम्' जिससे विष्णु जी की कविता लिखने की ख्वाहिश और लक्ष्य का बहुत कुछ पता चल जाता है। यों तो इसमें एक वाक्य–एक प्रभावशाली और उथल-पुथल कर देने वाला वाक्य लिखने की इच्छा का बयान है, जिसकी गूँजे-अनुगूँजें सारे ब्रह्मांड में भर जाएँ। पर गौर से देखें तो कैसी कविता वे बनाना चाहते हैं–या अपनी कविता के जरिए क्या काम वे करना चाहते हैं, इसकी भी पूरी झलक यहाँ मिल जाती है।

रघुवीर सहाय की एक कविता है जिसमें अपनी कविता के बारे में वे कहते हैं कि सन्नाटा-सा खिंच जाए जब मैं अपनी कविता पढ़कर उठूँ। विष्णु खरे का

कविता लिखने और पढ़ने का ढंग भी कुछ-कुछ वही है।

यों विष्णु खरे की कविता का विन्यास कुछ ऐसा है कि पूरे हिंदी कविता-संसार में किसी और कवि से उनकी तुलना नहीं हो सकती। रघुवीर सहाय से भी नहीं। यह बात तब अधिक गौरतलब है जबकि ज्यादातर कविताएँ इधर ऐसी देखने में आती हैं, जैसे एक ही कवि ये सारी कविताएँ लिख रहा हो। और इनमें बहुत-सी समसामयिक कविताएँ तो ऐसी हैं कि उन्हें आराम से एक-दूसरे की 'कार्बन कॉपी' कहा जा सकता है।...

तो ऐसे में विष्णु खरे अपने जवाब खुद हैं।...यानी विष्णु खरे जैसा कोई और नहीं है, विष्णु खरे खुद विष्णु खरे जैसे हैं—यह बात कोई कम अचरज की नहीं है। ...हालाँकि विष्णु खरे से अगर किसी की तुलना करनी हो, तो जैसा कि पहले भी कहीं कहा गया है—वे मुक्तिबोध ही हो सकते हैं। विष्णु खरे जाहिर है, पूरी तरह मुक्तिबोध जैसे नहीं हैं, पर बहुत कुछ उनके निकट तो वे कहे ही जा सकते हैं। कह सकते हैं कि पिछले हजार साल की हिंदी कविता को उलट-पुलट डालिए, तब भी अकेले मुक्तिबोध ही ऐसे कवि मिलेंगे, जिनसे विष्णु खरे की तुलना संभव है। खास बात यह है कि ये दोनों ही बहुत गहरे द्वंद्वों से गुजरे सख्त, खुरदरे कवि हैं और भिन्न तरह से अपनी कविताओं में भारतीय समाज का समाजशास्त्र रच रहे जान पड़ते हैं। दोनों की ज्यादातर कविताएँ ऊपर से देखने पर बिना कटी-तराशी, अनगढ़ कविताएँ लगती हैं। फिर भी वे समकालीन कविता के सर्वोच्च प्रतिमान हैं। हाँ, एक बात जरूर है कि मुक्तिबोध में बीच-बीच में जिस तरह के सिद्धांत-कथन आते हैं, विष्णु खरे में वैसे नहीं हैं। इसकी बजाए वहाँ कविता में कहानी कहने और कहानी के निष्कर्षों, अलग-अलग मोड़ और चरित्रों द्वारा इशारों में बहुत कुछ कहने की कोशिश है।

मुक्तिबोध के यहाँ लपेटवाँ लय वाली तीव्र आवेगात्मक कविताओं के बीच "ओ मेरे सिद्धांतवादी मन/ओ मेरे आदर्शवादी मन/अब तक क्या किया!/जीवन क्या जिया?" जैसी जो एकदम साफ लयात्मक पंक्तियाँ आती हैं, विष्णु खरे के यहाँ इतनी सुथरी पंक्तियाँ मिलनी मुश्किल हैं। यहाँ इसके बजाए वाक्यों में वाक्य फँसे हुए हैं जो इन कविताओं को गद्य के ज्यादा नजदीक ले आते हैं। तो भी मुक्तिबोध का असर सीधे या परोक्ष रूप में कहीं न कहीं विष्णु खरे पर नजर आ ही जाता है। इसीलिए मुक्तिबोध के 'ओ मेरे सिद्धांतवादी मन' के बरक्स उनके यहाँ 'अमीन' जैसी कविता है—यानी एक नकचढ़ा अमीन जो हमेशा उनसे उनके रोजाना के किए-धरे का हिसाब-सा माँगता रहता है।

एक फर्क यह भी है कि मुक्तिबोध के यहाँ जगह-जगह जिस तरह की सामाजिक लड़ाइयों के चित्र हैं, वैसी लड़ाइयाँ विष्णु खरे की कविताओं में नहीं हैं। इसके बजाए वहाँ अकेले आदमी की हार, टूटन, अपमान या अकेले दम पर लड़ाइयाँ

कहीं अधिक दीख पड़ती हैं। या फिर वे लड़ाइयाँ नहीं, उन लड़ाइयों के निष्कर्ष यानी हार और टूटन का यहाँ जिक्र है। कभी-कभी उन्हें महाभारत के संजय वाले स्टाइल में एक रनिंग कमेंट्री की तरह बताया गया है तो कभी उनके बहुत ठहरे हुए ऐसे चित्र भी हैं जो देर तक आँख के आगे कँपकँपाते रहते हैं। यहीं रघुवीर सहाय पर लिखी गई विष्णु खरे की एक मार्मिक कविता का ख्याल आता है जिसमें रघुवीर सहाय और अज्ञेय की कुछ न भूलने वाली रेखाएँ हैं और टाइम्स ऑफ इंडिया संस्थान में रघुवीर सहाय के अंतिम दिनों की बेबसी का बड़ा करुण चित्र उभरता है।...तो विष्णु खरे के यहाँ भले ही मुक्तिबोध जैसी सामाजिक लड़ाइयाँ नहीं हैं, पर बीच-बीच में वे विश्लेषणात्मक पंक्तियाँ जरूर हैं, जो पूरे समाज की आलोचना-सी जान पड़ती हैं।

9

विष्णु खरे के ताजे संग्रह 'काल और अवधि के दरमियान' की तमाम गद्यात्मक कविताओं के बीच एक खासी लयात्मक किस्म की कविता है 'ला दोल्चे वीता' जो अलग से ध्यान खींचती है। इसे पढ़ते हुए मुझे रघुवीर सहाय की 'शराब के बाद का सवेरा' कविता की कुछ-कुछ याद आई, हालाँकि यह थोड़ा-सा उसके मिजाज के नजदीक होते हुए भी, उससे काफी अलग तरह की कविता है। 'ला दोल्चे वीता' एक पार्टी में एक स्त्री के शराब पीकर कुछ-कुछ धुत्त हो जाने की विडंबनापूर्ण कथा है, जिसमें रोमांटिक और एंटी-रोमांटिक दोनों छोर हैं। इसलिए कि शराब पीकर धुत्त हुई स्त्री बहुतों को 'सहज उपलब्ध' लगने लगती है। पर जब वह बहुत पी लेने के बाद उलटियाँ करना शुरू कर देती है तो सबकी रोमांटिक कल्पना का ताना-बाना बिखरता है और इस हालत में कोई उसके निकट नहीं आना चाहता। कविता का अंत, जहाँ फिर किसी दिन वह औरत अपने बेटे के साथ दिखाई देती है, बड़ा खुशगवार है। और उस पर शराब की पार्टी के दुःस्वप्न जैसे दृश्य की कोई छाया नहीं है।

'ला दोल्चे वीता' की एक खास बात यह है कि विष्णु जी की यह खासी लयबद्ध कविता है जिसमें दो-दो पंक्तियों का उठान और तुक बड़े खूबसूरत ढंग से मिलती हैं। जो भी हो, इस कविता को पढ़ना मुझे एक सुखद अनुभव लगा।...यह कविता एक तरह की उम्मीद तो जगाती ही है कि विष्णु खरे शायद खुद ही कभी अपने गद्य के अतिरेक से ऊबकर इधर आएँगे। खास बात यह है कि 'ला दोल्चे वीता' के एकदम लयबद्ध होने पर भी विष्णु खरे यहाँ उतने ही मौजूद हैं जितनी अपनी दूसरी गद्यात्मक कविताओं में। बल्कि वे यहाँ थोड़े और निखर गए-से लगते हैं, इसलिए कि उनकी कविताओं का बहुत-सा अवांछित कबाड़ यहाँ साफ हो गया लगता है, जिससे इस कविता की पंक्तियाँ सुबह की धूप में नजर आती चीजों की तरह साफ, चमकीली और कहीं अधिक अर्थपूर्ण लगती हैं।

10

कवियों के लिए कविताएँ लिखने वाले हिंदी में बहुतेरे कवि हैं, पर इनमें विष्णु खरे नहीं हैं। हाँ, पर इस ढंग की उनकी दो ऐसी कविताएँ हैं जिन्हें मैं भूल ही नहीं सकता। एक तो वह कविता जिसमें उन्होंने खुद को निराला, मुक्तिबोध आदि कवियों के चरणों में बैठा 'कूकर' बताया है। और दूसरी रघुवीर सहाय पर लिखी गई वही दुख से सीझी कविता है जिसका पीछे जिक्र हो चुका है। इस कविता में रघुवीर सहाय और अज्ञेय की एक मुलाकात का जिक्र है। अज्ञेय के बारे में रघुवीर सहाय की एक बातचीत विष्णु नागर द्वारा संपादित पुस्तक 'रघुवीर सहाय' में है। इस कविता का संदर्भ वही है। 'दिनमान' के संपादक पद से हटाए जाने या कहिए कि 'पदावनति' के बाद नवभारत टाइम्स में भेजे जाने पर रघुवीर सहाय उद्विग्न हैं और अपना वही दुख अज्ञेय को बताने वे उनके निवास पर गए हैं।

विष्णु खरे ने इस कविता में रघुवीर सहाय की तब की मनःस्थिति का इतना सच्चा, इतना मार्मिक चित्र खींचा है, मानो वे खुद सूक्ष्म रूप में वहाँ मौजूद हों और सब कुछ देख-सुन रहे हों। अज्ञेय और रघुवीर सहाय के अलग-अलग व्यक्तित्व, मूड्स और स्थितियाँ यहाँ काबिलेगौर हैं तो रघुवीर सहाय की वह विवशता भी है, जो उन्हें अपने साथ हुए अपमान को खून के घूँट की तरह पी लेने को विवश करती है।...और यह दुख, क्रोध और अपमान और बेबसी एक साथ उनके पूरे व्यक्तित्व में फैलकर छा जाती है।

तो हमारे समाज में एक बड़े कवि की स्थिति या उसके साथ घटित हुई क्रूर विडंबना का भीतर तक स्तब्ध कर देने वाला चित्र इस कविता में है। एक बड़े सरोकारों से जुड़ा बड़ा कवि, जो सबके दुख, सबके साथ हो रहे अत्याचारों पर लिखता है, खुद अपने दुख, निराशा में वह कितना अकेला हो जाता है—यह इस कविता को पढ़कर जाना जा सकता है।...फिर एक और बात। मुझे जाने क्यों लगता है, इस कविता में रघुवीर सहाय के दुख और बेबसी के साथ-साथ कहीं न कहीं विष्णु खरे का अपना दुख भी शामिल है।...या उसकी एक मद्धिम छाया जरूर है जिसने इस कविता को इतना अधिक करुण और स्मरणीय बना दिया है।

10

हिंदी कविता में राजनीति का शोर बहुत सुना जा सकता है। एक खास विचार-धारा की राजनीति के हिसाब से लिखी गई कविताएँ भी बहुत हैं। पर हिंदी में सच्ची राजनीतिक कविताएँ कितनी हैं? मुझे लगता है, हिंदी में राजनीतिक कविताएँ लिखने वाले विष्णु अन्यतम कवि हैं। न तो इतनी अधिक राजनीतिक कविताएँ किसी और ने लिखीं और न इतनी प्रभावशाली राजनीतिक कविताएँ कोई और लिख

सका। और एक चकित करने वाली बात यह है कि अपने बाद के संग्रहों में जब ज्यादातर कवि उम्र ढलान पर आते ही आत्मबद्ध होते जाते हैं, विष्णु खरे के यहाँ राजनीतिक रुझान वाली कविताएँ न सिर्फ बढ़ी हैं, बल्कि वे सही मोर्चे पर तैनात एक सजग प्रहरी जैसी लगती हैं। विष्णु खरे के ताजा संग्रह 'काल और अवधि के दरमियान' में ऐसी कई तीखी और असरदार राजनीतिक कविताएँ हैं। इनमें 'नेहरू-गांधी परिवार के साथ मेरे रिश्ते', 'फर्द जुर्म', 'आपसे एक सलाह लेनी है', 'गुंग महल', 'शिविर में शिशु', 'पृथक छत्तीसगढ़ राज्य', 'हिटलर की वापसी', 'न हन्यते', 'स्वर्ण जयंती वर्ष में एक स्मृति', 'जर्मनी में एक भारतीय कंप्यूटर विशेषज्ञ की हत्या पर' जैसी कविताएँ खास कर समय में देर तक टिकने और बार-बार याद आने वाली कविताएँ हैं। खास बात यह है कि विष्णु जी की राजनीतिक कविताओं में नारेबाजी कहीं नहीं है और उनके विचार उनके आत्मकथात्मक प्रसंगों के साथ कुछ इस तरह से घुले-मिले से आते हैं कि वे कविताएँ अपने ढंग की अद्वितीय, मर्मभेदी कविताएँ लगती हैं। मसलन 'शिविर में शिशु', पढ़ने पर गुजरात का पूरा हत्याकांड हमारी आँखों के सामने आ जाता है तो 'पृथक छत्तीसगढ़ राज्य' और नेहरू-गांधी परिवार के साथ मेरे रिश्ते' पढ़कर विष्णु खरे के कवि की अपनी जमीन, बचपन, किशोरावस्था और आगे के विकास को समझा जा सकता है। 'गुंग महल' में अकबर के एक प्रयोग के जरिए कविता के अंत में विष्णु खरे जिस विचार को सामने लाते हैं, वह संप्रदायवादियों के खिलाफ धर्म-निरपेक्षता का एक बड़ा हथियार हो सकता है। इस कविता में अपने प्रयोग की असफलता पर अकबर का उत्ताप और पश्चात्ताप द्रवित करने वाला है।

मुझे लगता है कि विष्णु खरे की कविताएँ सिर्फ राजनीति की ही बात नहीं करतीं और केवल राजनीति तक महदूद रहने की बजाए, वे समाज, संस्कृति और पारिवारिकता के साथ मानो एकमेक होकर चलती हैं। इसीलिए उनमें इस कदर अद्वितीयता है और वे देर तक हमारे भीतर बजती रहती हैं।

11

विष्णु खरे की कविताओं की एक अन्यतम विशेषता मेरे ख्याल से यह है कि वे शुरू से अपने लिए एक अलग जमीन खोदते रहे हैं और घिसे-पिटे विषयों पर लिखने के बजाए, वे कविता न लिखना पसंद करते हैं। विष्णु खरे की कविताओं की यह शक्ति ही है जिसके कारण कोई छोटी-सी घटना या कोई छोटा-सा प्रसंग भी वहाँ आकर बेहद अर्थवान हो जाता है। उदाहरण के लिए 'काल और अवधि के दरमियान' संग्रह की 'इग्ज़ाम' कविता, जिसमें एक बच्चे के परीक्षा हाल में बैठकर पेपर देने और फिर अध्यापक को कॉपी पकड़ाकर बाहर आ जाने का वर्णन है। पर यह वर्णन इतना अछूता और प्रभावशाली है कि इसे पढ़कर न केवल मुझे अपने परीक्षा काल के दिन बेतरह याद आए, बल्कि यह कविता अचानक एक 'प्रतीक-कथा' का-सा

अर्थ देती जान पड़ी।

मेरा ख्याल है, यह कविता जितनी परीक्षा हाल की कथा है, उतनी ही जीवन के आखिरी दौर की कथा भी कहती है, जिसमें बहुत कुछ जो जिया जा चुका है, अब हमारे हाथ से बाहर की चीज है। और बहुत थोड़ा-सा समय है जिसमें खुद को समेटकर हमें कुछ जरूरी काम कर लेने हैं। मुझे याद नहीं पड़ता कि 'इम्ज़ाम' या परीक्षा जैसे विषय पर मैंने आज तक कोई ऐसी कविता पढ़ी है। इसी तरह विष्णु खरे के शुरुआती संग्रह 'खुद अपनी आँख से' की 'अव्यक्त', 'गरमियों की शाम' ऐसी कविताएँ हैं जो बहुत कम डिस्कवर की गई या सचमुच अव्यक्त स्थितियों की कविताएँ हैं जिन्हें पढ़ना एक अलग सुकून देता है। इसलिए कि ये कविताएँ जीवन के उन अव्यक्त क्षणों को जानने और परिभाषित करने में हमें मदद देती हैं जिन्हें हम जानते तो हैं, महसूस भी करते हैं, लेकिन उन्हें कह पाने की ठीक-ठीक भाषा हमारे पास न थी। विष्णु खरे की कविताएँ हमारे उस गूँगेपन को खत्म करके बहुत कुछ अव्यक्त को देखने और कहने-सुनने में मदद करती हैं। और जो जमीन एकदम छूटी हुई थी, वहाँ खुदाई करने का साहस दिखाती हैं। यह उनकी एक अतिरिक्त विशेषता ही कही जाएगी।

12

अंत में एक बात और।...विष्णु खरे की कविताएँ ऊपर से देखने पर 'लड़ाका' कविताएँ नहीं लगतीं। इसके बजाए वे तो सीधे-सीधे जीवन-स्थितियों को सामने रखने वाले कवि ही हैं।...लेकिन नहीं, विष्णु खरे की कविताएँ एक अन्य अर्थ में 'लड़ाका' कविताएँ ही हैं। क्योंकि जब वे अपने निजी अनुभवों की आँच और वैचारिकता की भट्ठी में तपाकर इन जीवन स्थितियों को सामने रख रहे होते हैं तो उनमें बार-बार एक संवेदनशील और धर्मनिरपेक्ष समाज का चेहरा सामने आता है, जो अन्यायों के प्रति सजग है और उनसे किसी न किसी रूप में उसकी लड़ाई भी चलती रहती है। लिहाजा विष्णु खरे की कविताएँ उम्मीद जगाने वाली कविताएँ हैं। ...वे पराजय, टूटन, अपमान और यंत्रणा के बारे में कहती हैं तो इस उम्मीद से कि इन्हें समझा जाएगा और यों इन दुख, यंत्रणा और अन्यायों से लड़ने की समाज में एक 'उर्वर जमीन' तैयार होगी।

विष्णु खरे की कविताएँ कुल मिलाकर यही काम करती हैं। वे फावड़ा, गेंती से रूखी, ऊबड़-खाबड़ जमीन को खोदकर उसे अधिक उर्वर और समतल बनाने के काम में जुटी हैं। इस लिहाज से विष्णु खरे की कविताएँ एक अलग तरह से प्रगतिशीलता के मोर्चे पर जुटी, जुझारू प्रगतिशील शक्तियों का साथ देती सच्ची जन पक्षधर कविताएँ हैं।...हाँ,वे इस ओर भी इशारा करना भी नहीं भूलतीं कि एक अच्छी जन पक्षधर कविता को नारा नहीं होना चाहिए।

नारे और अति-सरलीकरणों से बचते हुए, आज के समय में एक लंबी प्रगतिशील कविता कैसे लिखी जाए, इसकी एक अन्यतम मिसाल विष्णु खरे हैं जिनकी कविताओं पर, मैं समझता हूँ, इस ढंग से कुछ अधिक गौर किए जाने की जरूरत है।

□□□

मैं और मेरा समय

— विष्णु खरे

आत्मकथ्य

मैं और मेरा समय
– विष्णु खरे

वह मई 1939 के पहले पखवाड़े का कोई दिन रहा होगा और उसका कोई एकांत पहर। दर्म्यानि कद का वह खूबसूरत सा युवक 22 वर्ष का था, कस्बाई निम्नमध्यवर्गीय ज़िला अदालत के एक मँझोले कारकुन का इकलौता बेटा, जिसके बाप ने उसकी शादी करवा दी थी, बी.एस-सी. तक पढ़ा दिया था और उसके लिए एक छोटा-सा मकान और जवान होती दो कुँवारी बहनें की सौग़ातें छोड़ दी थीं। उसकी वह 20 वर्षीया पत्नी उसे अभी एक बरस पहले ही एक बेटा सौंप चुकी थी लेकिन उस मई के पूर्वार्ध में शरीर विज्ञान के युवक स्नातक को अपनी मिडिल पास पत्नी का प्रेम या बदन फिर कुछ असामान्य ढंग से खींच रहा था, युवती उर्वरा थी। हज़ारों शुक्राणु नष्ट होते हैं लेकिन एक रहस्यमय संयोगवश कोई एक गर्भाशय में अपना जीवन जारी रखने में सफल हो जाता है। यह युवती एक चमत्कारपूर्ण कोख की धनी थी—दूसरी बार भी उसे बेटा ही होना था, और आगे तीसरी बार भी और चौथी बार भी।

1940 के उस चालीसवें दिन भी भारत गुलाम था। विक्टर अलेक्ज़ेंडर जॉन रोप, मार्क्वेस ऑफ़ लिन्लिथगो, भारत का वाइसरॉय और गर्वनर-जनरल था। हिटलर पोलैंड पर कब्जा कर चुका था, उसके साथ संधिबद्ध सोवियत संघ स्तालीन के नेतृत्व में फिन्लैंड पर हमला किए हुए था। पहली लड़ाई की तरह दूसरी लड़ाई में भी हिंदुस्तानी फौजी मित्र-राष्ट्रों के लिए लड़ रहे थे—कुछ फ्रांस में तैनात थे। हिटलर ने यहूदियों का संहार शुरू कर दिया था। ब्रिटेन और फ्रांस ने अभी जंग का ऐलान नहीं किया था। गाँधी कह रहे थे कि भारत खुद फ़ैसला करेगा कि उसकी ज़रूरियात क्या हैं लेकिन लड़ाई को देखते हुए अभी सविनय अवज्ञा न करने का भरोसा भी दे रहे थे। नेहरू ने ब्रिटिश सरकार से कहा कि कोई रिश्ते नहीं रखे जाएँगे। एम. एन. रॉय ने कांग्रेस के अध्यक्ष पद का चुनाव न लड़ने का फ़ैसला दिया। जिन्ना की पाकिस्तान की माँग ज़ोर पकड़ चुकी थी और कुछ नेता उसका विरोध भी करने लगे थे।

बड़ी मंडियों में उस दिन तैयार गेहूँ का भाव 3 रुपये 1 आने मन था। चाँदी जो पिछले बरस 52 रुपये 5 आने 6 पाई सेर थी वह 56 रुपये 6 आने हो गई थी। सोना पिछले बरस के 37 रुपये 3 पाई तोले से बढ़कर 42 रुपये 4 आने 3 पाई पर चल रहा था। अहमदाबाद में आम हड़ताल थी लेकिन सेंट्रल प्रॉविंसेज़ में बस कर्मचारी काम पर नहीं आए थे इसलिए छिंदवाड़ा से नागपुर-जबलपुर मोटर-यातायात 64 था। 'अछूत', 'जवानी की रात' और 'पुकार' रुपहले पर्दे पर कामयाबी हासिल कर रही थीं। संभ्रांत दर्शक 'मिस्टर स्मिथ गोज़ टू वॉशिंग्टन', द्विविज़र्ड ऑफ़ ऑज़', 'कन्फ़ैशंस ऑफ़ ए नात्सी स्पाई' और मार्क्स ब्रदर्स की 'एट दि सर्कस' देख रहे थे। नागपुर यूनिवर्सिटी के उस साइंस ग्रेजुएट को यह सब पता था या नहीं, कह नहीं सकते लेकिन किसी तुफ़ैल में उसकी दिलचस्पी हिंदुस्तानी शास्त्रीय संगीत में थी। 9 फरवरी 1940 को, जिस दिन सूर्योदय 7.11 को हुआ और सूर्यास्त 6.36 को, जब शाम 7.10 को वह दुबारा एक बेटे का बाप बना तो उसने उसका नाम अपने प्रिय गायक विष्णुपंत पागनीस से मिलता-जुलता रखा।

तुम्हारे जनमने से तुम्हारे समय की शुरुआत हुई, वर्ना तुम्हारे पहले भी समय था और अगर तुम होश सँभालने के पहले ही न रहते, जिसके बहुत करीब तुम आ गए थे जब तुम दो बरस के थे, तो तुम्हारा समय कुछ समय तक दूसरों की याद में रहता और फिर न रहता। जिस समय का तुम्हें भान न था उसके बारे में तुम्हें बताया गया और तुम्हारे पास उसे मान लेने के अलावा चारा ही क्या है। तुम्हारे युवा पिता डॉक्टर न बन सके—अपने शाही स्वभाव के कारण या बदक़िस्मती से? अपने बाप की जायदाद उन्होंने फूँक दी या उसे बेकारी और मंदी खा गई? ओवरसिअर को उन दिनों 30-40 रुपये महीने मिलते थे, स्टेनोग्राफ़र को 40-50 रुपये। क्या तुम्हारे सेकंड क्लास साइंस ग्रेजुएट बाप को वाक़ई कोई नौकरी न मिल सकी या वह कुंठित प्रतिष्ठा का सवाल था? हिटलर की वजह से उसे फौज में नौकरी मिली और वह मेडिकल कोर में किंग्ज़ कमीशन हासिल कर बर्मा चला गया, तीन औरतों और तीन बच्चों के समय को झिंझोड़कर। खुद उसका वक्त हमेशा के लिए बदल गया।

हज़ारों हिंदुस्तानी बेरोज़गार नौजवान फ़ौज में जा रहे थे और अनजान देशों और मोर्चों से अपने आश्रितों के लिए मनी-ऑर्डर और रोमन हिंदुस्तानी में छठवें जॉर्ज की तस्वीरों वाले लिफ़ाफ़ों में चिट्ठियाँ भेज रहे थे। इन पर लगभग कोई काव्य, कोई कहानियाँ, कोई उपन्यास नहीं लिखे गए। बंगाल के काल पर भी एकाध भावुक अपवाद को छोड़ ऐसा ही रहा। आम भारतीय जनमानस ने नेताजी-हिटलर मैत्री के कारण जर्मनी और फ़्यूहर की आर्य-पूजा शुरू की, जो अब भी नये अवतारों में जारी है। भयानक मंदी फैली हुई थी और सब उपभोक्ता वस्तुओं पर राशन, पर्मिट और कंट्रोल का राज था। कालाबाज़ारी, मुनाफ़ाखोरी और ठेकेदारी के स्वर्ण-युग की दूसरी शुरुआत थी। शायद मुफ़लिसी की वजह से, शायद कुपोषण के कारण, शायद बर्मा

के मोर्चे पर अपने तीन बेटों के पिता की आशंकित मृत्यु के दुःस्वप्नों के कारण उस 27 वर्षीया युवती को तपेदिक ने खा लिया, जो उस समय औरतों और बच्चों में महामारी की तरह फैला हुआ था।

सोवियत जनता के अविश्वसनीय मनोबल तथा त्याग और जापान पर अमेरिका के अणु-बमों के कारण जो दूसरी लड़ाई ख़त्म हुई, उससे उन हज़ारों हिंदुस्तानी नौजवानों की छँटनी हुई जो फ़ौज में स्थायी नौकरी के सपने देखते थे। लेकिन वे ख़ुशक़िस्मत थे—उनके हज़ारों भाई कहाँ-कहाँ खेत रहे, घायल या विकलांग हुए, या लापता हो गए। कुल मिलाकर भारत भाग्यवान था, वर्ना अन्य देशों के ढाई करोड़ लोग मारे गए और उनसे पहले हिटलर ने 60 लाख यहूदी बड़ों और बच्चों को मरवा डाला। पूरी लड़ाई के दौरान और मार्शल प्लान तक भारत यूरोप से अपेक्षाकृत ख़ुशहाल रहा, बंगाल के अकाल का मानव-निर्मित अपवाद छोड़कर। लेकिन अधिकांश निम्नमध्यवर्गीय और ग़रीब परिवार विपन्न था। सेकंड लेफ़्टिनेंट के समकक्ष रैंक से निकाले गए 28 वर्षीय नागपुर के बी.एस-सी. को राशनिंग विभाग में क्लर्की करनी पड़ी और वह भी उसे 1946 में फ़क़त 29 बरस की उम्र में विधुर बनने से न रोक पाई। उसकी पत्नी का समय समाप्त हुआ, बाकी का समय फिर सदा के लिए बदलकर आगे बढ़ा।

उसे अपनी माँ की बहुत ज़्यादा याद नहीं है। लेकिन पाटनी पिक्चर पैलेस में वह उसे अपने साथ 'सिकंदर', 'शकुंतला' और 'राम राज्य' दिखाने ले गई थी, उसके लिए वह कितना स्नेह-भरा एहसान महसूस करता है। जब पिता बर्मा में थे तो वह स्वयं उसे स्कूल में भर्ती कराने ले गई थी जहाँ जब उसे यह बताया गया कि अभी बच्चे की उम्र एक साल कम है तो उसने तत्काल उसे एक साल पहले पैदा हुआ घोषित किया और दिल्ली के तिपहियों के पीछे लिखा माँ का यह आर्शिवाद आजीवन उसके सर्टिफ़िकेटों और आवेदन-पत्रों में दर्ज़ है। ननिहाल से कोई सहारा न था सो वह अकेली औरत, जो स्वयं एक युवती ही थी, किस तरह मंडाले, मेम्यो, चिंदविन सरीखे शहरों से आए अपने मृत्यु या अन्य दुर्घटना-आशंकित पति के अनियमित मनीऑडरों से, अपनी दो जवान ननदों और तीन बच्चों को टी.बी ग्रस्त होने के बावजूद पालती होगी, यह एक ऐसी कहानी है जिसका असली बयान करनेवाला कोई भी अब ज़िंदा नहीं है।

एक फ़ोटोग्राफ़ है जिसमें वह अपनी गोद में उस चार-पाँच महीने के बच्चे को लिए खड़ी है। पास में ही उसका दो वर्षीय पहला बेटा फोटो खिंचाने के लिए उम्दा तैयारी में बैठा हुआ है। लड़कों के मौसी-मौसिया भी अपनी संतानों के साथ हैं और उनका पिता, यानी उसका साइंसं ग्रेजुएट पति भी, सूट और टाई में, बहुत स्मार्ट, अपने साढ़ू से कहीं ज़्यादा। उसकी दोनों कुँवारी, जवान ननदें भी। समय धीरे-धीरे लेकिन सुनिश्चित ढंग से इस फ़ोटो के चेहरों को साफ़ करता गया है। 1946 में

शांत गर्व वाली वह पुत्रप्रसू माँ। 1948 में बड़ी ननद। 1950 में छोटी ननद। 1964 में मौसी का बड़ा बेटा। 1966 में मौसा। 1980 में उनकी बेटी बिमला। 1985 में खुद मौसी। अभी दो साल पहले उनका दूसरा बेटा रमेश। समय ने सीपिया रंग को अपनी कूची में मृत्यु का अदृश्य वर्ण बना दिया है। तुम, जो तुम्हारी युवा माँ की गोद में हो, और लोहे की सजावटी कुर्सी पर राजा मुन्ना बने बैठे तुम्हारे बड़े भाई साहब, अभी हो। लेकिन माँ को ले जाने के बाद समय सिर्फ़ यही तो नहीं करता रहा है।

उसके परिवार ने, वह जैसा-जितना था, और ख़ास तौर पर उसके पिता ने, अपने विचित्र स्वभाव के साथ, उसका बहुत-सा समय निश्चित किया। मसलन उस घर में जात-पाँत और छुआ-छूत की कोई अवधारणा नहीं थी, सिर्फ़ वाकई पाखाना साफ़ करने वालों के सिवा, जब वे अपना काम कर रहे हों, पिता के कई दोस्त मुस्लिम थे, बाद में उन तीनों भाइयों के भी हुए, ऐसा ईसाइयों के साथ भी हुआ, और उनके घर आने-जाने, खाने-खिलाने पर कोई मनाही नहीं थी। मुहल्ले में कथित ऊँची जातियों के घर बहुत कम थे, बल्कि गोंड परिवारों का एक छोटा-सा बाड़ा ठीक पिछवाड़े था। कुम्हारों की बहुतायत थी जो गदहों पर मिट्टी और सूखी टहनियाँ लाते थे इसलिए गदहे भी अछूत नहीं रह गए थे। कई घर बकरियाँ पालते थे। उसके घर में कोई माँस-मछली खाता-पकाता न था लेकिन बाहर चख लो तो बुआओं की सिर्फ़ कुछ हँसी और कुतूहल-भरी डाँट पड़ती थी। उन तीनों भाइयों के वक्त माँ की ज़च्चगी का काम मेहतरानियों ने ही किया था जिन्हें माँ मज़ाक में 'तुम्हारी बुआ' कहती थीं और बुआएँ उसी तरी मज़ाक में 'तुम्हारी मौसी' पुकारती थीं।

फ़ारसीदाँ आजा को नाटकों और रामलीला में अभिनय का शौक़ था। पिता को शास्त्रीय संगीत का आकर्षण और ज्ञान कब से हुआ, यह पता नहीं लेकिन वह उनकी बाँसुरी, सितार और हार्मोनियम पर उनका गायन सुनता रहा। एक ग्रामाफ़ोन था और मनहर बर्वे, पलुस्कर, विष्णुपंत पागनीस, जूथिका राय और सहगल वगैरह के रिकॉर्ड थे। फ़िल्म और फ़िल्म-संगीत हतोत्साहित किए जाते थे। 'सस्ते' उपन्यासों पर रोक थी लेकिन 1948 से 'माया', 'मनोहर कहानियाँ' आते थे। 'कल्याण' और 'संगीत' की मासिक ग्राहकी थी तथा गीताप्रेस गोरखपुर की अनेक दर्शन और भक्ति एवं सदाचार से भरी पुस्तकें थीं। हथेली में समा जाने जितनी छोटी राम, कृष्ण, शंकर की मूर्तियाँ वाला एक सिंहासन था जिसे माँ और बुआओं की मृत्यु के बाद कभी पूजा या नहलाया नहीं गया। पिता मूर्तिपूजक आस्तिक नहीं थे यद्यपि कृष्ण उनके आराध्य थे। होली और दीवाली भी बहुत छोटे, शोर और हुल्लड़ से रहित पैमाने पर मनाए जाते थे। शेष कोई तीज-त्योहार, कर्मकांड नहीं होता था। छोटों या बड़ों का कोई जन्मदिन कभी नहीं मनाया जाता था।

उन जैसे निम्नमध्यवर्गीय, महीने के आखिरी दिनों में ग़रीबी की रेखा से

निचले, बच्चों की परवरिश, जवान होती बेटियों-बहिनों की शादी की चिंता से आतंकित गूँगे परिवारों के लिए 15 अगस्त 1947 का क्या महत्त्व हो सकता था? गाँधी, नेहरू, बोस जैसे कुछ ही नेताओं के लिए लोगों में आदर था, वर्ना राजनीति, आंदोलन और कांग्रेस पहले से ही बदनाम, हेय तथा व्यंग्य एवं निरादर के पात्र बन चुके थे। स्थानीय नेता या तो सेठ, माल्गुजार, ठेकेदार, व्यापारी थे या उचक्के, उठाईगीर और अर्ध-अपराधी गुंडे। उसके पिता ने आजीवन कोई राजनीतिक राय व्यक्त नहीं की लेकिन उनकी उस चुप्पी में उनके समय के लुम्पनेवाद के लिए गहरी हिकारत थी। आज़ादी के पहले दिन स्कूली बच्चों और मास्टरों का वही इस्तेमाल हुआ जिसे अब पूरा मुल्क लाल किले के सामने देखता है। 15 अगस्त 1947 को परेड ग्राउंड पर बच्चों को इतनी भूख और प्यास लगी कि उन्होंने बंदनवारों में लगी मक्का की लाई लूटकर खाई, अजनबी घरों से माँगकर पानी पिया। उस दिन और अगले दिन उन्होंने कहीं कोई बदलाव नहीं देखा।

सेंट्रल प्रॉविसेंज़ एंड बरार के भी लगभग बीचोबीच बसे उस अर्ध-पहाड़ी कस्बे में, जहाँ नागपुर और नैनपुर से संसार की एक सबसे छोटी और धीमी रेलगाड़ी आती-जाती थी, पार्टीशन या पाकिस्तान की कोई फ़िज़ा नहीं थी। सिर्फ़ अफ़वाह थी कि कुछ मुसलमान चले गए और कुछ जाने की सोच रहे थे। बाजार में अलूमीनियम और तामचीनी के बर्तन बिकने को आए थे जिन्हें मुसलमानों का बरता हुआ समझकर सिर्फ़ गरीबों और निचले कह जाने वाले तबकों ने चोरी-छुपे ख़रीदा। उसके मास्टरों और दोस्तों में से कोई मुसलमान पाकिस्तान नहीं गया। बल्कि उसे हैरत हुई कि पाँच-छह साल बाद हनीफ़ और मुजीब के डिस्ट्रिक्ट जज वालिद अपने पूरे कुनबे के साथ पाकिस्तान चले गए। स्कूल में सिर्फ़ उन्हीं दोनों के पास डायनमो और बत्ती लगी हुई नई रैले साइकिलें थीं। उसके घर से अली बंधुओं द्वारा बनाई गई छोटी-सी ख़ूबसूरत मस्जिद की मीनार और उस पर से अज़ान देते हुए मौलवी साहब नज़र आते थे—कितनी साफ़ और रोमांचक होती थी उनकी 'अल्लाहु अकबर' और कभी-कभी लगता था कि मँडराती हुई चील वही दुहरा रही है।

उसे वह वक्त याद है जब उसके कस्बे तक विस्थापित पंजाबी और सिंधी हिंदू आने लगे थे। उसके घर के ठीक पीछे बरसों से खाली पड़ा एक घर एक सिंधी परिवार ने ले लिया था और उसके दो लड़के क्रमशः उसके बड़े भाई और स्वयं उसके साथ पढ़ने लगे। कुछ दूर के दो घरों में पंजाबी आ गए थे। पहनावे और रहन-सहन के प्रति अपेक्षाकृत लापरवाह सिंधी पहले अपने अजीब उच्चारण में ई मक्खन वाली नरम मिठाई दू-दू पैसा गाते हुए नानखताई बेचते थे। पंजाबियों ने आते से ही कपड़ा, लकड़ी, आबकारी, पी.डब्ल्यू.डी., ग़ल्ले वगैरह का बिज़नेस किया। वे मारवाड़ियों, अग्रवालों, गुप्ताओं और जैनों से अधिक गतिशील, मुखर और प्रदर्शनप्रिय थे। उनकी औरतों और लड़कियों जैसी शलवार-कमीज़ें तथा खुली व्यवहार-कुशलता किसी भी

हिंदी भाषी बिरादरी में पहले नहीं देखी गई। जब वे ऐसे पड़ोसियों को निस्संकोच बना हुआ भोजन भिजवातीं तो वे अपमान और अचंभे से भर जाते—ये शरणार्थी क्या हमें भी अपने जैसा कंगाल, बेशरम और बिटला हुआ समझते हैं? लेकिन चार-पाँच बरसों में ही पंजाबियों ने बेहतर बस्तियों में मकान ले लिए और उनमें बस गए, उनसे कहीं विनम्र सिंधी पहले ही मुहल्ला या कस्बा छोड़ चुके थे।

गाँधीजी उसके कस्बे में आए थे और नेहरू भी, लेकिन उन दिनों पिछले ही बरस की घटनाओं को लोग भूल जाते थे तो 1930 की इन यात्राओं को कौन याद रखता—लेकिन 30 जनवरी 1948 की शाम जब बनारसी होटल के बड़े बुश रेडियो से गाँधीजी की हत्या की ख़बर फैली तो सतपुड़ा-गोंडवाना की ठंढ वाले उस कस्बों में एक विचित्र अँधियारी सनसनी फैल गई थी। वह शायद अपने पिता के लिए कैंची सिगरेट का पैकेट लेने गया था कि अचानक लोग पैदल और साइकिलों पर भागने लगे, पान के ठेले, किराने की दूकानें और होटलें धड़ाधड़ बंद हो गए, यहाँ तक कि पाटनी पिक्चर पैलेस में चलती 'उल्टी गंगा' भी रोक दी गई और सिनेमा ख़ाली हो गया। गाँधीजी को उसने सिर्फ़ सैकड़ों तस्वीरों और कैलेंडरों में देखा था और वे उसे अच्छे लगते थे लेकिन उससे ज़्यादा कुछ नहीं। जब उसके पिता ने, जो अब स्कूल मास्टर हो गए थे, स्कूल की हस्तलिखित पत्रिका में 'अर्पित करने दो सुमन मुझे, श्रीपग बापू के छूने दो' सरीखी पंक्ति लिखी तो उसे आश्चर्य हुआ कि वे गाँधीजी के बारे में ऐसी श्रद्धा कब से रखते थे?

तुम क्या सोचते हो कि तुम्हारे जीवन में बची रह गईं उन दो कुँवारी औरतों की मौत सिर्फ़ तुम्हारी स्मृति पर एक घाव के निशान की तरह खिंची हुई है जो लगातार लोंहकता है और उसने तुम्हारे समय को नहीं बदला? नहीं तो तुम्हें एक दिन अचानक यह कैसे लगा था कि तुम्हारी दोनों बेटियों में वही लौटी हैं? क्या काल का तीर इस तरह सीधा जाता हुआ घूमकर वापस भविष्य में लौटता है? खुद तुम्हारा एक निजी समय है, इस तुम्हारे दुनियावी समय से अलग, जिसमें तुम बार-बार लौटते-होते हो। अतीतजीवी होना शायद श्रेयस्कर नहीं, अतीतमोह संभव है, एक दुर्बलता, एक रोग हो, लेकिन अतीत-राग को 'नौस्टैल्ज़िआ' का नाम देकर उसे एक लज्जास्पद चीज़ सिद्ध करने की कोशिश की जाती रही है। किंतु वह क्या है जो 'स्मृति' को वांछनीय बनाता है और 'नौस्टैल्जिआ' को वर्जनीय? वह बारीक सीमारेखा क्या और कहाँ है? अतीत-राग को तुमने हमेशा एक लांछित अवधारणा समझा है इसलिए हमेशा उसका पक्ष लिया है।

वह 1946 से, यानी जबसे उसने अक्षरों को जोड़-जोड़कर पढ़ना सीखा और जाना कि उस तरह से वह सब कुछ जान और सीख सकता है, गीताप्रेस गोरखपुर का 'महाभारत' पढ़ता आ रहा है। वह उसके कई अंश सैकड़ों बार और संपूर्णता में बीसियों बार पढ़ चुका होगा। अपने केन्द्रीय पात्र कृष्ण के साथ 'महाभारत' उसके

सारे समयों की केन्द्रीय पुस्तक हैं। 'सब कुछ जो बाहर है वह इसमें है और जो इसमें नहीं है वह बाहर कहीं नहीं है' की महाभारतीय गर्वोक्ति उसे हमेशा सही लगी है। वह कृष्ण को भगवान नहीं मानता, ईश्वर के अस्तित्व को भी वह अनावश्यक मानता है, किंतु जब कृष्ण अपना विराट् स्वरूप दिखाते हैं जिसमें सब कुछ उनमें विलीन होता हुआ भी पुनर्नवीन होता हुआ लौटता रहता है, जब वे स्वयं को महाकाल कहते हैं जिसमें सारे अवधिबद्ध समय एक चक्राकार में लीन और जीवित होते रहते हैं, तो 'महाभारत' भी उसे मानव के अस्तित्व-संघर्ष के विराट् स्वरूप का सर्जनात्मक अवतार लगता है। विश्व के वांग्मय-कुरुक्षेत्र में वह विकराल कृष्ण-छवि है। 'महाभारत' में उसे सारे अतीत-वर्तमान-भविष्य निरंतर रिसाइकिल होते प्रत्यक्ष दिखाई देते हैं, उसे रोमांचित, चमत्कृत और आतंकित करते हुए।

एक समय के अधीन आदमी जनमता है, एक दूसरा समय उसे विकसित करता है और एक तीसरे समय का वह स्वयं वरण करता है। उसका परिवारिक समय गरीबी और अभाव का था। ऐसा नहीं है कि उसके पिता और स्वयं उसके दोस्तों में पैसेवाले लोग नहीं थे लेकिन उसका आसपास उसकी बराबरी या उससे भी निचले लोगों का था। वह वक्त से बहुत पहले मुफ़लिसी और गैर-बराबरी को समझ और जान चुका था। उसे मालूम हो चुका था कि कुछ ही सौ रुपये उसकी माँ को बचा सकते थे और कुछ ही हज़ार रुपयों से उसकी दोनों बुआओं को कुँवारी मरने से रोका जा सकता था। वह देख रहा था कि बहुत सारे लोग इससे भी बदतर हालात में थे। उसे पता चल गया था कि पैसा और ताकत किसके पास और कैसे हैं। उसे इन हालात, उनके कारणों और उनके लिए ज़िम्मेदार तत्वों से हमेशा के लिए शत्रुता और नफ़रत हो गई। फिर उसने प्रेमचंद, गोर्की, ओस्त्रोव्स्की, मंटो, यशपाल, राहुल, वेदी, अब्बास, कृशनचंदर, अण्णाभाऊ साठे, विभूतिभूषण, ताराशंकर पढ़े। पंद्रह वर्ष की उम्र तक वह पहचान गया था कि मानवता की राह कौन-सी है। उसके बाद शायद वह कभी उससे दूर नहीं भटका। उसने वह समय और वह दिशा चुनी जिसके बारे में शमशेर निःसंशय कह चुके थे।

यदि उससे पूछा जाए कि उसके किन वर्षों ने उसके समय को हमेशा के लिए बदल डाला और अब भी बदल रहे हैं तो वह कहेगा शायद 1953-55, क्योंकि उन्हीं दिनों वे अपने ही मकान में किरायेदार बने, पैसे न होने के कारण पढ़ाई में तेज़ बड़े भाई 16 बरस की उम्र में एअर फ़ोर्स में चले गए और फिर उसकी ज़िंदगी में कभी उस तरह नहीं लौटे और 1955 में पिता के तबादले की वजह से उसे अपने दोस्तों, मुहल्ले, स्कूल और घर समेत, जो भले ही किराये का हो चुका था, अपना कस्बा इस तरह छोड़ना पड़ा कि वह फिर कभी वहाँ उस तरह नहीं लौटा। 'अब कुछ भी पहले जैसा नहीं रहा' को उसने उस समय समझा जब वह एक महीने बाद ही लौटा और पाया कि उसे अपने पढ़ते हुए दोस्तों का इंतज़ार क्लास-रूम के बाहर बैठकर करना

पड़ा और जब वह उनके साथ बोला और खेला तो वे अधिकतर अपनों-अपनों से ही मुख़ातिब और मुब्तिला रहे, मुहल्ले के लोग भी उससे कुछ पूछकर अपने-अपने काम पर चले गए और महीने की उधारी देने वाले सेठ ने कुछ आशंका से पूछा कि तुम लोग तो पिपरिया चले गए ना?

उसके बाद वह अक्सर अपने को 'स्पेस ओडिसी-2001', जो इस वर्ष की कल्पना-यात्रा है जो कुछ ही दिनों बाद शुरू होने वाला है, के इस अंतरिक्ष-यात्री की तरह देखता है जिसकी गर्भ-नाल जैसी ज़ंजीर एक बोलते-सोचते कम्प्यूटर की मनमर्ज़ी, महत्त्वाकांक्षा और प्रतिशोध-भावना के कारण उपग्रह से कट जाती है और वह एक अनंत ब्रह्मांड-यात्रा का वरदान या अभिशाप पाकर ख़ला में उजाले की रफ़्तार या उससे भी तेज़ तैरता हुआ बनते-रहते-बिगड़ते सूर्यों, ग्रहों, नक्षत्रों, आकाशगंगाओं, नीहारिकाओं, लाल दैत्यों, सफ़ेद बौनों, काले विवरों, अजनबी सभ्यताओं, अपने स्वजनों, स्वयं अपने अस्तित्व के विभिन्न चरणों और गर्भनाल से जुड़े एक मुस्कराते शिशु को देखता है या फिर 'सोलारिस' के उस दूसरे अंतरिक्ष-यात्री जैसा जिसके पास अपनी दुनिया, स्वजनों और अपने जीवन की सारी स्मृतियाँ हैं और वह ख़ला और वक्त के उस नुक्ते पर है वहाँ उसके सोचते ही सब-कुछ उसके सय्यारे में सरापा नमूदार हो जाता है और ज़िंदा-जावेद लगता है के भले ही वह एक फ़ानी भरम हो।

उसने अपने बड़े भाई की होड़ और नक़ल में कविताएँ लिखना शुरू किया था। जब वे अपने हुनर से स्कूली प्रतियोगिताओं में तमग़े और कप जीतकर लाते तो वह सोचता कि वह भी यह क्यों नहीं कर सकता। लेकिन यह ईर्ष्या कब एक स्थायी चुनाव में बदल गई। उसे पता न चला। 156-57 तक वह पत्रिकाओं में छपने लगा था। जहाँ तक शिक्षा का सवाल है, उसका आठवीं क्लास का सालाना पर्चा जाँचकर रसूल खाँ मास्साब ने उसके पिता को बेसाख़्ता सलाह दे डाली थी कि इस बच्चे को अंग्रेजी में ही एम.ए. करवाइए, जिसे उस फ़र्माबरदार ने दस बरस बाद 1963 में अंजाम दिया। लेकिन उस दर्म्यान उसकी कुछ कहानियाँ, कुछ कविताएँ और एक किताब, भले ही वह अनुवाद ही क्यों न रहा हो, आ चुकी थीं, वह दो सगी बहनों से अलग-अलग प्लैटॉनिक और असफल, तथा तीन कृपालु युवतियों से सफल प्रेम कर चुका था। खुदमुख़्तार तो वह एम.ए. में हो गया था लेकिन लेक्चरर नियुक्त होने के बाद जब उसे पढ़ाने को एम.ए. कक्षाएँ मिलीं और कमाने को तीन सौ रुपया और रहने को अपने कुँवारे सिविल जज दोस्त की सिविल लाइंस संगत तो उसे वाकई फ़िरदौस हमींनस्त लगा।

जन्नत और जहन्नुम, स्वर्ग और नरक हमारे समय के अहसास की ही सृष्टि हैं। पृथ्वी पर हमारे सिवा किसी प्राणी को समय व्यतीत होने का अनुभव नहीं होता। इसके केन्द्र में हमारा अपनी मृत्यु का ज्ञान है। हमारा जन्म कैसे और क्यों हुआ, यह हम भले ही न जानते हों, किसी भी क्षण हमारी मृत्यु हो सकती है, इसका सिर्फ़

हमें ही पता है। शैशव, कैशोर्य, यौवन, प्रौढ़त्व, वृद्धावस्था और उस क्रम में हमारे विकास, क्षय और मृत्यु को हम पहचानते हैं। इस धरती पर हमारा अस्तित्व सीमित है। हमें यह कल्पना राहत देती है कि इस जन्म से पहले भी हम थे और इसके बाद भी हम रहेंगे। विरोधाभासों की पर्वाह किए बिना हमने सुखी अमरत्व के लिए स्वर्ग रचा और पापिष्ठ जीवन बिताने के दंड के लिए नरक, किंतु अधम और श्रेष्ठ योनियों में जन्म लेने का विकल्प भी बनाए रखा। फिर इस समूचे आवागमन से भयभीत होकर मोक्ष और निर्वाण की कोटियाँ भी आविष्कृत कीं। ईश्वर को महाकाल भी माना किंतु ईश्वर के अवतार भी देखे। एक लयबद्ध, स्वयं को दुहराते, चक्राकार समय की कल्पना विकसित की किंतु उसे परब्रह्म की लीला और माया भी माना। तुझे कर्म करना है और निरवधि काल में उसके फल की चिंता नहीं करनी है। न तू है न तेरा समय है।

चूँकि समय हमारे पास सीमित है और जीवन समय के दौरान ही संभव है इसलिए हमारे सारे कार्य-कलाप के केंद्र में समय ही है। हमारी सबसे बड़ी चिंता समय की है जिससे राहत पाने के लिए हम समय की चक्राकार गति और उसमें अपने पुनर्जन्मों की कल्पना करते हैं। वर्णों और जातियों में बँटे हमारे समाज में, जहाँ असमानता ही एकमात्र मौलिक सिद्धांत है जिसके अंतर्गत मानव पर अन्याय करना धर्म बना दिया गया है, काल की चक्राकार अवधारणा, अवतारवाद और पुनर्जन्म छल, एकाधिपत्य और शोषण के औजार बन जाते हैं। इस जीवन में यदि शूद्र और अन्त्यज सवर्णों की आज्ञा मानें, जो कि उनका धर्म है और जिससे उन्हें इस जन्म और पिछले जन्म के उस पाप से मुक्ति मिलेगी जिसके कारण वे ब्रह्म के पैरों से जनमे—यद्यपि प्रारंभ में ही वे निचले उत्पन्न क्यों किए गए, इसका कोई कारण नहीं दिया जाता—तो वे अगले जन्म में चांडालों और शूद्रों से उच्चतर वर्ण में जन्म लेंगे। इस सिद्धांत के साथ दिक़्क़त यह है कि सारे विश्व का समाज चातुर्वर्ण्य में विभाजित नहीं है और न काल के चक्रिक सिद्धांत में आस्था रखता है। यदि वह पुनर्जन्म की अवधारणा मानता भी है तो उसे श्रेष्ठतर या निम्नतर 'वर्ण' या 'वर्ग' में उत्पन्न होने का कारण या साधन नहीं मानता। मानव और पशु-पक्षी एक-दूसरे की योनियों को धारण कर सकते हैं, यह भी उसे मान्य नहीं है।

तीर की तरह एक रेखा में और वह भी कभी न लौटने के लिए सीधे व्यतीत होते समय की अवधारणा चार्वाकों में रही होगी किंतु मुख्यतः वह ज़रथुस्त्रवाद, यहूदी, ईसाई ओर इस्लाम के केन्द्र में है। इनमें मानव को एक ही जीवन दिया गया है जिसमें उसे कुछ धार्मिक, नैतिक तथा सामाजिक नियमों के अधीन अपना समय बिताना है और यदि उसने उन सिद्धांतों का पालन किया है तो मरणोपरांत वह स्वर्ग जाएगा अन्यथा नरक को प्राप्त होगा। 'वासांसि जीर्णानि यथा विहाय' तथा 'न हन्यते हन्यमाने शरीरे' जैसी दोमुँही सांत्वनाओं को न मानते हुए वे केवल एक,

इसी जन्म में विश्वास करते हैं। इसी समय में किए गए उनके कृत्यों पर उनका निर्णय किया जाएगा। उन्हें किसी अगले जन्म में 'भूल-सुधार' या 'भाग्योदय' की राहत या रियायत नहीं है। सारे अच्छे कार्य इसी जीवन में करने हैं वर्ना अनंत काल तक दोज़ख़ या जहन्नुम में जलना है। चूँकि पाप और पुण्य, शुभ और अशुभ के बीच इसी समय में चुनना है और न तो किसी पिछले समय पर दोषारोपण किया जा सकता है और न किसी आगामी समय की उम्मीद की जा सकती है, इसलिए अधिकतम या पर्याप्त न्यूनतम सत्कार्य इसी जीवन में करने हैं।

प्रकाश और अंधकार, शिव और अशिव, मानवीय और अमानवीय के संघर्ष को काल की चक्रिक अवधारणा भी मानती है किंतु यदि समय एक सीधी रेखा में बीत रहा है और कभी लौटेगा नहीं तो यह संघर्ष प्रखरतम तथा प्राथमिक हो जाता है। शायद इसीलिए हेराक्लेइतुस ने गोचर विश्व को परस्पर तनावपूर्ण विरोधी तत्वों का सामंजस्य मानते हुए कहा था कि युद्ध ही सबका जनक और सबका अधिपति है। हेगेल में यह अवधारणा 'निषेध' या 'असंगति' हो जाती है जिसके अंतर्गत प्रत्येक तत्व में अपना विराधी तत्व भी छिपा होता है। इनके बीच संघर्ष ही विकास को जन्म देता है। थीसिस में एंटी-थीसिस रहती है जिनके संघर्ष से सिंथेसिस पैदा होती है। इस समन्वय के बाद फिर असंगति जन्म लेती है और यह प्रक्रिया चलती रहती है। मार्क्स ने पदार्थ को सृष्टि के केन्द्र में रखते हुए मानव और उसके इहलोक को सर्वाधिक महत्त्व दिया। चेतना पदार्थमय सृष्टि की दर्पण है। दिक् और काल, स्पेस और टाइम, पदार्थ के होने की सार्वभौमिक विधियाँ हैं। वे अंतर्गुंफित हैं और पदार्थ इन्हीं में से गुज़रते हैं। सब कुछ इस दिक् और इस काल में होता है, उससे परे कुछ नहीं होता। मानव के सारे कृत्य, उसके सारे संघर्ष इहलोक और वर्तमान में होते हैं ताकि वह विकसित हो, उसका भविष्य बेहतर हो।

बेर्टोल्ट ब्रेष्ट की कविता के नायक 'शक्की' की तरह शानी तुम्हें हमेशा याद आते हैं, जब भी तुम कुछ क्षमता और आवश्यकता से अधिक गंभीर, विद्वतापूर्ण या ऐतिहासिक कहने या लिखने की भंगिमा में होते हो। तुम्हें यथार्थ में लौटाने के लिए उनके : 'ऐसा क्या?' 'नहीं यार!' या 'बहुत ऊँचे जा रहे हो' सरीखे जुमले उन दिनों काफ़ी होते थे। स्वाभिमान उनमें बहुत था लेकिन इतना सैंस ऑफ़ ह्यूमर हमेशा था कि आत्ममुग्धता और शानपत के वे ख़िलाफ़ सक्रिय रहते थे। तुम्हें याद है, जब कौशल्या नामक उस निहायत सादा और सपाट लड़की की शादी हुई और तुमने शानी से पूछा था कि वह तो अब दाम्पत्य का काफ़ी सुख उठा रही होगी तो उन्होंने कहा था : अरे, क्या कौशल्या और क्या उसका दाम्पत्य-सुख! इस वक्त, जब तुम यह लिख रहे हो तो तुम शानी को ठहाका लगाकर यह कहते सुन सकते हो—'भैया, क्या तू और क्या तेरा समय'! वाक़ई, तुम पूछते हो अपने-आप से, क्या हो तुम? क्या किया है तुमने? जो वृहत्तर समय तुम्हारे जीवन के दौरान गुज़रा और गुज़र रहा है, उसमें

तुम्हारे समय ने क्या हस्तक्षेप दिया? क्या तुम क्षण-मात्र भी समय को छू सके, उसे प्रभावित करने या बदलने की बात तो दूर?

जब वह अपने समय को देखता है तो पाता है, उसे एक समय कहना मुश्किल है। उसका एक समय एक लड़की के कारण प्रेमी का रहा, उसके बाद उसके पति का और उसके भी बाद उसी के जरिए बने उसके और उसके तीन बच्चों के पिता का समय, जिसमें प्रेमी और पति भी मौजूद रहा। उसके अलग-अलग समय शिक्षक, साहित्यिक प्रशासक और पत्रकार होने के रहे। पिछले सात वर्षों से उसका समय एक बेरोज़गार का रहा है। उसका एक समय 1956 से लेकर अब तक लेखक, अनुवादक, कवि, आलोचक आदि रहने का रहा आता है। वह और भी क्या-क्या रहा है, उनके सारे समयों के साथ। फिर एक उसका मानसिक समय है जो उसके साथ उस समय से है जब से वह अपने सोचने के प्रति जागृत हुआ। और हर बार स्वयं को कर्ता या भोक्ता समझ लेना भी कितना भ्रामक है—क्या अन्यों ने उसके समय को प्रभावित नहीं किया, नहीं बदला? वह भी अपने समय का उत्पाद है। किस तरह से दावा करे कि वह वह है और ये सारे समय उसी के हैं? हाँ, यदि तुम ईमानदारी से इन सबका कोई बयान कर सको तो सचमुच तुम अपने और अपने समय के बारे में कुछ तथ्य बता सकते हो।

यह विचित्र है कि मुस्लिमों के आगमन और भारतीय हो जाने के बाद हिंदुओं का समय विभाजित नहीं हुआ लेकिन अंग्रेजों के आने, शासन करने ओर चले जाने से एक स्तर तक हिंदुओं और भारतीय मुस्लिमों का एक साझा समय हो गया जिसे आप चाहें तो दक्षिण एशियाई या पूर्वी समय भी कह सकते हैं। सारे विश्व का समय ही प्रधानतः पश्चिमी गोरा समय हो चुका है जिसका सबसे बड़ा प्रमाण यह है कि हमार कैलेंडर, समय मापन की इकाइयाँ, घड़ियाँ, राशि-चिह्न, ग्रहों, नक्षत्रों और ब्रह्मांडीय पदार्थों के सारे नाम पश्चिमी हैं। आल्बेर्ट आइनूश्टाइन से लेकर स्टीफ़न हॉकिंग तक सारे समय-वैज्ञानिक या तो पश्चिमी हैं या पश्चिम-प्रेरित-प्रभावित। 'स्पेस' और 'टाइम' सम्बंधी सारी सैद्धांतिक तथा प्रायोगिक खोजें वहीं हो रही हैं। उन्हीं के प्रभाव से हम गर्व कर रहे हैं कि इस क्षेत्र में भारत और अरब में भी कभी महत्त्वपूर्ण काम हुआ था। लेकिन हमने समय को दैव, प्रारब्ध या किस्मत में बदल दिया। हम वैदिक मैथेमेटिक्स की बात कर रहे हैं व किसी यूनिफ़ाइड फ़ील्ड थ्योरी की तलाश में हैं। काल वही है लेकिन वे दूसरे समय में हैं और हम दूसरे समय में। हम और वे रोज़ टाइम-ट्रैवल कर रहे हैं।

राजनीति में नेहरू युग को छोड़कर तुम किसी को अपना समय नहीं मान सके। काल ने शास्त्री की अवधि के साथ क्रूर परिहास किया। इंदिरा गाँधी के पहले दो-तीन वर्षों का तुमने स्वागत किया। उन्होंने दक्षिण एशिया को बदल डाला, इस तरह करोड़ों लोगों के जीवन को प्रभावित किया। तुम इंदिरा गाँधी और संजय

गाँधी की इमर्जेंसी के ख़िलाफ़ थे और हो किंतु तुमने अपने ज़मीर पर एक दाग़ लगा ही डाला। उधर 'समय बदलते देर नहीं लगती' की हिंदी कहावत कितनी सही निकली कि जिन लोगों ने इंदिरा गाँधी को सत्ता से बहिष्कृत किया, उन्हीं ने 24 महीने के भीतर ही फिर उन्हें सिर पर बैठा लिया। क्या आज तक किसी नेता, समीक्षक या पत्रकार ने यह विश्लेषित करने की हिम्मत की कि इंदिरा को जनता ने सत्ता में क्यों लौटाया? वे न मेधावी थीं और न कुशल प्रशासक किंतु उनके बाद सिर्फ़ एक विश्वनाथ प्रताप सिंह द्वारा मंडल आयोग सिफारिशें लागू किए जाने को छोड़कर क्या तुम्हें पिछले सोलह वर्ष की राजनीति में कुछ भी श्रेयस्कर लगा?

तुम्हें कभी यह कल्पना न थी कि तुम्हारे जीवन में लज्जा और अपमान का वह दिन भी आएगा जब एक संघी और भाजपाई तुम्हारा प्रधानमंत्री होगा और देश पर भाजपा-नेतृत्व वाली साझा सरकार शासन करेगी। सच तो यह है कि शासन भाजपा का है और इस कारण है कि सोनिया गाँधी अपनी नासमझी में यह मानकर चलीं कि मुलायमसिंह यादव उनका साथ देंगे और मुलायमसिंह यादव ने अपने विघ्नसंतोषी अहंकार में भाजपा सरकार बन जाने दी। इस बात से सुखी होने का कोई कारण नहीं है कि अटलबिहारी वाजपेयी अपने दूसरे घटकों से सताये गए एक कमज़ोर प्रधानमंत्री हैं—उससे उनके सत्तारूढ़ रहने और उसका सारा लाभ उठाने में कोई कमी नहीं आई है। सौभाग्य की बात यही है कि थोड़ी-सी ही अवधि में जनता ने भाजपा की अक्षमता और अयोग्यता को पहचान लिया है और यदि कुछ असामान्य न हो गया तो पहले महत्त्वपूर्ण विधानसभा चुनावों में और फिर केन्द्रीय चुनावों में भाजपा का सत्ता में न लौट पाना सुनिश्चित लग रहा है।

निस्संदेह देश में फ़ाशिस्ट हिंदुत्ववादी शक्तियाँ मजबूत हुई हैं और अपने हिंसक, विघटनकारी उद्देश्यों से बाज़ नहीं आ रही हैं और उन्होंने भारी संख्या में भारतीय मतदाताओं को अपनी ओर आकृष्ट किया है, किंतु क्या सचमुच हमारी जनता साम्प्रदायिक हिंदुत्ववादी विचारधारा में आस्था रखने लगी है? ऐसा लगता तो नहीं, क्योंकि अव्वल तो केन्द्र में भी मतदाताओं ने भाजपा को कामचलाऊ बहुमत भी नहीं दिया, दूसरे जिन राज्यों में वह सत्तारूढ़ थी वहाँ से या तो उसे हटाया या कमज़ोर किया। इसका अर्थ यही है कि जनता भाजपा को तभी वोट देती है जब वह पिछली सरकार से किसी भी कारण से तंग आ चुकी होती है। यदि हिंदू मतदाता वाकई भगवाप्रेमी-हिंदुत्ववादी हो जाता तो या तो वह हमेशा भाजपा को वोट देता रहता या अपना मोहभंग प्रकट करने में कुछ लम्बा समय देता; जैसे उसने कांग्रेस को दिया। भाजपा के फासिस्ट प्रचार और हथकंडों से हमेशा सावधान रहने की ज़रूरत है लेकिन मतदाताओं को भाजपा-समर्थक समझ उन्हें बट्टे-खाते में डाल देना एक भयानक आत्महंता भूल होगी। भाजपा-विरोधी पार्टियों को अपनी अयोग्यता, कमजोरी तथा जन-विरोधी नीतियों से डरना चाहिए जो भाजपा को जनता से जबर्दस्ती,

अनचाहा समर्थन करवा रही है।

समय तुम्हें बनाता-बदलता रहा, पर तुमने अपने समय में क्या हस्तक्षेप किया? कैसी करुण विडम्बना है कि इस समाज में स्त्री और पुरुष के बीच प्रेम अब भी स्वीकार्य नहीं है और विजातीयों के बीच विवाह से ख़ून-ख़राबा तक हो जाता है। तुम्हारे प्रेम-विवाह ने कितना बदला हिन्दू समय और समाज को? तुम्हारी कविताओं और लेखों को लेकर कुछ प्रतिक्रियाएँ तुम्हें मिलती हैं और तुम्हें कभी-कभी लगता है कि सब-कुछ व्यर्थ नहीं जा रहा लेकिन कब तक और कितनी दूर तक? हिंदी लेखन समय और समाज को बहुत-अधिक बदलता नज़र नहीं आ रहा जबकि उसकी अधिकांश कोशिश यही रही है। क्या यह सिर्फ़ 'बुद्धिजीवियों के विश्वासघात' (Trahison des clercs) की वजह से है या इसकी अधिकतर ज़िम्मेदारी हमारी पिछले पाँच दशकों की राजनीति की है? और जनता, विशेषतः निम्नमध्यवर्ग और मध्यवर्ग, को हम क्यों हमेशा एक रियायत देते हैं? तुम जब भी यात्रा करते हो, तुम्हारी ही हैसियत के लोग क्यों तुम्हारी ख़रीदी हुई पत्रिका, किताब या अख़बार बिना तुमसे पूछे उठाकर पढ़ने में कोई संकोच नहीं करते? नहीं, यह महज़ कंजूसी या बदतमीज़ी नहीं है, किसी गहरे बौद्धिक और सामाजिक रोग का लक्षण है। हम ऐसे समय में रह रहे हैं जहाँ परोपजीविता लगभग एक मौलिक अधिकार बन गई है।

समय को बदलने या प्रभावित करने की कोशिश वह अपनी पत्रकारिता से करता रहा है। उसने कई विषयों पर सैकड़ों संपादकीय और लेख लिखे हैं जिनमें से कुछ का वाकई कुछ दूर तक असर हुआ। जब वह लखनऊ में नवभारत टाइम्स का स्थानीय संपादक था और कांग्रेसी मुख्यमंत्री नारायणदत्त तिवारी बाबरी मस्जिद परिसर में राममंदिर का शिलान्यास करनेवाले थे तो उसका अख़बार उसके विरुद्ध था और लोगों ने उसे खूब पढ़ा भी। अपने लेखन और संपादन से उसने हमेशा दकियानूसियत, अंधविश्वास, प्रतिक्रियावाद, साम्प्रदायिकता, फ़ाशिज़्म, राष्ट्रीय स्वयंसेवक संघ, विश्व हिंदू परिषद, शिव सेना, बजरंग दल, मनुवाद, सवर्णवाद और भारतीय समाज की व्यापक जहालत से लड़ने की कोशिश की। उसने हमेशा प्रतिबद्ध पत्रकारिता में विश्वास किया लेकिन तथ्यों और खबरों को छिपाया या तोड़ा-मरोड़ा नहीं। लेकिन वह कह नहीं सकता कि इससे समय और समाज को क्या फ़र्क़ पड़ा। राजेन्द्र माथुर ने पैंतीस वर्ष तक हिंदी की उत्कृष्टतम पत्रकारिता की। वे स्वतंत्र भारत के सबसे बड़े पत्रकार थे, भाषा और विषयवस्तु दोनों की दृष्टि से। उनकी मृत्यु को दस वर्ष भी नहीं हुए लेकिन यह अहसानफ़रामोश हिंदी समाज उन्हें लगभग भुला चुका है। फिर तुम्हारी 'पत्रकारिता' की क्या बिसात!

जिस दिन बाबरी मस्जिद ढहाई गई, तुम सर्वोच्च पत्रकारों के एक सेमिनार में थे। जब वहाँ खबर पहुँची तो तुम्हें ऐसा लगा मानो तुम्हारी मौजूदगी में ही तुम्हारे माँ-बाप को बेइज़्ज़त किया हो या किसी मजमे में तुम्हारे मुँह पर थूक दिया हो।

दो-एक संपादक और सदमे में थे लेकिन बाकी पर कोई असर न दिखा। तुम्हें बेनेट कोलमैन के मालिक अशोक जैन ने जुलाई में ही चेतावनी दे दी थी जब तुमने अटलबिहारी वाजपेयी के मथुरा-भाषण के खिलाफ़ संपादकीय लिखा था। अशोक जैन ने ताक़ीद की थी कि तुम भाजपा-विहिप आदि पर कोई विरोधी संपादकीय या लेख नहीं लिखोगे। हुक्मउदूली करने पर उसने विद्यानिवास मिश्र को संपादक बना दिया, एक ऐसे ग़ैर-पत्रकार का, जो हिंदुत्व के निकृष्टतम प्रतिक्रियावाद का मूर्तिमान प्रतिनिधि है। फिर भी किसी तरह तुम 8 और 9 दिसम्बर को बाबरी मस्जिद ढहाए जाने के ख़िलाफ़ 'नवभारत टाइम्स' में दो संपादकीय लिखने में सफल रहे। तुम सोचते थे कि उनका बहुत समर्थन होगा लेकिन कुछ नहीं हुआ। फिर तुम्हारा तबादला जयपुर कर दिया गया और तुमसे कहा गया कि तुम संपादक को बिना दिखाए अपना कोई लेख नहीं छापोगे, तुम जयपुर से बाहर नहीं जाओगे, तुम्हें छुट्टी नहीं दी जाएगी। यह सब तुम्हारा इस्तीफ़ा लेने के लिए था। हिंदी के कायर और मुर्दा पत्रकार-साहित्यकार-बुद्धिजीवी समाज में एक कुत्ता भी नहीं भौंका।

हमारे वक्त की ग़लाज़त की एक तस्वीर देखनी हो तो हमारे अखबारों को देखो। देखो कि लगातार उनका कितना पतन होता चला गया है। उन पर किस कदर मालिकों का शिकंजा है और उनके कथित संपादक, जो स्वामी-घरानों और मैनेजमेंट के गुलाम, मुसाहिब और दलाल बन चुके हैं, कितने बुद्धिविहीन हैं। देखो कि किस तरह हर हिंदी अखबार ने मान लिया है कि इस मुल्क में सिर्फ़ हिंदू ही रहते हैं और वे भी सर्वाधिक प्रतिक्रियावादी हिंदुत्व के प्रतिनिधि। हिंदी भाषी शायद 44 करोड़ होंगे किंतु देखो कि प्रथम श्रेणी के संपादक और पत्रकार 44 भी नहीं हैं। सर्वाधिक प्रसारित होने वाले दैनिकों का बौद्धिक, सांस्कृतिक और पेशेवर स्तर देखो— घटिया से घटिया अंग्रेजी अखबार में उनसे ज़्यादा चमक है। विश्व-समाचारों और समाचार-एजेंसियों के अंग्रेजी डिस्पैचों के इनके हिंदी अनुवाद देखो। करोड़ों-अरबों कमा रहे इन अखबारों में काम कर रहे अधिकांश पत्रकारों का वेतन देखो। यह अकारण नहीं है कि मालिक से लेकर युवतम उप-संपादक तक सभी अपने-अपने ढंग से अखबार के माध्यम से सत्ता और पैसा कमाने की योजनाएँ बना रहे हैं। आज हिंदी में एक भी अखबार और संपादक ऐसा नहीं है जो राजनीति या समाज के लिए कोई सुचिंतित धर्मनिरपेक्ष, प्रगतिकामी, समतावादी, नैतिक एजेंडा लेकर चल रहा हो।

अंग्रेजी पत्रकारिता में भी यही हो रहा है लेकिन चालाकी और संभ्रांतता से। असली सत्ता की भाषा अंग्रेज़ी ही है लेकिन उसकी द्वंद्वात्मकता यह है कि वह हमें गुलाम भी बनाती है और मुक्ति के औजार भी देती है। विश्व की सारी बौद्धिकता भारत में उसी के माध्यम से आती है। पश्चिम में पैदा हुआ मार्क्सवाद हमें अंग्रेज़ी के माध्यम से ही मिला। वह निर्विवाद रूप से आधुनिक सभ्यता की प्रतिनिधि भाषा है, साथ ही वह पूँजीवाद, उदारीकरण, वैश्वीकरण तथा उपभोक्तावाद का माध्यम है।

अंग्रेज़ी की इस शक्ति, प्रभाव और उपादेयता के कारण अंग्रेज़ी अखबारों के एक कोने में हमेशा आधुनिकतम बौद्धिकता, जिसमें वामपंथी विचार भी हमेशा रहेंगे, होगी, देश की खबरें तो होंगी ही किंतु एक पश्चिमोन्मुखी सोडोम और गोमोरा, एक रोमन ओर्गी उनमें प्रबलतर होती गई है। उनके कलर सप्लिमेंट, उनके 'थर्ड पेज' (जिनमें चर्चित और दिखाए गए चेहरों को देखकर उन्हें 'थर्ड पेज' कहना अधिक उचित लगता है) एक नकली, महँगा, 'इंसेस्चुअस', जन-विरोधी, राजनीति तथा नैतिकता से रहित प्रतिसंसार बसाते हैं। इनके मालिकों, संपादकों तथा पत्रकारों को इस बात का गहरा दुःख प्रतीत होता है कि उनके माता-पिता, या कम से कम पिता, पश्चिमी गोरे क्यों नहीं हुए।

आज की राजनीति समय के कारण वैसी है जैसी वह है या आज का समय जैसा है वह राजनीति के कारण है, यह कहना कठिन है। समय सभी को बनाता है और फिर बनता रहता है। Plus ca change, plus c'est la même chose (जितना वह बदलती है, उतनी ही वह वही चीज़ होती जाती है) यह बेमिसाल फ्रांसीसी उक्ति जितनी भारत और उसकी राजनीति के लिए उपयुक्त है, शायद किसी अन्य वस्तु के लिए नहीं। पिछले वर्ष सोनिया गांधी ने राजनीति में नैतिकता के पुनर्प्रवेश की बात की थी, आज प्रियंका वड्रा को उत्तरप्रदेश सौंपे जाने का प्रस्ताव गर्म है। राजनीति में मूल्यों की बात तो अब भाजपा भी नहीं कर रही। इंद्रकुमार गुजराल के बदले ज्योति बसु ने भारत का प्रधानमंत्री बनने से इन्कार किया, यह समसामयिक राजनीति का एक सबसे बड़ा गँवाया गया अवसर था। भारत में दृष्टिगोचर भविष्य में साम्यवादी पार्टियों के शासन की कोई संभावना नहीं दिखती किंतु मुमकिन है गांधी परिवार 21वीं सदी के भारत पर राज्य करे। लेकिन भारतीय राजनीति इस तरह खंड-खंड हो रही है कि वर्तमान का ही कोई भरोसा नहीं है, फिर आगे के बारे में यही नीम-मज़ाहिया जुमला कहा जा सकता है कि Future is no longer what it used to be—भविष्य अब वैसा नहीं रहा जैसा पहले हुआ करता था।

कई बार लगता है स्वयं समय ने भारतीय समाज के आगे आत्मसमर्पण कर दिया है। अपनी-अपनी स्थितियों, संस्कृतियों, भूगोल, इतिहास, परंपराओं, रीति-रिवाजों, धर्मों तथा निजी आस्थाओं से नियंत्रित कितने तरह के भारतीय समाज किन समयों और युगों में रह रहे हैं। अंडमान-निकोबार का ओंग और बस्तर का माड़िया शायद 20000-10000 ईसा-पूर्व में है। जो युवक-युवतियाँ ग्रीन कार्ड लेकर अमरीका और जर्मनी के सिलिकॉन-संसार में जा रहे हैं, वे बहुत जल्दी भारतीय 21वीं सदी से आगे निकल जाएँगे। क्या सवर्णों और दलितों का समय एक है? नैनी स्टेशन पर दातून बेचने वाले बूढ़े का समय धीरुभाई अम्बानी और हर्षद मेहता का समय नहीं है। यदि हमारे समय की हक़ीक़त पूछते ही हो तो वह भारतीय समय की कहाँ है—वह अमरीकी मेगा-कॉन्ग्लोमरेट्स और बिल गेट्स की है, वे हमारा समय और हमारी

हकीकत प्रिस्क्राइब और निर्धारित कर रहे हैं। यह जो सूचना-तकनीक को लेकर भारतीय हर्षातिरेक है, यह कितना करुण है! हम यह देख क्यों नहीं रहे कि हम फिर नये गिरमिटिये बनकर जा रहे हैं। तीस बरस पहले हम इसी हुलफुल्लेपन से खाड़ी-मुल्कों में गए थे। जितना वह बदलती है...

कितने नाईव, कितने मतिमंद, कितने धूर्त हैं ये 'विचारधारा का अंत', 'इतिहास का अंत', 'लेखक का अंत' कहने वाले। हम अपने समय का प्रारंभ 'बिग बैंग से मानते हैं यानी बीस अरब से लेकर दस अरब वर्ष पहले और यह तब तक चलेगा जब तक एक बार फिर सृष्टि नष्ट नहीं हो जाती जो कि होनी ही है। अभी कुछ ही करोड़ वर्षों में सूर्य का क्षरण शुरू होगा और यदि पृथ्वी पर तब भी जीवन बचा, जिसकी संभावना अत्यंत क्षीण है, तो पूरे आकाश पर छितरा हुआ लाल दैत्य उसे नष्ट कर देगा। किंतु जब तक पृथ्वी पर मानव है तब तक समय है, उसका समय, और बेहतरी के लिए उसके संघर्ष का अंत नहीं होगा। हम तो यह भी नहीं कह सकते कि क्या मानव इस धरती को छोड़कर कहीं और बस जाएगा या उसका संपर्क किसी अन्य प्रज्ञायुक्त सभ्यता से होगा और उसके पता नहीं क्या परिणाम होंगे। हम यह नहीं जानते कि हमारे अस्तित्व का क्या अर्थ और उद्देश्य है। ईश्वर के बारे में भी संदेह बढ़ते जा रहे हैं। ऐसे में मानव के पास जो बच रहता है, वह अपनी इस प्रजाति को स्नेह और न्याय के सहारे बचाए रखता है। मानव-व्यापारों का तब तक कोई अंत नहीं होगा। अंतों की बात करने वाले मानव का अंत भले ही न चाहें, वे मानवीयता का अंत चाहते हैं। वह हमारे समय का अंत होगा।

तुमने कितने विचारों और वादों का अंत देखा। कला, समाज, राजनीति, यहाँ तक कि विज्ञान के भी कितने सिद्धांतों, प्रमेयों, आंदोलनों को बदलते या मिटते देखा। कितने नाम उदित और अस्त हुए। आधुनिकतावाद, अस्तित्ववाद, संरचनावाद, नव-वामवाद, विखंडनवाद ओर अब यह नवीनतम उत्तर-आधुनिकतावाद। ऑर्वेल ने शायद ठीक ही कहा था कि इन बातों में यकीन करने के लिए आपको बुद्धिजीवी कहलाना पड़ता है क्योंकि प्रत्युत्पन्नमति वाला आदमी तो इन पर विश्वास नहीं करेगा। एक विचित्र बात है कि रिचर्ड रोर्टी सरीखे दार्शनिक प्रतिबद्धता की ओर लौटने की बात कर रहे हैं, स्वयं कुछ असली उत्तर-आधुनिकतावादियों ने मार्क्स से सीखा है लेकिन हमारे यहाँ उत्तर-आधुनिकता का इस्तेमाल हमारे समाज के पतन पर गर्व करने और 'हमने तो पहले ही कह दिया था' का श्रेय लेने के लिए किया जा रहा है। बेशक बदलाव को समझना और विश्लेषित करना चाहिए किंतु यदि वह हमें सड़न की ओर ले जा रहा है तो 'एक धक्का और दो' का नाककटाऊ सगुनबिगाड़ हमारी नैतिक आत्महत्या अधिक तेजी से होने देगा। भारतीय साधारणजन को भूलकर हम कुछ भी हासिल कर लें, वह पोच साबित होगा और भयावह यथार्थ शीघ्र ही हमारा टेंटुआ पकड़ लेगा।

समय तुम्हारे लिए और तुम्हारे समय के लिए अब कम होता जा रहा है। क्रूर तथ्य तो यह है कि वह अब पहले से अधिक कभी भी ख़त्म हो सकता है। फिर भी तुम्हें हैरत होती है कि तुम इतना समय देख भी कैसे सके। तुम्हारा समय जो बहुत विपन्न हो सकता था और निरर्थक भी, वैसा पूरी तरह से होने से किसी तरह बच गया। तुम्हें तुमसे निराशा हो सकती है—तुमने बहुत समय नष्ट किया—एलिअट यदि 'ट्वंटी इयर्स लार्जली वेस्टेड' को बात करता है तो तुमने भी शायद कुछ वाहियात 'पर्सूट्स' में इससे कम ग़र्क़ नहीं दिया। लेकिन तुम्हें इस वक्त से क्या राहत मिलती है? यही कि तुमने भरसक कोशिश की कि तुम तकलीफ़, अन्याय, शोषण और ग़ैर-बराबरी के शिकार अपने करोड़ों हमवतनों के पक्ष में खड़े हो सको, उनके बारे में कुछ कह और लिख सको। तुम्हें बहुत सारी बारीकियाँ आती थीं और उनका प्रलोभन भी बहुत ज़्यादा था। लेकिन तुमने ठोस आदमी को चुना, वायवीय आत्मा-परमात्मा को नहीं, भले ही कई रहस्य भी तुम्हें खींचते रहे। तुम कर भी क्या सकते थे—तुम्हारा खुद का जीवन वैसा ही था, तुम अपने जीवन और समय में आदमी को ही केन्द्र में देख पाते थे और विश्वासघात न करने का ही तुमने वरण किया ताकि तुम्हारे समय का अंत कुछ सुकून से हो सके।

लेकिन क्या तुमने किसी उम्मीद पर अपना सोच, अपनी कार्य-शैली चुनी है? किसने कहा है तुमसे कि हिंदुस्तानी इन्सान का पक्ष लो, जाति और साम्प्रदायिकता को घिनौना समझो और वैसा कहो और लिखो, धूर्तों, पाखंडियों, दोमुँहों, झोला उठाने वालों, जूते और जूतियाँ चूमने वालों के ख़िलाफ़ खड़े होओ? तुम क्यों उन ड्राइंग-रूमों और दफ़्तरों में नहीं जाते जहाँ थोड़ा-सा झुकने, अपना ज़मीर कुछ ही गिरवी रखने, बल्कि सिर्फ़ चुप रहने से ही बहुत-कुछ मिल जाता है? जब तुम्हीं ने अपने जीने, बोलने, लिखने का रास्ता निश्चित किया है तो तुम्हीं सारे परिणामों को आमंत्रित करते हो, तुम्हें शायद इसमें कोई अहंकारी, नायकनुमा, शहीदाना, आत्मपीड़क सुख मिलता होगा। लेकिन क्या यह सौ-फ़ीसदी तुम्हारा चुनाव है या इसमें तुम्हारे पूर्वजों का डी एन ए बोल रहा है? कौन था वह आदिमानव, या उससे भी पहले कोई अर्धमानव, जिसने अपने झुंड के आततायियों के सामने सिर झुकाने, या उनमें शामिल हो जाने से इन्कार किया, जो तुम्हारे वंश का जनक रहा होगा? या किसी तवक्को पर लड़ाई लड़ते हो तो बेहतर है किसी महीन फ़लसफ़े या खालिस चालाकी और बेशर्मी का सहारा लेकर उनके पाले में चले जाओ जिनकी मुख़ालिफ़त करते हो। फिर तुम्हें सारी नेमतें मिल जाएँगी, सिर्फ़ तुम्हें आईने में अपने चेहरे के अक्स से आँखें चुरानी होंगी।

जब वह अपनी पत्नी और गोद की बच्ची के साथ, जो तब लगभग उतनी ही बड़ी थी जितना 1940 के फ़ोटो में वह, उस सरकारी मेडिकल कॉलेज अस्पताल में पहुँचा, जहाँ उसे मई 1939 में अस्तित्व में लाने वाला वह साइंस ग्रेजुएट जो अब

एक कस्बाई स्कूल का प्रिंसिपल था, जनरल वार्ड के एक मैले बिस्तर पर कैंसर से मरने वाला था, तब आधी शाम हो चुकी थी। वह प्रिंसिपल अब स्वयं अपना कंकाल बन चुका था और चूँकि दिल्ली से किसी तरह जबलपुर पहुँचा उसका मँझला बेटा चेहरे-मोहरे से उससे कुछ मिलता-जुलता था तो वह अपने पिता में स्वयं अपना संभावित कंकाल देखकर उसे देर तक देखता रहा। मरने वाले ने अपने से पचास साल छोटी पोती के बारे में बहू से कुछ पूछा, इस तरह मुस्कराते हुए जो उन्हीं को आता है जिन्हें पता रहता है कि वे जल्द ही नहीं रहेंगे। बाप-बेटे में कभी कोई निजी, अंतरंग या पारिवारिक बात नहीं होती थी और बाप अभी-भी उस इकतरफ़ा समझौते को नहीं तोड़ना चाहता था। नई नौकरी के कारण बेटे के पास न छुट्टी थी न पैसा। उठते-उठते रात हो चुकी थी। एक असंभव औपचारिकता में, शायद उन्हें आखिरी बार देख लेने के लिए, अपने शरीर पर लटकते हुए कपड़ों में बाप वार्ड के दरवाज़े तक छोड़ने आया जहाँ मरीज़ों के रात के खाने की थालियाँ फ़र्श पर रख दी गई थीं जिनको पपड़ी-जमी दाल पर धूल को हल्की पर्त थी। एक साल बाद जब तीनों वारिस बेटों में पी.एफ. का बँटवारा हुआ तो हर एक को 1310 रुपये मिले।

बीसवीं सदी से पहले अपने और अपने समय के बारे में हिंदी में जितना कबीर ने लिखा, किसी ने नहीं। हम कबीर की रचनाओं से उनकी स्थूल जीवनी या उनके समय का ब्योरेवार इतिहास न जान पाएँ लेकिन कबीर की सामाजिक और आध्यात्मिक जीवनी और मौलिक समय को संकलित कर सकते हैं। कबीर से सूर, तुलसी, केशव आदि ने कुछ नहीं सीखा। उन्नीसवीं सदी से पहले कथित हिंदी कवि-लेखक न तो स्वयं अपने लेखन में हैं और न उनका समय। उर्दू साहित्य को लेकर कितना अज्ञान या कितनी घृणा रही होगी उस युग के हिंदी कवियों में। स्वयं और अपने समय को लेकर पहली बार चेतना आधुनिक युग के प्रारंभ में भारतेन्दु में दिखाई पड़ती है, अचानक मैथिलीशरण में वह गहराती है, निराला और पंत में कौंधती है और प्रगतिशील कविता पहली हिंदी कविता है जो भारतीय तथा विश्व-समय से जूझती है। लेकिन अपने व्यक्तित्व और अपने युग को लेकर जो यंत्रणामय सजगता और अनुभूति मुक्तिबोध में है, उसके अर्धांश से कुछ ही अधिक रघुवीर सहाय में है जो अपने व्यक्तित्व की पूर्ण अभिव्यक्ति से संकोच करते हैं किन्तु अपने समय को शायद मुक्तिबोध से कहीं अधिक तात्कालिक और मूर्त रूप में पहचानते हैं। ऐसा ही नागार्जुन के साथ दिखाई देता है। मुक्तिबोध के बाद शायद चंद्रकांत देवताले ही स्वयं और अपने समय को इतनी निर्ममता और असलियत से उधेड़ और उघाड़कर रख देता है। इन सबके बाद आज के प्रतिबद्ध युवा हिंदी कवि जिस तरह से सामूहिक रूप से स्वयं को और अपने समय को अभिव्यक्त कर रहे हैं वह अभूतपूर्व है।

यदि हम हिंदी को ऐसी भाषा मानें जिसे आज करीब चालीस करोड़ अपनी

मातृभाषा कहते हैं और शायद इतने ही लोग उसे विभिन्न प्रावीण्य तक जानते हैं तो उसके साहित्य के स्तर और उसके अच्छे साहित्यकारों की संख्या से हौलदिली होती है। पचास और साठ के दशकों के उत्थान के बाद ज्ञानरंजन और उदय प्रकाश के विपन्न अपवादों को छोड़कर कहानी में कोई बड़ा काम नहीं हुआ। उपन्यास में प्रेमचंद, जैनेन्द्र, अज्ञेय, अमृतलाल नागर, वृंदावनलाल शर्मा, यशपाल, रांगेय राघव, नरेश मेहता, 'रेणु' आदि ने जो उपलब्ध किया, उसे बहुत बाद में एकाध अप्रत्याशित विनोद कुमार शुक्ल ने आगे बढ़ाया और शानी, असग़र वजाहत, मंज़ूर एहतेशाम, अब्दुल बिस्मिल्लाह जैसे मुस्लिम और मैत्रेयी पुष्पा तथा अलका सरावगी जैसी महिला गल्पकारों ने उसे नई अनुभूतियाँ तथा विषय-क्षेत्र दिए वर्ना कुल मिलाकर वह बहुत समृद्ध नहीं हुआ। आत्मकथाएँ, जीवनियाँ, संस्मरण, यात्रा-वृत्तांत आदि का जैसे अस्तित्व ही नहीं है। घटिया, बचकाने नाटकों को नेमत मानना पड़ रहा है। हिंदी यदि गर्व कर सकती है निराला, मुक्तिबोध, रघुवीर सहाय और उनके कतिपय समकालीनों सहित आज की कविता पर जो संसार की किसी भी सर्वश्रेष्ठ समसामयिक कविता के समकक्ष रखी जा सकती है। 1965 के बाद से कुछ महत्त्वपूर्ण काम आलोचना और समीक्षा में हुआ है और हो रहा है। लेकिन हिंदी के नाम पर हिंदी के अधिकांश जाहिल प्राध्यापक कॉलेजों और विश्वविद्यालयों में जो कर रहे हैं, वह शर्मनाक है। एक और व्यापक स्तर पर संसार के किसी अन्य देश की राष्ट्रभाषा/राजभाषा इतनी दरिद्र नहीं है।

बेशक प्रगतिशील लेखक संघ और उसके समानधर्मा जनवादी तथा अत्यंत रेडिकल संगठन भी हैं किंतु ख़ुशी की बात है कि ये अपने कवि-लेखक सदस्यों या सहयोगियों को कोई सर्जनात्मक 'डिक्टाट' या 'प्रोग्राम' नहीं देते—यह नहीं कि शायद वे देना न चाहते हों बल्कि इसलिए कि अव्वल तो इनकी सदस्यता उतनी कठोर नहीं है, दूसरे इनके अधिकांश सदस्य अपनी सर्जनात्मक स्वायत्तता को लेकर पर्याप्त ईर्ष्यालु प्रतीत होते हैं और उसे बचाए रखते हैं। फिर यह भी है कि अपने सर्वाधिक प्रिय संगठन से घनिष्ठतम सम्बंध रखते हुए भी वे दूसरे प्रतिबद्ध मंचों पर सक्रिय रहने में या व्यापक रूप से उदार समाजोन्मुख तहरीकों के साथ जुड़ने में भी गुरेज़ नहीं करते। इससे यह भी हुआ है कि ये विभिन्न संगठन कभी एक हों या न हों, इनके बहाने व्यापक प्रतिबद्ध लेखक बिरादरी ने अपना एक अघोषित लचीला महासंघ-सा बना लिया है। 1965-75 के बाद छोटी पत्रिकाओं का हाल का पुनरभ्युदय इस बात का प्रमाण और परिणाम है कि हिंदी में वामपंथ के वर्चस्व के कारण एक देशव्यापी जुड़ाव का वातावरण बना है, भले ही कई ढुलमुल और संदिग्ध तत्व भी प्रतिबद्धता की नाव पर सवार हो गए हैं।

आज के हिंदी साहित्य में सभ्यताओं का कौन-सा टकराव है? यह तो साफ़ है कि राजनीतिक या सामाजिक क्षेत्रों में, या अन्य कलाओं में, प्रतिबद्ध या

मार्क्सवादी विचारधारा को लेकर जो भी मान्यता हो, भारतेन्दु-युग से ही सर्जनात्मक हिंदी साहित्य की जनोन्मुखता लगातार बढ़ती गई है। हमारे पास न तो कोई आँकड़े हैं और न इसका कोई अध्ययन हुआ है किंतु यह शंकातीत है कि चीन और कूबा सरीखे साम्यवादी देशों को छोड़कर भारत ही वह एकमात्र देश है जिसका सबसे बड़ा साहित्य बिना किसी सरकारी या पार्टी दबाव या संरक्षण के इतना अधिक मार्क्सवाद से प्रेरित है। साथ ही यह भी दिलचस्प है कि प्रतिबद्धता की कोई एक शैली या शाला इस साहित्य को संचालित नहीं कर रही है और एक 'हज़ार फूलों को खिलने दो' जैसी आज़ादी या सुखद अराजकता है। प्रतिबद्धता का दम भरनेवाले सभी ईमानदारी से प्रतिबद्ध हैं या उसे अथवा विचारधारा को समझते या समझना चाहते हैं, यह एक खुला सवाल है। हिंदीभाषी पाठक इस प्रतिबद्धता को चाहते, समझते या सराहते हैं, इसका भी कुछ ठीक पता नहीं है। यही सच है कि हिंदी साहित्य के केन्द्र में भारतीय समाज और मानव के संघर्ष हैं। हमारे समय का यह एक अद्वितीय, रोमांचक अचंभा है।

तुम्हारे समय के हिंदी के 'रेआलपोलिटिक' का सबसे दुर्भाग्यपूर्ण पहलू यह रहा कि वामपंथी विचारधारा का सर्वाधिक चर्चित आलोचक, जिसकी अध्ययनशीलता उसे हिंदी का रेमंड विलिअम्स या राइष-रानित्स्की बना सकती थी, अपने नैतिक दो मुँहेपन, सस्ती लोकप्रियता की ललक तथा सत्ता-पिपासा के कारण एक 'एंटरटेनर' और 'कोर्ट-जेस्टर', दिलबहलाऊ दरबार-विदूषक बनकर रह गया है। नामवरसिंह ने वर्षों से कुछ नहीं लिखा है, जो लिखा है वह सतही और लगभग अपाठ्य है और जो वे बोलते हैं या बोलकर मतिमंद शिष्यों या दुमदार कृपाकांक्षी सम्पादकों से लिखवाते हैं वह या तो अवसरवादी झूठ होता है या 'नरो वा कुंजरो वा' जैसा अर्धसत्य। वे एक अच्छे क्लास-रूम टीचर माने जाते हैं लेकिन अपने प्राध्यापकीय अधिकारों का प्रयोग उन्होंने कभी-भी हिंदी के सर्जनात्मक लेखन को प्रोत्साहन देने के लिए नहीं किया, किसी बड़े लेखक को कैम्पस में प्रवेश नहीं करने दिया। वे अंततः प्रगतिवादी खेमे के नगेन्द्र साबित हुए, जिनमें अब उन्होंने कुछ अच्छाइयाँ भी खोज ली हैं। मौका पड़ने पर वे भाजपा से भी लाभ उठाने में कोई संकोच नहीं करते जैसा उन्होंने लंदन के 1999 के विश्व हिंदी सम्मेलन में कर दिखाया था। आज हालत यह है कि छोटे से छोटे कस्बे का युवतम लेखक नामवरसिंह को बहुत हेय दृष्टि से देखता है यद्यपि यह भी सच है कि उनके बहुत से अधेड़ और युवा आलोचक उनका झोला उठाए उनके पीछे भी घूमते हैं। लेकिन हिंदी का यह दोमुँहा चरित्र सुपरिचित है। इसमें राहत की बात यही है कि उर्दू के एक महत्त्वाकांक्षी नक़्क़ाद बमय अपने मुसाहिबों और बिचौलियों के और भी घटिया बताए जाते हैं।

यदि नामवरसिंह ने अपनी प्रतिभा और सत्ता का दुरुपयोग किया है तो तुम्हारे प्रतिभाशाली समकालीन अशोक वाजपेयी, जिन्हें तुम तमाम मूलभूत और वॉयलेंट

मतभेदों के बावजूद बहुत चाहते हो, नामवरसिंह का दर्पण-प्रतिबिम्ब बनकर एक अलग ढंग से वैसा ही कर रहे हैं। फ़र्क यही है कि अच्छे लेखन का माद्दा अशोक में नामवरसिंह से कहीं ज़्यादा है और नियति का व्यंग्य यह है कि 'धंधई आलोचक' वगैरह कहकर हिंदी के अधिकांशतः कूड़मग्ज़ प्राध्यापकों की सही भर्त्सना करने वाला अशोक आज स्वयं हिंदी एस्टैब्लिशमेंट का सबसे बड़ा बाहुबली बनकर उभरा है। लेकिन फ्रांस के अय्याश राजा ल्वी 14वें की तरह उसका आदर्श वाक्य भी "Apres moi, le Deluge" "मेरे बाद सैलाब" रहा है। उसी ने भारत भवन बनाया, उसी के रहते वह नष्ट हो रहा है। सरकारी सत्ता और पैसे का उसने कलाओं के लिए अद्वितीय कल्पनाशील इस्तेमाल किया जिससे उसकी भी छवि बनी लेकिन अब प्रतिबद्धता के विरुद्ध अपने प्रतिशोधी अभियान के तहत उसने कई असली, छद्म या कमज़ोर वामपंथियों या उनके रिश्तेदारों को कौड़ियों के मोल खरीद लिया है। नेहरू हमेशा बापू के सामने छोटे रहे, गाँधी विश्वविद्यालय ने जवाहरलाल विश्वविद्यालय को अपनी बकरी या बकरा बना लिया है। अपनी विश्वविद्यालयी पत्रिकाओं और शायद अन्य जगहों, परियोजनाओं में अशोक ने ऐसी नियुक्तियाँ की हैं जो उसे भारी पड़ सकती हैं, वह आलोचक अब भी अच्छा है लेकिन उसने बेहतरीन कवि होने से इन्कार कर दिया है और वामपंथ पर असफल हमले करते रहने के कारण वह और उसकी 'कोटरी' करुण और हास्यास्पद होते चले गए हैं।

कितने दरिद्र और घिनौने हैं ये दूधनाथ सिंह, रवींद्र कालिया, काशीनाथ सिंह के यथार्थ या सृजनात्मक संस्मरण-कथानक, कितने दीवालिये हैं ये नामवरसिंह और राजेन्द्र यादव जैसों के इंटर्व्यू/आत्मकथ्य! जब दूधनाथ, कालिया और काशी को यकीन हो गया कि वे मीडियाक्रिटी से ऊपर नहीं उठ सके और समय ने उन्हें नकार दिया तो वे अपने भद्दे और दयनीय बयान लाकर हिंदी को और गँदला करने लगे। जो उल्टियाँ कालिया के संस्मरणों में हैं वे, उसी वमन का हिस्सा हैं जो ऐसे लोग इस भाषा पर करते रहे हैं। उचक्केपन, कमीनगी और ग़लाज़त से भरे ऐसे लेखन पर सिर्फ़ हिंदी संस्कृति में ही सिर धुना जा सकता है। कुछ जाहिल ट्राटस्काइटों ने कालिया को हिंदी का महान लेखक बताते हुए उनकी एक 'नंगी धोबन देख' छाप कहानी सगर्व प्रकाशित की है। यह आकस्मिक नहीं है कि तीनों में अभिन्न लुम्पेन मैत्री है। राजेन्द्र यादव, जिनकी दलित-पक्षधर प्रतिभा कल्पना, यथार्थ या प्रेमचंद-संस्थापित 'हंस' में स्त्री के नंगे चित्रण में ज़्यादा चरितार्थ होती है, अपने पुरुषवादी दाम्पत्य-जीवन को बाज़ार में ले आते हैं। नामवरसिंह अपनी गर्वीली गरीबी की बात करते-करवाते हैं लेकिन जैसे ही मोटी तनख़्वाह मिलने लगती है, 'गाँव' से अपने पुश्तैनी बँधुआ मज़दूर को तलब करते हैं। उनका अदूरदर्शी भाई काशी वह चिट्ठियाँ छपवा देता है जिनमें बड़के भैया नगेन्द्र की कृपा से छुटके को लेक्चरशिप दिलवाना चाहते थे। लेकिन नगेन्द्र ने बहुत जुल दिए और रखवाया भी नहीं। शायद यही

अदावत-रक़ाबत की शुरुआत थी। केवल पंडित विद्यानिवास का अभिभावकत्व सदा सहाय रहा। उधर परसाई द्वारा संस्थापित 'वसुधा' में संपादक कमलाप्रसाद और संस्मरणकार कांतिकुमार जैन जैसे भरोसेमंद लोग चूतन के मूतन में उभ-चूभ कर रहे हैं और ये सब वामपंथी हैं। युवा लेखक तुम्हें अपना आदर्श समझते हैं।

शानी मलयज भारतजी माचवे शमशेर धूमिल लक्ष्मीनारायण लाल रमेश बक्षी श्रीकांत वर्मा सर्वेश्वर देवीशंकर अवस्थी रघुवीर सहाय जैनेन्द्र अज्ञेय माखनलाल चतुर्वेदी गिरिजाकुमार माथुर श्याम परमार मुक्तिबोध राजेन्द्र माथुर सुरेन्द्रप्रताप सिंह नवीन सागर अवधेश कुमार हरजीत रमेश गौड़ स्वामीनाथन नरेश मेहता नागार्जुन अमृतलाल नागर राजेश शर्मा केशनीप्रसाद चौरसिया हरिशंकर परसाई शरद जोशी धर्मवीर भारती मन्मथनाथ गुप्त मछिंदर नाथ यशपाल विजयदेवनारायण साही सोमदत्त निराला राहुल सांकृत्यायन रामविलास शर्मा केदारनाथ अग्रवाल राजकमल चौधरी फणीश्वरनाथ रेणु महादेवी पंत हज़ारीप्रसाद द्विवेदी राकेश साहिर फ़ैज़ मंटो श्रीपत राय अमृतराय भैरवप्रसाद गुप्त जगदीश जी लक्ष्मीचंद्र जैन मालिक राम श्रीनिवास अय्यंगार प्राण गुप्त कैलास जायसवाल दिनकर सोनवलकर सतीश चौबे वृंदावनलाल वर्मा जगन्नाथ प्रसाद चौबे रांगेय राघव राजकमल चौधरी उसे और उसके समय को बनाते-बिगाड़ते चले गए हैं या चले जा रहे हैं, कितनी स्मृतियों, सहमतियों-असहमतियों, दोस्तियों-अदावतों के साथ।

'पंचतंत्र' में गौरैयों और बंदरों की एक कथा है जिसमें ठंढ की एक रात में ठिठुरते बंदर लाल-लाल घुंघचियों को अंगारे समझकर तापते हैं और जब गौरैयें उन्हें उनकी जहालत से आगाह करती हैं तो वे गौरैयों को घोंसलों समेत नष्ट कर डालते हैं। हम इस दृष्टांत में हिंदुओं और मुसलमानों को गौरैयें समझें या बंदर, कोई ख़ास फ़र्क़ नहीं पड़ता। हिंदू-मुसलमान के बीच स्नेह और सौहार्द के क़िस्सों को बहुत बढ़ा-चढ़ाकर कहा जाता रहा है—कुल मिलाकर ये क़ौमें शायद ही कभी पूरी ईमानदारी और ख़ुलूस के साथ परस्पर भाइयों की तरह तो क्या, अच्छे पड़ोसियों की तरह भी रही हों, शायद शुरू से ही मुस्लिम मुहल्ले अलग थे, अब तो पाकिस्तान के बाद मुस्लिम 'गेटो' सारे देश में बिखरी हुई हैं। झुग्गी-झोंपड़ी बस्तियाँ तक विभाजित हैं। हिंदुओं और मुसलमानों दोनों की आबादियाँ बढ़ रही हैं और कोई अजब नहीं कि 2050 तक मुस्लिम 50 करोड़ के पास हों और हिंदू कोई 125 करोड़। यदि तब तक की दोनों क़ौमों में सामंजस्य-सौमनस्यय न हुआ और तनाव बढ़ता गया तो एक और पार्टीशन भले ही असंभव हो लेकिन भारत में कई बेरुत, यरुशलम और जौलान-चेच्न्या बन सकते हैं, गली-गली विनय कटियार और ओसामा बिन लादेन नाकाबंदी कर सकते हैं। कश्मीर को यदि 'स्वायत्तता' दे दी गई तो, और यदि वह पाकिस्तान का हिस्सा बन गया तो (जो कि उसकी कथित स्वायत्तता या आज़ादी

के बाद सुनिश्चित है) भारतीय मुसलमानों तथा भारत के धर्मनिरपेक्ष संविधान और सांप्रदायिक हिंदुत्ववादी तत्वों का भयावह दबाव होगा। कश्मीर हमारा और पाकिस्तान का, हिंदुओं और मुसलमानों का सम्मिलित विनाश कर सकता है।

सबसे बड़ी क़ौम होने के नाते बेशक भारत में धर्मनिरपेक्षता की सबसे ज़्यादा ज़िम्मेदारी हिंदुओं पर है लेकिन दूसरी क़ौमें अपनी अल्पसंख्यकता में उससे बरी नहीं हो सकतीं। अव्वल तो हिंदू धर्म नामक कोई आचार-संहिता कहीं नहीं है और उसके नाम पर जो परंपराएँ हैं, उनके सभी पहलुओं को लेकर बहस और आधारभूत मतभेदों की गुंजाइश रही है। हिंदुओं का न कोई एकमात्र ग्रंथ है, न भगवान, न आराध्य, न तीर्थ, न मंदिर, न अर्चना-पद्धति, न कर्म-कांड। हिंदू निर्भय होकर नास्तिक रह सकता है, अपने किसी भी देवता या ग्रंथ आदि को नकार सकता है। धार्मिक असहमति या विद्रोह के आरोप में किसी हिंदू की जाति, धर्म या जीवन छीने नहीं जा सकते। उसे कोई ब्राह्मण, पंडा-पुजारी, धर्मगुरु या शंकराचार्य दंडित या प्रताड़ित नहीं कर सकता। हिंदू तभी 'हिंदू' बनता है जब उसका सामना किसी और प्रतिद्वंद्वी धर्म से होता है इसलिए उसमें अमानवीय भेद-भाव, दकियानूसियत और साम्प्रदायिकता अब भी ख़ूब हैं किंतु हिंदुओं में उस आधुनिकता की प्रक्रिया शुरू हुए भी करीब दो सौ वर्ष हो चुके हैं जिसके बल पर ईसाइयों ने साहसी, दृढ़ और निर्मम बौद्धिकता से स्वयं को धर्मनिरपेक्ष बनाते हुए वह वैज्ञानिक और मानववादी चिंतन अपनाया जिससे पाश्चात्य (सेकुलर ईसाई) सभ्यता आज मानवता की केन्द्रीय चालक-शक्ति है। मार्क्स उसी चिंतन-परम्परा में संभव भा। तुम्हें इस्लाम, कुरआन और मुहम्मद बहुत रोमांचित करते हैं लेकिन तुम अपने से पूछते हो कि अगर तुम मुस्लिम होते तो क्या इन्हें infallible समझते, यद्यपि इस प्रश्न में एक आत्म-विरोधाभास है? इक़बाल के मिसरे 'सच कह दूँ ए बिरहमन गर तू बुरा न माने' में यदि 'बिरहमन' की जगह 'मुसलमाँ' रखकर पूरी ग़ज़ल को तदनुसार संशोधित किया जाए तो क्या तुम्हें ग़लत समझा जाएगा? क्या आज का मुसलमान कुरआन और मुहम्मद पर कोई सवालिया निशान नहीं लगता? यह जान पाना कठिन है कि प्रबुद्ध मुसलमान किताब और नबी के बारे में आज दरअसल क्या सोचता है। इस्लाम, इस्लामी राजतंत्र और इस्लामी फंडामेंटलिज़्म में वह क्या सम्बंध देखता है?

तुम्हारे जिए और देखे गए समय की एक असंदिग्ध उपलब्धि है दलितों का अपने अधिकारों को लेकर जागरूक और मुखर होना। हिंदू समाज में यह एक महान क्रांति है जिसका श्रेय पश्चिम को और स्वयं दलितों को जाता है। उन पर अब भी कम अन्याय नहीं हो रहा है किंतु निस्संदेह घटते जा रहे हैं, किन्तु स्वयं उन्हें उनके बीच का जातिवाद मिटाना होगा वर्ना मात्र मनुवाद से मुक्ति—जो अभी दूर है—का कोई अर्थ नहीं रह जाएगा। दलितों की तरह भारतीय स्त्री पर भी अन्याय समाप्त नहीं हुआ है लेकिन तुम देख ही रहे हो कि तुम्हारी पत्नी और बेटियों तथा तुम्हारी

माँ और बुआओं के बीच कितना फ़र्क़ आया है। नई अर्थ-व्यवस्था, भूमंडलीकरण, उदारीकरण, टेलीफ़ोन, टीवी और केबिल विस्फोट तथा कंप्यूटर के प्रभुत्व के इधर हाल के इन वर्षों में जो अभूतपूर्व क्रांति और हुई है, वह है शायद राजनीति को छोड़ लगभग हर क्षेत्र में अधेड़ों और वृद्धों के वर्चस्व की समाप्ति और 22 से 40 तक की युवतर पीढ़ी का बढ़ता हुआ आधिपत्य। कम से कम हिंदू समाज के पिछले तीन हज़ार वर्षों के इतिहास में युवा पीढ़ी के हाथों में पहले कभी ऐसी बहुस्तरीय सत्ता नहीं रही। नये मीडिआ और नये वाणिज्य को लगभग सौ फ़ीसदी सिर्फ़ नौजवानों की दरकार है। इधर जो नव-मध्यवर्ग बना है उसके अधिकांश सदस्य युवा ही हैं। बाज़ार की नई शक्तियों को युवा शोषक और युवा शोषित ही चाहिए किंतु शायद इसमें जातिवाद और साम्प्रदायिकता को कम करनेवाली प्रक्रियाएँ भी हों।

तुम्हारे समय का एक पैमाना तुम्हारा कस्बा भी है। 1955 में यहाँ की आबादी शायद तीस हज़ार थी। सौ टेलीफ़ोन रहे होंगे, मोटर-कारें शायद बीस, मोटर साइकिलें, जिन्हें फटफटी कहा जाता था, कोई आधा-दर्जन, प्राइमरी स्कूल लड़कों-लड़कियों के पाँच थे, हाई स्कूल तीन, कॉलेज नहीं था। सेंट्रल प्रॉविंसेज़ ट्रांस्पोर्ट सर्विस की कुल दस बसें आती जाती होंगी। दो टॉकीज़ स्थायी थे, कभी-कभी एक तीसरा चालू हो जाता था। ठहरने लायक कोई लॉज नहीं थी। स्थानीय पहाड़ी धरमटेकड़ी पर घना जंगल था। सीमा निर्धारित करने करने वाली बोदरी नदी में पानी रहता था। आसपास के गाँव गाँव थे और दूर लगते थे। आज वे शहर से लग चुके हैं। धरमटेकड़ी की गंजी कूबड़ निकल आई है। बोदरी एक मौसमी वाला बनकर रह गई है। आबादी दो लाख हो सकती है, तीन लाख भी, हर सड़क और नुक्कड़ पर टेलीफ़ोन की सुविधा हर तरह के वाहन इतने कि कभी-कभी सड़क पार करने में दिल्ली जैसा डर। बिजली-पानी की किल्लत और बर्बादी दोनों। जायज़ और नाजायज़ सैकड़ों छोटी-मोटी बसें-टैक्सियाँ चलती हैं। तुम्हारे स्कूल के एक हिस्से को कांजी हाउस जैसा गर्ल्स कॉलेज बना दिया गया है—उसके अलावा तीन कॉलेज और हैं—और शेष इमारत में एक किचपिच कल्पनाशून्य लड़कों का स्कूल चलता है। शायद ही किसी इतने अच्छे सरकारी स्कूल का ऐसा पतन हुआ हो। जिस सड़क से राष्ट्रपति राजेन्द्र प्रसाद हर गर्मियों में पचमढ़ी जाते थे, वह दुकानों से पट गई हैं। तुम्हारे स्कूल के खेल मैदान को एक दरिद्र कथित स्टेडियम में बदल दिया गया है। हर जगह बेतरतीब मनमानी सुंदर और घिनौनी दुकानें, होटलें, लॉजें, ठेले, गुमटियाँ, बाज़ार, हॉकर, नये मंदिर और मस्जिदें—एकाध नया मज़ार भी जहाँ मोमिनों से ज़्यादा काफ़िरों का हुजूम।

इस कस्बे की पहली सांसद सीताबाई परमानंद को, जिन्हें नेहरू जानते थे, कोई याद नहीं करता लेकिन इस समय इंदिरा गाँधी के जन्मदिन के बहाने यहाँ हर जगह कमलनाथ के पोस्टर लगे हुए है। यह तुम्हारा ही कस्बा था जिसने इमर्जेंसी के बाद आंध्रोत्तर भारत की एकमात्र लोकसभा सीट कांग्रेस को दी थी। तब से सिर्फ़ एक

बार हारकर कमलनाथ यहीं से चुना जाता है। यहाँ की सारी कांग्रेसी राजनीति उसकी मुट्ठी में हैं। उसके नाम से गाँव-गाँव में 'कमलनाथ विचार मंच' हैं। उसने यहाँ के अधिकांश नौजवानों को राजनीति की लत लगा दी है। संजय और राजीव गाँधी से सामीप्य से शुरू करके वह इतना दुस्साहसी हो गया है कि मध्यप्रदेश में अर्जुन सिंह, माधव राव, दिग्विजय सिंह सबको अस्थिर करता रहता है। वह अक्सर मुख्यमंत्री बनना चाहता है और एक वक्त, जब नरसिंह राव का प्रधानमंत्रित्व डावाँडोल था, उसने अपना नाम उनके एक उत्तराधिकारी के रूप में चला दिया था, यद्यपि वह बुलबुला जल्द ही फूट गया। हाल ही में उसने अपने शक्ति-प्रदर्शन के लिए यहाँ सोनिया गाँधी का ख़ास दौरा करवा दिया। यह ज़िला 'कमलनाथ की पॉकेट बॅरो' या 'कमलनाथ केन्द्र-शासित प्रदेश' कहलाता है। यहाँ कोई भी महत्त्वपूर्ण नियुक्ति या तबादला उसकी मर्ज़ी के बिना नहीं होता। कस्बे के कई पुराने मूलनिवासी उसे नहीं चाहते, उसने यहाँ क्या वास्तविक तरक़्क़ी करवाई है यह पता नहीं चलता, लेकिन सारे पूँजीपति, बाहुबली और पंजाबीभाषी उसके साथ हैं। इस सब में शायद गर्व करनेवाली यहाँ की आम जनता संभवतः इस बात से नावाकिफ़ है या उदासीन कि हिमाचल प्रदेश में अपनी मोटेल को और आकर्षक बनाने के लिए पास की नदी का बहाव मोड़ देने के अपराध में इस पूर्व केन्द्रीय पर्यावरण मंत्री पर सुप्रीम कोर्ट ने कुछ करोड़ रुपयों का जुर्माना किया हुआ है।

कानेत्ती में मृत्यु के प्रति जो आक्रोश और घृणा है उसे तुम अब तक नहीं समझ पाए हो। तुम्हारे लिए वह एकदम नई बात थी। अधिकांश लोगों की तरह तुम भी मरना नहीं चाहते—कम से कम इतनी जल्दी नहीं!—लेकिन उन्हीं की तरह तुमने मृत्यु के विचार से एक लाचार या उदात्तीकृत समझौता भी कर लिया है। सभी धर्म और दर्शन मृत्यु से भयभीत होने से 'इन्कार' करते हैं लेकिन उसे स्वीकार करने में उन्हें कोई गुरेज़ नहीं क्योंकि वे उसे ईश्वर की योजना और इच्छा का एक, शायद सबसे अनिवार्य, अंग समझते हैं। क्या कानेत्ती चाहता था कि उसकी प्रज्ञा और उसका अपना समय कभी समाप्त न हों? किंतु अकेली मृत्यु को टालने से काम नहीं चलेगा, चोट, रोग, बुढ़ापे से भी मुक्ति पानी होगी। 'अमर' होने के बाद शायद वह संभव हो सकेगा। लेकिन तुम्हें डर है कि अमर स्त्री-पुरुष शायद यौनेच्छा रखेंगे, संतति-इच्छा नहीं। तब एक नई नैतिकता जन्म लेगी और स्त्री-पुरुष तथा सभी लोग 'बराबर' हो सकेंगे। किंतु अमर मानवों को अपने सारे मनोविकार तजने होंगे। उनकी सभ्यता अंत में सिद्धों और हंसों की हो जाएगी। फिर मानव अपनी जैसी अजर-अमर धातुएँ और तकनीक खोज लेगा और प्रकाश वर्षों की यात्राएँ की जा सकेंगी। जैविक यांत्रिकी के कल्पनातीत रूप सामने आएँगे। किंतु मृत्युहीनता (एक दूसरी?) ईश्वरता का ही नाम नहीं होगा? प्रलय के क्षण में और दुबारा 'बिग बैंग' के दौरान और इस अनंत सिलसिले में क्या शारीरिक या अशरीरी ढंग से 'जीवित' 'अमर' रहा जा सकेगा?

उसके बचपन, कैशोर्य और प्रारंभिक युवावस्था के कई मित्र पंजाबीभाषी हैं और उनमें से कुछ से अभी-भी उसके स्नेहपूर्ण सम्बंध हैं, फिर उसके मन में व्यापक पंजाबीभाषी समाज के प्रति लगातार इतनी हिक़ारत क्यों बढ़ती गई हैं? वह, जो फ़ाशिज़्म और नात्सीवाद तथा वर्ण, वर्ग, जाति, भाषा, धर्म, संस्कृति, प्रदेश, राष्ट्र आदि के पूर्वग्रहों के अमानवीय पक्ष को जानने का दावा करता है, क्यों पंजाबीभाषियों को 1947 कें बाद के राष्ट्रीय पतन के केन्द्रीय कारण के रूप में देखता है? क्यों उसे 'पंजाबियत' (और ऐसे किसी भी 'अस्मितासूचक') शब्द से घृणा है? 'पंजाबी संस्कृति' को वह क्यों एक 'कंट्रैडिक्शन इन टर्म्स' कहता है और 'महाभारत' में शल्य द्वारा मद्र देश की निंदा उसे क्यों ख़ुश करती है? आज़ादी के कुछ समय बाद तक भी सामाजिक-आर्थिक-व्यापारिक खलनायक बनिया-मारवाड़ी था, आज उसका स्थान पंजाबीभाषी ने ले लिया है। पंजाबीभाषी का 'डायनेमिज़्म', 'किलर इंस्टिंक्ट', किसी भी कीमत पर न्यूनतम समय में अधिकतम भौतिक सुख-सुविधाएँ हासिल कर लेने की महत्त्वाकांक्षा, विदेशों में बसने की अदम्य लालसा, देश के भौतिक और नैतिक संहार में उसका कथित सर्वाधिक योगदान—इन्हें लेकर शेष देश में जो लगभग सर्वसम्मति है, वह उसे अपने दिमाग़ और अंतरात्मा का भी गहरा विश्लेषण करने को प्रेरित करती है। पाकिस्तान में भी पंजाबीभाषी मुसलमानों को लेकर ऐसी ही भावनाएँ क्यों हैं? क्या पंजाबीभाषी दक्षिण एशिया और उसके 'डाइसपोरा' का यहूदी है? किसी व्यक्ति या संस्था को इस लगभग सर्वव्यापी पूर्वग्रह का बेबाक अध्ययन करना चाहिए ताकि हमें स्वयं को और पंजाबीभाषियों को समझने में मदद मिले।

कितनी बेकार की जाँच, कितनी वाहियात और निरर्थक मुकदमेबाज़ी चल रही है बाबरी मस्जिद ढहाए जाने को लेकर! उस वक्त के सारे अखबार मौजूद हैं, संसार-भर के टेलीविज़न कैमरों के प्रमाण उपलब्ध हैं। मुजरिमों को, जिन्होंने बार-बार अपने अपराध का सगर्व बयान किया और जिनमें से कई वर्तमान सरकार में हैं, कौन नहीं जानता? लेकिन जिस तरह राजीव गाँधी के समय सिखों पर अमानुषिक अत्याचार हुए, उसी तरह यह भी सच है कि नरसिंह राव की 'तटस्थ', सुनियोजित मिली भगत के बिना मस्जिद गिर नहीं सकती थी। भाजपा, संघ, शिव सेना, विहिप, बजरंग दल आदि के इरादे सब जानते थे किंतु सिर्फ़ अर्जुन सिंह को छोड़कर राव मंत्रिमंडल ओर साउथ ब्लॉक-नॉर्थ ब्लॉक का हर बड़ा अफ़सर आँखों में सूअर का बाल डाले हुए था। उसे मध्य 1992 को अशोक होटल की एक ब्रीफ़िंग याद है जिसके लिए कैबिनेट सचिव नरेशचंद्र और गृह सचिव ने कुछ सम्पादकों को बुलाया था। जब ये नौकरशाह कश्मीर की बात करने लगे तो उसने उनसे अयोध्या के बारे में बात करनी चाही और पूछा कि आप लोग बाबरी मस्जिद के चारों तरफ़ एक-एक टैंक क्यों खड़ा नहीं कर सकते? सचिवों ने अपना पांडित्य और सरोकार दिखाते हुए कहा कि उससे बाल्कनाइज़ेशन का ख़तरा हो जाएगा। उसने

तर्क दिया कि देश के टुकड़े तो बाबरी मस्जिद ढहने के बाद हो सकते हैं, सेना के टैंकों द्वारा उसकी रक्षा करने से नहीं। दूसरे कोरे कागद छाप संपादकगण या तो चुप रहे या इधर-उधर होने लगे। फिर तत्काल डिनर की घोषणा हो गई। सिर्फ़ हिरण्मय कार्लेकर ने एक बार इस झड़प को याद किया। नरेशचंद्र रिटायरमेंट के बाद से अबतक अमेरिका में मंत्री-स्तर के राजदूत हैं, नरसिंह राव और अटलबिहारी की एकता के पुरस्कृत प्रतीक।

जब उसका वक्त ख़त्म होने को होगा तो उसे कौन-सा शोक, कैसा अफ़सोस, किसका मलाल होगा? सबसे पहले तो अपने सारे अन्यायों, अपराधों, भूल-ग़लतियों का। लेकिन वह तो सुना है सभी को होता है। उसे गहरा दुख रहेगा कि उसने सक्रिय राजनीति में हिस्सा क्यों नहीं लिया, नेहरू में इतना भरोसा क्यों किया और उनके बाद सियासत में क्यों नहीं गया। उसे अपनी कौम में व्याप्त सामाजिक, राजनीतिक और आर्थिक ग़ैर-बराबरी का पश्चात्ताप रहेगा। वह सोचेगा कि कुकुरमुत्तों की तरह उग रहे इन धूर्त और कदाचारी बापुओं, स्वामियों, बाबाओं, संतों, महर्षियों, शंकराचार्यों का अंत कब होगा? नैतिक दासता और प्रतिक्रियावाद के दुर्दांत प्रतीक गोस्वामी तुलसीदास विरचित रामचरित से हिंदू मानस कब मुक्त होगा? लेकिन उसे इस बात की तड़प भी रहेगी कि उसके जीवनकाल में मानव का संपर्क किसी अन्य सभ्यता से नहीं हो पाया--उसने कितनी बार आकाश में एक मौन आशापूर्ण प्रार्थना के शिल्प में देखा है। और आख़िरी, शायद सबसे छोटा पछतावा यह कि वह सिंधु घाटी सभ्यता की लिपि और अन्य पहेलियों के रहस्यों के टूटने से पहले ही रुख़्सत हो रहा है--धौलावीरा के प्रवेश द्वार पर गिरे हुए वे नौ तिलिस्मी शब्दाक्षर उसे चैन से मरने भी न देंगे।

फिर भी इस शहर में, इस तथ्य के अलावा कि तुम यहाँ पैदा हुए थे, तुम्हें सबसे ज़्यादा क्या ख़ुश करता है? बच्चे, बच्चे, स्कूली बच्चे। छुट्टी होने के बाद शहर पर मानो नाना प्रकार की शाला-वर्दियों का हमला हो जाता है। सैकड़ों साइकिलों पर लड़के-लड़कियाँ। हाथ-रिक्शों और तिपहियों पर लदे हुए बच्चे। कई मोपैड, स्कूटर और यहाँ तक कि मोटर साइक़िलों पर जाते हुए। जो स्कूली बैग तुम बीस बरस पहले अपने बच्चों के लिए विदेश से लाते थे, वे यहाँ गरीब-से-गरीब बच्चे की पीठ पर लटके हुए। और पाठ्य-पुस्तकों की दूकानों पर कितनी भीड़, किशोरियाँ, युवतियाँ, कामकाजी औरतें और शुद्ध गृहिणियाँ दुपहियों पर फर्राटे से स्कूल, कॉलेज, दफ़्तर, बाज़ार जाती हुईं। कई कार चलती हुईं। पहले से कहीं ज़्यादा निर्भय, बंधनमुक्त, आत्मनिर्भर औरतें। आवासीय टेलीफ़ोन दो दिन में उपलब्ध। शहर का अपना प्राइवेट टेलीविज़न केन्द्र जो ज़ी और स्टार की नकल पर चलता है। आकाशवाणी का एफ़. एम. स्टेशन जिस पर दूर-दराज़ के गाँवों की महत्त्वाकांक्षाएँ और फ़र्माइशें मुखरित होती है। तीन साल पहले नैरोगेज रेलवे लाइन का ब्रॉड गेज में बदलना जिससे यहाँ

से सीधे अमृतसर तक जाया जा सकता है। तुम्हारे कई दोस्त लखपती, दो-तीन करोड़पति भी। हर जगह गरीब लोग लेकिन कोई न कोई काम करते हुए, कुछ न कुछ बेचते हुए। भिखारी बहुत कम। हर जगह हेअर कटिंग सैलून और कंप्यूटर शिक्षा केन्द्र। हिंदी प्रचारिणी समिति की अब भी बहुत सक्रिय लाइब्रेरी। प्रदूषण कम, घूमने लायक इलाका अब भी बचा हुआ। और जोरदार विरोध के बावजूद सितंबर में सफल और सनसनीख़ेज़ 'मिस छिंदवाड़ा' प्रतियोगिता, लेकिन बेवॉच वाले स्विमसूट या थाँग बिकीनी में नहीं, 1947 में आई शलवार-कुर्ती में या शाश्वत साड़ी में।

पारंपरीण नैतिकता के ह्रास की प्रक्रिया का वह चरण, जो आज़ादी के पहले ही शुरू हो चुका था, शायद इंदिरा गाँधी के सत्ता पर पूर्णरूपेण काबिज़ हो जाने के बाद पूरा हो गया। जनजीवन में सच्चाई, ईमानदारी, त्याग, समर्पण, मेहनत जैसे शब्द और अवधारणाएँ हास्यास्पद बन चुके हैं। राजीव गाँधी ने 1984 में यह कहकर चमत्कृत किया था कि रुपये में से सिर्फ़ 18 पैसे जनकार्यों तक पहुँचते हैं। बाद में स्वयं उन पर बोफ़ोर्स के आरोप लगे। पिछले वर्ष सोनिया गाँधी ने नैतिकता की बात करके चौंकाया था। इस वर्ष कभी निम्नमध्यवर्गीय रहे एक दिवंगत हिंदी लेखक के करोड़पति बेटे ने, जिसकी विधवा माँ वर्षों कांग्रेस से राज्यसभा की सदस्य रही, स्वयं सोनिया गाँधी के निजी सचिव पर अपने साथ भ्रष्टाचार में शामिल होने का आरोप लगाया है। लेकिन ये मामूली उदाहरण है—यह देश हजारों करोड़ के घोटालों और बीसियों तरह की हत्याओं को भूल चुका है। एक निचली अदालत पूर्व प्रधानमंत्री को सज़ा सुना चुकी है। हर तरह की सत्ता हासिल करने में सफ़लता ही उत्तर-आधुनिक नैतिकता है। खूनी, डकैत, धोख़ेबाज़, तस्कर, हर तरह के अन्य जरायमपेशा विधायिकाओं में हैं, समाज और सत्ता के सर्वोच्च हलकों में पहले से कहीं अधिक खुल्लमखुल्ला आवाजाही करते हैं। छापों, गिरफ़्तारियों, सज़ाओं से अब कोई भयभीत या शर्मिंदा नहीं होता। ऐसा सब कुछ अब एक उत्तर-आधुनिक माया, लीला और क्रीड़ा-स्पोर्ट में बदल चुका है।

जिस देश ने 'महाभारत' दिया वह स्वयं उसका विश्व-दर्शन (Weltanschauung), समय तथा इतिहास-बोध जारी क्यों नहीं रख सका? 'ऋग्वेद', 'महाभारत' ओर कल्हण की 'राजतरंगिणी' को छोड़ दें तो भारत का इस्लाम-पूर्व समय है किस संस्कृत रचनाकार के पास? अपने जीवन और समय पर लिखने से संस्कृत साहित्यकार इतना कतराते क्यों थे? खुद के बारे में लिखते हुए उन्हें अपने आसपास के दूसरों के बारे में लिखना पड़ता, अपने समय पर लिखते हुए उन्हें बीसियों असुविधाजनक, संभवतः ख़तरनाक चीज़ों का उल्लेख करना होता। क्या यह करुण नहीं है कि हिंदू यूनान, रोम और बाद में अरब के स्रोतों से अपना प्राचीन या मध्ययुगीन समय जानता है और उसके पास उसका अपना लगभग कुछ भी नहीं है? अपने प्राचीन समाज को हम अलेक्ज़ेंडर, मेगास्थेनेस, प्लीनी, स्त्राबो ओर अलबेरुनी

वगैरह से पहचानते हैं। कितने पैनी निगाह वाले विदेशी यात्री आए हैं और हमारे समाज तथा इतिहास के बारे में वे कितना छोड़ गए हैं। हमारे ब्रिटिश पूर्व साहित्य में आत्म-सजगता, विश्व-चेतना और कौतूहल लगभग पूर्णतः अनुपस्थित हैं। हिंदू आत्मा आलेखन, रिकॉर्ड रखने से आतंकित होती है, उसे तथ्य हमेश उद्विग्न करते हैं क्योंकि उनमें बराबरी और न्याय की जड़ें होती हैं।

मीर की आत्मकथा को पढ़ो और उसकी शायरी को देखो, तब तुम्हें शायद महसूस हो कि अपने बारे में कैसे लिखा जा सकता है और एक वक्त से गुज़रने या उसे अपने पर से गुज़रने देने का मतलब क्या होता है। मीर अपने बारे में कुछ नहीं छिपाता—वह अपनी तुलना कुत्तों-बिल्लियों से भी कर सकता है—और अमीर-उमरा तथा बादशाहों के बारे में भी सच लिखने से नहीं डरता। वह खुद को लेकर कोई रियायत नहीं चाहता और अपने युग को अत्यंत साहस, वस्तुपरकता और समग्रता से देखता है। कितनी तकलीफ़, करुणा, घृणा, कितना कोप है उसके पुरानी इंजील के नबियों जैसे दिल में। मुग़लों, मराठों, सिखों, दुर्रानियों, बंगशों, राजपूतों, रुहेलों, दकदियों, अफ़ग़ानों, अंग्रेज़ों, नादिरशाह, अब्दाली वगैरह को कितनी निस्पृहता से वह तौलता है और कलेजा छलनी कर देनेवाली अपनी आपबीती भी बयान करता जाता है। अपने ज़माने का वह संजय है, धृतराष्ट्र भी और विदुर भी। जब हम उसके वक्त के विश्व-साहित्य पर नज़र डालते हैं तो किसी अन्य देश में अपने युग को इस तरह अभिव्यक्त करनेवाला कोई दूसरा नहीं देख पाते—शायद बाई जुयी के पूर्वोदाहरण से चीन में कोई रहा हो। हिंदी में मीर के दो सौ बरस बाद मीर जैसा एक मुक्तिबोध ही हो पाया। कितनी हैरतअंगेज़ हमशक्ली है मीर और मुक्तिबोध के बीच।

उसने तुमसे कहा, और शायद नेकनीयती से ही कहा, कि यह जो तुमने लिखा है उसमें 'सैल्फ़-राइचिअसनैस', आत्मपावनता, आत्मौचित्यीकरण का पुट आ गया है। किंतु किसी से जब उसी के बारे में कहने को कहा जाए तो उसमें ये दुर्गुण ढूँढना क़तई संभव, बल्कि शायद वांछनीय है। आदर्श तो यही होता कि तुम कह देते कि न तुम कुछ हो न तुम्हारा समय। फिर किसी बात का रोना ही न होता। यह तुमने कहा भी है लेकिन उसे भी पाखंड समझा जाएगा। पर आखिर तुमने एक जीवन जिया है, अच्छा, बुरा या मँझोले दर्ज़े का, और तुमने एक समय देखा है महत्त्वपूर्ण, गर्हित या निष्प्राण, तो वह और उतना तो कहा ही जाएगा। लेकिन हँसी आती है कि यह एक ऐसा सर्वसंशयी 'सिनिकल' समय है कि तुम ख़ूने-जिगर भी कर लो या सिर कटवाकर उसे भूमि पर धरवा दो तो भी कहा जाएगा कि इसमें कोई तरकीब, कोई मसलहत, कोई चालाकी है। तुम्हें भी लगा है कि जब दूसरे वही शब्द कहते हैं तो वे कितने असली लगते हैं और जब उन्हें तुम कहते हो तो कितने अविश्वसनीय, कैसे निरर्थक, संप्रेषणहीन। तुम्हारे छूते ही हीरा ठोकरा और सोना गिलट क्यों हो जाता है? सचाई कहने की कोशिश यदि 'सैल्फ़ राइचिअसनैस' में बदलती लगे तो

आदमी क्या करे? तुम यही कह सकते हो कि आप, जो इसे पढ़ रहे हैं, यदि इससे विचलित या सहमत होते हों, या इस पर यकीन करते हों, तो जान लें कि ये कथन और बयान बनावटी, भड़काऊ, झूठ, अभद्र और आपत्तिजनक भी हो सकते हैं। बल्कि हैं, इन्हें जितने शक, पूर्वग्रह, घिन, 'रिडीक्यूल' और 'एब्सर्डिटी' की भावनाओं से ख़ारिज किया जा सकता है, किया जाए। या इनका प्रतिशोध लिया जाए। यह पोता गया दिल के रंग का रक्त कृत्रिम है।

□□□

परिशिष्ट

विष्णु खरे

संक्षिप्त जीवन-परिचय और रचनाएँ

छिंदवाड़ा, म.प्र. में 9 फरवरी 1940 को जन्म। क्रिश्चियन कॉलेज, इंदौर से 1963 में अंग्रेजी साहित्य में एम.ए.। दैनिक 'इंदौर समाचार' में उप-संपादक : 1962-63। मध्यप्रदेश तथा दिल्ली के महाविद्यालयों आदि में अध्यापन : 1963-75। केंद्रीय साहित्य अकादेमी के उप-सचिव (कार्यक्रम) : 1976-84, जहाँ अवैध मद्रास स्थानांतरण के ख़िलाफ़ सुप्रीम कोर्ट तक गए और इस्तीफ़े के बाद 1985 से 'नवभारत टाइम्स' में, जहाँ प्रभारी कार्यकारी संपादक तथा विचार प्रमुख तक के सर्वोच्च उत्तरदायित्व निबाहे, बीच में उसी अखबार के लखनऊ संस्करण के संपादक रहे तथा प्रस्तावित रविवारीय 'टाइम्स ऑफ इंडिया' (हिंदी) के संपादक और अंग्रेजी 'टाइम्स ऑफ इंडिया' में वरिष्ठ सहायक संपादक मनोनीत। 1993 में जयपुर 'नवभारत टाइम्स' के संपादक के रूप में तबादला, जहाँ से प्रबंधक अशोक जैन तथा प्रधान संपादक विद्यानिवास मिश्र की सांप्रदायिकता-समर्थक नीतियों के लगातार सक्रिय विरोध के बाद इस्तीफ़ा। इसके बाद जवाहरलाल नेहरू स्मारक संग्रहालय तथा पुस्तकालय में दो वर्ष वरिष्ठ अध्येता। तब से स्वतंत्र लेखन तथा अनुवाद पर निर्भर।

लेखन-प्रकाशन 1956 से, पहला प्रकाशन टी.एस, एलिअट का अनुवाद 'मरु प्रदेश और अन्य कविताएँ' 1960 में। लघु पत्रिका 'वयम्' का संपादन : 1966-67। पहला कविता-संग्रह 'एक ग़ैर-रूमानी समय में' 1970 में खुद छपाया लेकिन उसकी अधिकांश कविताएँ अशोक वाजपेयी ने अपनी 'पहचान' सीरिज़ की पहली पुस्तिका 'विष्णु खरे की कविताएँ' के लिए ले लीं इसलिए उसे प्रकाशित नहीं किया। तीसरा संग्रह 'खुद अपनी आँख से' 1978 में, चौथा 'सबकी आवाज़ के पर्दे में', 1994, पाँचवाँ संचयन 'पिछला बाक़ी' 1998, छठवाँ संचयन 'काल और अवधि के

दरमियान' 2003 में। समीक्षा-पुस्तक 'अलोचना की पहली किताब', 1983।

विदेशी कविता से हिंदी तथा हिंदी से अंग्रेज़ी में सर्वाधिक अनुवाद कार्य। श्रीकांत वर्मा तथा भारतभूषण अग्रवाल के पुस्तकाकार अंग्रेज़ी अनुवाद। समसामयिक हिंदी कविता के अंग्रेज़ी अनुवादों का निजी संग्रह 'दि पीपुल एंड दि सैल्फ़'। लोठार लुत्से के साथ हिंदी कविता के जर्मन अनुवाद 'डेअर ओक्सेनकरेन' का संपादन। 'यह चाकू समय' (ऑत्तिला योझेफ़), 'हम सपने देखते हैं' (मिक्लोश राद्नोती), 'कालेवाला' (फ़िनी राष्ट्रकाव्य), डच उपन्यास 'अगली कहानी' (सेस नोटेबोम), 'हमला' (हरी मूलिश), 'दो नोबेल पुरस्कार विजेता कवि' (चेस्वाव मिवोश, विस्वावा शिम्बोर्स्का) आदि उल्लेख्य अनुवाद। गोएठे के 'फ़ाउस्ट' का अनुवाद शीघ्र प्रकाश्य। ख़ुद की कविताएँ कई देशी-विदेशी भाषाओं में अनूदित। 'नवभारत टाइम्स' में सैकड़ों संपादकीय, लेख, फ़िल्म समीक्षाएँ आदि। अंग्रेज़ी में 'दि पायनिअर', 'दि हिंदुस्तान टाइम्स', 'फ्रंटलाइन' आदि में फ़िल्म तथा साहित्य पर लेखन।

1971-73 के दौरान प्राहा, तत्कालीन चेकोस्लोवाकिया में 25 महीने प्रवास। उसके बाद भी यूरोप, अमेरिका तथा मध्य-पूर्व की यात्राएँ। बाहर काव्य-पाठ, भाषण, अध्यापन, रेडियो तथा टी.वी. साक्षात्कार, लघु-फ़िल्में। भारत पर केंद्रित फ्रांकफुर्ट पुस्तक मेला 1986 में शिरकत।

कालेवाला सोसाइटी, फ़िनलैंड, यूनेस्को-हेतु भारतीय सांस्कृतिक उपयोग तथा केंद्रीय साहित्य अकादेमी आदि की सदस्यता। फ़िनलैंड का राष्ट्रीय 'नाइट ऑफ़ दि आर्डर ऑफ़ दि व्हाइट रोज़' सम्मान। रघुवीरसहाय सम्मान, शिखर सम्मान, हिंदी अकादेमी, दिल्ली का साहित्य सम्मान, मैथिलीशरण गुप्त सम्मान आदि।

विवाहित। दो बेटियाँ, एक बेटा। स्थायी निवास : ए-33, नवभारत टाइम्स अपार्टमेंट्स, मयूर विहार फ़ेज़-1, नोइडा रोड, दिल्ली-110 091 e-mail : vishnukhare@yahoo.com

प्रकाश मनु

जन्म : 12 मई, 1950 को शिकोहाबाद, उत्तर प्रदेश

शिक्षा : शुरू से विज्ञान के विद्यार्थी। आगरा कॉलेज, आगरा से भौतिक विज्ञान में एम.एस-सी. (1973)। फिर 1975 में हिंदी साहित्य में एम.ए., 1980 में कुरुक्षेत्र विश्वविद्यालय से यू.जी.सी. के फैलोशिप के तहत शोध संपन्न। शोध का विषय–'छायावाद एवं परवर्ती काव्य में सौंदर्यानुभूति'। कुछ वर्ष प्राध्यापक रहे। लगभग दो दशकों से पत्रकारिता में सक्रिय।

उपन्यास : यह जो दिल्ली है, कथा सर्कस, पापा के जाने के बाद।

कहानियाँ : तुम कहां हो नवीन भाई, सुकरात मेरे शहर में, अंकल को विश नहीं करोगे?, दिलावर खड़ा है।

कविता : एक और प्रार्थना, छूटता हुआ घर, कविता और कविता के बीच।

साक्षात्कार : मुलाकात (ग्यारह प्रतिष्ठित रचनाकारों के इंटरव्यू), रामविलास शर्मा : अंतरंग स्मृतियाँ और मुलाकातें।

आलोचना/इतिहास : हिंदी बाल कविता का इतिहास, बीसवीं शताब्दी के अंत में उपन्यास।

बाल साहित्य : इक्यावन बाल कहानियाँ, नंदू भैया की पतंगें, कहो कहानी पापा (कहानियाँ), इक्यावन बाल कविताएँ, हिंदी के नए बालगीत, मुनमुन का छुट्टी-क्लब।

संपादित : देवेंद्र सत्यार्थी : प्रतिनिधि रचनाएँ, देवेंद्र सत्यार्थी की चुनी हुई कहानियाँ, सुजन सखा हरिपाल, सदी के आखिरी दौर में।

पुरस्कार : कविता-संग्रह 'छूटता हुआ घर' पर प्रथम गिरिजाकुमार माथुर स्मृति पुरस्कार।

संप्रति : हिन्दुस्तान टाइम्स की बाल पत्रिका 'नंदन' के संपादकीय विभाग से संबद्ध।

पता : 545, सैक्टर-29, फरीदाबाद-121008 (हरियाणा)